MARIE LOUISE FISCHER · DIE RIVALIN

MARIE LOUISE FISCHER

DIE RIVALIN

ROMAN

VERLEGT BEI
KAISER

Berechtigte Ausgabe für den Neuen Kaiser Verlag – Buch und Welt,
Hans Kaiser, Klagenfurt, mit Genehmigung der Blanvalet Verlag GmbH., München

Schutzumschlag: Volkmar Reiter unter Verwendung eines Fotos
von Mauritius, Wien
Reproduktion: Schlick KG., Graz
Fotosatz: Times 10 Punkt, Gesamtherstellung: Ebner Ulm

Es war noch dunkel und bitterkalt, ein früher Morgen im Februar des Jahres 1799. Der Hofmarksherr Anselm von Deinharting fror trotz des Bärenfells, das er sich um die Schultern gehängt hatte. Er tastete nach seiner Lederflasche und nahm einen Schluck Obstler; der scharfe, reine Schnaps brannte im Magen und breitete eine wohltuende Wärme in seinem ganzen Körper aus. Hasso, die mächtige Dogge, die zu seinen Füßen saß, zitterte vor Kälte und Spannung. Herr und Hund hatten sich in den riesigen Wurzeln einer uralten Tanne, die sich zu einem höhlenartigen Sessel ausgeformt hatte, eingerichtet. Beide warteten auf Büchsenlicht. Anselm von Deinharting betrieb die Jagd nicht mehr wie noch vor wenigen Jahren zum Zeitvertreib und zum Schutz der Wiesen und Felder. Die Zeiten hatten sich geändert. Mehr als hunderttausend Österreicher standen in Bayern. Jedes Haus in seinem Dorf Deinharting und sogar in dem wenige Meilen entfernten Städtchen Taufbeuern hatte Einquartierung, und all diese hungrigen Männen wollten verpflegt sein. Wenn das Essen auf der hofmarksherrlichen Tafel auch nicht knapp geworden war – denn die Bauern und der Vogt mußten liefern, gleich wie sie es schafften –, so war doch ein gutes Stück Wild jetzt in der Küche hochwillkommen.

Der Platz, den sich der Hofmarksherr für die Jagd gewählt hatte, lag hoch im Alpenwald unterhalb einer Felswand und war nur nach einem steilen Aufstieg zu erreichen. Aber er liebte ihn besonders. Vor Jahren, unter der Herrschaft seines Großvaters, des ersten Anselm von Deinharting, hatten stürzende Felstrümmer den jungen Baumbestand erschlagen. So war eine Schneise entstanden, durch die das Wild wechseln mußte, wenn es die Sicherheit der jenseitigen dichtbeasteten Fichten erreichen wollte. Um der guten Jagdgelegenheit willen hatten die Vorfahren Anselm von Deinhartings darauf verzichtet, hier wieder aufzuforsten, und auch er selbst hatte es nie in Erwägung gezogen. Zu beiden Seiten der Gasse standen die Stämme so dicht, daß das anwechselnde Wild sich auf engen Durchblicken zwar ankündigte, aber erst in der nur zwanzig Schritt breiten Schneise voll in Erscheinung treten konnte. Das machte das Ansitzen besonders spannend.

Noch sah Anselm von Deinharting nichts. Während draußen schon der Tag graute, herrschte hier nahe der Felswand und unter den dichten Kronen der hohen Bäume noch völlige Dunkelheit. Um so angespannter lauschte er, aber nichts war zu hören als das Knacken der Äste unter der Schneelast. Es war die dichte, gefrorene Schneedecke, die als erste den schwachen Lichtschimmer auffing, der durch die Bäume fiel und wie von sich aus zu leuchten anfing. Dann begannen sich die Umrisse der Latschenbüsche auf der Felswand abzuheben.

Anselm von Deinharting gewahrte eine Bewegung zwischen den

Stämmen und legte an. Aus der linken Baumkulisse trat, mißtrauisch sichernd, das Leittier, ein starker Rehbock. Es dauerte, bis er sich entschloß, die Gasse zu überqueren. Seine Hufe brachen durch den Schnee. Das Rudel folgte langsam, die schwereren der Tiere behindert durch den gefrorenen Schnee, die anderen leichtfüßig darüber trippelnd.

Der Hofmarksherr nahm einen einjährigen Bock ins Visier, der, vom Leittier gerade noch geduldet, mit dem Rudel zog. Aber noch ehe er abdrücken konnte, zerriß der Knall eines Schusses die morgendliche Stille. Das Rudel stob davon. Eine breite Schweißspur verriet, daß eines der Tiere gezeichnet war. Fluchend sprang ein Mann aus dem Wald, tat ein paar Schritte, wie um das schlecht getroffene Stück einzuholen. Sein weißer Uniformrock wirkte schmutzig auf dem Hintergrund des Schnees.

»Stehenbleiben!« brüllte Anselm von Deinharting. *»Arrêtez!«* Er erhob sich in seiner voller Größe. Der Österreicher lud nach und legte auf ihn an.

Anselm von Deinharting wußte, daß er jetzt hätte schießen sollen. Aber es widerstand ihm, auf einen Menschen zu zielen, und er hoffte auch noch, daß der Konflikt sich mit Vernunft und ohne Gewalt würde lösen lassen. »Das Tier wirst du mir bezahlen!« brüllte er. »Senk die Waffe!«

Doch der andere schoß – er schoß in dem Augenblick, da Hasso mit einem gewaltigen Satz auf ihn lossprang und so die seinem Herrn bestimmte Kugel mit seinem Körper auffing. Das schwere Tier stürzte aus dem Sprung in den Schnee. Es stieß einen fast menschlichen Laut der Klage aus. Eine heiße, blutrote Welle von Zorn und Trauer überwältigte Anselm von Deinharting. Jeder Gedanke war ausgelöscht. Er zog ab, und der Österreicher, ins Herz getroffen, brach zusammen.

Der Hofmarksherr hatte keinen Blick für ihn; er rannte vor, kniete sich neben den sterbenden Hund und umfing seinen Kopf mit beiden Händen. »Braver Hund«, sagte er mit einer Stimme, die ihm kaum noch gehorchte, »gut gemacht, Hasso!« Mit einem unvergeßlichen Blick unendlicher Ergebenheit sah Hasso zu seinem Herrn auf, und trotz seiner Todesqual brachte er ein schwaches Schwanzwedeln zustande, wie um zu zeigen, daß er verstand und glücklich war. Dann brachen seine Augen, wurden stumpf, und Anselm von Deinharting wußte, daß es zu Ende war. Sanft bettete er den Kopf des Tieres in den Schnee.

Er empfand einen tiefen Schmerz, eine trostlose Leere wie bei dem Tod eines Freundes, aber er verbot sich dieses Gefühl, denn sein Verstand sagte ihm, daß Hasso doch nur ein Tier und seine Liebe nur Instinkt gewesen war. Zudem hatte der Hund begonnen alt zu werden, und seine schönsten Jahre waren vorbei gewesen. »Ich gönne dir deinen Heldentod, Alter«, murmelte er, sich aufrichtend, »aber du wirst mir fehlen... wie sehr wirst du mir fehlen!« Tränen liefen ihm über die Wangen. Als er es merkte, versuchte er zu lächeln, brachte aber nur eine Grimasse zustande.

Dunkelrot zeichnete die Blutspur des angeschossenen Wildes den Wechsel zum Wald. Anselm von Deinharting seufzte schwer. Der Gedanke, daß die unschuldige Kreatur sich vielleicht noch Stunden quälen mußte, bereitete ihm Unbehagen.

Jetzt erst wandte er sich dem Mann zu, den er erschossen hatte. Der Soldat war jung. Er hatte die Augen weit aufgerissen, verständnislos in der Sekunde seines jähen Todes. Anselm von Deinharting drückte sie ihm zu. »Dummer Kerl«, sagte er, »so etwas will Soldat sein und kann nicht einmal zielen!«

Der Mann war ihm noch nie begegnet, und er wußte nicht, ob er zur regulären Truppe gehörte, vielleicht sogar beauftragt gewesen war, wider Recht und Gesetz einen Braten zu beschaffen, oder ob es sich um einen Marodeur handelte. Als er ihn so vor sich liegen sah, mit dem dunklen Haarflaum auf den Wangen und dem blassen, kindlich verzogenen Mund, bedauerte er seine Tat zutiefst. Er gestand sich, daß er unangemessen reagiert hatte. Ein Schuß in den Arm hätte genügt, den Wilderer außer Gefecht zu setzen. So jung und sinnlos hatte er im fremden Land sterben müssen. Sicher gab es eine Mutter und vielleicht auch ein Mädchen, die um ihn weinen würden.

Anselm von Deinharting nahm die Pelzkappe ab, faltete die Hände und sprach ein stilles Vaterunser. »Gott sei deiner armen Seele gnädig!« endete er laut und schlug das Kreuzzeichen über ihn. Nicht, daß er sicher war, daß dem Toten dies auf seinem Weg in die Ewigkeit oder in das große Nichts hätte helfen können. Aber es war alles, was er für ihn tun konnte, und deshalb vollzog er den Ritus, der ihm von kleinauf vertraut war.

Jetzt mußte er an sich selbst denken. Er hatte einen Mann erschossen, der, so oder so, zur österreichischen Einquartierung gehörte, die eigentlich eine Besatzung war. Natürlich hätte er erklären können, daß es in Notwehr geschehen war. Sein erster Gedanke war, nach Taufbeuern zur Kommandantur zu reiten und den Fall vorzutragen. Aber er war nicht sicher, daß er damit durchkommen würde. In Zeiten wie diesen pflegte Gewalt vor Recht zu gehen. Die Österreicher würden es gewiß nicht gern sehen, wenn ihre Leute abgeknallt wurden, auch dann nicht, wenn der zuvor begangene Übergriff offensichtlich war. Das würde ein zu schlechtes Beispiel für die Bauern abgeben, die täglich zähneknirschend erleben mußten, wie die fremden Soldaten sich an ihren Hühnern, Eiern und Kälbern gütlich taten, ganz zu schweigen davon, daß kein Weiberrock vor ihnen sicher war.

Der Hofmarksherr entschloß sich, die Sache anders aus der Welt zu schaffen. Er steckte Hasso in den großen Sack, der steif vom Blut des erlegten Wildes war, das er gewöhnlich darin zu transportieren pflegte, ließ den Toten liegen, wo er war, und machte sich an den Abstieg. In ruhigeren Zeiten hatte am Fuße des Voralpengebirges, dort, wo der Weg schon flacher und nicht mehr von Wurzeln und Steinen behindert war, Bruna, seine schwere Norikerstute, angebunden gewartet. Seine Bauern kannten das Tier, und auch ein Fremder würde mit ihr nicht davongekommen sein. Aber seit die österreichische Soldateska das Land beherrschte, war nichts mehr sicher.

Während er gewaltig ausschritt, ein großer Mann mit mächtiger Nase, vollem, leidenschaftlichem Mund, hoher Stirn und braunem, dichtem Haar, das unter der Pelzmütze hervorquoll, grübelte er darüber nach, was geschehen war. Noch nie zuvor hatte er einen Menschen getötet, ja, er pflegte seine Untertanen nur selten und dann in jähem, meist gerechtem Zorn zu schlagen. Er konnte die Tat nicht leicht von sich abschütteln. Jetzt dachte er, daß der Tod Hassos vielleicht nur ein Anlaß gewesen war, den Fremden zu erschießen. Die wahren Gründe für diese Tat lagen wohl tiefer. Er haßte die Österreicher, die ins Land gekommen waren, angeblich um Bayern vor den Neufranken zu schützen, tatsächlich aber, um es zu okkupieren. Er haßte es, nicht mehr Herr in seiner Hofmarksherrschaft, ja nicht einmal mehr in seinem eigenen Haus zu sein, denn auch Schloß Deinharting war von der Einquartierung nicht verschont geblieben. Er haßte die vertrackte politische Situation, und diesem Haß, der in seiner Seele kochte und den er ständig unterdrücken mußte, war der junge Wilderer zum Opfer gefallen.

Auch als das feste kleine Turmschloß mit dem hohen geschindelten Dach vor ihm auftauchte, empfand er keine Erleichterung. Er empfand nicht mehr die Freude des Heimkommens wie früher. Es war ihm, als streckten die Bäume, die den Bau umgaben, ihre kahlen Äste in verzweifelter Anklage gegen den winterlich fahlen Himmel.

Peter Stuffer, der Pferdeknecht, ein stämmiger Mann mit einem von Licht und Luft gegerbten Gesicht und ständig zerzaustem dunkelblondem Haar, dessen hellere Spitzen in verschiedene Richtungen standen, war gerade dabei, Elisabeth von Deinhartings elegante kleine Stute an der Longe über den ungepflasterten Teil des Hofes zwischen der Rückfront und den Stallungen zu bewegen, als er den Hofmarksherrn mit seiner Last ankommen sah. Im gleichen Augenblick entdeckte ihn die Meute der Deinhartinger Hunde, stürmte auf ihn zu und begrüßte ihn mit einer stürmischen Begeisterung, die er nur mit harten Zurufen dämpfen konnte. Peter scheuchte die Tiere mit Peitschenschlägen zurück, die über ihren Köpfen pfiffen, und erbot sich, den Sack abzunehmen; mit besorgtem Blick stellte er fest, daß Hasso fehlte, ohne jedoch eine Frage zu wagen.

Anselm von Deinharting ließ die Last, obwohl sie ihm schwer geworden war, sehr sanft von der Schulter gleiten und legte sie in die Hände des Knechtes. »Es ist Hasso«, sagte er, »er starb durch die Kugel eines Wilderers.«

Peters offenes Gesicht verdüsterte sich. »Es ist eine Schande, wie es zugeht, Herr!«

»Du hast recht, aber du solltest es nicht aussprechen.«

»Ich weiß, Herr, aber zuweilen läuft einem die Galle über.«

»Er starb einen guten Tod, wollte mich schützen.«

»Das freut mich, Herr, er war ein feiner Hund, ja, das war er.«

»Verscharr ihn, Peter, aber tu's mit Anstand.«

»Das werde ich wohl, Herr, er hat es verdient.« In Peters herbem Gesicht arbeitete es, bevor er fragte: »Und wer war es, Herr? Wohl einer von diesen... diesen...« Er fand kein Wort, um seiner Verachtung Ausdruck zu geben.

»Ja.« Anselm von Deinharting las die unausgesprochene Frage in den Augen des Knechtes und überlegte, wie weit er gehen durfte. Zwischen ihm und Peter, der schon in seinen Kinderjahren auf das Schloß gekommen war, hatte von jeher ein besonderes Vertrauensverhältnis bestanden, das sich, als er dem Burschen gegen alle Konventionen erlaubt hatte, ein bettelarmes Mädchen zu heiraten, noch vertieft hatte. Peter würde schweigen, dessen konnte er sicher sein. »Er ist tot«, sagte er beherrscht.

Peters Züge entspannten sich. »Das ist gut zu wissen!«

Anselm von Deinharting ersparte sich die Mahnung, daß darüber nicht geredet werden durfte, denn das verstand sich von selbst. »Vor allem anderen«, befahl er, »verständige Feinhuber. Ich muß mit ihm sprechen. Noch heute.«

»Ja, Herr, ich reite gleich los.« Peter zögerte. »Wollen Sie nicht einen anderen Hund, Herr? Der junge Pointer wäre wohl geeignet...«

»Nein, Peter. Danke. Ich will keinen Hund. Nie mehr.«

Peter, der ihn gut verstand, verzichtete auf jedes weitere Wort und pfiff die Hunde zurück, die versuchen wollten, sich neben und hinter Anselm von Deinharting durch die Hintertür des Schlosses in die Küche zu drängen.

Noch war Frühstückszeit, dennoch siedete und brodelte es schon in den vielen kupfernen und eisernen Töpfen und Pfannen auf dem mächtigen Herd inmitten der riesigen Gewölbeküche. Margarethe Meyr hatte, assistiert von zwei jungen Bauerntöchtern, die bei ihr lernten, schon begonnen, die Mittagsmahlzeit zuzubereiten. Die Köchin erwiderte Anselm von Deinhartings Gruß mit Würde, während die Mädchen errötend knicksten und kicherten – jede von ihnen wünschte insgeheim dem Hofmarksherrn, über den man sich soviel erzählte, zu gefallen, denn sie kannten, obwohl er die Fünfzig schon überschritten hatte, keinen stattlicheren Mann.

»Tut mir leid, Margarethe«, sagte Anselm von Deinharting freundlich, »heute bring' ich dir nichts.«

»Macht nichts, Herr. Das viele Wild verdirbt die feine Zunge.«

»Was soll es denn mittags geben?« fragte er, um ihre Laune zu heben.

Margarethe zählte an den Fingern ab. »Erbsensuppe, Weiß-, Brat- und Schweinswürste, Lungenbraten mit Kraut und Kartoffeln und einen Weinkoch.«

»Klingt gut.«

»Den Speiseplan hat die gnädige Frau gemacht, es ist Arbeit genug.«

Anselm von Deinharting lächelte, weil er nur zu gut wußte, daß die Köchin sich von niemandem etwas vorschreiben ließ und von seiner jungen Frau schon gar nicht. »Du wirst es schon schaffen! Hoffentlich könnt ihr mir trotz der Plackerei heißes Wasser zu einem Bad hinaufbringen?« Er sah auf seine Hände. »Ich hab's nötig!«

Eilfertig machten sich die Mädchen daran, heißes Wasser vom Herd in die Kannen zu schöpfen, denn die so freundlich ausgesprochene Bitte war ihnen Befehl. »Ich danke euch.«

Erst jetzt, als er die Küche schon verlassen wollte, entdeckte er den jungen Österreicher, einen der beiden Offiziersburschen, der sich so klein wie möglich gemacht und hinter einem der Pfeiler versteckt hatte. »Was treibt der Kerl hier?« grollte er. »Du weißt, daß ich keine Soldaten in meiner Küche dulde!«

Die kleine, sehr dicke Köchin stemmte die Hände in die Hüften und warf sich in die Brust. »Dies ist meine Küche!« trumpfte sie auf. »Und er hilft uns beim Töpfebürschteln! Wir haben weiß Gott genug zu tun!« Ihr Gesicht wurde noch röter als gewöhnlich.

»Er gehört in den Stall! Oder auf sein Zimmer!«

»Damit er die Hände in den Schoß legt?! Hier kann er sich nützlich machen!«

Anselm von Deinharting war nahe daran nachzugeben, denn Margarethes Kochkünste waren unübertrefflich, und wie war sich ihrer Unersetzlichkeit zu Recht bewußt. Er tat es nur deshalb nicht, weil er seiner Frau den Umgang mit dieser eigenwilligen Person nicht noch mehr erschweren wollte, denn seine Schwäche würde Margarethes Anspruch nur noch stärken. So wandte er sich an den Burschen. »Hinaus mit dir!« brüllte er. »Verschwinde! Und laß dich nie wieder blicken!«

Selbst wenn der Bursche diese Worte nicht verstand – er war Kroate und der deutschen Sprache kaum mächtig –, Ton und Gestik waren überzeugend genug. Geschwind sprang er in den Hof hinaus.

»Und wer soll jetzt die Töpfe bürsten?« fragte die Köchin vorwurfsvoll.

»Wer wird es tun, wenn die Österreicher fort sind? Oder richtet ihr euch etwa darauf ein, daß sie bis zum Ende aller Tage bleiben werden?« Anselm von Deinharting war jetzt so zornig, die Ader an seiner Schläfe blau angeschwollen und klopfte so heftig, daß die Mädchen sich duckten und die Köchin kein Wort mehr zu sagen wagte.

Antoinette de Beaujeux, die junge Französin, die die Wirren der Zeit nach Deinharting verschlagen hatten, hob den Kopf, als sie Anselms schwere Schritte auf den steinigen Treppenstufen hörte. »Ich glaube, das ist er!«

Elisabeth von Deinharting lauschte ebenfalls. »Ich bin immer froh, wenn er wieder heimgekommen ist«, sagte sie.

»Ja, es ist gefährlich geworden, draußen herumzustreifen«, stimmte ihr Henriette Striegel, die Zofe, zu. Sie war sehr alt und grau geworden, und ihre Glieder wollten ihr nicht mehr gehorchen. So hatte sie es Antoinette überlassen, sich auf den Boden zu knien und das neue Gewand der Hofmarksherrin abzustecken, während sie selbst sich damit begnügte, es zurechtzuzupfen. Die drei Frauen hielten sich in dem sogenannten oberen Erkerzimmer des Schlosses auf, in dessen prachtvollem weißblauem Kachelofen ein kräftiges Feuer prasselte.

Antoinette blickte lächelnd aus ihren runden blauen Augen zu ihr auf. »Aber doch nicht für den Hofmarksherrn!« behauptete sie. »Er ist so stark... wer würde es denn wagen, sich mit ihm anzulegen?«

»Berufen Sie es nicht, Comtesse!« warnte die Zofe. »Wenn man bedenkt, was für ein Gesindel sich herumtreibt! Es würde mich nicht wundern, wenn sie eines Nachts ins Schloß eindringen und uns allen die Hälse abschneiden würden.«

Elisabeth erschauerte. »Sag doch so etwas nicht, Henriette! Das ist auch ganz unmöglich, solange die Herren Offiziere zu unserem Schutz da sind!«

»Sind sie das wirklich?« fragte Antoinette.

Elisabeth blickte zu ihr hinunter. »Wie meinst du das?«

»Nun, ich denke, sie sind hier, um die Neufranken zurückzuschlagen!«

»Ist das denn nicht dasselbe?«

Antoinette, die Elisabeth nicht hatte beunruhigen wollen, biß sich auf die Zunge. »Aber natürlich, *ma tante,* ich habe nur gescherzt.«

Die drei Frauen hatte deutsch gesprochen mit Rücksicht auf Henriette Striegel, die nur wenige Brocken Französisch beherrschte. Aber als der kleine Thomas, der in einer Ecke des Zimmers einen hohen Turm aus Holzklötzchen aufgebaut hatte, ihn jetzt mit großem Gepolter zum Einsturz brachte, fuhr Antoinette ihn in ihrer Muttersprache an, die gleichzeitig die Sprache der gebildeten Stände jener Jahre war. »*Arrête!* Ich bitte dich, Thomas! Was soll dieser Lärm?! Du erschreckst uns ja!« Tatsächlich war Elisabeth nervös zusammengezuckt.

»Entschuldigen Sie, *ma tante*«, bat Antoinette, »er hat es gewiß nicht mit Absicht getan.«

Elisabeth zwang sich ein Lächeln ab. »Kleine Buben sind nun einmal laut«, versicherte sie entgegen ihrer wirklichen Überzeugung; zu gut erinnerte sie sich an ihren eigenen Sohn Maximilian, den ihr der Tod im blühenden Alter von zwei Jahren entrissen hatte – aber wie still, wie anmutig, wie verständig war er damals schon gewesen! Elisabeth konnte sich nicht vorstellen, daß vielleicht auch er Freude daran gefunden hätte, Lärm zu machen.

Thomas betrachtete die Frauen mit finsterem Blick. Er war ein stämmiger kleiner Bursche mit großen, pechschwarzen Augen und dunklem vollem Lockenhaar, das ihm bis auf die Schultern fiel. Die Unterlippe vorgeschoben, verschränkte er die Arme trotzig hinter dem Rücken.

»Bau doch etwas anderes!« bat Antoinette. »Vielleicht einen Stall... oder ein Haus... ein Schloß... nein, eine kleine Menagerie für deine Tiere!«

»Mag nicht«, sagte der Junge.

Antoinette wäre gern zu ihm hingeeilt und hätte ihn in die Arme genommen, aber sie wollte in Gegenwart der anderen nicht zuviel Aufhebens von seiner Laune machen; so sagte sie nur: »Dann laß es eben, und schau uns zu!«

»Du sollst mit mir spielen!«

»Du siehst doch, dazu habe ich jetzt wirklich keine Zeit! Später, mein Liebling, später!«

»Nie hast du Zeit für mich!« Der Kleine stampfte mit dem Fuß auf.

»Da ist einfach nicht wahr, und du weißt es genau. Also hör auf damit und sei lieb.«

»Wenn du meinst, daß du dich um ihn kümmern mußt...«, sagte Elisabeth.

»Aber nein, *ma tante,* er kann sehr gut allein spielen!« Mit einem beschwörenden Seitenblick auf Thomas fügte sie hinzu: »Wenn er will!« Sie hatte die letzte Nadel in den Saum des Gewandes gesteckt, dessen Rock in weichen Falten bis zum Boden floß. »Jetzt stimmt es!« Anmutig erhob sie sich, ein schlankes Mädchen mit sehr geradem Rücken und stolz erhobenem Kopf, die durch diese aufrechte Haltung größer wirkte als Elisabeth, obwohl ihre Schultern die gleiche Höhe hatten. »Darf ich den Hofmarksherrn holen, ja?« bat sie. »Er wird staunen!«

Elisabeth winkte ab. »Nein, nein, lieber nicht! Halt mir den Spiegel!«

Antoinette nahm den runden Spiegel mit dem reich verschnörkelten Silberrahmen und trat einen Schritt zurück, damit Elisabeth sich in dem neuen Kleid betrachten konnte. Es war ein Chemisekleid aus herrlicher Seide, unter dem Busen abgesetzt, mit reichem Dekolleté und winzigen Ärmeln, das ohne jede Verschnürung getragen wurde. Elisabeth errötete bei ihrem eigenen Anblick bis in die Wurzeln ihres hellen Haares. »Ist es nicht... schamlos?« Die Erinnerung an einen Vorfall wurde in ihr wach, den sie längst vergessen glaubte. Sie sah Lucille vor sich, die französische Geliebte ihres Mannes, wie sie ungeladen zu einem Ball auf Schloß Deinharting erschienen war, in einem im Schnitt ganz ähnlichen Kleid, wie sie es selbst heute trug, nur war es schwarz wie die Nacht gewesen, und empört und im Gefühl sittlicher Überlegenheit hatte sie sie von der Schwelle gewiesen.

Sie errötete noch tiefer, während Antoinette ihr rasch versicherte:

»Aber ganz und gar nicht, *ma tante*... es ist nur... frei, und es ist jung!«

Forschend blickte Elisabeth das junge Mädchen an. Lucille hatte ihr sehr nahegestanden. Mußte sie nicht das gleiche denken wie sie selbst? Aber in den tiefblauen Augen war nichts zu lesen.

»Kann ich es wirklich tragen?« fragte Elisabeth immer noch unsicher.

»Aber ganz gewiß«, beteuerte Antoinette.

»Es ist doch Mode so«, fügte Henriette Striegel hinzu.

»Ich weiß nicht, ob ich mich je daran gewöhnen werde.«

»Es wird Ihnen wohl nichts anderes übrigbleiben, *ma tante,* keine Frau trägt doch mehr ein Korsett!«

»Obwohl manch eine besser daran täte!« ließ sich die Zofe vernehmen.

Antoinette lachte. »Da haben Sie wohl recht, Mademoiselle! Aber Sie, *ma tante,* können sich die Robe erlauben wie keine zweite! Sie sind ja so zart und schlank... Sie hätten sich niemals schnüren müssen, und auch Ihr Dekolleté ist wundervoll!«

Elisabeth wußte, daß Antoinette ihr nicht schmeichelte; trotz ihrer Schlankheit war der Ansatz ihres Busens wohlgerundet und ihre Haut von einer sanften, fast durchsichtig wirkenden Weiße. »Nie hätte ich gedacht, daß sich diese ausschweifende Mode auch bei uns durchsetzen würde«, sagte sie.

»Und wie, *ma tante!*« sagte Antoinette. »Ist Ihnen noch nicht aufgefallen, daß selbst bei den Trachten der Mägde und Bauersfrauen die Taillen hochgerutscht sind?«

»Wahrhaftig? Ich werde einmal darauf achten.«

»Tun Sie das, *ma tante!* Darf ich jetzt nicht doch den Hofmarksherrn holen?«

»Nein, nein, ich werde es ihm bei passender Gelegenheit vorführen.«

Der kleine Thomas, der sich für dieses sehr weibliche Gespräch nicht interessierte, hatte sich eine Weile die Zeit damit vertrieben, das Stuckrelief an der Decke zu betrachten, das die Muttergottes in einem Muschelwagen zeigte, der von einer Heiliggeisttaube gezogen wurde. Aber der allzu vertraute Anblick hatte ihn nicht lange fesseln können. So war er dazu übergegangen, ein imaginäres Gewehr anzulegen, wobei er lautlos mit den Lippen »piff, paff, puff« machte, bis der Eifer mit ihm durchging und er mit lautem Knallen das Abfeuern einer Waffe nachahmte.

»Thomas!« riefen Elisabeth und Antoinette gleichzeitig.

»Ich spiele doch nur!« verteidigte sich das Kind.

»Aber muß das denn so laut sein?« fragte Elisabeth. »Komm mit mir, Henriette, und hilf mir beim Umziehen!«

Allein mit Thomas, kniete Antoinette sich neben den Jungen auf den Boden, zog ihn in ihre Arme und bedeckte seine bräunlichen

Wangen mit zärtlichen kleinen Küssen. »*Mon chéri, mon pauvre petit chéri!* Ich weiß ja, daß du brav bist... ein braver kleiner Bub! Du kannst nichts dafür, aber Tante Elisabeth ist nun mal nervös... deshalb mußt du noch braver werden!«

Thomas schmiegte sich vertrauensvoll an sie. »Warum?«

»Das habe ich dir doch schon tausendmal erzählt!«

»Will hören!«

»Weil wir keine Deinhartinger sind! Wir sind Franzosen und heißen...« Sie machte eine kleine Pause.

Gelehrig sagte Thomas. »Beaujeux!«

»Richtig. Ich bin die Comtesse de Beaujeux, und du bist der kleine Monsieur de Beaujeux!« Antoinette küßte ihn wieder, weil der Gedanke ihr weh tat, daß sie ihm eines Tages würde erklären müssen, warum er als lediges Kind keinen Titel tragen durfte.

»Und warum sind wir hier?«

»Weil das französische Volk uns aus Frankreich vertrieben hat. Wir mußten froh sein, daß wir mit dem Leben davongekommen sind. Die guten Deinhartinger haben uns dann bei sich aufgenommen. Deshalb müssen wir ihnen immer dankbar sein.«

Das war die Version der Geschichte, die Antoinette sich für Thomas ausgedacht hatte. Er ahnte nicht, daß er erst im Dragonerhaus zu Deinharting zur Welt gekommen und daß Anselm von Deinharting sein Vater war. Antoinette hätte es ihm liebend gern gesagt, aber sie nahm sich nicht das Recht dazu heraus. Der Hofmarksherr hatte sich zwar als sein Vater in das Kirchenbuch eingetragen, aber auf andere Weise bekannte er sich nicht zu seinem Sohn – aus Rücksicht auf Elisabeth und seine Kinder aus erster Ehe, wie Antoinette wußte. Die beiden Töchter, Beata und Auguste, waren zu naiv, um etwas zu ahnen, und was Elisabeth von der Herkunft des kleinen Thomas dachte, war schwer zu durchschauen. Sie verlor niemals ein Wort darüber, nicht einmal zu ihrem Mann, dessen war Antoinette sicher.

»Und Papa?« fragte Thomas wie immer, wenn sie an diesem Punkt der Geschichte angekommen war.

»Ist tot.«

»Und Mama?«

»Auch.« Diese Lüge fiel Antoinette leichter, denn sie fand, daß es besser war, seine Mutter tot zu glauben, als zu erfahren, daß sie eine abenteuerlustige Hochstaplerin gewesen war, die ihn, da sie nicht für ihn sorgen konnte, zurückgelassen hatte.

»Alle tot«, wiederholte Thomas düster.

»Nun, wir beide leben ja noch, und wir haben uns lieb, nicht wahr?«

»Aber Tante Elisabeth hat mich gar nicht lieb.«

»Sie versucht, dich liebzuhaben, sie ist doch nie böse zu dir, das mußt du zugeben.«

»Ich mache sie nervös.«

»Manchmal.« Antoinette dachte nach und fand es dann richtig, der

Geschichte eine neue Nuance hinzuzufügen. »Weißt du, sie hat selbst einmal einen kleinen Jungen gehabt, der ihr gestorben ist, und nun muß sie wohl immer, wenn sie dich sieht, an ihren eigenen Buben denken, und das tut weh.«

»Ach so«, sagte Thomas ganz befriedigt, als hätte er diese Erklärung gut verstanden.

»Deshalb mußt du versuchen, immer sehr, sehr leise zu sein, wenn du bei ihr bist.«

»Ich werde still sein wie ein Mäuschen!« versprach Thomas ernsthaft.

Antoinette küßte ihn wieder. »Ich wußte ja, daß du mein liebes gutes Brüderchen bist!« sagte sie und schwor sich einmal mehr, ihm und keinem anderen je zu verraten, daß sie in Wahrheit keine Geschwister waren.

Der Hofmarksherr hatte in der kleinen kupfernen Wanne, die Baptist, sein Diener, eigens zu diesem Zweck in seinem prächtig ausgestatteten Schlafzimmer aufgestellt hatte, den mächtigen braunen, auf der Brust behaarten Körper eingeseift und gebürstet. Zum Schluß dieser Prozedur ließ er sich einen Eimer kaltes Wasser übergießen, das auf die vielen hundert Jahre alten Bohlen des Fußbodens schwappte. Darüber vergaß er eine Weile seine sorgenvollen Gedanken. »Das hat gutgetan«, sagte er fast vergnügt, stieg aus der Wanne, in der er ohnehin nur hatte hocken können, und wickelte sich in das große, rauhe Tuch, das der Diener ihm reichte.

Daß Baptist sein Lächeln nicht erwiderte und seine üblich hochmütig-verschlossene Miene zeigte, störte ihn nicht; er war längst daran gewöhnt. Baptist, der in Wirklichkeit auf den weitverbreiteten Namen Josef getauft war, wollte damit dokumentieren, daß er auch nach über zehn Jahren Aufenthalt auf dem Lande nicht bereit war, sich in Deinharting einzugewöhnen. Der Hofmarksherr hatte ihn seinerzeit als jungen Burschen aus München mitgenommen, und Baptist war ihm gern gefolgt, überzeugt, daß der Aufenthalt nur vorübergehend sein würde. Zu kündigen und sich eine andere Stellung in dem etwa fünf Meilen entfernten München zu suchen, hatte er sich nicht entschließen können; es wäre wohl auch jetzt in seinem Alter, da er über dreißig war, nur schwer möglich gewesen. So trug er denn eine beleidigte Würde zur Schau, die schlecht zu der schon etwas verblichenen Alltagslivree in den Farben des Hauses passen wollte. Nie hätte er es sich nehmen lassen, ohne weißgepuderte Perücke zu erscheinen.

Anselm von Deinharting trug diesen männlichen Kopfputz schon seit Jahren nur noch bei großen Festlichkeiten und offiziellen Anlässen. Gewöhnlich gab er seinem vollen braunen Haar, in das sich erst wenige Silberfäden mischten, die Freiheit, offen auf seine Schultern zu fallen oder band es lässig im Nacken zusammen. Aber jetzt ließ er sich erst einmal, in sein Badetuch gewickelt und in einem der beiden mit Gobelin bezogenen Sessel aus der Renaissancezeit sitzend, von Baptist, der den Schaum schon geschlagen hatte, kunstvoll mit dem langen Messer, das er immer wieder am Lederriemen abzog, rasieren.

Zufrieden strich er sich danach über Kinn und Wangen. »Das hat Er gut gemacht!« Er ließ sich Kölnischwasser in die Hände schütten und rieb sich damit die leicht gerötete Haut ein.

Das Badetuch wie eine Toga umgeschlungen, trat er an den reichgeschnitzten weißgoldenen Barockschrank, öffnete die leise quietschende Tür, holte mit sicherer Hand die Flasche mit dem Obstler heraus und nahm einen Schluck – »ein Maulvoll«, wie er es bei sich selbst nannte. Da Elisabeth das Schlafgemach schon seit langem nicht mehr mit ihm teilte, hatte der ganze Raum einen sehr männlichen, wohnlichen Charakter angenommen, der einer Frau leicht verwahrlost erschienen wäre. Davon zeugte die griffbereite Schnapsflasche im Schrank, der ungeordnete Fall des roten Brokats, der von dem Baldachin auf das überbreite barocke Bett herabfiel, und das nicht ganz saubere Kissen davor, auf dem Hasso genächtigt hatte.

Anselm von Deinharting stieß mit dem Fuß daran, als er an das Bett trat. »Räum Er das fort!« Der Diener starrte ihn mit offenem Mund an.

»Hasso ist tot!« sagte Anselm von Deinharting kurz, aber dann wurde ihm bewußt, daß eine solch lapidare Erklärung im Haus und im Dorf zu allerlei Gerüchten führen mußte, und so fügte er hinzu: »Ich habe ihn erschießen müssen.«

Jetzt zeigte Baptist eine fast menschliche Regung. »Das... das tut mir leid«, stammelte er.

»Schon gut. Wer Tiere hält, muß damit rechnen, sie zu überleben.«

Auf dem Bett hatte Baptist ihm saubere Kleidung zurechtgelegt. Das Hemd war aus feinem weißen Leinen mit einem Jabot, zwei langen Stoffstreifen, die statt eines Kragens am Hals zu einer breiten Schleife oder einem Knoten zu binden waren. Darüber kam eine eng anliegende Hose, die bis zu den Knöcheln reichte – auch eine Errungenschaft, die die Französische Revolution mit sich gebracht und die sich allmählich und unaufhaltsam auch unter den schärfsten Gegnern des neuen Regimes verbreitet hatte. Anselm von Deinharting fand sie praktisch und zog sie deshalb vor, während Baptist es sich nie nehmen lassen würde, seine Hosen nach alter Sitte unter dem Knie über den langen weißen Zwirnstrümpfen zu binden und schwarze, mit Silberschnallen verzierte Schuhe zu tragen. Sein Herr zog kurze Wollsocken über, darüber weiche braune Stiefel, die bis zur halben Wade reichten. Wegen der Kälte hatte Baptist eine Weste aus besonders dickem gewalktem Tuch für seinen Herrn gewählt. Der braune Rock war bequem geschnitten, hatte hinten lange Schöße und war mit Hirschhornknöpfen verziert.

Ohne einen Blick in den Spiegel zu werfen, beendete Anselm von

Deinharting seine Toilette, was aber durchaus nicht bedeutete, daß er ohne Eitelkeit war. Aber die Erfahrung hatte ihn gelehrt, daß es seiner Erscheinung keinen Abbruch tat, wenn ihm eine Locke in die Stirn fiel, sein Jabot schief gebunden oder seine Jacke falsch geknöpft war. Als er das Zimmer verließ, hätte er beinahe »komm, Hasso« gesagt, und wieder kam der Schmerz in ihm hoch, von dem sein Verstand doch nichts wissen wollte.

Im Treppenhaus war es kalt, und er beeilte sich, den Vorplatz mit dem gotischen Netzgewölbe zu überqueren, nahm die hohen steinernen Stufen wie ein Jüngling, und mit Schwung riß er die Tür zum sogenannten kleinen Saal auf, in dem die Familie ihre gemeinsamen Mahlzeiten einzunehmen pflegte. Im gleichen Augenblick bereute er, daß er nicht Auftrag gegeben hatte, für ihn in einem anderen Zimmer zu servieren; die große Tafel war nahezu völlig abgeräumt, und dennoch war er nicht allein. Der Leutnant Baron Felix von Lingen hatte sich soeben an den Frühstückstisch gesetzt. Er sprang sofort auf, als er des Hausherrn ansichtig wurde, und verbeugte sich höflich. »Einen guten Morgen, Herr von Deinharting.«

»Wünsch ich Ihnen auch, Baron«, erwiderte der Hausherr, aber es kam nicht sehr freundlich heraus; obwohl er wußte, daß er dem jungen Offizier persönlich nichts vorhalten konnte, übertrug sich sein Groll über die ungute Situation doch auf ihn.

Felix von Lingen wartete, bis der Hausherr sich gesetzt hatte und versuchte dann, ein Gespräch in Gang zu bringen. »Bin a bisserl spät dran heute morgen«, plauderte er mit unverkennbar wienerischem Tonfall, »die Damen waren alle schon auf und davon.«

»Wie tief bedauerlich!«

Der junge Mann überhörte die Ironie. »Selbst mein Kamerad hat nicht auf mich gewartet«, beklagte er sich, »weiß gar nicht, warum er es so eilig hatte.«

»Haben Sie denn keinen Dienst?« erkundigte sich Anselm von Deinharting, um nicht zu unhöflich zu sein.

»Nein, ist abgeblasen für heute, Herr von Deinharting. Weiß auch nicht warum. Was die hohen Herren sich so alles einfallen lassen!«

Baptist erschien mit einem Tablett, auf dem zwei Kannen standen, eine mit Kaffee, die andere mit heißer Milch, ein Korb mit dunklem Brot und eine Platte mit durchwachsenem geräuchertem Speck.

»Hab' mich direkt ein bisserl einsam gefühlt«, behauptete Felix von Lingen, »so bin ich froh, daß Sie gekommen sind. Es gibt schon nichts Angenehmeres als ein gemütliches Frühstück und einen netten Plausch.«

Anselm von Deinharting hatte sich damit beschäftigt, eine Scheibe Brot mit Speck zu belegen. Jetzt hob er, die Gabel mit einem Speckstreifen in der Hand, den Kopf, um zu ergründen, ob der junge Mann wirklich so naiv war, wie er tat, oder nicht am Ende ihn, den altbayrischen Hofmarksherrn, zum Narren halten wollte. Aber Felix von

Lingens junges Gesicht war ganz arglos. Blond gelockt, mit großen Kinderaugen und einer milchweißen Haut wirkte er trotz des Uniformrocks, dessen roten Stehkragen er der Bequemlichkeit halber unvorschriftsmäßig geöffnet hatte, fast mädchenhaft. Anselm von Deinharting wurde durch seine Erscheinung ein wenig an seinen eigenen zweiten Sohn, Emanuel, erinnert, der seit vier Jahren am Hof des Kurfürsten Karl Theodor in München als Page diente. Nur hätte Emanuel es nie gewagt, so frei zu seinem Vater zu sprechen, wie der einquartierte österreichische Offizier es sich seinem Hausherrn gegenüber erlaubte.

»Ich bin kein guter Gesellschafter«, sagte Anselm von Deinharting milder als sonst.

»Das nehme ich Ihnen nicht ab, Herr von Deinharting«, protestierte der junge Offizier unbekümmert, »Sie könnten gewiß interessant erzählen, wenn Sie nur wollten!« Da der Hausherr auf diese Bemerkung hin schwieg, sagte er nach einer Weile: »Die Semmeln, die es hier gibt, sind gut...«

»Wir backen sie im Haus!«

»Ah, drum! Sie sind fast so resch wie die in Wien!« Felix von Lingen brach eines der knusprigen Brötchen in zwei Teile und strich großzügig Butter darauf.

Anselm von Deinharting ärgerte sich über sich selbst, weil er sich durch das anmaßende »fast« des Gastes verletzt fühlte, aber er verbiß sich eine Zurechtweisung.

»Überhaupt, die Küche auf dem Schloß ist superb! Ich hoffe nur, daß wir noch recht lange bleiben dürfen.«

Anselm von Deinharting hob die dichten Augenbrauen. »Sie brennen, scheint mir, nicht darauf, in die Schlacht zu kommen?«

»Aber ich bitt' Sie, Herr von Deinharting, wo denken Sie hin! Ich bin Offizier geworden, weil es keine andere Karriere für mich gab... aber diese Gemetzel sind doch... degoutant. Zudem noch gegen den französischen Pöbel.« Er tupfte sich mit der Serviette die Butter von den Lippen. »Natürlich will man sich auszeichnen, die zu Hause erwarten es ja von einem, aber es muß ja nicht sofort sein.«

Für Anselm von Deinharting hatte dieses Gespräch in dem prunkvollen Saal, der von seinem Großvater gleichen Namens in üppigem Barock ausgestattet worden war und in dem der junge Mann am Ende der langen Tafel ganz verloren wirkte, etwas Unwirkliches. Widerwillig mußte er zugeben, daß Felix von Lingen nicht freiwillig nach Bayern gekommen war, sondern hundertmal lieber in seinem Wien geblieben wäre. Dennoch konnte er zwar Verständnis, aber keine Sympathie für ihn aufbringen. »Sie sind erstaunlich offen«, sagte er.

Felix von Lingen schenkte ihm ein gewinnenden Lächeln. »Ihnen gegenüber darf ich doch ehrlich sein, nicht wahr? Oder verachten Sie mich jetzt, weil ich nicht vor Mordlust brenne? Waren Sie Offizier?«

»Ich bin gelernter Jurist.«

»Jurist! Kolossal! Aber dazu hat es bei mir leider nicht ausgereicht.«

Anselm von Deinharting hatte sein Speckbrot vertilgt und schüttete den Kaffee nach, um so schnell wie möglich fortzukommen. Dabei verschluckte er sich, mußte husten. Diensteifrig sprang von Lingen auf, lief zu ihm hin und war schon im Begriff, ihn auf den Rücken zu klopfen, als ein Blick des Hofmarksherrn ihn erstarren ließ.

Excusez moi«, stammelte er betroffen, »ich wollte nur... ich dachte...«

»Schon gut.« Anselm von Deinharting wischte sich Mund und Finger ab, warf die benutzte Serviette achtlos auf den Tisch, schob den Stuhl zurück und stand auf. »Mahlzeit.« Er verließ den Speisesaal mit großen Schritten, verärgert über die Keckheit des kaiserlichen Offiziers, mehr noch über sich selbst, weil er nicht freundlich zu einem Menschen sein konnte, der ihm nichts Böses getan hatte und so deutlich um seine Sympathie warb.

Anselm von Deinharting verließ das Schloß durch den Vorderausgang. Neben den Waffen, Jagdtrophäen und Totenschilden, mit denen die Wände des steinernen Flurs geschmückt waren, hingen sein scharzer, pelzgefütterter Radmantel und die Pelzmütze. Er zog sie über und nahm seine Reitgerte vom Haken, bevor er in die schneidende Kälte des Wintertages hinaustrat. Der Himmel war bleiern grau, und der Schnee auf den Feldern und Weiden wirkte stumpf. Die Linden der Allee, die schnurgerade zum Dorf führte, standen kahl und schwarz. Der Anblick war trostlos. Noch lag keine Verheißung eines kommenden Frühlings in der Luft. Es war, als wenn die strohgedeckten Bauernhäuser sich ganz klein machten, sich verkröchen, um drohendem Unheil zu entgehen. Nur der Zwiebelturm der Kirche ragte in den Himmel.

Der Hofmarksherr blähte die Nüstern, sein Atem stand wie eine kleine Wolke vor seinem Gesicht. Es war zu kalt, um zu schneien, und das Land brauchte auch keinen Schnee mehr. Jetzt sollte er bald verschwinden, damit mit den Vorbereitungen für die Aussaat begonnen werden konnte. Einer späten Ernte mußten hungrige Wochen, ja Monate vorausgehen. Wollte Gott, daß die Soldaten bis zum Sommer aus dem Land waren.

In seine sorgenvollen Gedanken vertieft, schritt Anselm von Deinharting mit weitausholenden Schritten, wie es seine Art war, über den gepflasterten Teil des Hofes und um das Schloß herum zu den Ställen, als er Beata, seine älteste Tochter, die in die gleiche Richtung eilte, vor sich auftauchen sah. Sie trug ein enggeschnittenes Reitkostüm aus schwarzem Tuch und auf dem weizenblonden Haar eine Pelzkappe, die, da sie ihre kleinen rosigen Ohren freiließ, wohl ihrer Schönheit, aber nicht als Schutz vor der Kälte dienen konnte. »Beata!« rief er gedämpft.

Sie fuhr herum, die Hände in einem Muff, die Reitgerte an der Schlaufe über dem Handgelenk, und errötete heiß. »Sie, Papa?«

»Was hast du vor?«

»Ich möchte ausreiten!«

»Es ist viel zu kalt für dich.«

Ihre hellen, blaßbewimperten Augen hielten seinem Blick voller Trotz stand. »Aber ich brauche Bewegung, Papa!«

Er kam auf sie zu und legte seine große Hand besänftigend auf ihre Schulter. »Warte noch eine Stunde! Dann soll Peter dich begleiten.«

Die vollen, schön geschwungenen Lippen zitterten, und Tränen stiegen ihr in die Augen. »Ich komme mir allmählich wie eine Gefangene vor.«

»Nicht nur du!« Die Hand um ihre Schulter gelegt, zog er sie mit sich. »Wir sind in Wahrheit nicht einmal mehr frei in unserem eigenen Haus, und ein schönes Frauenzimmer wie du muß sehr auf der Hut sein.«

Sie schüttelte seine Hand ab und blieb stehen, während er ruhig weiterschritt. Vor dem Stall bot sich ihm ein unerwartetes Bild. Peter hielt Beatas kleine braune Stute schon gesattelt am Halfter, während der Bursche des Leutnants Ferdinand von Tobler, ein krausköpfiger, windischer Kerl, prüfte, ob der Bauchgurt des Offizierspferdes auch fest geschlossen war.

Ferdinand von Tobler stand einen Schritt von den Pferden entfernt in abwartender Haltung da, den Helm unter dem Arm. Er war ein hochgewachsener, kräftiger junger Mann mit warmen braunen Augen über hohen Wangenknochen. Seinen festen, gutgeschnittenen Mund zierte ein dichter dunkelblonder Schnurrbart. Als er Anselm von Deinharting bemerkte, nahm er sofort Haltung an. »*Bonjour*, Herr von Deinharting!«

Der Hofmarksherr gab den Gruß zurück und wandte sich dann sofort an Peter. »Stell die Stute wieder ein! Meine Tochter reitet nicht.«

»Das bedaure ich sehr«, sagte der Leutnant ruhig, »ich hatte mir nämlich erlaubt, dem gnädigen Fräulein meinen Schutz anzubieten.«

»Sie hatten ... was?« fragte Anselm von Deinharting, der sehr wohl verstanden hatte, über soviel selbstverständliche Anmaßung aber bestürzt war.

Jetzt schoß Beata hervor, die den Auftritt bisher aus sicherer Entfernung beobachtet hatte. »Wir wollten zusammen ausreiten, Papa! Jawohl! Das können Sie mir nicht verbieten!«

»Und ob ich das kann! Du gehst jetzt sofort ins Haus. Keine Diskussion. Deine Mutter wird später mit dir reden.«

Beata zögerte noch, aber der Gesichtsausdruck ihres Vaters war so furchteinflößend, sehr viel eindrucksvoller noch als seine gar nicht einmal lauten Worte, daß sie es doch vorzog, es nicht bis zum Äußersten kommen zu lassen, sich umdrehte und zum Schloß hin floh.

»Es handelt sich um ein Mißverständnis!« erklärte Ferdinand von Tobler in respektvoller Haltung, den Helm unter dem Arm »Ich versichere Ihnen, daß meine Absichten völlig ehrenhaft sind.«

»Ich verbiete Ihnen jegliche Absichten auf meine Tochter!« erwiderte Anselm von Deinharting kalt; die Ader auf seiner Schläfe pochte immer noch bedrohlich. »Peter, du sattelst das Pferd des gnädigen Fräuleins in Zukunft nicht mehr ohne mein ausdrückliches Einverständnis.«

»Sehr wohl, gnädiger Herr.«

Der kaiserliche Offizier setzte seinen Helm auf, schwang sich auf sein Pferd, grüßte kurz und ritt davon. Der Bursche verzog sich in den Stall.

»Soll ich Bruna für Sie satteln?« fragte Peter.

»Tu das. Ich bin gleich zurück. Aber vorher habe ich noch etwas zu erledigen.« Immer noch zornig, wandte der Hofmarksherr sich um und ging zum Schloß zurück.

Elisabeth war in das obere Erkerzimmer zurückgekehrt. Sie hatte sich umgezogen und trug jetzt ein dunkles Kleid mit großem weißem Kragen und Fichu, darüber einen leichten Spitzenschal. Mit Antoinettes Hilfe hatte sie den Träger mit dem Rahmen für ihre Gobelinstickerei beiseite geschoben, so daß sie sich nahe dem Erkerfenster in das beste Licht setzen konnte. Seit die hoch aufgetürmten Frisuren aus der Mode waren, kam sie nicht mehr mit ihrem langen blonden Haar zurecht. Antoinette, die geschickt darin war, bemühte sich, es mit Kamm und Bürste zu formen.

»Am hübschesten wäre es«, schlug sie vor, »wenn Sie es ganz schlicht tragen würden, *ma tante,* ein paar Löckchen in die Stirn ... ein Band ... ähnlich wie ich!«

Elisabeth lächelte zu ihr auf. »Du kannst dir das erlauben!«

»Und Sie etwa nicht?! Sie sind doch auch noch jung!«

»Nein, nein, steck mir mein Haar nur wieder unter die Haube!«

Antoinette nahm die Haube mit den Fingerspitzen hoch und betrachtete sie kritisch. »Das alte Ding! Wenn Sie wenigstens einmal eine Putzmacherin kommen lassen würden!«

»Das werde ich tun! Aber für heute muß sie genügen ...«

»Aber wenigstens ein paar Löckchen vorne?«

Das Idyll wurde durch Anselm von Deinhartings stürmischen Auftritt jäh gestört; die beiden Frauen fuhren herum.

Der kleine Thomas, der still in einer Ecke des Zimmers auf dem Boden gespielt hatte, sprang auf. »Monsieur!« rief er und lief zu seinem Vater hin, aber das zornige Gesicht des großen Mannes erschreckte ihn, und er blieb stehen.

»Incroyable!« brüllte Anselm von Deinharting. »Unerhört!« Er

war die Treppen in einem solchen Tempo hochgestürmt, daß er jetzt nach Luft schnappen mußte.

Elisabeth nahm allen Mut zusammen. »Solltest du dich nicht erst beruhigen, bevor du mit mir sprichst?«

»Wo ist Beata?«

Elisabeth und Antoinette sahen sich an. »Ich weiß es nicht«, mußte Elisabeth zugeben.

»Das habe ich mir gedacht! Du hältst es also nicht für nötig, auf deine Stieftöchter aufzupassen!«

»Gustel ist im Unterricht, und Beata ist eine gut erzogene, vernünftige junge Dame, die...

»...eben im Begriff stand auszureiten!«

Elisabeth wechselte die Farbe. »Das allerdings...«

»...und nicht etwa allein, was leichtsinnig genug gewesen wäre, sondern in Begleitung eines kaiserlichen Offiziers.«

»Das allerdings«, wiederholte Elisabeth und setzte hinzu, »ist sehr ungehörig.«

»Ungehörig!« Anselm von Deinharting lachte wütend auf. »Das ist wohl nicht ganz der passende Ausdruck.«

Antoinette legte Kamm und Bürste hin und nahm den kleinen Thomas, der der Auseinandersetzung mit aufgerissenen Augen gefolgt war, bei der Hand. »Komm, Thomas!« Sie wandte sich an Elisabeth. »Sie erlauben doch?« Sie führte den Jungen aus dem Zimmer.

»Warum schimpft Monsieur so?« fragte Thomas. »Und was hat Tante Elisabeth getan?«

»Sie sind beide in Sorge um Beata.«

»Warum? Weil sie vom Pferd fallen könnte?«

»Ja, das auch.« Antoinette bleib auf dem Vorplatz stehen und überlegte. »Ich bringe dich zu Mademoiselle Afra, ja?«

»In die Schulstube?« Die lebhaften schwarzen Augen des Jungen leuchteten auf. »O ja, Tonette! Ich mag lernen.«

»Du darfst aber den Unterricht nicht stören, hörst du? Sonst wird Mademoiselle böse!«

»Ich werde ganz brav sein!«

Hand in Hand liefen sie die steinerne, gewundene Treppe hinunter, und Antoinette klopfte an die Tür am Ende des Ganges. Afra öffnete von innen – erst einen Spalt breit und dann, als sie erkannte, wer Einlaß begehte, ganz weit. »Antoinette!« rief sie in ihrem korrekten, wenn auch wenig eleganten Französisch. *»Qu'est-ce qu'il se passe?«* Afra war einen Kopf kleiner als Antoinette, ihr blasses, breitflächiges Gesicht mit den hohen Jochbogen und den schrägstehenden dunklen Augen, das sie seit Jahren sorgfältig vor jedem Sonnenstrahl schützte, war nicht gerade schön, aber sehr apart, ihre ganze Erscheinung wirkte ausgesprochen gepflegt. Nur die ernste, gespannte Entschlossenheit ihres Gesichtsausdrucks verriet, daß sie keine Dame war, aber niemand, der es nicht wußte, hätte in ihr die Tochter des Dorfwirtes vermutet.

»Bist du so lieb und beschäftigst Thomas eine Weile?« bat Antoinette und schob den Jungen rasch in die Schulstube, aus der Augustes neugieriges Kindergesicht zu ihnen hinüberlugte.

Afra schloß die Tür hinter ihm. »Erzähl schon!« Hastig berichtete Antoinette, was sie wußte. Afra warf den Kopf in den Nacken. »*Mon dieu,* was für ein Theater!«

»Ich muß zu Beata. Sie wird außer sich sein!« Antoinette wollte schon wieder weiter. Afra hielt sie am Ärmel fest. »Ich hätte mir das an ihrer Stelle nicht gefallen lassen!«

»Ja, du nicht, du bist auch keine wohlbehütete junge Dame...« Antoinette sah, wie Afras Mundwinkel sich verzogen und fügte versöhnlich hinzu: »... wir beide sind es nicht. Wir haben gelernt, auf uns aufzupassen. Aber Beata...«

»... ist eine dumme Gans!«

»Sie ist das Schloßfräulein!«

»Pah, ich bin genausoviel wert wie sie!«

Antoinette wußte, wie sehr Afra trotz ihres manchmal geradezu anmaßenden Auftretens unter ihrer geringen Herkunft litt; sie zeigte Verständnis. »Darum geht's ja gar nicht. Beata hat keine Ahnung, auf was sie sich einläßt, und ihr Papa will sie schützen. Geht das denn nicht in dein Köpfchen? Apropos... wie würde es deinem Vater wohl gefallen, wenn du mit einem der Kaiserlichen ausreiten wolltest?«

In der Anstrengung, sich eine solche Situation vorzustellen, neigte Afra den Kopf zur Seite und preßte die Lippen zusammen. »Ich würde mir das nicht verbieten lassen!«

»Und wenn dein Vater der Hofmarksherr wäre?«

Afra war zu ehrlich, um auf ihrem Standpunkt zu beharren, und schwieg. Antoinette lächelte und strich ihr sanft mit dem Handrücken über die Wange. »Ja, vor dem haben wir alle einen Mordsrespekt! Bis später, Afra! Ich hole Thomas ab, sobald es irgend geht.«

»Hat keine Eile. Er ist ja brav.« Die Mädchen trennten sich. Afra ging in die Schulstube zurück – man hatte ihr, seit der Hauslehrer im letzten Herbst gekündigt hatte, die Unterrichtung Augustes anvertraut –, Antoinette eilte nach oben.

Indessen war Anselm von Deinharting ruhiger geworden, wenn er auch immer noch grollte. Mit großen Schritten, die Hände auf dem Rücken, ging er in dem oberen Erkerzimmer hin und her, während Elisabeth, die Hände im Schoß, dasaß und seinen Marsch mit den Augen verfolgte. »Wir mußten diesen Männern Quartier geben«, sagte er, »das ist richtig. Aber wir hätten sie nicht gleichsam in unsere Familie aufnehmen sollen. Erinnere dich, ich war von Anfang an dagegen. Getrennte Mahlzeiten... dann wäre erst gar keine Vertrautheit aufgekommen!«

»Es sind Herren von Stand«, sagte Elisabeth ruhig.

»Das habe ich nie bestritten. Aber sie sind jung, sie sind gesund, und ihre Sitten sind durch das Soldatenleben verwildert.«

»Ich habe sie immer sehr höflich gefunden.«

»Elisabeth!« Er blieb vor ihr stehen. »Hältst du einen solchen Ausritt zu zweien... unter diesen Umständen und ohne die Eltern um Erlaubnis zu fragen... tatsächlich für ganz unverfänglich? Wenn das deine Meinung ist, so bin ich im Unrecht.«

»Nein«, mußte sie zugeben, »die Sache gefällt mir sowenig wie dir!«

»Na, Gott sei Dank! Ich war schon nahe daran, mich für einen alten Trottel zu halten.«

»Aber ich bin sicher, Beata hat sich nichts Böses dabei gedacht.«

»Ganz richtig. Genau darauf will ich hinaus. Sie ist mir ihren achtzehn Jahren ein ahnungsloses, argloses Kind.«

»Das soll sie auch bis zu ihrer Ehe bleiben.«

»In normalen Zeitläufen wäre ich ganz deiner Meinung. Aber mit diesen jungen Männern im Haus... das Land ringsum wimmelnd von Soldaten... du mußt mit ihr sprechen, Elisabeth.«

»Das kann ich nicht!« Elisabeth ließ die schweren Lider über die hellen Augen sinken.

»Und wenn ich dich sehr darum bitte?«

Ihre Lippen schienen noch schmaler zu werden, und eine rote Welle stieg aus dem Ansatz ihres weißen Kragens bis in die Haarwurzeln hinauf. »Du weißt, daß ich über solche Dinge nicht sprechen kann.«

Sie war sehr schön, wie sie da vor ihm saß in ihrer schamvollen Hilflosigkeit, mit dem gelösten blonden Haar, das ihr über die Schultern fiel. Er nahm ihre Hand, die wie leblos in der seinen lag, und küßte ihre Fingerspitzen. »Verzeih mir!« Er schritt auf die schöne Renaissancetür zu, drehte sich dann aber noch einmal um. »Ich kann mich doch darauf verlassen, daß du Beata gegenüber meinen Standpunkt vertreten wirst?«

»Ich bin nicht weniger besorgt um sie als du.«

»Danke, Elisabeth!«

»Anselm!« Ihre Stimme klang gepreßt, denn der Anruf hatte sie Überwindung gekostet.

»Ja?« Die Klinke in der Hand, blieb er abgewandt stehen.

»Das mit Hasso tut mir leid.«

»Er war ein guter Hund.«

»Aber ein Hund ist nicht unersetzlich.«

»Sowenig wie ein Mensch. Bis später dann, Elisabeth.« Er verließ sie, ohne sie noch einmal anzusehen.

Sie wußte sehr gut, worauf er angespielt hatte: auf ihren grenzenlosen, untröstlichen Schmerz beim Tod des kleinen Maximilian. Danach hatte sie sich ihm verweigert, weil sie sich außerstande fühlte, ein ähnliches Leid noch einmal durchzustehen. Inzwischen hatte sie eingesehen, wie falsch ihre Haltung gewesen war. Es war Gottes Wille gewesen, und nach schweren inneren Kämpfen hatte sie sich darein gefügt. Sie hatte ihr Kreuz auf sich genommen, so dachte sie jedenfalls. Aber die Angst vor neuem Leid war geblieben. Es war ein Schneckenhaus, in dem sie sich eingerichtet hatte, sie empfand das wohl, aber immer, wenn sie sich daraus hervorwagte, zuckte sie sogleich wieder erschrocken zurück. Sie konnte es nicht ändern.

Wild schluchzend lag Beata auf ihrem Bett. Sie war noch in ihrem Reitdreß, hatte aber ihren Hut, die Handschuhe und die Peitsche achtlos fortgeworfen; ihr dichtes weizenblondes Haar hatte sich gelöst und breitete sich wie ein Ährenstrauß auf dem Kopfkissen aus.

Antoinette blieb Sekunden zögernd auf der Türschwelle stehen, ehe sie sich ihr näherte. Sie wußte wohl, daß Beatas Wut und Verzweiflung echt waren, dennoch fand sie es belustigend, daß das erwachsene Mädchen sich wie ein unglückliches Kind benahm. Sie mußte sich auf die Lippen beißen, um nicht aufzulachen, wodurch sie Beata tödlich verletzt und ihr Vertrauen für alle Zeiten verloren haben würde. Um sich zu fassen, sammelte sie erst einmal die umherliegenden Reitutensilien auf. Dann erst trat sie an das Bett und legte Beata sanft die Hand auf die Schulter. »Seien Sie nicht zu traurig, Beata! Ihr Herr Vater hat es nur gut gemeint!«

Beata fuhr herum und zeigte ein verweintes Gesicht. »Wie ich ihn hasse!«

»O nein, Beata, das dürfen Sie nicht sagen!«

»Er hat mich gedemütigt!«

»Das sehen Sie ganz falsch, Beata! Herr von Tobler wird Sie nun doppelt achten, da Sie einen Papa haben, der für Ihre Ehre eintritt.«

Beatas Tränen versiegten. »Meine Ehre? Ich verstehe nicht...«

»Ihr Vater hat sein Leben für Sie riskiert! Es hätte zu einem Duell kommen können, nicht wahr?«

»Aber warum nur, warum? Das alles war so unnötig!«

»Beata!« Antoinette ergriff die Hand des älteren Mädchens. »Sie wissen doch genau, daß das, was Sie vorhatten, unschicklich war.«

»Unschicklich oder nicht... als wenn es darauf ankäme! In einer Zeit wie dieser!«

»Gerade in dieser Zeit, Beata. Seit die Kaiserlichen in Bayern stehen...«

Beata richtete sich auf. »Herr von Tobler würde mich vor jeder Gefahr beschützen!«

»Auch vor sich selbst?«

Sekundenlang sah Beata sie mit halbgeöffnetem Mund an, was ihr einen etwas törichten Ausdruck verlieh. »Wie könnte er mir gefährlich werden?«

Antoinette suchte nach den richtigen Worten. »Er ist jung und gesund... er ist ein Mann, und Sie sind eine sehr reizvolle Person.«

»Ich verstehe nicht, was Sie damit sagen wollen.«

»Nun, er könnte in Versuchung geraten...« Antoinette stockte. »... Sie in die Arme zu nehmen.«

»Niemals! Dazu achtet er mich viel zu sehr!« Beatas hell bewimperte Augen, die vom Weinen noch gerötet waren, blitzten auf.

»Durch das Eintreten Ihres Herrn Vaters kann sich diese Achtung nur verstärkt haben. Hätte er sich gleichgültig gezeigt, dann hätten Sie in den Augen Herrn von Toblers gewiß verloren.«

Jetzt wurde Beata doch nachdenklich. »Bist du sicher, Tonette?« Unwillkürlich fiel sie in die vertraute Form der Anrede zurück, die die Mädchen erst vor wenigen Monaten aufgegeben hatten.

»Ja, Beata, ganz und gar. Ein Mädchen von Stand muß sich den Männern gegenüber so rar wie möglich machen, und ihre Eltern müssen sie dabei unterstützen. Nur dann bleibt sie begehrenswert. Oder suchen Sie ein Abenteuer?« Antoinette blieb bei dem formellen Sie, was ihren Beziehungen angemessener schien.

»Ganz gewiß nicht!«

»Dann gibt es auch keinen Grund, zu weinen. Herr von Tobler weiß jetzt, daß er sich kein leichtes Speil mit Ihnen machen kann und wird sich nur noch mehr bemühen.«

»Und wenn er... gekränkt ist?«

»Dazu besteht kein Grund.«

Schon halb getröstet, zog Beata ein Spitzentüchlein aus ihrem Ärmel und tupfte sich die Augen. »Vielleicht will er jetzt gar nichts mehr von mir wissen«, meinte sie, aber ihr Ton verriet deutlich, daß sie nur im Gegenteil bestärkt werden wollte.

Antoinette durchschaute die Taktik und lächelte. »Das glauben Sie doch selbst nicht!« Sie zog Beata hoch. »Und nun machen Sie sich doch bitte ein wenig frisch und kommen mit hinunter!«

»Ich könnte meinem Papa jetzt nicht in die Augen sehen!«

»Er ist gewiß schon fort. Wenn es Sie beruhigt, werde ich nachschauen. Lassen Sie Ihr Haar nur so, wie es ist. Tante Elisabeth und ich waren gerade dabei, Frisuren auszuprobieren.«

»Oh, das ist charmant!« Beata hatte ein wenig Wasser in die marmorne Waschschüssel geschüttet und sich das Gesicht gekühlt; jetzt hob sie den Kopf und trocknete es ab. »Dein Haar fällt immer so hübsch. Wie machst du das?«

Antoinette schüttelte ihre rotbraunen Locken, die, von einem Band gehalten, dessen Blau der Farbe ihrer Augen entsprach, locker in den Nacken und in die Stirn fielen. »Bei mir ist das ganz einfach, weil es sich von selbst lockt. Ich brauche es nur vorne kurz zu schneiden. Das ist das ganze Kunststück.«

»Meines ist so dicht und glatt!« klagte Beata.

»Dafür aber *merveilleux!* Kommen Sie, Beata, und nehmen Sie Kamm und Bürste mit!«

Beata sah an sich herab. »Aber erst muß ich mich umkleiden.«

»Dann laufe ich schon voraus. Ich hole Sie, wenn ich sicher bin, daß Ihr Herr Vater das Schloß verlassen hat.«

Anselm von Deinharting ritt auf Bruna, der mächtigen schwarzen Norikerstute, die Lindenallee hinab. Immer noch zeigte das Land jenes bedrückende tote Weiß unter einem bleiernen Himmel. Er, der es in jeder Stimmung kannte und liebte, hatte es noch nie so trostlos gefunden. Zur Rechten des Dorfes, ein gutes Stück von der Allee entfernt, aber deutlich sichtbar, war der Boden schwarz und zerstampft. Dort pflegten die kaiserlichen Soldaten zu exerzieren, und wie jedesmal schnitt ihm der Anblick ins Herz. Der Schaden, der ihm selbst daraus erwuchs, war unbeträchtlich, denn das Land wurde nicht von seinen eigenen Leuten bestellt, sondern von einem Bauern, dem Weyerer, in Pacht gegeben. Für den allerdings war es schlimm, denn es war sein bestes Stück Weideland. Wenn die Kaiserlichen nicht bis zum Frühjahr abzogen, würde er eine seiner Kühe schlachten müssen, und es war ihm so schon schwer geworden, die eigene Familie und die einquartierten Soldaten zu versorgen.

Zu allem Unglück blieben die Bauern der Hofmarksherrschaft, gleichgültig ob sie ihr Land als Lehen, in Pacht hatten oder als Leibeigene bestellten, ihm, dem Hofmarksherrn, weiter abgabepflichtig. Er hätte das gern geändert, denn sein eigener Haushalt wurde trotz der Einquartierung durch die Erträge seines vom Vogt betreuten Gutes ausreichend versorgt. Aber mit einer solchen Maßnahme hätte er sich in krassen Gegensatz zu seinen Standesgenossen – denen er seiner fortschrittlichen Ideen wegen ohnehin verdächtig war – gesetzt. Zudem war er nicht sicher, ob die Bauern ihm ein solches Entgegenkommen nicht als Schwäche ausgelegt hätten. Sie stöhnten unter der Fron, aber würde er ihnen jetzt unter diesen außergewöhnlichen Belastungen ihre Pflichten erlassen, so mochten sie auch später, wenn die Zeiten wieder ruhiger geworden sein würden, nie mehr zur Hergabe von »Reichnissen« zu veranlassen sein.

Anselm von Deinharting seufzte schwer. Bei allem, was er tat, mußte er auch an seinen Sohn denken, den jungen Anselm, der die Hofmark, so Gott wollte, eines Tages übernehmen würde. Es durfte nicht dahin kommen, daß er zu einem schlechten Verwalter und Erblasser des ererbten Besitzes wurde. Das einzige, das er tun konnte, tat er: immer wieder ermahnte er Margarethe Meyr, auf die Not der Bauern Rücksicht zu nehmen, ein mageres Huhn als ein fettes durchgehen zu lassen und es mit den Gewichten nicht allzu genau zu nehmen. Ständige Mahnungen waren nötig, um sie gnädig zu stimmen. Margarethe Meyr stammte zwar selbst aus dem Bauernstand, aber dennoch oder gerade deshalb war sie dickköpfig, was die Belange ihrer Herrschaft anging. »Recht muß Recht bleiben«, pflegte sie zu sagen. Wahrscheinlich hätten seine Ermahnungen, auch farbigen Schilderungen der Not, die gerade auf den kleinen Höfen herrschte, auf denen sich die Bewohner unter normalen Verhältnissen notdürftig am Leben halten konnten, gar nichts genutzt, wenn er sich nicht hinter den Pfarrer gesteckt hätte.

Pfarrer Reiter war ein milder alter Herr, nicht gerade der mit Teufel und Fegefeuer drohende Prediger, wie die Bauern ihn gewünscht und respektiert hätten. Aber er vertrat, mehr als sie wußten, immer ihre Partei, auch dem Hofmarksherrn gegenüber, der ihm doch nach Bildung und Herkunft näher hätte stehen sollen. Doch für Pfarrer Reiter bestand der Sinn des Christentums immer noch darin, sich der Schwachen anzunehmen.

Ein wenig weltfremd, wie er war, konnte er nicht recht einsehen, wieso der Hofmarksherr seine Bauern nicht durch ein befreiendes Wort oder einen Federstrich aus der Pflicht entlassen konnte. Um so bereiter war er, im Beichtstuhl auf Margarethes christliches Gewissen einzuwirken und ihr die ewige Verdammnis vor Augen zu halten, die demjenigen mit Sicherheit bevorstand, der die Armen unterdrückte. Das wirkte dann jedesmal, wenn auch nur für kurze Zeit, so daß die Bauern sich angewöhnten, ihre Abgaben nach dem Tag der Beichte sonntags in der Schloßküche abzuliefern, denn dann war die Köchin erfahrungsgemäß milde gestimmt.

Bei diesem Gedanken mußte Anselm von Deinharting doch ein wenig in sich hineinlächeln. Ja, Pfarrer Reiter war ein guter Mann, er schätzte ihn sehr, wenn auch ein jüngerer, tatkräftigerer Geistlicher, der sich um die Unterrichtung der Dorfjugend hätte kümmern können, ein größerer Sege für Deinharting gewesen wäre. Aber es nutzte nichts, sich mit Dingen zu belasten, an denen man doch nichts ändern konnte. Die Pfarrstühle wurden von der Kirche besetzt, bei der er nicht so angesehen war, daß er mit Erfolg besondere Wünsche hätte vorbringen können. Außerdem hatte er die geistlichen Herren im Verdacht, daß sie zwar die Klugen gern lehrten, die Dummen aber ebenso gern dumm sein ließen.

Er bog jetzt um den Kirchhof und auf den Dorfplatz, und plötzlich kam ihm der Gedanke – oder vielleicht hatte er sich schon lange in seinem Innersten gerührt und wurde ihm erst jetzt bewußt –, den Pfarrer aufzusuchen und mit ihm über das, was sich heute nach Morgengrauen im Alpenwald ereignet hatte, zu sprechen. Der Tod des Wilderers bedrückte ihn sehr, mehr als er sich selbst eingestehen mochte. Er bereute die Tat.

Vielleicht würde ihm, wenn er sie gebeichtet hätte, leichter sein. Aber dann verwarf er diesen Wunsch. Von den aufklärerischen Ideen seiner Zeit stark berührt, hatte er den Glauben an die Wirksamkeit der kirchlichen Absolution längst verloren. Dennoch spürte er, daß es ihn erleichtert hätte, wenn er mit einem Menschen über die Vorgänge sprechen, sich verteidigen und seiner Reue hätte Ausdruck geben können. Zu einer solchen Aussprache wäre der Pfarrer, der an das

Beichtgeheimnis gebunden war, die einzig mögliche Instanz gewesen. Aber er verbot es sich, seine Last auf die zartbesaitete Seele dieses Mannes abzuwälzen, der in seiner Tat eine Todsünde sehen mochte. Es wurde ihm klar, daß er mit seiner Schuld allein fertig werden mußte.

Als er um die Ecke der Kirche bog, tauchte der Gasthof »Zur Post«, breit hingelagert jenseits des weiträumigen, mit Flußsteinen gepflasterten Platzes vor ihm auf, ein Anblick, der sein Herz zu anderen Zeiten mit Freude erfüllt hatte. Jetzt wurde er ihm vergällt durch die kaiserlichen Soldaten, die trotz der Kälte in Gruppen davor standen. Einer saß sogar auf der steilen, steinernen Stiege, die zur Vordertür führte, und putzte Stiefel.

Anselm von Deinharting wußte, daß diejenigen, die ein paar Kreuzer springen lassen konnten, sich jetzt in der Gaststube lümmelten und an den berühmten Schweinswürsten und dem womöglich noch besseren Deinhartinger Bier labten, das hier gebraut wurde. Gasthof und Brauerei gehörten zur Hofmarksherrschaft, er hatte sie nur verpachtet, aber fühlte sich jetzt hier unten im Dorf noch weniger als Herr im eigenen Haus als in seinem Schloß. Alle Gastzimmer, die sonst durchreisenden Fremden vorbehalten waren, wurden jetzt von Soldaten eingenommen.

Dem Wirt hatten die schweren Zeiten nichts anhaben können. Mußte er die Gastzimmer auch ohne Entlohnung hergeben, für Bier, Wurst und Braten verlangte er Geld und bekam es. Soldaten und Offiziere ließen mehr springen als die Deinhartinger Bauern, die, ob arm oder reich, jeden Kreuzer dreimal umdrehten.

Die herumlungernden Soldaten begrüßten den Hofmarksherrn mit Respekt. Hielten sie auch die Bayern, die nicht mehr Herr in ihrem eigenen Land waren, für ein verächtliches Volk, so spürten sie, die durchwegs von einfacher Herkunft waren, doch, daß dieser Mann, an dem alles groß und bedeutend war – die Statur wie der Kopf mit der hohen Stirn, der mächtigen, leicht gebogenen Nase, den etwas vorstehenden Augen unter schweren Lidern, dem fleischigen Mund und ausgeprägten Kinn –, sie weit überragte. Ihnen allen war die Achtung vor dem Adelsstand von Kindheit an eingebleut worden, und so sahen sie in ihm jemand, der nicht zu ihresgleichen zählte. Sie verspürten nicht einmal den Wunsch, sich mit ihm einzulassen, ganz davon abgesehen, daß sie es niemals gewagt hätten.

Der Hofmarksherr zögerte, ob er absitzen sollte. Seit die Kaiserlichen da waren, hatte er die Gaststube kaum noch betreten. Aber da weder der Wirt noch die Magd sich sehen ließen, würde ihm heute wohl nichts anderes übrig bleiben.

Der Soldat, der auf der Treppe gesessen und Stiefel geputzt, bei seinem Anblick aber aufgesprungen war und gegrüßt hatte – posierlich genug, den einen Stiefel in der linken und den schwarzen Putzlappen in der rechten Hand –, nahm ihm die Entscheidung ab. Er stieß die Tür zum Gasthof auf und brüllte: »*Attention!* Der Hofmarksherr!«

»Danke, mein Junge«, sagte Anselm von Deinharting widerwillig, wenn auch nicht unfreundlich; er ließ die Stute ein wenig tänzeln, damit sie nicht zu sehr fror.

Nicht lange danach erschien der dicke Schwaiger, der Wirt, in der Tür, eine schäumende Maß in der Hand. »Falls der gnädige Herr nicht belieben wollen einzutreten...«, sagte er dienernd. Er trug eine gewalkte Jacke über dem groben Leinenhemd und der Lodenweste mit den Silberknöpfen und ein besticktes Käppchen auf dem Kopf; ein feister, schlitzohriger Kerl.

Wie jedesmal, wenn Anselm von Deinharting ihn sah, versuchte er den Vater der schlanken, rassigen Afra in ihm zu sehen, aber es gelang ihm nie. »Ist schon recht so!« sagte er, nahm ihm den Krug aus der Hand, leerte ihn mit einem einzigen, durstigen Zug fast bis zur Neige und wischte sich dann den Mund mit dem Handrücken ab. »Wie steht es mit der Post?«

»Es ist ein Brief gekommen mit der Extrapost! Ich hätte den Sepp hinaufgeschickt zum Schloß, bei meiner Ehre, wenn ich nicht gewußt hätte, daß der gnädige Herr selbst vorbeikommen würde.«

Anselm von Deinharting wußte, daß der Wirt seine Knecht nur höchst ungern mit Aufträgen betraute, die nicht den Pferden, dem Gasthof oder seiner Landwirtschaft dienten. Mit der Post, die er nebenbei betreute, machte er sich sowenig Umstände wie möglich. »Schon gut!« winkte er ab. Er reichte den Krug dem Soldaten, der ihn so wirkungsvoll angekündigt hatte. Der leerte ihn unter den neidvollen Blicken seiner Kameraden mit gurgelndem Geräusch.

Der Wirt holte aus der Tasche der grünen Schürze, die seinen gewaltigen Bauch umspannte, einen dicken Umschlag und reichte ihn dem Hofmarksherrn, der das Siegel mit dem gräflich Hollbergschen Wappen erkannte.

»Wollen der gnädige Herr nicht doch...?« fragte der Wirt mit einer abermaligen Verbeugung und einladenden Handbewegung.

»Danke, Schwaiger. Heute nicht.« Er warf ihm einen Viertelgulden zu, den sogenannten »Ort«.

Der Wirt steckte ihn nicht einfach ein, sondern wog ihn in der Hand, um seine Schwere festzustellen, hielt ihn vor die Augen, um seine Prägung zu prüfen und biß endlich darauf, um den Anteil an Edelmetall festzustellen. Erst dann ließ er sich zu einem »Danke, gnädiger Herr!« herbei.

Kein Hof im Dorf war ohne Einquartierung geblieben. Obwohl die meisten Soldaten es vorzogen, sich bei dieser Kälte in Stuben, Küchen und Ställen aufzuhalten, waren immer noch genug von ihnen zu sehen, um der Ansiedlung fast den Charakter eines Herrlagers zu verleihen. Wie es die Bauersleute in ruhigen Zeiten getan hatten, grüßten jetzt sie den Hofmarksherrn, und er grüßte, wenn auch mit verschlossenem Gesicht, zurück. Er hatte den Weg zum Dragonerhaus eingeschlagen, das eine knappe Viertelstunde außerhalb des Dorfes lag am Rande des Deinhartinger Waldes.

Ursprünglich hatte das Dragonerhaus zu einem Einödhof gehört, dessen Pächter jedoch ausgestorben waren. Anselm von Deinharting hatte die dazugehörigen Felder und Weiden an andere Bauern vergeben und das Haus selbst für Lucille, seine französische Geliebte, hergerichtet, die einige Jahre mit Antoinette hier gehaust und ihm den kleinen Thomas geboren hatte.

Als er auf das Haus mit dem tiefgezogenen Schindeldach und reichgeschnitzten bäuerlichen Balkon zuritt, wurden Erinnerung an Schmerz und Lust vergangener Zeiten in ihm wach. Aus dem breiten Kamin stieg dunkler Rauch in den grauen Himmel, und hinter dem Fenster der Wohnstube flammte ein stetiges Licht – der erste warme Farbfleck, der an diesem Tag sein Auge tröstete. Für einen Augenblick überfiel ihn die wahnsinnige Vorstellung, Lucille wäre zurückgekommen, und sein Herz begann heftiger zu schlagen.

Die Haustür wurde von innen geöffnet – aber es war nicht Lucille, die auf die Schwelle trat, sondern Barbara, die Frau des Pferdeknechtes, die im Zuhaus wohnte; einst hatte sie Lucille und den kleinen Thomas versorgt. Danach hatte sie eine schwere Zeit durchgemacht, bis Dr. Friedrich König, ein Arzt aus Berlin, darum bat, in Deinharting leben zu dürfen. Er hatte Elisbeth schon in seiner Studentenzeit verehrt, und da Anselm in ihm einen verständnisvollen Gesprächspartner gefunden hatte, wurde er herzlich willkommen geheißen. Sein Einzug in das Dragonerhaus löste Barbaras Probleme. Jetzt hatte sie wieder eine Herrschaft, für die sie sorgen und von der sie und ihre Kinder leben konnten.

Als sie des Hofmarksherrn ansichtig wurde, begrüßte sie ihn mit einem tiefen Knicks, und ihre Wangen flammten. Sie hatte ihm nie vergessen, daß er ihr und ihrem mittellosen Geliebten entgegen aller Konvention die Heirat ermöglicht hatte.

Anselm von Deinharting hingegen fragte sich, ob es wirklich ein Gewinn für sie und ihren Mann gewesen war. Sie hatte nach Sepp, dem vorehelich Geborenen, noch ein kleines Mädchen zur Welt gebracht, Lisei, das sich jetzt an ihrem Rock festhielt. Danach hatte es zwei Fehlgeburten gegeben, und jetzt war sie wieder schwanger. Barbara war sehr mager, ihre Züge waren scharf, ihr straff zurückgekämmtes blondes Haar noch dünner geworden; der vorstehende Leib entstellte sie. Anselm von Deinharting konnte sich nicht vorstellen, daß sie ihrem Mann viel Glück schenkte, aber immerhin versagte sie sich ihm nicht wie seine eigene Frau. Er schwang sich vom Pferd und reichte ihr die Zügel. »Führ Bruna in den Stall und reib sie ab!«

»Das werde ich tun, gnädiger Herr.« Barbara stellte den Reisigbesen, mit dem sie vor dem Haus Schnee hatte fegen wollen, beiseite und übernahm die Stute; sie hatte ihre magere Gestalt in ein grau gestricktes Tuch gewickelt, das sie vom Scheitel bis zu den Waden einhüllte.

Lisei war genauso gekleidet, aber ihre Augen, blauer als die der Mutter, blickten noch erwartungsvoll und neugierig in die Welt.

Anselm von Deinharting beugte sich nieder und legte ihr zwei Finger unter das Kinn. »Na, du Kleine ... kannst du denn noch nicht grüßen?«

»Sie kann schon, aber sie traut sich nicht«, erklärte die Mutter.

»Du willst doch nicht sagen, daß du Angst vor mir hast?« fragte der Hofmarksherr.

Die Kleine schüttelte heftig den Kopf, so daß ihr blonder Scheitel sichtbar wurde; sie war ganz die vom Leben noch nicht gezeichnete kindliche Ausgabe ihrer Mutter.

»Dann versuch es mal, ja?«

»Dedrüßt sei Jesus Christus ...«, sagte die Kleine kaum hörbar.

»... in Ewigkeit, Amen!« ergänzte Anselm von Deinharting. »Na, siehst du, das war doch sehr schön!« Er überlegte sich, ob er der Kleinen eine Münze zur Belohnung geben sollte und faßte in die Tasche seiner Weste. Aber da war Lisei schon davongesprungen und eilte ihrer Mutter nach. Beide trugen Holzschuhe an den Füßen, die in dicken, selbstgestrickten Socken steckten.

Im Hausflur war es kalt. Anselm von Deinharting stampfte ein paarmal auf, um seine Füße zu erwärmen. Die Tür zum Wohnzimmer wurde geöffnet. »Da sind Sie ja, lieber Freund! Nur immer herein mit Ihnen!«

»Grüß Gott, Doktor!« Die beiden Männer schüttelten sich die Hände.

Friedrich König war ohne Rock und hatte die Ärmel seines weißen Hemdes aufgekrempelt; seine Weste war voller Flecken und sogar Löcher. Auf der Nase trug er einen Zwicker, den er jetzt mit einer kleinen Grimasse fallenließ, so daß er an der schwarzen Kordel herabbaumelte, bevor er ihn in der Westentasche verstaute.

Anselm von Deinharting sah in die schräggestellten, grünen Augen, aus denen Intelligenz und Wärme sprachen. Er mochte diesen jungen Mann, der aus bürgerlichen Verhältnissen und einem ganz anderen Landstrich kam, und wunderte sich manchmal selbst darüber.

Im Wohnzimmer war jede Erinnerung an Lucille ausgelöscht. Es gab nicht mehr die schweren dunkelroten Vorhänge, die sie ihm abgebettelt hatte; auch der runde, polierte Tisch und die gepolsterten Möbel waren auf das Schloß geschafft worden. Friedrich König hatte das Zimmer zu einem Labor umgestaltet. Die Wände waren frisch gekalkt und der Länge nach von rohgezimmerten Regalen durchzogen, auf denen unzählige Flaschen, Gläser und Phiolen standen. Das einzige Möbelstück im Raum war ein Stehpult, auf dem die Kerze brannte, deren Licht Anselm von Deinharting von draußen gesehen hatte.

»Wie kommen Sie weiter?« fragte er.

Friedrich König zuckte die Achseln. »Es ist immer das gleiche! Ich mache Fortschritte, aber ob ich mein Ziel erreiche, ist sehr die Frage.«

»Aber Sie tun doch etwas Nützliches!« sagte Anselm von Deinharting nicht ohne einen Anflug von Neid.

»Das ganz gewiß. Auch mit negativen Ergebnissen kann man der Wissenschaft weiterhelfen.«

Friedrich König, der von einem kleinen Vermögen leben konnte, hatte es vorgezogen, nach Abschluß seines Studiums nicht als Arzt zu praktizieren, sondern als Privatgelehrter seinen Beitrag zum Fortschritt der Menschheit zu leisten. Er folgte den Spuren des Engländers Edward Jenners, dessen vor zwei Jahren veröffentlichte Forschungsarbeit ihn tief beeindruckt hatte. Jenner war es gelungen, aus der Lymphe von Kühen Variola-Vakzine zu gewinnen, die die lebenden Erreger der Kuhpocken enthielten. Mit diesen verursachte er bei Menschen eine leichte Erkrankung, die eine anschließende Immunität zur Folge hatte. Nun versuchte der junge Arzt wirksame Impfstoffe gegen Thyphus, Parathyphus und Fleckfieber zu gewinnen und hatte den größten Teil des Stalles mit Boxen und Käfigen für seine Versuchstiere beschlagnahmt.

Die Dorfbewohner begegneten dem Fremden, über dessen unverständliches Tun und Lassen allerlei gemunkelt wurde, mit Mißtrauen. Sie machten um das ohnehin seit Menschengedenken verrufene Dragonerhaus einen weiten Bogen. Aber Friedrich König störte sich nicht daran. Solange der Hofmarksherr und seine Frau ihm freundschaftlich gesinnt blieben und Barbara ihm die grobe Arbeit abnahm, war er mit sich und seinem Leben zufrieden. Er stand in enger Verbindung mit einigen Gelehrten in München, mit denen er in ständigem Gedankenaustausch lebte; sich dort anzusiedeln, war ihm als Protestant jedoch nicht erlaubt. Jetzt löschte er die Kerze. »Sie trinken doch eine Tasse Kaffee mit mir?«

»Wie immer gern.«

Die beiden Männer schritten in das angrenzende ehemalige Speisezimmer, das Friedrich König sich denkbar einfach als Schlaf- und Wohnraum eingerichtet hatte. Es gab ein Bett darin, zwei bequeme Sessel, einen kleinen Tisch und ein Bücherregal. Außerdem stapelten sich auf dem Boden und den Fensterbänken Bücher und Schriften. Im Kohleofen bullerte ein Feuer.

Friedrich König zog sich die Hemdsärmel herab, knöpfte sie zu und schlüpfte in seine schwarze, abgewetzte Jacke. »Ich sage Barbara Bescheid.«

»Sie hat mich kommen sehen.«

»Um so besser.« Der junge Gelehrte wartete, bis sein Gast sich gesetzt hatte, dann warf er sich in den anderen Sessel und streckte die langen Beine von sich. »Das brave Ding tut immer das Richtige.«

»Sie ist schon wieder in Umständen.«

»Ein Jammer. Da müßte man auch mal was erfinden.«

»Erfinden?«

»Ja. Es wäre doch eine gewaltige Entlastung für die Menschheit, wenn nicht jeder Geschlechtsakt eine Geburt zur Folge haben müßte.«

Anselm von Deinharting war sekundenlang schockiert, bevor er seine Gelassenheit wiederfand. »Sie haben recht, Frédéric...« Da die Deinhartings den preußischen Namen nur schwer über die Zunge bekamen, hatten sie ihn französisiert. »...dadurch würde vielen

Frauen geholfen werden. Aber Sie sollten das besser nicht laut sagen. Unser Pfarrer würde schon den Gedanken an eine solche Möglichkeit als Todsünde ansehen.«

»Und Sie, Anselm?«

»Wir brauchen Menschen, allein schon für die Bestellung des Bodens. Wir haben ohnehin zu wenig Arbeitskräfte. Und wir brauchen Männer, die unser Land verteidigen.«

»Männer also, die geboren werden, um zu sterben?« Friedrich König stopfte sich eine lange Meerschaumpfeife, ohne sich darum zu kümmern, daß hin und wieder ein Tabakskrümel auf den Boden fiel.

»Werden wir das nicht alle?«

»Wenn Sie es so sehen.«

»Ja. Aber das soll Sie nicht daran hindern, Ihre Erfindung zu machen.«

Friedrich König lachte. »Nein, nein, ich bleibe doch lieber bei meinen Seuchen. Das scheint mir immer noch wichtiger.«

»Und hält Ihnen die Besatzung vom Leibe!«

»Ebent!« Friedrich König, der im allgemeinen ohne mundartlichen Beiklang sprach, setzte nach Berliner Art hin und wieder ein »t« an das einfache Wörtchen eben.

Beide Männer lachten, denn es war für sie eine nie versiegende Quelle der Heiterkeit, daß die einquartierten Kaiserlichen, ein Major von Trautmannsdorf und sein Bursche, sich niemals in den unteren Räumen des Hauses blicken ließen und Küche und Kost des Hauses – sie nannten sie »Giftküche« – nahezu ängstlich mieden.

Friedrich König stand auf, öffnete die Ofentür, steckte einen Kienspan in das Feuer und entzündete seine Pfeife damit. Barbara, jetzt ohne Tuch, so daß ihr Zustand noch deutlicher wurde, brachte auf einem silbernen Tablett eine blau-weiße Meißner Kaffeekanne mit zwei Tassen und einem Glas Zwetschkenschnaps herein. Sie schenkte den Herren ein und überließ es Anselm von Deinharting, dessen Gewohnheiten sie kannte, den Obstler in den Kaffee zu gießen.

Erst als sie gegangen war und die Herren ihren ersten Schluck von dem duftenden Getränk genommen hatten, sagte Anselm von Deinharting. »Ich habe einen Brief erhalten. Aus München.«

Friedrich König beugte sich sofort aufmerksam vor. »Ja... und?«

»Ich habe ihn noch nicht geöffnet.«

»Worauf warten Sie dann noch?« Friedrich König reichte ihm ein langes, scharfes Papiermesser, mit dem er die Seiten seiner Bücher voneinander zu trennen pflegte.

Anselm von Deinharting schlitzte den Umschlag auf und zog einen eng beschriebenen Boden heraus. »Von meinem Schwager«, sagte er erstaunt, denn in der Regel war es seine Schwester Sophie Gräfin von Hollberg, die die Verbindung zwischen den Deinhartingern und den Münchenern aufrechterhielt.

»Dann ist es sicher wichtig!«

»Und ob! Stellen Sie sich nur vor...« Den Brief in der Hand sprang Anselm von Deinharting auf. »Kurfürst Karl Theodor hat einen Schlaganfall erlitten!« Er blickte den jungen Gelehrten an. »Wird das das Ende sein?«

Friedrich König zog bedächtig an seiner Pfeife. »Wer weiß. Das hängt von der Konstitution des hohen Herrn ab. Es gibt Patienten, die ihren ersten Schlag jahrelang überlebt haben.«

»Ach so.« Anselm von Deinharting setzte sich wieder.

»So lesen Sie doch vor«, bat Friedrich König, »dann werden wir Genaueres wissen!«

Der Hofmarksherr las: »Am zwölften Februar abends wurde Kurfürst Karl Theodor vom Schlag getroffen. Die Unruhe, Besorgnis und Hoffnung, die dadurch am Hof, ihm nahen Kreisen und in der Bevölkerung entstand, war groß. Es heißt, daß sofort nach Max geschickt wurde, aber der soll abgelehnt haben, sich auf die Reise nach München zu begeben. Wie ich von gutunterrichteter Seite weiß, wollte er damit selbst den Schatten seiner Verdrießlichkeit bei einer, wenn auch nicht wahrscheinlichen, so doch immerhin möglichen Erholung des Patienten vermeiden...«

Friedrich König nutzte die kleine Pause, in der Anselm von Deinharting seine Tasse an die Lippen führte, um einzuwerfen: »Ein kluger Mann!«

»Wer? Mein Schwager?«

»Nein, euer zukünftiger Herrscher, dieser Herzog Max von Zweibrücken!«

»So Gott will«, fügte Anselm von Deinharting hinzu und klopfte beschwörend gegen die Tischplatte.

»Aber lesen Sie weiter!«

Anselm von Deinharting senkte die Augen wieder auf den Brief. »Statt dessen ließ Max durch Minister Vieregg seine Hoffnung auf baldige Genesung des Kranken ausdrücken...«

»Es geht doch nichts über die diplomatische Verlogenheit!« warf Friedrich König schmunzelnd ein.

»Gestern abend nun«, fuhr Anselm von Deinharting fort, »ist Wilhelm hier eingetroffen...« Erklärend fügte er hinzu: »Er meint den Herzog von Birkfeld!«

»Weiß schon«, sagte Friedrich König, »seinen Schwager und Mitarbeiter.« – Die beiden Herren hatten oft genug über bayrische und europäische Politik miteinander gesprochen.

»Sein Erscheinen hat, wie Sie sich denken werden, große Zufriedenheit erregt und die Gemüter beruhigt«, las Anselm von Deinharting weiter. »Zuerst begab er sich zum Kurfürsten, zu dem Zeitpunkt, da dieser gerade durch einen heftigen Anfall geschwächt war und man annehmen mußte, daß er keine Stunde länger zu leben habe. Die Ärzte glaubten ihn bereits in der Agonie. Unerwarteterweise hat er sich in der vergangenen Nacht etwas erholt. Er erkennt die Menschen in seiner Umgebung und kann sogar ›ja‹ oder ›nein‹ sagen...« Anselm von Deinharting blickte auf.

»Tja, da läßt sich schwer etwas sagen«, meinte Friedrich König.

Der Hofmarksherr wendete das Blatt. »Alles ist also nach wie vor unentschieden, aber die Situation spitzt sich zu. Es ist höchst merkwürdig, daß den Kurfürsten der Schlag gerade an dem Abend beim Spiel traf, an dem er ein Dekret unterschrieben hätte, vermöge dessen fünfzehntausend Bayern an die Österreicher überlassen werden sollten. Wer weiß, wie das noch enden wird! Es wäre sehr gut, lieber Schwager, wenn Sie hier wären. In München könnten Sie Ihre Interessen am besten vertreten, gleichgültig, wer nun bald die Macht übernimmt.

Heute vormittag war ein Adjutant des Erzherzog Karl, Graf Colloredo, hier, um sich über das Befinden des Kurfürsten zu informieren. Er behauptet, die Truppen hätten nicht Befehl abzumarschieren, außer auf Nachricht aus München. Die Zweibrückische Partei sprengt aus, daß, sobald Herzog Max an der Regierung sei, sich alles ändern würde: die Österreicher wollten die Stadt einnehmen, fürchteten sich aber vor der Unterstützung, die der Herzog sich zu verschaffen gewußt habe.«

»Unterstützung... durch wen?« warf Friedrich König ein.

Anselm von Deinharting zuckte die mächtigen Schultern. »Andere halten dies für boshaft ausgestreute Verleumdungen, die sich auflösen würden, beachteten die Bayern nur, daß die kaiserlichen Truppen schon die Oberhand haben und nur zu unserer eigenen Sicherheit im Land stehen. Die sich beim Herzog auszeichnen wollen, spielen die Bescheidenen, halten sich ganz still und harren mit banger Ungeduld auf die Schritte des Herzogs und den Ausgang der Krankheit.

Lieber Schwager, Sie wissen, wo ich stehe...« Anselm von Deinharting murmelte: »Bei denen, die als Sieger aus diesem Tauziehen hervorgehen werden, selbstverständlich!«

Friedrich König lachte leise und legte die Pfeife aus der Hand.

»...so kann mir persönlich nicht viel geschehen, komme es, wie es wolle. Aber Sie, lieber Deinharting, täten gut daran, sich bei Hofe sehen zu lassen, denn daß eine wichtige Entscheidung in diesen Tagen fallen wird, daran ist nicht zu zweifeln.«

Anselm von Deinharting überflog den Rest des Briefes. »Dann kommen nur noch private Dinge, das wird Elisabeth interessieren.« Es wurde ihm bewußt, daß er seine Briefe auf seltsame Art mit Elisabeth und Friedrich König teilte: Ihr enthielt er das Politische, ihm das Persönliche vor.

»Sie gehen nach München?« fragte Friedrich König.

Anselm von Deinharting trank den Rest des Kaffees aus. »Ja. Das ist wichtig genug.« Er erhob sich.

»Ich bin ganz Ihrer Meinung.« Friedrich König dachte nicht daran, den Freund aufzuhalten.

»Würden Sie mir einen Gefallen tun?«

»Jeden!«

»Nicht so voreilig, es wird Ihnen gewiß nicht leichtfallen, sich von Ihren Phiolen und Tieren zu trennen...«

»Ich soll...«

»Mich vertreten, ja. Es wäre quälend für mich, meine Damen schutzlos zu wissen.«

»Ich stehe Ihnen selbstverständlich zur Verfügung!«

»Danke, mein Freund!« Die beiden Männer verabschiedeten sich mit einem festen Händedruck.

Anselm von Deinharting fand seine Frau in dem mit reichen Stukkaturen geschmückten Musikzimmer. Um den düsteren Tag zu erhellen, hatte sie die Wachskerzen in den Silberleuchtern angezündet, die nun ihr warmes, ein wenig diffuses Licht auf ihr zartes Profil warfen und das helle Haar aufschimmern ließen. Sie übte eine Sonate von Mozart, und in der Anstrengung der Konzentration preßte sie die Lippen zusammen, was ihr den Ausdruck eines fleißigen Schulmädchens gab.

Unter gewöhnlichen Umständen hätte er sie niemals gestört, denn er liebte es, wenn sie musizierte. Heute jedoch sagte er schon nach einer kleinen Weile, in der er sich auf den Wunsch konzentriert hatte, sie möge von sich aus eine Pause einlegen: »Elisabeth...« Sie hob den Kopf und ließ die Hände sinken. »Ich muß fort, Elisabeth.«

»Was ist geschehen?«

»Ich habe einen Brief Schwager Hollbergs erhalten, der mich nach München ruft.«

»So plötzlich?«

»Die Thurn-und-Taxissche-Post scheint sich wieder einmal verspätet zu haben, anders kann ich es mir nicht denken. Die Herrenpartie, zu der er mich bittet, findet schon morgen abend statt.« Er log nicht gern, aber er wollte sie nicht mit den politischen Verwicklungen belasten, von denen sie ohnehin nichts verstanden hätte.

Unerwartet wurde sie lebhaft. »Wenn du schon nach München fährst, Chéri«, sagte sie, »könntest du dich dann nicht nach einer Gouvernante für Gustel umsehen?«

»Bist du denn mit Afra nicht zufrieden?« Er zog die buschigen Augenbrauen zusammen.

»Gewiß lehrt sie Gustel alles, was sie selbst weiß, aber ich fürchte, das kann nicht genügen.«

»Vorläufig doch. Gustel ist ja erst elf Jahre alt.«

»Das ist nicht das Wesentliche.« Elisabeth rang die Hände. »Anselm, warum läßt du dir von mir etwas erklären, was du selbst genausogut weißt? Afra ist nicht die richtige Erzieherin für deine Tochter. Was soll sie später sagen, wer sie unterrichtet hat? Die Tochter eines Dorfwirts!«

»Das klingt immerhin amüsant, nicht wahr?«

»Die Zukunft deiner Tochter sollte kein Thema für Scherze sein!«

»Meine liebe Elisabeth«, sagte er, »ich verstehe dich ja, aber es ist doch unsinnig, ein Problem aufzubauschen, das sich in ein, zwei Jahren von selbst erledigt haben wird.«

Sie hob die hellen Augenbrauen. »Von selbst?«

»Ja. Bis dahin wird Afra, so oder so, ihren Platz im Leben gefunden haben.«

»Du tust es also Afra zuliebe?«

»Wo fände sie ein Heim außer bei uns?«

»Ich habe von Anfang an gesagt, daß es ein Fehler war, das Mädchen zusammen mit unseren Kindern lernen zu lassen. Hättest du auf mich gehört...«

»... dann wäre Afra unwissend, neidisch, haßerfüllt, unglücklich und zu nichts anderem fähig, als ihrer Mutter in der Küche an die Hand zu gehen oder in der Gaststube zu bedienen. Würdest du, meine kleine Christin, das wirklich für besser halten?«

»Gott hat jeden Menschen an seinen Platz gestellt.«

Anselm von Deinharting wollte schon widersprechen, dann besann er sich eines anderen. »Mag sein, aber mit dem einen oder anderen hat er auch etwas Besonderes vor, erhöht oder erniedrigt ihn. Kannst du dir nicht vorstellen, daß Er uns dazu bestimmt hat, Afra zu helfen?«

»Du lästerst«, sagte sie.

Er lächelte auf sie herab. »Laß gut sein, Elisabeth! Ich werde Baptist Befehl geben, daß er mir das Notwendigste packt... willst du inzwischen die Kinder zusammenrufen? Auch Afra.«

Sie fuhr mit dem Zeigefinger über die Tasten, so daß die Klänge einer Tonleiter aufperlten. »Der Forstgehilfe ist da. Er wartet im Richterzimmer auf dich.«

»Ach ja, ich hatte ihn bestellt.« Anselm von Deinharting wandte sich schon zur Tür. »Jetzt sei so gut und tu, um was ich dich bat.«

Anselm von Deinharting überquerte den behaglichen Vorplatz mit dem roten Ziegelboden. Dabei wurde ihm bewußt, daß er den Tod des Fremden im Alpenwald, der ihm am Morgen so zugesetzt hatte, zwar nicht vergessen hatte – nein, vergessen würde er dies Geschehnis nie –, aber daß er schon in weite Ferne gerückt schien, so als hätte er sich Wochen oder Monate zuvor ereignet.

Er öffnete die Tür zum Richterzimmer, das von einem bis zu den Ecken reichenden farbenprächtigen Gemälde beherrscht wurde; es zeigte das Wappen derer von Deinharting – Herz und Amboß in schrägem Feld – und Helios auf dem Sonnenwagen.

Der Forstgehilfe stand neben dem breit ausladenden, glänzend polierten Barockschreibtisch in einer ihm sonst nicht eigenen, schüchternen Haltung.

»Er ist rasch gekommen, Feinhuber«, sagte er Hofmarksherr freundlich, »setz Er sich doch!«

Der Forstgehilfe drehte seinen Lodenhut zwischen den braunen, rissigen Händen. »Ich hab' schon eine ganze Weile gewartet, Herr!« Hastig fügte er hinzu: »Nicht, daß ich mich beschweren möchte! Aber die...« Er wies auf die zum Teil vom Alter stark verdüsterten Ölgemälde an den Wänden, die die Deinhartinger Ahnen darstellten, Männer mit schwermütigen Augen, Kinder in der Pose von Erwachsenen, anmutige und herbe Frauen. »...die können einem ganz schön zusetzen.«

Anselm von Deinharting lächelte nicht. »Sie sind tot, Feinhuber, sie können uns nicht schaden... fürchten müssen wir daher nur die Lebenden.«

»Ja, Herr.« Das harte, wettergegerbte Gesicht des Forstgehilfen zeigte nicht, ob er verstanden hatte oder nur aus Gehorsam zustimmte.

Anselm von Deinharting trat an den mächtigen Renaissanceschrank. In ihm wurden seit hundert Jahren die Grundstücksvermessungen seiner Hofmark, die wechselnden Pacht-, Lehns- und Leibeigenenverhältnisse und auch die Unterlagen über Streitigkeiten und Säumnisse aufbewahrt. Hier hatte er aber auch wie in all seinen anderen persönlichen Räumen eine Flasche Obstler deponiert. Er öffnete eine der mit kostbaren Intarsienarbeiten geschmückten Türen, nahm die Flasche und zwei Gläser heraus und stellte sie auf den kleinen Tisch neben die mit Brokat bezogene Ottomane. »Es ist bitterkalt draußen«, sagte er und goß sich und dem Forstgehilfen ein. »Er darf sich einen Schluck genehmigen, Feinhuber.«

»Danke, Herr!« Die beiden Männer tranken sich zu.

»Ich war heute morgen im Alpenwald«, berichtete der Hofmarksherr, »oben beim Moosenkopf, habe aber nichts vor die Flinte bekommen.«

»Die viele Knallerei macht das Wild scheu.«

»Da hat Er recht, Feinhuber.« Anselm von Deinharting sah dem Forstgehilfen gerade in die Augen. »Es wimmelt da von Wilderern.«

»Man müßte etwas dagegen tun.«

»Laß Er das. Er weiß, was ich davon halte. Wenn einer von unseren Bauern aus Not oder Übermut ein Stück schießt, mag ich es ihm nicht verwehren, und gegen die Kaiserlichen dürfen wir nicht vorgehen.« Er leerte sein Glas. »Weswegen ich Ihn habe kommen lassen, Feinhuber... droben am Moosenkopf liegt ein Toter.«

Der Forstgehilfe nahm diese Mitteilung ohne ein Zeichen von Bewegung zur Kenntnis, nur seine scharfen Augen verengten sich ein wenig. »Wer ist es?« fragte er.

»Ein Kaiserlicher, wahrscheinlich ein Marodeur.«

»Sollen wir ihn verscharren?«

»Nein, es muß alles seine Ordnung haben. Bergt die Leiche und bringt sie zur Kommandantur nach Taufbeuern.«

»Und wenn es... Schwierigkeiten gibt?«

»Daran glaube ich nicht. Ein Wilderer muß damit rechnen, daß ihm etwas zustößt.« Nach einer kleinen Pause fügte er hinzu: »Im übrigen bleibt uns keine Wahl. Wir können den Mann doch nicht gut da oben verrotten lassen, und der Boden ist zu hart gefroren.«

»Da haben Sie wohl recht, Herr.«

»Ich verlasse mich also auf Ihn. Es muß heute noch geschehen.«

»Ja, Herr.« Der Forstgehilfe lächelte plötzlich, was sich seltsam genug in seinem lehmbraunen Gesicht ausnahm. »Gern will ich das tun. Ich werden den Krawotten schon klarmachen, daß es gefährlich ist, in unseren Wäldern herumzustreunen. Das soll eine Lehre für sie sein.«

Obwohl er wußte, daß es unklug war, konnte Anselm von Deinharting sich die Frage nicht verkneifen: »Wer, meint Er wohl, hat es getan?«

»Wer schon? Einer von unseren Burschen, der sich die Jagd nicht von einem Dahergelaufenen verderben lassen möchte.« Bei dieser klaren Aussage erlaubte er sich jedoch ein vertrauliches Zwinkern, so daß der Hofmarksherr immer noch nicht wußte, ob er es wirklich so meinte oder ihn durchschaute.

»Das ist eine gute Taktik«, bestätigte er, »es kann auch nicht schaden, wenn Er bei dieser Gelegenheit Klage gegen die ständigen Übergriffe der Kaiserlichen führt.« Resignierend fügte er hinzu: »Nutzen wird es aber wohl auch nichts.«

»Das kann man nicht wissen, Herr! Wenn es sie auch nur für eine Weile einschüchtert.«

»Wollen wir es hoffen.« Anselm von Deinharting legte dem Forstgehilfen kurz die Hand auf die Schulter. »Jedenfalls... ich verlasse mich auf Ihn, Feinhuber!« Damit glaubte er den Mann entlassen, aber der blieb stehen, zögernd und mit sich kämpfend.

»Hat Er noch etwas auf dem Herzen?« half der Hofmarksherr.

»Es ist... wegen Hasso. Schade um das Tier.«

»Ihm ist es wenigstens erspart geblieben, alt und gebrechlich zu werden, seine Kräfte schwinden sehen zu müssen. Er ist... wie ein Held gestorben.«

»Dacht' ich es mir doch«, sagte der Forstgehilfe und entschloß sich endlich zu gehen.

Der Hofmarksherr sah ihm gedankenvolll nach, plötzlich gewiß, daß Feinhuber sich den Vorfall so zusammengereimt hatte, wie er wirklich gewesen war. Dennoch würde er, dessen war sich sein Herr sicher, mit niemandem ein Wort darüber wechseln und sich lieber selbst gefangensetzen lassen, als ihn zu verraten. Eine Welle des Glücks überflutete sein Herz, das Bewußtsein, Freunde zu haben.

Inzwischen hatte Elisabeth die jungen Leute im Musikzimmer versammelt, wo sie am Spinett eine anmutige Gruppe bildeten. Nur Elisabeth saß, Antoinette hatte den einen Arm beruhigend um Beata gelegt, die immer noch schmollte, an der Hand hielt sie den kleinen Thomas. Hinter ihnen stand Afra, und Auguste, ganz vorn, hüpfte von einem Fuß auf den anderen. Alle blickten sie ihm mit großäugigem Ernst und, wie ihm schien, mit Mitleid entgegen, und ein Unbehagen überfiel ihn. Er fürchtete, noch einmal auf Hassos Tod angesprochen zu werden, und um sich davor zu schützen, setzte er ein grimmiges Gesicht auf. Dennoch lief Auguste unbefangen auf ihn zu und rief: »Papa! Papa! Werden Sie mir auch etwas Schönes aus München mitbringen?«

Erleichtert lächelnd, hob er sie hoch: »Wir werden sehen! Wenn du sehr brav gewesen bist...«

Auguste drückte ihre weiche Wange an seine rauhe. »Ich werde lieb sein!«

Er setzte sie wieder ab und wandte sich Thomas zu, der die Episode, die Lippen zusammengepreßt und die schwarzen Augen weit aufgerissen, beobachtet hatte. »Wie ist es mit dir, Thomas? Hast du auch einen Wunsch?«

»Nein, Monsieur!«

»Wirklich nicht? Aber irgend etwas wünscht sich doch jedes Kind.« Anselm von Deinharting dachte nach; es war lange her, seit seine anderen Söhne klein gewesen waren. »Vielleicht ein hölzernes Pferd?« Thomas schüttelte den Kopf, daß seine Locken flogen. »Was sonst? Du darfst dich trauen, es zu sagen!«

Das bräunliche Gesichtchen des Jungen lief rot an, mit großer Anstrengung brachte er heraus: »Ein lebendiges Pferd!«

»Aber, Thomas!« Antoinette zog ihn an sich. »Verzeihen Sie, Monsieur, er ist noch so klein, er weiß nicht...«

Thomas riß sich von ihr los. »Aber wenn Monsieur doch gesagt hat...«

»Ganz recht, Thomas, ich habe dich ermuntert zu reden. Aber ein lebendiges Pferd, das kauft man doch nicht in München. Gibt es denn nichts anderes, was du willst?«

»Nein.«

»So gern möchtest du reiten lernen?« fragte Elisabeth.

Er wandte ihr sein erhitztes Gesicht zu: »Damit ich mit Monsieur ausreiten kann!«

»Wir werden darüber nachdenken, wenn Frühling ist«, entschied Anselm von Deinharting, bemüht, sich nicht anmerken zu lassen, wie angerührt er war.

»Dann will ich aber auch ein Pferd!« rief Auguste.

Elisabeth warf ihr einen verweisenden Blick zu und schüttelte den Kopf.

»Ich habe euch nicht zusammenkommen lassen, um mit euch über

Pferde zu reden«, sagte der Hausherr energisch, »sondern über eure nächste Zukunft. Wie ich merke, wißt ich schon, daß ich verreise. Wenn es auch nur für kurze Zeit ist, lasse ich euch doch nur ungern allein.«

»Wir werden uns schon zu helfen wissen«, meinte Elisabeth.

»Überschätzt eure Kräfte nicht. Drei hilflose Frauen und zwei Kinder... nein, ich lasse euch wirklich nicht gern allein.«

»Dann bleiben Sie doch hier, Papa!« sagte Beata herausfordernd.

»Das ist nicht möglich. Aber ich habe Doktor König zu meinem Statthalter bestellt. Er wird in meiner Abwesenheit auf dem Schloß wohnen.«

»Friedrich König?« fragte Elisabeth ungläubig.

»Warum nicht? Er ist unser Freund. Wer könnte euch besser beschützen?«

»Dieser Preuße?« entschlüpfte es Afra, aber erschrocken legte sie sogleich die Hand auf den Mund und entschuldigte sich: »Pardon, es steht mir nicht zu...«

Anselm von Deinharting unterbrach sie scharf. »Ganz davon abgesehen, daß du den Umgang mit aufgeklärten Menschen lange genug genossen haben solltest, um dich von deinen bäuerlichen Vorurteilen freizumachen. Ein Preuße ist kein schlechterer Mensch als ein Bayer... und aus der Geschichte müßtest du gelernt haben, daß unser Land ohne den Schutz Preußens schon mehr als einmal verloren gewesen wäre!«

»Ich wollte, Sie wären den Österreichern gegenüber nur halb so tolerant!« sagte Beata bitter.

»Das bin ich«, behauptete ihr Vater, »ich habe gar nichts gegen die Österreicher als Menschen...«

»Nur daß Sie sie grob behandeln und ihnen mißtrauen!« rief das junge Mädchen dazwischen.

»Nur daß sie sich ungeladen in meinem Haus und Land breitmachen! Der einzelne Österreicher ist mir gewiß nicht verhaßt.«

»Das ist mir zu spitzfindig«, erklärte Beata schnippisch.

»Du willst sagen, daß du es nicht verstehst!«

»Ach, Beata, was hast du nur?« fragte Auguste naiv. »Onkel Frédéric ist doch nett. Ich freue mich, daß er kommt.«

Afra sah den Hofmarksherrn aus ihren schwarzen, schräg geschnittenen Augen fast herausfordernd an. »Die Leute sagen, daß er hext!« Rasch fügte sie hinzu: »Ich glaube das natürlich nicht!«

»Das will ich hoffen. Es gibt weder Hexen noch Hexer. So einen Unsinn will ich nie wieder hören. Doktor König hat sein medizinisches Wissen auf den Universitäten Berlin und Landshut erworben.«

Afra hätte gern gewußt, warum er sich dann nicht um die Kranken kümmerte, wie Dr. Lorenz aus Taufbeuern es tat, aber sie spürte, daß sie den Bogen nicht überspannen durfte und nahm sich vor, bei nächster Gelegenheit mit Antoinette darüber zu sprechen.

»Doktor König«, erklärte der Hausherr mit Nachdruck, »ist der richtige Mann, euch zu schützen. Ich kann nicht von ihm verlangen, daß er seine Forschungsarbeit unseretwegen aufgibt, aber er wird abends ins Schloß kommen und mit euch das Diner und auch das Déjeuner einnehmen.«

»Ihm vertrauen Sie also«, sagte Beata böse, »dabei wissen Sie genau... aber vielleicht wissen Sie es auch nicht...«

»Beata!« rief Elisabeth aufgebracht.

Er legte beruhigend die Hand auf ihre Schulter. »Natürlich weiß ich, daß er meine Frau verehrt. Aber er ist ein Mann von Distinktion, der niemals seine Triebe über ein Verantwortungsbewußtsein Macht gewinnen lassen würde... und genau das, meine liebe Beata, kann ich von deinen kaiserlichen Verehrern eben nicht sagen.«

Beata wurde rot. »Wie können Sie denken...!«

»Diese Kerle sind junge, ihre Kräfte liegen brach, sie sind in ein fremdes Land versetzt, das sie beherrschen, und aus dieser Situation heraus müssen sie in uns mindere Menschen sehen...«

»Ich versichere Ihnen, Papa, Sie irren sich!«

»Es sollte mich freuen. Aber wir dürfen kein Risiko eingehen. Ich will nicht, daß eine von euch auch nur der geringsten Gefahr ausgesetzt ist, und dabei denke ich vor allem an dich, Beata, und ich kann dir auch sagen, warum: Weil einer der Herren dir offensichtlich den Hof macht.«

»Ist das denn ein Verbrechen!?«

»Es kann, wie die Dinge stehen, zu nichts Gutem führen. Da du aber, wie ich leider feststellen muß, das nicht einzusehen bereit bist, werde ich dich vor dir selbst schützen. Tonette!«

»Ja, Monsieur?«

»Ich vertraue dir Beata an. Du wirst deine Freundin von nun an auf Schritt und Tritt begleiten und sie nicht eine Sekunde aus den Augen lassen.«

»Aber ich muß doch auf Thomas aufpassen«, gab Antoinette, die sich dieser undankbaren Aufgabe gern entzogen hätte, zu bedenken.

Der Hofmarksherr strich sich über das starke Kinn. »Thomas, ja, Thomas, was machen wir mit dir?«

Dem Kleinen fiel siedend heiß ein, was Antoinette ihm oft und oft gesagt hatte: daß er im Schloß nur geduldet wurde. Mehr denn je fühlte er sich im Wege, und krampfhaft klammerte er sich an Antoinettes Hand. »Ich will nicht zur Flickfrau«, protestierte er, »bei der riecht es so muffig!«

»Könnte nicht Barbara auf ihn aufpassen?« schlug Elisabeth vor.

Antoinettes gewöhnlich so gelassenen Gesicht strahlte auf. *»Ma tante!«*

»Aber ich will ihn keineswegs aus dem Schloß verdrängen«, verteidigte sich Elisabeth, »ich dachte nur vorübergehend... dort hätte er auch Spielgefährten.«

»Das wäre mir gar nicht lieb«, sagte der Hofmarksherr.

Thomas, der mitanhören mußte, wie die Großen über ihn hinweg verfügten, als wäre er ein Gegenstand, kämpfte tapfer gegen die aufsteigenden Tränen.

Afra wußte, was es hieß, nur geduldet zu sein, und sie fühlte seine Not, obwohl sie, da sie hinter ihm stand, sein zuckendes Gesichtchen nicht sehen konnte. »Thomas kann zu mir kommen«, erklärte sie mit fester Stimme, »Er ist alt genug, um am Unterricht teilnehmen zu können.«

»O ja!« rief Thomas. »Das will ich!«

»Bürdest du dir damit nicht zuviel auf, Afra?« fragte Anselm von Deinharting.

»Gewiß nicht, Monsieur. Ich hatte ihn ja schon manchmal in der Schulstube, und er war immer sehr brav und aufmerksam.«

Elisabeth runzelte die weiße Stirn. »Und wird Auguste dabei nicht zu kurz kommen?«

»Aber nein, Mama!« Auguste lief zu Elisabeth hin und umarmte sie. »Erlauben Sie es doch, bitte, bitte! Es ist gar nicht so lustig, immer allein zu lernen!«

Elisabeth zögerte noch. »Aber er ist so viel jünger als du!«

»Macht nichts! Wir haben uns doch lieb!«

Elisabeth war beschämt und gerührt. »Ja, dann müssen wir es wohl erlauben?« fragte sie, zu ihrem Mann aufsehend.

»Es scheint die beste Lösung.«

»Sie sind einverstanden, Papa? Oh, das ist fein!« Auguste lief zu Thomas hinüber, riß ihn von Antoinette los und drehte sich mit ihm im Kreis. »Freu dich doch, Thomas! Wir werden es lustig miteinander haben!«

Der Junge strahlte sie an. »Du bist meine liebe Gustel!«

»Hoffentlich kommt es bei all dieser Ausgelassenheit auch noch zum Lernen«, meinte der Hausherr.

»Darauf werde ich schon achten«, versprach Afra.

Alle außer Beata und Antoinette waren erleichtert. »Aber ich lehre Gustel doch Französisch«, gab Antoinette zu bedenken, »was soll daraus werden, wenn ich jetzt auf Beata aufpassen muß . . .«

»Das mußt du gar nicht«, widersprach Anselm von Deinharting, »du sollst ihr nur Gesellschaft leisten, und wenn du die Kinder lehrst, wird Afra dich bei Beata vertreten.«

»So bin ich also mit Anstandsdamen bestens versorgt«, spottete Beata.

»Ich hoffe nur, du wirst es deinen Freundinnen nicht zu schwer machen!« sagte ihr Vater stirnrunzelnd.

»Ich habe keine Freundinnen!« rief Beata aufgebracht.

Er sah sie nachdenklich an. »Vielleicht sollte ich dich besser mit nach München nehmen.«

Beata wurde blaß. »Nein, o nein, nur das nicht!«

»Dann versprich mir, daß du gehorchen wirst!«

»Ja, Papa«, versprach das Mädchen leise und senkte den Kopf.

Der Hausherr küßte seine Frau auf die Schläfe, schenkte den Mädchen und dem kleinen Jungen noch einen letzten, nachdenklichen Blick und sagte, um den Abschied kurz zu machen: »Gott schütze euch alle!« Dann war er mit raschen Schritten zur Tür hinaus. Es war ihm, als würden, kaum daß er das Zimmer verlassen hatte, alle lebhaft zu reden beginnen.

Die Stute war noch gesattelt, der Mantelsack schon gepackt, und wenig später ritt Anselm von Deinharting den Schloßberg hinab, die Lindenallee entlang und bog hinter dem Dorf auf die Landstraße ein. Obwohl die Wolkendecke sich lichtete und hin und wieder sogar die Sonne durchbrach, war es immer noch schneidend kalt. Der Reiter war dick vermummt. Seine Hände steckten in mit Schafwolle gefütterten Stulpenhandschuhen und um Kinn und Nase hatte er sich einen dicken Schal geschlungen. Wenn er längere Zeit trabte, hatte er das Gefühl, daß ihm das Gesicht vor Frost erstarrte. Dennoch trieb die Ungeduld ihn vorwärts.

Kutschenräder hatten Fahrrinnen in den hohen Schnee gegraben und Pferdehufe ihn zerstampft; Anselm von Deinharting mußte auf jeden Schritt seiner Stute achten. Sein Ritt führte auf langen Strecken über kahle, schneebedeckte Weiden, und die einzigen Lebewesen, die er zu sehen bekam, waren riesige Krähen, die furchtsam aufflatterten, und hie und da ein Hase, der im Zickzacklauf über die weiße Fläche flitzte. Dann wieder kam er durch Dörfer und Marktflecken, die verlassen schienen, nur der Rauch aus den Kaminen und das Anschlagen der Hunde verrieten, daß sie bewohnt waren.

Nicht schnell, aber stetig näherte er sich der Stadt. Allerdings konnte er nicht hoffen, sie noch am gleichen Tag zu erreichen; dazu war er zu spät aufgebrochen. Er hatte vor, die Nacht in einer Poststation zuzubringen. Aber als die Dämmerung hereinbrach, verdunkelte sich die Sicht nicht. Es war, als nähme der blendende Schnee noch die letzte Helligkeit des Himmels auf und würfe sie zurück. Die Landschaft lag in einem weißen, unwirklichen Licht, gegen das sich Bäume und Häuser schwarz und düster abhoben. Da ging auch schon der Mond auf, eine weiße, leuchtende Scheibe über dem weißen Land.

Ohne Pause ritt Anselm von Deinharting weiter, bis die schwarze Silhouette Münchens sich am Horizont abzeichnete; der Turm der Dompfarrkirche mit seiner runden Kuppel, der spitze Turm von Sankt Peter am Rindermarkt und die charakteristischen Türme der Theatinerkirche, umgeben von Häusergruppen und den Resten der alten Stadtmauer. Als er an der Kavalleriekaserne vorbei durch das geschleifte Isartor in die Stadt einritt, begannen die Kirchenuhren zu schlagen, und obwohl er sich nicht die Mühe nahm, die hohen und tiefen, die hellen und brummenden Schläge zu zählen, wußte er, daß es Mitternacht sein mußte. Die Lichter der Straßenlampen begannen bereits zu verlöschen, aber ungewöhnlich viel Volk war um diese nächtliche Stunde unterwegs. Auf dem Marktplatz herrschte fast ein Gewimmel, wenn auch keine Frauen mehr zu sehen waren. Nahe dem Röhrenbrunnen, an dem tagsüber der Fischmarkt abgehalten wurde, fiel Anselm von Deinharting seinem Pferd in die Zügel, beugte sich zu zwei gedämpft miteinander redenden Männern hinunter und fragte: »Wie geht es dem Kurfürsten?«

»Er lebt!« war die Antwort.

»Zum Teufel mit ihm!« fügte der andere, ausspuckend, hinzu.

Anselm von Deinharting bog in die Theatinerstraße ein und erreichte nach einigen hundert Metern das gräflich Hollbergsche Stadthaus, breiter hingelagert als seine Nachbarn. Die Toreinfahrt war noch nicht geschlossen, in ihren runden Bogen brannte noch die Laterne, und hinter den Fenstern flackerten Kerzen. Der späte Gast nahm es mit Erleichterung zur Kenntnis; er hatte gefürchtet, die Bewohner hätten sich schon niedergelegt. Durch den Torbogen ritt er in den kleinen quadratischen Innenhof, um den ein italienischer Baumeister vor mehr als hundertfünfzig Jahren das zweistöckige Haus gebaut hatte. Er knallte mit der Peitsche, und schon liefen einige Bedienstete herbei. In dem ungewissen Licht ihrer Laternen wurde der Dampf, den der Misthaufen in die Winterluft entließ, wie Nebelschwaden sichtbar; es roch durchdringend.

Anselm von Deinharting schwang sich vom Pferd – seine Glieder schmerzten, und er mußte sich bemühen, das Gleichgewicht zu halten – und vertraute dem Pferdeknecht seine Norikerstute an. »Reib sie tüchtig trocken und achte darauf, daß sie nicht zu hastig trinkt!« mahnte er, und um seinen Worten Nachdruck zu verleihen, reichte er dem Mann eine Silbermünze. Der dienerte und versprach, sein Bestes zu tun.

»Trag das auf mein Zimmer!« befahl Anselm von Deinharting einem anderen Bediensteten und wies auf den Mantelsack. »Melde mich bitte der Herrschaft!«

Aber das erwies sich als unnötig. Anton Graf Hollberg erschien im Laubengang, der den Innenhof im ersten Stock umzog; er hielt einen Kerzenleuchter in der Hand, und das flackernde Licht, das wechselnde Schatten durch die runden, von Pfeilern getragenen Bögen auf die weiß gekalkten Mauern warf, gab seinem Auftritt etwas Theatralisches. Nach der steinernen Außentreppe beugte er sich über die Brüstung und rief: »Wer da?«

»Gut Freund!« antwortete Anselm von Deinharting.

»Ach, Sie sind's, Schwager! Ich sehe, Sie haben keine Zeit verloren!« Graf Hollberg sprach im gekünstelten Ton des Hofmannes, der alles, was er sagte, in Frage stellte, so daß man nicht mit Sicherheit wissen konnte, ob es ernst oder ironisch gemeint war.

Anselm von Deinharting stieg die Stufen hinauf. »Ihr Brief schien mir dringend genug.«

»Pst! Pst!« Warnend legte der Graf den Zeigefinger auf die schmalen Lippen. »Nicht hier, wo jeder mithören kann.«

»Tut mir leid, Schwager!« Obwohl er die Vorsicht des Grafen übertrieben fand, hielt Anselm von Deinharting es um des lieben Friedens willen für angebracht, sich zu entschuldigen; als er die Höhe des Laubengangs erreicht hatte und dem zierlichen Herrn gegenüberstand, wirkte er riesig.

»Mon dieu!« Graf Hollberg legte den Kopf in den Nacken. »Mir scheint, Sie sind noch gewachsen!«

Mühsam unterdrückte Anselm von Deinharting die Bemerkung, daß der Graf seit ihrer letzten Begegnung wohl geschrumpft sein mochte; statt dessen sagte er: »Schön wäre es. Aber die Zeiten der Jugend sind für immer vorbei.«

»Leider, leider, Deinharting, für uns beide!« Graf Hollberg ging ihm voraus in die Bibliothek. »Sieh an, Sophie, wen ich dir bringe!«

In dem kleinen Raum, dessen Wände von oben bis unten mit Büchern bedeckt waren – es blieb nur eben Platz für ein Gemälde, das Sophie in ihrer Brautzeit zeigte –, roch es angenehm nach Leder und altem Papier. Wenn man von draußen hereinkam, war es sehr warm. Im Kamin – italienische Fayence – brannte ein Feuer, und sämtliche Kerzen waren wohl schon zum zweiten- oder drittenmal in dieser Nacht angezündet.

Anselm von Deinharting löste sich aus seiner Vermummung, nahm die Fellmütze ab, streifte die gefütterten Handschuhe hinunter und trat vor seine Schwester hin, die nahe dem Ofen in einem der kleinen Sessel saß, Spielkarten vor sich auf dem Tisch. *»Bon soir,* Sophie!«

Die Gräfin Hollberg erhob sich so behende, wie ihre fülligen Formen es erlaubten; da sie sich, der Mode gemäß, nicht mehr schnürte, wirkten ihre Massen beinahe monströs. »Daß du so spät noch kommst, Anselm!« Sie umarmte ihn, streckte sich auf die Zehenspitzen und gab dem Bruder einen nach Puder duftenden Kuß aufs Kinn.

»Früher ging es wirklich nicht; ich bin die ganze Strecke von Deinharting durchgeritten.«

»Toute la route? Wie unvernünftig! Und das bei diesem Frost! Warum hast du keinen Wagen genommen?«

»Um so rasch wie möglich bei euch zu sein.«

»Du hättest dir den Tod holen können!« Sophies rundes Gesicht drückte eher Verärgerung als Besorgnis aus.

»Den Tod braucht man nicht eigens zu holen«, erwiderte ihr Bruder, »der kommt, wann er will.«

»Du änderst dich auch nie! Hast du wenigstens Gepäck?«

»Nur einen Mantelsack, und den habe ich schon ins Gästezimmer bringen lassen. Es tut mir leid, Sophie, daß ich dir diesmal nichts mitbringen konnte. Ich weiß, daß du eine kleine Zubuße in diesen

Zeiten besser als sonst brauchen könntest. Aber ich versprech dir, das nächste Mal...«

»Ach du!« sagte Sophie mit einer abwehrenden Handbewegung. »Als wenn das nötig wäre!« Aber die Enttäuschung stand ihr im Gesicht geschrieben, denn der Bruder pflegte nie ohne Schinkenseiten, Leberwürste, Rauchfleisch, Butterkugeln, Eier, Käseräder und Eingemachtes in die Stadt zu kommen.

Graf Hollberg ließ sein goldenes Lorgnon aufschnappen, hielt es sich vor die Augen und blickte abwechselnd auf seine Frau und seinen Schwager.

»Du siehst gut aus«, sagte Anselm von Deinharting, um sie abzulenken, »diese neue Frisur ist *prestigieux!*«

Unbefangen nahm Sophie das Kompliment entgegen, obwohl sie wußte, die anderen waren durchaus darüber orientiert, daß sie schon als junges Mädchen durch Typhus ihr Haar verloren hatte und seit damals wechselnde Perücken trug; ein sorgfältig gezogener schwarzer Strich ersetzte die Augenbrauen.

»Ja, nicht wahr?« Sie fuhr sich mit der molligen Hand in das dunkelblonde Haar. »Ich habe mich *à la grecque* frisieren lassen.«

Der Graf hatte sich gesetzt und die zierlichen, weißbestrumpften Beine übereinandergeschlagen; in unter den Knien gebundenen Hosen, Schuhen mit Silberschnallen und einem reich plissierten Jabot war er, wie Anselm von Deinharting merkte, betont altväterlich gekleidet. Sogar von der längst nicht mehr üblichen, weiß gepuderten Zopfperücke hatte er sich noch nicht getrennt. Jetzt fragte Graf Hollberg ungeduldig: »Möchtest du deinem Bruder nicht eine Erfrischung anbieten, Sophie?«

»O ja, *naturellement,* ich vergaß...« Sophie, Mutter dreier längst verheirateter Töchter, legte eine jugendliche Lebhaftigkeit an den Tag. »Magst du einen Likör? Nein, natürlich, ich weiß, deinen geliebten Obstler...« Sie war schon dabei, das Türfach eines schwarzen, reich geschnitzten Schrankes zu öffnen.

Anselm von Deinharting hielt sie zurück. »Sei mir nicht böse, meine Liebe, aber ich habe Hunger! Könntest du mir etwas Warmes servieren lassen? Oder ist das zuviel verlangt?«

Sophie zog die künstlichen Augenbrauen hoch. »Wenn wir uns auch mit deiner Haushaltung in Deinharting nicht messen können, denke ich doch, daß ich in der Küche etwas finden werde.« Sie trippelte aus dem Zimmer.

Anselm von Deinharting sah ihr nach. »Sophie scheint mir verändert!«

»Da haben Sie leider recht. Die neue Mode macht alle Frauen zu Närrinnen.«

»Sophie täte besser daran, sie nicht mitzumachen.«

Graf Hollberg verzog den schmallippigen Mund. »Hätten Sie den Mut, es ihr zu sagen?«

»Wenn ich Ihnen einen Gefallen damit tue...«

Mit einer eleganten Handbewegung wehrte der Graf ab. »Lieber nicht, mein Teuerster! Das hätte acht Tage schlechte Laune zur Folge, und danach würden ihre guten Freundinnen sie wieder davon überzeugt haben, daß es uns an Geschmack fehlt! Aber ich denke, Sie nehmen jetzt doch einen Schluck Obstler?«

»Ja, gern.«

Der Graf holte Flaschen und Gläser aus dem Schrank, schenkte seinem Schwager den in Deinharting gebrannten Zwetschkenschnaps ein, sich selbst einen stark duftenden Likör.

Der Gast nahm einen kräftigen Schluck; sein Gesicht brannte, und jetzt erwärmte er sich endlich auch von innen heraus. Er nahm seinem Schwager gegenüber Platz. »Der Kurfürst lebt.«

»Aber die Anzeichen von Besserung sind verschwunden. Er befindet sich in einem bedrohlichen Zustand.«

»Wie lange kann es noch dauern?«

Der Graf zuckte die schmalen Schultern. »Das kann niemand sagen.«

»Weiß er selbst um die Gefahr?«

»Wer könnte das sagen? Er kann nicht mehr sprechen. Es heißt auch, daß er kein Testament gemacht hat. Herzog Wilhelm läßt niemand mehr zu ihm. Er speiste mit der Kurfürstin.«

»Das tat er?«

»Ja. Sie wissen doch, sie ist den Zweibrücknern sehr wohlgesonnen. Es heißt sogar, sie hat eine kleine Schwäche für Max.«

»Nicht möglich!«

»Was finden Sie daran so verwunderlich? Max ist ein charmanter Mann und kann auf beträchtliche Erfolge bei der Damenwelt zurückblicken.«

»Das schon, aber... Leopoldine ist doch noch so jung...«

»Gerade deshalb. Im übrigen ist sie inzwischen immerhin schon vierundzwanzig... ja, es stimmt, morgen, am sechzehnten Februar, ist ihr fünfter Hochzeitstag.«

»Den sie so begehen muß!«

»Ja, es sind schlimme Zeiten... für uns alle.«

»Und es sieht so aus«, vergewisserte sich Anselm von Deinharting vorsichtig, »als würden die Zweibrückner die Herrschaft übernehmen?«

»Wilhelm von Birkfeld tut alles, um einen solchen Übergang zu ermöglichen. Was ich eben sagen wollte: Er speiste gerade mit der Kurfürstin, als ihn ein Kammerkurier an das Bett Karl Theodors rief. Seitdem hat er den Kurfürsten nicht mehr verlassen, und niemand darf zu ihm, nicht einmal Leopoldine. Sie sehen, er sorgt für einen geordneten Herrschaftswechsel. Allerdings... wieviel Macht hat Karl Theodor noch? Wieviel Macht also kann Max erringen? Bayern ist praktisch in den Händen der Österreicher.«

»Wir müssen selbständig bleiben.«

»Sagen Sie lieber: wieder selbständig werden! Obwohl schwer zu sagen ist, was wirklich das Beste für unser Land ist.«

»Nun, das dürfte auf der Hand liegen.«

»Durchaus nicht. Haben Sie nie daran gedacht, daß Österreich die Bauern braucht, um dem Vormarsch der Neufranken entgegenzutreten?«

»Österreich sieht in Bayern keinen gleichberechtigten Verbündeten, sondern nur einen Zulieferer von Proviant und Hilfstruppen.«

Graf Hollberg lächelte mokant. »Unsere politischen Ansichten haben noch nie übereingestimmt, mein Teurer, Sie sind und bleiben ein hoffnungsloser Idealist, während ich mich von praktischen Erwägungen leiten...« Er horchte auf, denn es läutete.

»Das ist die Haustür«, sagte er, »wer mag um diese Nachtzeit...?«

Eine Dienerin trat mit einem Tablett ins Zimmer, die Augen verquollen vor Müdigkeit. Mit flinken Fingern schob sie die Spielkarten zusammen und breitete ein weißes Damasttuch über den kleinen Tisch.

»Wer ist gekommen?« fragte Graf Hollberg.

»Ich war schon auf der halben Treppe, als es klingelte, Herr Graf.« Sie stellte einen Teller vor Anselm von Deinharting und schöpfte aus der dampfenden Suppenschüssel. »Es soll Ihnen schmecken, gnädiger Herr!«

»Danke, mein Kind!«

In der Tür wäre sie fast mit Emanuel von Deinharting zusammengestoßen, der sie, ohne eine Miene zu verziehen, in die Wange kniff. »Papa!« rief er. »Was für eine Überraschung!« Wichtigtuerisch fügte er hinzu: »Aber ich glaube, Sie haben recht daran getan, herzukommen.«

»Ja, das denke ich auch! Guten Abend übrigens, Emanuel!«

»Guten Abend, Papa!«

»Bringen Sie Nachrichten vom Hof?« fragte Graf Hollberg.

»Es gibt nichts Neues!« Emanuel löste seinen pelzgefütterten Umhang und ließ ihn achtlos fallen. Das Mädchen, das darauf gewartet hatte, fing ihn auf und trug ihn hinaus. »Das wollte ich nur rasch berichten.«

»Du entschuldigst wohl, daß ich esse!« Anselm von Deinharting tunkte seinen Löffel in die Suppe.

»Aber ja, Papa, machen Sie sich nur meinetwegen keine Umstände. Hatten Sie eine gute Fahrt?«

»Ich bin geritten.«

»Ich beneide Sie um Ihre Konstitution«, näselte Emanuel.

In einer eleganten und – wie Anselm von Deinharting dachte – gewiß sorgfältig einstudierten Pose ließ Emanuel sich in einem der Sessel nieder. Er trug einen hochmodischen Anzug aus grauer Seide mit eng anliegenden langen Hosen und gestrecktem Revers. Mit seiner glatten, hellen Haut, dem sorgfältig gelockten blonden Haar und den blauen Augen konnte er gerade jetzt, da seine Wangen von der schneidenden Kälte gerötet waren und sein sonst meinst gelangweilter Blick lebhaft wirkte, als eine anziehende Erscheinung gelten; aber seinen Vater störten die schmalen Schultern, die schlappe, leicht gebeugte Haltung und die allzu sorgfältig manikürten Hände mit den mädchenhaft langen Fingernägeln. Anselm von Deinharting ärgerte sich über den blasierten Ton seines Sohnes, der als Page bei Hofe diente und entsprechende Manieren angenommen hatte, und er ärgerte sich über sich selbst, weil er immer etwas an ihm auszusetzen fand und ihn nicht einfach so nehmen konnte, wie er nun einmal war. »Etwas Bewegung«, sagte er, »würde auch dir guttun.«

»Wenn Sie wüßten, wieviel ich mich bewege! Den ganzen Tag bin ich auf den Beinen, und das Reiten habe ich auch wiederaufgenommen.«

»Freut mich zu hören.«

»Man ist bei Hofe sehr mit ihm zufrieden!« legte Graf Hollberg sich für seinen Neffen ins Mittel. »Wie steht es? Schirmt Wilhelm den Kurfürsten immer noch ab?«

»O ja, er tut sein Bestes.« Emanuel lächelte überheblich. »Wenn er nur ahnte, daß all seine Mühe vergeblich sein wird.« Die beiden Herren starrten ihn an.

»Wie meinen Sie das, Emanuel?« fragte Graf Hollberg.

»Mehr darf ich leider nicht verraten. Es ist streng geheim.«

»Jetzt erlaube mal!« Anselm von Deinhartings Löffel fiel in den Teller, daß die Suppe aufspritzte. »Du kannst doch keine solchen Andeutungen machen, wenn du nachher nicht sprechen willst!«

»Es gibt Tatsachen, die nicht für die Öffentlichkeit bestimmt sind.«

»Sehen Sie in uns, Ihrem Vater und Ihrem Onkel, etwa die Öffentlichkeit?«

Anselm von Deinharting blickte seinen Sohn mit leicht zusammengekniffenen Augen an. »Geben Sie es auf, in ihn zu dringen, Schwager! Ich kenne ihn besser. Es gibt gar kein Geheimnis. Seine Andeutungen sind reine Wichtigtuerei.«

»Das ist nicht wahr!« protestierte Emanuel. »Ich weiß, was ich weiß!«

Anselm von Deinharting betupfte die Lippen mit der Serviette.

»Schon satt?« fragte Graf Hollberg. »Oder hat es Ihnen nicht geschmeckt?«

»Ich hatte doch nicht so großen Hunger, wie ich dachte, ich werde mir einen Schnaps einschenken.«

»Was kann ich Ihnen anbieten, Emanuel?« fragte Graf Hollberg. »Vielleicht einen Likör? Oder müssen Sie gleich wieder fort?«

Emanuel verzichtete auf den Likör, blieb aber sitzen. Die beiden älteren Herren sprachen miteinander, ohne ihn weiter zu beachten, und es dauerte nicht lange, bis er die Nerven verlor. »Wenn Sie nur wüßten!« platzte er heraus.

»Ich nehme an, früher oder später werden wir es wohl erfahren«, sagte sein Vater ruhig.

»Das meine ich auch«, stimmte Graf Hollberg zu.

»Wir wollen dich gewiß nicht veranlassen, deine Pflichten zu verletzen.«

»Und Diskretion ist wohl die erste Pflicht eines Hofmanns.«

Emanuel wand sich förmlich; sein Verlangen auszuplaudern, was er erfahren hatte, wurde unwiderstehlich. »Man hat es mir ja nicht offiziell mitgeteilt...«

»Du willst sagen, du hast es ganz allein herausgefunden?« fragte sein Vater.

»Ich wette, der ganze Hof spricht über nichts anderes!« behauptete Graf Hollberg.

»Nein, nein, nur ganz wenige wissen es... August und ich...« August Graf Platen diente ebenfalls als Page bei Hofe. »...und natürlich Leopoldines vertrauteste Umgebung...«

»Sie erwartet ein Kind?« fragte Graf Hollberg ungläubig.

»Das habe ich nicht gesagt!« Anselm von Deinharting riß sich das Hemd auf; ihm war, als müßte er ersticken.

»So ist es denn wahr?« rief der Graf. »Das ändert natürlich alles!«

Anselm von Deinharting stand auf und begann auf und ab zu gehen, wobei er sich quälend bewußt wurde, daß die geringen Maße des Raumes seine Bewegungsfreiheit einengten. »Gib zu, das sagst du nur, um dich wichtig zu machen!« Dicht vor seinem Sohn blieb er stehen.

»Aber ich habe es doch gar nicht gesagt!«

»Du hast es durchblicken lassen. Warum? Warum tust du mir so etwas an?«

»Ich habe es doch nicht Ihnen zum Trotz erfunden.«

»Leopoldine ist schwanger!« Graf Hollberg war schon bereit, sich den veränderten Bedingungen anzupassen. »Das ist natürlich gravierend. Weiß man denn, wer der Vater ist?«

»Ich möchte keine Namen nennen.« Emanuel duckte sich unter dem Blick seines Vaters.

»So wird es wohl der Oberstsilberkämmerer sein«, schloß Graf Hollberg.

»Taufkirchen?« hakte Anselm von Deinharting nach. »Aber das ist schließlich ganz unwichtig. Es wird das Kind einer Habsburgerin sein und als legitimer Sproß des Kurfürsten gelten... nur zu diesem Zweck ist die Ehe je geschlossen worden... diese Ehe zwischen einem Siebzigjährigen und einer Achtzehnjährigen.«

»Und das gibt dem Kaiser einen guten Grund, seine Hand auf Bayern zu legen«, fuhr Graf Hollberg fort, »um das Recht dieses Kindes zu wahren.«

»Schlimmer hätte es nicht kommen können!« Anselm von Deinhartings Stimme klang dumpf.

Der Graf hatte die Stirn in angestrengte Falten gelegt. »Man wird sich umstellen müssen. Die österreichische Partei ... nun, zum Glück habe ich einige Verbindungen ...«

»Sie denken doch nicht im Ernst daran, mit den Kaiserlichen zu paktieren?« Anselm von Deinharting war nahe daran, die Fassung zu verlieren.

»Man muß leben, mein Lieber.«

»Aber Sie haben zu leben ... Sie haben Vermögen ...«

»Ich bin nicht dazu geschaffen, den Märtyrer zu spielen ... als Ausgestoßener zu vegetieren ... und Ihre Schwester übrigens auch nicht.«

»Kommen Sie zu uns nach Deinharting!«

»Gut gemeint, Schwager, aber das wäre nicht das Richtige für uns!«

»Man sagt sogar ...« Emanuel leckte sich die Lippen. »... aber dies nun wirklich unter dem Siegel der Verschwiegenheit ...«

»Was?« fuhr der Vater ihn an.

»Nun, Max soll in jedem Fall dafür gesorgt haben, daß seine Nachkommen Kurfürsten von Bayern werden.«

»Was heißt das?«

Graf Hollberg lächelte fein. »Das liegt doch auf der Hand, Schwager. Erzählte ich nicht schon vorhin, daß Leopoldine von Maxens Charme nicht unberührt geblieben sein soll?«

Anselm von Deinharting packte seinen Sohn bei den Schultern. »Du willst doch nicht etwa sagen ... Leopoldine und Max ...«

»Lassen Sie mich los, Papa, Sie tun mir ja weh ...«

»Ich weiß nicht, worüber Sie sich so aufregen, Schwager«, ließ sich Graf Hollberg vernehmen, »Sie erwarten doch wohl nicht von einer blühenden jungen Frau, daß sie einem Greis die Treue hält? Warum sollte sie auch? Er hat sie ja geheiratet, damit sie ihm Kinder bringt ... und da er selbst wohl von Beginn der Ehe an nicht mehr imstande war ...«

Anselm von Deinharting schalt sich selbst weltfremd und prüde, aber das änderte nichts daran, daß er eine Aufwallung körperlichen Ekels bekämpfen mußte; seine Finger zitterten, als er sich sein Glas abermals mit Schnaps füllte.

Graf Hollberg wurde es gewahr. »Ist Ihnen nicht gut?«

»Ganz und gar nicht. Wahrscheinlich habe ich mich überanstrengt.«

»Das will ich gelte lassen, aber nicht, daß Sie den Tugendapostel spielen. Man weiß, daß auch die Sitten auf dem Land recht locker sind.«

Anselm von Deinharting stürzte den Inhalt des Glases mit einem Zug hinunter. »Sie haben recht, und dennoch ... diese Ehe an sich war ein Schlag gegen jegliche Moral.«

»Man hat sie in Bayern ja auch übel genug aufgenommen, wie Sie sich erinnern. Sagen wir es doch gerade heraus: Die ganze Lebensführung unseres Kurfürsten war lasterhaft und verlottert.«

»Und nun, da wir hoffen konnten, von ihm erlöst zu werden ... das setzt mir am meisten zu ...«

»Mit Tatsachen muß man sich abfinden.«

»Und du ...«, fuhr Anselm von Deinharting seinen Sohn an, »... du scheinst dir der Tragweite dessen, was du da ausplauderst, gar nicht bewußt zu sein!«

Emanuel wich unwillkürlich einen Schritt zurück.

»Wie sollte er auch?« warf Graf Hollberg begütigend ein. »Ein junger Mann, im Klatsch und Tratsch des Hofes befangen ...«

»Ein wenig politische Einsicht hätte ich von dir nach all den Jahren in München schon erwartet«, sagte Anselm von Deinharting immer noch grollend.

»Ich bin doch nicht schuld«, verteidigte sich Emanuel schwächlich, »und ich kann's auch nicht ändern!«

Es war Anselm von Deinharting, als könnte er dies alles nicht mehr ertragen, die Gesellschaft des zynischen alten Hofmannes und seines weichlichen Sohnes, die Enge des mit Büchern vollgestopften Zimmers, die durch die Kerzen verbrauchte Luft, die ganze beklemmende Situation. »Ich gehe jetzt jedenfalls schlafen«, entschied er, »ich nehme doch an, daß ich das gleiche Zimmer habe wie stets?«

»Wollen Sie nicht auf Sophie warten?«

»Bitte entschuldigen Sie mich bei ihr. Für mich war es ein langer Tag.«

Für Anselm von Deinharting wurde es auch eine lange Nacht. Er zählte die Schläge der Kirchenuhren und fand keinen Schlaf. Sein Bett, schmaler und kürzer als das gewohnte, war nicht bequem, der ganze Körper schmerzte von der Anstrengung des langen Rittes, und seine Gedanken konnten sich von den Sorgen um Bayern nicht lösen. Die Vorstellung, daß sein Vaterland zu einer österreichischen Provinz herabsinken sollte, bereitete ihm Qual, auch wenn er persönlich davon gar nicht betroffen werden sollte; er war vielmehr durchaus berechtigt zu hoffen, daß der Kaiser ihm seine Hofmarksherrschaft und Pfründe lassen würde – falls es, was ihm wahrscheinlicher schien, den Neufranken nicht gelingen sollte, den Österreichern Bayern abzuringen.

Unruhig warf er sich auf seinem Lager hin und her und fand erst dann ein wenig Schlaf, als der Wintermorgen schon heraufdämmerte. Es war der 16. Februar 1799.

Am Morgen drängte es ihn in die Stadt, er suchte Kontakte zu alten Freunden und fand alle fast genauso besorgt wie sich selbst, wenn auch das Gerücht um Leopoldines Schwangerschaft in Kreisen, die dem Hof nicht nahe standen, noch nicht kursierte.

Am frühen Nachmittag drang die Nachricht aus der Residenz, daß

Karl Theodor erneut vom Schlag heimgesucht worden wäre. Die Stadttore wurden sogleich wieder geschlossen. Die Ordonnanzen eilten durch die Gassen, alle Einwohner kamen in Bewegung, und man fragte sich, wann es wohl vorüber sein würde.

Anselm von Deinharting ging in Begleitung seines Schwagers zum Hof und wartete im Herkulessaal, dessen verspielte Stukkatur schlecht zu dem traurigen Anlaß passen wollte. Minister, Generäle und Geheime Räte eilten in die inneren Gemächer, und auch die Menschen, die sich im Herkulessaal aufhielten, waren ständig in Bewegung. Die zierlichen Stühle, auf denen es sich gewöhnlich die Leute, die auf eine Audienz warteten, bequem zu machen pflegten, blieben unbenutzt. Die Spannung, Unruhe und Erwartung ließ die Zeit unendlich langsam vergehen. In jedem Augenblick war sich Anselm von Deinharting bewußt, daß im Residenzhof die Pferde der bayrischen Kuriere gesattelt standen und vor den Toren der Stadt die Ordonnanzen schon zu Pferd saßen.

Endlich, einundzwanzig Minuten nach drei, verschied Karl Theodor. Sogleich öffneten sich die großen Flügeltüren, und die Kuriere und mit ihnen eine Menge anderer Leute stürzten in wildem Lauf hinaus. Niemand äußerte etwas, aber alle empfanden die gleiche Erleichterung.

Anselm von Deinharting rührte sich nicht von der Stelle. Wehmut um den Verschiedenen überfiel ihn; er war ein schlechter Regent gewesen, aber doch ein Mensch, und seine Ratgeber und höllischen Mannheimer trugen wohl einen großen, vielleicht den größten Anteil der Sünden, die er an Bayern begangen hatte. Es war nicht seine Schuld, sondern ein Verhängnis gewesen, daß seine Frau ihn schon nach kurzer Ehe zurückgestoßen und ihn in die Arme von Mätressen getrieben hatte. Das Wohl und die Versorgung seiner illegitimen Kinder hatte ihm mehr am Herzen gelegen als das Land, das ihm das Schicksal in den Schoß geworfen hatte, ohne daß er es je begehrte. In diesem Augenblick erinnerte sich der Hofmarksherr daran, daß Karl Theodor auch der Gönner Friedrich Schillers gewesen war, daß es ohne ihn weder das Mannheimer Nationaltheater noch eine Aufführung der *Räuber* gegeben hätte.

Aber die wenigsten dachten wie er. Als er die Residenz verließ – Graf Hollberg war ihm vorausgeeilt –, begannen die Glocken der Theatinerkirche zu läuten. Die Menschen fielen einander auf der Straße in die Arme und beglückwünschten sich gegenseitig zum Tode ihres Herrschers. Anselm von Deinharting hörte Wortfetzen wie: »Endlich kann ich wieder frei atmen!« – »Denken Sie sich nur, bis zuletzt habe ich gefürchtet, es könnte ihm wieder bessergehen!« – »Vor lauter Aufregung habe ich weder essen noch schlafen, noch denken können!«

Auch der Hofmarksherr hatte den Kurfürsten gehaßt, aber jetzt, da er nicht mehr war, schien es ihm zu billig, über seinen Tod zu triumphieren. Er kam zum Stadthaus der Hollbergs zurück, konnte sich aber nicht entschließen, einzutreten, weil er über das Geschehene mit niemand reden mochte. So schlenderte er weiter zum Markt. Überall traf er aufgeregte Menschen, die es kaum erwarten konnten, bis der neue Kurfürst Max Josef endlich proklamiert wurde. Anselm von Deinharting fühlte sich sehr einsam mit seinem Wissen darum, daß diese Nachfolgeschaft noch keineswegs gesichert war, und die Menschen, die sie so stürmisch feierten, schienen ihm töricht und verraten zugleich.

In den Wirtshäusern ging es hoch her. Geschrei, Gläsergeklirr und markige Sprüche drangen bis auf die Straße. Anselm von Deinharting bereute es, in die Stadt gekommen zu sein. Diese lärmende Gesellschaft war ihm so fremd. Aber er wußte auch, daß er es in Deinharting nicht ausgehalten hätte – nein, er mußte hier sein, wo sich die Dinge entschieden, wenn diese Entscheidung auch noch so schmerzlich für ihn und niederschmetternd für Bayern ausfallen würde.

Auf seinem Weg durch die Stadt kam er bis zum Karlstor, das noch geschlossen war – nur die Boten durften hinaus und die Soldaten zu ihren Regimentern. Als er umkehrte, stieß er auf eine Menschenansammlung. Er sah, daß sich der Auflauf um einen Herold zu Pferd geschart hatte und beeilte sich, näher zu kommen. Der Mann hatte ein großes Pergament entfaltet, von dem er ablas.

Anselm von Deinharting konnte gerade noch seine letzten Worte hören: »... kund und zu wissen, daß die Linie Sulzbach erloschen und Max Josef der neue Kurfürst von Pfalzbayern ist!«

Die Menge jubelte auf, und Anselm von Deinharting wurde es für Sekunden schwarz vor Augen; die Erleichterung war zu groß. Er atmete tief durch, und plötzlich fühlte er sich eins mit all diesen Menschen, die weinten, einander umarmten und beglückwünschten. Er spürte, wie ihm die Tränen über die Wangen liefen und brach in ein befreiendes Lachen aus.

Das Abendessen im Stadthaus der Hollbergs hatte an diesem Abend einen festlichen Charakter; der Graf hatte seinen ältesten Wein, einen roten Bordeaux, aus dem Keller geholt und die Köchin ihr Bestes gegeben, obwohl sie sich – weder was die Qualität der Nahrungsmittel noch ihre Zubereitung anlangte, mit Margarethe Meyr messen konnte. Doch alle aßen und tranken tüchtig, von einer Euphorie erfaßt, die sich wie ein leichter Rausch auswirkte, noch ehe sie den ersten Tropfen getrunken hatten.

Außer dem Grafen, seiner Frau und dem Hofmarksherrn waren zwei der verheirateten Töchter der Hollbergs, Isolde und Helene, mit ihren Gatten anwesend, der eine ein Major Graf Breetzen, der andere ein Freiherr von Rückersbach. Mit Rücksicht auf die Damen wurde während der Mahlzeit zwar nicht über Politik gesprochen, doch über die bevorstehenden Veränderungen.

»Endlich werden wieder gesittete Zustände bei Hofe herrschen«, stellte Sophie mit Genugtuung fest, »wir werden einen glücklich verheirateten Kurfürsten haben, wie es sich gehört.«

»Caroline ist seine zweite Gemahlin, nicht wahr?« fragte Isolde, eine blasse, früh verblühte Frau. »Sie soll sehr schön sein!«

»Nun, immerhin hat sie auch schon einige Kinder zur Welt gebracht«, sagte Helene, die wie ihre Mutter zum Dickwerden neigte, »zweimal Zwillinge, soviel ich weiß, und sie hatte auch einige Fehl...«

»Pfui«, schnitt ihr Sophie das Wort ab, »darüber spricht man nicht.«

»Aber, Mama, wir sind doch erwachsene Menschen! Und dazu im engsten Familienkreis!«

»Trotzdem. Ich mag solche Dinge nicht hören.«

Sie speisten zur Feier des Tages an der langen Tafel im Ballsaal, dem einzigen wirklich großen Raum im Haus; in dem damastenen Tischtuch, den Servietten, Pokalen und dem schweren Silberbesteck wiederholte sich das Hollbergsche Wappen. Die Wand- und Tischleuchter waren mit Kerzen reich besteckt, und im offenen Kamin am Ende des Saales brannte ein krachendes Feuer. Die Hollbergs waren an diesem Tag über ihren eigenen Schatten gesprungen; sie zeigten sich großzügig, wie es sonst nicht ihre Art war. Der Graf hob sein Glas: »Trinken wir auf unseren neuen Herrscher!« Man stieß miteinander an.

»Kennen Sie ihn?« fragte Anselm von Deinharting.

»O ja, er war des öfteren in München.«

»Um Geld zu leihen«, bemerkte der Freiherr von Rückersbach.

»Sagen wir lieber so«, verbesserte der Graf, »die Stände haben es seit jeher für ihre vornehme Pflicht gehalten, ihn zu unterstützen.«

Sophie hob beschwörend die molligen Hände. »Bitte, nicht so!«

Aber der Freiherr konnte sich nicht zurückhalten. »Jedenfalls bin ich gespannt, wie er es schaffen wird, die Finanzen des Staates in Ordnung zu halten.«

»In Ordnung zu bringen, meinen Sie wohl«, sagte Anselm von Deinharting.

Den Damen war dieses Thema zu profan; sie hielten sich die Ohren zu. »Trinken wir lieber auf unsere neue Landesmutter!« rief Isolde ablenkend. »Auf die schöne Caroline! Sie wird gewiß dafür sorgen, daß es wieder Feste bei Hofe gibt, bei denen man sich als anständige Frau sehen lassen kann!«

Auch Anselm von Deinharting stieß auf diesen Trinkspruch mit an, obwohl es ihm völlig unverständlich war, wie jemand in einer solchen Situation derart läppische Gedanken äußern konnte. »Max Josef soll seine Gemahlin sehr lieben«, sagte er, bemüht, nicht ungeschliffen zu wirken.

»Sie ist ja soviel jünger als er!« bestätigte Sophie. »Ein Altersunterschied zwischen den beiden... fast so wie zwischen dir und Elisabeth!«

Anselm von Deinharting verbeugte sich leicht. »Danke!«

»Oh, ich wollte dich nicht kränken, aber es ist doch eine Tatsache ...« Zum Glück waren die Töchter nicht an diesem Thema interessiert.

»Und was weiß man über Auguste?« fragte Isolde. »Ihre älteste Tochter?«

»Sie ist nicht ihre Tochter, sondern sie stammt wie Ludwig aus Maxens erster Ehe«, berichtigte Helene.

»Ist sie hübsch?«

»Schwer zu sagen. Sie ist ja noch ein Kind.«

Das Gespräch, von flinken Zungen geführt, ging munter weiter, und Anselm von Deinharting, der mehr zuhörte und nur hin und wieder aus Höflichkeit ein Wort einwarf, begann sich zu fragen, ob er der einzige Mensch war, der sich um Bayerns Zukunft Sorgen machte. Er war genauso glücklich wie alle anderen, daß Max Josef, der das Land liebte, sein neuer Kurfürst geworden war, aber es war doch nicht zu übersehen, daß die Schwierigkeiten, mit denen er zu kämpfen haben würde, kaum zu meistern waren. Die Staatskassen waren leer, die Österreicher hatten das Land praktisch in der Hand, und die Franzosen waren darauf aus, es zu erobern. Doch die kleine Tischgesellschaft unterhielt sich vergnügt über Max Josefs Großzügigkeit im Umgang mit Geld, die Liebesabenteuer seiner Jugend und Carolines geschmackvolle Toiletten! Er war erleichtert, als Sophie die Tafel endlich aufhob; die Damen zogen sich in den Salon und die Herren in die Bibliothek zurück, wo sie ungeniert rauchen konnten. Graf Hollberg ließ sich von dem Diener, der den Kaffee servierte, die gestopfte Pfeife in Brand setzen. Major Graf Breetzen und Freiherr von Rückersbach zündeten sich Zigaretten an. Anselm von Deinharting, der nicht rauchte, bat um einen Obstler, der Freiherr hielt mit, und die beiden anderen Herren nahmen sich einen Likör.

»Jedenfalls bin ich sehr froh, daß mein Sohn nicht recht gehabt hat«, stellte Anselm von Deinharting fest, »ich hatte gestern gleich den Eindruck, daß er sich nur wichtig machen wollte ... oder er ist einem Gerücht aufgesessen.« Er sagte es halblaut und nur an Graf Hollberg gewandt.

Aber die beiden jüngeren Männer waren doch aufmerksam geworden und wollten wissen, um was es sich handelte.

»Sprechen Sie von Emanuel?« fragte Major Graf Breetzen.

»Ja. Wie Sie sicher wissen, dient er als Page bei Hofe. Er hat uns gestern einen gehörigen Schrecken eingejagt, indem er uns erzählte, Leopoldine sei schwanger. Ich werde ihm bei unserer nächsten Begegnung die Ohren langziehen.«

»Tun Sie das nicht, lieber Schwager«, sagte Graf Hollberg, »er hat es nicht verdient. Ich habe mich inzwischen umgehört. Seine Geschichte stimmt.« Die anderen sahen ihn verblüfft an.

»Aber das ist doch nicht die Möglichkeit!« rief der Major.

»O doch! Es hat sogar Kräfte bei Hofe gegeben, die versucht haben, die junge Frau unter Druck zu setzen, damit sie sich zu dieser Schwangerschaft bekennt. Es ist ja ein offenes Geheimnis, daß manche Kreise in unserer schönen Stadt nicht nur den Anschluß an Österreich wünschen, sondern sogar darauf hingearbeitet haben.«

»Ich verstehe immer weniger...«, mußte Anselm von Deinharting zugeben.

»Leopoldine hätte, wenn es nach diesen Leuten gegangen wäre, Kurfürstin bleiben und vielleicht sogar... im Schatten Habsburgs, versteht sich... die Regentschaft für ihr ungeborenes Kind übernehmen können. Für eine ehrgeizige Frau eine verlockende Aussicht. Aber offenbar ist Leopoldine nicht ehrgeizig. Sie hat abgelehnt.«

»Nun, man könnte wohl auch sagen, daß sie es aus Anstand... oder aus Freundschaft für Max getan hat!« meinte Rückersberg.

Anselm von Deinharting blickte von einem zum anderen. »Aber wenn sie tatsächlich ein Kind erwartet, dann kann der Kaiser ja immer noch... dann werden wir niemals in Sicherheit sein!«

Graf Hollberg gelang es mit einem Lächeln, die Überlegenheit des wendigen Höflings über den schwerfälligen Landedelmann auszudrükken. »Sie überschauen die Situation immer noch nicht, mein Teuerster. Nein, es besteht jedenfalls aus dieser Richtung nicht mehr die geringste Gefahr.« Er setzte sich in Positur und genoß mit Behagen die Aufmerksamkeit der anderen Herren. »Gleich nach dem Hinscheiden Karl Theodors hat sich Wilhelm... übrigens in Begleitung der Baronin Hertling... zu seiner Witwe begeben und sie gefragt, ob sie ein Kind des Kurfürsten erwarte... eine sehr delikate Frage, werden Sie zugeben, wenn man sie nicht als bloße Form ansehen will. Die Antwort war ein klares ›Nein!‹. Erst danach konnte Max Josef zum neuen Kurfürsten proklamiert werden.«

»Mein Gott, was haben wir dieser Frau zu verdanken!« rief Rückersberg impulsiv.

»Warten Sie erst einmal ab, was uns die Zukunft bringt«, dämpfte Hollberg seine Begeisterung.

»Nun, jedenfalls hat sie den Lockungen der Hofburg standgehalten«, stellte Anselm fest.

»Eben das meine ich«, sagte Graf Hollberg, »mit Wien wären wir stark gewesen. So haben wir uns zwischen alle Stühle gesetzt!« Mit einer Handbewegung schnitt er die Proteste der anderen Herren ab. »Ich weiß, ich weiß, Sie denken alle gut bayrisch, und Ihr patriotischer Überschwang ist mir auch durchaus verständlich. Aber sie werden doch zugeben, daß die Situation verheerend ist.«

»Wir brauchen ein wesentlich stärkeres Heer«, erklärte Major Graf Breetzen.

»Und wer soll das bezahlen?« fragte Graf Hollberg skeptisch.

»Jedenfalls wird alles anders werden«, sagte Rückersberg, »die Zensur ist gelockert, ein ›Geheimer Rat‹ aus dem Finanz-, Justiz- und Polizeiministerium sowie aus dem geistlichen Department einberufen worden...«

»Ja, man plant eine grundlegende Straffung der Verwaltung und die Bildung eines Staatsrates«, fügte Anselm von Deinharting hinzu.

Graf Hollberg ließ sein Lorgnon aufklappen und blickte ihn an. »Woher wollen Sie das wissen, mein Lieber? Ach ja, ich vergaß ... Sie haben Beziehungen zu Montgelas! Er ist ja schon zum ›Wirklichen Geheimen Staats- und Konferenzminister‹ ernannt worden«, sagte Graf Hollberg nicht ohne Neid, »er wird also praktisch die Leitung der gesamten bayrischen Politik übernehmen.«

»Ah, wirklich?« vergewisserte sich Rückersberg. »Dann sehen Sie ja herrlichen Zeiten entgegen, Deinharting!«

»Ich erwarte nichts, als mein Leben so fortführen zu dürfen wie bisher«, erklärte der Angesprochene mit Würde.

»Wollen Sie wirklich auf dem Land bleiben?« und »Halten Sie denn eine grundlegende Änderung der Verhältnisse für möglich?« fragten Rückersberg und Breetzen wie aus einem Mund.

»Ja«, sagte Anselm von Deinharting, »das gilt für beide Fragen.«

Graf Hollberg stellte fest, daß die Herren ausgeraucht hatten. »Wir sollten zu den Damen hinübergehen«, schlug er vor, »sie könnten sich sonst vernachlässigt fühlen.«

Anselm von Deinharting verbeugte sich leicht. »Wenn Sie die Liebenswürdigkeit haben, mich zu entschuldigen. Ich möchte morgen in aller Frühe aufbrechen.«

»Schon?« fragte Graf Hollberg. »Warum denn? Wollen Sie die Entwicklung der Dinge nicht aus der Nähe miterleben?«

»Mich zieht es nach Hause. Ich muß mich um meine Familie kümmern, Sie wissen, wir haben Einquartierung ... Sie werden mich doch auf dem laufenden halten?«

»Das verspreche ich Ihnen gern.«

»Sehr gut. Ich möchte noch heute abend an Montgelas schreiben und ihn um eine Audienz bitten ... aber so bald wird er wohl nicht für einen unbedeutenden Menschen wie mich Zeit haben.«

»Das ist ein Adjektiv, das in keiner Beziehung auf Sie paßt, Schwager«, widersprach Graf Hollberg höflich.

»Was meinen politischen Rang angeht, auf jeden Fall. Darf ich mich jetzt zurückziehen?«

»Ich muß auch aufbrechen«, sagte Major Graf Breetzen, »ich werde bei meinem Regiment gebraucht.«

»Aber Isolde werden Sie uns doch noch lassen?« fragte der Schwiegervater.

»Ich fürchte, sie wird unruhig wegen der Kinder sein. Es war ein sehr bewegter Abend, ich bitte Sie, uns jetzt zu entschuldigen.«

Die Herren verabschiedeten sich voneinander, nachdem Graf Hollberg seinem Schwager Papier und Feder gegeben hatte. Doch da das Gästezimmer nicht geheizt war – Brennholz, das es in Deinharting so reichlich gab, war in der Stadt teuer, und so hatte Sophie sich damit begnügt, ihm einen heißen Stein ins Bett legen zu lassen –, entschloß er sich, zum Schreiben in den Salon zurückzukehren. Er öffnete die Fenster, um den Rauch hinauszulassen, das Volk jubelte immer noch auf den Straßen, und die Vivatrufe wollten kein Ende nehmen.

Auf Schloß Deinharting war es in Abwesenheit des Hausherrn wesentlich ungezwungener zugegangen. Obwohl Antoinette sich wie ein Schatten an Beata geheftet hatte, fanden sich Gelegenheiten genug für die Verliebten, Blicke und Worte miteinander zu wechseln. Die Versuche Felix von Lingens allerdings, einen Flirt mit Antoinette zu beginnen, weniger, weil die junge Französin ihm gefiel – sie war für seinen Geschmack viel zu ernsthaft und überlegen –, als um dem Kameraden zum Alleinsein mit seiner Angebeteten zu verhelfen, schlugen fehl; Antoinette war durch nichts von ihrer Pflicht abzuhalten. So sprachen Beata und Ferdinand von Tobler denn über Antoinette hinweg, wenn sie einander etwas mitteilen wollten. Sie befanden sich in jenem ersten Stadium der Verliebtheit, wo die Befangenheit noch ebenso groß wie das Glück ist und man eine innigere Beziehung eher fürchtet als ersehnt. So empfanden sie Antoinettes Anwesenheit eher vermittelnd als störend.

Tagsüber, wenn die Offiziere bei ihrer Truppe waren, auf dem Exerzierplatz oder der Kommandantur, war Ferdinand Tobler das einzige Gesprächsthema der Mädchen – Beata kannte kein anderes mehr. Alle Versuche Antoinettes, sie abzulenken, schlugen fehl. Beim Mittagstisch, in Anwesenheit von Elisabeth, Afra und den beiden Kleinen, konnte sie nicht über Ferdinand sprechen, was zur Folge hatte, daß sie überhaupt nichts zu sagen wußte, sondern einfach nur dasaß, in ihrem Essen stocherte und mit abwesendem, verklärtem Blick ins Leere starrte.

Andere werden vor Kummer schlank, Beata wurde es in ihrem Glück; die Mahlzeiten, die früher eine wichtige Rolle in ihrem Leben gespielt hatten, interessierten sie überhaupt nicht mehr.

Elisabeth sah es wohl, aber sie verzichtete auf Ermahnungen, denn sie kannte das Leben gut genug, um zu wissen, daß die Verliebtheit eines Tages vergehen und der Appetit ganz von selbst wiederkehren würde. Im übrigen fand sie, daß dem robusten Mädchen einige Pfunde weniger nur gut zu Gesicht stehen konnten.

So unterhielt sie sich denn mit Antoinette und fragte die Kleinen nach ihren Erfolgen im Unterricht. Thomas, der Anfänger, war noch voller Eifer bei der Sache, und Auguste, die froh war, nicht mehr allein im Schulzimmer zu sitzen, half ihm, wo sie konnte.

Afra vermißte den Hausherrn sehr. Er hatte sich immer bemüht, ihr das Gefühl zu geben, auf dem Schloß willkommen zu sein und dazuzugehören. Elisabeth war zwar niemals unfreundlich zu ihr, aber eine gewisse hochmütige Ablehnung wurde doch deutlich.

Einmal wagte Afra zu sagen: »Ich halte Thomas für sehr begabt!« –

Gleich darauf hätte sie sich auf die Zunge beißen mögen, denn ihr wurde bewußt, daß Elisabeth ein solches Lob für den Jungen, der nicht zur Familie zählte, vielleicht gar nicht gern hörte. »Ich meine«, versuchte sie ihre Worte abzuschwächen, »er besitzt eine rasche Auffassungsgabe und ist sehr beharrlich.«

Elisabeth zog die dünnen Augenbrauen hoch. »Ach, wirklich? Glaubst du, das beurteilen zu können?« fragte sie sanft. Afras Stimme blieb beherrscht, aber das Aufflammen ihrer schwarzen Augen verriet, wie sehr sie sich verletzt fühlte. »Gewiß!« sagte sie und fügte mit Überwindung hinzu: »Gnädige Frau.«

Antoinette kam ihr sofort zu Hilfe. »Afra hat recht, *ma tante*«, sagte sie, »auch im Französischen bin ich sehr mit ihm zufrieden. Natürlich lernt auch Auguste brav, aber bei einem so kleinen Jungen muß man sich wirklich wundern.«

Thomas hopste vor Begeisterung. »Ich bin gar nicht mehr so klein! Bald bin ich so groß wie Gustel!«

»Ganz gewiß, mein kleiner Gernegroß«, neckte Auguste ihn zärtlich.

»Taisez-vous!« mahnte Elisabeth. »Ihr wißt sehr wohl, daß ihr bei Tisch nicht sprechen dürft, wenn ihr nicht gefragt werdet.«

»Aber Papa ist doch gar nicht da«, argumentierte Auguste arglos.

»Darauf kommt es nicht an«, sagte Elisabeth und zu Afra gewandt: »Da siehst du, was dabei herauskommt, wenn man Kinder in ihrer Anwesenheit lobt. Du versuchst zwar, sie zu unterrichten, das sollte aber kein Anlaß für dich sein, dir einzubilden, daß du eine ausgebildete Gouvernante bist.«

Afra hatte eine rasche Entgegnung schon auf der Zunge, da fing sie einen so beschwörenden Blick von Antoinette auf, daß sie sich überwand und schwieg. Um ihre zusammengepreßten Lippen erschien ein weißer Strich. Die Kleinen aber, trotz aller Ermahnungen, blieben lebhaft, plauderten miteinander und stießen sich sogar mit den Ellbogen an. Elisabeth bereute, daß sie das Gebot, bei Tisch nur französisch zu sprechen, aufgehoben hatte; so waren die Kinder nicht mehr gezwungen, den Mund zu halten, denn die wenigen Brocken der Fremdsprache, die zugleich die der gebildeten Stände war, hätten nicht ausgereicht, um sich ausdrücken zu können. Auch wurmte es sie, daß sie trotz aller Strenge über so wenig Autorität verfügte. Aber ihr Gerechtigkeitssinn ließ es nicht zu, Thomas zu tadeln, denn sie erkannte wohl, daß Auguste es war, die sein Selbstgefühl allzusehr stärkte und seinen Übermut anregte. Mit ihr aber wollte sie nicht schelten, weil die Kleine ihr von allen Kindern am nächsten stand.

Es war Antoinette, die eingriff. »Thomas, ich bitte dich! Du weißt, was ich dir immer wieder gesagt habe!« Das Kind wurde sofort still, und es tat ihr leid, daß sie ihm den Spaß verdorben hatte, aber ein rascher Blick auf Elisabeth bewies, daß es besser so war.

Auguste maulte. »Warum dürfen wir nicht vergnügt sein?«

»Im Kinderzimmer jederzeit, aber nicht bei Tisch«, erklärte Antoinette mit Entschiedenheit. Danach verlief die Mahlzeit ohne Störung, wenn auch Auguste immer wieder versuchte, Thomas durch leichte Berührungen und schelmische Blicke zu verführen. Erst nachdem Antoinette ernsthaft fragte: »Wäre es nicht besser, *ma tante,* die Kleinen auseinanderzusetzen?« wurde auch sie ruhig.

Die Damen aßen wenig, denn sie wollten sich den Appetit für den Abend bewahren. Nach dem Essen gelang es Afra, für ein paar Minuten Antoinette beiseite zu nehmen. »Warum geht sie nur auf mich los?« fragte sie zornig. »Ich habe ihr doch nichts getan!«

Antoinette wußte sofort, von wem sie sprach. »Sie hat nichts gegen dich persönlich, aber als Erzieherin erfüllst du nicht ihre Ansprüche... sie möchte wohl lieber ein adliges Fräulein haben.«

»Mach ich meine Sache denn nicht gut?«

»Du bist exzellent, aber für Damen wie die Hofmarksherrin ist nicht die Leistung, sondern die Herkunft entscheidend. Kränke dich nicht darüber, sondern versuche es zu verstehen. Du wirst solchen Vorurteilen noch oft begegnen.«

»Das will ich aber nicht!«

»Was dann? Willst du alles hinwerfen und im Gasthof bleiben?«

Afra zögerte. »Das auch nicht«, mußte sie gestehen.

»Siehst du, du hast keine andere Wahl. Also beiß die Zähne zusammen. Mir geht es ja nicht anders.«

»Dich mag sie.«

»Aber für Thomas hat sie nie ein gutes Wort. Lieber wäre es mir, sie würde mich ablehnen. Ich könnte mit allem fertig werden. Aber für Thomas leide ich.«

»Wir beide können auch nie mehr zusammen sein!« beklagte sich Afra.

»Sobald die Herren Offiziere fort sind, wird das anders. Hab Geduld, *ma chère.* Es ist für mich auch nicht gerade ein Vergnügen, mir unentwegt Beatas Schmachten anhören zu müssen. Aber so, wie die Dinge stehen...« Sie kam nicht dazu, den Satz zu beenden. Schon rief Beata: »Tonette, wo stecken Sie denn? Wollen Sie mir nicht Gesellschaft leisten?«

Wenn weit und breit kein Offizier in Sicht war, beanspruchte Beata Antoinettes Gesellschaft, als wäre das ihr gutes Recht.

»Du siehst!« sagte Antoinette achselzuckend mit einem leichten Lächeln, streichelte Afra sanft die Wange und eilte davon.

Afra kümmerte sich um ihre Zöglinge, die sie auch während der Schulpause zu betreuen hatte. Sie packte die beiden warm ein, um wenigstens einen kleinen Spaziergang um das Schloß mit ihnen machen zu können. Zwar war es immer noch schneidend kalt, aber sie hoffte, daß die Bewegung an der frischen Luft ihnen allen guttun würde. Wohl hatte sie gelernt, ihre Haut sorgfältig vor Sonne, Wind und Wetter zu schützen, aber die Freude an der Bewegung im Freien war ihr geblieben. Mehr als alle anderen im Haus litt sie unter der Strenge dieses Winters, der sie die meiste Zeit in die Stuben verbannte. Überhaupt fühlte sie sich sehr unglücklich in dieser Zeit. Die Sicherheit, mit der sie den Weg nach oben beschritten und sich ihren Platz unter den Kindern des Schlosses erkämpft hatte, war ihr verlorengegangen. Es quälte sie, daß sie immer noch bloß geduldet war. Zwar waren alle freundlich zu ihr, selbst Elisabeth – es kam selten vor, daß sie sie demütigte wie heute, und in Anwesenheit des Hofmarksherrn wäre es wohl auch nicht geschehen –, dennoch war und blieb sie eine Außenseiterin. Am späten Nachmittag, wenn die Damen damit begannen, sich für den Abend schön zu machen und das ganze Schloß erfüllt war von einer freudigen Erwartung, hatte sie ihr Pferd zu besteigen – während der Kälte kutschierte sie, dick vermummt, einen Schlitten – und dorthin zurückzukehren, wo sie herkam: in den Gasthof »Zur Post«.

In Friedenszeiten war das noch erträglich gewesen. Sie hatte in der Küche gesessen und gelesen, auch wohl, wenn viel zu tun war, der Mutter beim Kochen oder Marei, der Magd, beim Servieren geholfen. In den Augen der Bauern war sie etwas Besonderes. Man begegnete ihr mit Achtung, und mancher Bursche hätte sie gern zum Weib genommen, nicht weil sie die Manieren der oberen Stände angenommen hatte, sondern um der Energie und des verhaltenen Temperaments willen, die sie ausstrahlte.

Aber für die Soldaten und Offiziere, die jetzt den Gasthof bevölkerten, war sie nichts als ein hübsches Mädchen, demgegenüber sie sich derbe Scherze und Handgreiflichkeiten herausnahmen, wann immer sie ihr begegneten. Obwohl Afra nicht furchtsam und überzeugt davon war, es mit einem Mann aufnehmen zu können, spürte sie doch die Gefahr, die von diesen wilden, nach Frauen ausgehungerten Kerlen ausging, die stets in Rotten auftraten. So schenkte sie keinem ein Lächeln oder auch nur einen Blick und pflegte sich sofort nach dem Heimkommen in ihr Zimmer zurückzuziehen, das neben dem der Magd unter dem Dach lag. Wenn sie den starken eisernen Riegel vorgeschoben und zur Sicherheit noch einen Stuhl unter die Klinke geklemmt hatte, konnte sie beruhigt sein. Aber Kälte und Einsamkeit blieben. Sie konnte nichts tun, als mit einer dicken Strickjacke über dem Hemd in das gewärmte Bett zu schlüpfen und im Schein der Kerze noch ein wenig zu lesen.

Doch immer wieder ließ sie das Buch sinken und träumte mit offenen Augen von dem Leben auf dem Schloß, in das sie nur an hohen Festtagen ein wenig Einblick nehmen durfte und an dem sie sonst keinen Anteil hatte. Wie jedes Aschenputtel sehnte sie sich nach einem Prinzen, der sie in die Arme nahm und ihr zuflüstern würde: »Es ist mir gleich, woher du stammst und wer du bist. Ein Mädchen wie dich habe ich mein ganzes Leben lang gesucht, und ich werde dich nie mehr gehen lassen. Auch wenn alle dagegen sind: keine andere wird meine Gemahlin!«

Doch sie war zu realistisch, um diese Träume mit der Wirklichkeit zu verwechseln und wußte nur zu genau, daß sie kaum eine Chance hatte, glücklich zu werden. Um so heißer beneidete sie Beata um ihre Liebe. Wenn die Tochter des Hofmarksherrn auch ständig unter Aufsicht stand und es noch gar nicht sicher war, ob der junge Mann ernste Absichten hatte oder vielleicht in seiner fernen Heimat schon gebunden war, so durfte sie sich doch angebetet fühlen, und das war mehr, als Afra für sich selbst je zu hoffen wagte. Selbst Antoinette beneidete sie, denn sicher hätte sie, wenn sie es nur wollte, jeden Mann um den Finger wickeln können. Mit sich im Einklang war Afra eigentlich nur dann, wenn sie Unterricht gab; sie freute sich an dem eigenen, hart erworbenen Wissen, und es befriedigte sie, es an die Kleinen weitergeben zu können. Doch selbst diese bescheidene Freude war ihr, wie sie seit langem spürte, auf die Dauer nicht sicher.

Dies alles schoß ihr durch den Kopf, als sie, Auguste rechts, Thomas links an der Hand, aus dem Schloß trat. Es war schneidend kalt, und eine sehr helle Sonne ließ die Eiskristalle aufleuchten. Auf dem Hof war der Schnee von Pferdehufen und Schlittenkufen zerstampft und hart geworden, und so ließ Afra es zu, daß die beiden Kleinen sie zum vorderen Tor hinaus, in die Lindenallee und auf den tiefverschneiten Weg zogen, der im Sommer zuweilen als Verbindung zum Dragonerhaus benutzt wurde. Lachend und schreiend rissen sie sich los und begannen, ohne sich darum zu kümmern, daß sie durch den verharschten Schnee bis zu den Waden einbrachen, Bälle zu formen.

Afra wußte, daß dieser rauhe Sport nicht gerade das war, was Elisabeth sich für die Kinder wünschte, und unwillkürlich warf sie einen Blick zum Schloß zurück. Aber sie beruhigte sich mit dem Gedanken, daß die Hofmarksherrin sich gewiß, wie es ihre Gewohnheit war, zu einem Mittagsschlaf niedergelegt und ihr Zimmer zur anderen Seite – sie hatte aus ihren Fenstern die prachtvolle Sicht zu den fernen Bergen – hin lag. So mochte Afra den Kindern den Spaß nicht verderben. Sie selbst blieb ernst.

»Was guckst du denn so grimmig?« rief Auguste und warf einen Schneeball nach ihr – sie hatte auf Afras Hinterkopf gezielt, aber da sie sich ihr gerade zuwandte, bekam sie den Ball mitten ins Gesicht.

Erschrocken entschuldigte die Kleine sich: »Das wollte ich nicht, wirklich nicht!«

Thomas dagegen schüttelte sich vor Lachen über diesen Spaß. »So voller Schnee!« schrie er. »Wie du aussiehst, Afra! Ein richtiger Schneemann bist du ... eine Schneefrau!«

Afra schüttelte den Kopf und fuhr sich mit der Hand über die Augen. »Na wartet!« rief sie. »Jetzt könnt ihr was erleben!« Sie vergaß ihre mühsam anerzogene damenhafte Würde, ihre sechzehn Jahre und kummervolle Gedanken, bückte sich und formte, ohne darauf zu achten, daß der verharschte Schnee ihr in die Hände schnitt, einen Ball. Die Kinder beeilten sich jetzt, ihr zuvorzukommen, und bewarfen sie, so rasch sie konnten, und bald war eine lebhafte Schneeballschlacht im Gange, bei der Afra, behindert von ihrem bodenlangen Mantel, nicht so rasch springen konnte wie die Kinder, entschieden den kürzeren zog.

»Darf ich mitspielen?« fragte eine vergnügte männliche Stimme.

Alle drei fuhren herum. Erst jetzt merkten sie, daß ein Reiter sich ihnen vom Dorf her genähert hatte. Es war Felix von Lingen, der lächelnd auf sie herabsah.

»Für solche Späße, Herr Leutnant, sind Sie entschieden zu alt!« erwiderte Afra und klopfte sich den Schnee vom Mantel; sie konnte nicht verhindern, daß ihre Augen immer noch funkelten.

»Sie nicht auch, Mademoiselle?« fragte Felix von Lingen neckend.

»Ich tu's der Kinder wegen.«

»Das nenne ich edel!« Er schwang sich vom Pferd und wandte sich den Kleinen zu. »Seid nicht fad, laßt mich doch auch mitspielen, ja?«

»Kommen Sie nur«, rief Auguste keck, »wir werden Sie tüchtig waschen!«

Thomas flüsterte ihr eindringlich zu: »Nein, das dürfen wir nicht, Gustel!«

»Warum denn nicht?«

»Monsieur würd's nicht leiden.«

»Ach, der ist doch gar nicht da«, sagte Auguste zum zweitenmal an diesem Tag.

»Trotzdem dürfen wirs nicht!« beharrte Thomas.

Afra hatte nicht sogleich gewußt, wie sie der Szene ein Ende machen sollte. Jetzt sagte sie entschlossen: »Tut mir leid, Herr Leutnant, aber die Schlacht ist zu Ende. Kommt, Kinder, wir müssen nach Hause!«

Er vertrat ihr den Weg. »Wirklich?«

»Wirklich, Herr Leutnant!«

»Und wann können wir uns wiedersehen?« Er beugte sich zu Afra herab, so daß die großen blauen Augen mit den langen seidigen Wimpern dicht vor ihrem Gesicht waren. »Wir beide allein, meine ich?«

»Ich habe keine Zeit«, erklärte Afra mit Nachdruck. Mehr noch als ihre Worte besagte ihr entschlossener Blick, daß mit ihr jedenfalls jetzt und hier keine Verabredung zu treffen war.

»Das bedauere ich aufrichtig«, sagte Felix von Lingen galant und schenkte ihr ein Grübchenlächeln, dessen Wärme ein anderes Mädchenherz wohl zum Schmelzen gebracht hätte. Aber Afras Miene erhellte sich nicht.

Dafür brach Auguste in ein lautes Lachen aus, stieß Thomas an und deutete keuchend vor Vergnügen auf den Schloßberg. Afra und der Leutnant verstanden erst nicht, was der Anlaß zu dieser Belustigung war, bis Auguste jubelnd ausrief: »Ihr Roß, Leutnant! Es läuft Ihnen davon!«

Felix von Lingen blickte sich um und stellte fest, daß sein Gaul ungeduldig geworden war und sich in gemächlichem Trott auf den Weg zu seinem Stall begeben hatte. »Das Biest, das gescherte!« rief er. »Hat es sich doch tatsächlich selbständig gemacht!« Er nahm sich gerade noch die Zeit, an seinen Helm zu tippen, dann rannte er mit langen Schritten hinter dem Pferd her; es wäre eine schöne Blamage vor seinem Burschen gewesen, wäre es zuerst und ohne ihn eingetroffen.

Afra mußte nun doch lächeln. »Da seht ihr, was alles passieren kann!« sagte sie. »Aber kommt jetzt endlich, tretet nur ja fest auf, damit euch warm wird!«

Die Kinder versicherten, daß sie gar nicht frören, und vergnügt stapften sie zu dem festen geschindelten Schloß zurück, das sich schutzbietend und heimelig über ihnen erhob.

Schon leuchteten Kerzen hinter den Fenstern des Musikzimmers und des Speisesaals – vereinzelte Lichter huschten auch durch das Treppenhaus –, als Dr. Friedrich König eintraf. Er kutschierte, in Pelzdekken gehüllt, einen leichten Schlitten und brachte sein Pferd vor dem Portal zum Stehen. Auf einen Peitschenknall hin eilte Peter herbei. Die Meute, im Stall eingesperrt und in ständiger Erwartung der Rückkehr ihres Herrn besonders unruhig, stimmte ein gewaltiges Gebell an. Peter half dem Doktor, sich von seinen Decken zu befreien und aus dem Schlitten zu steigen. Friedrich König dankte ihm und läutete am Eingang des Schlosses, das der unruhigen Zeiten wegen bei Eintritt der Dämmerung versperrt wurde.

Baptist öffnete und half dem Gast in dem steinernen Flur aus dem Mantel. Der Doktor nickte ihm zu. »Danke, Baptist.«

»Die gnädige Frau erwartet Sie im Musikzimmer!«

Ohne weitere Formalitäten – er hatte die letzte Nacht schon auf dem Schloß geschlafen, in Anselm von Deinhartings riesigem Barockbett, in dem er sich ein wenig verloren vorgekommen war – stieg er hinter Baptist, der ihm leuchtete, die Treppe hinauf. Schon bevor er eintrat, hörte er die zarten Töne des Spinetts, und obwohl er nicht sonderlich musikalisch war, berührten sie sein Herz, das sich weit öffnete, als er jetzt aus der Dunkelheit und Kälte der Winternacht in das hellerleuchtete warme Zimmer kam. Unwillkürlich blieb er auf der Schwelle stehen, um den Eindruck ganz in sich aufzunehmen.

Elisabeth spielte eine leichte Melodie, hingegeben und mit sehr viel Gefühl, mehr für sich selbst als für die jungen Leute, die miteinander plauderten. Sie trug ein Kleid, das er noch nie an ihr gesehen hatte: tief ausgeschnitten, mit winzigen Ärmeln und hoch angesetztem Busen. Es war aus leuchtend blauer Seide, etwas matter und durchsichtig war der leichte Schal, der den Reiz ihrer schlanken, glatten Arme eher betonte als verhüllte. Aus dem blonden, kunstvoll hochgesteckten Haar fielen ihr einige gedrehte Löckchen wie unabsichtlich in die weiße Stirn. Das warme Licht der Wachskerzen ließ sie noch schöner erscheinen als am Tag.

Die beiden Mädchen saßen in der Ecke des Raumes, und größere Gegensätze hätten sich wohl kaum finden lassen. Beata wirkte, obwohl sie abgenommen hatte, kräftig, ihre Handgelenke waren stark, das weizenblonde Haar, das ihr frisches Gesicht mit dem starken Kinn und den hell bewimperten Augen umgab, war dicht und glatt; jede Pore schien Lebenslust, Verlangen und Erwartung auszuströmen. Obwohl sie, wie Friedrich König wohl wußte, noch nie in ihrem jungen Leben gearbeitet hatte, sah sie aus, als könnte sie tüchtig zupacken, einen Haushalt leiten und eine große Familie betreuen. Wie sie jetzt mit Ferdinand von Tobler sprach, der, leicht zu ihr geneigt, hinter ihr stand, war sie ein einziges Strahlen. Ganz selbstverständlich war sie Mittelpunkt der kleinen Gruppe, denn auch Felix von Lingen, der auf einem türkischen Hocker zu ihren Füßen saß, bemühte sich um ihre Gunst.

Antoinette, ernst, hart und aufmerksam, war nur Beobachterin, und doch fand Friedrich König sie weit anziehender als Beata. Wie sie so dasaß, die schmalen Hände geöffnet im Schoß, den Kopf mit den rotbraunen Locken, die ihr in einer ungekünstelten Frisur in Nacken und Stirn fielen und sich um die kleinen Ohren ringelten, die blauen Augen voller Verständnis auf die Gruppe der jungen Leute gerichtet, erinnerte sie Friedrich König an das Gemälde einer Prinzessin, das er irgendwann einmal bewundert hatte. Es lag etwas Edles in ihrer Haltung, das gewiß aus einem gütigen Herzen und klaren Verstand stammte. Es tat ihm wohl, diese Szene beobachten zu können. Auch die beiden jungen Offiziere in ihren fleckenlosen weißen Uniformen, glänzend gewichsten Stiefeln und blitzenden Koppeln paßten in das Bild.

Auch Friedrich König hatte sich für die Damen schön gemacht. Rasiert, frisiert, parfümiert und in seinem besten Anzug, einem langschößigen nachtblauen Frack mit reich gefälteltem Hemd und schweren goldenen Manschettenknöpfen, eine dazu passende Nadel in der Schleife, glich er in nichts mehr dem ungepflegten, Äußerlichkeiten verachtenden Gelehrten, den er gewöhnlich herauszukehren pflegte. Es war Antoinette, die ihn zuerst bemerkte. Mit freundlichem Ernst blickte sie ihn an und machte eine anmutige Handbewegung, um ihn aufzufordern, bei den anderen Platz zu nehmen.

Er tat es nicht, ohne ihre Hand zu ergreifen und einen Kuß darauf zu hauchen. Sie ließ es ohne Koketterie geschehen, worauf ihm Beata fast fordernd die Rechte entgegenhielt. Die beiden Offiziere betrachteten ihn nur kurz, so als wollten sie Maß nehmen, ob sie ihn als Rivalen fürchten müßten, und wandten sich nach kurzem Nicken gleich wieder

Beata zu. Er erriet, daß er, der Dreißigjährige, für sie nicht mehr zählte und lächelte in sich hinein. Sorgfältig seine Rockschöße hochschlagend, setzte er sich. »Sie sind so still«, versuchte er ein Gespräch mit Antoinette einzuleiten.

Sie legte den Zeigefinger auf die Lippen. »Pst! Ich höre es so gern, wenn Tante Elisabeth spielt.«

»Ja, es klingt wunderbar«, stimmte er ihr zu.

Seine wenigen Worte hatten genügt, um Elisabeth aufmerksam zu machen. Sie ließ die Hände auf die Tasten sinken, hob den Kopf und lächelte ihm zu. »Frédéric! Wie schön!«

Sofort erhob er sich und ging zu ihr. »Es tut mir unendlich leid, daß ich Sie gestört habe!«

»Aber gar nicht, mein Lieber... ich habe ja nur so vor mich hin gespielt!«

Er küßte auch ihr die Hand. »Dennoch waren Antoinette und ich uns gerade darin einig, daß es ein Hochgenuß ist, Ihnen zuzuhören!«

»Ja, Sie beide! Ich weiß, die anderen sind unmusikalisch!«

Felix von Lingen war anscheinend nicht so gefesselt von Beata, wie er vorgab; jedenfalls hatte er das letzte Wort gehört und protestierte. »Aber gnädige Frau, wie können Sie so etwas sagen! Ich habe als Junge Violine gespielt!«

Elisabeth lachte. »Das muß entsetzlich für Ihre Umgebung gewesen sein, seien Sie ehrlich.«

»Nun ja, zum Üben mußte ich immer in den Pavillon hinaus, aber später habe ich dem Instrument einige hübsche Melodien entlocken können.«

»Dann möchte ich mich bei Ihnen entschuldigen«, lenkte Elisabeth rasch ein.

Felix von Lingen erhob sich von seinem Hocker und stellte sich zu Dr. König an das Spinett. »So habe ich es nicht gemeint, genädige Frau. Ich wollte mich nur ins rechte Licht setzen.«

»Was Ihnen vollauf gelungen ist.« Elisabeths Lächeln war harmlos genug, und dennoch fand Friedrich König es eine Spur zu herzlich.

»Wie schade, daß Sie Ihre Violine nicht mithaben«, fuhr Elisabeth fort, »sonst könnten wir einmal zusammen musizieren.«

Felix von Lingen stützte sich auf das Spinett und beugte sich vertraulich vor. »Man sagt, daß ich einen recht ordentlichen Tenor habe.«

»Oh, wirklich?« fragte Elisabeth erfreut. »Wollen Sie uns etwas vorsingen?«

Beata sprang auf. »Ach ja, bitte, singen Sie!«

Friedrich König, der wußte, daß sie keinen Ton vom anderen unterscheiden konnte, lächelte in sich hinein; entweder legte sie es darauf an, ihren zweiten Kavalier zurückzugewinnen, oder sie wollte Ferdinand von Tobler eifersüchtig machen.

»Ja, soll ich?« Felix von Lingen genoß es mit offenem Vergnügen, im Mittelpunkt der Aufmerksamkeit zu stehen. Alle ermunterten ihn, nur Antoinette blieb still. Das schien ihn zu irritieren. »Ihnen liegt nichts an meinem Lied, Comtesse?« fragte er.

»Weil ich Sie nicht bitte, etwas vorzutragen? Oh, ich denke, Sie werden es tun ... und wenn nicht, würde ein Wort von mir Sie gewiß nicht dazu bringen.«

»Comtesse, Sie unterschätzen sich.«

»Nein, Monsieur, ich mache mir nur nichts vor.«

Friedrich König amüsierte sich über die Art, wie Antoinette den selbstbewußten jungen Mann hatte abblitzen lassen, und Elisabeth fiel es nicht ein, sie dafür zu tadeln.

Nur Beata rief: »Sie sollten wirklich höflicher sein!«

»Warum?« fragte Antoinette.

»Die Comtesse kann anscheinend keine Sekunde vergessen, daß wir nicht Gäste des Hauses sind, sondern hier nur im Quartier liegen«, bemerkte Ferdinand von Tobler.

»Da irren Sie sich«, widersprach Antoinette, »ich bin ja selbst eine Fremde hier.«

»Du siehst das falsch, Ferdi«, widersprach von Lingen seinem Kameraden, »die Comtesse ist nur ein sprödes Pflänzchen, das ...« Er unterbrach sich. »Ich hab's! Jetzt weiß ich, was ich singen werde ...« Er wandte sich an Elisabeth. »Kennen Sie Goethes *Heideröslein?*«

»Mit der Melodie von Zelter? Ich glaube ja ... lassen Sie es mich versuchen ...« Elisabeth schlug einzelne Töne an, ein paar Akkorde, fand die Melodie und nach einiger Zeit eine einfache Begleitung dazu. »So, jetzt müßte es gehen ...« Nach einigen Takten Vorspiel nickte sie dem jungen Offizier zu.

Felix von Lingen begann: *»Sah ein Knab ein Röslein stehn, Röslein auf der Heiden, war so jung und morgenschön ...«* Er verfügte wirklich über einen hübschen, wenn auch kleinen Tenor, sang ausdrucksvoll, beinahe schelmisch und suchte immer wieder, so beim *»Röslein sprach, ich steche dich ...«,* Antoinettes Augen. Doch es gelang ihm nicht, das Mädchen in Verlegenheit zu bringen; aufrecht, wie es ihre Gewohnheit war, saß sie da, die Hände entspannt im Schoß, den Blick mit forschendem Ernst auf den Sänger gerichtet.

Als er zum traurigen Ende kam, *»... mußt es eben leiden«,* lächelte sie und klatschte in die Hände. »Das war *très joli,* Herr von Lingen!« lobte sie ihn unbefangen. Auch die anderen applaudierten.

Er nahm den Beifall wie einen ihm zustehenden Tribut entgegen und verschenkte sein Grübchenlächeln nach allen Seiten. Rasch wandte er sich dann Antoinette zu. »Sie habe ich nicht beeindruckt!« klagte er.

»O doch! Sie haben hübsch gesungen.«

»Sie sagen das, als ob es gar nichts wäre.«

»*Mon cher,* was haben Sie denn erwartet?« fragte Antoinette mit einem kleinen Lächeln. »Um mich wirklich zu beeindrucken, wäre schon ein bißchen mehr nötig als ein Lied!«

»Eine Heldentat?« Seine blauen, seidig bewimperten Augen waren beschwörend auf sie gerichtet. »Was soll ich tun?«

»Nichts, Monsieur. Um die Wahrheit zu sagen: Ich möchte mich gar nicht beeindrucken lassen.«

Das kleine Geplänkel machte Beata ungeduldig. »Singen Sie noch etwas, Herr von Lingen«, forderte sie, »singen Sie etwas für mich.«

»Es ist jetzt wohl genug...«, wehrte Elisabeth ab, »da kommt auch schon Baptist. Ich nehme an, es ist serviert?«

»Jawohl, gnädige Frau.«

»Gehen wir also zu Tisch!«

Friedrich König wollte ihr seinen Arm anbieten, aber Felix von Lingen war schneller. Es ärgerte ihn, daß Elisabeth den jungen Mann nicht zurückwies, bis sie ihm einen um Verständnis bittenden Blick über die Schulter zuwarf; sie hatte weder ihn noch den anderen kränken wollen. So führte er denn Antoinette zu Tisch, während Beata natürlich mit Ferdinand von Tobler ging.

»Ich bewundere Ihre Haltung, Comtesse«, sagte Friedrich König gedämpft.

Sie blickte zu ihm auf. »Weil ich mich nicht für einen jungen Mann erwärme, der innerhalb von wenigen Minuten drei Damen den Hof macht?«

»Sie sind eine scharfe Beobachterin!«

»Es gehört nicht viel dazu, festzustellen, daß er noch ein richtiges *enfant gaté* ist... ein verwöhnter Kindskopf!«

»Und der andere?« Friedrich König dämpfte seine Stimme noch mehr.

»Ein guter Junge«, sagte Antoinette kurz.

Er war überrascht über das positive Urteil. »Sie mögen ihn?«

»Er tut mir leid. Beide tun mir leid. Es ist schlimm, in Kriegszeiten Soldat sein zu müssen.«

»Bisher brauchen sie sich ja nun wirklich nicht zu beklagen.«

»Nein. Aber Sie wissen doch genausogut wie ich, daß dies nicht auf Dauer sein kann.«

Alle gingen rasch, denn im Treppenhaus war es kalt. Um so angenehmer war die Glut des prasselnden Ofenfeuers, das sie im Speisezimmer erwartete; die Wärme wurde durch die flackernden Kerzen noch verstärkt. Der Tisch mit der ovalen Platte und den zwölf geschwungenen, vergoldeten Beinen war mit schimmerndem Damast bedeckt, Glas, Kristall und Silber funkelten.

»Was für ein Anblick!« Unwillkürlich verhielt Felix von Lingen für Sekunden den Schritt.

»Ja, es ist hübsch, daß Menschen noch so leben können«, sagte Friedrich König.

»Oh!« rief Felix von Lingen. »Ich meinte eigentlich das!« Er legte den Kopf in den Nacken und blickte zu der reichen Stukkatur der Decke hinauf; sie zeigte ein perspektivisch in weite Tiefen reichendes Bild des Himmels, der, üppig mit Putten, weißen, fleischigen Frauengestalten und rötlichbraunen, fast nackten Männern belebt, eine fröhliche Laszivität ausstrahlte.

»Oh, pfui!« schalt Elisabeth. »Wie mögen Sie auch noch darauf aufmerksam machen!« Sie war rot geworden.

»Aber es ist doch schön!«

»Es ist ganz und gar unanständig.«

Friedrich König, dessen Platz selbstverständlich zu Elisabeths Linken war, schob ihr den Stuhl zurecht. »Das kann ich nicht finden...«

Sie richtete ihre klaren grauen Augen auf ihn. »Sie nicht, Frédéric, der Sie mein Freund sein wollen? Diese Decke ist für mich von Anfang an ein einziges Ärgernis.« Sie nahm Platz. Beata und Auguste folgten ihrem Beispiel.

»Dann verstehe ich nicht«, sagte Friedrich König, aber es war zu merken, daß er es nicht ganz ernst meinte, sondern sie nur necken wollte, »warum Sie die Stukkaturen nicht haben abschlagen oder doch wenigstens übertünchen lassen.«

»Mein Gatte hat es mir untersagt.«

Friedrich König sah sie betroffen an. »Das wollten Sie also wirklich?«

»Ja. Aber leider fand ich nirgenwo Unterstützung.« Mit unüberhörbarer Bitterkeit fügte sie hinzu: »Selbst unser Pfarrer, ein frommer Mann, hat mich im Stich gelassen.«

Darauf wußte niemand etwas zu sagen. Den jungen Leuten und auch Friedrich König war eine solche Einstellung ganz unverständlich, und ein betretenes Schweigen trat ein. Es war gut, daß Baptist in diesem Augenblick die Suppe servierte, eine klare Bouillon, in der fingerdicke Stücke Lungenstrudel schwammen.

Alle aßen die kräftige, würzige Suppe mit Appetit. »Wunderbar«, sagte Ferdinand von Tobler, »das schmeckt wie zu Hause.«

»Ja, die bayrische und die österreichische Küche sind nahe verwandt«, stimmte Elisabeth zu.

»Wie Bayern und Österreicher, jedenfalls was die aus den Stammlanden betrifft, überhaupt verwandte Seelen sind!« behauptete Felix von Lingen kühn.

»Darum liegen sie wohl auch stets im Hader miteinander«, spöttelte Friedrich König, »wie ja die größten Streitigkeiten allgemein im Familienkreis stattfinden.«

Die jungen Leute lachten. Aber Elisabeth sagte streng: »Bitte, keine Politik!«

Friedrich König entschuldigte sich sofort. »Ich wollte wirklich nicht...«

»Es war eine unbedachte Bemerkung! Sie wissen genau, wenn

jetzt über Bayern und Österreicher gesprochen wird, macht das immer böses Blut!«

»Verehrte gnädige Frau«, meldete sich Felix von Lingen zu Wort, »der Wahrheit die Ehre: Der Bösewicht, der dieses Thema angeschnitten hat, war wohl ich!«

»Du warst es selber, *ma tante*«, stellte Antoinette fest.

Elisabeth zog die Augenbrauen zusammen. Ferdinand von Tobler, der ein Gewitter aufziehen sah, versuchte rasch das Thema zu wechseln: »Könnten Sie mir das Rezept dieser Strudelsuppe verraten, gnädiges Fräulein?« fragte er, an Beata gewandt. »Ich würde es gern meiner Mutter schicken.«

»Es ist ziemlich kompliziert«, wich Beata aus, »ich werd' es Ihnen aufschreiben.«

Aber der junge Steiermärker ließ sich nicht so leicht vom Thema abbringen. »Nun, ich nehme an, Lunge und Herz werden kleingehackt...«

Beatas glattes junges Gesicht bekam plötzlich einen bösen Ausdruck. »Sie wollen mich doch nicht etwa examinieren?«

»Aber nein, gnä' Fräulein, gehn S'!« rief Felix von Lingen. »Mein Herr Kamerad interessiert sich nun mal für die feine Küche. Von überall her schickt er Kochrezepte nach Hause!«

Antoinette bemühte sich, Beata zu Hilfe zu kommen. »Sie haben ganz recht, Herr von Tobler, das Fleisch wird kleingehackt, mit Zwiebel und Petersilie in Butter angebraten, abgekühlt und dann mit Eidotter und einem ganzen Ei zu einem glatten Teig verrührt... Sie glauben doch wohl nicht, daß wir nicht kochen könnten!«

»Obwohl eine Dame das nun gewiß nicht nötig hat«, sagte Beata spitz und fügte hinzu: »Den Strudelteig machen wir aus Mehl, Salz, etwas Öl, lauwarmem Wasser, ziehen ihn dünn aus...«

»Eine einfache G'schicht also«, meinte Felix von Lingen.

Antoinette lachte. »Soo einfach, wie Sie sich das vorstellen, ist es nun auch wieder nicht. Es braucht viel Geschicklichkeit, den Teig hauchdünn auszuziehen.«

Ferdinand von Tobler küßte Beatas Hand. »Über die diese kleinen Hände gewiß verfügen!« Antoinette hatte Mühe, ernst zu bleiben.

»Und dann«, erklärte Beata, erleichtert, daß es gleich überstanden sein würde, »wird die Herz-Lungen-Masse darauf verstrichen...« Sie stockte.

»Von beiden Seiten her zusammengerollt«, soufflierte Antoinette.

»...im Ofen gebacken, bis eine goldbraune Kruste entsteht, kleingeschnitten und in den Suppentopf gegeben!«

»Bravo!« sagte Felix von Lingen. »Das klingt so gut, wie es schmeckt.«

Babette räumte die Suppenteller ab, und Baptist schenkte den Wein zum ersten Gang ein. Friedrich König, der den Hausherrn vertrat, hob als erster sein Glas: »Auf den Frieden!«

»Ein recht unpassender Spruch in diesen Zeiten«, meinte Felix von Lingen.

»Aber wieso?« sagte Antoinette. »Alle Kämpfe laufen doch darauf hinaus, daß einmal Frieden wird!«

»Wenn Sie es so sehen, gnädiges Fräulein...« Felix von Lingen verbeugte sich in ihre Richtung. »...trinken wir also auf den Frieden... nach dem Sieg unserer Truppen!«

»Auf den Frieden, ja«, sagte Ferdinand von Tobler, »dann werde ich abmustern und in meine Heimat zurückkehren. Sie müssen die Steiermark kennenlernen, gnädiges Fräulein... sie ist so schön wie Bayern!«

Alle tranken sich zu. »Ein guter Wein«, stellte Friedrich König fest und schnalzte leicht mit der Zunge.

»Mein Mann hat noch eine Lieferung aus Meran bekommen«, berichtete Elisabeth, »es ist ja schwierig heutzutage. Von den Weinanbaugebieten an Rhein, Mosel, Saar und Ruwer sind wir ganz abgeschnitten... von Frankreich ganz zu schweigen.«

»So trinken wir also Ihrem hochverehrten Gatten den seltenen Tropfen fort«, bemerkte Felix von Lingen, »das wird er gar nicht gern haben.«

»Er ist sehr gastfreundlich«, erklärte Elisabeth mit Betonung.

»Ich kann mir nicht helfen«, meinte Felix von Lingen, »ich habe den Eindruck, daß er uns nicht gar so gern hier sieht.«

»Ja, wahrhaftig«, stimmte Ferdinand von Tobler ihm zu, »ich könnt' mich hier wie zu Haus' fühlen, wenn der Herr von Deinharting nicht gar so abweisend wäre.«

Antoinette beugte sich vor. »Ihre Familie hat doch auch einen Besitz auf dem Land, Herr von Tobler?«

»Es ist fast grad so wie hier.«

»Dann überlegen Sie mal: Würde Ihr Herr Vater wohl sehr erfreut sein, wenn er bayrische Einquartierung bekäme?«

»Bayrische Einquartierung?« Ferdinand von Tobler starrte das Mädchen mit leicht geöffnetem Mund an. »Aber wieso denn? Haben die Bayern vor...?«

»Ich bitte dich, Ferdi, sei doch nicht so deppert!« wies ihn Felix von Lingen zurecht. »Das ist doch nur ein Vergleich. Was würde dein Vater sagen, wenn Ihr Einquartierung bekämt? Ob bayrische, französische oder preußische, das ist doch einerlei.«

»Ach so, ja...« Ferdinand von Tobler sah Antoinette an. »...das ist schwer zu sagen.«

»Ich glaube nicht, Herr von Tobler... seien Sie ehrlich!«

»Das sind keine Tischgespräche!« wies Elisabeth sie zurecht. »Ich versichere Ihnen übrigens, meine Herren, daß es ganz im Sinne meines Mannes ist, wenn wir uns einen Schluck Wein gönnen. Sie sollten mich inzwischen kennen. Ich würde niemals etwas gegen den Willen meines Gatten tun.«

»Mein Kompliment, gnädige Frau!« sagte Felix von Lingen.

Als nächster Gang wurde Forelle blau serviert, dazu gab es zerlassene Butter. Die Fische hatten ihre Form behalten, waren gerade eben gar, aber noch schön fest im Fleisch. Anders als in Anwesenheit des Hausherrn, der die Speisen selbst auszuteilen pflegte, gingen Baptist und Babette mit den Schüsseln herum, kamen zuerst zu Elisabeth, dann zu Beata, Antoinette, Friedrich König und zuletzt zu den beiden kaiserlichen Offizieren. Anselm von Deinharting ließ ihnen stets die erste Wahl, was sie so verlegen machte, daß sie es nicht wagten, die größten und besten Stücke auszusuchen, und gab dann das Passende für die anderen auf die ihm hingereichten Teller. Ohne ihn ging es wesentlich ungezwungener zu, aber allen war seine Abwesenheit deutlich bewußt.

»Wenn Sie wissen wollen, wie man Forellen blau bekommt, Herr Examinator«, sagte Beata zu Ferdinand von Tobler, »dann will ich Ihnen das gern verraten: Man schuppt sie nicht, nimmt sie nur aus, wobei man sie so wenig wie möglich mit der Hand berühren darf. Dann spült man sie, gießt heißen Essig darüber und läßt sie eine halbe Stunde in der Schüssel liegen. Durch ihren Schleim werden sie dann blau.«

»Das klingt ja geradezu fachmännisch«, bemerkte Felix von Lingen.

»O ja, ich kenne mich aus!« behauptete Beata, die zufällig einmal Margarethe Meyr zugesehen hatte. »Danach läßt man Wasser mit Salz, Zwiebeln, Lorbeerblättern, Pfefferkörnern und Nelken aufkochen, gibt die Forellen mit dem Essig hinzu und läßt sie sechs Minuten zugedeckt auf dem Feuer. Danach sind sie ferig. Nicht einmal aufzukochen brauchen sie.«

»Sie schmecken exzellent«, stellte Friedrich König fest.

»Ja, unsere Köchin ist unübertroffen«, sagte Elisabeth, »wenn sie auch eine schwierige Person ist.«

»Der Fischer hat die Forellen heute mittag erst gebracht«, berichtete Antoinette, »er hat ein Loch in das Eis auf dem Deinhartinger Weiher schlagen müssen, um sie herauszuholen.«

»Einen Winter wie heuer hatten wir schon lange nicht mehr«, meinte Elisabeth.

Die Forellen wurden mit gutem Appetit verzehrt und mit Meraner Wein hinuntergespült.

»Jetzt gibt es eine Überraschung für Sie, meine Herren«, erklärte Elisabeth den beiden jungen Offizieren.

»Ich protestiere!« sagte Friedrich König. »Die beiden haben täglich das Glück, an Ihrer Tafel zu speisen, während ich...«

Elisabeth legte ihm begütigend die Hand auf den Arm. »Das nächste Mal dürfen Sie sich etwas wünschen, Frédéric, obwohl ich befürchte, daß es mit Margarethes Kenntnissen der preußischen Küche schwach bestellt ist...«

»Wenn ich die bayrische Lebensart nicht vorziehen würde, wäre ich nicht hier!« warf der Doktor ein.

»... heute jedenfalls gibt es eine österreichische Spezialität«, fuhr Elisabeth fort: »Esterhazy-Rostbraten!«

Die Herren machten »ah« und »oh«, und schon trug Baptist die dampfende Schüssel auf, in der zwei Finger dicke Rumpsteaks in einer duftenden Sahnesauce schwammen, die ihren herzhaften Geschmack angeschmortem Wurzelwerk verdankte, und mit Thymian, Kapern, feingehackter Zitronenschale, Lorbeerblatt, Salz und Pfeffer gewürzt war. Babette reichte goldgelbe Nockerln dazu. Als man sich bedient hatte, schenkte Baptist einen roten Terlaner ein. Die Herren konnten sich nicht genug tun, das saftige, schmackhafte Gericht zu loben, und Ausdrücke wie »köstlich«, »superb«, »unvergleichlich« wurden laut. Auch die Damen aßen mit Genuß, wenn auch Elisabeth und Antoinette sich darauf beschränkten, ein Rumpsteak miteinander zu teilen.

Das schwere Essen und der Wein erzeugten eine angenehme Schläfrigkeit, und das Gespräch versiegte allmählich, dennoch fühlten alle sich wohl, und die schlimmen Zeitläufe gerieten mehr und mehr in Vergessenheit. Zum Abschluß des Essens gab es einen mürben Apfelstrudel, noch heiß aus dem Rohr, von dem sich die Herren, da er gar so gut war, zweimal bedienten.

»Fast könnte man wünschen«, sagte Felix von Lingen, als er den vergoldten Löffel aus der Hand legte, »der Krieg möge ewig dauern. Nie mehr werden wir es so gut haben wie bei Ihnen, gnädige Frau!«

»Versündige dich nicht!« rief Ferdinand von Tobler schockiert.

»Ach, geh weiter! Du nimmst alles so todernst! Ich red' ja nicht von Kämpfen, sondern wollt' nur ausdrücken, wie gut es mir geschmeckt hat und wie wohl ich mich fühle.« Er zog Elisabeths Fingerspitzen an die Lippen.

Die entzog ihm rasch ihre Hand und stand auf. »Ich lasse Ihnen den Kaffee im unteren Erkerzimmer servieren, meine Herren... wenn Sie Lust haben, können Sie uns später im Musikzimmer finden.« Die Mädchen begleiteten sie hinaus, Babette, mit der Kerze in der Hand, leitete die kleine Prozession.

Im Erkerzimmer brannte in dem marmornen, mit Löwenköpfen prächtig verzierten offenen Kamin ein helles Feuer, das aber nicht imstande war, den Raum völlig zu erwärmen. So drängten sich die Herren um ihn herum.

»Ein Glas Obstler?« fragte Friedrich König, ganz in der Rolle des Hausherrn, und zu Baptist gewandt: »Bring Er mir doch bitte meine Pfeife, ich habe sie oben im Zimmer.« Er trat an den mächtigen Renaissanceschrank, der in Intarsienarbeit Szenen aus der *Odyssee* zeigte. »Da Sie nicht nein sagen, nehme ich an, Sie halten mit.« Aus der bauchigen Flasche schenkte er zwei Gläser voll, ein drittes behielt er für sich selbst.

»Auf das Wohl des Kaisers!« sagte er.

»Das nenne ich einen höflichen Trinkspruch!« Ferdinand von Tobler stieß mit ihm an.

»Im allgemeinen scheinen die Bayern unserem Kaiser nicht ganz grün zu sein.« Auch Felix von Lingen stieß an.

»Außer denen, die ihr Geld in Wien auf der Bank haben«, sagte Friedrich König lächelnd.

»Ach ja?« fragte von Lingen. »Gibt es solche?«

»Wie unpatriotisch!« meinte Ferdinand von Tobler.

»Sie dürfen das den guten Leuten nicht zu übelnehmen, in Bayern gibt es ja noch keine Bank. Man kann zum Juden gehen, wenn man Geld aufnehmen will, aber wenn man selbst nicht handelt, kann man es schwer verwahren und noch schwerer vermehren.«

Baptist brachte die Meerschaumpfeife und den Tabakbeutel. Friedrich König bedankte sich und nahm in einem schweren, steiflehnigen Sessel Platz. Es gab außer diesem nur noch einen anderen Sessel in dem großen Erkerraum, und nach einigem Hin und Her nahm Ferdinand von Tobler in ihm Platz, während Felix von Lingen sich auf die Lehne hockte, nachdem er mit einem Fidibus ihre beiden Zigarillos in Brand gesetzt hatte.

»Was hat den Hausherrn denn nach München getrieben«, fragte er wie nebenbei. »Seine Abreise kam doch, schien mir, ziemlich plötzlich.«

»Hat er es Ihnen nicht gesagt?« Friedrich König stopfte seine Pfeife.

»Nein.«

»Dann war er doch wohl der Ansicht, daß es Sie nicht interessieren könnte.«

»Es ist nicht nett, Herr Doktor, daß Sie den Geheimnisvollen spielen!«

Baptist trug den Kaffee auf einem silbernen Tablett herein, verteilte die Tassen auf der roten Marmorplatte des Tisches, die von vier marmornen Löwenköpfen getragen wurde, und schenkte ein.

»Ich finde, Felix«, sagte Ferdinand, »das geht uns wirklich nichts an.« Sie warteten, bis Baptist das Zimmer verlassen hatte.

»Er hat doch nicht etwa eine Geliebte in München?« forschte Felix von Lingen weiter. »Man munkelt ja so allerhand über ihn.«

»Tut man das?« fragte Friedrich König mit argloser Miene.

»O ja, gerade im Dragonerhaus, wo Sie jetzt wohnen ...«

»Felix, ich bitt' dich!« unterbrach ihn sein Kamerad. »Das ziemt sich doch nicht, die Leut' auszurichten, gerade wo wir hier soviel Gastfreundschaft genießen. Vergäll mir den Kaffee nicht! Ich will davon nichts hören!«

»Na, jedenfalls ist er ein toller Hecht, das sieht man doch. Wenn er einer der unseren wäre, wüßte der Kaiser seine Dienste gewiß zu nutzen, anstatt ihn hier auf dem Land versauern zu lassen.«

»Er lebt gern in Deinharting«, sagte Friedrich König. »Ich kann das verstehen«, stimmte Ferdinand von Tobler eifrig zu, »es geht nichts über das Landleben. In Stainz, da wo ich herkomme – da gibt es übrigens auch einen guten Wein, nur trinken wir ihn selten –, ist es noch einsamer. Wien liegt wie auf einem anderen Stern, und mein Vater sagt, das ist gut so.«

»Ich könnte nur in Wien leben!« meinte Felix von Lingen. »Wenn der Krieg erst aus ist...«

»Bis dahin«, bemerkte Friedrich König, »wird es noch gute Weile haben. So leicht lassen sich die Neufranken nicht schlagen, wie die Emigranten den Völkern weismachen wollen. Als Befreier betrachten sie jedenfalls niemanden, der in ihr Land eindringt.«

»Ach was«, sagte Ferdinand von Tobler wegwerfend, »der Pöbelhaufen. Mit dem werden wir leicht fertig.«

»Ich wünsche es Ihnen.«

»Und Sie? Wie stehen Sie politisch, Doktor?« fragte Felix von Lingen. »Aus Ihnen werd' ich nicht recht klug.«

»Ich versuche, den Menschen zu dienen.«

»Das tun wir doch alle!«

»Da muß ich widersprechen. Sie und Ihr Herr Kamerad dienen Österreich... nein, nicht einmal das ist korrekt, denn wer weiß schon, was Österreich wirklich braucht. Sie dienen Ihrem Kaiser... und ich habe meinem König valet gesagt.«

»Ich finde das nicht gut«, sagte Ferdinand von Tobler.

»Sie sprachen eben von Ihrem Vater, der sein eigenes Leben führen möchte. Sehen Sie, genauso geht es mir. Ich möchte in Ruhe meinen Forschungen nachgehen können, verstehen Sie das?«

»Jedenfalls verstehe ich, warum Sie sich ausgerechnet Deinharting ausgesucht haben«, meinte Felix von Lingen lächelnd, »eine bezaubernde Schloßherrin, reizende junge Damen und eine exzellente Küche! Da läßt es sich leben!«

»Stoßen wir auf das Wohl des Hauses an!« Friedrich König hob sein Glas. Sie tranken aus.

»Sollten wir uns nicht zu den Damen begeben?« Ferdinand von Tobler warf sein Zigarillo in die Flammen des Kamins.

Felix von Lingen lächelte verständnisvoll. »Hast es eilig, Freundchen? Nun zieh nicht gleich so eine Lätschen. Wir verstehen dich ja, oder etwa nicht, Doktor?«

»Nun, ich weiß nicht recht«, sagte Friedrich König. »Beata ist einerseits noch ganz Kind, voller Illusionen, andererseits eine sehr entschlossene junge Frau. Ich würde Ihnen Zurückhaltung anempfehlen, Leutnant Tobler. Es ist gewiß nicht ratsam, dieser jungen Dame den Kopf zu verdrehen.«

»Das liegt auch nicht in meiner Absicht«, erklärte Ferdinand von Tobler steif.

»Freut mich zu hören. Solche Mädchenherzen voller Träume neigen dazu, einen zärtlichen Blick als Geständnis ewiger Liebe, ein bewunderndes Wort als Siegel der Treue zu nehmen.«

»Sie scheinen ja über einen reichen Schatz an Erfahrung zu verfügen«, neckte Felix von Lingen den Doktor.

»Im Gegenteil, ich habe stets äußerste Vorsicht walten lassen. Meine Freiheit geht mir über alles.« Schon während er es aussprach, wurde es Friedrich König bewußt, daß dies nicht die Wahrheit war. Es hatte eine Zeit gegeben, in der er bereit gewesen wäre, mit Elisabeth auf und davon zu gehen. Es war die Freundschaft zu Anselm von Deinharting, die diese Leidenschaft gedämpft hatte. Inzwischen allerdings war er froh, daß er seine Freiheit weder eines Abenteuers noch einer festen Bindung wegen aufgegeben hatte. Er fühlte sich wohl in seiner Haut, und auch die Aussicht, ein alter Hagestolz zu werden, konnte ihn nicht schrecken.

»Wenn ich die meine aufgeb'«, erklärte Felix von Lingen, »müßte es sich schon lohnen ... es müßte ein hübscher Batzen dabei herausspringen, meine ich.«

»Wie kannst du nur so reden«, empörte sich Ferdinand von Tobler, »ist dir denn gar nichts heilig? Die Liebe ist doch ...«

Sein Kamerad fiel ihm ins Wort. »In der Ehe fliegt die Liebe zum Fenster hinaus, das sieht man doch allenthalben. Aber ein Verliebter wie du ist natürlich blind.«

»Ich bin keineswegs verliebt. Was ich für Mademoiselle Beata empfinde ist ... eine ergebene Bewunderung.«

»Alles andere«, sagte Friedrich König und legte seine Meerschaumpfeife auf den Kaminsims, »würde sich der Hofmarksherr auch verbeten ... mit Recht verbeten haben.« Er nahm einen Leuchter und wandte sich zur Tür. »Gehen wir also hinüber.«

»*Un moment,* Doktor!« Felix von Lingen hielt ihn zurück. »Hätten Sie nicht Lust auf ein Spielchen?«

»Jetzt?«

»Nein, natürlich nicht. Später, wenn die Damen sich zurückgezogen haben. Die Nacht ist ja noch lang.«

»An was hätten Sie denn gedacht?«

»Tarock?«

»Österreichisch oder bayrisch?«

»Das bestimmen Sie. Den Punkt ein Kreuzer, schlage ich vor.«

Friedrich König lächelte. »Mein lieber Freund, da muß ich Sie enttäuschen. Ein Spielchen mache ich zwar hin und wieder ganz gern ... aber niemals um Geld.«

»Wie langweilig.«

»Finden Sie. Für mich liegt der Reiz des Spieles in seinen Konstellationen. Geld verdienen will ich damit nicht.«

»Wenn Sie nur verlieren können!« sagte Felix von Lingen mit entwaffnender Ehrlichkeit.

Friedrich König lachte. »Auch das möchte ich nicht. Aber sicher werden Sie unter Ihren Kameraden einige finden ...«

»Aber doch nicht mehr heute nacht!« Felix von Lingens blaue

Augen blickten so enttäuscht wie die eines Kindes, das man um ein Versprechen geprellt hat.

Friedrich König legte ihm die Hand auf die Schulter. »Verschieben Sie es auf morgen, Leutnant... wer weiß, wozu es gut ist.«

»Ja, das meine ich auch«, stimmte Ferdinand von Tobler ihm zu, »du hast ohnehin in letzter Zeit ziemlich hoch verloren.«

»Und was geht es dich an?!« rief Felix von Lingen zornig.

»Entschuldige bitte, ich wollte mich durchaus nicht in deine Angelegenheiten mischen. Es war nur ein Versuch, dich zu trösten.«

Felix von Lingen fluchte. Friedrich König, der wohl erkannte, daß der junge Leutnant seine Spielverluste auf seine Kosten hatte decken wollen, lächelte über soviel Naivität. »Kommen Sie, kommen Sie endlich«, drängte er freundlich, »die Damen erwarten uns.«

Die Häuser des Dorfes lagen wie dunkle kleine Blöcke, geduckt in der schneeglänzenden Landschaft, als der Hofmarksherr Deinharting erreichte. Nur hinter den Fenstern seines Schlosses schimmerte warmes Licht, und Rauch kräuselte sich in den mondhellen Himmel. Die Uhr des Kirchturms schlug elfmal. Die Norikerstute, ermattet von dem langen Ritt, geriet ins Stolpern. Er ließ sie Schritt gehen. Jetzt, da er sein Ziel fast erreicht hatte, wurde seine Unruhe schwächer. Er kniff die Augen zusammen und machte aus, daß man sich im Musikzimmer aufhielt; das deutete auf ein geselliges Zusammensein hin und nicht auf eine Erkrankung oder andere Aufregung.

Es schoß ihm durch den Kopf, daß es eine gewaltige Verschwendung war, bis tief in die Nacht die teuren Wachskerzen brennen zu lassen, die gewiß schon zum zweiten- oder gar zum drittenmal aufgesteckt worden waren. Flüchtig dachte er daran, Sparmaßnahmen einzuführen, aber er wußte, daß er nicht der Mann dazu war. Er würde es nicht über sich bringen, Elisabeth irgendeine Freude zu verbieten, und er war der Überzeugung, daß Sparsamkeit dann ganz von selbst eintreten würde, wenn es nichts mehr zu verschwenden gab. Falls den Neufranken oder denjenigen, die es mit ihnen hielten, und er wußte, daß es von ihnen auch in Bayern genügend gab, gelingen würde, die Herrschaft an sich zu reißen, würde es aus sein mit den Privilegien des Adels. Er spürte, daß die Menschheit im Aufbruch zu einer neuen Zeit stand, und er hoffte auf eine Wendung der Dinge so sehr, wie er sie fürchtete.

Wolkenfetzen jagten über den mondhellen Himmel, die klare Scheibe manchmal kurz verhüllend. Die Gipfel der fernen Alpen leuchteten weiß und schienen zum Greifen nahe. Das schlafende Dorf, die Umrisse des Schlosses mit seinen Fenstern, die schwarzen bizarren Formen der entlaubten Linden und die ständig wechselnde Beleuchtung hatten etwas Einmaliges und wirkten auf die Seele des erschöpften Mannes fast gespenstisch. Die Erinnerung an den Zusammenstoß mit dem wildernden Soldaten wurde urplötzlich wieder in ihm wach, so lebendig, als wäre es eben geschehen, und ihn schauderte.

»Gott sei uns gnädig«, sagte er, lautlos die Lippen bewegend. Mit Mühe scheuchte er die düsteren Bilder aus seinem Gehirn. Am Ende der Lindenallee stieg er ab, um die Stute zu schonen, und führte das Tier am Zügel den steilen Weg hinauf. Er schwankte ein wenig nach dem langen Ritt und mußte um sein Gleichgewicht kämpfen. Das Tor zum Schloßhof war versperrt, er hämmerte mit beiden Fäusten dagegen. Die Hunde im Zwinger schlugen an. Er mußte einige Zeit warten, bis ihm geöffnet wurde, und dann war es nicht Peter, sondern einer der beiden kaiserlichen Offiziersburschen – eben jener, den er Tage zuvor aus der Küche vertrieben hatte –, der ihm zu Hilfe kam.

Furchtsam dienernd zog er sich zurück. »Peter... nix da!« versuchte er zu erklären.

Anselm von Deinharting verstand, daß es den Knecht zu seiner Frau gezogen hatte, auch hatte er seinen Herrn ja heute noch nicht erwarten können. »Schon gut.« Den Burschen im ungewissen Licht des Mondes fixierend, fügte er hinzu: »Wie heißt du?«

»Jossip, zu dienen, gnädiger Herr!« Der Bursche grinste vor Begeisterung darüber, daß der gestrenge Hofmarksherr seine Existenz endlich zur Kenntnis nahm, seine kräftigen Zähne blitzten im Mondlicht auf.

»Schließ das Tor, Jossip«, befahl Anselm von Deinharting und deutete mit den Händen, um richtig verstanden zu werden, »leg den Balken wieder vor!«

»Ja, ja, gnädiger Herr!« Der Bursche machte sich voller Eifer ans Werk. »Zu dienen!«

Die Meute, die gewittert hatte, daß etwas Ungewöhnliches vorging, bellte wie toll. Wieder einmal mußte Anselm von Deinharting voll Wehmut an Hasso denken. Er brachte die Stute in den Stall, nahm ihr die Trense aus dem Maul und sattelte ab. Die Wärme der dampfenden Tierleiber tat ihm wohl und entspannte ihn. Er liebte den scharfen Ammoniakgeruch, der zum Stall gehörte. Die Laterne, unter der Decke aufgehängt, schaukelte leicht. Der andere Offiziersbursche, der auch auf dem Heuboden über dem Stall schlief, steckte seinen schwarzhaarigen Kopf aus der Luke, um zu sehen, was unten vorging, zog ihn aber, als der Hofmarksherr aufblickte, in Sekundenschnelle wieder zurück.

Anselm von Deinharting riß ein Strohbündel auseinander und begann Bruna kräftig abzureiben. Jossip, der nach ihm in den Stall kam, ergriff ein zweites Bündel Stroh und machte sich ebenfalls an die Arbeit. Die anderen Pferde wurden von einer freudigen Unruhe erfaßt, weil ihr Herr in der Nähe war. Antoinettes kleine goldbraune Stute wieherte, streckte den Kopf über die trennende Zwischenwand und versuchte, die Nase an seiner Schulter zu reiben. »Schon gut, *ma petite*«, sagte er zärtlich, »bist ja brav!«

Hier zwischen den Tieren, deren einfache Bedürfnisse ihm keine Rätsel aufgaben, fühlte der Hofmarksherr sich wohl, und am liebsten hätte er in ihrer Nähe geschlafen. Auch wurde er jäh so müde, daß ihm war, als könnte er keinen Fuß mehr vor den anderen setzten. Aber er wußte, daß seine Familie oben im Schloß seine Ankunft schon bemerkt haben mußte und daß sie beunruhigt sein würde, wenn er nicht bald erschien.

Bruna war jetzt trocken. Jossip schleppte einen Eimer Wasser herbei; damit die Tiere es nicht eiskalt tranken, wie es jetzt im Winter aus der Pumpe kam, waren die Eimer schon für die Tränkung in der Frühe gefüllt worden.

»Danke, Jossip«, sagte Anselm von Deinharting; er hielt der Stute den Eimer hin, ließ sie ein wenig schlappern und zog ihn dann gleich wieder zurück.

»Wenik, wenik«, meinte Jossip verständig, »muß man vorsichtik sein.«

»Willst du das wohl für mich erledigen?« fragte Anselm von Deinharting, »Bruna Wasser geben?«

»Ja, will ich gerne, Herr«, erklärte Jossip, stolz über das in ihn gesetzte Vertrauen, »wenik ... vorsichtik!«

»Du wirst es schon richtig machen! Gute Nacht, Jossip!«

»Gute Nacht, Herr!«

Im Schloß hatte das Hämmern gegen die Hoftür und das Anschlagen der Meute das lebhafte Gespräch von einer Sekunde zur anderen stocken lassen.

»Was ist das?« hatte Elisabeth erschrocken gefragt, und ihre Hände hatten sich im Schoß verkrampft.

Die beiden jungen Offiziere waren aufgesprungen. »Keine Angst, gnädige Frau!« rief Ferdinand von Tobler. »Wir werden Sie schützen!«

Antoinette lächelte. »Das wird kaum nötig sein! Bitte beruhigen Sie sich, *ma tante,* es ist der Hofmarksherr. Keiner verlangt Einlaß wie er.«

»Aber wie kann er schon zurück sein?«

»Er ist es.«

»Wieso bist du so sicher?« rief Beata, die sich um die schöne Aussicht, sich von ihrem Kavalier verteidigen zu lassen, beraubt sah.

»Vielleicht bedeutet es, daß wir in der Frühe losmarschieren müssen«, meinte Felix von Lingen.

»Nein, o nein!« rief Beata. »Sagen Sie so etwas nicht!«

»Es ist der Hofmarksherr«, erklärte Antoinette mit Nachdruck, »ich werde ihn begrüßen!« Sie war schon auf dem Weg zur Tür.

»Nichts da!« Friedrich König sprang auf und eilte ihr nach. »Wenn einer nach dem Rechten sieht, dann bin ich es! Bleiben Sie gefälligst im warmen Zimmer, und lassen Sie mich gehen!«

Antoinette sah ein, daß er recht hatte. »Wie Sie meinen«, sagte sie und setzte sich wieder.

»Seien Sie vorsichtig, Frédéric!« rief Elisabeth ihm nach.

Lächelnd blickte er sie an, die Klinke schon in der Hand. »Mir passiert schon nichts!« Die Zurückgebliebenen schwiegen.

Da kein Schuß fiel und die Meute freudig bellte, gelangte auch Elisabeth zu der Gewißheit, daß es kein Fremder gewesen war, der Einlaß begehrt hatte, sondern der Hausherr. Ihr Gewissen litt darunter, daß sie sich dennoch gestört fühlte. Sie raffte den durchsichtigen Schal enger um die Schultern. »Es wäre wohl besser, meine Herren«, sagte sie, den beiden jungen Offizieren zugewandt, »wenn Sie sich jetzt verabschieden würden.«

»Aber wir können Sie doch in dieser Situation nicht im Stich lassen!« protestierte Ferdinand von Tobler.

»Es gibt keine Situation«, sagte Elisabeth mit Würde und streckte ihm die Hand zum Kuß hin. »Gute Nacht, Herr von Tobler!«

»Schon, Mama?« fragte Beata enttäuscht.

»Seien Sie nicht unvernünftig«, mahnte Antoinette und wies auf die Pendule, »sehen Sie nur, wie spät es geworden ist!«

»Es war ein lustiger Abend!« Ferdinand von Tobler beugte sich dem unmißverständlichen Wink, riß die Hacken zusammen und verabschiedete sich. »Ja, es war ein sehr angenehmes Beisammensein!« Felix von Lingen folgte seinem Beispiel.

»Und wir?« rief Beata. »Was sollen wir jetzt tun?«

»Du kannst zu Bett gehen, wenn du willst.«

»Nein!« sagte Antoinette rasch. »Entschuldigen Sie, wenn ich Ihnen widerspreche, *ma tante,* aber vielleicht will der Hofmarksherr uns noch begrüßen, und es würde merkwürdig aussehen, wenn die Vögel plötzlich ausgeflogen wären.«

»Was für Vögel?« fragte Beata töricht.

»Antoinette hat recht«, gab Elisabeth zu, »wir wollen noch ein Weilchen warten.«

Antoinette stand auf. »Darf ich einige Kerzen löschen?«

»Warum denn?«

»Ich finde ...« Antoinette sah sich in dem quadratisch geschnittenen Raum um. »... es sieht ein bißchen nach Festbeleuchtung aus.«

»Soll es«, entschied Elisabeth, »wir haben nichts zu verbergen.«

»Gewiß nicht, *ma tante!«* Antoinette nahm wieder Platz.

Schweigend, jede den eigenen Gedanken nachhängend, erwarteten sie den Hausherrn.

Anselm von Deinharting und Friedrich König begegneten sich auf dem vom Mondlicht geisterhaft beleuchteten Hof; im Gegensatz zu den tiefschwarzen Schatten in den Ecken und längs der Mauer wirkten die freiliegenden Flächen kalkig weiß.

»Sie sind's also doch!« rief Friedrich König, als der Hofmarksherr, nur im Umriß zu erkennen, eine sehr große Gestalt mit geraden Schultern, wehendem Mantel, die Fellmütze auf dem Kopf, auf ihn zukam.

»Gott zum Gruße, alter Junge!« Anselm von Deinharting streckte ihm die Hand entgegen. »Wen hatten Sie denn sonst erwartet?«

Friedrich König nahm die Hand und schüttelte sie. »Die Damen waren erschrocken.«

»In diesen Zeiten kann man ihnen das nicht einmal übelnehmen.«

»Sie sind rasch zurück! Die Erkrankung des Kurfürsten war wohl nur ein Gerücht?«

»Er ist tot.«

»Wahrhaftig?«

»Ich war in der Residenz, als er starb. Max Josef ist zum neuen Kurfürsten ausgerufen worden.«

»Das ist in Ihrem Sinne, nicht wahr?«

»Im Sinne aller guten Bayern.« Die beiden Herren schritten nebeneinander auf das Schloßtor zu, und Anselm von Deinharting legte dem Freund die Hand auf die Schulter. »Würden Sie mir wohl einen Gefallen tun und mich bei der Gesellschaft oben entschuldigen?«

»Sie wollen sie nicht begrüßen? Das würde die Damen gewiß enttäuschen.«

»Nein, ich möchte es lieber nicht. Ich bin sehr müde, und ich rieche nach Stall.«

»Das macht doch nichts. Alle werden froh sein, Sie wiederzusehen.«

»Nein, mein Freund, das hat Zeit bis morgen früh. Ich ziehe mich jetzt auf mein Zimmer zurück . . . das heißt, ich hoffe, Sie werden mein Bett heute nacht noch benutzen. Ich richte mich im Ankleidezimmer ein.«

»Wird das nicht unbequem sein?«

»Nein. Wir werden die Verbindungstür offenlassen und wie die Schulbuben miteinander plaudern.«

Am nächsten Morgen ritt Friedrich König früh zum Dragonerhaus zurück, denn es zog ihn in sein Labor. Anselm von Deinharting schlief länger als gewöhnlich, und alle im Schloß schlichen auf Zehenspitzen, um ihn nur ja nicht aufzuwecken. Als er dann herunterkam, sah man ihm, rasiert und gewaschen, die überstandenen Strapazen nicht mehr an. Es ging bereits auf Mittag zu, und er entschloß sich, das Frühstück zu überspringen.

Er fand die Damen im oberen Erkerzimmer. Elisabeth stickte an einem ihrer Gobelins, und Beata und Antoinette halfen ihr, indem sie einzelne Wollfäden nach Farben sortierten und zusammenbanden. In dem mächtigen Kachelofen krachte ein kräftiges Feuer, und draußen vor dem Fenster standen die weißen Alpengipfel gegen einen blauen

Winterhimmel. Als Anselm von Deinharting eintrat, sprang Antoinette sofort auf, hielt sich aber zurück, weil es ihr nicht zustand, ihn als erste zu begrüßen.

Elisabeth reichte ihm die Hand. »Warum hast du uns gestern abend nicht begrüßt?« fragte sie mit leichtem Vorwurf. »Wir haben auf dich gewartet!«

Er beugte sich über sie und drückte seine Lippen auf ihre Stirn. »Ich nehme doch an, Frédéric hat mich ausreichend entschuldigt.«

Beata erhob sich auf ihre träge Art wie ein junges Tier. *»Mon cher Papa!«* Sie lehnte sich leicht an seine Brust. »Was haben Sie mir mitgebracht?«

»Diesmal leider gar nichts. Die Zeit war zu kurz.«

Beata verzog schmollend den Mund. »Oh, Sie hätten sich Zeit nehmen sollen.«

»Ich hatte Sehnsucht nach euch.«

Antoinette begrüßte ihn mit ernsten Augen und einem kleinen Knicks. »Willkommen daheim, Hofmarksherr!«

Er strich ihr sanft über die Wange. »Meine kleine Tonette!«

»Dann hast du dich wohl auch nicht nach einer Gouvernante für die Kinder umgesehen!« Elisabeth hatte die Augen auf ihre Arbeit gerichtet und stichelte eifrig.

»Nein, und ich hatte auch nicht die Absicht. Es ist sinnlos, daß du dieses Thema immer wieder anschneidest.«

»Eine standesgemäße Erziehung für die Kleinen . . . Das ist einer der wenigen Wünsche, die ich an dich richte, Anselm!« Jetzt blickte sie auf, und ihre klaren grauen Augen schwammen in Tränen.

Er fühlte sich sehr unbehaglich und verfluchte ihre Gabe, ihn immer wieder ins Unrecht zu setzen. »Diesen Wunsch kann ich dir nicht erfüllen, Elisabeth, begreife doch, daß ich es nicht kann! Wir haben die Sache oft genug besprochen.«

»Ich weiß ja, daß wir eine gewisse Verantwortung für Afra tragen.« Elisabeth blieb hartnäckig. »Aber wir könnten doch eine andere Beschäftigung für sie finden. Henriette Striegel wird alt. Afra könnte ihr helfen. Es wäre wichtig für Auguste, wenn eine Dame von Stand an die Stelle dieser Wirtstochter treten würde . . . auch eine Herkunft aus einer anständigen Bürgerfamilie würde ich akzeptieren.«

Die beiden Mädchen zogen die Köpfe ein und bemühten sich, so zu tun, als hörten sie den Streit nicht.

»Es geht nicht nur um Afra«, sagte der Hofmarksherr, »sondern auch um Theo . . .«

»Welchen Theo?«

»Den Sohn des Vogts. Er wird in absehbarer Zeit das Gymnasium in München verlassen, und dann müssen wir ihn wahrscheinlich eine Weile bei uns aufnehmen, um ihm Gelegenheit zu geben, sich das Geld für sein Studium zusammenzusparen.«

»Du denkst immer nur an die anderen«, behauptete Elisabeth.

»Ganz und gar nicht. Ich versuche nur, Prioritäten zu setzen.« Er versuchte das Thema zu wecheln. »Übrigens, ihr fragt mich ja gar nicht, was ich in München erlebt habe!«

Aber Elisabeth und Beata blieben stumm, nur Antoinette sah ihn forschend an. »Der Kurfürst ist tot!« berichtete er.

Doch diese Neuigkeit löste bei den Damen keine Sensation aus. Elisabeth und Beata verstanden nichts von Politik. Antoinette hatte gelernt, daß ein solches Interesse als unschicklich für eine wohlerzogene junge Dame galt, so unterdrückte sie jede Frage.

Anselm von Deinharting war erleichtert, daß er die Begegnung hinter sich gebracht hatte. Er überquerte den behaglichen Vorplatz und betrat das Richterzimmer. Der Forstgehilfe Feinhuber stand kerzengerade mitten im Raum, den grünen Hut in den Händen. Seine Anwesenheit war Anselm von Deinharting schon gemeldet worden.

»Gott zum Gruß, Feinhuber«, sagte der Hofmarksherr. »Ich hoffe, Er bringt keine schlechten Nachrichten.«

»Was den Wilderer betrifft, Herr, den haben wir geborgen«, berichtete der Mann, »und gleichzeitig Beschwerde bei der Kommandantur geführt. Die hatten dumme Ausreden wie immer. Für die sind wir doch die letzten Menschen.«

Anselm von Deinharting hatte Mühe, sich seine Erleichterung nicht anmerken zu lassen. »Da mag Er recht haben, Feinhuber!« Er trat an seinen Sekretär, öffnete das Tabernakelfach und nahm eine Flasche und zwei Gläser heraus. »Trink Er einen Schluck mit mir, das hilft gegen die Kälte!« Er hielt beide Gläser in der linken Hand, während er mit der Rechten einschenkte, reichte dann das eine Glas dem Forstgehilfen.

»Trinken wir auf Max Josef, unseren neuen Kurfürsten!«

»So ist es wahr?«

»Ja. Wir dürfen auf bessere Zeiten hoffen, Feinhuber.«

»Meinen Sie, Herr? Viel wird er nicht ändern können, der neue Kurfürst. Er muß sich recht fest an seinem Thronsessel halten, damit man ihn nicht abistößt.«

Zwar waren das ungefähr Anselm von Deinhartings eigene Gedanken, dennoch sagte er: »Sei Er nicht so ein Schwarzseher, Feinhuber!«

»Sie haben recht, Herr. Schlechter kann es kaum noch werden ... es sei denn, die Franzmänner plündern uns aus. Man sagt, daß die alles zerstören, was die Kaiserlichen verschont haben.«

»Wir werden sehen.« Anselm von Deinharting, der gern ein paar hoffnungsvolle Worte gehört hätte, mußte gegen eine immer stärkere Niedergeschlagenheit ankämpfen. »Wie steht's im Revier?«

»Der Schnee und die Winterstürme haben wie immer allerhand Schaden im Baumbestand angerichtet. Wir forsten jetzt aus.«

Sehr gut. Sehe Er zu, daß Er die Stämme wegschleppt, solange noch Schnee liegt.«

»Wir tun, was wir können.«

»Das weiß ich, Feinhuber.« Anselm von Deinharting hätte gern noch einen Obstler getrunken, verbot es sich aber auf nüchternen Magen. »Die Bauern beklagen sich über das Schwarzwild.«

»Die Kälte hat es auf die Felder getrieben.«

»Wir sollten für morgen eine Hatz ansetzen.«

»So schnell können die Herren aus der Stadt doch nicht da sein.«

»Ich möchte diesmal auf Fremde verzichten und die kaiserlichen Offiziere auffordern, mitzujagen. Das wird eine willkommene Abwechslung für die jungen Herren sein... und auch für den Küchenzettel.«

»Sie wollen mit den Kaiserlichen zusammen jagen?« Feinhuber fragte es mit unverhohlener Mißbilligung.

»Ja. Wenn wir sie einladen, wird die Versuchung, zu wildern, nicht mehr so groß sein. Sie werden ihren Leuten besser auf die Finger sehen.«

»Meinen Sie, Herr?«

»Ja, das meine ich! Trommle Er alle Burschen, die mitmachen wollen und können, zusammen... zu tun gibt es ja bei dieser Witterung auf den Höfen doch nichts! Ich werde mit den Offizieren sprechen.« Er sah den Forstgehilfen an. »Ich weiß, Er ist jetzt wieder einmal nicht mit mir einverstanden, aber das Wichtigste ist doch, daß wir den Wildschaden in Grenzen halten, und ohne die Kaiserlichen läßt sich eine so große Sache wie die Sauhatz einfach nicht durchführen.« Feinhubers verschlossenes Gesicht erhellte sich nicht. »Wir sind ihnen ausgeliefert, sieht Er das denn nicht ein?« fuhr Anselm von Deinharting fort. »Wenn wir sie nicht einbeziehen, könnten sie uns die Beute abnehmen... ja, schlimmer noch, sie könnten unsere Waffen konfiszieren. Ich bin nicht mehr Herr in meinem eigenen Land.«

»Schlimm, daß ich das noch erleben muß.«

»Ja, angenehm ist es gewiß nicht. Aber wir machen es nicht besser, wenn wir den Kopf in den Sand stecken und so tun, als wäre alles noch wie früher. Wir müssen den Tatsachen ins Gesicht sehen. Wohl oder übel.«

Die Offiziere nahmen die Ankündigung der Sauhatz mit Vergnügen auf; das würde einmal etwas anderes sein als das träge Herumliegen in den Quartieren, das ständige Reglementieren und Exerzieren. Sofort forderten sie ihre Soldaten auf, sich als Treiber zu melden, und es gab genügend Männer, die sich freiwillig stellten. Sie wurden angeführt von einem Korporal, der mit Feinhuber einen Jagdplan aushandelte, nach dem die Rechte der Kaiserlichen gewahrt und die Leitung des Unternehmens den Deinhartingern vorbehalten blieb – ein wahrhaft diplomatisches Kunststück.

Friedrich König, der kein Jäger war, entschloß sich, als Beobachter teilzunehmen; auch fand der Hofmarksherr es nützlich, einen Arzt in der Nähe zu haben, falls es zu Verletzungen bei Menschen oder Hunden kommen sollte.

Elisabeth dagegen weigerte sich, mitzukommen, und Anselm von Deinharting war es ganz recht so; er mochte sie auch nicht der geringsten Gefahr aussetzen, und die Erinnerung an eine verhängnisvolle Sauhatz vor vielen Jahren, die sie beinahe das Leben gekostet hätte, war in beiden noch wach.

Auch Antoinette hätte am liebsten abgelehnt. Sie sah zwar ein, daß es eine Notwendigkeit war, den Bestand an Schwarzwild zu mindern, aber sie verstand nicht, wieso die Männer sich einen Spaß aus diesem grausamen Blutvergießen machen und die Frauen dieses Schauspiel noch genießen konnten. Doch Beata blickte sie so flehend an – allein hätte sie auf keinen Fall mitmachen dürfen –, daß sie endlich zustimmte.

In der Frühe des nächsten Morgens – draußen war es noch dunkel und im Raum, erst vor zehn Minuten eingeheizt, noch bitterlich kalt – versammelten sich die Herren in der Jagdstube. Auch Major von Trautmannsdorf, ein stattlicher Mann mit dichtem gezwirbeltem Schnurrbart, war erschienen, mit ihm alle Offiziere und Junker, die im Dorf einquartiert waren, auch zwei Herren aus dem nahen Taufbeuern. Auf dem langgestreckten gotischen Tisch war das Frühstück angerichtet – schwarzes Brot, geräucherter Speck, dicke Würste, Flaschen mit Obstler, Kannen mit heißer Milch und heißem Kaffee. Die Herren ließen es sich schmecken, und es dauerte nicht lange, so wurde ihnen warm. Die aufgesetzte Gelassenheit wurde von jener kribbelnden Erregung abgelöst, die einer solchen Jagd vorauszugehen pflegte. Jeder spürte die Ungewöhnlichkeit dieser kräftigen Mahlzeit am frühen Morgen, und die Ölgemälde an den Wänden, die abenteuerliche und gefährliche Jagdszenen vergangener Zeiten darstellten, taten das Ihre dazu, die erwartungsvolle Stimmung zu verstärken.

Anselm von Deinharting öffnete den prachtvollen Schrank aus dem 15. Jahrhundert, in dem seine und die Gewehre seiner Ahnen standen. Die Offiziere umdrängten ihn und prüften die Waffen mit Bewunderung und Sachverstand. Er nahm ein Stück mit eingelegtem Kolben heraus, legte Munition ein und gab es Friedrich König. »Die ist für Sie, Frédéric!«

»Aber ich habe nicht vor, zu schießen!«

»Könnte sein, daß Sie in eine Situation kommen, wo Sie es müssen!«

Den Herren blieb Zeit genug, sich zu stärken, an dem immer kräftiger lodernden Kaminfeuer zu wärmen und mit Jagderlebnissen zu unterhalten. Aufgebrochen sollte erst werden, wenn es den Treibern gelungen war, eine Rotte zu stellen. Den einen oder anderen überkamen Zweifel, ob es heute überhaupt dazu kommen würde.

»Sie kennen Feinhuber nicht«, sagte Anselm von Deinharting, »es müßte mit dem Teufel zugehen, wenn er es nicht schaffte.«

Da ertönte auch schon das Jagdsignal – die hellen Töne schienen förmlich in der eisigen Luft einzufrieren –, und alle drängten zum Ausgang. Anselm von Deinharting trug eine Saufeder bei sich, eine blanke Waffe mit scharf geschliffener Klinge, die jetzt noch in der schützenden Lederhülle steckte; ihr Schaft war, um ein Abgleiten der Hände zu verhindern, mit Leder umwickelt und die Parierstange aus einem Geweihende gearbeitet.

Die Herren verteilten sich die bereitstehenden Schlitten. Auch Beata und Antoinette, beide in Pelze vermummt, kamen jetzt aus dem Schloß. Friedrich König winkte ihnen, bei ihm Platz zu nehmen. Beata warf einen sehnsüchtigen Blick zu Ferdinand von Tobler, der, in ein Gespräch mit Kameraden vertieft, sie gar nicht bemerkte.

Anselm von Deinharting ließ es sich nicht nehmen, die Mädchen selbst in Felldecken zu hüllen und zu ermahnen, unbedingt in sicherer Entfernung vom Schauplatz der Jagd zu bleiben.

»Da können Sie sich ganz auf mich verlassen«, versprach Friedrich König lächelnd, »sie wissen, ich bin alles andere als ein Held.«

»Und Sie schämen sich gar nicht, das zuzugeben?« fragte Beata, die volle Unterlippe vorschiebend.

»Nicht ein bißchen. Ich bin überzeugt davon, daß es gar nicht die Helden waren, die die Menschheit wirklich vorangebracht haben.«

»Wer dann?«

»Die Denker, *naturellement*«, erklärte Antoinette.

Friedrich König lächelte ihr zu. »Ich danke Ihnen!«

Die Schlitten glitten über den gefrorenen Schnee, der Atem stand in kleinen Wölkchen in der eisigen Luft, Peitschen knallten, und der Fahrtwind rötete die Wangen.

Für Antoinette war es die erste Sauhatz, die sie mitmachte, und sie schämte sich vor sich selbst, daß sie sie bis jetzt genoß. »Wenn es nur nicht so ein mörderisches Vergnügen wäre!«

»Ah, bah!« rief Beata. »Sei nicht sentimental! Am Ende wirst du noch eine tote Sau beweinen!«

Im letzten Schlitten hinter dem ihren saßen Peter und Feinhuber mit der Meute. Die Rüden, mindestens zwei Jahre alt, waren in einem Gehege darauf dressiert worden, Wildschweine anzugehen. Jetzt waren sie an die Riemen gelegt, saßen aufrecht mit witternden Nasen und gespitzten Ohren, wohl spürend, daß die Stunde der Bewährung sich für sie nahte. Alle anderen Hunde waren in Deinharting eingesperrt worden, bis auf einen jungen, sichelhaarigen Vorstehhund, braun-weiß gefleckt mit einem kräftigen Schnurrbart, ein knappes Jahr alt. Er trug den Kopf hoch erhoben und senkte munter Pfote für Pfote, als genösse er, der nicht einmal ein Halsband trug, bewußt seine Freiheit gegenüber den anderen Hunden.

»Wie hat der mir nur auskommen können!« sagte Peter ärgerlich.

»Hast halt nicht aufgepaßt«, meinte Feinhuber.

»Der Kerl muß es ganz besonders schlau angefangen haben!« Peter pfiff auf zwei Fingern, der Vorstehhund legte den Kopf schief und blickte zu ihm auf.

Peter schlug auf die Decke. »Platz! *Couches toi!*« Der Vorstehhund lief munter weiter.

Feinhuber griff aus dem Schlitten nach ihm, was das Tier nur ein paar Schritte schneller laufen ließ. Es war jetzt auf der Höhe des Doktors und der Damen.

»Hast du Worte!« rief Beata. »Sieh dir den frechen Kerl an!«

»Es ist Parbleu«, stellte Antoinette fest, »er muß Peter entwischt sein.«

»Wenn wir auf die Sauen stoßen, kann er die größte Verwirrung anrichten!«

Friedrich König war nicht davon überzeugt. »Ich wette, er wird den Schwanz einziehen und sich verdrücken.«

»Da kennen Sie Parbleu aber schlecht!« rief Antoinette. »Das ist ein ganz Frecher... der legt sich mit jedem an!«

»Aber sicher nicht mit einem Keiler!«

»Wer weiß!« Antoinette beugte sich herab und sagte einschmeichelnd: »Parbleu, bist ein braver Hund, ein guter Hund... *un bon chien*... komm! Mach Hopphopp!«

Zu ihrer Überraschung war der Hund mit einem Satz im Schlitten. Die Mädchen lachten und steckten ihn unter die Decke.

»Na, sehen Sie«, sagte Friedrich König, »er hat seine Berufung als Schoßhund erkannt!«

Auf der gefrorenen Schneefläche kamen sie rasch voran, auch als sie immer tiefer in den verwachsenen Urwald gerieten. Endlich aber ging es nicht mehr durch die dicht beieinander stehenden Bäume und unter den tiefhängenden Zweigen hindurch.

Anselm von Deinharting, ganz vorne, gab das Zeichen zum Anhalten. Die Jagdgesellschaft verließ die Schlitten, die Pferde wurden in Decken gehüllt, und es ging zu Fuß weiter.

»Was machen wir mit Parbleu?« fragte Antoinette.

»Anbinden!« Friedrich König fand einen Lederriemen im Schlittenkasten, legte ihn dem Hund um den Hals, machte einen Knoten und befestigte das andere Ende des Riemens am Laternenhalter; dann warf er dem Hund eine Decke über. »So, jetzt wartest du brav, bis wir wiederkommen.«

Parbleu ließ sich alles ohne Gegenwehr und den Versuch zu entwischen gefallen; wedelte sogar freundlich mit seinem buschigen Schwanz.

Jetzt ging es in dem hohen Schnee, durch dessen gefrorene Decke man bei jedem Schritt einbrach, nur mühsam voran. Für einen Weg, den sie im Sommer in zehn Minuten zurückgelegt hätten, brauchten sie eine halbe Stunde. Danach verteilte Anselm von Deinharting die Schützen auf die wichtigsten Wechsel; der riesige unübersichtliche Platz war rings von Treibern umgeben. Friedrich König, Beata und

Antoinette standen wenige Schritte hinter dem Hofmarksherrn. Peter und Feinhuber führten die Hunde immer noch an der Leine tiefer in den Wald hinein. Sie entschwanden den Blicken der anderen. Die Jäger warteten mit angehaltenem Atem. Da zeigte der hohe Laut eines der Kopfhunde an, daß er die Rotte gefunden hatte. Die Meute, von der Leine gelassen, fiel mit wütendem Bellen ein. Die Jäger rissen die Gewehre hoch.

Beata konnte von ihrem Platz aus Ferdinand von Tobler sehen. Er schien ihr wunderbar männlich und kriegerisch mit dem angelegten Gewehr, den fest zusammengepreßten Lippen und geblähten Nüstern. Sie konzentrierte sich ganz auf ihn, versuchte ihn mit der Kraft ihrer Sehnsucht dahin zu bringen, sich nach ihr umzudrehen. Sie war so in ihren Wunsch versunken, daß sie das Ausbrechen der Säue erst merkte, als Antoinette sie anstieß. »Da!« Drei Sauen, gefolgt von einem Rudel Frischlingen, sausten in ihre Richtung, jedes einzelne Tier von zwei, drei Hunden verfolgt. Es war unmöglich zu schießen, ohne sie zu treffen.

Anselm von Deinharting erlegte eines der Schweine mit der Saufeder; Blut strömte in den weißen Schnee. Dann knallten Schüsse. Der Keiler brach aus dem Holz; auch er verfolgt von Hunden. Anselm von Deinharting legte an.

In diesem Augenblick stürmte Parbleu, der junge, stichelhaarige Vorstehhund, geradewegs auf den Keiler los, bereit, es mit ihm aufzunehmen. Die Haare standen ihm zu Berge, und seine ganze Haltung drückte wilde Angriffslust aus. Der Riemen, den Friedrich König ihm umgebunden hatte, schleppte hinter ihm her.

»Hierher!« brüllte Anselm von Deinharting. »Parbleu! Zurück!«

Wie angewurzelt, Auge in Auge mit dem Keiler, blieb der Hund stehen. Auch der Keiler, verwirrt durch diesen Frontalangriff, hielt inne im Lauf. Knurrend, aber gehorsam zog sich Parbleu, die Nase weiter dem Keiler zugewandt, bis zu den Stiefeln seines Herrn zurück. Anselm von Deinharting konnte einen gutgezielten Schuß anbringen. Der Keiler brach zusammen. Die Hunde stürzten hin und begannen an ihm zu zerren. Knurrend blieb Parbleu zu Füßen seines Herrn stehen. Anselm von Deinharting nahm sich Zeit, ihm gut zuzureden. »So war's brav, Parbleu, bist ein guter Hund... ja, ein guter Hund hat zu gehorchen!« Parbleu nahm auf der Hinterhand Platz und blickte verständig zu ihm auf.

Die Jagd dauerte noch eine ganze Weile. Erst als alles still blieb, wurde zum Halali geblasen. Die Jäger strömten aus allen Richtungen zusammen. Siebzehn Säue und dreizehn Frischlinge bildeten die Strecke. Peter und Feinhuber machten sich daran, die Tiere aufzubrechen und den Hunden als Belohnung die Gedärme vorzuwerfen. Parbleu hielt Peter das blutende, dampfende Herz des Keilers hin. Schon wollte der Hund zuschnappen.

»Nein«, sagte Anselm von Deinharting, »das ist nicht für dich!«

Parbleu warf den Kopf in den Nacken und lehnte den Leckerbissen mit zusammengebissenen Zähnen ab.

»Ich hoffe, Peter, du wolltest ihn nur auf die Probe stellen«, sagte Anselm von Deinharting.

»Ich dachte, er hätte es verdient!« verteidigte sich der Knecht.

»Für seinen Ungehorsam und deine Dummheit! Beinahe wäre er mir heute für die Jagd auf Rotwild verdorben worden. Aber das soll nicht geschehen. Komm, Parbleu!« Er drehte sich um, und der Hund folgte ihm.

Peter kratzte sich verlegen hinter dem Ohr. »O mei!« sagte er reuevoll. Heim ging es in gehobener Stimmung.

Ferdinand von Tobler schwang sich auf das Trittbrett des Damenschlittens. »Ich habe drei Sauen erlegt!« verkündete er strahlend und blickte Beata tief in die Augen. »Haben Sie es gesehen, Mademoiselle?«

»Sie waren wundervoll!« hauchte Beata.

»Ich war zehn Jahre alt, als mein Vater mich das erste Mal auf die Jagd mitnahm... und mit zwölf habe ich meinen ersten Wolf erledigt!«

»Magnifique!«

»In Ihrer Heimat gibt es also noch Wölfe?« fragte Antoinette nüchtern. »Das muß nicht gerade angenehm sein.«

»Nein, nein, das mißverstehen Sie, gnädiges Fräulein! Nur wenn ein Winter sehr kalt ist, kommen sie von den Karpaten herüber, große graue Gesellen, ach, das ist die schönste Jagd, die es gibt. Diese Bestien sind dem Menschen wirklich noch gefährlich!«

»Aber einer Kugel sind auch sie wohl kaum gewachsen«, dämpfte Antoinette seine Begeisterung.

»Ach, warum müssen Sie immer so sein, Tonette!« beklagte sich Beata.

»Ich sage nur, was ich denke. Wenn ein Mann mit einem Messer in der Hand einen Wolf angreift, mag das ein ehrlicher Kampf sein... aber doch nicht, wenn er sich mit seiner Büchse in den Hinterhalt legt!«

»Davon verstehen Sie nichts!« rief Beata wütend.

»Der Herr Leutnant wird es mir gewiß erklären!«

Aber Ferdinand von Tobler war verwirrt. »Später«, versprach er und sprang ab.

»Jetzt haben Sie ihn verscheucht!« beschwerte sich Beata.

Antoinette hob die schön geschwungenen Augenbrauen. »Sie sehen also in dem Mann ein scheues Wild, das man anlocken und dann im günstigen Moment einfangen muß?«

Friedrich König lachte. »Streiten Sie sich nicht, meine Damen! Im übrigen haben Sie gar nicht so unrecht, Tonette... wir Männer halten uns zwar für große Eroberer, aber tatsächlich sind wir den Frauen ausgeliefert, die uns mit List und Tücke einfangen... nur merken wir das meistens erst dann, wenn es zu spät ist.«

»Ich vergehe vor Mitleid«, neckte Antoinette ihn. Beata schmollte.

Aus den Schlitten vor ihnen klangen fröhliche Männerstimmen und immer wieder aufbrausendes Gelächter. Die Offiziere waren berauscht von ihrem Jagdglück, und nicht nur davon; der Flachmann mit Schnaps hatte öfters unter ihnen die Runde gemacht. Allmählich hellte sich der Himmel auf, und eine fahle, gelbe Sonne wurde sichtbar. Die Luft erwärmte sich nicht, aber die Schneekristalle funkelten. Die rasche Fahrt und reine Luft ließen auch in den Mädchen die Lebensgeister stärker als gewöhnlich erwachen. Das Schloß mit dem Schindeldach, das sich hart, fast düster von dem Hintergrund der schneebedeckten Berge abhob, tauchte vor ihnen auf. Die Wetterfahne zeigte an, daß der Wind aus Osten kam, und aus allen Kaminen stieg der Rauch senkrecht in den Himmel.

»Sie bleiben doch zum Essen, Doktor?« fragte Antoinette.

»Aber gern. Wer könnte Margarethe Meyrs Kochkünsten widerstehen? Und an einem Tag wie heute wird doch gewiß ein Festmahl auf den Tisch kommen.«

Die Schlitten sausten zwischen den kahlen Linden der Allee entlang und glitten dann wesentlich langsamer den Schloßberg hinauf. Mit Flüchen und Peitschenknallen wurden die Pferde angetrieben.

Anselm von Deinharting, der mit Major Trautmannsdorf im ersten Schlitten saß, fragte, als sie auf dem Schloßhof einfuhren: »Sie und die anderen Herren bleiben doch noch zu einem Imbiß?«

»Mit Vergnügen«, erwiderte der Major, der wohl wußte, daß diese Bezeichnung stark untertrieben war.

Anselm von Deinharting stieg ab und gab seine Anweisungen, die Schlitten mußten verteilt, die Pferde versorgt werden.

Ferdinand von Tobler wollte den Damen beim Aussteigen helfen, aber der Hofmarksherr war schneller und reichte Beata, sehr zu ihrem Ärger, die Hand. Antoinette verzichtete auf Felix von Lingens Unterstützung und sprang leichtfüßig ab.

Friedrich König, allein geblieben, fühlte einen ziehenden Schmerz, eine plötzliche Leere, über die er sich mit einem kopfschüttelnden Lächeln hinwegzusetzen suchte.

Während die Burschen sich um die Pferde kümmerten, verschwanden die eingeladenen Offiziere einer nach dem anderen im Schloß. Die Hunde, die von den Riemen gelassen worden waren, rannten in wildem Übermut über den Hof, für sie war der große Tag viel zu schnell vorbeigegangen.

Als Anselm von Deinharting sich dem Schloßtor zuwandte, stürzten die Tiere hinter ihm her; er mußte sich auf der Schwelle umdrehen und die Peitsche über ihre Köpfe sausen lassen. Erst dann wichen sie zurück – alle bis auf einen, Parbleu, den stichelhaarigen Vorstehhund. Er verteidigte seinen Platz mit wildem Knurren und aufgestellten Haaren.

»Willst du wohl!?« Anselm von Deinharting holte mit dem Peitschenknauf aus. Aber Parbleu rührte sich nicht von der Stelle und blickte ihn mit einem Ausdruck in den braunen Augen an, als wollte er sagen: »Schlag mich tot, aber ich weiche nicht!« Die eiserne Entschlossenheit imponierte dem Hofmarksherrn; er konnte sich nicht überwinden, ihn wirklich zu treffen, sondern ließ den Hieb dicht an seinem Kopf vorbeisausen. Parbleu zuckte nicht.

»Na, komm schon!« sagte Anselm von Deinharting.

Jetzt löste sich Parbleus Spannung, und seine Flanken begannen zu zittern. Dicht auf den Fersen folgte er seinem Herrn. Die Meute, die mitansehen mußte, daß einer aus ihrer Mitte das Schloß betreten durfte, drängte nach. Parbleu drehte sich um, trommelte, mit herausgedrückter Brust und zurückgeworfenem Kopf, die Pfoten auf den Boden und bleckte so entschlossen seine großen gelblichen Zähne, als sei er bereit, jeden zu zerfleischen, der es wagen würde, ihm sein mühsam erworbenes Recht streitig zu machen.

Die Meute wagte sich keinen Schritt weiter. Aber das genügte Parbleu nicht. Er schnappte zu und biß Hektor, einen der Kopfhunde, kräftig in die Wade. Hektor versuchte ihn abzuschütteln und drehte sich wild im Kreis, der kleine Hund flog um ihn herum, aber dachte nicht daran, loszulassen. Die Meute zog sich in sicheren Abstand zurück.

»Schluß!« brüllte Anselm von Deinharting. *»Assez!«* Erst da gab Parbleu den anderen Hund, doppelt so alt und schwer wie er selbst, frei. Hektor leckte sich den Biß in der Flanke.

Anselm von Deinharting rief Peter. »Kümmere du dich um Hektor!«

Peter hielt den Hund im Nacken fest. »Das muß genäht werden, Herr!«

»Dann tu es!« Nachdenklich sah Anselm von Deinharting auf Parbleu herab, der seinen Blick mit unschuldiger Ergebenheit erwiderte. »Du bist ja ein ganz Gefährlicher!« sagte er. »Mal sehen, ob wir beide uns vertragen!«

Parbleu tat mit einem Schwanzwedeln kund, daß es für ihn daran nicht den geringsten Zweifel gab.

Die Sauhatz hatte gerade noch zum rechten Zeitpunkt stattgefunden; wenige Tage später war die Kälte gebrochen. Der Himmel über Deinharting wurde blau, und die Sonne, die jetzt nicht mehr gelb und fahl, sondern strahlendes Gold war, gewann von Tag zu Tag an Kraft; sie ließ die Schneekristalle noch einmal aufleuchten und dann zerschmelzen. Morgens war das Dorf in einen nebligen Dunst gehüllt, der sich erst gegen Mittag hob und schon einen Schimmer von Grün freigab.

Der Frühling machte die Frauen unruhig. Beata eckte mit ihren Wünschen überall an. Sie hätte gern schon die Sommerkleider vom Dachboden geholt und damit begonnen, sie richten zu lassen, aber es wurde ihr verwehrt, da es noch zu früh sein. Sie wollte schießen lernen, um bei der nächsten Jagd nicht nur als Beobachterin mit von der Partie zu sein, und Ferdinand von Tobler erbot sich eifrig, sie diese Kunst zu lehren. Aber Elisabeth tadelte ihr Verlangen als unweiblich, und Anselm von Deinharting lehnte den jungen Lehrmeister ab. Später, so vertröstete er sie, würde er sie selbst darin unterweisen – ein Versprechen, daß Beatas mit einem Strom von Tränen erwiderte.

Tagelang lief sie ruhelos durch das Schloß, bis es ihr einfiel, die Küche unsicher zu machen. Sie wollte bei der Köchin lernen, um schon bald allein und ohne Hilfe ein köstliches Gericht auf den Tisch zu bringen, von dem Ferdinand von Tobler entzückt sein würde. Aber Margarethe Meyr liebte keine Topfgucker; nur kurze Zeit ließ sie Beatas wissensdurstige Fragen über sich ergehen. Dann sagte sie: »Wenn Sie sich nützlich machen wollen, Mademoiselle, dann binden Sie sich gefälligst eine Schürze um!«

»Aber gern, alte Brummbärin!« konterte Beata lachend und ließ sich bereitwillig von Antoinette eine große rupfene Schürze umtun, band sich auch ein Tuch um die Stirn, das verhindern sollte, daß sich ein vorwitziges Haar löste und in die Suppe oder den Teig fiel. Diese praktische Küchentracht wirkte wie eine Uniform: Beta und Antoinette unterschieden sich jetzt kaum noch von den beiden Bauerntöchtern, die unter Margarethe Meyr arbeiteten – ohne Entgelt, denn sie lernten bei ihr die gute bayrische Küche. Anna war ein dünnes, blasses, sehniges Ding, der man ansah, daß sie von frühester Kindheit an schwer gearbeitet hatte, Luitgard war blond, blühend und fröhlich, mit einem Burschen aus dem Nachbardorf versprochen.

Jossip, der kroatische Bursche, trug Eimer mit Wasser in die Küche, das er draußen auf dem Schloßhof gepumpt hatte, und jedesmal brachte er einen Schwall Vorfrühlingsluft mit. Auf dem mächtigen Herd inmitten der Gewölbeküche siedete und brodelte es in zahlreichen Töpfen und Pfannen.

»Wir werden heute zu Ehren unserer österreichischen Herren ein Wiener Saftgulasch bereiten...«, begann Margarethe Meyr.

»O ja!« rief Beata strahlend.

Die Köchin wies sie mit einem strengen Blick zurecht. »... und zwar nehmen wir das Wildschweinfleisch dazu, das als Braten nicht mehr zu verwenden ist!« Sie wies auf einen blutigen Batzen Fleisch, der auf einer Ecke des hölzernen Tisches lag. »Wir haben es schon gewogen, es sind sechs bayrische Pfund! Wieviel Zwiebeln brauchen wir jetzt dazu?«

»Genausoviel!« sagte Luitgard.

»Dann also bitte, Mademoiselles!«

Anna und Luitgard kletterten in den Vorratskeller, zu dem ein Einstieg durch den Küchenboden führe, und kamen mit einem Korb Zwiebeln wieder hoch. Antoinette hatte inzwischen die Waage bereit gemacht und auf die eine Schale die nötigen Gewichte gelegt. »Am besten wiegen wir erst die eine, dann die andere Hälfte«, bestimmte sie, »sonst kann ich sie nicht tragen!« Sie hielt die Waage in der Mitte hoch, Anna und Luitgard häuften Zwiebeln auf die unbeschwerte Waagschale, bis beide im Gleichgewicht schwebten. Dann wurde die gleiche Prozedur noch einmal vorgenommen.

Margarethe Meyr hatte währenddessen ein Messer gewetzt und begann jetzt, das Fleisch von Abfällen zu befreien und es in gleichmäßig große Würfel zu schneiden.

Anne und Luitgard schälten mit flinken Fingern die Zwiebeln.

Antoinette tat es ihnen nach. »Kommen Sie, machen Sie mit!« drängte sie Beata.

»Ich soll Zwiebeln schneiden? Aber das ist doch keine Arbeit für eine Dame!«

»Damen, die nicht arbeiten wollen, kann ich in meiner Küche nicht brauchen«, ließ sich Margarethe Meyr vernehmen. »Es ist halb so schlimm!« flüsterte Antoinette der Freundin zu; sie nahm einen Schöpfer, tunkte ihn in einen Eimer kaltes Wasser und ließ es über die dicke hölzerne Tischplatte laufen. »Wenn das Holz naß ist, dann brennen die Zwiebeln nicht so in den Augen.«

Widerstrebend setzte Beata sich zu Antoinette und den anderen an den Tisch. Ungeschickt begann sie eine Zwiebel zu schälen, beobachtete Antoinette, die schon dabei war, die erste zu zerschneiden, und folgte dann ihrem Beispiel. »Daß Sie so etwas können!« sagte sie, es klang eher verächtlich als bewundernd.

»Ja, wissen Sie, Lucille und ich mußten schon für uns selbst kochen, wenn wir etwas Gutes essen wollten. Mit den Kochkünsten der guten Barbara ist es nicht weit her. Ich hatte mir beim Dragonerhaus einen Kräutergarten angelegt.« Mit einem Seitenblick stellte Antoinette fest, wie Beata sich mühte, und unwillkürlich bewegte sie selbst das Messer langsamer.

»Dann können Sie also auch kochen?« fragte Beata ungläubig.

»Ein bißchen... natürlich nicht wie Madame Meyr!«

Die Köchin hatte zugehört. »Seien Sie nicht so bescheiden, Mademoiselle, Sie kochen sehr gut!«

»Nein, nein, das ist nicht wahr... ein paar Kleinigekeiten, aber doch nicht für eine große Tafelrunde.«

»Es fehlt Ihnen die Routine, das ist wahr, aber sonst... erinnern Sie sich, daß Sie mir manchen Kniff gezeigt haben?«

»Sie, Antoinette... unserer Köchin?«

»Ich habe nur eine kleine Ahnung von französischer Kochkunst!«

»Aber als Sie Frankreich verließen, da waren Sie doch noch ein Kind! Wo haben Sie das gelernt?!«

»Als ich klein war, habe ich mich am liebsten in unserer Küche aufgehalten. Da war es immer gemütlich und nett, und so habe ich ganz von selbst das eine oder andere aufgenommen...«

Tränen schossen in Beatas Augen. »Sie können alles, nicht wahr?«

»Aber, Beata, Sie dürfen doch nicht böse auf mich sein, weil ich ein wenig kochen kann?!«

»Ich bin nicht böse, ich bin... nein, das halte ich nicht aus! Wenn Sie nur wüßten, meine Augen... oh, jetzt habe ich mich geschnitten!« Rotes Blut tropfte von ihrem linken Zeigefinger, und sie steckte ihn rasch in den Mund.

»Das vergeht«, meinte Margarethe Meyr ungerührt.

»Aber ich will nicht mehr!« Beata hieb die Messerspitze in die hölzerne Tischplatte und stieß ihren Schemel zurück. »Wie ich jetzt rieche... nein, das ist nichts für mich!« Sie riß sich Schürze und Kopftuch ab und stürzte hinaus. Luitgard und Anna kicherten.

»Ich muß ihr nach, Margarethe«, sagte Antoinette entschuldigend, »es tut mir leid!«

»Ja, das glaube ich Ihnen schon, Antoinette, aber so ist es nun einmal... wir müssen tanzen, wenn die Herrschaft pfeift!«

Das junge Mädchen lächelte und gab der alten Köchin einen raschen Kuß auf die Wange, bevor sie die Küche verließ. So endete Beatas Bestreben, sich im Haus nützlich zu machen.

Antoinette begriff Beata wohl. Sie verstand, daß sich das ganze Sinnen und Trachten des Mädchens nur noch um Ferdinand von Tobler drehte, und es für sie nur das eine Ziel gab, den jungen Mann für sich zu gewinnen. Beata war von jener Besessenheit befallen, die man Verliebtheit nannte und die Antoinette schon bei Lucille erlebt hatte. Für sie selbst war eine solche Leidenschaft, gleichgültig, ob sie nun als Wunsch nach einer achtbaren Bindung auftrat oder alle Konventionen sprengende Begierde, abstoßend. Antoinette war weit davon entfernt, sich einen ähnlichen Zustand zu wünschen. Um so weniger verstand sie deshalb die Unruhe, die sie in diesen Tagen ergriff, ein zielloses, unvernünftiges Sehnen nach etwas, das sie nicht einmal ahnte.

Lange Zeit war sie fest davon überzeugt gewesen, mit ihrem Leben abgeschlossen zu haben. Sie hatte nur noch für andere Menschen, vor allem für den kleinen Thomas dazusein, sich selbst ganz zurückzustellen und dienen wollen. Aber jetzt spürte sie, daß man mit sechzehn Jahren doch noch zu jung war, um sich aufzugeben. Sie dachte immer öfter an den prachtvollen Schmuck, den sie von ihrer Mutter geerbt hatte und der seit langem, der unruhigen Zeiten wegen, zwei Klafter unter der Erde im Gemüsegarten vergraben lag. Dieser Schatz schien ihr wie ein Schlüssel zu einem anderen Leben, von dem sie sich nicht einmal eine Wunschvorstellung machen konnte.

Trotz ihrer niederen Herkunft stand ihr Afra näher als Beata und schien ihr sogar beneidenswert, denn die Gastwirtstochter hatte ihr Ziel klar vor Augen, es war keine Ausgeburt der Leidenschaft und kein verschwommenes Sehnen: Sie wollte ihre Herkunft überwinden und in einen höheren Stand aufsteigen. So unmöglich das den meisten scheinen wollte, Antoinette traute ihr zu, es auf irgendeine Weise zu schaffen, denn Afra hatte einen starken Willen und klugen Kopf. Es war für sie kein Wenn und Aber, die Dinge lagen klar und einfach vor ihr. Am verwandtesten fühlte sie sich Elisabeth, die der körperlichen Liebe gegenüber das gleiche Mißtrauen empfand wie sie selbst. Sie schätzte und achtete den Hofmarksherrn, aber sie konnte Elisabeths Scheu diesem mächtigen und beherrschenden Mann gegenüber nachempfinden, wie auch, daß sie sich Gewissensbisse deswegen machte.

Elisabeth neigte sich in diesen Tagen ganz besonders Thomas zu, zwang sich, ihm gegenüber Geduld und Interesse zu zeigen. Anselm von Deinharting, der es beobachtete, war glücklich darüber, daß sie offenbar eine Neigung für den kleinen Kerl entdeckte. Aber Antoinette wußte, daß Elisabeth dem Jungen kein echtes Gefühl entgegenbrachte, sondern nur bemüht war, ihre mangelnde Liebe durch Aufmerksamkeit zu kompensieren.

Eigentlich hätte Elisabeth, das durchschaute Antoinette, dem Hofmarksherrn gegenüber liebevoller und zärtlicher sein wollen, aber das brachte sie nicht über sich. So rang sie sich denn das kleinere Opfer ab, sich um seinen Sohn zu bemühen. Daß es sein Sohn war, daran hatte Elisabeth gewiß nie gezweifelt, denn es wäre ihr gar nicht in den Sinn gekommen, daß Lucille neben der dunklen Leidenschaften für den Hofmarksherrn noch Beziehungen zu anderen Männern hätte haben können. Aber die Tatsache, daß Thomas der Sohn ihres Mannes war, machte ihn nicht anziehender für sie. Er war eng mit jener gefährlichen Leidenschaft verbunden, die sie nicht nachempfinden konnte und verabscheute.

Antoinette, die Thomas über alles liebte, verstand diese Einstellung und nahm sie ihr nicht übel. Sie sah in Thomas, der ungewollt von seinem Vater und unerwünscht von der Mutter zur Welt gekommen war, ein Geschenk Gottes und war ein wenig traurig, daß Elisabeth diese Einstellung nicht teilen konnte. Sie litt darunter, daß die beiden Menschen, die ihr am meisten bedeuteten, Thomas und Elisabeth, keinen Zugang zueinander fanden, und ihr ganzes Sinnen war darauf ausgerichtet, zwischen den beiden zu vermitteln. Ihre einzige Hoffnung bestand darin, durch ihre Liebe Elisabeth mit dem Stiefsohn zu versöhnen. Sie war hin und her gerissen zwischen ihrer Pflicht, Beata nicht aus den Augen zu lassen und dem Wunsch, Elisabeth nahe zu sein. Beata gab ihr trotz all ihrer Launenhaftigkeit und ihrer Unberechenbarkeit keine Rätsel auf, doch Elisabeth tat es. Manchmal, wenn sie ihre Stickerei sinken ließ, in die Landschaft blickte und sich dem Geplauder der anderen entzog, war es Antoinette, als ob Elisabeth vielleicht die gleiche ziellose Sehnsucht empfände wie sie selbst.

Elisabeth war die Frau des Hofmarksherrn, Mittelpunkt eines Kreises festgefügter Pflichten und Rechte. Auch sie diente wie Antoinette. Aber zuweilen mochte ihr das genausowenig genügen. Sie war jetzt achtundzwanzig Jahre alt, immer noch mädchenhaft schön, eine Frau ohne eigene Kinder und ohne den Mut zur Liebe. Sie kümmerte sich um die Kranken im Dorf, ging täglich zur Messe, betete und sprach häufig mit dem Pfarrer – aber ob sie dies alles als echte Erfüllung ihres Lebens empfand?

Oft hätte Antoinette gern die Hand ausgestreckt, sie gestreichelt oder doch wenigstens berührt, ihr ein Wort des Verstehens gesagt. Aber sie wagte es nicht. Die sanfte, gütige Elisabeth, die so bemüht war, ihre Nächsten zu lieben, hatte eine Mauer um sich errichtet, die durch Anteilnahme allein nicht zu durchdringen war.

Es war typisch für Anselm von Deinharting, daß er von all der Unruhe, die die Frauen um ihn bedrängte, gar nichts spürte. Im Gegenteil: Elisabeths Freundlichkeit Thomas gegenüber schien ihm zu beweisen, daß sie über den Verlust ihres eigenen Sohnes hinweggekommen war. Beatas Verliebtheit tat er als törichte Schwärmerei ab, und niemals wäre ihm in den Sinn gekommen, daß Antoinette mit ihrem Leben auf Deinharting nicht völlig zufrieden sein könnte. Doch er dachte über die Stimmung der Frauen gar nicht nach. Sie war nur schmückendes Beiwerk seines Lebens, sonst nichts. Ihn beschäftigte der Zustand seiner Hofmarksherrschaft, die unter den Kaiserlichen litt, und die europäische, vor allem aber die bayrische Politik.

Mit einer Zähigkeit, die er sich früher gar nicht zugetraut hätte, handelte er mit den Österreichern kleine Vorteile für seine Bauern aus, und mit Ungeduld sah er jeden Tag dem Eintreffen der Post entgegen, die ihn mit den Geschehnissen in der Welt verband. Auch in ihm war Unruhe, und er versuchte, sie in langen Gesprächen mit Friedrich König loszuwerden. Obwohl ihm durch den Tod des Wilderers die Jagd eine Weile verleidet gewesen war, ging er bald wieder häufig auf die Pirsch – nicht nur, um einen guten Braten nach Hause zu bringen, sondern auch um den Überschuß an Kraft loszuwerden, der ihm zu schaffen machte.

Danach pflegte er zu baden, und so konnte es geschehen, daß die beiden jungen Küchenmädchen noch Wasserkübel hochschleppten, als er schon in seiner kleinen kupfernen Wanne saß. Kreischend stoben sie zur Tür. »Ihr kommt mir gerade recht«, sagte er lachend, »seid brav und bürstet mir den Rücken ab!«

Anna schlug die rupfene Schürze vor die Augen und lief davon. Aber Luitgard griff beherzt zu der rauhen Wurzelbürste und rieb sie mit schwarzer, unparfümierter Seife ein.

Baptist, der damit beschäftigt war, seinem Herrn frische Wäsche herauszulegen, hatte jenes blasierte, verschlossene Gesicht aufgesetzt, mit dem er die eigene unbedeutende Persönlichkeit auszulöschen und sich gleichsam in einen Gegenstand zu verwandeln pflegte; nur das leichte Beben seiner Nasenflügel verriet eine Spur von Mißbilligung.

»Lege Er nach!« befahl Anselm von Deinharting. »Und dann hinaus mit Ihm!«

Baptist öffnete die Tür des riesigen Kachelofens, warf polternd Scheite in das knisternde Feuer und rumorte mit dem Schürhaken. Dann ging er mit steifem Rücken hinaus.

Luitgard beugte sich über Anselm von Deinharting und bearbeitete seinen kräftigen braunen Rücken mit kreisenden Bewegungen. »Du machst das gut, Dirn«, lobte er sie, »hast du Erfahrung?« Sie schüttelte errötend den Kopf. »Bürste mir auch den Nacken... und die Schultern...« Sie tat es mit dem gleichen Eifer. »Jetzt auch die Brust!« Er erhob sich aus der Wanne, stand nun vor ihr, mächtig groß. Sie bürstete ihm den breiten Brustkasten, in dessen kräftiger Behaarung sich der Schaum verfing. Während sie sich dabei vorbeugte, blickte er in den Ausschnitt ihres Trachtenkleides, der, solange sie aufrecht stand, züchtig genug war, ihm jetzt aber einen tiefen Einblick freigab. Er bückte sich und küßte sie in die Grube zwischen den Brüsten. Sie zuckte nicht zurück, und als er sie danach ansah, war sie zwar über und über errötet, aber nicht vor Verlegenheit. »Weißt du, wie du mir vorkommst, Dirn?« fragte er. »Wie ein rotbäckiger, blanker Apfel, der darauf wartet, gepflückt zu werden!«

Sie lachte zu ihm auf. »Dann tun Sie es doch, Herr!« Ihr Haar hatte sich gelöst, und blonde Löckchen hingen ihr in die Stirn.

»Sei nicht zu keck!«

Während sie einen Kübel Wasser holte, wusch er sich das Geschlecht, dann ließ er sich von ihr den Schaum abspülen; das Wasser klatschte auf die alten Bohlen. »Jetzt mein Badetuch!«

Sie legte ihm das rauhe Tuch liebevoll um die Schultern und machte sich daran, ihn trockenzureiben. Er stieg aus der Wanne und nahm sie, noch feucht, in die Arme. Widerstandslos ließ sie sich an seine Brust ziehen und öffnete ihm bereitwillig die Lippen zum Kuß. Er hob sie hoch und trug sie auf das weißgoldene, reichgeschnitzte Bett, über dem sich ein Baldachin aus rotem Brokat spannte. Mit vor Eifer zitternden Fingern half sie ihm, sich auszukleiden und lag dann weiß und rosig vor ihm, üppig wie die Venus aus Stuck an der Decke, die dort seit über hundert Jahren mit Amor und Vulcanos ihr loses Spiel trieb. Ihr fester, wohlgerundeter Körper erfreute ihn wie ihre bedingungslose Hingabe, und er nahm sie ohne viel Zärtlichkeiten, die sie nur verwirrt hätten, stellte erleichtert fest, daß sie keine Jungfrau mehr war, und bemühte sich, sie wie sich selbst zufriedenzustellen. Als es vorbei war, schmiegte sie sich scheu, doch vertrauensvoll an seine Brust. »Das war schön!«

Er blies ihr die blonden Locken und konnte nicht widerstehen, sie ein wenig zu necken. »Und was wird dein Hansl dazu sagen?«

»Ach der!« sagte sie wegwerfend. »Der braucht's doch nicht zu erfahren!«

Anselm von Deinharting kannte den Mann, mit dem sie versprochen war; schon über dreißig, hatte er allzu lange darauf warten müssen, bis seine jüngeren Geschwister aus dem Haus waren und er endlich ans

Heiraten denken konnte. »Er ist verläßlich und brav«, meinte der Hofmarksherr.

»Aber er kriegt die Zähne nicht auseinander und die Hände nicht aus dem Hosensack!«

Anselm von Deinharting lachte zu dieser trefflichen Beschreibung und fragte nicht, wieso sie sich dann gerade für ihn entschieden hatte. Er wußte, daß nur reiche Leute es sich erlauben konnten, bei ihren Verbindungen das Herz sprechen zu lassen, und auch die taten es selten genug. Hansl Voggener war eine gute Partie, und da kam es nicht darauf an, was er für Eigenheiten hatte.

»Ab in die Küche!« Er gab Luitgard einen zärtlichen Klaps auf die Hinterpartie. »Sonst wird sich Margarethe Meyr noch wundern!«

»Wundert die sich wirklich, Herr?« fragte Luitgard, brachte sich dabei aber rasch vor einem möglichen Klaps in Sicherheit, indem sie aus dem Bett sprang.

»Du bist frech, Dirn«, sagte er, »aber weißt du was, du gefällst mir!«

»Das ist schön, Herr!« Schon im Hemd kam sie zu ihm zurück und küßte demütig seine Hand. Plötzlich überfiel ihn Mitleid mit ihr. Ihr blieb nur dieses eine Jahr, um glücklich zu sein, dann würde die Fron des Kinderkriegens, die harte Arbeit und das Leben an der Seite eines ungeliebten Mannes den Reiz, mit dem die Natur sie ausgestattet hatte, nur zu rasch vergehen lassen. Er nahm sich vor, sie so glücklich zu machen, wie er vermochte.

Am 20. Februar, als schon die ersten Abendschatten über die Gassen fielen, war der neue Kurfürst Max Josef durch das Karlstor in München eingefahren und vor der Maxburg abgestiegen. Die Bevölkerung hatte ihn enthusiastisch begrüßt. Anton Graf Hollberg beschrieb die Ereignisse in einem ausführlichen Brief.

»Es tun sich große Dinge, lieber Schwager«, berichtete er, »Sie sollten hier sein! Herzog Wilhelm von Birkenfeld – der dem neuen Kurfürst bei der Übernahme der Herrschaft ja so nützlich war – hat den Titel ›Herzog in Bayern‹ erhalten, eine große Ehre. Er wird in das bequeme Haus in der Schwabinger Gasse einziehen, das früher von Fürst Bretzenheim bewohnt wurde. Schon ist man dabei, alles instand zu setzen. Auf dem aufgelassenen Kirchhof am Salvatorplatz werden Stallungen erbaut. Aber – ich plausche schon wie eine alte Dame – das ist ja nicht das Wichtigste.

An der Spitze des Staates sind tiefgreifende Veränderungen vollzogen worden. Die Minister Leininger und Vieregg, der berüchtigte – jetzt darf ich ihn wohl so bezeichnen – Kabinettssekretär Lipper und Schneider, der Direktor der Zensur, sind von heute auf morgen entlassen worden. Man hat ihre Dienstzimmer versiegelt und ihre Korrespondenzen sichergestellt.

Dagegen sind andere Staatsdiener, die schon lange mit Zweibrücken zusammengearbeitet hatten, in die neue Regierung übernommen worden: der bisherige Staatskanzler Hertling als Justizminister, Hompesch als Finanzminister und Morawitzky, der bisherige Leiter der bayrischen Delegation in Rastatt – es sieht übrigens so aus, als sollten die zähen Verhandlungen um die Entschädigung der deutschen Fürsten nach der Abtretung des linken Rheinufers aus der Säkularisation der geistlichen Fürstentümer in absehbarer Zeit zu einem Abschluß kommen –, wird Minister für die geistlichen und schulischen Angelegenheiten: Rechberg, der bisherige Vertreter Zweibrückens in Rastatt, übernimmt statt seiner die Führung der bayrischen Delegation. Der bisherige Minister Tattenbach wird Oberhofmeister.«

Anselm von Deinharting, der diesen Brief wie üblich dem Freund im Junggesellenzimmer des Dragonerhauses vorgetragen hatte, ließ das Blatt sinken. Der junge Gelehrte stellte eine Zwischenfrage, die der andere erwartete: »Und das bedeutet?«

»Daß Max Josef seine Leute an die wichtigen Stellen rückt!«

»Und was beunruhigt Sie daran?« fragte Friedrich König, in seiner Kaffeetasse rührend.

»Kein Wort über Montgelas!«

»Aber ich bitte Sie, lieber Freund, nach allem was Sie mir von diesem Wunderknaben erzählt haben, wird er das Glück seines Herrschers wohl zu nützen wissen und sich an die Spitze der Pyramide setzen!«

»Mein Schwager schreibt nichts davon.«

»Erzählten Sie mir nicht nach Ihrer Rückkehr aus München, daß er zum Staatsminister ernannt worden ist?«

»Ja, zum ›Wirklichen Geheimen Staats- und Konferenzminister‹!«

»Na also, was wollen Sie denn noch?«

Entschuldigen Sie, Frédéric, daß ich nervös bin ... aber ich bin in Sorge um mein Vaterland.«

»Das ist nur zu verständlich. Und Sie warten auf eine Nachricht von Montgelas.«

»Bisher vergebens.«

»Geduld, Geduld! Ein Mann in seiner Position und Situation hat wohl anderes zu tun, als sich um die Sorgen eines Landedelmannes zu kümmern.«

»Das sagte ich mir immer wieder selbst.«

»Sehen Sie! Schreibt Ihr verehrter Schwager sonst noch etwas von Belang?«

»Wie man's nimmt!« Anselm von Deinharting hob das Briefblatt wieder. »Am zwölften März wird Max Josef mit seiner Familie offiziell in München einziehen. Es soll eine große Feier werden. Sie sollten dabeisein, lieber Schwager, und Sophie läßt sie herzlich bitten, auch Ihre Damen mitzubringen. Sie werden es nicht gerade sehr kommod haben, aber wir denken, es ist schon einige Strapazen wert, an einem Ereignis des Jahrhunderts teilzunehmen.«

»Darin stimme ich ganz mit Graf Hollberg überein«, erklärte Friedrich König.

»Sie wollen nach München?«

»Nein, ich nicht!« Der Gelehrte lachte. »Ich bin ja kein Bayer. Aber Sie sollten dabeisei, und Ihre Damen haben längst einmal eine Abwechslung verdient.«

»Das sagen Sie so dahin!« Anselm von Deinharting faltete das Pergament sorgfältig zusammen. »Aber es würde eine teure Angelegenheit... ohne neue Roben geht so etwas nicht ab!«

»Na, wenn schon. Tun Sie nicht so, als wären Sie ein armer Mann. Sie leben das Jahr über bescheiden genug.«

»Wie es meinen Verhältnissen entspricht«, behauptete Anselm von Deinharting; er überschlug im Kopf, wieviel ihm tatsächlich an Bargeld für eine Expedition nach München zur Verfügung stand, und kam zu dem Schluß, daß es wohl gehen würde. »Sie haben recht, Frédéric, ich sollte uns diese Reise gönnen, um so mehr...« Er stockte.

»...da sie wenigstens für eine Weile den jungen Tobler aus den Augen und damit vielleicht auch aus dem Sinn Mademoiselle Beatas bringen würde.«

»Daran dachte ich.«

»Sehr gut. Sie wissen übrigens, daß ich nicht frei von Egoismus bin... ich freue mich auf die Berichte aus erster Hand!«

Anselm von Deinharting war schon dabei, die praktische Durchführung des Unternehmens zu planen. »Afra wird am besten während dieser Zeit im Schloß wohnen«, meinte er, »und wir werden ihr Henriette Striegel als Anstandsdame geben... das alte Mädchen wird sich freuen, endlich bis zum Herrschaftstisch vorgedrungen zu sein.«

»Ich werde die Rolle des Hausherrn gern noch einmal übernehmen«, erbot sich Friedrich König.

»Das wird diesmal nicht nötig sein. Afra weiß sich sehr gut zu helfen.«

»Dessen bin ich sicher«, stimmte Friedrich König zu, »und dennoch, ich denke, man darf ihr nicht zuviel zumuten. Manchmal kommt sie mir vor sie die Saite eines Bogens, die so straff gespannt ist, daß die leiseste Ungeschicklichkeit sie zum Zerreißen bringen müßte.«

Anselm von Deinharting schüttelte den Kopf. »Nein, nein, im Gegenteil, sie verfügt über einen Überschuß an Energie, den sie in der Schulstube nicht loswerden kann! Aber bitte, wenn Sie sich zu ihrem Beschützer berufen führen, mir soll es recht sein. Sie kennen mich ja. Ich mag meinen Mitmenschen nicht mehr zumuten, als sie tragen können.«

»Ja, und ich weiß auch, daß Sie sich um Afra Gedanken machen wie um eine eigene Tochter... nein, bitte sagen Sie jetzt nichts, ich verstehe gut, daß Sie das nicht zugeben möchten!«

Anselm von Deinharting wartete mit seiner Eröffnung, bis das Mittagessen vorüber war und Elisabeth die Tafel aufheben wollte. »Nein, warte noch«, sagte er und legte seine Hand auf ihren Arm, »ich habe euch eine Mitteilung zu machen ... bitte, Baptist, servieren Sie den Kaffee hier im Speisezimmer!«

»Etwas Unangenehmes?« fragte Elisabeth, sofort alarmiert.

»Nein, im Gegenteil. Sophie hat uns nach München eingeladen. Am Zwölften hält Max Josef dort mit seiner Familie offiziellen Einzug, und sie meint, wir sollten dabeisein.«

In Elisabeths graue Augen kam Glanz. »Und du bist auch dieser Ansicht?«

»Nach reiflichem Überlegen ... ja.«

Elisabeth lächelte froh. »Das wäre einmal etwas anderes!«

Sie hatten französisch gesprochen, aber Auguste war in ihren Studien weit genug gekommen, um zu verstehen, um was es ging. »Au fein!« rief sie. »Ich will auch nach München, den neuen Kurfürsten sehen!«

»Ich auch!« echote Thomas.

Beide duckten sich unter Anselm von Deinhartings zwingendem Blick. »Ihr seid noch zu klein«, entschied er, »und eure Manieren lassen zu wünschen übrig. Tante Sophie haßt Kinder, die reden, ohne daß sie gefragt werden.« Er ließ seinen Blick über die anderen Personen am Tisch gleiten. »Nur Beata und Antoinette werden uns begleiten.«

Es war, als hielten alle einen Augenblick den Atem an. Dann fuhr Beata auf: »Ich!? Was soll ich denn in München?!«

»Den Einzug der kurfürstlichen Familie miterleben!«

»Bitte, Beata«, mischte sich Elisabeth ein, »überleg dir, was du sagst!«

»Aber das tue ich doch, Mama ... ich will wirklich nicht mit! Laßt mich doch in Deinharting!«

»Du kommst mit«, entschied ihr Vater gelassen, »darüber ist kein Wort mehr zu verlieren.«

»Meine Kleidung ist nicht einmal *convenable!*«

»Ihr sollt selbstverständlich neue Roben bekommen.«

Dieses Versprechen brachte Beatas Widerstand ins Schwanken. »Nun ja«, sagte sie unbestimmt.

Ihr Vater hakte nach. »Du wirst doch nicht mitansehen wollen, wie deine Mutter und Antoinette für München elegant ausgestattet werden ...«

Beata hatte die Augen niedergeschlagen und zupfte an ihrer Serviette. »Wie lange sollen wir denn bleiben?«

»Den Fasching über.«

»Also nur ein paar Wochen?«

»Ja.«

Baptist servierte den Kaffee. »Möchtest du eine Tasse mit uns trinken, Beata?« fragte Anselm von Deinharting.

»O ja!« Beata stimmte zu, freudig überrascht, endlich zu den Erwachsenen gerechnet zu werden.

»Und was ist mit dir, Tonette? Baptist wird noch einmal aufbrühen lassen, wenn der Kaffee nicht reicht.«

»Ja, bitte.« Antoinette hatte bei Lucille manchmal an deren Tasse nippen dürfen. Jetzt, als sie den ersten Schluck nahm, kam die Erinnerung daran zurück. »Das ist sehr liebenswürdig von Ihnen, Monsieur...« Mit Überwindung fügte sie hinzu: »Aber ich möchte bitte wirklich nicht mit nach München!... ich muß mich doch um Thomas kümmern.«

»Der wird bei Afra gut versorgt sein. Nein, Antoinette, auch von dir dulde ich keinen Widerspruch. Du mußt lernen, dich auf dem gesellschaftlichen Parkett zu bewegen. Oder willst du etwa eine alte Jungfer werden?«

Antoinette zwang sich, den Blick ihrer großen blauen Augen fest auf sein Gesicht zu heften. »Ich möchte nicht heiraten... wenn Sie das meinen!«

»Aber Tonette! Das kann doch nicht Ihr Ernst sein?« rief Beata.

Elisabeth sagte ächelnd. »Du bist viel zu jung, um das jetzt schon zu wissen, Antoinette.«

»Ich habe darüber nachgedacht«, verteidigte Antoinette ihren Standpunkt.

»Das kannst du halten, wie du willst«, entschied der Hofmarksherr, »aber wenn du wirklich nicht heiratest, dann soll es nicht geschehen, weil du niemals eine Gelegenheit dazu hattest. Du kommst mit nach München. Punktum!«

Es blieb nur wenige Tage Zeit, um die Damen für München einzukleiden, und so mußten alle mit Hand anlegen. Die Schneiderin aus Taufbeuern wurde geholt, ein ältliches Fräulein namens Anna Pucher, die aber, der Mode der Zeit gehorchend, Wert darauf legte, Mademoiselle Puchér genannt zu werden, was wie Pusché ausgesprochen wurde. Sie war sehr geschickt und scheute vor allem kein Mittel, sich in den Besitz der neuesten Modezeitschriften zu bringen, so daß ihr Geschmack, jedenfalls in ihrer ländlich-kleinstädtischen Umgebung, als Gesetz galt.

Die Beine übereinandergeschlagen, thronte sie – sie war bei einem tschechischen Schneider in die Lehre gegangen und vergaß das nie zu betonen – auf dem wackligen Tisch im Flickzimmer, während Henriette Striegel, Antoinette, Beata, ja, sogar Elisabeth wie Dienerinnen zu ihren Füßen hockten und eifrig stichelten. Sämtlich Kleiderschätze waren vom Dachboden heruntergeholt worden, und da gute Stoffe ein Vermögen kosteten, zudem auch schwer aufzutreiben waren, wurden die alten Gewänder zertrennt, umgearbeitet und neu garniert. Aber auch Ballen von Musselin und Samt, die der Hofmarksherr einmal aus München mitgebracht und die über ein Jahr auf ihre Verwendung gewartet hatten, wurden zugeschnitten.

Die Zeit drängte, und so entschloß Elisabeth sich, Afra vom Schuldienst zu befreien und um ihre Mithilfe zu bitten, wobei sie in Kauf nahm, daß Auguste und Thomas sich ebenfalls in das nicht eben große Zimmer drängten und miteinander wetteiferten, so viele bunte Stoffetzen wie möglich zu ergattern. Aber sie hatte sich zuviel zugemutet. Ihr Kopf begann zu dröhnen. Sie versuchte durchzuatmen, aber ihr wurde schwarz vor Augen. *»Excusez-moi!«* rief sie erstickt und wankte zur Tür.

Antoinette ließ die Arbeit sinken und eilte ihr nach. »Ist Ihnen nicht wohl, *ma tante?*« fragte sie besorgt.

Elisabeth stand an die kalte Mauer des Vorplatzes gelehnt. »Es geht schon wieder«, sagte sie mit geschlossenen Augen.

»Aber hier dürfen Sie nicht bleiben ... es ist viel zu kalt und feucht.« Antoinette legte den Arm um Elisabeths Schultern, führte die immer noch Schwankende in das obere Erkerzimmer und ließ sie in dem Sessel am Gobelinrahmen Platz nehmen. »Hier ist es besser, nicht wahr?«

Elisabeth schenkte ihr ein schwaches Lächeln. »Ja, sehr viel besser.«

»Wissen Sie was, ich werde Beata holen, und wir drei werden hier oben arbeiten. Wir können ja Mademoiselle Puchér immer wieder um Rat fragen ... das ist zwar umständlich, aber immer noch besser, als krank zu werden.« Sie legte Elisabeth die Hand auf die Stirn. »Fieber haben Sie gottlob nicht.«

»Nein, es war nur die Hitze, der Lärm und die schlechte Luft ... es war einfach zuviel.«

»Kein Wunder! Möchten Sie jetzt ein Gläschen Likör trinken? Eine Tasse Kaffee? Oder nur ein Glas Wasser?«

»Ein großes Glas Wasser und eine Tasse Kaffee ... du bist sehr lieb, Antoinette!«

Antoinette beugte sich über Elisabeth und küßte sie sanft auf die Schläfe. »Ich beeile mich, *ma tante* ... ruhen Sie sich einstweilen aus! Sie können ein wenig Muße brauchen!«

Beata hatte, kaum daß Elisabeth, gefolgt von Antoinette, aus dem Zimmer geeilt war, ihre Arbeit ebenfalls aus der Hand gelegt. Aber ihr ließ man das nicht so einfach durchgehen. »Fleißig, fleißig, Mademoiselle«, drängte die Schneiderin, »oder soll Ihre schöne Robe unfertig in Deinharting zurückbleiben?«

»Ach, ich werd' mich doch wohl mal strecken dürfen!« Beata stand auf und trat an das Fenster, das den Ausblick zu den Stallungen freigab.

»Während wir arbeiten müssen«, sagte Afra unwillig.

Beata warf den Kopf in den Nacken. »Sie werden doch wohl dafür bezahlt oder etwa nicht?«

Afra hätte darauf antworten können, daß sie nicht besser entlohnt wurde als eine Magd und sich von diesem Geld, wenn ihr Vater sie nicht unterstützt hätte, nicht einmal als Dame hätte kleiden können. Sie sagte jedoch nur: »Aber nicht als Nähfräulein!«

»Zum Arbeiten sind Sie sich also zu schade?« fragte Beata spöttisch; plötzlich änderte sich ihr Gesichtsausdruck. »Bitte seien Sie mir nicht böse!« rief sie. »Ich habe nur Spaß gemacht!« Sie wirbelte zur Tür.

»Wohin?« fragte Henriette Striegel.

»Ich muß einfach Luft schnappen!« Und schon war sie aus dem Zimmer.

»Eine verdrehte Person«, bemerkte Mademoiselle Puchér. Auguste und Thomas waren ans Fenster gelaufen, stießen sich gegenseitig an und kicherten.

»Was habt denn ihr zwei?« fragte Afra.

»Nicht sagen!« rief Thomas.

»Aber warum denn nicht?« konterte Auguste.

»Tonette sagt immer... man darf nicht klatschen!«

»Pah, wenn Afra doch fragt...«

Afra machte diesem Gewissenskonflikt ein Ende, indem sie aufstand und hinter die Kinder trat. Sie kam gerade zurecht, um Ferdinand von Tobler aus den Stallungen kommen zu sehen.

»Ach, so ist das!« sagte sie und faßte die beiden Kleinen bei den Schultern. »Jetzt setzt euch wieder!«

»Warum?« wollte Auguste wissen.

»Wenn man zuviel weiß, kann man zuviel gefragt werden!«

»Aber Beata...«

»Was Beata tut, geht euch nichts an und mich auch nicht. Also setzt euch. Ich werde euch eine schöne Geschichte erzählen.«

»Was für eine Geschichte?« erkundigte sich Auguste.

»Den *Erkönig,* bitte, ja!« forderte Thomas.

»Aber das ist doch keine Geschichte, sondern ein Gedicht!« widersprach Auguste.

»Doch eine Geschichte!«

»Eine Geschichte, die sich reimt«, erklärte Afra, »so etwas nennt man eine Ballade. Also schön, wenn ihr sie hören wollt... ich störe Sie doch nicht damit, Mademoiselle Puchér? Mademoiselle Striegel?«

»Nein, nein, das ist immer noch besser, als wenn die Kleinen Unsinn treiben«, sagte die Schneiderin gnädig.

Afra fing an, zum Entzücken der Kinder in einem geheimnisvoll raunenden, Unheil verkündenden Ton, der sehr rasch auch die Erwachsenen in seinen Bann zog: *»Wer reitet so spät durch Nacht und Wind? Das ist der Vater mit seinem Kind...«* Beim Höhepunkt der Ballade, als der kranke Junge rief – Afra gab das mit einer entsetzt piepsenden Kinderstimme wieder: *»Mein Vater, mein Vater, jetzt faßt er mich an! Erkönig hat mir ein Leids getan!«* – brach Thomas in wildes Schluchzen aus. Afra nahm ihn rasch in die Arme. »Aber

Thomas, es ist doch nur ein Gedicht... und du kennst es auch schon! Wie kannst du das so tragisch nehmen?«

Thomas stieß sie heftig zurück und rieb sich mit den Fäusten die Augen. »Weiter«, bat er unter Tränen, »bitte weiter...«

Unterdessen war es Beata gelungen, Ferdinand von Tobler auf dem Schloßhof wie zufällig über den Weg zu laufen. Er nahm den Helm ab und blieb vor ihr stehen. »Gnädiges Fräulein...«

Bewundernd sah sie auf sein braunes, leicht gelocktes Haar, das ihm ungebändigt in die Stirn fiel. »Herr Leutnant...« Beide blickten einander an und wußten zu ihrer eigenen Verwunderung nichts zu sagen.

»Ich bin nur rasch aus dem Haus gelaufen, um ein Glas frisches Wasser zu trinken«, erklärte Beata, »die Näherei macht durstig.«

»Darf ich Ihnen behilflich sein?«

»Oh, bitte, gern.«

Nebeneinander gingen sie zum Brunnen, aus dessen Tiefe früher einmal die Eimer hatten gefüllt werden müssen; jetzt brachte eine Pumpvorrichtung das Quellwasser nach oben.

Besorgt blickte er sie von der Seite an. »Sie hätten sich etwas überziehen sollen, gnädiges Fräulein... Sie werden sich erkälten.«

»Nur keine Angst, ich bin nicht so empfindlich.«

»Die Sonne trügt.«

»Aber sie ist doch sehr schön, nicht wahr? Ich bin immer so glücklich, wenn der lange Winter vorüber ist.«

»Ja, und die Menschen in den Städten merken kaum etwas davon. Deshalb möchte ich auch nie in der Stadt leben.«

»Ich auch nicht«, behauptete Beata und glaubte, während sie es aussprach, selbst daran. »Wenn Sie wüßten, wie ungern ich diese Reise antrete!«

»Ich werde sie jedenfalls sehr vermissen!«

Beatas anerzogene Zurückhaltung verbot ihr, dieses Geständnis zu erwidern, wie es ihr ein Herzensbedürfnis gewesen wäre. Am Brunnen angekommen, blieben die beiden jungen Leute stehen und blickten einander in die Augen.

»Deinharting wird für mich wie ausgestorben sein!« beteuerte er, durch ihr Schweigen ermutigt.

Sie lächelte hingebungsvoll zu ihm auf. »Jetzt übertreiben Sie aber!«

»Nein, gar nicht!«

Sie spürte die schneidende Kälte nicht und hätte noch Stunden so mit ihm zusammen sein mögen. Aber plötzlich wurde ihr bewußt, daß man sie vom Schloß aus deutlich beobachten konnte und womöglich schon neugierige Augen hinter den Fenstern jede ihrer Gesten verfolgten. Auch war Peter, der Stallknecht, nur wenige Meter von ihnen entfernt damit beschäftigt, den alten Reisewagen für die Fahrt nach

München herzurichten, und obwohl er dabei vor sich hinpfiff, vermochte das doch nicht darüber hinwegzutäuschen, daß er ihre Worte verstehen konnte. Beata entschloß sich, der Szene ein Ende zu machen. »Wollten Sie mir nicht helfen, Leutnant von Tobler?« fragte sie und faßte den Pumpenschwengel. »Oder soll ich selbst...? Ich sterbe vor Durst!«

»Nein, nein, das ist keine Arbeit für Ihre zarten Hände!« Er schob sie sanft beiseite, und bei seiner Berührung wurde ihr sonderbar; es war, als setzte ihr Herz aus, ein süßer Schwindel ergriff sie. So hatte sie noch nie gefühlt. Sie beobachtete, wie er den Pumpenschwengel rhythmisch bewegte und sah, wie seine Muskeln sich unter der weißen Uniformjacke spannten.

»Sie sind sehr stark«, hauchte sie so leise, daß das Quietschen der Pumpe und das Pfeifen Peters es übertönte.

Er lächelte ihr zu mit weißen, gesunden Zähnen in einem vom Aufenthalt im Freien gebräunten Gesicht. Dann war der Eimer oben. Sie formte aus ihren Händen eine Schale, und er goß das eisige Naß hinein. Sie trank, ohne darauf zu achten, daß ihr Wasser in die Ärmel lief, ließ sich noch einmal geben, trank weiter. »Ah, das tut gut!«

Sie schien ihm unvergleichlich schön, wie sie mit halb geschlossenen Augen das klare Naß schlürfte, wobei sich ihre Brust dehnte, so daß ihr runder fester Busen das Kleid spannte. »Beata«, stammelte er, »ich wollte Ihnen schon seit langem sagen...«

Nur zu gern hätte sie erfahren, was er ausdrücken wollte, aber sie war in der Überzeugung erzogen worden, daß ein Mädchen nichts Verkehrteres tun konnte, als es einem Mann zu leicht zu machen. »Nicht jetzt!« wehrte sie ab. »Ich friere!« Sie zog ihr Tuch enger um sich.

Sofort war er alarmiert. »Sie werden sich doch nicht erkälten!« Er nestelte an dem Schloß seines Gürtels. »Hier, bitte nehmen Sie meine Jacke!«

»Das gäbe ein schönes Bild!« Sie lief davon, auf den Kücheneingang zu. »Vergessen Sie mich nicht, wenn ich fort bin!« rief sie ihm zu, als sie die Türklinke schon in der Hand hatte.

»Niemals!« erwiderte er und legte wie zum Schwur die Hand auf das Herz.

Margarethe Meyr brummte über ihren Töpfen. »Na, wenn das der Herr Vater gesehen hätte!«

»Hat er aber nicht!« Beata sah sich um und stibitzte dann ein Stückchen des kostbaren weißen Rohrzuckers, den Antoinette für Elisabeth auf das Kaffeetablett gestellt hatte.

»Sie werden noch so lange machen, bis Sie sich Ihr Leckermäulchen verbrannt haben!« schalt die Köchin. Anna und Luitgard kicherten.

In der Küche war es im Gegensatz zu dem vom grellen Vorfrühlingslicht erfüllten Hof dämmrig, und so kam es, daß Beata jetzt erst Antoinette entdeckte, die sie nicht hier vermutet hatte. »Oh, du!« rief sie, unwillkürlich in die vertraute Anrede aus der Kinderzeit verfallend; dann, nachdem die erste Schrecksekunde überwunden war, fragte sie drängend: »Sie werden mich doch nicht verraten?«

Antoinette schüttelte den Kopf. »Ich hoffe nur, Sie wissen, wozu Sie ihn ermutigen.«

Beata war sehr rot geworden; nach der Kälte draußen im Hof war die Luft in der Küche mit dem lodernden Feuer in dem riesigen Herd schweißtreibend. »Ich... ich habe gewiß nicht... so verstehen Sie doch...«

Antoinette schnitt ihr die Rede ab. »Sie brauchen sich mir gegenüber nicht zu rechtfertigen!« Sie goß kochendes Wasser aus dem Kessel auf das Kaffeepulver in der vorgewärmten Kanne. »Bitte, Luitgard, nimm ein Glas und schöpfe Wasser aus dem Eimer am Brunnen... es ist für die gnädige Frau!«

»Der Leuntnant steht immer noch da«, sagte Luitgard.

»Na, wenn schon, er wird dir doch nicht...«

Beata fiel Antoinette ins Wort. »Bitte, lassen Sie mich...«

Antoinette sah sie aus ernsten Augen an. »Nein, für heute ist es genug, Beata... sonst könnte er noch glauben, daß Sie ihm nachlaufen.«

»Sie sind gemein!« Tränen des Zorns stiegen in Beatas Augen.

»Ich bin nur vernünftig für uns beide!«

Luitgard war hinausgelaufen, und Ferdinand von Tobler hob den Eimer und füllte ihr das Glas. Sie knickste dankend, und er zwickte sie in die Wange.

»Da sehen Sie's, Mademoiselle«, knurrte die Köchin, »so sind die Männer.«

»Das hat nichts... gar nichts zu bedeuten!« verteidigte Beata den Leutnant.

»Nur daß er für weibliche Schönheit nicht blind ist«, sagte Antoinette, »Luitgard ist ein sehr ansehnliches Frauenzimmer.«

»Ach was, sie ist doch eine ganz gewöhnliche Person!«

Antoinette hatte schon den Mund geöffnet, um Beata etwas über die komplizierten Beziehungen zwischen Männern und Frauen zu erklären, begriff aber dann, daß es dazu hier nicht der richtige Ort und nicht die richtige Zeit war. Sie nahm Luitgard das gefüllte Glas aus der Hand. »Danke, Luitgard.« Sie tat den Deckel auf die Kaffeekanne und stellte fest, das auf dem Tablett nichts fehlte. »Würden Sie das bitte zur gnädigen Frau in das obere Erkerzimmer tragen, Beata?« fragte sie. »Wir haben uns entschlossen, dort zu arbeiten. Ich werde inzwischen die Kleider holen.«

Beata wollte schon protestieren und machte eine abwehrende Bewegung. Antoinette sah sie beschwörend an. »Die gnädige Frau wird sich freuen!«

Erst jetzt verstand Beata, daß Antoinette ihr eine Gelegenheit geben wollte, lästigen Fragen zuvorzukommen. »Wenn Sie meinen«, sagte sie, nahm zögernd das Tablett und raffte sich dann zu einem »Danke« auf. Antoinette lächelte ihr zu.

Es war natürlich nicht daran zu denken, die Reise nach München in einem Tag zu bewältigen; das hätten weder die Damen noch die Pferde durchgehalten. So beschloß man, wie üblich in Losheim, etwa auf der Mitte der Strecke, Station zu machen.

Man brach bei Sonnenaufgang auf. Peter war tagelang damit beschäftigt gewesen – während die Damen noch an ihrer Garderobe nähten –, den großen, gut gefederten Reisewagen, der seit dem Herbst in der Remise gestanden hatte, zu säubern, das Leder zu wachsen und die Metallteile zu polieren. Es war noch dunkel gewesen, als er zusammen mit Huber, dem Kutscher, die beiden kräftigen Pferde eingespannt hatte.

Hubers wegen hatte es zwischen Anselm von Deinharting und Elisabeth Auseinandersetzungen gegeben. Der Hofmarksherr hätte gern auf ihn verzichtet und selbst kutschiert. München würde, so hatte er Elisabeth erklärt, während der Feierlichkeiten überfüllt sein, und die Unterbringung und Verpflegung des Kutschers stellte eine Belastung dar, die man Sophie nicht ohne Grund zumuten sollte. Außerdem würden die Damen es ohne ihn bequemer haben und mehr mitnehmen können.

Aber Elisabeth hatte auf Ihrer Meinung beharrt, daß man, wenn man schon einmal nach München fuhr, standesgemäß reisen sollte. »Wenn du selbst auf dem Bock sitzt, könnte man uns am Ende noch für Bauern halten!«

Beata hatte die Forderung der Stiefmutter unterstützt und Anselm von Deinharting schließlich nachgegeben – nicht weil er überzeugt war, sondern weil er wußte, daß ihnen Vorstellungen, die er selbst als Narreteien abtat, lebenswichtig schienen.

So war Huber also für eine Weile der Arbeit auf dem Gutshof entronnen und bekam Gelegenheit, den Einzug der kurfürstlichen Familie mitzuerleben. Seine Freude darüber zeigte sich in einem breiten Grinsen, das er an diesem Morgen um keine Macht der Welt hätte unterdrücken können. Gründlich rasiert, mit sauberen und gestutzten Fingernägeln, machte er in seinem weiten blauen Pelerinenmantel, ein gelbes Band um den runden Hut, eine zwar nicht etwa elegante, doch annehmbare Figur.

Anselm von Deinharting, auf dem Fuß gefolgt von Parbleu, kam als erster aus dem Schloß. Obwohl er wußte, daß es nicht notwendig gewesen wäre, ließ er es sich nicht nehmen, selbst zu überprüfen, ob Geschirr und Deichsel in Ordnung und alle Gurte sicher geschlossen waren. »Sehr gut, Leute«, lobte er und wandte sich dann an Peter: »Es wäre mir lieb, wenn du in meiner Abwesenheit so oft wie möglich im Stall schlafen würdest! Die Barbara kann sich einschließen, die Pferde können es nicht.«

»Werde ich auf die Pferde aufpassen, gnä' Herr«, erbot sich Jossip, die Mütze an den Bauch gedrückt, grinsend und dienernd.

»Na, ich weiß nicht, ob das nicht den Bock zum Gärtner machen hieße«, meinte Anselm von Deinharting skeptisch.

»Der Jossip läßt sich ganz gut an«, sagte Peter, »besser jedenfalls als der andere, dem traue ich keinen Schritt über den Weg. Aber ich werd' schon nach dem Rechten sehen, Herr.«

»Ich verlasse mich auf dich!«

Jetzt kamen Elisabeth, die jungen Mädchen und die Kinder aus dem Schloß. Die Reisenden waren in bodenlange, schwere Pelzmäntel gehüllt – der Hofmarksherr hatte die Tiere, von denen die Felle stammten, selbst geschossen und in Taufbeuern gerben lassen –, auf dem Kopf trugen sie kleine Hüte, wie sie eben Mode waren, die sie mit langen Schals festgebunden hatten.

Afra, Auguste und Thomas begleiteten sie zum Abschied, die Kinder vor Aufregung hüpfend.

»Gute Reise!« riefen Auguste und Thomas. »Bringen Sie uns etwas mit?!« – »Haben Sie auch nichts vergessen?« – »Grüßen Sie den Kurfürsten!«

Die Bediensteten waren indessen dabei, die Truhen und Kasten hinten auf die Kutsche zu schnallen. Elisabeth gab nutzlose Anweisungen, und Beata plauderte und lachte überlaut, in der Hoffnung, die Aufmerksamkeit der Herren Offiziere, die sie noch im Schloß vermutete, auf sich zu lenken. Antoinette beugte sich zu Thomas hinab und nahm ihm einmal mehr das Versprechen ab, recht brav zu sein. Afra beobachtete das fröhliche Gewimmel mit steinernem Gesicht.

Anna und Luitgard schleppten, begleitet von Margarethe Meyr, einen Korb mit Eßwaren heran, Reiseproviant und Zubuße für die beschränkte gräflich-Hollbergsche Küche. Eine gebratene Ochsenkeule war darin, zwei geräucherte Wildschweinschinken, ein Schock hartgekochte und ein Schock rohe Eier, duftende braune Brote, Gläser mit Eingemachtem, Marmelade und Honig, goldgelbe Käselaibe und pfundschwere Butterkugeln, Flaschen mit Saft und Winteräpfel.

»Damit Sie in der Fremde keine Not zu leiden brauchen«, verkündete Margarethe gewichtig.

»Du lieber Himmel, der Riesenkorb!« beklagte sich Beata. »Da werden wir kaum Platz zum Sitzen haben!«

»Hättet ihr auf mich gehört und auf den Kutscher verzichtet!« erinnerte Anselm von Deinharting.

»Ach was, es wird schon gehen!« sagte Elisabeth.

Anselm von Deinharting hob zuerst seine Frau, dann Beata und Antoinette in das Innere der Kutsche. Dann zog er Afra, die stocksteif dastand, zu sich heran und gab ihr einen Kuß auf die Wange. »Paß mir auf die Kleinen auf!«

»Das werd' ich, Herr!« Sie wich zurück, sowie er sie losließ.

Auguste kam mit erhobenen Ärmchen auf ihn zugelaufen. »Gute Reise, liebster Papa!«

Anselm von Deinharting hob sie hoch und küßte sie zärtlich auf beide Wangen. »Mein kleiner Schatz!« Als er sie wieder auf den Boden setzte, sah er den dunklen Blick seines Sohnes mit einem grübelnden Ausdruck auf sich gerichtet; Thomas stand einige Schritte entfernt, die Hände auf dem Rücken verschränkt. »Willst du mir denn nicht auf Wiedersehen sagen, Thomas?«

»Leben Sie wohl, Monsieur!«

Nur einen Augenblick zögerte Anselm von Deinharting, dann hob er auch Thomas hoch und küßte ihn herzlich. Mit einer rührend unsicheren und gleichzeitig besitzergreifenden Bewegung schlang der Knabe kurz die Arme um seinen Nacken. Die Mädchen hatten inzwischen den Korb im Inneren der Kutsche verstaut.

Anselm von Deinharting beugte sich zu Margarethe Meyr und gab auch ihr einen Kuß. »Auf Wiedersehen, du alter Drache... wir werden uns täglich nach deiner guten Küche sehnen!«

Dann küßte er Anna, die ganz rot vor Aufregung wurde – und wußte, daß er es nur tat, um auch Luitgard in die Arme nehmen zu können, die sich für Sekunden an ihn schmiegte. »Du wirst mir fehlen!« flüsterte er ihr ins Ohr.

»Kommst du endlich!« rief Elisabeth.

»Ja, kommen Sie, Papa«, stimmte Beata zu, die die Hoffnung verloren hatte, daß Ferdinand von Tobler sich noch sehen lassen würde, »Sie tun ja, als wenn es ein Abschied fürs Leben wäre!«

»Na, dann los!« Anselm von Deinharting gab dem Kutscher ein Zeichen, beugte sich nieder, packte Parbleu am Nackenfell und drückte ihn Peter in die Arme. »Du bleibst hier, hast du mich verstanden! Ja, ja, ich weiß, es ist schlimm für dich, aber es muß sein!«

Huber hatte sich schon auf den Bock gesetzt und die Pferde anziehen lassen. Auf dem Tritt stehend, schwenkte Anselm von Deinharting seinen großen Hut, während die Zurückbleibenden mit Händen und Taschentüchern winkten und Parbleu vergeblich darum kämpfte, sich aus Peters Griff zu befreien.

Auch als er schon Platz genommen und den Tritt hochgezogen hatte, blickte der Hofmarksherr noch lange zurück, bis die Winkenden, die der Kutsche nach- und um das Gebäude herumgelaufen waren, immer kleiner wurden und schließlich seinen Blicken entschwanden.

Die Fahrt verlief sehr angenehm. Die Straßen waren frei von Schnee, aber noch gefroren, so daß die Räder gut liefen. Um den Damen Platz zu schaffen, verbrachte Anselm von Deinharting die meiste Zeit neben Huber auf dem Bock, ging auch wohl bei einer Steigung neben den Pferden her. Dazu, ihren Sitz im Wagen hin und wieder zu verlassen, konnte er aber nur Antoinette bringen, die munter ausschritt. Ohne Pause ging es im Trab oder Schritt voran, und als man am späten Nachmittag Losheim erreichte, waren Elisabeth und Beata wie gerädert.

Im Wirtshaus nahm Anselm von Deinharting für die Damen ein Zimmer, während er selbst die Nacht in der Gaststube, der Kutscher bei den Pferden im Stall verbrachte.

Obwohl am nächsten Morgen alle versicherten, schlecht geschlafen zu haben – außer Huber, der mit Recht davon ausging, daß sich niemand dafür interessierte –, war man doch ausgeruht und konnte die Fahrt mit frischen Kräften antreten. Gegen Mittag wurde das Verdeck des Reisewagens heruntergeklappt. Die Damen hatten jetzt einen besseren Ausblick, und die wechselnden Eindrücke erleichterten ihnen die Strapaze.

Die Sonne schien, und überall dort, wo der Schnee auf den Feldern geschmolzen war, schimmerte ein helles, gelbliches Grün auf den schwarzen Schollen. Die ungepflasterte Straße führte durch Dörfer und Marktflecken. Sie waren nicht die einzigen Reisenden, die nach München unterwegs waren. Huber machte sich ein Vergnügen daraus, immer wieder einen Bauernwagen oder ein anderes Reisegefährt mit Schnalzen und Peitschenknallen zu überholen. Manchmal mußten sie aber auch einem leichten Dogcart oder Cabriolet weichen, und einmal hätte sie ein mit vier Pferden bespannter Wagen fast in den Graben gedrängt. Huber fluchte mörderisch, und die Damen genossen die aufregende Szene.

Als die Hauptstadt vor ihnen auftauchte, war die Sonne schon im Sinken begriffen. Die weißen Häuser und die kleine Pfarrkirche Bogenhausen, in der warmen Jahreszeit vom Laub der Bäume halb verdeckt, waren in ihren Umrissen deutlich zu erkennen. Man konnte die Bauernhäuser von den Sommervillen der stadtmüden Münchner unterscheiden, deren Fensterläden jetzt geschlossen waren. Es lag hier mehr Schnee als draußen auf dem Land, und Kinder in buntem Strickzeug rodelten den Hügel zur Isar hinunter.

»Das würde Thomas gefallen«, meinte Antoinette.

Aber Elisabeth und Beata hatten nur Augen für die Stadt, die jetzt in ihren Umrissen vor ihnen auftauchte. Die Glockentürme der Dompfarrkirche zu unserer lieben Frau mit ihren runden Kuppeln waren Münchens hervorstechendstes Merkmal, aber auch der spitze Turm von Sankt Peter am Rindermarkt und die Silhouette der Salvatorkirche waren unverkennbar. Es war empfindlich kalt geworden, und Elisabeth bat darum, die Kutsche wieder zu schließen. Aber Beata, die ihren Einzug in die Stadt voll genießen wollte, erhob Einspruch, und als sich ihr auch die sonst so bescheidene Antoinette anschloß, gab die Hofmarksherrin nach. Auch sie genoß ja den für die Landedelfrauen seltenen Eindruck.

Immer dichter wurde der Verkehr, aber es ging zügig vorwärts, und bald rumpelte die Kutsche auf der Backsteinbrücke über die Isar, vorbei an der Kavalleriekaserne, durch die Zweibrücker Straße und das Isarthor, dessen drei verbliebene Festungstürme verkehrshemmend und sinnlos dastanden, da die Stadtmauer hier abgerissen war.

Bevor sie sich dem Stadtinneren näherten, stieg Anselm von Deinharting vom Bock und entzündete die beiden Kerzen in den Kutscherlampen. Bei dem Gewimmel von Pferden, Wagen und Fußgängern, die, ohne rechts und links zu blicken, die breite Straße, die das Anger- vom Hakenviertel trennte, überquerten, schien ihm diese Vorsichtsmaßnahme angebracht.

Es ging jetzt nur noch im Schritt weiter, und die niedrigen und eng beieinanderstehenden Häuser machten in der Stunde zwischen Tag und Abend einen düsteren Eindruck auf die Ankömmlinge. Noch brannten hinter den Fenstern keine Lichter, und auch die Straßenlampen waren nicht entzündet. Aber erstaunlich viel Menschen belebten die Straßen, und aus den Wirtshäusern klang Lärm und Gläserklirren.

Die Deinhartinger überfiel Wehmut. Der Hofmarksherr sehnte sich nach dem weiten Himmel und der Stille des Landes. Beata verlangte es brennend nach Ferdinand von Tobler, und Antoinette mußte daran denken, wie sie vor vielen Jahren das erste Mal nach München gekommen war, vom Schicksal geschlagen und dennoch voller Hoffnungen. Elisabeth fühlte sich plötzlich als alte Frau, deren Leben sinnlos vertan war. Sie sprachen nicht über das, was sie empfanden, glaubten auch nicht, daß jemand ihre Gefühle verstehen oder gar teilen könnte, aber alle wurden sehr still.

Als sie den Marktplatz erreichten, war die Welt wie verwandelt. Hier hatte der Lampenanzünder schon die Laternen angesteckt, hinter den Fenstern ging ein Licht nach dem anderen an, und die berühmte Mariensäule von Kremper erhob sich wie ein Zeichen des Trostes. Antoinette atmete tief auf und kämpfte gegen ihren Anfall von Niedergeschlagenheit an. »Sieht ein bißchen aus wie eine Theaterdekoration, nicht wahr?«

»Im Vergleich mit Paris muß es Ihnen doch wie ein Nest vorkommen!« sagte Beata.

»Ach, Paris! Ich kann mich kaum noch daran erinnern.« Antoinette legte den Arm um Elisabeth. »Sie frieren doch nicht, *ma tante?*«

Elisabeths Gesicht wirkte sehr blaß in dem ungewissen Licht, die grauen Augen wie dunkle Löcher, eine Strähne ihres hellblonden Haares, die sich unter dem Hut vordrängte, schimmerte. »Nein, mir war nur so... seltsam!« Das war mehr, als sie seit langer Zeit jemandem von sich mitgeteilt hatte.

Antoinette verstand sie besser, als sie glaubte. »Heimweh nach Deinharting!« sagte sie und zupfte den Hofmarksherrn, der vorn auf dem Bock saß, am Ärmel. »Wär's nicht doch besser, das Verdeck jetzt zu schließen?«

»Wir sind gleich da«, erhielt sie zur Antwort.

Huber lenkte die Rosse jetzt sehr vorsichtig im dichten Verkehr in die Theatinerstraße.

Anselm von Deinharting wandte sich Antoinette zu und wies auf ein Licht, das in die Straße hineinragte. »Da vorne ist es schon!« Wenig später bogen sie durch die Toreinfahrt in den Innenhof des gräflich-Hollbergschen Stadthauses ein. Sogleich belebten sich die Arkaden, und sie wurden herzlich empfangen. Sophie verteilte an den Bruder, die Schwägerin und die beiden jungen Mädchen kleine, feuchte, nach Puder duftende Küsse. Ihre Freude über die mitgebrachten Leckerbissen war echt. Der Korb verschwand rasch in der Küche, Kisten und Kasten wurden in die Zimmer geschleppt, und dann waren Anselm von Deinharting und seine schöne junge Frau allein.

Sie hatten seit langem das Zimmer nicht mehr miteinander geteilt und fühlten sich beide unbehaglich, besonders Elisabeth, denn die bloße Nähe seines kraftvollen, warmen Körpers schien ihr Luft zum Atmen zu nehmen. Während er sich mit der Unbekümmertheit eines Mannes, der es gewohnt war, bedient zu werden, auszog und die abgelegten Kleidungsstücke auf den Fußboden warf, hatte sie sich in die entgegengesetzte Ecke des Zimmers zurückgezogen und kauerte auf der Kante des Doppelbettes. Pelzmantel, Hut, Schal und Handschuhe lagen neben ihr.

»Es ist eng hier«, stellte sie unbehaglich fest.

»Ja, kein Vergleich mit Deinharting!« Er hatte Wasser in die Schüssel gegossen und begann sich prustend zu waschen. »Aber gleich bin ich fort, dann kannst du dich in Ruhe frischmachen.«

»Ich will dich nicht verdrängen.«

»Aber das tust du doch gar nicht. Wenn wir zwei uns gleichzeitig umziehen wollten, kämen wir uns schon arg ins Gehege. Eigentlich hätte ich ja dir den Vorrang lassen sollen, aber ich nehme an, es drängt dich nicht allzusehr, mit Sophie allein zu sein...«

»Nein, bestimmt nicht.«

Er fuhr prüfend über seine Wangen. »Sollte ich mich noch einmal rasieren? Ich nehme an, daß Helene und Sophie heute abend kommen werden.«

»Ach, du machst auch unrasiert Eindruck genug«, sagte Elisabeth gedankenlos; sie erschrak, als er sich ihr zuwandte.

»Nur auf dich nicht, wie?« fragte er. Er war dabei, sich ein weißes, reichgerüschtes Hemd anzuziehen und wirkte barfuß, mit braungelockter Brust und jenen zarten Fältchen um die Augen, die seinem durchdringenden Blick einen wehmütigen und zugleich ein wenig spöttischen Ausdruck verliehen, sehr männlich.

»Das ist nicht wahr«, verteidigte sie sich, »natürlich beeindruckst du mich... du beeindruckst mich nur zu sehr.« Sie zog die Schultern vor, als versuche sie, sich in sich selbst zu verkriechen.

»Du fürchtest mich?«

»Nein. Du hast mir ja nie etwas Böses getan!« Flehend richtete sie ihre klaren grauen Augen, denen die aufsteigenden Tränen einen besonderen Glanz verliehen, auf ihn. »Und du könntest mir doch auch nichts tun.«

Sie erinnerte ihn an ein Rotkehlchen, das er einmal betäubt im Wald gefunden und behutsam in seine großen Hände genomen hatte; das Herz des Vögelchens hatte wild geschlagen, und weder sein sanftes Streicheln noch seine beruhigenden Worte hatten ihm seine gute Absicht vermitteln können. »Nein, das werde ich nicht!« Er wandte sich ab, ohne sie auch nur leicht zu berühren, denn mehr als alles andere fürchtete er, daß sie wieder vor ihm zurückzucken würde.

Elisabeth atmete nicht auf, als er sich, scheinbar ohne sie weiter zu beachten, seiner Toilette zuwandte. Sie war so verzweifelt, daß sie laut hätte hinausschreien mögen. Wenn sie es nur über sich gebracht hätte, ihm die Hand, den Mund zum Kuß zu reichen, seine Wange zu liebkosen – es hätte doch sowenig bedurft, die Kluft zwischen ihnen zu überbrücken. Statt dessen hatte sie ihn wiederum abgelehnt und zurückgestoßen. Bei jeder Beichte versprach sie Gott, sich zu bessern, und jedesmal predigte ihr Pfarrer Reiter, daß es ihre Pflicht als Ehefrau sei, für ihren Mann dazusein und ihm Kinder zu gebären.

»Seid fruchtbar und mehret euch!« wie es in der Bibel hieß.

Aber sie war außerstande, ihre Angst, Kinder auf die Welt zu bringen und verlieren zu müssen, zu überwinden. Die körperliche Liebe hatte ihr nie etwas bedeutet, aber sie hätte sie hingenommen wie viele andere lästige Gewohnheiten und Unannehmlichkeiten des Lebens. Sie fühlte sich Anselm von Deinharting gegenüber schwach und hilflos, seine Persönlichkeit erdrückte sie, aber sie hätte ihn ertragen, wenn diese Angst nicht gewesen wäre, unter der sie um so stärker litt, da sie Sünde war.

»Ich hätte nicht mit nach München kommen sollen«, sagte sie, während Tränen über ihre Wangen strömten.

»Ach, Unsinn«, widersprach er, »wir werden uns schon vertragen. Aber ich konnte Sophie unmöglich bitten, uns getrennte Zimmer zu geben.« Er stand schon fertig angekleidet in einem sehr eleganten schwarzen Abendanzug mit langgezogenem Revers, langen Rockschößen und engen Hosen in der Tür. »Soll ich dir Sophies Zofe schicken? Oder lieber Antoinette?«

»Ich werde schon allein fertig.«

»Aber mach dich schön, ja?«

Sie nickte unter Tränen, dann, als er die Tür schon geöffnet hatte, rief sie ihn zurück. »Anselm!«

»Ja, Liebes?«

»Kannst du mir verzeihen?«

»Auch du hast mir vieles verzeihen müssen.«

Sie schüttelte heftig den Kopf. »Nein, Anselm, es war ja alles meine Schuld. Wenn ich dir eine richtige Frau gewesen wäre...«

»Schlag dir das aus dem Kopf. Die Treue ist nie meine Stärke gewesen. Sicher hätte ich dich auch verletzt, wenn du anders wärest.«

»Aber da ich bin, wie ich bin ... mußt du mich doch hassen? Ich ... ich hasse mich ja selbst.«

»Du solltest nicht so oft zur Beichte gehen«, sagte er plötzlich.

Sie verstand ihn nicht. »Der Pfarrer ist nicht gegen dich!«

»Aber wie ich ihn kenne, erzählt er dir dauernd von deinen ehelichen Pflichten.« – »Damit hat er ja recht.«

»Nein, das hat er nicht. Auch ein Gelöbnis vor dem Altar kann den Menschen nicht zur Liebe zwingen, sowenig wie einen Lahmen zum Gehen. Du bist krank, mein Kind, also höre auf, dich zu quälen. Ich gäbe viel darum, wenn ich die richtige Medizin für dich wüßte.« Getröstet, doch gleichzeitig beschämt, fand sie keine Worte. »Und noch etwas will ich dir sagen«, fuhr er fort, »unser guter Pfarrer Reiter kann von Glück sagen, daß er Geistlicher werden konnte ... er hätte nämlich selbst einen verdammt schlechten Ehemann abgegeben, denk einmal darüber nach.«

»Ich hätte ins Kloster gehen sollen.«

Er sah sie nachdenklich an. »Ja, vielleicht. Aber solange du es nicht bist, hast du wenigstens noch eine Chance.« Damit ließ er sie allein.

Der Einzug des neuen Kurfürsten mit seiner Familie sollte am nächten Tag erfolgen. Die Stadt war schon vom frühen Morgen an überfüllt. Alles war von den Vororten und nahen und fernen Dörfern herbeigestürmt, um das Ereignis nur ja nicht zu versäumen. Am Nachmittag stand die Menge vom Karlstor bis zur Residenz Kopf an Kopf. Die Gendarmen hatten Mühe, eine Gasse für die Kutschen freizuhalten. In allen Fenstern lagen die Glücklichen, die einen Logenplatz erwischt hatten. Es war sehr kalt, aber da brachte niemanden dazu, aufzugeben. Die Männer ließen die Flaschen tüchtig kreisen. Alle Häuser waren beflaggt: blau-weiß. Die Hollbergs und ihre Gäste – selbstverständlich waren die Töchter, Schwiegersöhne, ihre Kinder und zahlreiche Münchner Bekannte gekommen – hatten es nicht nötig, auf die Straße hinunterzugehen. Der Einzug sollte über Karlsstraße, Rathausplatz, Theatinerstraße erfolgen, und wenn man sich nur wenig genug zum Fenster hinauslehnte, konnte man vom Haus aus sogar schräg zur Residenz hinübersehen.

Bis es soweit war, blieben die Fenster bis auf eines, in dem die Kinder hingen, geschlossen. Man plauderte miteinander, trank Likör und Branntwein und knabberte Gebäck. Endlich schrien die Kinder. »Es geht los! Sie kommen!«

Die Erwachsenen stürzten herbei, und jetzt zeigte sich, daß kaum Platz genug für alle da war. Anselm von Deinharting schob entschlossen einige jüngere Herren beiseite und Elisabeth vor sie; er selbst war groß genug, um über alle Köpfe hinwegsehen zu können.

Beata drängte sich recht undamenhaft mit Hilfe der Ellenbogen vor, und rief: »Kommen Sie zu mir, Tonette! Von hier aus sehen Sie alles!«

Aber Antoinette blieb im Hintergrund. Sie war keine Bayerin, und sie wollte niemandem im Wege sein, der mehr Recht hatte, das Schauspiel zu genießen.

Es war, wie sich dann herausstellte, auch nicht sehr beeindruckend, aber der Jubel der Massen war mitreißend. Eine halbe Schwadron Kavallerie ritt der Kutsche voraus, die mit geöffnetem Verdeck fuhr – wahrscheinlich hatte man es erst am Karlstor den Schaulustigen zuliebe zurückgeschlagen; die kurfürstliche Familie kam aus Nymphenburg. Nebeneinander, mit den Gesichtern in Fahrtrichtung, saßen Kurfürst Max Josef, ein untersetzter Mann mit ungepudertem Zopf und einem großen goldenen Ring im Ohr. Er trug einen einfachen blauen Rock, wie er in der französischen Armee üblich war. In seiner Jugend hatte er als Berufsoffizier unter Ludwig XVI. im Elsaß gedient. Caroline, seine zweite Frau, die badische Prinzessin, war eine sehr schöne, vollbusige Erscheinung mit braunrotem gelocktem Haar; sie war sehr elegant gekleidet und versuchte, sich gegen die Kälte mit einem samtenen Tuch zu schützen. Dem Kurfürstenpaar gegenüber saßen die beiden älteren Kinder aus der ersten Ehe Max Josefs, Ludwig, der Kronprinz, ein sehr ernst, fast mürrisch wirkender Junge, und Auguste, ein blondhaariges kleines Mädchen, das den Kopf hoch trug und deren Wangen vor Freude über den begeisterten Empfang glühten. Alle vier winkten der Menge mit weißbehandschuhten Händen zu. Max Josef sehr freundlich, Caroline huldvoll, Ludwig gezwungen und Auguste vergnügt.

Obwohl die Kutsche langsam fuhr, schien es allen Zuschauern, als entschwände sie ihren Blicken viel zu schnell. Es wurde laut »Vivat« und »Hoch« gerufen, Hüte wurden geschwenkt und Mützen in die Luft geworfen. Das Geläut der nahen Theatinerkirche war fast ohrenbetäubend, auch alle anderen Münchner Kirchen stimmten in das Geläut ein.

Anselm von Deinharting tat der kleine Mann im blauen Rock, von dem die Bayern soviel erwarteten, fast leid.

Der Kutsche folgte noch ein weiters Gefährt, in dem aber nur eine dicke Frau mit einem Bündel in den Armen saß, man konnte darin den kleinen Maximilian, Sohn aus der zweiten Ehe Max Josefs, vermuten und die Kammerfrau Carolines. Der Rest der Schwadron bildete den Abschluß. Die Menge strömte hinterdrein, um die versprochene Illumination der Residenz mitzuerleben. Nur diejenigen, die vor Anbruch der Nacht in ihren Dörfern sein wollten, strebten schon fort, andere zogen es vor, sich in den Wirtshäusern die vom Schreien heiseren Kehlen anzufeuchten. Alle hätten auch auf dem weiten Platz vor der Residenz kaum Platz gehabt, wo die Menge buchstäblich Kopf an Kopf stand.

Als die Dämmerung hereinbrach, wurden die Kerzen entzündet –

Tausende von Kerzen, die das ehrwürdige Gebäude der Residenz in ein Zauberschloß verwandelten. Ein »Ah« entrang sich den Kehlen der Zuschauer.

Beata drehte sich um und zog Antoinette zu sich her: »Aber die Illumination müssen Sie jetzt sehen!«

»Das ist wirklich schön«, gab Antoinette, sich hinauslehnend, zu.

»Warum machen wir das nicht einmal in Deinharting, Papa?« fragte Beata.

»Weil wir nicht genug Geld haben, um es in die Luft zu puffen.«

Elisabeth, die es unschicklich fand, wenn über Geld gesprochen wurde, sagte: »Ich friere!« und zog sich vom Fenster zurück.

»Aber der Kurfürst von Bayern ist unermeßlich reich, nicht wahr?« fragte Beata naiv. »Ihm gehört doch jetzt ganz Bayern!«

»Das ist kein Thema für eine junge Dame«, mahnte Elisabeth.

»Max Josef glaubt wohl, dem Volk etwas bieten zu müssen«, sagte Graf Hollberg bedächtig, »und ich denke, damit hatte er nicht unrecht. Da das Brot knapp geworden ist, sind die Spiele um so wichtiger.«

»Die Herren wollen wieder einmal politisieren«, stellte Gräfin Sophie fest, »folgen Sie mir in den Salon, meine Damen ... es ist ohnehin ein trauriger Anblick, wenn die Kerzen erlöschen.«

Schon in den nächsten Tagen wurden die Hollbergs und Deinhartings dem kurfürstlichen Paar vorgestellt, und zwar im Rahmen eines Hofballs. Es war nur ein Moment, in dem sie ihrem Herrscher gegenübertreten durften, dennoch hatte es einer Intrige bedurft, bei der Graf Hollberg die Fäden hatte ziehen müssen, um das zu erreichen, denn halb München drängte sich zu dieser Ehre.

Max Josef saß leger, ein wenig breitbeinig in einem der reichgeschnitzten Rokokosessel im Herkulessaal der Residenz, ein dicklicher, freundlicher Mann, zu seiner Rechten die schöne, stolze Caroline. Hinter ihnen stand Oberhofmeister Tattenbach, eine Namensliste in der Hand, und übernahm die Vorstellung.

»Der Hofmarksherr von Deinharting ...«

Anselm von Deinharting verbeugte sich tief. Max Josef reichte ihm die Hand. »Ich kenne Sie, Hofmarksherr! Graf Montgelas hat mir von Ihnen erzählt.«

»Ich bin nur ein unbedeutender Mann, Durchlaucht!«

»Das bin ich auch, Monsieur«, gestand Max Josef mit erstaunlicher Offenheit, »schlimm für uns, daß wir in einer bedeutenden Zeit leben müssen.«

Caroline runzelte bei dieser Bemerkung die Stirn. Anselm von Deinharting sah es, bevor er sich vor ihr verbeugte. »Sie bleiben doch noch in München, Herr von Deinharting?« fragte sie, gab sich aber keine Mühe, Interesse zu heucheln.

»Über den Fasching, Durchlaucht«, erwiderte er.

Elisabeth versank vor Max Josef in einem tiefen Hofknicks. Er versuchte gar nicht zu verbergen, wie sehr ihm der Einblick in ihr milchweißes Dekolleté gefielt. »Sieh an, Ihr Gatte hat Geschmack!« bemerkte er schmunzelnd.

Beata wurde ihm vorgestellt. »Die bayrischen Mädchen sind wahre Schönheiten!« stellte er fest.

Als Antoinette an die Reihe kam, kniff er die Augen leicht zusammen. »Comtesse de Beaujeux?« wiederholte er. »Ich glaube, ich habe Ihren Vater gekannt.«

»Das ist sehr gut möglich, Durchlaucht.«

»Warum sind Sie nicht wieder in Ihr schönes Vaterland zurückgekehrt?«

»Mein kleiner Bruder und ich haben in Deinharting eine neue Heimat gefunden.«

»Sie sollten sich bald verheiraten, mein Kind, damit Sie wissen, wohin Sie gehören.«

Antoinette zog es vor, darauf zu schweigen. Caroline, die den anderen beiden Damen gegenüber eher kühl gewesen war, schenkte ihr ein huldvolles Lächeln.

Bis jetzt war das Gespräch in französischer Sprache geführt worden; jetzt, da die Deinhartinger sich zurückziehen wollten, rief Max Josef auf deutsch: »Ich hoffe, Hofmarksherr, ich sehe Sie und Ihre schönen Damen noch häufig!«

Es war für Anselm von Deinharting ein leichter Schock, daß die Stimme des Landesherrn, im Gegensatz zu seinem behäbigen, ruhigen Auftreten, das man als gut bayrisch bezeichnen konnte, einen deutlich pfälzischen Klang hatte. Natürlich hätte er es wissen müssen, daß Max Josef wie sein ungeliebter Vorgänger die bayrischen Lande nur geerbt hatte und selbst zu einem anderen Menschenschlag gehörte, aber das war etwas, was er wie die meisten Bayern in ihrer momentanen Euphorie vergessen oder verdrängt hatte.

Wenige Schritte von dem kurfürstlichen Paar entfernt stand Max Josef Graf Montgelas, eine sehr viel aristokratischere Erscheinung als sein Fürst, groß, hager, schmallippig, mit einer scharfrückigen Adlernase, im schwarzen, elegant geschnittenen Abendanzug, Brillanten in den Manschetten des reichgerüschten Hemdes.

Für Anselm von Deinharting war es seltsam, den Freund aus längst vergangenen Jugendtagen so wiederzusehen; er hätte ihn überall erkannt, und doch, wie hatte er sich verändert. Aus dem lebhaften, idealistischen jungen Träumer war ein beherrschter Hofmann geworden. Nur das geistvolle Blitzen seiner großen Augen war dasselbe geblieben. Seine kühle Art ließ keine Rührung aufkommen. »Nun, ich sehe, Sie haben es rasch geschafft«, sagte er, »Sie scheinen über gute Verbindungen zu verfügen... würden Sie so freundlich sein, mich Ihren Damen vorzustellen?« Er hielt Elisabeths Hand ein wenig länger in der seinen, als es notwendig gewesen wäre. »Eine Liebesheirat, wie ich sehe! Beneidenswert glücklicher Mann, der sich eine solche Freiheit erlauben kann!«

Anselm von Deinharting wußte, daß Montgelas selbst seit Jahren auf der jagd nach einer möglichst günstigen Partie war.

Der Minister verteilte noch einige oberflächliche Komplimente an die Damen, dann nahm er Anselm von Deinharting beiseite. »Ich weiß, daß Sie mich zu sprechen wünschen...«

»Es wäre wichtig für mich.«

»Nun gut, sobald ich mich ein wenig freimachen kann... ich habe recht verstanden, daß Sie den Fasching in München verbringen wollen?«

»Ja.«

»Dann sagen wir Aschermittwoch... nein, es ginge schon am Dienstag nachmittag, wenn das große Heulen und Beichten losgeht. Um drei Uhr in meiner Kanzlei... wäre es Ihnen recht?«

»Ich bin Ihnen zu großem Dank verpflichtet.«

Die nächsten Tage und Wochen vergingen Anselm von Deinharting wie ein seltsamer Traum. Er, der sich in der Abgeschiedenheit seiner Hofmarksherrschaft um das Schicksal Europas und insbesondere Bayerns sorgte, konnte nicht verstehen, daß die Münchner, die doch von der Not der Zeit und der unsicheren Lage von Stadt und Land weit ernster betroffen waren, sich so hemmungslos einem ausgelassenen Faschingstreiben hingeben konnten.

Aber sie taten es. Einmal wöchentlich war »Redoute«, so nannte man den Hofball für geladene Gäste, zweimal »Maskierte Akademie«, zu der jeder mit dem nötigen Geld und entsprechender Garderobe Zutritt hatte. Zur Redoute erschienen die Herren im Frack, Venezianermantel und Dreispitz und die Damen im großen Abendkleid, zur Akademie, in der es weit freier zuging, verkleidete man sich mehr oder weniger phantasievoll und versteckte das Gesicht hinter Larven. An beiden Veranstaltungen nahm auch die Bürgerschaft lebhaft teil, und überall im Gewühl tauchten die koketten Riegelhauben der Münchnerinnen, golden oder silbern schimmernd, auf.

Obwohl die Deinhartinger Damen vorgaben, sich nichts aus diesen Festlichkeiten zu machen, amüsierten sie sich dennoch sozusagen wider Willen. Sie genossen jede auf ihre Weise die bewundernden Blicke der Herren und die neidvollen der Damen, die Komplimente und Sticheleien, und sie erfreuten sich an der Musik und tänzerischen Bewegung. Es wurden Gavotten, Quadrillen und Polonaisen getanzt, wobei die Paare nach den Anweisungen der Tanzmeister zum Teil recht schwierige Figuren bilden mußten. Das Ganze ergab ein sehr bewegtes Drehen, Wenden, Knicksen und Dienern, bei dem sich die Farben der Gewänder unaufhörlich kaleidoskopisch veränderten. Es gab keinen Tanz, bei dem man sich anders als mit den Händen berührt hätte, und auch die steckten bei den Damen wie Herren in Handschuhen. Aber es ergab sich Gelegenheit genug zu koketten Blicken, verheißungsvollen Augenaufschlägen, zu schmachtendem oder lokkendem Lächeln.

Doch dieses Spiel machte keiner der Deinhartinger – außer dem routinierten Emanuel – mit. Elisabeth gab ihre angeborene Zurückhaltung nie auf, und immer wieder suchten ihre Augen Anselm von Deinharting, aus dessen Schutz sie sich nicht herausgewagt hätte. Beata war glücklich, weil sie im Mittelpunkt stand, aber es gab keinen Mann, der Ferdinand von Tobler in ihrem Herzen hätte ausstechen können; die Bewunderung der anderen bestätigte ihr nur, daß sie auch ihm, dem einzigen, gefallen mußte. Antoinette blieb bei aller Fröhlichkeit kritisch wie immer; ihr schienen die sehr jungen Herren, die sich um sie bemühten, samt und sonders unbedeutende Laffen. Vor allem Emanuel, der, nach der letzten Mode gekleidet und mit dem unvermeidlichen Lorgnon hantierend den Mann von Welt spielte, erschien ihr geradezu lächerlich. Nur ein gewisses nachsichtiges Mitleid ihm gegenüber und Dankbarkeit für das Haus Deinharting hielt sie davon ab, ihm ihre Belustigung offen zu zeigen oder ihn gar abfahren zu lassen.

Anselm von Deinharting machte sich Sorgen um die Zukunft seines Sohnes und nahm ihn in einer Tanzpause beiseite. »Hast du eine Vorstellung davon, wie es nun mit dir weitergehen soll?«

Emanuel sah ihn aus großen blauen Augen verständnislos an. »Wie meinen Sie das, Papa?«

»Es kann dir doch wohl kaum entgangen sein, daß Karl Theodor der letzte Fürst Europas war, der sich Pagen hielt. Also mußt du damit rechnen, daß Max Josef das ändern wird!«

»Machen Sie sich deswegen keine Gedanken, Papa! Ich habe meine Verbindungen.«

Anselm von Deinharting teilte dieses Optimismus nicht, sah aber ein, daß es sinnlos gewesen wäre, Emanuel jetzt die Laune zu verderben. Kaum setzte die Musik wieder ein, glitt der junge Mann davon. Enttäuscht stellte er fest, daß Antoinette für diesen Tanz schon vergeben war, nahm sich aber dann mit guter Haltung eines molligen Mauerblümchens an.

Auch Anselm von Deinharting war ein eifriger Tänzer, weniger aus Neigung als aus einem Gefühl der Verpflichtung heraus. Da er selbst drei Damen zu den festlichen Veranstaltungen mitbrachte, die mit Partnern rechneten, hielt er es für selbstverständlich, selbst seinen Mann zu stehen. Ein Mangel an guten Tänzern, unter dem allerdings nur die weniger attraktiven Damen zu leiden hatten, war nicht zu übersehen.

Zweimal gingen die Deinhartings während ihres Münchner Aufenthaltes in das Cuvilliéstheater, in dem Opern – das war eines der wirklichen Verdienste Karl Theodors, wenn es auch in erster Linie um seines eigenen Vergnügens geschehen war – mit sehr gutem Niveau aufgeführt wurden. Sie hörten Glucks *Iphigenie auf Tauris*. Besonders

Anselm von Deinharting und Beata, die nicht musikalisch waren, fanden es ziemlich ermüdend; die bunten Kulissen, die statiösen Sängerinnen und Sänger, die in den wallenden griechischen Kostümen, angestrahlt durch das Rampenlicht, noch imposanter wirkten, und das lebhafte Treiben im Parkett konnte ihre Langeweile kaum zerstreuen. Elisabeth und Antoinette dagegen gingen ganz im Reich der Töne auf. Die *Zauberflöte* dagegen mit dem komischen Papageno und der lustigen Papagena, mit den vielen Verwandlungen und prachtvollen, von Ballettänzern dargestellten Tieren fand bei allen den gleichen Anklang.

An jenen Abenden, an denen weder Bälle noch musikalische Darbietungen auf dem Programm standen, pflegten sie private Einladungen in kleinerem Kreis anzunehmen. Die großzügigen Einladungen vergangener Jahre zu Jagden und Festen auf Schloß Deinharting machten sich jetzt bezahlt; es gab genügend Münchner Familien, die sich darum rissen, den Hofmarksherrn und seinen begehrenswerten Damenflor zu unterhalten.

Ganz im Gegensatz zu ihrer ländlichen Lebensweise gewöhnten sie es sich an, spät zu Bett zu gehen und bis in den hellen Morgen hinein zu schlafen. Tagsüber war nicht viel los in München. Es gab keine gute Konditorei, und neu eine einzige Parfümerie, die von einer Emigrantin, Madame Gateville, geführt wurde. Wenn man einkaufen wollte, mußte man auf die Zeit der Dult, des Jahrmarktes, warten, der auf dem Dult- und Maximiliansplatz abgehalten wurde. Er fiel in die Faschingszeit, und sie konnten zusehen, wie die Händler ihre Waren ausstellten. Der Kunsthändler Fontaine aus Mannheim, seine Schwiegersöhne Artaria und Gregoris aus Frankfurt luden Bücher und englische Stiche ab, Seethaler aus Augsburg Juwelen und Silberwaren, Bestelmeier aus Nürnberg Spielwaren und van Beberen Stoffe. Es machte einiges Vergnügen, sich die schönen Dinge zeigen zu lassen, aber da Anselm von Deinharting außer einer Puppe für Auguste und einem Steckenpferd für Thomas nichts kaufen wollte oder konnte, hielt sich die Freude in Grenzen.

Jeden Morgen konnte man das eine oder andere Regiment auf dem Paradeplatz – dem späteren Promenadeplatz – exerzieren sehen, aber dieses Schauspiel hatte auf die Deinhartings, die vom Exerzieren der österreichischen Soldaten genug hatten, keine Anziehungskraft und wurde auch dadurch nicht interessanter, daß sich Max Josef persönlich in seinem blauen französischen Rock und der Kronprinz Ludwig in der Uniform des Ersten Infanterieregimentes täglich dort sehen ließen.

Die Deinhartinger sehnten sich bald in die Abgeschiedenheit ihrer Hofmark zurück, und wäre nicht die versprochene Aussprache mit Montgelas gewesen und Ferdinand von Tobler, von dem man Beata trennen wollte, hätten sie es gewiß nicht den ganzen Fasching ausgehalten. So blieb ihnen nichts anderes übrig, als ihr Heimweh in Briefen auszudrücken. Beata schrieb an Afra in der Hoffnung, daß Ferdinand sich nach ihr erkundigen würde. Antoinette legte ihr Thomas ans Herz, Elisabeth drückte Henriette Striegel ihre Sorge aus, ob in Deinharting auch alles glattging, und Anselm von Deinharting schrieb an Friedrich König. Es wurden lange Briefe mit sehr detaillierten Schilderungen, denn es war eine Zeit, in der man es liebte, seine Beobachtungen und Gefühle schriftlich auszudrücken.

Für die Zurückgebliebenen waren diese Briefe kein Ersatz. Die beherrschende Persönlichkeit des Hausherrn, Elisabeths ausgleichende Anmut, Beatas launisches Temperament und Antoinettes klare, kritische Ruhe hatten eine Lücke gerissen, die im Schloß von morgens bis abends, besonders bei den Mahlzeiten, deutlich spürbar war. Weder Friedrich König, skeptisch und nüchtern, noch Henriette Striegel, die in ihrer neuen Rolle eine steife Würde zur Schau trug, konnten sie füllen.

Dazu kam, daß Margarethe Meyr die Gelegenheit wahrnahm, zu sparen. Das Essen, das auf den Tisch kam, war immer noch gut, aber nicht mehr ganz so üppig wie sonst; Leckerbissen wollte sie erst wieder auftischen, wenn die Herrschaft zurück war.

Am Sonntag zelebrierte Pfarrer Reiter die Messe, wie es üblich war, in der Schloßkapelle. Aber ohne die kräftig respondierenden Stimmen von der Altane her war auch dies nicht das gleiche wie früher.

Nur Margarethe Meyr und Henriette Striegel genossen die Situation. Die Köchin war zufrieden, weil sie den Sonntagsbraten jetzt nicht mehr wichtiger nehmen mußte als die Frühmesse im Dorf. Die Zofe, die aus einer armen Beamtenfamilie stammte, war glücklich, weil es ihr endlich gelungen war, sich einen Platz bei der Herrschaft zu erobern; aber während der ganzen Zeremonie sorgte sie sich darum, ob und wie dieses Vorrecht auf die Dauer würde halten können. Doch sie genoß voll den Triumph, vor den anderen die Treppe herabzusteigen und sich in eine Reihe mit den Herrschaftlichen niederzuknien. Ihr folgten Auguste und Afra, dann die beiden österreichischen Offiziere, die, wenn es ihnen ihr Dienst erlaubte, an der Sonntagsmesse teilzunehmen pflegten. Thomas blieb als einziger oben und beobachtete die Vorgänge mit dunklen, brennenden Augen. Sooft ihm Antoinette auch erklärt hatte, daß auch er, wenn er erst größer und darauf vorbereitet war, den Leib Christi empfangen würde, fühlte er sich dennoch ausgeschlossen. Sein Gesicht blieb finster, als die anderen zurückkamen.

Auguste kniete sich neben ihn. »Hab' dir was mitgebracht!« flüsterte sie ihm zu und steckte ihm mit den Lippen ein Stückchen Oblate zu.

Als Thomas es im Mund fühlte, wurde ihm ganz feierlich zumute. »Oh«, sagte er und wurde sehr rot, er gab sich Mühe, diese eigentlich nach nichts schmeckende Köstlichkeit so lange wie möglich zu bewahren. Erst als sie vom Speichel völlig aufgelöst war, schluckte er. »Das werde ich dir nie vergessen, Gustel«, raunte er feierlich.

»Ach was, halb so wichtig!« wehrte sie ab. »Ich hatte die Hälfte ja schon runtergebissen.«

Afra hatte wohl gemerkt, was vor sich gegangen war, und obwohl sie gelehrt worden war, daß Spielereien mit der Oblate Sünde seien, hielt sie es doch für richtig, darüber hinwegzusehen, um Thomas den gutgemeinten Trost nicht zu vergällen.

Das Schlußlied: *»Wie mein Gott will, bin ich bereit, er ist mir lieb vor allem...«* klang ohne Anselm von Deinhartings kräftigen Bariton seltsam dünn, obwohl die beiden Offiziere ihr Bestes gaben. Auguste sang voll Inbrust, aber falsch, Afra, die ihrer Stimme nicht sicher war, brummte, und Thomas, der nicht so rasch mitlesen konnte, brachte nur Bruchstücke heraus: *»... auf dieser Welt... ihm nur zu gefallen...«*

Sie sangen, während die Engel auf dem Altar in barockem Übermut ihre Beine schwenkten. Dann war auch das vorüber. Pfarrer Reiter sprach still für sich das Schlußgebet, setzte dann das Birett wieder auf sein schütteres graublondes Haar und wandte sich der Gemeinde zu: *»Dominus vobiscum!«*

»Et cum spiritu tuo!« antworteten die Ministranten und jener Teil der kleinen Gemeinde, der ein wenig Latein konnte.

Segnend schlug der Pfarrer das Kreuz über die Gläubigen. *»Ite missa est!« – »Deo gratias!«* kam die gemurmelte Antwort.

Oben auf der Altane und unten im Kirchenschiff wartete man, bis der Pfarrer und die Ministranten sich in die winzige Sakristei zurückgezogen hatten, dann erfolgte der vom Knarren der alten Kirchenbänke begleitete Aufbruch. Die Dienerschaft verließ den Raum durch eine breite Tür, die geradewegs in den steinernen Flur ins Erdgeschoß führte; von dort waren es nur wenige Schritte bis zur Küchentreppe.

Die Herrschaftlichen durchquerten das Richterzimmer. Sie taten es nicht wie sonst, heiter plaudernd, sondern hastig und stumm, denn sie empfanden sich als Eindringlinge in diesem Allerheiligsten des Hausherrn, in dem er über die Geschicke der Hofmark zu entscheiden pflegte. Selbst die Kinder drängten schweigend hinaus. Erst auf dem Vorplatz wagte Thomas laut zu verkünden: »Ich hab' Hunger!« Wie alle anderen hatte er vor der Meßfeier nichts zu sich genommen, obwohl es bei ihm gar nicht nötig gewesen wäre, da er noch nicht zur Kommunion ging; aber er haßte es, eine Ausnahme zu sein.

»Kriegst ja gleich was«, tröstete ihn Auguste.

Alle strebten dem Speisezimmer zu, in dem die Tafel, sonntäglich gedeckt, auf sie wartete – die Gläser freilich nicht ganz so spiegelnd poliert, das Silber nicht so fleckenlos wie unter Elisabeths Regie, denn obwohl die gute Henriette Striegel ihr Bestes tat, hatte die Dienerschaft keinen Respekt vor ihr und mochte sich nichts sagen lassen.

Angesicht dieser Niederlage, die, wie sie glaubte, allen ins Auge fallen mußte, verging ihr dann auch sogleich der Appetit. Die anderen nahmen es allerdings nicht so genau, und die Kinder hatten noch keinen Blick für dergleichen Unzulänglichkeiten.

Felix von Lingen, obwohl nicht Afras Tischnachbar, ließ es sich dennoch nicht nehmen, ihr den Stuhl zurechtzurücken. »Ich habe Ihre schöne Stimme beim Gesang nicht hören können, Demoiselle«, neckte er sie.

Sie wandte ihm ihr angespanntes Gesicht zu. »Ich singe innerlich!«

Nicht sosehr ihre Worte wie der leidenschaftliche Ernst in ihren schwarzen Augen ließen es ihm geraten erscheinen, sich zurückzuziehen.

»Wir können uns noch nicht setzen, wir müssen auf den Herrn Pfarrer warten!« bestimmte sie.

Friedrich König trat ein, gut rasiert, das blonde Haar gerade gescheitelt und straff gebürstet, schwach nach Eau de Cologne duftend. »Guten Morgen, meine Damen, guten Morgen, meine Herren...« Er verbeugte sich nach allen Seiten. »... wie ich sehe, komme ich gerade recht! Sie haben den feierlichen Teil des Tages schon hinter sich gebracht!«

Thomas sah in interessiert an. »Du gehst nie in die Kirche, Onkel Frédéric!«

»Sie gehen nie«, verbesserte Afra ihn.

»Ach, lassen Sie ihn nur«, wehrte Friedrich König ab, »wir sind doch gute Freunde!«

»Aber es stimmt«, beharrte Thomas, »Sie gehen nie!«

»Haben Sie da keine Angst, daß der liebe Gott böse auf Sie wird!« fragte Auguste, die wohl verstand, worauf Thomas hinauswollte.

»Das will ich doch nicht hoffen! Seht ihr, ich bin ja nicht Katholik wie ihr... ich bin Lutheraner...«

»Was ist das?« fragte Thomas prompt.

»Sind Sie kein Christ?« erkundigte sich Auguste.

»Doch, das bin ich, nur...« Friedrich König sah Pfarrer Reiter eintreten. »Ihr solltet euch das mal im Religionsunterricht von eurem Herrn Pfarrer erklären lassen! Guten Morgen, Hochwürden!«

Der Pfarrer erwiderte seinen Gruß nur mit einem Kopfnicken. Sehr bemüht, vorurteilslos zu sein, ein Mann, der seine Erfüllung weniger in der Seelsorge als der Beschäftigung mit Literatur, Kunstgeschichte und Musik fand, fühlte er sich dennoch in der Gegenwart des protestantischen Preußen etwas unbehaglich. Zwar sagte er sich immer wieder – und Anselm von Deinharting und Elisabeth bemühten sich, ihn darin zu bestärken –, daß an dem Charakter und der Lebensführung des jungen Gelehrten nichts auszusetzen war. Trotzdem konnte er sein Mißtrauen nicht überwinden. Für ihn war ein Protestant nichts anderes als ein Ketzer, ein gottverlassener Mensch, und die Tatsache, daß er nicht in seiner Heimat bei seinesgleichen geblieben war, machte ihn in den Augen des Pfarrers noch gefährlicher. Er gehörte zu der alten Schule, die die Meinung vertrat, daß der Mensch an dem Platz, an den Gott ihn gestellt hatte, ausharren mußte bis zu seinem Ende. Ihm war es schon verdächtig, wenn ein Bauernsohn ein Handwerk erlernen wollte oder wenn er nach Taufbeuern oder München übersiedeln wollte.

So konnte Pfarrer Reiter sich des Eindrucks nicht erwehren – und er versuchte dies auch gar nicht, da er es als seine Pflicht ansah, über die ihm anvertrauten Seelen zu wachen –, daß Friedrich König einen schlechten Einfluß auf Anselm von Deinharting ausübte. Er konnte sich nicht damit abfinden, daß der Hofmarksherr nicht zur Beichte ging, jedenfalls nicht zu ihm, und er war sicher, daß der Fremde ihn in seinen aufklärerischen Ansichten noch bestärkte. Besonders kränkte es ihn, daß Elisabeth, die ihm sonst so willig ihr Ohr lieh, seinen Vorschlag, sich von Friedrich König unter irgendeinem Vorwand zu trennen, empört zurückgewiesen hatte.

Im Grunde mißfiel ihm die ganze Gesellschaft, und er hätte viel darum gegeben, wäre ihm ein triftiger Grund eingefallen, das sonntägliche Mittagsmahl auf dem Schloß, solange Elisabeth und Anselm von Deinharting fern waren, meiden zu können. Aber er wußte, daß es seine Pflicht war, auszuharren und die Stellung zu halten. Mit einem Seufzer nahm er Platz, links von Auguste, die, wie er dachte, als einzige das Recht hatte, hier zu sein. An seiner anderen Seite saßen Henriette, unsicher und stolz zugleich, deren Tischherr Friedrich König war, neben ihm Afra und Thomas, und den Abschluß bildeten die beiden kaiserlichen Offiziere.

Während Pfarrer Reiter das Tischgebet sprach und Gottes Segen auf die kleine Gesellschaft und die Speisen, die sie verzehren würde, herabflehte, lauschten alle mit gesenkten Augen und legten die Handflächen aneinander – nur Friedrich König nicht, er hielt den Blick aufmerksam auf den geistlichen Herrn gerichtet und verschränkte die Finger, machte auch das Kreuzzeichen nicht.

»Werden Sie es uns erklären, Hochwürden?« fragte Auguste keck, als das Gebet beendet war.

»Schweig!« wies Afra sie zurecht. »Du solltest endlich gelernt haben, daß Kinder bei Tisch zu schweigen haben.«

»Was soll ich dir erklären?« Pfarrer Reiters Kindergesicht hatte einen zerstreuten Ausdruck angenommen, und der Blick seiner arglosen blauen Augen schien in weite Fernen zu schweifen.

»Was ein Lutheraner ist!«

Eine feine Röte stieg in das Gesicht des Pfarrers, sein Blick wurde gespannt, irrte von einem zum anderen und blieb zuletzt an Friedrich König haften, den er mit milder Abscheu betrachtete. »Ich hoffte, Sie würden wenigstens davor zurückschrecken, Verwirrung in diesen jungen Seelen zu stiften, Herr Doktor!«

»Sie tun mir unrecht, Hochwürden«, erwiderte Friedrich König gelassen, »sie fragten mich, warum ich nicht in die Kirche gehe, und ich erwiderte, daß ich Lutheraner bin, das war alles.«

»Und schon zuviel«, erwiderte der Pfarrer unwillig, dann als er die fragenden Augen der Kinder sah, rang er sich widerwillig eine Erklärung ab. »Die Lutheraner nennen sich zwar Christen, aber sie erkennen den Papst nicht an und gehören auch nicht zur alleinseligmachenden katholischen Kirche.« Abschwächend fügte er hinzu: »Dennoch würde Doktor König, wenn er die Gelegenheit hätte, einen Gottesdienst seiner Religion zu besuchen, dies sicher tun.«

»Abgesehen davon«, warf Friedrich König ein, »daß unser Religionsstifter das Gebet im stillen Kämmerlein für genauso wirksam hält.«

»Genug davon«, sagte Pfarrer Reiter ärgerlich, »jetzt aber genug!«

Baptist brachte die Suppenterrine, aus der Henriette mit zitternder Hand austeilte; in ihrer Nervosität schlug sie mit dem Schöpflöffel immer wieder gegen den Rand der Schüssel und verschüttete einige Tropfen auf das Tischtuch. Afra hätte ihr die Arbeit gern abgenommen, wagte es aber nicht, aus Angst, sie zu kränken.

Pfarrer Reiter blickte, die farblosen Augenbrauen zusammengezogen, mißmutig auf seinen Teller; die Suppe war nicht goldglänzend wie sonst, sondern so hell, als hätte die Köchin sie tüchtig mit Wasser verlängert, und so schmeckte sie denn auch. »Gibt es Nachricht von der Herrschaft?« fragte er.

»O ja!« rief Afra.

»Ja«, sagten auch Henriette Striegel und Friedrich König. Alle lachten, und die Spannung löste sich.

Dann aber war es doch nur Afra, die bei der Suppe und dem nachfolgenden recht zähen Stück Rindfleisch, mit dem nur die delikate Meerrettichsauce versöhnen konnte, erzählte. Friedrich König wollte in Anwesenheit der Österreicher die politischen Aspekte, mit denen sich Anselm von Deinhartings Briefe hauptsächlich befaßten, nicht berühren, und Henriette Striegel fühlte sich unbehaglich bei dem Gedanken an die ständigen Mahnungen und Ratschläge ihrer Herrin.

Afra aber berichtete lebhaft, und der Ausdruck ihres meist so düster gespannten Gesichtes löste sich, als sie von der Vorstellung der Deinhartings bei Hofe, den Bällen und Maskeraden sprach.

»Und Mademoiselle Beata?« fragte Ferdinand von Tobler. »Hat sie Erfolg?«

»Wie können Sie fragen! Man reißt sich um sie!« Afra sah, wie das Gesicht des jungen Mannes sich verdüsterte und hätte ihm gern gesagt, daß Beata, wie sie wohl wußte, ihn nicht vergessen konnte, aber sie unterließ es, weil sie sich nicht zur Kupplerin machen wollte. »Auch Antoinette wird sehr umschwärmt«, sagte sie statt dessen, »genauso wie die gnädige Frau! Es fehlt ihnen nicht an

Tänzern, ja, sie müssen immer noch Körbe austeilen, und die ganze Nacht geht es durch!«

»Sie wären wohl auch gern dabei, Demoiselle?« fragte Felix von Lingen.

Sofort verschwand der selbstvergessene Ausdruck auf Afras Gesicht und machte der gewohnten Wachsamkeit Platz. »Ich? Nein, mir käme das doch nicht zu.«

»Wieso nicht? Sie sind doch ein schönes und gebildetes Mädchen!«

»Sie wissen genau, wer ich bin!« fauchte Afra ihn an.

Er lachte. »Eine kleine Wildkatze! Aber im Ernst, mein Herr Kamerad und ich sind glücklich, daß Sie uns erhalten geblieben sind. Sonst wäre es gar zu trostlos.«

»Dem stimme ich durchaus zu«, sagte Ferdinand von Tobler ernsthaft.

Zum Abschluß der nicht eben festlichen Sonntagsmahlzeit hatte Margarethe Meyr sozusagen als Ausgleich einen Mandelnachtisch bereitet, und als er, braunglänzend, umgeben von duftendem hellroten Erdbeerchaudeau, auf den Tisch kam, hellten sich alle Gesichter auf, und Auguste stieß einen kleinen Jubelschrei aus. Sie langten so tüchtig zu, daß nichts für das Personal übrig blieb, wie Afra zu spät betroffen feststellte.

»Ach, das macht nichts«, behauptete Auguste, »wie ich Margarethe kenne, hat sie für die anderen bestimmt auch was Gutes gemacht!« Und damit sollte sie recht behalten.

Am Abend brachte Afra erst Thomas, dann Auguste zu Bett und wartete, bis die Kinder eingeschlafen waren. Das dauerte einige Zeit, denn die Nacht war voller Geräusche: ein Käuzchen schrie, die Bohlen knarrten, der Wind heulte um das Schloß, und wenn ihnen gerade die Augen zufallen wollten, schlugen die Hunde an. Immer wieder riefen sie nach Afra: »Was war das?« oder »Hast du gehört?«

Afra, die Antoinettes Bett in dem Zimmer benutzte, in dem auch Thomas schlief, mußte mehr als einmal zu Auguste hinüberlaufen, die ihr Zimmer mit Beata teilte. Die beiden Kleinen wären sicher beruhigter gewesen, hätten sie im gleichen Raum schlafen dürfen, aber das verbot die Schicklichkeit.

Als Afra endlich fort konnte, war es zehn Uhr vorbei. Die Nacht war finster, als sie, eine Laterne in der Hand, das Schloß durch die Küche, deren Tür schon verriegelt gewesen war, verließ. Sie erschauerte in der Kälte. Das dicke gestrickte Tuch, das sie um Schultern und Kopf geschlungen hatte, bot keinen ausreichenden Schutz gegen die eisige Luft der Vorfrühlingsnacht.

Als sie die Stalltür öffnete, begannen die Hunde zu bellen, sie hoffte, daß die Kinder nicht davon erwachten. Sie hing die Laterne an einen Haken in einem Querbalken der Decke; das Licht tanzte unruhig über die Pferdeleiber. »Peter!« rief sie, »Komm! Hilf mir!«

Aber nach einer Weile begriff sie, daß Peter nicht da war; er mochte zu seiner Frau geritten sein, vielleicht später in der Nacht wiederkommen. Aber das nutzte ihr nichts. Sie überlegte, ob sie ihr Vorhaben aufgeben sollte, aber das widersprach ihrer inneren Einstellung. Sie hatte versprochen, ihre Mutter zu besuchen, und sie wollte sich durch äußere Schwierigkeiten nicht davon abhalten lassen. Zwar gab es nichts, das sie nach Hause gezogen hätte. Ihre Mutter, eine von zahllosen Schwangerschaften und Fehlgeburten ausgelaugte Frau, und sie hatten nie die gleiche Sprache gesprochen. Afra verachtete sie mehr als daß sie sie bedauerte. Aber sie hatte bei den Deinhartings gelernt, daß es eine gewisse Anstandspflicht den Schwachen gegenüber gab, und der wollte sie nachkommen.

So öffnete sie denn die Kammer, holte Zaumzeug und Trense heraus und legte sie ihrer braunen Stute an. Dann wuchtete sie mit Mühe den schweren Damensattel vom Haken, schleppte ihn in die Box und befestigte ihn unter ständigem guten Zureden. Sie hatte die Gurte gerade festgezurrt, als zwei kräftige Arme sie von hinten packten und gierige Hände ihre Brüste drückten. Mit einem Ruck versuchte sie, sich zu befreien, aber es gelang ihr nicht. Der Mann, der sie gepackt hielt, war stärker. Sie hörte ihn häßlich lachen und Worte in einer ihr fremden Sprache sprechen, mochten es Flüche, Zoten oder Liebesschwüre sein.

Afra bekämpfte die Panik, die sie zu überfallen drohte. Sie wußte, daß es einer der Offiziersburschen war, der sich an sie herangemacht hatte, und sie wußte auch, was er mit ihr vorhatte. Ihr Instinkt riet ihr, sich zu wehren, zu treten, um sich zu schlagen, zu beißen und zu kratzen. Aber ihr Verstand sagte ihr, daß sie den Mann dadurch nur noch mehr reizen würde. Körperlich war sie ihm nicht gewachsen, also mußte sie List anwenden. Es kostete sie eine ungeheure Überwindung, sich ruhig zu verhalten, auch dann noch, als er sich daranmachte, ihre Röcke hochzustreifen.

»Will ja«, stammelte der Mann überrascht, »weißes Täubchen will!«

Sie hatte erreicht, daß er sich völlig in Sicherheit wiegte, jetzt mußte sie nur noch den richtigen Moment abpassen, sich blitzschnell umzudrehen. Mit zusammengebissenen Zähnen zählte sie lautlos bis drei – da hörte sie einen Knall, einen Aufschrei, und der fremde Körper löste sich von ihr.

Sie drehte sich, ihre Röcke glättend, um, sah den schwarzhaarigen Burschen, die Hände über den Kopf erhoben, im Winkel der Box stehen. Seine Hose war auf die Stiefel gerutscht, und der Anblick, den er bot, war eher beklagenswert als bedrohlich. Unbarmherzig sauste ein Peitschenstiel auf seine Hände nieder, zuweilen auch die Stirn und den Kopf treffend.

Erst jetzt stellte Afra fest, daß es Felix von Lingen war, der den Buschen züchtigte. »Lassen Sie es gut sein, Herr Leutnant«, sagte sie gefaßt, »er hat ja nur versucht, was alle Männer wollen!«

»Und alle Frauen auch!« sagte er lachend.

»Da irren Sie sich!« Sie trat zwischen Felix von Lingen und den Burschen, der die Gelegenheit wahrnahm, seine Hose hochzuziehen, hinter ihrem Rücken davonzuschlüpfen und sich auf dem Heuboden über dem Stall in Sicherheit zu bringen.

»Wirklich?« fragte er. »Sie haben, schien's mir, verdammt still gehalten! Habe ich Sie vielleicht sogar gestört?«

Sie holte aus und schlug ihn mitten ins Gesicht. »Wie wagen Sie es, so mit mir zu sprechen!« Ihre schwarzen Augen flammten.

Er rieb sich mit der Hand die schmerzende Wange. »Entschuldigen Sie schon!« murmelte er jungenhaft zerknirscht, aber dann grinste er schon wieder: »Wenn ich Sie also gerettet habe, dann verdiene ich doch wohl eine Belohnung?«

»Keineswegs! Ich wäre schon selbst mit dem Kerl fertig geworden!«

»Wie denn?«

Sie bückte sich und hatte in Sekundenschnelle eine Pistole, den Zeigefinger am Abzug, in der Hand. »Hiermit! In diesen Zeiten muß ein Mädchen auf sich aufpassen können.«

Er wich zurück. »Sie sind ja gefährlich!«

»Ja, das bin ich... und es wäre gut, wenn Sie es sich merken würden!« Sie sicherte die Pistole und steckte sie wieder in die Stulpe ihres Stiefels.

Sofort trat er näher. »So gefallen Sie mir besser!«

»Gehen Sie mir aus dem Weg! Ich muß fort!« Sie drängte ihre Stute rückwärts aus der Stallgasse.

Er gab nicht auf. »Hören Sie, Afra, auch wenn ich jetzt glaube, daß Sie sich selbst hätten wehren können... war es nicht doch nett von mir, daß ich mich für Ihre Tugend eingesetzt habe?«

»Ich bin entzückt«, sagte sie ironisch.

»Ein kleines Dankeschön könnten Sie mir doch sagen.«

»Danke.« Er versperrte ihr mit ausgebreiteten Armen den Weg. »Was wollen Sie jetzt noch?« fragte sie ungeduldig.

»Nur einen kleinen Kuß... bitte, Afra!« Er sah sehr hübsch aus, wie er da vor ihr stand und bettelte; die blonden Locken umschmeichelten seine Stirn, und in den blauen, mädchenhaft lang bewimperten Augen spiegelte sich das Licht der Laterne.

Aber Afra betrachtete ihn mit einer steilen Falte auf der Stirn und verächtlich geblähten Nasenflügeln. »Sie haben mich in einer unangenehmen Situation überrascht, und schon nehmen Sie sich heraus, mich beim Vornamen zu nennen und mir Anträge zu machen. Mademoiselle Beata und der Comtesse gegenüber würden Sie sich das nie erlauben.«

»Mademoiselle Beata hat ja auch nur Augen für den Ferdl, und die Comtesse ist kalt wie ein Fisch.«

»Nein, das ist es nicht, und das wissen Sie ganz genau. Die beiden sind Damen von Stand, und als solche respektieren Sie sie... in jeder

Situation. In mir aber sehen Sie ein Mädchen aus dem Volk, mit dem Sie sich einen Spaß erlauben können.«

»Aber, Mademoiselle!« Beteuernd drückte er beide Hände ans Herz. »Sie verkennen mich! Ich verehre Sie schon seit langem!«

»Davon glaube ich Ihnen kein Wort.«

»Und wie kann ich es Ihnen beweisen?«

»Indem Sie mich wie eine Dame behandeln.«

»Oje«, sagte er mit entwaffnender Ehrlichkeit, »das wird aber eine fade G'schicht'!« Er legte ihr die Hände auf die Schultern. »Afra, *chérie,* bin ich Ihnen denn so zuwider?«

»Nein.«

»Aber dann...«

»Sie könnten mir sogar gefallen... wenn Sie ehrliche Absichten hätten!«

Sofort ließ er sie los und trat zurück. »Oje!« wiederholte er, diesmal mit noch größerem Entsetzen.

»Das hatte ich auch nicht von Ihnen erwartet«, erklärte sie kalt, schritt, ihre Stute am Zügel, mit hocherhobenem Kopf an ihm vorbei und nahm die Laterne vom Haken. »Obwohl sie sich mit der Laterne in der Hand schwer tat, ließ sie es nicht zu, daß er ihr half, sich in den Damensattel zu schwingen.

Während er sie in die Nacht hineinreiten sah, verzog er das Gesicht zu einer Grimasse, die gleichzeitig Enttäuschung, Belustigung und Bewunderung ausdrückte.

Mit dem Mittagsgeläut des Faschingdienstags endete in München und ganz Bayern die Zeit der ausgelassenen Feste. Die Menschen strömten in die Kirchen, um zu beichten und sich das Kreuz auf die Stirn zeichnen zu lassen, das aus der Asche der Palmkätzchen vom vergangenen Jahr gewonnen worden war. Anschließend zog es die Männer in die Wirtshäuser, wo jetzt in der Fastenzeit das gute Starkbier angestochen wurde; sie wuschen ihre Geldbeutel aus – das sollte im kommenden Jahr Geld bringen – und zogen sie zum Trocknen an langen Schnüren in den Gaststuben auf, in denen sie beieinander saßen und zechten.

Anselm von Deinharting ließ seine Frau und die Mädchen allein zur Kirche gehen, verzichtete auch auf eine Maß Bier und machte sich gleich am frühen Nachmittag auf den Weg in die Kanzlei des Freiherrn von Montgelas, dessen Macht inzwischen noch gewachsen war: Kurfürst Max Josef hatte ihm auch das Ministerium für Auswärtige Angelegenheiten anvertraut.

Dennoch war das Haus, in dem er amtierte, ehe bescheiden zu nennen, ein zweistöckiger, schmuckloser Bau nahe der Residenz mit hohen, engen Zimmern, in denen sich Aktenberge türmten. Anselm von Deinharting rechnete es Montgelas hoch an, daß er ihn nicht warten ließ, sondern Anweisung gegeben hatte, ihn gleich zu ihm zu führen. Ein Amtsdiener geleitete ihn durch das Zimmer eines Sekretärs in den etwas größeren Raum des Ministers.

Montgelas erhob sich bei Deinhartings Eintritt und kam ihm bis zur Mitte des Raumes entgegen; in seinem feinen Hemd und den unter den Knien gebundenen Hosen – sicher geschah das Festhalten an der vorrevolutionären Mode ganz bewußt – wirkte er eine Spur zu elegant in dieser nüchternen Umgebung, der er noch nicht den Stempel seiner Persönlichkeit hatte aufdrücken können.

»Ich freue mich, daß Sie gekommen sind, mein Freund«, sagte er fast herzlich und rechte dem Hofmarksherrn die schmale, langfingrige Hand mit dem schweren Siegelring zum Gruß, »aber erlauben Sie mir, daß ich noch einige Unterschriften gebe. Danach stehe ich ganz zu Ihrer Verfügung.« Er mochte Anselm von Deinhartings Unbehagen an der nach Papier, Pergament und Staub riechenden Umgebung spüren, denn er setzte rasch hinzu: »Dies alles hier ist natürlich noch provisorisch! Die Akten werden in den Keller wandern, sobald sie durchgearbeitet sind.« Er wies auf den Besucherstuhl, einen hölzernen, hochlehnigen Sessel gegenüber dem Schreibtisch. »Bitte nehmen Sie doch Platz!«

Anselm von Deinharting tat es, und in den nächsten Minuten konnte er den Minister beobachten, dessen kühle graue Augen ein Schriftstück nach dem anderen überflogen, um dann den geschnitzten Gänsekiel in das Tintenfaß zu tauchen, hier ein Satzzeichen, dort eine Anmerkung hinzuzufügen und schwungvoll zu unterschreiben. Mit geübter Hand streute er danach feinen Sand auf das handgeschöpfte Büttenpapier. Das alles geschah leicht und rasch, und doch konnte sich der Hofmarksherr des Eindrucks nicht erwehren, daß es in diesen Schreiben um bedeutende Probleme und folgenschwere Anweisungen ging. Endlich hob Montgelas die silberne Klingel – ein schönes, schweres Stück, offensichtlich aus seinem Privatbesitz – und läutete. Der Sekretär, ein gebeugter, schmalschultriger Mann, kam eilends herein und nahm die jetzt zusammengerollten Papiere in Empfang.

»Sorgen Sie dafür, daß die Schreiben heute noch hinausgehen, wenn möglich mit der Extrapost!« bestimmte Montgelas.

»Sehr wohl, Herr Minister!« Der Sekretär zog sich so eilig zurück, wie er gekommen war.

»Ich würde viel darum geben, wenn ich erfahren könnte, was Sie da unterschrieben haben!« sagte der Hofmarksherr gedankenvoll.

Montgelas verzog den großen, schmallippigen Mund zu einem Lächeln. »Diese Neugier ist nur zu verständlich.«

Anselm von Deinharting beugte sich vor. »Ich bin in Sorge um Bayern!«

»Wer ist das nicht! Aber seien Sie versichert, daß ich alles tun werde, um mein Vaterland zu retten!« – Das Gespräch wurde in französischer Sprache geführt, und wenn Montgelas Bayern erwähnte, nannte er es *ma patrie*.

»Haben Sie konkrete Vorstellungen?«

»Nun ja ...« Montgelas zögerte, entschied dann aber: »Mit Ihnen kann ich offen reden! Wir haben uns zunächst an Preußen um Hilfe gewandt. Vergebens. Es scheint, daß der dortige Hof uns unserem Schicksal, also Österreich, überlassen will.«

»Das ist schlimm«, sagte der Hofmarksherr betroffen.

»Noch ist nicht alles verloren. Ich muß ehrlich sagen, daß ich von Anfang an nicht allzustark auf Preußen gesetzt habe. Wir brauchen Geld, und das können wir dort nicht bekommen.«

»Aber dann ...«

Montgelas legte die Fingerspitzen gegeneinander. »Was ich Ihnen jetzt anvertraue, muß tiefstes Geheimnis bleiben ...«

»Das ist doch selbstverständlich!«

»Momentan verhandle ich mit England. Wir versuchen, zu einem Subsidienvertrag zu kommen. Es sieht aus, als wäre England bereit, uns finanziell so weit zu unterstützen, daß wir eine brauchbare Truppe aufstellen können. Wenn uns das gelingt, stehen wir in einer anderen Position.«

»Sie meinen, Bayern muß kämpfen?«

»Soviel ist gewiß. Wir dürfen glücklich sein, wenn es uns gelingt, unsere Truppen zur eigenen Verteidigung einzusetzen und nicht fremden Interessen opfern zu müssen.« Er sah Anselm von Deinharting an. »Ich hasse den Krieg wie Sie! Aber noch leben wir nicht im Zeitalter der Vernunft und werden uns, sosehr ich das bedaure, aus den Auseinandersetzungen zwischen den konservativen Ländern und dem revolutionären Frankreich nicht heraushalten können.«

»Und wo stehen wir?«

Wieder lächelte Montgelas fein. »Das ist eine gute Frage, auf die ich Ihnen aber heute noch keine eindeutige Antwort geben kann. Wir müssen für uns selbst einstehen.« Er änderte den Ton. »Aber Sie haben diese Unterredung doch sicher auch aus persönlichen Gründen gewünscht. Was haben Sie auf dem Herzen, alter Freund? Gleich vorweg: Ihrer Rückkehr nach München steht natürlich nichts mehr im Wege!«

»Das ist sehr liebenswürdig von Ihnen, aber, um die Wahrheit zu sagen, ich fühle mich sehr wohl in meiner Hofmark ... solange ich weiter mit meinen Revenuen rechnen kann.«

»Ihr Einkommen aus einem juristischen Amt, das Sie aber gar nicht ausüben?« Montgelas hatte sich offensichtlich auf dieses Gespräch vorbereitet. Anselm von Deinharting nickte. »Einem Mann wie Ihnen muß ich doch wohl kaum sagen, daß solche Einkünfte unberechtigt sind und unser ganzes Rechtssystem korrumpieren!«

»Das habe ich selbst oft gedacht«, gab der Hofmarksherr zu, »aber ich brauche dieses Einkommen. Was ich an barem Geld von meinen Bauern bekomme, ist so wenig, daß sich nicht einmal die Verwaltungsarbeit bezahlt macht. Selbst die Lebensmittelabgaben haben eigentlich nur noch symbolischen Charakter.«

»Soso!« Jetzt war Montgelas interessiert. »Das heißt also, Ihre Lage würde sich nicht drastisch verändern, falls man die Bauern von ihrer Abgabepflicht befreite?«

»Gewiß nicht. Nur für einen gewissenlosen Blutsauger wäre bei ihnen noch etwas zu holen.«

»Und Ihr Gut? Zu Ihrer Hofmarksherrschaft gehört doch ein Gut, nehme ich an?«

»Es versorgt uns ausreichend mit Lebensmitteln. Wenn man mir mein Amt nimmt, müßte ich mich selbst darum kümmern, was bedeuten würde, daß ich meinen Vogt und dessen Familie auf die Straße setzen müßte... ganz davon abgesehen, daß meine Kinder nicht zur Arbeit erzogen sind.«

»Soweit, daß Ihre bezaubernden Damen sich die zarten Hände verderben, darf es natürlich nicht kommen! Nein, mein Freund, das war ein eher theoretisches Gespräch. Ich habe nicht vor, Ihnen oder jemand anderem, womöglich einer Waise oder Witwe, die Einkünfte aus einem wenn auch nicht ausgeübten juristischen Amt zu entziehen... aber in Zukunft wird es so etwas nicht mehr geben. Die Staatsdiener werden ausreichend bezahlt werden, so daß sie nicht mehr auf Zuwendungen aus der Bevölkerung oder gar streitender Parteien angewiesen sind. Käufliche oder vererbliche Ämter werden grundsätzlich abgeschafft. Der Adel soll nicht länger dem bürgerlichen Stand vorgezogen werden!« Der Minister erwärmte sich bei diesem Thema, das ihm offensichtlich besonders am Herzen lag.

»Das hoffen Sie durchsetzen zu können?« fragte Anselm von Deinharting.

»Das und noch mehr!«

»Aber bedenken Sie denn nicht, daß es die Stände waren, auf die Max Josef sich bisher verlassen konnte? Der Adel und alle, die aus dem alten Gesellschaftssystem Nutzen gezogen haben, haben ihn doch finanziert! Wie werden sie reagieren, wenn sie ihre Pfründen verlieren?«

»Damit werde ich wohl fertig werden. Der Kurfürst übrigens unterstützt meine Pläne voll und ganz. Ich rate Ihnen, alter Freund, Ihre Söhne darauf aufmerksam zu machen, daß es für sie kein Fortkommen ohne ernsthaftes Streben mehr geben wird! Was haben Sie übrigens für Pläne mit ihnen?«

Obwohl Anselm von Deinharting diese Unterredung vor allem seiner Söhne wegen gesucht hatte, war ihm jetzt das größere Thema wichtiger. »Erlauben Sie, daß ich später darauf zu sprechen komme!« bat er. »Wenn ich Sie richtig verstehe, planen Sie also weitreichende Reformen? Reformen, wie sie den Träumen unserer Jugend nahe kommen?«

»Ja, und Max Josef ist der richtige Mann, sie durchzuführen.«

»Aber, erlauben Sie, wie wollen Sie sie finanzieren? Der letzte Kurfürst hat das Land ausgesaugt, bei den Bauern ist nichts zu holen, das Handwerk ringt um seine Existenz, und wenn Sie jetzt noch die Stände verärgern...«

»Lassen Sie das nur meine Sorge sein!«

»Leider kann ich sie Ihnen ohnehin nicht abnehmen, aber für all das brauchen Sie doch Gelt! Wollen Sie es von den Juden leihen? Glauben Sie, daß England auch da einspringt?« Montgelas schwieg. »Oder planen Sie die Säkularisation?« fragte der Hofmarksherr.

Montgelas zögerte. »Es wäre mir nicht recht, wenn es vorzeitig zu Gerüchten käme... aber im Vertrauen und nur zu Ihnen: Die Säkularisation ist unerläßlich. Um es einmal ganz brutal auszudrücken: Der Staat braucht das Geld der Klöster. Aber nicht nur das. Der Kirchenbesitz stellt einen Fremdkörper in Bayern dar, der fast die Hälfte des Bodens umfaßt. Ich leugne nicht, daß in den Fürstbistümern das Leben pulsiert, viele der Klostergemeinschaften innerlich intakt sind, daß gläubige Frauen und Männer dort ihren Frieden gefunden haben... ich behaupte nicht einmal, daß die Kirche sich im Bereich der Kunst, Bildung und Krankenpflege nicht verdient gemacht hat... das Gefährliche aber ist, daß vieles, was sie verbreitet, reiner Aberglaube ist und das Volk in seiner geistigen Entwicklung hemmt. Diese unzähligen Gnadenbilder, Begehungen, Wallfahrten... nein, sie passen nicht mehr in unsere Zeit, oder können Sie mir da widersprechen?«

Anselm von Deinharting, der selbst die Kirche und ihren Lehren skeptisch gegenüberstand, wurde sich erst in diesem Augenblick bewußt, daß er eine tiefe Gläubigkeit, war es nun anerzogener Kinderglaube oder angeborene Hoffnung, nicht überwinden konnte. Aber er begriff auch, daß die radikalen Pläne des Ministers nicht ohne Größe waren. »Ich bewundere Ihren Mut!«

»Noch sind wir lange nicht soweit, ihn zu erproben. Vergessen Sie nicht, wir sind den Österreichern ausgeliefert, und Franz II. hat den Reformen seines Vorgängers entschieden Einhalt geboten.« Er lächelte. »Machen Sie nicht so ein Gesicht, alter Freund. Wir werden sehr vorsichtig, Schritt für Schritt, vorgehen müssen. Das wichtigste ist, daß wir unser Ziel kennen.«

»Säkularisation also!« wiederholte Anselm von Deinharting immer noch betroffen. »Aber was wird das Volk dazu sagen? Unser gut katholisches, bayrisches Volk?«

»Man wird es zu seinem Glück zwingen müssen.«

Anselm von Deinharting seufzte tief. »Ich bin froh, daß ich nur ein einfacher Landjunker bin.«

»Sie halten also meine Pläne nicht für gut?«

»Nicht einmal das könnte ich entscheiden.«

»Es gab eine Zeit, da verfolgten wir die gleichen Ideale.«

»Ich erinnere mich gut daran. Aber es scheint, daß mir die Wirklichkeit meine Ideale ein wenig zweifelhaft gemacht hat... Sie sind jünger geblieben, Montgelas, und ich glaube, daß es Männer wie Sie geben muß, soll sich die Menschheit entwickeln. Aber ich beneide Sie nicht um Ihre Verantwortung.«

»Mir macht sie Freude!« bekannte der Minister. »Doch ich glaube, wir sind jetzt lange genug in politische Regionen abgeschweift. Es geht Ihnen doch wohl um die Zukunft Ihrer Söhne.«

»Das ist richtig. Anselm, mein Ältester, hat einen guten Kopf. Er studiert in Ingolstadt die Jurisprudenz.« Anselm von Deinharting zögerte, entschloß sich dann aber zur vollen Wahrheit. »Er war den Ideen der Französischen Revolution sehr zugeneigt. Ihr enttäuschender... für ihn enttäuschender Ausgang... die Verbürgerlichung des Staatswesens, wie er es nennt, hat ihn sehr getroffen. Ich habe den Eindruck, daß er zur Zeit ein wenig über die Stränge schlägt. Das Übliche: Händel, Raufereien, Weibergeschichten.«

»Wie alt ist er?«

»Fünfundzwanzig.«

»Denken wir an unsere eigene Jugend und seien wir gnädig mit ihm. Junger Wein muß gären. Ihr Ältester könnte ein Mann werden, wie wir ihn in unserem Justizwesen brauchen... ein Mann der Zukunft.«

»Hoffen wir es!« sagte Anselm von Deinharting, der bei allem liebevollen Stolz der Entwicklung seines Sohnes mit Skepsis gegenüberstand. »Den jungen Emanuel haben Sie schon kennengelernt!« Montgelas runzelte nachdenklich die hohe Stirn. »Er ist Page bei Hofe«, erinnerte der Vater.

»Jetzt weiß ich Bescheid... er und August von Platen! Aber die beiden jungen Herren haben natürlich keine Zukunft bei Hofe. Die Zeiten haben sich geändert. Wenn Max Josef auch nicht gerade ein Meister im Sparen ist – wer von uns könnte sich schon dessen rühmen! – ist er doch entschlossen, die Hofhaltung so einfach zu halten, wie es nur eben möglich ist. Er hat da bemerkenswerte Ansichten. Als er beim ersten Essen am Kindertisch in der Residenz schönere Bestecke und Milchbrot sah, stellte er das sofort ab. Er befahl, daß sie sich auf ihre Stellung nichts einbilden sollten. Wird so ein Mann sich Pagen halten?«

»Ich hatte nicht damit gerechnet und Emanuel auch schon darauf aufmerksam gemacht.«

»Sehr gut. Vielleicht könnte man eine andere Aufgabe für ihn finden. Wie steht es mit seiner Ausbildung?«

»Er hatte einen sehr fähigen Hauslehrer.«

Montgelas kam sofort auf das Wesentliche. »Also weder Gymnasium noch Universität?« Das mußte Anselm von Deinharting zugeben. »Dann sehe ich schwarz für ein Amt in der Verwaltung. Schließlich kann man einen jungen Herrn wie ihn nicht als Amtsdiener oder Boten beschäftigen.«

»Ich würde es am liebsten sehen, wenn er sich auf die Übernahme unseres Gutes vorbereitete.«

»Sehr praktisch gedacht. Aber dazu hat er keine Neigung, nehme ich an.«

»Nein.«

»Dann bleibt nur das Militär. Ein Patent als Leutnant könnte ich ihm verschaffen. Allerdings müßte er sich vorher einer gewissen Grundausbildung unterziehen.«

»Ich werde mit ihm darüber sprechen«, sagte Anselm von Deinharting wenig beglückt.

Montgelas verstand seine Bedenken. »Immerhin böte sich ihm so Gelegenheit, sich auszuzeichnen.«

»Oder ins Gras zu beißen.«

»Was sich nicht leugnen läßt.« Montgelas öffnete ein silbernes Döschen und reichte es Anselm von Deinharting. Als der dankend ablehnte, entnahm er ihm mit zwei gespreizten Fingern der linken Hand eine Prise Schnupftabak, legte sie in die Mulde zwischen Daumen und Ziegefinger der rechten und schnupfte so zierlich erst mit dem einen, dann dem anderen Nasenloch, daß kein Krümel des schwarzen Tabaks hängenblieb. »Über die Zukunft Ihrer schönen Tochter brauchen wir uns wohl keine Gedanken zu machen.«

»Ich habe noch eine zweite Tochter, erst zwölf«, berichtete Anselm von Deinharting, »und einen Sohn.«

»Noch einen Buben? Davon wußte ich gar nichts!«

»Er ist nicht von meiner Frau.«

Montgelas hob die Augenbrauen. »Ah ja? Es dürfte wohl nicht Ihr einziger lediger Sprößling sein?«

»Nein«, gab der Hofmarksherr zu, »aber Thomas liegt mir besonders am Herzen. Er wächst in meiner Familie auf.«

»Weiß ihre Frau . . .«

»Ich nehme an. Es wäre mir sehr wichtig, daß er meinen Namen bekäme.«

»Ja, ich verstehe!« Montgelas wiederholte den komplizierten Vorgang des Schnupfens, ohne zu niesen. »Das ließe sich natürlich betreiben, aber ich meine, Sie sollten es gut überlegen, schon um Ihrer anderen Söhne willen. Wer ist die Mutter?«

»Die Marquise Lucille de Beaujeux.«

Montgelas runzelte die Stirn. »Eine Emigrantin! Und sie lebt bei Ihnen?«

»Nein, sie ist fort.«

»Das ist gut so, aber, warten Sie, wenn ich mich recht erinnere . . . trägt nicht dieses aufregende Mädchen mit dem ernsthaften Blick den gleichen Namen?«

»Sie ist die Tochter der Marquise . . . Antoinette de Beaujeux. Sie war noch ein Kind, als ihre Mutter verschwand.«

»Und sie und den Buben zurückließ? Eine Abenteurerin also.«

»Man könnte so sagen.«

»Dann überlegen Sie es sich, mein Freund, überlegen Sie es sich wieder und wieder, ob Sie dem Jungen Ihren Namen geben wollen. Wer weiß, ob nicht das Blut seiner Mutter bei ihm durchschlägt!«

Anselm von Deinharting verstand diese Warnung. Er mochte es nicht zugeben, aber er hatte sich schon des öfteren dabei ertappt, daß er den so lebendigen kleinen Burschen mit einem gewissen Bangen beobachtet hatte.

»Jedenfalls ist es gut, daß die Marquise sich aus freien Stücken davongemacht hat, sonst müßte ich Sie jetzt bitten, sich von ihr zu trennen«, erklärte Montgelas.

Anselm von Deinharting sah den Minister aus großen Augen an.

»Nicht aus moralischen Gründen«, stellte Montgelas richtig. »Aber der Kurfürst sieht die Emigranten nicht gern in seinem Land. Sie... nun ja, sie könnten uns in unserer Handlungsfreiheit einengen. Mehr möchte ich nicht sagen. Denken Sie darüber nach.«

»Sie meinen, die Anwesenheit der Emigranten könnte einen möglichen Pakt mit den Neufranken erschweren?«

»Davon habe ich kein Wort gesagt. Aber was die kleine Comtesse betrifft... sehen Sie zu, daß sie so bald wie möglich unter die Haube kommt. Mit einem guten bayrischen Namen wird sie es leichter haben.« Er lächelte. »Ich verstehe, was Sie jetzt denken, mein Freund... mein eigener Name klingt nur zu französisch, obwohl unsere Familie schon seit Generationen im Land lebt und meine Mutter und Großmutter von hier stammen. Aber glauben Sie nur nicht, daß es einfach ist... mein französischer Name hat mir allerhand Verdächtigungen eingebracht und wird auch in Zukunft gewissen Leuten als Zielscheibe dienen. Ein Anselm von Deinharting hat es da leichter.« Er erhob sich und reichte dem Hofmarksherrn die Hand mit dem schweren Ring. »*Au revoir, mon ami*... ich wünsche Ihnen alles Gute für die Zukunft, und wenn Sie Sorgen haben... Sie wissen ja, wo Sie mich finden. Wir brauchen Männer wie Sie als Stützen unseres Staates.«

Damit war der Hofmarksherr entlassen; er hatte in diesem kurzen Gespräch so viel erfahren, daß er lange brauchen würde, um alles zu verarbeiten.

Als Anselm von Deinharting das Hollbergsche Stadthaus betrat, fragte er den Diener, der ihm Hut und Mantel abnahm: »Sind die Herrschaften schon zurück, Jean?«

»Nein, gnädiger Herr, aber der junge Herr wartet in der Bibliothek auf Sie!«

»Danke, Jean!« Anselm von Deinharting zog einen Vierteltaler aus einer Westentasche und drückte ihn dem Mann in die Hand – nicht als Dank für die Auskunft, sondern die vielen Handreichungen, die er ihm während seines Münchner Aufenthaltes geleistet hatte. Es war ihm nicht recht, Emanuel sofort begegnen zu müssen; lieber hätte er alles, was er in der letzten Stunde erfahren hatte, gründlicher durchdacht und sich die passenden Worte zurechtgelegt.

Emanuel sprang auf, als sein Vater die Bibliothek betrat. Der junge Mann wirkte übernächtig, seine Haut war grau, und unter den blassen blauen Augen lagen tiefe Schatten. Aber er hatte es nicht versäumt, sein Haar zu waschen, das ihm gänzend und locker um die Stirn und Wangen fiel. Er ließ sein Lorgnon aufschnappen, hielt es vor die Augen und sagte in der affektierten Art, die er sich bei Hofe angewöhnt hatte. »Ah, Sie sind's, Papa!«

»Mich solltest du wohl auch ohne Augengläser erkennen!« Als wäre er hier zu Hause, öffnete Anselm von Deinharting den schwarzen, reichgeschnitzten Schrank und nahm eine Flasche Obstler heraus. »Möchtest du auch einen Schluck?« fragte er, seinen Sohn anblickend.

»O nein, Papa!« Emanuel gab sich keine Mühe, sein Schaudern zu unterdrücken.

Jean, der die Gewohnheiten des Hofmarksherrn kannte, brachte auf einem silbernen Teller zwei Gläser herein. Anselm von Deinharting füllte eines davon, leerte es mit einem Zug und schenkte nach, bevor er die Flasche in den Schrank zurückstellte. Vorsichtig nahm er in einem der zierlichen Sessel Platz. »Setzen wir uns doch!«

»Haben Sie noch einen Wunsch, gnädiger Herr?« fragte Jean.

»Nein, Jean. Danke.« Nach kurzem Nachdenken fügte er hinzu. »Er kann meinem Kutscher sagen, daß wir morgen bei Hellwerden abreisen!«

»Sehr wohl, gnädiger Herr!«

»Sie wollen nach Deinharting zurück, Papa?« fragte Emanuel, als der Diener sich entfernt hatte.

»Ja.« Anselm von Deinharting blickte seinen Sohn an. »Und ich denke, das Beste ist, du kommst mit.«

»Was soll ich in Deinharting!?«

»Es ist dein Zuhause. Du könntest mir bei der Verwaltung helfen!«

»Das ist doch Anselms Aufgabe!«

Anselm von Deinharting spürte, wie das kindische widerstrebende Verhalten seines Sohnes ihn aufregte, und um nicht in Zorn zu geraten, atmete er tief durch und nahm dann einen Schluck. »Nun, du bist ein erwachsener Mensch«, sagte er dann beherrscht, »darf ich dich also nach deinen Plänen fragen?«

»Wenn man mich nicht bei Hofe behält...« Emanuel machte eine erwartungsvolle Pause.

»Das wird man nicht. Ich habe mit Montgelas auch über dich gesprochen. Man will die Hofhaltung unter allen Umständen einschränken.«

Emanuel trug den Schlag, der ihn ja nicht unerwartet traf, mit Fassung. »... dann gehe ich zum Militär!« sagte er herausfordernd.

Der erwartete Protest blieb aus. »Ein Leutnantspatent könntest du bekommen«, sagte sein Vater gelassen.

»Merveilleux!«

Anselm von Deinharting betrachtete den jungen Mann, wie er da schmalbrüstig, mit hängenden Schultern, die Beine elegant übereinandergeschlagen, vor ihm saß. »Deiner Haltung würde es jedenfalls guttun!«

Emanuel schoß bei dieser kritischen Bemerkung das Blut in den Kopf. »Sie haben also nichts dagegen?«

»Ich habe dir weder etwas zu erlauben noch zu verbieten. Aber eine Frage: Bist du dir darüber klar, Emanuel, daß man hohe körperliche Anforderungen an dich stellen wird?«

»Schließlich bin ich jung und gesund... warum sollte ich nicht genausoviel aushalten können wie jeder andere auch?«

»Und du wirst kämpfen müssen.«

»Nein, das glaube ich nicht. Bayern ist bis jetzt neutral geblieben und wird sich auch weiterhin um Neutralität bemühen.«

»Das siehst du, fürchte ich, falsch. Wir sind in der Gewalt Österreichs, und so ist der Kurfürst nicht Herr seiner eigenen Entschlüsse. Mit Sicherheit wird der Kaiser erwarten, daß Bayern ihm Hilfstruppen zur Verfügung stellt.«

»Das können Sie doch nicht wissen, Papa!«

»Jedenfalls will der Kurfürst eine kampfbereite Armee aufstellen... glaubst du, etwa nur zum Spaß?«

»Zur Abschreckung. Wenn wir erst eine starke Armee haben, werden die Kaiserlichen sich zurückziehen...«

»Kampflos?« warf Anselm von Deinharting ein.

»... und die Neufranken werden nicht anzugreifen wagen.«

Anselm von Deinharting stand auf und ging in dem kleinen Raum, der seine Schritte begrenzte, auf und ab. »Wenn du die Lage so siehst, Emanuel, muß ich dir allerdings ernstlich abraten, zum Militär zu gehen. Du machst dir gefährliche Illusionen.«

»Warum sollte ich nicht auch kämpfen können?«

»Mit dem Lorgnon vor der Nase?«

Emanuels fahle Haut verfärbte sich abermals. »Ach, Papa, das ist doch nur Fensterglas!« gestand er.

»Ein Punkt für dich.«

»Was bleibt mir den anderes als eine Offizierslaufbahn, wenn ich nicht in Deinharting versauern will?«

Der Vater blieb vor ihm stehen. »Wenn du es so siehst... allerdings. Dann haben wir uns ausgesprochen.« Weniger in dem Bedürfnis, sich frischzumachen als aus dem Wunsch dieses Gespräch, das ihn deprimierte, abzubrechen, strebte er zur Tür.

»Papa!« rief Emanuel.

Er drehte sich um. »Was ist denn noch?«

»Es tut mir leid, daß ich Sie wieder einmal belasten muß... aber ich brauche Geld.«

»Du hast deine monatliche Anweisung doch bekommen.«

»Aber ich brauche doch Geld für die Montur! Ich kann mich unmöglich einkleiden lassen.«

»Das wirst du wohl müssen. Wenn du erst einmal die Grundausbildung hinter dich gebracht hast, können wir weiterreden.«

Emanuel sprang auf. »Sie sind grausam, Papa!«

Anselm von Deinharting verließ achselzuckend die Bibliothek. Würde Emanuel die Sorge um Bayern oder die Sehnsucht nach Abenteuern und Heldentaten zum Militär gezogen haben, hätte er ihn besser verstanden.

Als die Deinhartings zwei Tage später ihre Heimat erreichten, stand die Sonne schon tief und ließ den Himmel in einem dramatischen Rot aufleuchten. Selbst der Schnee auf den Gipfeln der fernen Berge schimmerte rötlich, und das feste kleine Felsenschloß mit seinem geschindelten Dach hob sich dunkel von all dieser Pracht ab. Doch die Linden der Allee und Bäume und Büsche im Garten standen schon in einem hellen Grün.

Es war Frühling geworden in ihrer Abwesenheit, und Anselm von Deinharting, der neben Huber auf dem Kutschbock saß, stellte fest, daß die Bestellung der Felder schon weit fortgeschritten war; auch auf den Wiesen und in den Furchen der Äcker grünte es. Er vermied es bewußt, einen Blick dorthin zu werfen, wo die Kaiserlichen beim Exerzieren den guten Boden zertrampelt hatten, denn er wollte sich durch nichts die Freude an diesem Heimkommen verderben lassen.

Antoinette steckte den Kopf zum Wagenfenster hinaus. »Sind wir bald da?« Um dann den beiden anderen Damen im Inneren mitzuteilen: »Wir biegen schon in die Allee ein!« Worauf die Müdigkeit der Reisenden sofort verflog und ein munteres Geplauder einsetzte.

Anselm von Deinharting sprang vom Bock, um das letzte Stück zu Fuß zu gehen; er holte kräftig aus, so daß er den Burghof noch vor dem müden Gespann erreichte.

Es war alles wie immer. Die Vögel zwitscherten und sangen noch einmal in den höchsten Tönen, bevor der Tag sich neigte, wurden aber dann übertönt von dem kräftigen Anschlagen der Hunde. Dennoch schien etwas zu fehlen, wenn er auch nicht hätte sagen können, was es war, ihn überfiel der heftige Wunsch, seine Kinder so schnell wie möglich wiederzusehen, um sich zu vergewissern, daß sie gesund waren. So wandte er sich nicht, wie er üblicherweise getan hätte, zuerst den Stallungen zu, um seinen Damen aus dem Wagen zu helfen, sondern trat auf die vordere Tür zu und zog am Glockenstrang. Im Augenblick, da sie geöffnet wurde, sprang ihm Parbleu entgegen – rasend vor Freude.

Anselm von Deinharting ließ sekundenlang die stürmische Begrüßung des Hundes über sich ergehen, bis er ihn mit einem energischen *Couche!* zur Ruhe brachte, worauf sich Parbleu zu Boden warf, ohne jedoch den Blick von seinem Herrn zu wenden oder das freudige Zucken seines Schwanzes beherrschen zu können. Der Hofmarksherr fühlte sich beschämt, weil er die Freude des Wiedersehens nicht teilen konnte. Er erkannte wohl die heftige Zuneigung des Hundes, seine Entschlossenheit, ihm zu dienen, aber gerade dadurch erweckte er immer wieder die Erinnerung an Hasso, mit dem Parbleu, so fand der Hofmarksherr, den Vergleich nicht aushielt.

Dann rannten Auguste und Thomas, von der steinernen Treppe springend, den Vater fast um; in gewaltigem Ansturm warfen sie sich gleichzeitig in seine Arme, jubelnd vor Freude.

Die Sehnsucht hatte auch Thomas die Scheu vor dem großen Mann genommen, von dem er nicht wußte, daß er sein Vater war. *»Mon cher monsieur!«* rief er.

»Papa! Papa!« schrie Auguste.

Er küßte die Kinder abwechselnd, hielt sie ganz fest an sich gedrückt ohne ein Wort, denn er fürchtete, die Stimme könnte ihm versagen. Die Begrüßung hatte zwischen Tür und Angel stattgefunden. Afra, die mit den Kindern heruntergeeilt war, hatte in dem steinernen Flur innegehalten und die Szene beobachtet.

Die Kinder noch in den Armen, streckte er ihr die Hand entgegen. »Ich bin so froh, daß ihr alle wohl und munter seid!«

Afra ergriff seine Rechte mit einem Knicks. »Die Kinder waren sehr brav.«

»Das freut mich zu hören!« Er stellte die beiden wieder auf die Füße, und sie rannten sofort auf die Kutsche zu, die vor dem Portal gehalten hatte. Antoinette sprang als erste heraus, sie und Anselm von Deinharting halfen Elisabeth, und Friedrich König kam gerade zurecht, um Beata die Hand zu reichen. Die Kinder, die zu ihren Begrüßungsküssen kommen wollten, hüpften von einem zum anderen, bis Thomas sich endlich fest an Antoinette, Auguste an Elisabeth klammerte.

Jetzt endlich war auch die Dienerschaft zur Stelle und wurde zu den Stallungen dirigiert, wohin die Kutsche weitergefahren war.

Beata war als erste ins Haus geschlüpft und fragte Afra flüsternd: »Wie geht es Herrn von Tobler?«

»Er ist fort.«

Beatas eben noch vor Erwartungsfreude leuchtendes Gesicht wurde blaß. »Fort? Was heißt das?«

»Sie sind alle fort.«

»Nach Österreich?«

»Ich weiß es nicht. Vorgestern bekamen sie den Marschbefehl.«

»Und? Hat er mich wenigstens grüßen lassen?«

»Es ging alles so schneell ... so überstürzt, es blieb ihnen nicht einmal mehr Zeit, sich zu verabschieden.«

Erst jetzt wurde Beata die ganze Tragweite dieser Mitteilung bewußt; es stieg in ihr die Erkenntnis auf, daß dies das Ende ihres erträumten Glücks sein konnte. Der Mann, der ihr alles bedeutete, war aus ihrem Leben verschwunden, und es gab für sie keine Möglichkeit, sich je wieder mit ihm in Verbindung zu setzen. Das war mehr, als sie ertragen konnte. Mit einem Seufzer, der fast wie ein Röcheln klang, brach sie zusammen. Afra versuchte sie zu halten, aber es gelang ihr nur, den Fall zu verlangsamen. Das junge Mädchen sank auf den steinernen Boden. Die anderen verstummten jäh und starrten mit fassungslosen, entsetzten Gesichtern auf sie nieder.

»Um Gottes willen, was ist geschehen?« rief Elisabeth.

Antoinette kniete sich hin und nahm Beatas Kopf auf ihren Schoß.

Dr. König fühlte Beatas Puls und schob ihr Augenlid zurück. »Nichts Ernsthaftes«, sagte er beruhigend, »sie ist nur ohnmächtig.« Er hob sie hoch. »Am besten legen wir sie auf ihr Bett.«

Anselm von Deinharting nahm ihm das Mädchen ab. »Lassen Sie mich, ich bin stärker.« Er blickte in Beatas blasses Gesicht mit den geschlossenen Augen und den dichten hellen Wimpern. »Sonderbar. Ich habe sie immer für so kräftig gehalten. Natürlich, die Reise war anstrengend....«

»Ich bin schuld«, bekannte Afra, »ich habe ihr gesagt, daß die Kaiserlichen fort sind... ich habe nicht gedacht, daß es sie so treffen würde.«

Bei dieser Mitteilung überkam Anselm von Deinharting ein Gefühl unendlicher Erleichterung, als fiele eine Fessel von ihm ab. »Mach dir keine Vorwürfe«, sagte er, Afra zulächelnd, »sie wird's schon überleben.«

»Arme Beata«, sagte Elisabeth, »und ich dachte, es wäre nichts als eine Mädchenschwärmerei gewesen!«

Antoinette blickte sie an. »Sie weiß nichts von ihm, wie kann sie ihn da lieben!«

»Was man so Liebe nennt.« Friedrich König schüttelte den Kopf. »Es ist Frühling, sie ist jung, gesund und in einem Alter, in dem die Natur ihr Recht fordert.«

Anselm von Deinharting war schon, Beata auf den Armen, die Treppe hinaufgestiegen, auf dem Fuß gefolgt von Parbleu, Antoinette und Afra wechselten einen raschen Blick und folgten ihm, Thomas fest an Antoinettes Hand.

Elisabeth brauchte Zeit, bis sie verstand, was der Doktor sagen wollte. »O pfui!« rief sie und wurde sehr rot. »Wie können Sie dergleichen auch nur denken!«

»Verzeihen Sie meine Offenheit!«

»Und das in Anwesenheit der Mädchen! Sie verstehen wirklich gar nichts von den Empfindungen einer Frau!«

Auguste blickte interessiert von Elisabeth zu Friedrich König. »Was hat Onkel Frédéric denn Schlimmes gesagt?«

Elisabeth zog sie enger an sich. »Das kannst du zum Glück noch nicht verstehen, mein Liebling!« Kalt fügte sie, an den jungen Gelehrten gewandt hinzu: »Ich habe mich sehr in Ihnen getäuscht, Herr Doktor!«

Auguste versuchte, ihre hochmütige Miene nachzuahmen, woraus eine komische kleine Grimasse entstand. Aneinandergeschmiegt rauschten sie die Treppe hinauf.

Friedrich König blickte Elisabeth nach, bewundernd und gar nicht zerknirscht.

Beata kam zu sich, während Anselm von Deinharting sie noch in den Armen hielt, und er las in ihren Augen einen Vorwurf, als wäre er es gewesen, der ihr Glück zerstört hatte. Er suchte nach Worten, aber er spürte, daß sie keinen Trost von ihm annehmen würde.

»Sie sind jetzt froh, nicht wahr?« fauchte sie. »Ihnen kann es doch nur recht sein!«

»Ich freue mich, daß du die Sprache wiedergefunden hast«, sagte ihr Vater sarkastisch, damit sie nicht merkte, wie sehr ihr Vorwurf ihn verletzte.

»Sie ... Sie!« Beata trommelte mit den Fäusten auf seine Brust.

Er stieß mit dem Ellbogen die Tür zu ihrem Zimmer auf und legte sie sanft auf das Bett. Antoinette, die Thomas bei Afra gelassen hatte, trat ein. »Kann ich etwas tun?« fragte sie.

»Hilf Beata beim Auskleiden! Ich werde veranlassen, daß Margarethe ihr eine Tasse Brühe hinaufschicken läßt!«

Beata ließ sich zwar von Antoinette ausziehen, leblos wie eine Puppe, doch als die Suppe kam,weigerte sie sich, auch nur zu kosten. Antoinette versuchte es mit gutem Zureden und führte ihr den Löffel zum Mund. Aber es half nichts. Beata wandte den Kopf mit fest zusammengepreßten Lippen zur Seite. »Beata, ich bitte Sie, Sie sind den ganzen Tag unterwegs gewesen ...«

»Ich mag nicht.«

Antoinette stellte das Tablett beiseite. »Aber Sie werden sich doch wenigstens ein wenig frischmachen wollen ...«

»Nein!« Beata schrie es heraus. »Ich will endlich allein sein ... sonst nichts!«

»Aber Beata!« mahnte Elisabeth, die auf der Schwelle erschienen war. »Antoinette meint es doch nur gut!«

Weit davon entfernt, sich zu mäßigen, schrie Beata nur noch wilder: »Sie soll mich in Ruhe lassen ... Sie alle sollen mich in Ruhe lassen! Gehen Sie! Lassen Sie mich allein!« Dann brach sie in heftiges Schluchzen aus.

Antoinette und Elisabeth verständigten sich mit einem Blick. Elisabeth nahm das Tablett, Antoinette legte die Fensterläden vor. Dann verließen sie auf Zehenspitzen das Zimmer.

Die erste gemeinsame Mahlzeit zu Hause – Margarethe Meyr hatte ein wahres Meisterstück improvisierender Kochkunst zustande gebracht – verlief nicht so harmonisch, wie alle gehofft hatten. Wirklich fröhlich waren nur die Kinder. Auguste war glücklich über ihre neue Puppe und weil sie heute nacht bei Elisabeth schlafen durfte, und Thomas strahlte, nachdem sein Vater ihm erklärt hatte, daß das mitgebrachte Steckenpferd nur ein Symbol für ein lebendiges kleines Pferd sei, das er ihm bald aussuchen würde. In ihrer Begeisterung schwätzten die Kleinen nach Herzenslust, und ausnahmsweise ließ man sie gewähren, dankbar, daß so die Spannung, die über dem Zusammensein lag, nicht so stark spürbar wurde.

Es war nicht nur Beatas Zusammenbruch, der die Stimmung trübte. Elisabeth hatte ihren Ärger über Friedrich König noch nicht überwunden und ließ es ihn spüren. Der junge Gelehrte vermied es, zu erzählen oder zu fragen, um sie nicht noch mehr zu kränken, und verhielt sich bewußt sehr ruhig.

Anselm von Deinharting, der, wie es seine Art war, mit sicherem Blick Maß nahm, um dann die Portionen an die einzelnen Mitglieder der Tischrunde zu verteilen, wartete mit steigender Ungeduld darauf, sich endlich mit dem Freund zu einem politischen Gespräch zurückziehen zu können, war sich aber nicht sicher, wie weit er ihn ins Vertrauen ziehen durfte. Auch wurde seine Sehnsucht nach Luitgard, die er nach seiner Ankunft nicht gesehen hatte, immer stärker; während der Münchner Zeit hatte er keine Gelegenheit gehabt, mit einer Frau zu schlafen. So war er jetzt zerstreut und wenig gesprächig.

Afra saß nicht mehr mit bei Tisch; sie war, obwohl Elisabeth sie zum Bleiben aufgefordert hatte, noch vor dem Essen nach Hause geritten, weil sie sich überflüssig gefühlt hatte, Henriette Striegel ging ganz in ihrem verzweifelten Bemühen auf, sich so damenhaft und gleichzeitig unauffällig wie nur möglich zu benehmen.

Aber Elisabeth hatte die leichte Verwahrlosung des Silbers, die so rasch nicht zu beseitigen gewesen war, schon bemerkt, was ihre ohnehin gereizte Stimmung nicht verbesserte. Nachdem sie die Tafel aufgehoben hatte, nahm sie die Zofe beiseite. »Ich bin sicher, Sie haben Ihr Bestes getan, mich während meiner Abwesenheit zu vertreten«, sagte sie in gezwungenem Ton, »aber ich denke, Sie werden erleichtert sein, liebe Henriette, wenn Sie von jetzt an wieder allein speisen können.«

Die Verbannung in die Kreise des Personals, die sie so sehr gefürchtet hatte, trieben der alten Frau die Tränen in die Augen. Sie brachte kein Wort heraus, drehte sich um und flüchtete.

»Das war unnötig grausam, Elisabeth«, erklärte Anselm von Deinharting, der ihre Bemerkung gehört hatte.

»Aber wieso denn?« verteidigte sie sich. »Ich habe Henriette sehr gern, das weißt du! Sie ist... fast eine Freundin für mich. Aber sie sollte doch wissen, wo ihr Platz ist. Oder möchtest du sie täglich bei Tisch haben?«

»Mich würde sie nicht stören, und außerdem ... *c'est le ton qui fait la musique!* Du hättest es ihr nicht jetzt und auf diese Art sagen müssen.«

»Ein rascher Schnitt schmerzt weniger als eine schwärende Wunde!« Hoch aufgerichtet, schmal und hell stand sie vor ihm, die grauen Augen fast schwarz vor Erregung; das blonde Haar schimmerte im Kerzenlicht. Ihre Schönheit beeindruckte ihn so, daß er schon nicht mehr verstand, warum er böse auf sie gewesen war.

»Schade, daß du nicht öfter die Beherrschung verlierst«, sagte er mit lächelnder Bewunderung, »es steht dir!«

»Wirklich, Elisabeth, Sie sind wunderschön!« stimmte Friedrich König ihm zu.

»Ach, ihr Männer!« Elisabeth atmete tief auf und fügte in gesellschaftsmäßigem Ton hinzu: »Ich bin sehr müde, und mein Kopf schmerzt. Ich hoffe, ihr werdet mir nicht übelnehmen, wenn ich mich jetzt schon zur Ruhe begebe. Gute Nacht, Anselm ... leben Sie wohl, Herr Doktor!«

Auch Auguste, Antoinette und Thomas verabschiedeten sich, die beiden Männer blieben allein zurück.

»Mir scheint, Sie sind in Ungnade gefallen, Frédéric«, stellte Anselm von Deinharting fest.

»Ich habe die gnädige Frau vorhin durch eine ... na, sagen wir ... realistische Bemerkung verletzt. Es tut mir leid.«

»Ach, lassen Sie, mein Freund!« Anselm von Deinharting zuckte die Achseln. »Elisabeth lebt in einer anderen Welt.«

»Sie ist ein Engel!« behauptete Friedrich König emphatisch. »Aber jetzt müssen Sie mir unbedingt von München erzählen, das wollen Sie doch, nicht wahr? Ich möchte, wenn möglich, heute nacht noch ins Dragonerhaus zurück, da ich morgen ein paar ungemein interessante Experiment vorhabe.«

»Das verstehe ich gut«, sagte der Hofmarksherr und schämte sich, weil er froh war, den Freund so leicht loszuwerden und vielleicht doch noch zu einem Rendezvous mit Luitgard zu kommen. »Ich muß Ihnen noch von Herzen danken, daß Sie die Unbequemlichkeit auf sich genommen haben, mich hier zu vertreten.«

»Es hat mir Freude gemacht«, sagte Friedrich König schlicht.

Die Bediensteten hatten inzwischen begonnen, den Tisch abzudekken. »Baptist«, sagte Anselm von Deinharting, »serviere Er bitte für mich und den Herrn Doktor Kaffee im unteren Erkerzimmer!«

»Sehr wohl, gnädiger Herr!«

»Und sage Er der Köchin, sie soll das Feuer im Herd in Gang halten. Ich möchte später baden! Außerdem ...« Er wandte sich an Friedrich König. »... Sie wollen wirklich nicht noch eine Nacht bleiben?«

»Nein, danke, es zieht mich nach Hause!«

»Also dann, Baptist, sorgen Sie bitte dafür, daß mein Bett frisch überzogen wird. Das wär's.« Anselm von Deinharting ergriff mit der rechten Hand einen Kerzenleuchter und schob seine Linke unter den Ellbogen des Freundes. »Und nun, Frédéric, zu dem, was ich in München erfahren habe...« Plaudernd begaben sich die Herren ins untere Erkerzimmer, wo Baptist den Kamin vorsorglich geheizt hatte.

Die Kirchturmuhr schlug gerade erst zehn, als Anselm von Deinharting seinen Gast zu den Stallungen begleitete; Baptist, einen Schritt vor ihnen, trug Friedrich Königs Gepäck und hielt eine Laterne hoch. Als sie das Schloß umrundet hatten, sahen sie den schwachen goldenen Schimmer, der aus der Küche fiel.

Peter kletterte verschlafen aus der Kammer über dem Stall herunter, das kurze, ungleichmäßig geschnittene Haar zerzauster denn je. Unten angekommen, stopfte er sich das grobe Hemd in die Hose und grüßte breit grinsend.

»Dein Glück, daß du da bist«, bemerkte Anselm von Deinharting.

»Es war nur wegen Barbara«, verteidigte sich der Knecht, »jetzt, wo die Kaiserlichen fort sind...«

Sein Herr schlug ihm auf die Schulter. »Ich versteh' dich schon! Aber mach zu! Der Herr Doktor will zurückreiten.«

Peter holte Friedrich Königs braves, ein wenig schweres Pferd aus der Box und machte sich daran, es zu satteln. Wie immer empfand Anselm von Deinharting die warme Stalluft, das Scharren und Schnauben der Tiere als angenehm. Sie waren unruhig geworden, sei es, daß sie ihren Herrn erkannten oder daß Parbleu, der schnüffelnd hin und her lief, sie aufregte.

Die Herren blieben im Stall, bis Peter seine Arbeit erledigt hatte, sprachen nur noch wenig und empfanden die Freude der wortlosen Verständigung. »Soll ich den Herrn Doktor begleiten, Herr?« fragte Peter.

»Nein, bleib du nur hier«, bestimmte Anselm von Deinharting, »und Er, Baptist, schließe die Tore hinter dem Herrn Doktor!«

Peter führte das Pferd in den Hof, die Freunde umarmten einander kurz, bevor Friedrich König aufsaß. Anselm von Deinharting blieb mitten im Hof stehen, bis er hörte, daß die Tore geschlossen waren. Parbleu verhielt neben ihm mit gespitzten Ohren in gespannter Erwartung dessen, was nun geschehen würde. Als sein Herr auf die Küchentür zuschritt, folgte er ihm auf den Fersen. Anselm von Deinharting klopfte an. Es wurde so rasch geöffnet, als habe man drinnen nur auf sein Zeichen gewartet. Luitgard stand vor ihm, frisch und jung, mit glühenden Wangen und leuchtenden Augen. Sie wagte nicht, sich in seine Arme zu werfen, wie sie es wohl gewollt hätte, sondern trat einen Schritt zurück.

»Du bist meinetwegen aufgeblieben?« fragte er und legte ihr die Hand unter das Kinn.

»Ja, gnädiger Herr.« Sie lächelte. »Eine Weile hat's die Köchin bei mir ausgehalten, aber dann wurde sie so müde, daß sie mir erlaubt hat, allein auf das Feuer aufzupassen.«

Er drückte ihr einen warmen Kuß auf die Lippen. »Ich freu' mich, dich wiederzusehen, Dirn. Weißt du, daß ich große Sehnsucht nach dir gehabt habe?«

»Ach, gnädiger Herr, nein, das glaube ich nicht... in München auf all den Bällen und Maskeraden werden Sie wohl schönere Frauen getroffen haben wie mich!«

Er schüttelte den Kopf. »Keine schönere und keine liebere!« Er nestelte in der Tasche seiner Weste und brachte ein kleines goldenes Kruzifix an einer Kette zum Vorschein. »Da siehst du, daß ich an dich gedacht habe!«

»Das ist für mich?« Luitgard griff ohne falsche Bescheidenheit zu. »Wie schön! Oh, ich danke Ihnen!«

»Wirst du es auch tragen können?«

»Ich werd's mir von meiner Göt zur Hochzeit schenken lassen... bis dahin muß es heimlich bleiben.« Sie ließ Kette und Kruzifix in den Ausschnitt ihrer Bluse gleiten.

»Dort wird es aber heute nacht nicht bleiben«, sagte er lächelnd.

»Nein, bestimmt nicht!« Sie überwand ihre Scheu und legte beide Arme um die Schultern des Mannes. »Es ist gut, daß Sie wieder da sind... so gut!« Sie küßte ihn verlangend mit wachsender Leidenschaft.

Parbleu, der sich bisher nur für die aufregenden Gerüche der Küche interessiert gehabt hatte, gab warnend Laut, denn er dachte, er müßte seinen Herrn schützen. Er beruhigte sich erst wieder, als Anselm von Deinharting die Magd an den Schultern faßte und sanft von sich schob. »Erst will ich baden, Dirn!«

»Ist recht, gnädiger Herr!« Sofort machte sie sich daran, heißes Wasser in die bereitgestellten Eimer zu schöpfen, warf ihm aber dabei über die Schulter weg einen zärtlichen Blick zu. »Darf ich heute nacht etwas länger bleiben? Ich war so lange allein.«

Er hatte große Lust, sie hier und auf der Stelle zu nehmen, und er wußte, sie hätte es ihm nicht übelgenommen. Vor wenigen Jahren noch hätte er es getan. Aber sein Verhältnis zu den Frauen hatte sich geändert; durch Elisabeths Einfluß und die Tatsache, daß seine Tochter ein erwachsenes begehrenswertes Mädchen geworden war. Ihm genügte nicht mehr die bloße Befriedigung seiner Triebe, sondern er wollte sich die Achtung vor der Frau, die sich ihm hingab, bewahren.

»Bis der erste Hahn kräht«, versprach er und verriegelte die Hintertür, »aber du mußt aus dem Bett, bevor die anderen auf sind!«

»Ich werde gar nicht erst schlafen!«

»Vergiß nicht, daß ich ein alter Mann bin!«

»O nein, Sie sind nicht alt! Gnädiger Herr, Sie sind...«

Er fiel ihr ins Wort. »Schon gut, Dirn, erzähl mir nichts, sondern beeil dich lieber mit dem Wasser... so alt bin ich jedenfalls nicht, daß ich noch lange warten möchte!« Mit flüchtiger Zärtlichkeit küßte er sie auf den Nacken und fing dabei den kräftigen, mit Küchendüften vermischten Geruch ihres jungen Körpers auf. Er war dankbar, daß es Mädchen wie Luitgard immer für ihn geben würde.

Beata erschien am nächsten Morgen nicht zum Frühstück, und Elisabeth und Antoinette kamen überein, ihr nichts hinaufbringen zu lassen, sondern abzuwarten, bis der Hunger sie aus ihrer selbstgewählten Einsamkeit vertreiben würde.

Später ging Antoinette dann doch hinauf. Obwohl sie auf ihr Anklopfen keine Antwort erhielt, trat sie ein. Sie öffnete die Fenster und Läden, so daß es in dem in weißen und rosa Tönen gehaltenen Zimmer hell wurde. »Guten Morgen, Beata!« grüßte sie fröhlich.

Beata bewegte die Lippen, aber man hörte keinen Ton. Ihre Augen waren verschwollen, das dichte, weizenblonde Haar war völlig zerzaust, und man sah ihr das hemmungslose Selbstmitleid deutlich an.

»Eigentlich wollte ich Sie gar nicht wecken, aber ich habe gute Nachrichten!« Antoinettes lehnte sich an das Fußende des geschnitzten Bettes. »Unsere Soldaten kommen wieder! Afra hat es im Dorf erfahren!«

Beata hatte sich so tief in ihren Kummer hineingesteigert, daß sie nun nicht gleich herausfinden konnte. »Wann?« fragte sie endlich.

»Das weiß niemand. Jedenfalls ist die Schreibstube in Taufbeuern besetzt geblieben, und das bedeutet, daß man in die Quartiere zurückkehren wird.«

»Sind Sie sicher?«

»Ja, Beata. Die Leutnants können schon morgen wieder... ja, vielleicht sogar heute... hier angeritten kommen. Es würde aber für Ihren jungen Mann eine ziemliche Enttäuschung bedeuten, Sie so vorzufinden.«

»Ich weine doch nur seinetwegen«, sagte Beata, richtete sich aber auf.

»Sie sehen, mit Verlaub, aus wie eine Vogelscheuche!«

»Den Spiegel bitte!« Als Beata sich ansah, erschrak sie.

»Grämen Sie sich nicht. Ich werde einheizen und Ihnen warmes Wasser bringen lassen. Sobald Sie sich gründlich gewaschen haben, werden Sie sich besser fühlen. Wenn Sie erlauben, werde ich Sie dann frisieren...«

»Zuallererst«, bekannte Beata, »möchte ich jetzt etwas zu essen haben! Lachen Sie mich etwa aus?«

»O nein, ich freue mich nur, daß Sie den Schrecken überwunden haben!«

Das hatte Beata tatsächlich. Auch als in den nächsten Tagen die Nachricht durchsickerte, daß die Kaiserlichen den Neufranken zum

Kampf entgegengezogen waren, blieb sie gefaßt. Sie klammerte sich an den Gedanken, daß Ferdinand von Tobler zurückkommen mußte. Dann hieß es auch, daß es in Südwestdeutschland, bei Ostrach und Stockach, zu Schlachten gekommen war.

»Erzherzog Karl soll die Franzosen geschlagen haben«, verkündete Afra den Mädchen – Anselm von Deinharting sprach in der Familie über kriegerische Auseinandersetzungen noch weniger als über Politik.

»Hurra!« rief Beata. »Dann sind sie bald wieder hier!«

Antoinette, die daran dachte, daß es auch unter den Siegern Tote und Verletzte gegeben haben mußte, lächelte gezwungen.

Beata bemerkte es. »Sie haben mir versprochen, daß er wiederkommt! Warum machen Sie jetzt so ein Gesicht!?«

»Das bilden Sie sich doch nur ein!« Antoinette zwang sich zu einer zuversichtlichen Miene. »Bestimmt kommt er wieder! Daran besteht gar kein Zweifel.« Doch sie machte sich große Sorgen. Erst Beatas Zusammenbruch hatte ihr gezeigt, wie stark diese Leidenschaft war, und sie mochte gar nicht daran denken, wie es werden würde, wenn Ferdinand von Tobler im Felde bleiben sollte.

Es dauerte über zwei Wochen, bis die Österreicher wieder da waren. Verdreckt, übermüdet, dezimiert, aber ihrem Schicksal dankbar, das ihnen den Sieg über die Franzosen und das Leben geschenkt hatte, bezogen sie ihre alten Quartiere. Murrend und mit unverhohlenem Unwillen nahmen die Bauern sie wieder bei sich auf; die Fremden schienen ihnen hochfahrender denn je.

Ferdinand von Tobler und Felix von Lingen waren unversehrt geblieben. Afra und die Kinder sahen vom Schulzimmer aus als erste, wie sie vor den Ställen absaßen, und Auguste wollte die Meldung sofort im Haus verbreiten. Doch Afra hielt sie zurück. »Wir wollen den Unterricht deswegen nicht unterbrechen«, bestimmte sie, »euer Vater würde das gar nicht gern sehen.«

»Darf ich ihnen wenigstens zuwinken?« bat Auguste.

»Auch das nicht. Die Kaiserlichen sind ja keine geladenen Gäste. Wir haben keinen Grund, ihnen zuzujubeln.«

»Aber sie sind doch nett!«

»Wie sie sind, spielt gar keine Rolle ... also weiter im Text!«

So vollzog sich die Rückkehr der beiden Offiziere ohne jedes Aufsehen. Die anderen Damen erfuhren erst eine gute Stunde später davon, nachdem sie sich bei dem Schloßherrn förmlich gemeldet und auf ihren Zimmern frischgemacht hatten. Danach erschienen sie im oberen Erkerzimmer, um Elisabeth ihre Aufwartung zu machen.

Beata sprang auf, als sie eintraten. Ferdinand von Tobler wirkte männlicher als früher, breiter in den Schultern, selbstbewußter, und sie glaubte, noch nie einen so schönen Mann gesehen zu haben. Sie war nahe daran, ihm um den Hals zu fallen, doch Antoinette, die diese Reaktion vorausgesehen hatte, verhinderte es, indem sie Beatas Handgelenk packte und sie durch einen scharfen Ruck zurückhielt.

»Oh!« rief Beata errötend, verwirrt und überwältigt. Für Sekunden sah Ferdinand von Tobler ihr in die Augen. Für das junge Mädchen waren es Sekunden wilder Seligkeit. Dann verbeugte er sich höflich vor Elisabeth, und die weitere Begrüßung verlief konventionell.

Auch Felix von Lingen war verändert; er schien nervös, und seine übersprudelnde Lebhaftigkeit wirkte aufgesetzt.

Tage später, auf einem Spaziergang zu viert im Schloßgarten, neckte Antoinette ihn: »Sie erzählen ja gar nichts von Ihren Heldentaten, Herr Leutnant! Ich dachte immer, die Männer könnten sich darin nicht genug tun ... und damit habe ich ja wohl recht!« Mit dem Kinn wies sie auf Tobler, der gerade der andächtig lauschenden Beata die Aufstellung der kaiserlichen Truppen in der Schlacht zu erklären suchte.

»Das ist kein Gesprächsstoff für weibliche Ohren, Comtesse!«

»Ihr Herr Kamerad nimmt keinen Anstoß...«

»Was der Ferdl erzählt, ist reine Theorie! Wenn Sie die von mir hören wollen...«

»Nein, eigentlich nicht. Wie war es wirklich, Herr von Lingen?«

Er war blaß geworden, und um seine vollen, weichen Lippen zuckte es. »Sie wissen nicht, wonach Sie fragen.«

»Vergessen Sie nicht, daß ich als Kind die Schrecken der Französischen Revolution erlebt habe.«

»Und das genügt Ihnen nicht!?« stieß er hervor. »Sie können wohl gar nicht genug bekommen von zerfetzten Körpern, Strömen von Blut, Angstgeschrei, Flüchen, Gebeten und Tod?«

Erst jetzt erkannte sie, wie verstört er war. »Verzeihen Sie mir, Felix«, sagte sie rasch, »bitte verzeihen Sie mir, aber ich wußte ja nicht ... konnte nicht ahnen.«

Tränen stiegen ihm in die blauen, schön bewimperten Augen. »Jetzt halten Sie mich für einen Feigling, nicht wahr?«

Sie hätte ihm gern erklärt, daß in ihren Augen Feigheit keine Schande war; da jeder Mensch nur über ein Leben verfügte, mußte ihm wohl das Recht zugestanden werden, zu entscheiden, wofür er es aufs Spiel setzen wollte. Aber sie wußte, er hätte sie nicht verstanden, und so sagte sie nur: »Nein, das sind Sie nicht. Ich bin überzeugt, Sie haben Ihre Pflicht getan, und daß es Ihnen schwerer gefallen ist als manchem anderen, ehrt Sie nur.«

Es war Frühling geworden, im Schloßgarten blühten die Tulpen und Narzissen, die Singvögel waren aus dem Süden zurückgekehrt und zwitscherten in den Bäumen. Da die Mauern die Winde abhielten und die Sonnenstrahlen zurückwarfen, war es angenehm warm hier. Gewöhnlich war dieser Platz nur von dem Gärtner betreten worden, von den Küchenmägden, die Gemüse oder Kräuter schnitten, und von Elisabeth und Babette, wenn sie Blumen für das Schloß holten. Aber in diesem Flühling bis in den Sommer und Herbst hinein wurde der Platz bei gutem Wetter zum Lieblingsaufenthalt der Kleinen, da sie hier ungefährdet von der Soldateska spielen konnten. In den Abendstunden pflegten sich Beata und Ferdinand im Schloßgarten zu treffen – allerdings nie ohne Begleitung von Antoinette, die Felix von Lingen, der sich ihnen meist anschloß, nur geteilte Aufmerksamkeit schenken konnte; ihre Augen suchten immer wieder Beata, und ihre Ohren waren ständig gespitzt.

Sie befand sich dabei in einem inneren Konflikt, für den sie keine Lösung wußte. Anselm von Deinharting treu ergeben, fühlte sie sich ihm für Beata verantwortlich, aber sie hätte dem Mädchen von Herzen ihr Glück gegönnt, auch wenn es nur vorübergehend sein sollte. In ihrem jungen Leben hatte sie so viel Leid, Schuld und schmerzhafte Verstrickungen kennengelernt, daß die Liebe zwischen Beata und Ferdinand von Tobler etwas Kostbares für sie war. Die Entwicklung der beiden schien ihr recht zu geben. Ferdinand von Tobler hatte sich aus einem gehemmten, schüchternen Jungen – auch unter dem Einfluß von Beatas Anbetung – zu einer Persönlichkeit entwickelt, und die frohe, pummelige, egoistische Beata war schlank geworden, strahlend und weich.

Alle vernünftigen Erwägungen, die gegen diese Verbindung sprachen, schienen Antoinette, wenn sie sie auch einsah, nebensächlich. Die beiden liebten sich, und diese Liebe hob sie aus ihrer Umgebung heraus, umhüllte sie mit Glanz, und da ihre Leidenschaft sich auf Blicke und heimliche Händedrücke beschränken mußte, nahm sie so sehr an Intensität zu, daß sie für Antoinette, ihre Bewacherin und Bewahrerin, oft erschreckend wirkte. Die Angst vor einer drohenden Gefahr, die sie nicht fassen konnte, ließ sie nächtelang wach liegen.

Einmal, während eines Spaziergangs im Schloßgarten, wurde sie von der Köchin abgelenkt, die einen Rat wegen des Kerbels haben wollte, der in diesem Jahr nur kümmerlich gedieh. Das war ein Problem, für das sich Antoinette, die einst beim Dragonerhaus ein Kräutergärtlein angelegt hatte, interessierte. Sie betrachtete ein Pflänzchen, zog eines heraus, stellte fest, daß die Wurzel kränklich war und rief Margarethe Meyr endlich, den Kerbel auf frischer Komposterde noch einmal auszusäen.

Sie fand Beata und Ferdinand von Tobler wie so oft auf dem gemauerten Bänkchen sitzend und einander tief in die Augen sehend. »Der Kerbel will dieses Jahr gar nicht gedeihen!« rief sie munter und nahm es durchaus nicht übel, daß die beiden Liebenden auseinanderfuhren und sie fast haßerfüllt anblickten.

Sie nahm Beata bei der Hand und zog sie hoch. »Sie werden sich auf den Steinen erkälten!« behauptete sie und begann scheinbar ungerührt über den Zustand des Kräutergartens zu plaudern, obwohl sie wußte, daß die beiden sich nicht im mindesten dafür interessierten.

Ferdinand von Tobler verabschiedete sich bald darauf, da er, wie er sagte, mit einigen Kameraden im Dorf verabredet wäre.

»Daß Sie auch immer stören müssen!« rief Beata, kaum daß er gegangen war, und stampfte zornig mit dem Fuß auf.

Antoinette sah sie mitfühlend an. »Es tut mir leid, Beata!«

»Ach, das sagen Sie so daher, aber es stimmt gar nicht! Warum können Sie mich nicht einmal ein paar Minuten mit ihm allein lassen!?« Darauf gab es nichts zu antworten, und Antoinette schwieg. »Jetzt haben Sie ihn mir verjagt!« klagte Beata.

»Nein, das glaube ich nicht«, widersprach Antoinette.

»Zuerst war er gar nicht in Eile ... das Treffen im Dorf war doch nur ein Vorwand!«

»Mag sein. Es spricht für ihn, daß er weiß, wann es genug ist.«

»Ach, Sie mit Ihren rätselvollen Reden! Soll ich Ihnen etwas verraten?« Beata beugte sich zu der kleineren Antoinette herab, richtete sich aber sogleich wieder auf. »Nein, ich sage es Ihnen nicht.«

»Wie Sie wollen.«

Doch Beata konnte es nicht verschweigen. »Heute hätte er mich beinahe geküßt«, platzte sie heraus. »Wenn Sie nicht dazwischengekommen wären!«

»Oh, Beata«, sagte Antoinette erschrocken, »das dürfen Sie nie zulassen ... nie, hören Sie!«

»Was ist denn Schlimmes dabei?«

Antoinette suchte nach Worten. »Er würde die Achtung vor Ihnen verlieren«, sagte sie endlich und merkte, daß es ziemlich lahm klang.

»Aber warum? Papa küßt mich doch auch ...«

»Er ist Ihr Vater, Beata!«

»Ferdinand wird bald mein Mann sein!« gestand Beata errötend.

»Sind Sie sicher?« forschte Antoinette. »Warum erklärt er sich dann nicht dem Hofmarksherrn?«

»Weil er Angst hat! Was ist, wenn Papa nein sagt? Und selbst wenn er zustimmt, müßte Ferdinand das Schloß verlassen. Wir könnten uns kaum noch sehen.«

»Hat er Ihnen das gesagt?« fragte Antoinette und wunderte sich, wann dieses Gespräch stattgefunden haben sollte.

»Nein«, mußte Beata gestehen, und sie errötete dabei, »aber ich denk' mir's halt.«

»Er hat sich Ihnen also erklärt, Beata!« Als das Mädchen nicht antwortete, packte Antoinette sie beim Arm und schüttelte sie. »Ja oder nein! Ich muß es wissen!«

»Nein!« gab Beata zu, warf den Kopf zurück und behauptete im gleichen Atemzug: »Aber er wird es tun!«

Antoinette ließ sie los und sah sie nachdenklich an. »Ja, das ist möglich, er ist ein anständiger Junge, und ich glaube, daß er Sie wirklich liebt. Aber auch wenn er sich Ihnen erklärt, Sie dürfen ihn nicht küssen ... verweisen Sie ihn an Ihren Vater! Versprechen Sie mir das?«

»Sie können nicht von mir verlangen, daß ich ihn abweise!«

»Das sollen Sie ja auch nicht, Beata, Sie sollen ihn nur bitten, erst mit Ihrem Vater zu sprechen ... ist denn das so schwer zu verstehen?«

»Sie benehmen sich, als wären Sie meine Mutter!«

»Ich will doch nur Ihr Bestes, Beata, ich will, daß Sie Ihren Ferdinand bekommen!«

»Ist das wahr?«

»Ja, und das erreichen Sie nur auf dem Weg, den ich Ihnen zeige. Wenn sie ihm auch nur einen Schritt zu weit entgegenkommen, wird er enttäuscht und schockiert sein. Er erwartet von Ihnen das gleiche, was er in dieser Situation von seiner Schwester verlangen würde: daß sie ihren Verehrer an ihren Vater verweist.«

»Aber ich möchte ihm doch nur zeigen, daß ich ihn liebe!«

»Das tun Sie ohnedies. Etwas mehr Zurückhaltung würde Sie nur begehrenswerter machen... und es würde mich nicht zwingen, dauernd hinter Ihnen her zu sein!«

Das Gespräch wurde von Afra unterbrochen, die die Kinder in den Garten brachte.

Später, als Beata neben Antoinette in den Speisesaal ging, drückte sie nur kurz ihre Hand und flüsterte ihr zu: »Ich glaube, Sie hatten recht, Tonette, ich werde mich nach Ihren Ratschlägen richten.«

Mit einem erleichterten Lächeln versprach Antoinette: »Sie werden es nicht bereuen!« Doch dann, als sie wieder einmal nachts wach in ihrem Bett lag, war sie dessen gar nicht mehr so sicher. Ihr wurde das Unnatürliche der Konvention bewußt, die Beatas Verhalten diktierte.

Auch Anselm von Deinharting beobachtete die wachsende Leidenschaft zwischen Beata und Ferdinand von Tobler mit Sorge, aber er sah keine Möglichkeit, dagegen einzuschreiten. Den Leutnant aus seinem Haus weisen, konnte er nicht. Zwar hätte er bei der Kommandantur in Taufbeuren vorstellig werden und um eine Versetzung bitten können, doch da nichts gegen ihn vorzubringen war, würde er sich damit nur lächerlich machen und seine Tochter kompromittieren. Mehr als einmal erwog er, Beata nach München zu schicken. Aber er wußte, daß sie ihm ein solches Eingreifen nie verziehen und daß es sie krank machen würde. So entschloß er sich, nichts zu unternehmen, und konnte doch das Gefühl nicht loswerden, daß er etwas hätte tun müssen.

Elisabeth fügte diesen Sorgen eine andere hinzu. Wie vormals die Kranken im Dorf, besuchte sie jetzt auch die verwundeten Soldaten, die elend genug in den kargen Kammern, oft auch nur auf Streu in den Scheunen untergebracht waren. Sie kühlte ihre fiebrigen Stirnen, wechselte die blutdurchtränkten Verbände, erquickte sie mit Limonaden und flößte ihnen kräftige Bouillon ein.

Er traf sie vor den Stallungen, als sie mit leeren Körben und Kannen von einer ihrer Ausfahrten zurückkam. »Na, wie geht es deinen Schäfchen?« fragte er, um einen leichten Ton bemüht, und streckte ihr die Hand entgegen, um ihr aus dem Einspänner zu helfen.

»Besser... Gott sei's gedankt! Bis auf einen ganz jungen Kerl. Er hatte nur eine leichte Wunde am Arm, niemand hat darauf geachtet, doch jetzt beginnt sie zu schwären.« Elisabeth zog die Augenbrauen zusammen. »Ich muß Frédéric bitten, nach ihm zu sehen.«

»Soviel ich weiß, haben sie doch ihren eigenen Arzt.«

»Ja, aber bis der nach Deinharting kommt, kann es schon zu spät sein!«

»Elisabeth, du bist für diese Menschen nicht verantwortlich.«

»Sie sind Menschen, du sagst es... und jeder ist für seine Mitmenschen verantwortlich, gleichgültig, welcher Klasse oder Nation sie angehören. Du kennst meinen Standpunkt.« Ihre grauen Augen blitzten. »Außerdem haben sie, auch wenn du es nicht wahrhaben willst, für uns gekämpft!«

»Ja, Elisabeth, und ich habe dir auch nie etwas in den Weg gelegt, das, was du tun mußtest, zu tun. Sprich von mir aus auch mit Friedrich König, es liegt an ihm, deiner Bitte nachzukommen oder sie abzulehnen...«

»Ja, siehst du, das denke ich auch.« Sie sah das Gespräch als beendet an und wollte an ihm vorbei zum Schloß.

Er faßte sie an den Schultern. »Aber, Elisabeth, versprich mir eins... die anderen Burschen, denen es schon bessergeht... die überläßt du jetzt sich selbst, ja?«

Sie sah ihn in verständnislosem Staunen an. »Warum sollte ich?«

»Weil sie deine Pflege nicht mehr brauchen.«

»Keiner von ihnen ist schon ganz gesund.«

»Elisabeth!« Er verzweifelte an seinem Unvermögen, sich ihr verständlich zu machen. »Begreifst du denn nicht, daß das, was du tust, gefährlich ist?«

»Nein.«

»Es sind Männer, Elisabeth, mit männlichen Begierden...«

Elisabeth brauchte Zeit, um das, was er ihr sagen wollte, zu begreifen, dann stieg ihr die Röte in die Stirn. »O du!« rief sie und befreite sich mit einer jähen Bewegung aus seinem Griff. »Du mit deiner häßlichen Phantasie!«

»Nein, Elisabeth, ich spreche von der Wirklichkeit, die du nicht sehen willst.«

»Diesen jungen Menschen zu unterstellen... sie verehren mich!«

»Auch eine Frau, die man verehrt, bleibt begehrenswert. Du bist eine begehrenswerte Frau und keine Heilige.«

»Du beleidigst mich!« Mit einer heftigen Bewegung drehte sie sich um und schritt davon.

Anselm von Deinharting seufzte tief, als er ihr nachblickte. Parbleu sah mit schiefgelegtem Kopf zu ihm auf und suchte zu erraten, was vorgegangen war und jetzt von ihm erwartet wurde.

Peter hatte während des Gesprächs das Roß ausgespannt, Körbe und Kannen in die Küche und den Wagen in die Remise gebracht. So war es unvermeidlich gewesen, daß er einiges mitgehört und sich den Rest hatte zusammenreimen können. Jetzt kam er nach kurzem Zögern auf Anselm von Deinharting zu, blieb aber in respektvoller Entfernung stehen. »Ich werd' schon auf die gnädige Frau aufpassen, Herr«, versprach er treuherzig.

Aus schwerem Sinnen erwachend, hob Anselm von Deinharting den Kopf und sah den Mann an. »Danke, Peter!« Er legte ihm kurz die Hand auf die Schulter. »Ich verlasse mich auf dich.«

War das Frühjahr, wenn die Vorräte der vergangenen Ernte zur Neige gingen und die nächste noch auf sich warten ließ, schon immer eine schwere Zeit, so traf dies heuer, da das Land von Österreichern überschwemmt war, in besonderem Maße zu. Manches Schwein mußte geschlachtet werden, bevor es fett war, nur weil es kein Futter mehr gab. Anders als sonst konnten die Schinkenseiten nicht in den Rauch gehängt, das Bauchfleisch in der Pökellache haltbar gemacht werden, denn auch die Kaiserlichen waren hungrig. So heimlich konnte keine Schlachtung vorgenommen werden, daß sie es nicht bemerkt und den größten Teil des Fleisches requiriert hätten.

Anselm von Deinharting wußte um diese Not und daß das Brot, das seine Bauern aßen, längst mit Kleie und Schrot versetzt war, und er zerbrach sich den Kopf nach einer Möglichkeit, ihnen zu helfen. Er entschloß sich, mit seinem Vogt zu sprechen.

Heinrich Mayr hatte gut gewirtschaftet; die Scheuern waren gefüllt und seine Knechte bewaffnet, um ihren Inhalt zu schützen. Die Kaiserlichen hätten eine kleine Schlacht liefern müssen, um nur eine Metze Korn mehr zu erpressen als rechtens war.

Als der Hofmarksherr zu den Stallungen schritt, sah er von weitem, wie der Knecht die kleine Haflingerstute, die Thomas endlich bekommen hatte, an der Longe im Kreis gehen ließ, während der Junge auf ihrem ungesattelten Rücken herumturnte und endlich, beide Arme ausgestreckt, aufrecht stand.

»Parbleu, bei Fuß!« rief er, besorgt, daß der stichelhaarige Vorstehhund, der ihm neugierig vorauslief, das Pferdchen oder den Jungen erschrecken könnte. Parbleu gehorchte, wenn es ihm auch schwerfallen mochte, sein jugendliches Temperament dem weit ausgreifenden, für ihn jedoch viel zu langsamen Schritt seines Herrn anzupassen.

»Sehen Sie nur, Monsieur, was ich kann!« Das bräunliche Gesicht des Jungen war rot vor Stolz und Anstrengung, und seine schwarzen Augen funkelten.

Anselm von Deinharting rang sich ein Lächeln ab. »Ist das nicht recht gefährlich, was du mit Thomas treibst?« fragte er den Knecht.

»O nein, Herr, je vertrauter er mit dem Tier ist und je besser er balanciert, desto sicherer wird er im Sattel sitzen.«

»Er könnte stürzen.«

»Das bin ich schon... mehr als einmal«, bekannte Thomas, grätschte die Beine und ließ sich in den Sitz fallen, »auch das muß man lernen, sagt Peter.«

Anselm schüttelte den Kopf. »Mir gefällt das nicht.«

Sofort verdüsterte sich das Gesicht des Jungen, und er preßte die vollen Lippen zusammen. Er hatte Anerkennung erwartet und mußte jetzt glauben, daß Monsieur wieder nicht mit ihm zufrieden war. Anselm von Deinharting legte seine finstere Miene als Trotz aus und seufzte.

»Er wird bald reiten wie ein Kosak«, lobte Peter seinen Schützling, »soviel Mut und Geschicklichkeit habe ich noch nie erlebt, und kräftig ist der kleine Kerl!«

Anselm von Deinharting fühlte, daß er sich hätte freuen müssen, und er hätte es gewiß getan, wenn man einem seiner anderen Söhne so viel Anerkennung geschenkt hätte; aber immer, wenn er Thomas sah, mußte er an die wilde, geheimnisvolle und skrupellose Lucille denken, und eine unwägbare Angst überfiel ihn. Thomas hatte in die Mähne des Pferdes gegriffen und es zum Stehen gebracht. Die Art, wie er seinen Vater ohne zu blinzeln aus den funkelnden Augen geradezu herausfordernd ansah, war nicht dazu angetan, dessen Besorgnisse zu zerstreuen.

»Sattle mir Bruna«, sagte er, ohne auf die Bemerkung des Knechtes einzugehen.

»Darf Thomas Sie begleiten, Herr?«

»Ja, kann er das denn schon?«

»Er trabt schon zünftig.«

Anselm von Deinharting zögerte. »Möchtest du denn, Thomas?«

Der Junge nickte heftig, bis ihm einfiel, daß das nicht genügte. »Ja, Monsieur.«

»Dann wollen wir mal sehen, wie weit du es schaffst!«

Sofort ließ Thomas sich zu Boden gleiten und kam wenig später mit dem schweren Pferdesattel zurück. Vergeblich versuchte er, ihn auf den Rücken des Tieres zu wuchten, aber als Anselm von Deinharting mit Hand anlegen wollte, wehrte er ab. »Ich kann es!«

»Na dann...«

Es gelang ihm auch wirklich, wenn ihm dabei auch der Schweiß über die Stirn lief. Furchtlos bückte er sich unter die kleine Stute, zerrte den Riemen fest und richtete die Steigbügel. Es gelang ihm sogar, dem gutmütigen Tier die Trense ins Maul zu schieben.

»Da hat Peter dich ja wirklich allerhand gelehrt«, sagte Anselm von Deinharting, nun doch beeindruckt.

»Reiten allein«, erklärte der Junge, ohne seine Tätigkeit zu unterbrechen, »genügt nicht, man muß sein Pferd auch striegeln und versorgen können.«

»Ein Herr braucht das nicht.«

Thomas sah mit jenem großen, offenen Blick zu ihm auf, der auf seinen Vater stets wie eine Herausforderung wirkte. »Aber ich bin kein Herr!«

»Was bist du denn?«

»Ich bin nur Tonettes kleiner Bruder, aber eines Tages...«, sagte er, und Anselm von Deinharting klang es drohend, »...eines Tages werde ich groß sein!« Er streckte den rechten Arm aus, ballte die Faust und ließ seine Muskeln spielen.

Das Schuldbewußtsein, das er diesem Sohn gegenüber nie ganz verlor, schnürte Anselm von Deinharting fast die Kehle zu. »Und dann?« fragte er mühsam.

»Reite ich in den Krieg!« Thomas änderte den Ton und fügte kindlich hinzu: »Wird dann noch Krieg sein, Monsieur?«

»Das wollen wir doch nicht hoffen!« Als er die Enttäuschung des Jungen sah, fügte er hinzu: »Es wird immer wieder Krieg geben!«

Thomas atmete auf. »Das ist gut!«

Peter führte die gesattelte Norikerstute aus dem Stall, neben der das Haflingerpferd sehr klein wirkte. »So redet er immer daher, Herr«, sagte er gutmütig, »aber eines Tages wird er schon zu Verstand kommen und einsehen, daß es Besseres gibt, als seine Haut zu Markte zu tragen.«

Anselm von Deinharting schwang sich in den Sattel und brachte Bruna in Gang. Thomas, der anfangs Schwierigkeiten hatte, mit den Zügeln und der Peitsche fertig zu werden, trabte kurz danach an, um ihn einzuholen. Hintereinander ritten sie den Schloßberg hinab und die Allee zum Dorf hinunter; die Linden standen in voller Blüte, und der süße, betäubende Duft machte Herz und Atem schwer. Bienenvölker tummelten sich summend im Sonnenschein. Die Kuppel der kleinen Kirche erhob sich hoch über die strohgedeckten Bauernhäuser, und als sie am Friedhof vorbeiritten, sahen sie Pfarrer Reiter auf der Bank an der Kirchenmauer sitzen und lesen. Er schien so in sein Buch vertieft, daß Anselm von Deinharting darauf verzichtete, ihn zu stören.

Doch Thomas kannte solche Rücksichten nicht und rief, wie man es ihn gelehrt hatte: »Gegrüßt sei Jesus Christus, Hochwürden!«

»In Ewigkeit Amen!« Der Pfarrer steckte seinen Finger zwischen die Seiten, klappte das Buch zu und trat an die Mauer. »Der junge Herr sitzt ja schon recht fest im Sattel, wie ich sehe!«

Anselm von Deinharting hatte sein Pferd angehalten. »Gott zum Gruß, Hochwürden... es ist das erste Mal, daß ich mit ihm ausreite! Wir haben Sie letzten Sonntag vermißt!«

»Eine schwere Verkühlung!« Wie um seinen angegriffenen Zustand zu bestätigen, schneuzte er sich mit zwei Fingern. »Da mußte ich auf die Messe und die Fleischtöpfe Ägyptens verzichten.«

»Meine Frau wird Ihnen doch sicher etwas gebracht haben.«

»Ja, das hat sie, die gute Seele. Wenn die gnädige Frau nicht wäre und meine Hauserin nicht so fleißig eingeweckt hätte...« Der Pfarrer seufzte, das Gesicht ganz zerknittert vor Sorgen. »Wie soll das noch enden!«

»Das weiß niemand, Hochwürden.«

»Die Kaiserlichen scheinen ihren Sieg nicht recht zu nutzen... oder was hört man?«

»Nichts. Es ist alles unverändert. Die Neufranken sind zwar geschlagen, aber sie stehen weiter vor Bayerns Grenzen.«

»Gibt es Nachricht von Emanuel?«

»Sein Bataillon biwakiert auf der Georgenschwaige bei München.«

»Und wie fühlt er sich als Kadett?«

»Es wird ihm wohl schwer ankommen, aber darüber schreibt er nichts.« Tatsächlich waren Emanuels Nachrichten mehr als dürftig und wären wohl gar nicht geschrieben worden, wenn der junge Mann nicht ständig Geld gebraucht hätte, aber darüber mochte sein Vater nicht reden.

»Schaden wird es ihm sicher nichts, wenn auch...« Die arglosen blauen Augen des geistlichen Herrn richteten sich auf Thomas. »Wie heißt das Gebot, mein Sohn?«

»Du sollst nicht töten!« erwiderte der Junge prompt. »Aber im Krieg muß man doch töten!«

»Gott hat es nicht gewollt.«

»Stimmt nicht. Sogar Moses hat doch den ägyptischen Sklaventreiber umgebracht, weil er nicht mitansehen konnte, wie er die Israeliten prügelte... das haben Sie uns selbst erzählt, Hochwürden!« Anselm von Deinharting lachte.

»Ja, ja, diese biblischen Geschichten!« Pfarrer Reiter kratzte sich in seinen weißen Haaren. »Wieviel Verwirrung die schon unter den Unwissenden angerichtet haben... und doch muß man sie immer wieder erzählen.«

»Jedenfalls scheint Thomas aufzupassen.«

»Ja, das tut er. Er lernt fleißig.«

»Das freut mich!« Anselm von Deinharting ärgerte sich, weil sein Lob nicht herzlicher ausfiel. »Wir müssen weiter, Hochwürden!«

»Und wie geht es Anselm?« fragte der Pfarrer.

»Er steckt mitten in seinen Prüfungen und hat wohl keine Zeit zu schreiben!«

Sie ritten weiter. Parbleu, der anfangs die Kirchhofsmauer eifrig beschnuppert hatte, dann aber sehr unruhig geworden war, lief ihnen erleichtert voraus.

Vor dem Wirtshaus »Zur Post« stand der dicke Schwaiger, hemdsärmelig, die grüne Schürze vorgebunden, das bestickte Käppchen auf dem kahlen Kopf; er grüßte so übertrieben devot, daß es fast wie Hohn wirkte. Wieder einmal wunderte sich Anselm von Deinharting darüber, daß dieser Mann der Vater der stolzen, ehrgeizigen Afra sein sollte – oder war er es am Ende gar nicht? Hatte seine kränkelnde, mit dem Schicksal hadernde Frau ihn vor oder zu Beginn der Ehe mit einem anderen betrogen? Das war ein Geheimnis, das sie wohl mit ins Grab nehmen würde.

Sie ließen das Dorf hinter sich und benutzten den breiten Feldweg, der am Gemeindewald entlangführte. Zu linker Hand tauchte der barocke, fürstliche reiche Bau des Klosters Wesenbronn auf. Anselm von Deinharting war tief gerührt von der Vorstellung, daß diese Pracht, die für die Ewigkeit gebaut schien, dem Untergang geweiht war. Äußerlich deutete nichts darauf hin, und doch bald würden die Geistlichen und die Brüder, die es betreuten, in alle Winde verstreut, die Kunstschätze verschleudert, die Bibliothken geplündert sein.

Anselm von Deinharting war kein Freund der Klosterherren, die seiner Meinung nach zuviel Macht und mehr Land in Besitz hatten als er selbst, sogar einige Höfe in Deinharting, und in den jungen Möchen über kostenlose Arbeitskräfte verfügten. Dennoch jammerte es ihn, wenn er an den Verfall dieser Lebensform dachte, die ein Stück bayrischer Kultur war. Es verband ihn nichts mit dem Abt, einem hochfahrenden, selbstgerechten Herrn, und doch erwog er, ob er nicht ein Gespräch mit ihm suchen und ihn vor der bevorstehenden Säkularisation warnen sollte. Vielleicht würde es dem Abt möglich sein, einige der Kunstschätze in Sicherheit zu bringen und zu retten, bevor der Staat zugriff.

Aber dann verwarf er diesen Gedanken. Er war es Montgelas und seinem Herrscherhaus schuldig, zu schweigen, glaubte auch nicht, daß der Abt auf ihn hören würde. Das klostereigene Weideland, das wie eine riesige Zunge in seine Felder hineinleckte, würde er, wenn es erst soweit war, wohlfeiler erstehen können, als es heute, da sich seine Besitzer noch in Sicherheit wiegten, der Fall sein konnte. Wer außer ihm würde sich schon für diesen Zipfel interessieren, der zwar kaum Wert besaß, aber eine schöne Abrundung seiner Hofmark bedeuten würde.

Als der Weg hinter dem Wald abbog, wurde das Kloster seiner Sicht entzogen, und bald lag die Weite des Landes vor ihm, das zu seinem Gut gehörte, fruchtbare Felder und Weiden, von Hainen und Teichen freundlich unterbrochen. Schon standen die Fluren in reichem Grün, Kühe weideten friedlich. Abseits in einem eigenen Gehege stand ein mächtiger Stier. Knechte und Mägde, die dabei waren, Unkraut zu jäten, blickten auf und grüßten, als ihr Herr vorbeiritt. Parbleu machte sich einen Spaß daraus, Lerchen aufzuschrecken und ihnen mit einer Begeisterung nachzujagen, als hoffte er, sie einzufangen.

Anselm von Deinharting hatte seinen kleinen Begleiter fast vergessen, jetzt wandte er sich ihm zu. »Ich hätte Lust zu galoppieren ...«

»Wie Sie wünschen, Monsieur!«

»Traust du es dir denn zu?«

»Ich werd's schon schaffen.«

»Na dann!« Anselm von Deinharting brachte Bruna mit verstärktem Schenkeldruck zum Galopp; die Geschwindigkeit brachte ihm ein

Gefühl der Befreiung. Er sah nicht, wie schwer sich Thomas tat, seine Haflingerstute zum Galopp zu bringen; endlich gelang es ihm, weniger durch die kurzgefaßten Zügel und die Kraft seiner Schenkel als durch das Beispiel des größeren Pferdes. Parbleu jagte ihnen nach, so schnell er es vermochte, konnte aber mit dem Tempo der längeren Pferdebeine nicht mithalten.

Als der Weg sich in einer engen Biegung krümmte, dirigierte Anselm von Deinharting sein Pferd zum Trab und dann zum Schritt. Die Talmulde mit dem weit hingelagerten Komplex des Gutshauses breitete sich vor ihm aus, und ehe er den Abstieg begann, drehte er sich nach Thomas um. Eisiger Schreck durchzuckte ihn, als er sah, wie der Junge die enge Kurve im vollen Galopp nahm. *»Attention!«* brüllte er. »Halt an!« Zu spät wurde ihm bewußt, daß der Junge außerstande war, sein Pferd zu beherrschen.

Da geschah es auch schon: In hohem Bogen flog Thomas aus dem Sattel, über den hölzernen Zaun und mitten in ein Feld von eben erblühtem Flachs.

Ohne auf die Haflingerstute zu achten, die mit anliegenden Ohren weitergaloppierte, schwang sich Anselm von Deinharting aus dem Sattel und über den Zaun und eilte zu seinem Sohn. Parbleu war noch vor ihm bei dem gestürzten Kind, beschnüffelte und leckte sein Gesicht. Eine quälende Sekunde lang glaubte Anselm von Deinharting, daß er Thomas für immer verloren hatte. Aber schon hob der Junge den Kopf, blickte verwirrt in das ungewohnt nahe Hundeantlitz und auf den sich nähernden Mann.

»*Excusez-moi,* Monsieur!« waren seine ersten Worten. »Verzeihen Sie Sie mir bitte!«

Anselm von Deinharting nahm den Jungen in die Arme. »Was, um Himmels willen, soll ich dir verzeihen?!«

»Daß ich mich habe abwerfen lassen!«

»Aber das war doch nicht deine Schuld! Ich hätte dich warnen müssen. Wie fühlst du dich? Ist auch alles in Ordnung? Hast du dir nichts gebrochen?«

Thomas schüttelte den Kopf. »Lisei wollte mir auf einmal nicht mehr gehorchen... und sie war doch sonst immer so brav!«

»Der Galopp hat sie wild gemacht.«

»Ja, das wird es wohl sein.«

»Du darfst sie nie mehr reiten, hörst du?« Anselm von Deinharting zog den Jungen noch enger an sich.

Thomas versuchte, sich aus dem festen Griff zu befreien. »Nein, Monsieur, ich muß lernen zu galoppieren!«

Ein Verdacht stieg in Anselm von Deinharting auf, er ließ den Jungen los, stellte ihn auf die Beine und blickte ihn forschend an. »Sei ehrlich... du hast es noch nie getan!«

»Nein, Monsieur!« Thomas taumelte leicht; der Blick seiner schwarzen Augen war unergründlich. »Peter sagte...« Er stockte.

»Was sagte er?« drängte sein Vater.
»Dazu wäre ich noch zu schwach!«
»Und er hat recht gehabt, wie man sieht! Warum, zum Teufel, hast du mir das nicht gleich gesagt?!«
Darauf wußte Thomas keine Antwort; er vermochte nicht auszudrücken, daß er den bewunderten Helden seiner Kindheit nicht hatte enttäuschen wollen.
Anselm von Deinharting verstand es nicht. »Hältst du mich denn für einen Unmenschen?« brüllte er.
»Nein, Monsieur!« Thomas war sehr blaß, aber er hatte sein Gleichgewicht wiedergewonnen, hielt den Kopf hoch, das Kinn leicht vorgestreckt und zuckte nicht mit der Wimper.
»Komm!« Anselm von Deinharting hob ihn über den Zaun, bevor er selbst folgte. »Ich nehme dich vor mich auf den Sattel.«
»Nein, Monsieur, ich muß Lisei einfangen... sonst wird sie glauben, daß ich Angst vor ihr habe.«
»Ja, hast du das denn nicht?«
»Nein, Monsieur.« Unerschrocken sah Thomas seinem Vater in die Augen. »Ich habe mir auch kein bißchen weg getan.«
Das stimmte nicht, wie sich bald herausstellte, denn so tapfer Thomas es auch zu verbergen suchte, er hinkte und wagte kaum mit dem linken Fuß den Boden zu berühren. Dennoch mochte sein Vater ihm nicht widersprechen, da er die Einstellung des Jungen für richtig hielt. Es erwies sich als einfach, die kleine Haflingerstute wieder einzufangen. Sie hatte ihre kühn gewonnene Freiheit nicht lange genutzt, sondern stand lammfromm im Schatten einer jungen Eiche und zupfte Gras am Wegrand. Als der Junge ihr den Hals tätschelte, wieherte sie freudig.
»Ich weiß, du hast es nicht bös gemeint, Lisei«, sagte Thomas versöhnlich, »aber du kannst lange warten, bis ich wieder mit dir galoppiere.« Er befestigte ihre Zügel am Stamm des Baumes. »Warten Sie nicht auf mich, Monsieur, ich muß erst noch meine Peitsche suchen.«
Es kostete Anselm von Deinharting Überwindung, den Jungen zurückzulassen, aber er wollte sich nicht allzu besorgt zeigen, und so schwang er sich in den Sattel. Nicht wie sonst konnte der Anblick des Gutshofes, der mit seinen stattlichen Gebäuden, dem Gesindehaus, der Molkerei und Wassermühle eine kleine Welt für sich darstellte, sein Herz erwärmen. Auch Parbleu war beunruhigt; er rannte nicht wie gewöhnlich voraus, sondern jagte die Anhöhe hinauf und hinunter in dem Bestreben, seinem großen und kleinen Herrn zu dienen.
Kaum daß er den Gutshof erreicht hatte, blickte Anselm von Deinharting zurück und stellte erleichtert fest, daß Thomas schon herantrabte. Er wunderte sich, wie gut der Junge nach dem langen Ritt und unglücklichen Sturz noch im Sattel saß, aber diese Haltung, die ihn mit Stolz erfüllte, befremdete ihn gleichzeitig. Es war ihm, als

verfügte das Kind über eine Art Entschlossenheit, die ihn als Mann gefährlich machen konnte.

Der Vogt befand sich in der offenen Schmiede, wo ein Feuer lohte, und war gerade dabei, einen Gaul zu beschlagen. Krummbeinig und fest stand er da, nur mit einer mit einem Strick gegürteten Hose bekleidet, und seine schweißglänzenden Muskeln spielten im Schein der Flammen. Ein Knecht, der das Pferd hielt, zog die Mütze und verbeugte sich tief.

»He, Vogt!« grüßte Anselm von Deinharting und schwang sich zu Boden.

»Ihr seid's, Herr! Willkommen!« Nur kurz sah der Mann auf und wandte sich wieder seiner Arbeit zu. »Haltet mir den Hund zurück, daß er das Pferd nicht scheu macht!«

Thomas hatte die Gruppe erreicht und sprang von seinem Pferdchen. »Ich werd' ihn festhalten!« erbot er sich, fügte aber mit einem Blick auf seinen Vater hinzu: »Wenn ich darf, Monsieur!«

»Tu's nur!«

Thomas versuchte zu pfeifen, was ihm aber noch nicht recht gelang, so rief er den Hund und packte das stichelhaarige Fell. Mit großen Augen sah er zu, wie der Vogt mit einer langen Zange das Eisen in die Glut hielt, auf dem Amboß mit einem mächtigen Hammer zurechtklopfte und den Vorgang wiederholte, bis er es endlich auf den hornigen Pferdehuf schlug.

»Das möchte ich auch können!« rief der Knabe.

Der Vogt richtete sich auf, gab dem Gaul einen leichten Schlag auf die Hinterhand und dem wartenden Knecht ein Zeichen, ihn fortzuführen. »Ich will's dich lehren, wenn du größer bist!«

»Dann kann ich meine Lisei selbst beschlagen!«

»Einen Schmied könnten wir hier schon brauchen!« Der Vogt wischte sich die Hände ab. »Das ist eine Arbeit, zu der nicht jeder taugt. Von meinen Söhnen ist keiner dazu geschaffen. Es gehört Schneid dazu.«

»Die hab' ich!« rief Thomas.

Heinrich Mayr musterte ihn abschätzend. »Ja, die hast du wohl.«

Das Gespräch war Anselm von Deinharting nicht angenehm, denn es machte ihm bewußt, daß er sich noch immer keine rechte Vorstellung von der Zukunft seines jüngsten Sohnes machen konnte, der nicht seinen Namen trug und mit dem Makel einer ledigen Geburt behaftet war. Wäre seine Mutter eine Bauerntochter gewesen, hätte das nichts geschadet und sich wohl ein Ziehvater gefunden, der ihm seinen Namen gegeben hätte. Aber als Sohn einer heimatlosen Französin gehörte er keiner Schicht an, weder zum Adel noch zum Bauernstand. Soldat, das würde er wohl werden können, aber die Offizierslaufbahn blieb ihm verschlossen.

»Wie geht es Theo?« fragte er rasch, um abzulenken.

»Der Junge will nicht nach Hause kommen.«

»Sollte er denn?« fragte der Hofmarksherr erstaunt. »Ich dachte, er machte sich gut in München auf dem Gymnasium.«

»Das stimmt wohl, aber ich kann ihm keinen roten Heller mehr zukommen lassen ... er lebt vom Stundengeben und ißt sich an fremden Tischen satt, und das, wo ich hier jede Hand brauchen könnte.«

»Dafür wird er eine Zukunft haben.«

»Zukunft? Als was? Als Hungerleider?«

»Für den Posten als Hauslehrer auf dem Schloß habe ich ihn schon vorgesehen.«

»Das soll wohl auch etwas sein«, sagte der Mann wegwerfend.

»Ich sehe, Er ist nicht bei bester Laune«, stellte Anselm von Deinharting fest und mußte lächeln, weil ihm bewußt wurde, daß der Vogt sich ihm gegenüber nie anders als mürrisch gab, vielleicht aus Furcht, er könnte Forderungen an ihn stellen, die über die Belieferung des Schlosses mit Lebensmitteln hinausgingen.

»Wer kann schon lachen heutzutage!« gab Mayr zurück. »Ihr vielleicht, Herr, Ihr kennt keine Sorgen! Aber Ihr wißt, ich habe im letzten Jahr rein gar nichts zu Markte bringen können, die Kaiserlichen haben alles genommen, ich weiß nicht, wie ich die Löhne zahlen soll.«

Anselm von Deinharting, der sicher war, daß die eigentliche Sorge des Vogts in der Erhaltung seiner großen Familie lag und er sich in Friedenszeiten manchen Taler hatte zurücklegen können, meinte leichthin: »Ihr werdet schon einen Weg finden.«

»Das sagt Ihr so.« Der Vogt verzog sein scharfgeschnittenes Gesicht zu einer schmerzlichen Grimasse.

»Jedenfalls geht es Ihm weit besser als meinen Bauern, und deshalb bin ich eigentlich gekommen ... denen fressen die Kaiserlichen buchstäblich Küchen und Kammern leer.«

»Das ist nicht meine Sorge!«

Thomas, der spürte, daß es dem lebhaften Hund schwerfiel, in dieser interessanten Umgebung des Gutes nicht zu schnüffeln und seine Zeichen zu setzen, hob seinen Strick auf, band ihn zur Schlinge und legte ihn Parbleu um den Hals, lauschte dabei aber mit unverhohlener Aufmerksamkeit der Auseinandersetzung der beiden Männer.

»Aber meine, Vogt«, sagte Anselm von Deinharting, »ich bin der Hofmarksherr.«

»Erlaßt ihnen die Abgaben.«

»Wenn ich das tue, werden sie nie mehr zahlen. Ich bin auch meinem Nachfolger verantwortlich.«

Der Vogt erkannte, worauf sein Herr hinauswollte, und erklärte rasch: »Ich kann nichts abgeben, ich habe selbst nur eben noch das Notwendigste für mein Vieh und meine Leute, und ich weiß nicht einmal, ob es bis zur nächsten Ernte reichen wird!«

»Die Bauern backen Kleie und Häcksel, sogar Baumrinde in ihr Brot!«

»Sollen sie, das füllt den Magen.«

»Wenn Ihr jeder Familie nur eine Metze Korn gäbet ... eine halbe ...«

»Nein, Herr, selbst wenn ich's könnte... aber ich kann es nicht... würde ich es nicht tun. Das brächte sofort die Kaiserlichen auf den Plan. Sie würden mir das letzte Korn wegholen. Nein, Herr.«

»Und wenn ich es Ihm befehle?«

»Bleibt es doch beim Nein.« Der Vogt hielt dem zornigen Blick des Hofmarksherrn stand. »Lieber gehe ich betteln mit den Meinen, als daß ich mich aus Dummheit ins Unglück stürze!«

»Dummheit nennt Er es, Not zu lindern?!« Die Ader an Anselm von Deinhartings Schläfe begann gefährlich zu pochen.

Der Vogt merkte, daß er zuweit gegangen war. »Niemand hat einen klügeren Kopf als Ihr, Herr«, beeilte er sich zu versichern, »aber Ihr habt ein zu weiches Herz.«

»Das gerade Er weidlich ausnutzt. Wie stände Er da, wenn ich Ihm genauer auf die Finger guckte?!«

»Ich beklage mich nicht, Herr.«

»Doch! Genau das tut Er!«

»Nicht über Euch, Herr... aber es sind schwere Zeiten.«

»In denen wir zusammenhalten müssen. Gebt den Bauern von Eurem Korn, Vogt! Sie leiden Hunger.«

»Trägt die gnädige Frau nicht schon genug ins Dorf?!«

»Das ist nicht Seine Sorge!«

»Gewiß nicht, aber so schlimm kann es um die Not der Bauern nicht bestellt sein. Es grünt und blüht doch schon... sollen sie Sauerampfer sammeln und Löwenzahn, Pilze gibt es in Fülle, und bald werden die ersten Beeren reif sein...«

»Sie brauchen Korn!«

»Ich kann nicht helfen, Herr, selbst wenn ich wollte. Was nützt es denn, wenn wir alle hungern? Meine Leute brauchen Kraft zur Arbeit, und die gnädigen Fräulein auf dem Schloß sind es nicht gewohnt, zu darben. Glaubt mir, Herr, gäbe ich den Bauern Korn, ginge alles zugrunde... die Knechte liefen davon, die Mägde verdingten sich bei den Bauern, das Vieh ginge ein... das könnt Ihr doch nicht wollen!«

Anselm von Deinharting wurde des Streites müde. Er schämte sich seiner Schwäche und wußte, daß er wieder einmal nachgeben würde. Er wäre um der Bauern willen gern bereit gewesen, den Riemen enger zu schnallen, aber die Argumente des Vogts waren nicht ohne Eindruck auf ihn geblieben. Er verfluchte seine Eigenschaft, jedes Problem von mindestens zwei Seiten betrachten zu müssen. – Da er schwieg, erkannte der Vogt, daß er gewonnen hatte. »Laßt die Bauern wissen, wer auf dem Gut mit Hand anlegt, kann ein Stück Brot bekommen«, sagte er rasch, »so ist uns allen geholfen.«

»Sie müssen Ihre eigenen Felder bestellen.«

»So kann ihre Not noch nicht gar so groß sein.«

Um seine Niederlage abzuschwächen, wechselte der Hofmarksherr das Thema, fragte nach der Beschaffenheit des Bodens, dem Stand der Geräte, der Zahl der Knechte und Mägde, worauf er erleichterte und beflissene Antworten erhielt. Dann brach er auf.

Thomas hatte Parbleu die Freiheit wiedergegeben, und der Hund hatte sich damit vergnügt, Katzen und Hühner zu jagen. Als sein Herr aufsaß, kam er freiwillig zurück. Thomas ritt auf Lisei in kurzem Abstand hinter seinem Vater.

Als sie die Anhöhe gewonnen hatten und der Feldweg breiter wurde, hielt Anselm von Deinharting sein Pferd zurück und winkte den Jungen an seine Seite. »Hast du verstanden, worüber ich mit dem Vogt gestritten habe?«

»Ja, Monsieur.«

»Und nun hältst du mich wohl für einen Schwächling, weil ich mich nicht durchgesetzt habe!«

»Nein, Monsieur.« Nach einer langen Pause raffte Thomas seinen ganzen Mut zusammen und fragte: »Warum haben Sie nachgegeben, Monsieur?«

»Weil ich auch den Standpunkt des Vogts verstanden habe.«

Wieder überlegte Thomas, dann fragte er: »Hat er Ihnen denn nicht zu gehorchen?«

»Doch.«

»Der Vogt wollte sein Korn für seine Leute behalten und für uns, Sie wollten, daß er es mit den Bauern teilt... was ist denn nun richtiger?«

Anselm von Deinharting sah den kleinen Jungen an, dessen schwarze Augen forschend und ohne Falsch auf ihn gerichtet waren, und entschloß sich, die Wahrheit zu sagen. »Dessen bin ich mir eben nicht mehr ganz sicher, aber ich denke doch, daß der Vogt die Schwierigkeiten übertrieben hat. Er hätte wohl jeder Familie eine Metze Korn abgeben können, ohne daß wir dadurch in Not geraten wären und die Kaiserlichen eingegriffen hätten.«

»Wenn Sie so denken, Monsieur«, erklärte Thomas mit Entschiedenheit, »dann hätten Sie den Mann hinauswerfen sollen!«

Anselm von Deinharting lachte auf. »Und wer würde seine Arbeit tun?«

»Wir, Monsieur.«

»Du und ich, meinst du?«

»Nein, wir alle... Tante Elisabeth nicht, die ist zu zart... aber Beata könnte schon zupacken, wenn sie müßte, und Antoinette versteht viel von Kräutern und Gemüse... und Peter ist stark...«

»Alles gut und schön, Thomas, aber ein Gut zu leiten ist ein Beruf, den man lernen muß... wie schmieden, reiten, kochen oder richten, und der Vogt versteht seine Sache, ich nicht, auch Peter hat nie auf dem Land gearbeitet, er hat immer nur mit Pferden zu tun gehabt... und Beatas Kraft nützt nichts, wenn sie nicht weiß, was sie damit anfangen soll. Da bliebe nur Tonette, von ihr glaube ich allerdings, daß sie in jeder Situation etwas leisten würde.«

»Schade«, sagte Thomas, »aber wenn das so ist, möchte ich alles lernen, was der Vogt kann.«

Anselm von Deinharting kam der Gedanke, wie glücklich er gewesen wäre, wenn Emanuel oder Anselm einen solchen Standpunkt vertreten hätten. Zu Thomas sagte er nur: »Das wird dir wenig helfen, da du kein eigenes Land besitzt.«

»Ich werde es mir eben erobern.«

»Wie stellst du dir das vor?«

»Das kann man doch! Die Franzosen haben viel Land erobert da unten am Rhein, Tonette hat es mir erzählt, und die Engländer haben ein riesengroßes Land ganz weit weg erobert... ich weiß nicht, wie es heißt...«

»Indien?«

»Ja, Indien! Da werde ich das Stück Boden auch schon kriegen, das ich brauche.«

Anselm von Deinharting fürchtete, den Jungen zu überfordern, wenn er ihm erklärte, daß alle diese Eroberungen ja nicht Privatpersonen zugute kamen, sondern der Obrigkeit, deshalb sagte er nur: »Das ist nicht so einfach.«

»Ich schaffe das schon. Es gibt Land genug auf der Welt. Vielleicht fahre ich auch nach Amerika. Da nehmen sie es den Indianern weg.«

Anselm von Deinharting hatte noch nie so viel von seinem kleinen Sohn erfahren, und er nutzte die Stunde, um zu erforschen, was in seinem Kopf vor sich ging. »Amerika ist sehr weit weg, es liegt hinter dem großen Ozean... viele Wochen muß man auf dem Schiff fahren...«

»Ja, ich weiß.«

»Und es würde dir nichts ausmachen, Deinharting zu verlassen?«

»Ich bin ja hier nicht zu Hause«, sagte der Junge ruhig.

»Wie kannst du das sagen! Du bist hier geboren!«

»Im Dragonerhaus.«

»Was macht das schon für einen Unterschied!«

Thomas schwieg. Etwas hielt ihn zurück, dem großen Mann an seiner Seite zu erzählen, daß Antoinette ihm von klein auf eingeprägt hatte, daß er auf Schloß Deinharting nur geduldet sei. Er konnte auch nicht ausdrücken, daß die Blicke, die Elisabeth ihm schenkte, nicht voll mütterlicher Liebe, sondern abschätzend waren; obwohl sie sich bemühte, freundlich zu ihm zu sein, war ein Zwang deutlich zu spüren.

»Wir haben dich doch alle lieb«, sagte Anselm von Deinharting und hörte selbst, daß es nicht überzeugend klang.

»Ja, Monsieur«, sagte der Junge mit unbeweglichem Gesicht.

Der Hofmarksherr fragte sich, ob dies nicht der Zeitpunkt war, ihm seine Vaterschaft zu gestehen; er sehnte sich danach, die Augen seines Sohnes aufleuchten zu sehen. Aber er zweifelte daran, daß es für Thomas etwas geändert hätte. Er hatte ja nichts, was er ihm anbieten konnte, weder die Hofmark noch das Schloß, nicht das Gut, nicht einmal seinen Namen. Nein, bevor er sich Thomas offenbarte, mußte er mit Elisabeth sprechen, auch mit Anselm, Emanuel, Beata und Auguste.

Anselm von Deinharting seufzte. Ihm kam der Gedanke, daß er bei der bevorstehenden Säkularisation versuchen könnte, Land aus dem Besitz des Klosters zu erstehen. Es gehörte am südlichen Zipfel des Klostergrundes sogar ein Rokokoschloß dazu, Steinheim, das die Mönche von dem Letzten eines sterbenden Geschlechtes geerbt hatten.

»Und wenn ich Land für dich kaufe?« schlug er vor.

»Nein, Monsieur, danke, Monsieur, ich schaff's schon allein... mit Tonette.«

»Auf Tonette würde ich nicht zu fest rechnen. Sie wird heiraten wollen und...«

»Antoinette wird mich nie verlassen... nie!« rief Thomas mit jäh ausbrechender Wildheit; er verstärkte den Schenkeldruck, zog die Zügel an und galoppierte davon. Erst kurz vor dem Gemeindewald hielt er die Stute an; triumphierend wandte er sich um und schwenkte seine Peitsche. »Sehen Sie, Lisei kann es schon!« rief er.

»Gut gemacht«, lobte Anselm von Deinharting, der im Trab herangekommen war, und er ärgerte sich, weil seine Anerkennung nicht so herzlich klang, wie Thomas es verdient hätte; aber der Junge blieb für ihn nicht nur ein Quell des Stolzes, sondern auch der Beunruhigung.

Als die ersten Erdäpfel und frühen Kirschen geerntet werden konnten, ging ein Aufatmen durch das ganze Land; die Gefahr einer Hungersnot war gebannt. Das Gras wurde geschnitten, getrocknet, gewendet und in die Scheuern gebracht.

Später im Jahr, als das Korn eingefahren wurde, in einem heißen Sommer, in dem der Himmel grollte und Gewitter die Schwüle aufrissen, legten sogar die fremden Soldaten mit Hand an, die Ernte einzubringen. Das tägliche Brot war für sie ebenso wichtig wie für die Bauern und ihr Gesinde; die Offiziere wußte das und stellten Freiwillige zur Erntearbeit ab.

Emanuel kam nach Hause. In der schmucken Offiziersuniform, dem blauen Rock mit den blanken Knöpfen, der früheren französischen Uniform nachempfunden, wirkte er elegant und größer. Klüger war er jedoch nicht geworden. Er prahlte auch in Anwesenheit der Damen mit seinen Erfolgen beim weiblichen Geschlecht, was Elisabeth zum Erblassen, die Mädchen zum Erröten und Kichern brachte. Den Militärdienst betrachtete er als ein rauhes Spiel und wollte die Möglichkeit, daß Bayern in den europäischen Krieg verwickelt werden könnte, nicht wahrhaben. Die beiden österreichischen Offiziere behandelten ihn mit Überlegenheit, ja leiser Verachtung, die er aber nicht zu bemerken schien. Sein Vater litt mehr darunter als er selbst und wünschte die Besatzer zum Teufel.

Beata gab sich während Emanuels Anwesenheit gezwungen. Antoinette hatte sie davor gewarnt, daß ein falscher Blick oder ein verräterisches Wort den Bruder dazu zwingen könnte, Ferdinand von Tobler zum Duell zu fordern. Diese Gefahr wollte sie keinesfalls herausfordern, denn sie wußte, wie auch der Zweikampf ausginge, er würde das Ende ihrer Hoffnungen bedeuten. Das verstand Ferdinand von Tobler so gut wie sie, und sein Benehmen wurde in Anwesenheit der Familie unnatürlich steif.

Antoinette, um deren Gunst Emanuel sich bemühte, war freundlich zu ihm, behandelte ihn aber sehr zu seinem Mißvergnügen wie einen Jungen. Wenn sein Besuch auch nicht besonders erfreulich war, so bedauerten es doch alle – außer Beata und Ferdinand von Tobler –, als er seine Abreise ankündigte, denn er hatte Abwechslung in das Leben der Schloßbewohner gebracht.

»Papa, ich muß Sie sprechen«, sagte Emanuel, als man an seinem letzten Abend von der Tafel aufstand; er war sehr rot im Gesicht und fuhr sich mit zwei Fingern in den Uniformkragen, um ihn zu lockern.

»Ich nehme an, es handelt sich um Geld?« fragte Anselm von Deinharting und wechselte einen Blick mit Elisabeth.

»Ja, Papa!«

»Gehen wir ins Richterzimmer«, beschied der Vater, »du kannst den Kaffee schon servieren lassen, Elisabeth, ich denke nicht, daß es lange dauern wird.« Er ging Emanuel voraus.

Ohne links und rechts zu sehen, durchquerte er den Raum, dessen Decke bis in die Ecken hinein von einem farbenprächtigen Gemälde eingenommen wurde, das das Wappen derer von Deinharting und Helios auf dem Sonnenwagen zeigte, und stieß die beiden Butzenscheibenfenster auf. Es war ein warmer, heller Sommerabend, dessen Schwüle sogar durch die dicken Mauern des alten Schlosses drang. Anselm von Deinharting lauschte eine kurze Weile dem Schlagen der Nachtigall im nahen Gehölz und wandte sich dann seinem Sohn zu. »Wieviel brauchst du?«

Emanuel befeuchtete die Lippen. Er fühlte sich sehr unbehaglich, und hätte sich der Boden vor seinen Füßen aufgetan und ihm Gelegenheit gegeben, für immer aus dieser Welt zu verschwinden, er hätte sie genutzt. In diesem Raum, in dem seit über hundert Jahren die Schriften aufbewahrt wurden, in denen die Grundstücksvermessungen der Hofmark, die wechselnden Pacht- und Lehnsverhältnisse und die Abgabenverpflichtungen der Bauern festgelegt wurden, bedrückte ihn die Überlegenheit des Vaters besonders stark. Es war ihm, als würden die schwermütigen Augen seiner Ahnen, deren Bildnisse, vom Alter nachgedunkelt, an den Wänden hingen, ihn geradezu durchbohren. Er setzte zum Sprechen an, brachte aber nur ein Krächzen heraus.

Der Hofmarksherr öffnete eine Tür des mächtigen Renaissanceschrankes und holte die Flasche mit Obstler und zwei Zinnbecher heraus. »Da, trink!« sagte er, nachdem er eingegossen hatte, und leerte seinen Becher mit einem Zug.

Emanuel haßte schon den Geruch des starken Getränkes, aber er nahm einen großen Schluck – aus Verzweiflung und um seinen Vater nicht zu reizen. Danach wurde ihm unerträglich heiß.

»Warum knöpfst du deine Jacke nicht auf?« schlug Anselm von Deinharting vor. »Du bist ja hier nicht im Dienst.«

»Danke, Papa!« Emanuel tat, wie ihm geraten, leerte den Becher, und jetzt war ihm, als träten ihm die Augen aus dem Kopf.

Bei Anselm von Deinharting tat der Schnaps keinerlei Wirkung. »Also sprich schon!« drängte er. »Deine Stiefmutter erwartet uns.«

»Ich habe gespielt, Papa«, brachte Emanuel mühsam hervor.

»Auch das noch! Du Trottel!« Anselm von Deinharting nahm einen Schluck gleich aus der Flasche, um sich wieder in die Gewalt zu bekommen. »Und das sagst du mir erst an deinem letzten Tag?!«

»Es ist ja hier passiert... in Deinharting.«

»Mit den kaiserlichen Offizieren?« Emanuel nickte nur. »Sie haben dich dazu verführt.«

»Ich wollte nicht, wirklich nicht, Papa! Aber ich wußte nicht, wie ich mich dem entziehen konnte.«

Anselm von Deinharting verstand. Nur zu gut konnte er sich Felix von Lingens leichtfertigen Spott vorstellen, mit dem er Emanuel dahin gebracht hatte, mitzuhalten. »Also wieviel?« fragte er.

Emanuel atmete auf, als der Vater so ruhig blieb. »Hundertzwanzig Gulden«, gestand er mit zitternder Stimme.

Das war mehr, als Anselm von Deinharting erwartet hatte, und es brachte sein ganzes Budget in Unordnung, aber er sagte nur: »Es ist gut, daß du zu mir gekommen bist, Emanuel. Leih dir nie Geld bei den Wucherern, das würde der Anfang vom Ende sein, hörst du.«

»Ich werde nie wieder spielen, Papa.«

»Das will ich hoffen.« Anselm von Deinharting holte eine eiserne Kassette aus dem Schrank, schloß sie mit einem großen, reichverzierten Schlüssel auf, der an seinem Bund hing, und zählte die goldenen Münzen ab. Danach zeigte er seinem Sohn den leeren Kasten. »Da siehst du! Ich wollte die Damen im Winter nach München schicken, dafür hatte ich gespart. Jetzt ist es vorbei damit!«

»Es tut mir so leid, Papa.«

»Schon gut, Emanuel. Wenn du aus dieser Dummheit gelernt hast, soll es mir das Geld wert sein.«

»Danke, Papa!« Emanuel war so erleichtert, glimpflich davongekommen zu sein, daß ihm Tränen in die Augen schossen, als er das Gold in den ledernen Beutel strich, den ihm sein Vater zuwarf. Dieser wandte sich rasch ab, denn es wäre ihm unerträglich gewesen, seinen erwachsenen Sohn jetzt auch noch weinen zu sehen.

Im gleichen Sommer, kurz nach Emanuels Abreise, traf der älteste Sohn des Hofmarksherrn in Deinharting ein. Er kam zu Fuß, sein Pferd hatte er längst verkauft – angeblich weil er in Ingolstadt kaum Zeit und Gelegenheit zu einem Ausritt gehabt hatte; sein Vater verzichtete darauf, der Sache nachzugehen.

Anselm von Deinharting glaubte sich selbst in dem jungen Mann wiederzuerkennen; dieser Sohn war breitschultrig und hochgewachsen wie er und hatte die gleichen kräftigen, wohlgeformten Hände, die starke Nase, die braunen Locken, das ausgeprägte Kinn und den festen Mund. Aber trotz seiner Jugend wirkte er schon ein wenig verlebt, die Züge wirkten gedunsen, und ein kleiner Bauch zeugte davon, daß er zuviel gegessen und auch wohl getrunken hatte. Aber das trübte die Wiedersehensfreude nicht, einige Wochen gesunden Landlebens würden den jungen Anselm, so hoffte der Vater, schon wieder in Form bringen.

Noch vom Staub der Landstraße bedeckt, begrüßte er seine Stiefmutter, die ja nur wenige Jahre älter war als er selbst, mit einem galanten Handkuß. »Sie sind noch schöner geworden, Elisabeth!«

»Und Sie noch größer als Ihr Vater!«

»Ist das dein Ernst?« fragte Anselm von Deinharting, dem diese Vorstellung nicht behagte.

»Machen Sie sich nichts draus, Papa«, erklärte der junge Anselm, »außer meiner Größe habe ich nicht viel zu bieten.«

»Ist etwas passiert?« Anselm von Deinharting war sofort alarmiert. »Bist du etwa relegiert?«

»Das denn doch nicht.« Der junge Anselm lachte ohne Fröhlichkeit. »Ich habe meine Prüfungen sogar bestanden...«

»Schulden?«

»Nicht einmal das!«

»Aber dann kann man doch nur gratulieren!«

»Wozu, Papa? Finden Sie die Aussicht, das Leben in ungelüfteten Amtsstuben verbringen zu dürfen, wirklich so reizvoll?«

Die Jugend des Schlosses, die seine Ankunft erfahren hatte, kam hereingestürmt. Beata, die die letzten Worte des Bruders gehört hatte, rief vergnügt: »Wer kann dich daran hindern, hin und wieder ein Fenster zu öffnen?« Sie umarmte ihn und küßte ihn auf beide Wangen.

Auguste stellte sich auf die Zehenspitzen, um ihrem Beispiel zu folgen, aber sie erreichte nur sein Kinn.

Über ihren Kopf hinweg sah er Afra an, die die Kinder hereingebracht hatte; ihre braunen, schräggestellten Augen hafteten an seinem Blick, und sie schenkte ihm ihr seltenes und deshalb um so reizvolleres Lächeln, bei dem die spitzen Eckzähne sichtbar wurden.

»Wie beneidenswert Sie sind, Papa!« rief der junge Anselm. »Sie sind von lauter Schönheiten umgeben!« Er erwiderte Afras Lächeln. »Wollen Sie mir nicht auch einen Kuß geben?«

»Warum nicht?« Sie küßte ihn ohne Verlegenheit, wobei ihn ihr junger, fester Körper flüchtig berührte. Die anderen außer Elisabeth und Thomas klatschten Beifall.

Der junge Mann wandte sich Antoinette zu, die sich ein wenig abseits gehalten hatte. »Willkommen zu Hause«, sagte sie freundlich, aber es war ihm, als funkelte auf dem Grund ihrer großen blauen Augen leichter Spott; sie reichte ihm freimütig die Hand.

Er ergriff ihre Finger und überlegte sich, ob er sie küssen oder einfach nur schütteln sollte; wie alle jungen Männer machte sie auch ihn verlegen, aber ehe er auch zu einem Entschluß kam, hatte sie ihre Hand schon zurückgezogen. »Das ist also unsere Comtesse!« sagte er, und unwillkürlich verglich er sie mit Beata und Afra. »Also wirklich, wenn ich unter diesen drei Grazien wählen sollte, ich könnte mich nicht entscheiden!«

»Wie beruhigend, daß dies niemals von Ihnen verlangt werden wird«, sagte Antoinette, »wir sind nämlich keine Kuchenstückchen auf dem silbernen Tablett des Konditors, bei denen man nur zuzulangen braucht!«

»Gut gegeben, Antoinette!« rief Beata und klatschte in die Hände. Afra hingegen warf ihm einen verschwörerischen Blick zu und zuckte mit den Achseln.

»Willst du den jungen Monsieur nicht auch begrüßen?« Antoinette schob Thomas vor. Der Junge machte mit ernstem Gesicht eine wohlerzogene Verbeugung.

Anselm fühlte sich zurechtgewiesen, weil er den Jungen übersehen hatte, ihm fiel auch nichts ein, was er ihm sagen oder ihn fragen könnte. »Du bist gewachsen«, brach er endlich heraus.

»Ja, das haben die Kinder so an sich«, sagte Antoinette lächelnd. Der junge Anselm biß sich auf die Lippen.

»Sie müssen meinen Bruder nicht so ärgern!« rief Beata und hängte sich bei ihm ein. »Er ist müde von der Reise, und wir sind wohl ein wenig verwirrend...«

»Danke«, unterbrach er schroffer als beabsichtigt, »aber ich bin durchaus imstande, mich selbst zu verteidigen!«

Beata stiegen Tränen in die Augen. »Aber ich hab's doch nur gut gemeint!«

»Jetzt seid ihr erst ein paar Minuten beisammen, und schon fangt ihr an zu zanken!« stellte Elisabeth fest. »Sie sollten sich erst einmal säubern und umziehen, Anselm. Antoinette, schicken Sie bitte in die Küche, daß heißes Wasser heraufgebracht wird.«

»Ja, *ma tante!*« Antoinette sah ihn an. »Möchten Sie nicht auch eine Kleinigkeit essen? Bis zum Diner sind es noch zwei Stunden!«

»Danke, nein!« sagte er und ärgerte sich sofort über diese Ablehnung, da er sehr hungrig war.

Ihr Lächeln verriet, daß sie ihn durchschaute. »Ich werde Ihnen auf alle Fälle etwas richten lassen!« Sie verließ den Raum, und Thomas nutzte die Gelegenheit, mit ihr hinauszuschlüpfen.

Anselm mußte seiner Verärgerung Luft machen. »Soweit hat es kommen müssen! Die gnädige Comtesse spielt sich als Herrin des Hauses auf!«

»Das tut sie keineswegs«, berichtete Elisabeth, »sie ist mir eine große Hilfe und den Kindern eine gute Freundin.«

»Ihr scheint gar nicht mehr zu merken, was für Kuckucke ihr euch da ins Nest gesetzt habt!«

»Spielst du etwa auf Thomas an?« fragte sein Vater.

»Auf die beiden Franzosen!«

»Wenn das deine Meinung ist, dann muß ich dir sagen, daß Thomas sehr wohl ein Recht hat, auf Deinharting zu sein!« Mit großen Schritten verließ Anselm von Deinharting das Zimmer, denn anders wußte er eine Auseinandersetzung nicht zu vermeiden, bei der leicht Dinge hätten gesagt werden können, die sich nicht mehr zurücknehmen ließen.

»Ich verstehe nicht... was soll das heißen...«

»Ihr Vater hat recht«, sagte Elisabeth, »Sie sollten über seine Worte nachdenken. Aber nun will ich nichts mehr davon hören, verstanden?«

Auguste hatte das Gespräch mit großen Augen verfolgt. »Was hast du nur gegen Thomas und Tonette?« fragte sie. »Ich mag sie sehr, alle beide... und du doch auch, Beata?«

»Ganz gewiß.«

»Thomas ist brav«, sagte Afra, »aber Antoinette...« Sie schämte sich ihres Verrats, aber um Anselms Sympathie zu gewinnen, hätte sie ihre Freundin sogar ans Messer geliefert, »...sie spielt sich wirklich auf.«

»Das könnte man von einer gewissen anderen Person mit weit größerer Berechtigung behaupten!« sagte Elisabeth scharf und fixierte das Mädchen, bis es unter ihrem Blick errötete. »Gehen Sie mit Auguste ins Schulzimmer! Oder wollten Sie den Unterricht schon beenden?«

»Ja, bitte, Mama!« rief Auguste.

»Nein!«

Afra faßte die Kleine am Arm und zog sie mit sich zur Tür hinaus.

»Arme Afra!« sagte Anselm.

»Hilft nichts, man muß sie hin und wieder auf den Platz verweisen, an den sie gehört.«

»Wo gehört sie denn hin?« fragte er nachdenklich.

»Auf keinen Fall als Herrin auf Schloß Deinharting!«

Er lachte ungläubig. »Aber dazu hat sie doch gar keine Chance.«

»Das scheint sie aber nicht einzusehen!«

»Ja, wirklich«, stimmte Beata zu, »sie hat dir recht schöne Augen gemacht, Anselm! Sei auf der Hut!«

»So ein Unsinn!«

»Du bist gewarnt, Bruder!«

»Also, ich glaube, ich geh' mich jetzt lieber waschen!« An der Tür drehte er sich noch einmal um. »Aber eines will ich euch sagen: Es gibt viele Mädchen, mit denen ein Mann schlechterfahren würde als mit unserer Afra.« Mit einer Handbewegung versuchte er die Proteste der Damen zu dämpfen. »Zu eurer Beruhigung: Ich denke nicht entfernt an Heirat. Weder mit ihr noch mit einer anderen!«

Anselm von Deinharting behielt recht: Das gesunde Leben auf dem Land blieb nicht ohne Wirkung auf seinen Sohn. Seine Muskeln strafften sich, der kleine Bauch verschwand, und sein Gesicht nahm eine gesunde bräunliche Farbe an. Der Vater war stolz auf ihn und hatte ihn gern in seiner Nähe, wenn er sich auch Sorgen über seine Zukunft machte.

Afra versuchte weiterhin auf jede Weise, die Aufmerksamkeit des jungen Mannes zu erregen, mit Schleifen im Haar, eleganten Seidenblusen und schmachtenden Blicken, die gar nicht zu ihr paßten. Antoinette beobachtete ihre Bemühungen mit mitleidiger Nachsicht, Elisabeth mit ungeduldigem Ärger.

Beata war es gleichgültig. Nachdem die erste Wiedersehensfreude abgeklungen war, wünschte sie den Bruder dorthin, wo der Pfeffer wächst, denn noch stärker als Emanuel zwang er sie zur äußersten Zurückhaltung Ferdinand von Tobler gegenüber. Anselm wagten die Offiziere nicht mit der lächelnden Herablassung wie seinen jüngeren Bruder zu behandeln; sie mochten sich nicht mit ihm anlegen und wären ihn gern losgeworden. Aber er machte keine Anstalten, sein Vaterhaus zu verlassen.

Eines Morgens schloß er sich dem Vater beim Ausritt an. Da Thomas um diese Zeit Unterricht hatte, waren die beiden allein. Nur der eifrige Parbleu begleitete sie. Der Hofmarksherr schlug wie so oft den Weg zum Dorf und der Posthalterei ein, um von dort aus Friedrich König im Dragonerhaus zu besuchen. Er wollte mit dem Freund die letzten Neuigkeiten besprechen. Max Josef hatte seinen Vetter Christian von Zweibrücken beauftragt, eine Armee aufzustellen, und damit den Unmut seiner bayrischen Landeskinder erweckt, sie hätten lieber einen Bayern an der Spitze ihrer Soldaten gesehen.

Die beiden Männer ritten gemächlich die Lindenallee entlang. Noch war die Luft angenehm frisch, aber der leichte Dunst über den abgeernteten Feldern verriet, daß es ein sehr heißer Tag werden würde. Bauersleute, die auf einem Kartoffelacker arbeiteten, richteten sich auf, als sie vorbeiritten. Die Männer zogen die Hüte, die Frauen knicksten tief. Der Hofmarksherr und sein Sohn grüßten freundlich zurück.

»Allmählich fange ich an, Sie zu verstehen«, bekannte der junge Anselm und trieb sein Pferd noch enger an Bruna heran. »Ich muß gestehen... früher habe ich Sie ein wenig verachtet, weil Sie sich so ganz aus dem Getriebe dieser Welt zurückgezogen haben. Aber inzwischen sind mir die Augen aufgegangen.« Mit der Peitsche machte er eine umfassende Geste. »Dies hier ist fast ein kleines Paradies.«

»Nun doch nicht!« widersprach sein Vater. »Krankheit, Unwissenheit...«

Der junge Anselm unterbrach ihn. »Haben Sie nie daran gedacht, etwas dagegen zu tun?«

»Du wirst dich vielleicht erinnern, daß ich Pfarrer Reiter sehr ermutigt habe, Unterricht zu erteilen. Aber er war nicht der Mann dazu, und die Bauern konnten nicht verstehen, wozu das gut sein sollte. Sie wollten nicht auf die Hände ihrer Kinder in Haus und Hof verzichten.«

»Man müßte einen richtigen Lehrer anstellen.«

»Dazu habe ich nicht das Geld. Vergiß nicht, daß ich eine große Familie zu versorgen habe und die Damen ziemlich anspruchsvoll sind. Ich bin froh, daß Beata eine Erbschaft von ihrer Großmutter mütterlicherseits hat, denn ich wüßte kaum, wie ich ihr eine Mitgift beschaffen könnte.«

»Aber mit den Franzosen belasten Sie sich!«

»Das ist wohl meine Sache, Anselm!«

»Ich habe nichts gegen Antoinette...«

»Das scheint mir aber doch!«

»...und auch nichts gegen den Jungen! Ich meine nur, die Leute hier müßten Ihnen näherstehen. Sie müßten alles für sie tun...«

»Ich bemühe mich nach Kräften!«

»Warum geben Sie ihnen nicht wenigstens die Freiheit?!«

Anselm von Deinharting tätschelte den Kopf seiner Stute. »Ich habe daran gedacht, Anselm, aber ich konnte es nicht. Ich wollte dir die Hofmark so übergeben, wie ich sie von meinem Vater erhalten habe. Ich weiß, du wirst jetzt sagen, du legst keinen Wert darauf... das freut mich, Anselm, denn die Zeiten haben sich geändert, und die gesellschaftlichen Verhältnisse werden es auch, ganz ohne unser Zutun. Ich habe dir schon gesagt, daß Max und Montgelas sehr weitreichende Reformen planen.«

»Warum kommen wir ihnen nicht zuvor?«

»Ich bin nicht sehr beliebt bei meinen Standesgenossen«, erklärte der Hofmarksherr geduldig, »wollte ich von mir aus einen solchen Schritt wagen, würde ich ein Ausgestoßener sein.«

»Aber für die Bauern wären Sie ein Heiliger!«

»Du kennst sie nicht!« Anselm von Deinharting schüttelte bedächtig den Kopf. »Keiner von ihnen würde freiwillig auch nur einen Fußbreit seines Grund und Bodens aufgeben, gleichgültig ob er nun als Pächter, zu Lehen oder auch nur als Leibeigener darauf sitzt... sie würde mich verachten, wenn ich mein Land herschenkte.«

»Lassen Sie es auf einen Versuch ankommen!«

»Nein, Anselm, ich bin zu alt, um zu experimentieren. Wenn du Hofmarksherr bist, magst du tun, was du für richtig hältst.«

»Und wann«, fragte der junge Mann überraschend, »wird das sein?«

Anselm von Deinharting blickte seinem Sohn fest in die Augen. »Heißt das, daß du mich aufs Altenteil setzen willst?«

»Nein, Vater!« Der junge Anselm senkte den Blick. »Aber Sie sind nicht mehr jung. Sie... Sie leben in den Tag hinein, und manchmal scheint mir, Sie überschätzen Ihre Kräfte.«

»Weit ist es gekommen, wenn ich mich von meinem Sohn belehren lassen muß!«

»Ich möchte Ihnen doch nur helfen, Vater, nichts weiter. Lassen Sie mich Ihnen Arbeit abnehmen... weihen Sie mich in die Verwaltung ein.«

»Du möchtest also in Deinharting bleiben?« fragte der Hofmarksherr nachdenklich.

»Ja. Es hat lange gedauert, aber endlich weiß ich, wohin ich gehöre.«

Anselm von Deinharting schüttelte den Kopf. »Zwei Herren sind zuviel auf einem Land. Du willst Reformen, ich will das Bestehende, soweit es möglich ist, erhalten... nein, Anselm, das würde nicht gutgehen.«

»Ich schwöre Ihnen, ich werde nichts verändern, solange Sie leben!«

»Und auf meinen Tod warten?« Das Lächeln des Hofmarksherrn war voller Schmerz.

Der Sohn hob die Hand. »Ich schwöre Ihnen...«

»Schwöre nicht!«

Sie waren beim Gasthof »Zur Post« angekommen. Ohne abzusteigen, fragte der Hofmarksherr nach Post, erfuhr, daß keine Briefsachen gekommen waren, und ließ von dem dicken Schwaiger für sich und seinen Sohn je eine Maß des würzigen Deinhartinger Bieres bringen. Der junge Anselm tat einen tiefen Zug. »Das allein«, sagte er, »wäre schon ein Grund, hierzubleiben!«

Sein Vater, der wohl merkte, daß der Wirt die Ohren spitzte, winkte ab. »Wir sprechen später!« Erst als sie weiterritten, fragte er: »Ist es auch Afras wegen?«

Das wies der junge Mann weit von sich. »Afra? Nein, o nein!«

»Sie ist eine tüchtige willensstarke Person. Eine bessere Frau würdest du schwerlich finden.«

»Als die Wirtstochter?«

Anselm von Deinharting lächelte. »Standesdünkel bei dir? Ich muß mich wundern!«

Das gebräunte Gesicht des jungen Anselm errötete. »Bestimmt nicht, nur gerade in diesem Fall... der Kerl ist so schmierig. Ich möchte keinesfalls mit ihm verwandt sein.«

»Schade. Das Mädchen sucht verzweifelt ihren Platz zwischen zwei Welten, und sie bewundert dich.«

»Ich kann ihr nicht helfen.«

»Doch sie dir. Ihre Mitgift würde dir das Leben erheblich erleichtern.«

Sie ritten die Dorfstraße entlang. Die fremden Soldaten grüßten respektvoll, Kinder und Hunde liefen ihnen nach, und Parbleu trug die Schnauze hoch, denn er fühlte sich in Gesellschaft seines Herrn den Dorfkötern weit überlegen.

»Wozu brauche ich Geld?« fragte der junge Anselm.

»Jetzt, da du mit dem Studium fertig bist, kann und will ich dich nicht länger unterstützen.«

»Aber ich habe Ihnen doch schon gesagt, Vater: Ich will ja arbeiten.«

»So tu das. Aber nicht hier. Ich will dir gern eine Empfehlung an Montgelas mitgeben. Er hat mir versprochen, dir ein Amt zu beschaffen. Ich weiß, Anselm, du bist voller Vorurteile gegen ihn und Max, aber du bist im Unrecht. Du hättest Gelegenheit, mit ihnen zusammen unser Bayern zu verändern.«

»Sie wollen mich nur loswerden.«

»Jetzt sei nicht kindisch, Anselm. Ich hätte dich gern in meiner Nähe, aber es ist unmöglich. Ich kann meine Bezüge nicht mit dir teilen, ich muß ja für alle sorgen, und selbst wenn ich es täte, nützte es dir nichts. Nach meinem Tode fallen sie nämlich fort, das hat mir Montgelas unumwunden erklärt.«

»Sie fallen fort? Wie das?«

»Meine Haupteinnahme, Anselm, das weißt du doch, erhalte ich aus einer juristischen Pflegschaft, die ich nicht ausübe. Das war ja bisher gang und gäbe. Aber Montgelas will das ändern. Wer Geld verdienen will, soll auch dafür arbeiten. Die Kläger sollen nicht länger gezwungen sein, sich mit Sporteln ihr Recht zu erkaufen. Alle Vorrechte des Adels sollen abgeschafft werden.«

»Das nenne ich stark.«

»Ich nehme an, daß diese Maßnahmen ganz in deinem Sinne sind, Anselm!«

»O ja, wenn Max Josef und sein geliebter Montgelas sich auch gleich selbst mit abschaffen würden!«

»Jemand muß das Land regieren, Anselm, und gerade in dieser schweren Zeit brauchte es eine starke Hand...«

»Keineswegs! Wozu haben wir die Landschaft? Sie ist zwar nur eine Ständeverwaltung, aber wenn man Vertreter anderer Bevölkerungsschichten mit hineinnähme, könnten wir uns sehr gut selbst regieren und auch reformieren!«

»Ich möchte nicht mit dir politisieren, Anselm, das führt zu nichts. Wesentlich ist, daß du dir klarmachst, womit du rechnen mußt. Du wirst das Schloß und das Gut erben. Weiter nichts. Da du das Gut nicht selbst bewirtschaften kannst... bedauerlicherweise... wirst du dir deinen Lebensunterhalt in der Verwaltung oder bei Gericht verdienen müssen. Eine gute Partie käme dir jedenfalls sehr zustatten. Es muß ja nicht gerade Afra sein.«

»Um des Geldes willen heiraten... pfui Teufel.«

»Halte das, wie du willst, Anselm. Ich hoffe jedenfalls, du siehst ein, daß es nicht böser Wille ist, wenn ich dich fortschicke. Selbst wenn ich weiter für dich sorgte... nach meinem Tode ständest du vor dem Nichts.«

»Montgelas und der Kurfürst nehmen uns alles, um selbst nur noch mächtiger zu werden! Ihr solltet euch zusammentun und diese Burschen aus dem Land jagen! Wir dürfen uns das nicht gefallen lassen!«

»Doch, Anselm. Ich kann nicht gegen Reformen ankämpfen, die ich selbst für rechtens, ja für überfällig halte, auch wenn sie mir ins eigene Fleisch schneiden.«

Sie hatten das Dorf hinter sich gelassen, und bald bot sich das Dragonerhaus ihren Blicken dar, die Wiese übersät mit den Kelchen der zarten violetten Herbstzeitlosen.

»Wir wollen bei Friedrich König nicht darüber sprechen«, mahnte der Hofmarksherr, »alles, was ich dir heute anvertraut habe, ist noch geheim und muß es bleiben.«

»Sie trauen dem Doktor nicht?«

»Das ist es nicht, aber ich habe mein Wort gegeben, zu schweigen. Mit dir mußte ich darüber sprechen, weil es notwenig war. Aber ich erwarte von dir, daß du auch deinen besten Freunden keine Silbe verrätst.«

Die unerwarteten Eröffnungen seines Vaters waren für den jungen Anselm ein Schock gewesen; es dauerte Tage, bis er sich ihrer ganzen Tragweite bewußt wurde. Das Ärgste war die Erkenntnis, daß er sich bisher stets selbst betrogen hatte. Die Ideen der Französischen Revolution hatten ihn fasziniert, und er glaubte sich bereit, mit den Traditionen der Vergangenheit zu brechen. Jetzt mußte er begreifen, daß im Hintergrund seines Bewußtseins doch immer die Gewißheit geschlummert hatte, eines Tages wie sein Vater als Hofmarksherr mit allen dazugehörenden Privilegien leben zu können. Auch wenn ihm dies viele Jahre lang gar nicht begehrenswert erschien, so war die Gewißheit dieser letzten Zuflucht doch immer dagewesen. Nun aber mußte er sich einer Zukunft stellen, die anders aussah. Die Aussicht, Beamter in München zu werden, behagte ihm ganz und gar nicht. Aber es gab keine andere Möglichkeit, es sei denn bei den Soldaten. Aber für den Kaiser von Österreich zu kämpfen, denn darauf würde es für die bayrischen Truppen wohl hinauslaufen, schien ihm sinnloser als alles andere.

Nach schweren inneren Kämpfen ergab er sich in sein Schicksal. Anselm von Deinharting schrieb an Montgelas und seine Schwester Sophie mit der Bitte, den jungen Mann wenigstens vorläufig bei sich aufzunehmen. Der junge Anselm fuhr nach Taufbeuren, um sich Anzüge anmessen zu lassen. In seinen abgetragenen Kleidern, die für einen Studenten noch gut genug waren, konnte er sich in der Münchner Gesellschaft, in der er sich einen Platz erobern sollte, nicht blicken lassen.

Die Hausschneiderin zog wieder einmal auf Schloß Deinharting ein, und wie immer halfen die Damen beim Nähen. Aber da Afra meist mit den Kindern beschäftigt war, Beata nicht sehr geschickt und Elisabeth ihre Gobelinstickerei der Weißnäherei vorzog, waren es Antoinette und Henriette Striegel, die das meiste taten.

Eines Nachmittags, als der junge Anselm von einem Ausritt heimkehrte, fand er die Tür seines Zimmers offen – es war immer noch der karge, fast spartanisch eingerichtete Raum unter dem Dach mit den beiden Betten, den er als Junge mit Emanuel geteilt hatte. Antoinette war dabei, gerüschte Jabots sorgfältig in seine bereitgestellte Reisetruhe zu schichten.

Als sie ihn eintreten hörte, richtete sie sich auf, hielt einen der duftigen Hemdvorsätze an ihre Brust und fragte lächelnd und ohne Verlegenheit: »Ist das nicht hübsch?«

»Ja«, gab er zu und fühlte sich unerklärlich beklommen.

Sie merkte es, legte das Jabot zu den anderen in die Truhe und wollte zur Tür. »Antoinette«, brach es aus ihm heraus, »ist es nicht schrecklich für Sie, dies für mich tun zu müssen?!«

Sie blieb stehen und sah ihn wissend an. »Nein, gar nicht. Aber für Sie muß es schlimm sein.«

»Ja. Es quält mich.«

»Warum?« Da er darauf keine Antwort wußte, trat sie, die Hände auf dem Rücken, auf ihn zu. »Anselm, was haben Sie gegen mich? Warum können Sie keine Freundin in mir sehen? Keine Schwester?«

»Niemals.«

»Sie können mich doch nicht hassen, weil ich als Kind zu einer Gesellschaftsschicht gehört habe, die längst entmachtet ist und mit der mich nichts verbindet.«

»Ich hasse Sie ja nicht, aber... Sie werden doch immer die Comtesse de Beaujeux bleiben!«

»Für Sie bin ich Antoinette, Anselm, und wer weiß, ob ich nicht eines Tages eine ganz gewöhnliche Frau Huber sein werde.«

»Nie! Sie würden keinen Bürgerlichen heiraten.«

»O doch. Wenn ich überhaupt heirate. Ich bin ja kein verwöhntes Püppchen. Ich diene, Anselm.«

»Warum tun Sie das? Ich verstehe das nicht! Warum kehren Sie nicht in Ihre Heimat zurück?!«

»Hier werde ich gebraucht, Anselm, und es ist die Heimat meines Bruders.«

Er packte sie bei den Schultern. »Ist es auch mein Bruder? Antoinette, ich will es wissen.«

»Ja. Sie brauchen mich nicht so hart anzufassen, Anselm, ich hätte es Ihnen auch so gesagt.«

Er ließ sie los, beschämt und verwirrt. »Deshalb also.«

»Ja, das erklärt manches, nicht wahr? Es tut mir leid, wenn ich Sie verletzt habe, Anselm, aber Sie sind ein erwachsener Mann, und ich meine seit langem, Sie sollten es wissen. Dann werden Sie vielleicht Thomas gegenüber etwas gerechter sein.«

»Und Elisabeth? Weiß sie es?«

»Sicher. Wenn auch der Hofmarksherr nicht mit ihr darüber gesprochen haben wird.« Mit einer leichten Handbewegung fügte sie hinzu: »Die anderen wissen gar nichts.«

»Sie hoffen also, daß Ihre Mutter eines Tages hierher zurückfinden wird?«

»Nein, o nein!« Zum erstenmal wirkte sie betroffen, merkte selbst, daß sie zu heftig reagiert hatte, und fügte erklärend hinzu: »Wir kommen schon allein zurecht.«

Er blickte sie nachdenklich an. »Und all die Jahre haben Sie die Last allein getragen... wie sehr müssen Sie mich verabscheuen.«

Sie lächelte ihn an. »Das könnte ich nicht. Sie sind viel zu sehr der Sohn des Hofmarksherrn, als daß ich etwas anderes als Freundschaft für Sie empfinden könnte.«

Sie huschte aus dem Zimmer, und obwohl er Antoinette jetzt etwas besser zu verstehen glaubte, blieb eine seltsame Leere in ihm zurück. Es wäre ihm lieber gewesen, er hätte sie weiterhin so unbekümmert wie früher herausfordern und verletzen können. Jetzt wußte er nicht mehr, wie er mit ihr umgehen sollte, und fand auch in den nächsten Tagen keinen unbefangenen Ton.

Dieses Unbehagen versöhnte ihn mit der bevorstehenden Abreise. Von Montgelas kam die Nachricht, daß er für einen Posten im Katasteramt vorgesehen sei. Tante Sophie schrieb, daß sie ihn gern bei sich aufnehmen würde. Anzüge, Hemden und Taschentücher wanderten Stück für Stück in die große Truhe. Der Hofmarksherr hatte Empfehlungsbriefe an alle seine alten Bekannten in München geschrieben, und dann war der Morgen des Abschieds da, ein herbstlicher Morgen, an dem ein leichter Wind Nebelschwaden über die Felder trieb.

Alle waren zur Abreise des jungen Anselm erschienen, auch Afra, die eigens fast noch bei Nacht vom Dorf herbeigeritten war. Sie sah sehr reizvoll aus in einem pelzverbrämten Mantel aus braunem Tuch, ihre schräggestellten schwarzen Augen glänzten vor Erregung, und ihre Wangen waren von der frischen Luft gerötet. Aber der junge Anselm beobachtete sie kaum. Er ließ sich von seinem Vater auf den Rücken klopfen, küßte Elisabeth die Hand und zog Beata und Auguste an seine Brust. Als er sich von Antoinette verabschieden wollte, überfiel ihn lähmende Verlegenheit.

Sie reichte ihm die Hand und sagte lächelnd: »Glück und Erfolg, Anselm! Wir werden viel an Sie denken!«

»Danke!« Er machte eine steife Verbeugung und ärgerte sich, daß er nicht herzlicher sein konnte.

»Zu Weihnachten kommen Sie doch gewiß nach Hause!« rief Auguste dazwischen. »Darf ich Ihnen schreiben, was ich mir wünsche?«

Elisabeth mahnte den Kutscher: »Fahre nur ja langsam, bis sich der Nebel hebt!«

Der junge Anselm zermarterte sich den Kopf, um ein gutes Wort für seinen kleinen Bruder zu finden. »Ich hoffe, du wirst mir auch mal schreiben«, sagte er schließlich.

»Gewiß, Monsieur, aber ich kann es noch nicht sehr gut.«

»Macht nichts!« rief Auguste. »Ich werde dir helfen.«

Jetzt endlich war Afra an der Reihe. Ihr gegenüber fühlte er sich ganz sicher. Trotz ihrer Bildung, guten Manieren und eleganten Kleidung war sie für ihn nicht als ein Dorfmädchen.

»Mach's gut, Afra«, sagte er und kniff sie leicht in die glühende Wange.

»Ich . . . ich wünsche Ihnen alles Gute«, stammelte sie, »und vergessen Sie uns nicht!«

»Wie werd' ich denn!« Schon hatte er sich abgewandt und kletterte in das Innere der großen alten Reisekutsche; man hatte sie für die Fahrt gewählt, weil nur sie Platz genug für seine Kleidertruhe und all die nahrhaften Schätze aus Küche und Keller bot, die für die Gräfin Hollberg eingepackt worden waren. Der Kutscher löste die Bremse, schnalzte mit der Peitsche, die Pferde zogen an, und die Räder begannen zu rollen. Alle begleiteten das Gefährt bis zum Tor in der Schloßmauer und sahen ihm nach, bis es zwischen den schon fast entlaubten Linden dahinrollte und ihren Blicken schließlich in dichten Nebelschwaden entschwand.

»Ich hasse das Abschiednehmen«, sagte Anselm von Deinharting impulsiv.

»München ist doch nicht weit«, tröstete ihn Elisabeth, »wir werden ihn öfter bei uns haben als früher.«

»Gott gebe es«, meinte der Hofmarksherr, aber er konnte das Gefühl nicht loswerden, daß sein Ältester sich unaufhaltsam von ihm entfernte.

Obwohl Beata ihrem Bruder aufrichtig zugetan war, begrüßte sie als einzige seine Abreise, denn nun konnte sie endlich wieder mit Ferdinand von Tobler vielsagende Blicke, hin und wieder sogar einen Händedruck wechseln, ohne daß er dabei sein Leben riskieren mußte.

Eifrig begleitete sie die Herren auf die herbstlichen Jagden und zwang so Antoinette, die diesem Vergnügen nichts abgewinnen konnte, mit von der Partie zu sein. Auch Elisabeth nahm öfters teil, denn es war immerhin eine Abwechslung.

Bei einer Hasenjagd standen die Teilnehmer der Jagdgesellschaft weit auseinandergezogen am Waldrand, während die Kette der Treiber über Felder und Wiesen auf sie zukam, das Wild mit lauten Rufen aufscheuchend. Elisabeth leistete, wie immer, ihrem Mann Gesellschaft, während Antoinette und Beata die Schießkünste des Grafen Breetzen, den man ihnen als Kavalier beigegeben hatte, bewundern sollten. Er versuchte mit Beata zu scherzen, aber sie blieb einsilbig, weil sie damit beschäftigt war, nach Ferdinand von Tobler Ausschau zu halten.

Antoinette rettete die Situation, die schon peinlich zu werden begann, indem sie eine oberflächliche Konversation in Gang brachte. Beata stand schweigend neben den beiden. Als sie eine Bewegung hinter sich spürte, fuhr sie herum. Ferdinand von Tobler stand vor ihr. Warnend legte er den Finger auf die Lippen, und es gelang ihr, einen Schrei zu unterdrücken. Es wurde ein fast lautloses Keuchen daraus. Dennoch drehte Antoinette sich besorgt nach ihr um, aber sie brachte es dann doch nicht übers Herz, die Liebesleute zu stören, sondern unterzog sich der Aufgabe, ihren Begleiter abzulenken.

»Wie kommen Sie hierher?« fragte Beata leise.

»Ich habe mich von hinten angeschlichen. Das war gar nicht so einfach. Dieses dürre Holz kracht abscheulich. Einer der Jäger hat mich, scheint's, für ein Wild gehalten. Jedenfalls hat er auf mich angelegt.«

»Wenn Ihnen etwas zugestoßen wäre!«

»Bitte, beruhigen Sie sich!« Trotz der kühlen Witterung war sein Gesicht vor Anstrengung gerötet; er schob die weiße Mütze zurück und tupfte sich mit dem Taschentuch den Schweiß von der Stirn. »Es ist ja nichts geschehen.«

»Aber wenn Sie zurückgehen ...«

Er lächelte beruhigend. »Ich werde warten, bis die ersten Hasen da sind, dann wird niemand mehr darauf achten, was hinter seinem Rücken geschieht.«

Bewundernd blickte sie zu ihm auf. »Sie sind so kühn!« Sie sah bezaubernd aus; das dichte, weizenblonde Haar drängte schimmernd unter dem Rand ihrer schwarzen Pelzmütze hervor, die dicht bewimperten Augen strahlten ihn an und ihre vollen Lippen hoben sich in natürlichem Rot von der weißen Haut ab.

»Ich habe nie ein schöneres Mädchen gesehen als Sie, Beata!« sagte er unwillkürlich und meinte es ehrlich.

Sie schlug die Augen nieder. »Sie dürfen mir keine Komplimente machen, Herr Leutnant ... Sie hätten gar nicht hierherkommen dürfen.«

»Ich mußte es, Beata ... ich muß Sie sprechen, es ist sehr, sehr wichtig.«

»Ja ...?« fragte sie erwartungsvoll.

»Wir verlassen Deinharting. Die Marschbefehle sind schon ausgestellt.«

»Oh!« Das Leuchten in ihren Zügen erlosch.

»Erschrecken Sie nicht, Beata, es geht nicht wieder in den Kampf.

Unser Regiment kehrt zum Winter in seine Garnison zurück. Ich hoffe, ich bekomme Heimaturlaub.«

»Das wäre gewiß schön für Sie!« Ihre Lippen zitterten.

»Es gäbe mir endlich Gelegenheit, mit meinen Eltern zu sprechen... über uns, Beata!« Er ergriff ihre Hand. »Ich habe oft versucht zu schreiben, aber es will mir nicht gelingen. Mir fehlen die Worte, um zu beschreiben, wie schön und gut und lieb Sie sind. Aber wenn ich wieder zu Hause bin...«

»... werden Sie mich bald vergessen!« Tränen traten in Beatas Augen, und sie entzog ihm ihre Hand.

»O nein, das dürfen Sie nicht sagen! Es wird ja kein Abschied für ewig. Ich komme wieder... mit oder ohne meine Kameraden, und dann hole ich Sie für immer heim in die Steiermark!«

»Wenn Ihre Eltern es erlauben!«

»Natürlich müssen Papa und Mama einverstanden sein, Sie werden doch bei ihnen leben müssen, mindestens solange noch Krieg ist.«

»Dieser dumme, dumme Krieg!« Beata stampfte mit dem Fuß auf. »Wird er denn niemals enden?«

»Vielleicht schon bald!«

Die Aussicht, durch eine Heirat aus dem Schloß ihrer eigenen Familie, in der sie sich immer mehr beengt und bedrängt fühlte, in die Hut ebenso besorgter Schwiegereltern überzuwechseln, verstörte sie. »Warum entführen Sie mich nicht?« rief sie.

Er war verblüfft. »Würden Sie das zulassen?«

»Ich will bei Ihnen sein, Ferdinand, verstehen Sie denn nicht?«

»Doch«, sagte er nachdenklich, »vielleicht haben Sie sogar recht...«

Erschreckt beobachtete sie, wie der Ausdruck seiner Augen wechselte; er sah nicht mehr das angebetete Mädchen in ihr, sondern eine begehrenswerte Beute.

»Beata, Geliebte...«, stammelte er und wollte sie in die Arme ziehen. »Wie glücklich werden wir sein!«

Alle Warnungen Antoinettes wurden in ihr wach. »Nicht doch, Ferdinand, was fällt Ihnen ein?!« Sie wich zurück. »Ich scherzte doch nur.«

»Dann taten Sie es sehr überzeugend.«

Zum ersten Mal entdeckte sie einen Zug von Härte um seinen Mund und las Unmut in seinen braunen Augen.

»Sie haben mich völlig mißverstanden!« verteidigte sie sich. »Ich finde es nur... recht unmännlich, daß Sie erst Ihre Eltern um die gnädige Einwilligung bitten müssen, um mich zu werben. Warum sprechen Sie nicht gleich mit Papa?«

»Das habe ich Ihnen doch schon erklärt.«

»Aber ich könnte doch auch allein leben! Eine kleine Wohnung, ein wenig Dienerschaft... vielleicht eine Gesellschafterin...«

»Sie überschätzen meine Möglichkeiten.«

»Aber ich bin ja reich, Ferdinand! Ich habe ein Vermögen von meiner Großmutter geerbt, es liegt auf der Bank in Wien. Papa wird es Ihnen bestätigen.«

Er strich sich über den dunkelblonden Schnurrbart. »Ich will nicht behaupten, es wäre mir unlieb, daß sie Vermögen haben. Aber es ist nicht entscheidend. Ich weiß, daß Sie die Frau sind, die das Schicksal für mich bestimmt hat. Aufgeben werde ich Sie niemals, Beata. Aber ich will Sie meinen Eltern auch nicht aufzwingen. Ich möchte, daß Sie meine Familie liebgewinnen. Deshalb muß ich zuerst nach Hause.«

»Wie Sie meinen«, sagte sie, ohne ihre Enttäuschung zu verbergen.

»Glauben Sie mir, Beata, so ist es richtig für uns beide. Ich werde Ihnen schreiben. In aller Form.«

»Tun Sie das!« Die ersten Schüsse fielen. »Gehen Sie schnell!« drängte Beata. »Wir waren schon viel zu lange beisammen. Beeilen Sie sich.«

»Schenken Sie mir noch ein einziges Lächeln! Oder habe ich Sie verletzt?« Stumm schüttelte sie den Kopf, wandte sich ab und war mit drei raschen Schritten bei Antoinette.

Ein schwerer Hase sauste im Zickzack über die abgeweidete Wiese geradewegs auf die kleine Gruppe zu. Graf Breetzen hatte sein Gewehr schon angelegt. Er wartete, bis das Tier auf wenige Meter heran war, dann zog er durch. Mit einem Schrei sprang der Hase hoch, überschlug sich in der Luft, fiel zu Boden und lag still.

Beata schlug die Hände vor das Gesicht und brach in Tränen aus.

Antoinette schlang den Arm um sie. »Das war schlimm, ja«, sagte sie tröstend, »aber es war ein rascher Tod. Er hat kaum leiden müssen.«

Graf Breetzen verstand Beatas Ausbruch nicht. »So ist nun mal die Jagd«, verteidigte er sich, »ich habe ihn gut getroffen.«

»Ich weine nicht wegen des Hasen.« Beata versuchte, ihre Tränen zu bekämpfen. »Entschuldigen Sie bitte, ich habe plötzlich rasende Kopfschmerzen. Seien Sie so lieb, Antoinette, und begleiten Sie mich nach Hause.«

Antoinette schenkte Graf Breetzen ein um Verständnis bittendes Lächeln und hakte sich bei Beata unter. »Ich verstehe Sie schon«, sagte sie, »es muß entsetzlich sein, so sterben zu müssen, jung und gesund, an einem Tag, an dem der Himmel wie blaue Seide ist und der Wald in Rot und Gold prangt!«

»Ach was! Sie verstehen gar nichts!«

»Hat Herr von Tobler Sie gekränkt?« fragte Antoinette und schalt sich, weil sie den Tod eines Hasen mit Beatas Tränen in Zusammenhang gebracht hatte; sie hätte doch wissen müssen, daß Beata sich nur für sich selbst und Ferdinand von Tobler interessierte.

»Sie rücken ab ... ach, Antoinette, ich bin so unglücklich!«

»Man wird über Sie reden, Beata, bitte, nehmen Sie sich zusammen! Es ist schon auffällig genug, daß wir die Jagd verlassen. Wenn man Sie aber auch noch in Tränen sieht... Sie schaden Ihrem Ruf!«

»Als wenn mir der wichtig wäre!«

»Es ist das Kostbarste, was Sie besitzen, viel wertvoller als Ihr Vermögen. Also seien Sie tapfer, um Ihres Glücks und Ihrer Zukunft willen! Wenn wir erst zu Hause sind, dürfen Sie sich nach Herzenslust bei mir ausweinen.«

Zwischen den Bäumen kam ihnen die Gräfin Breetzen entgegen.

Antoinette lächelte ihr zu. »Ich bringe Beata nach Hause, Gräfin«, erklärte sie, »ihr ist vom Anblick des Blutes schlecht geworden.«

»Oh, wie gut ich das verstehe, Comtesse! Mir geht es ebenso! Deshalb halte ich mich ja auch im Hintergrund.«

»Aber Ihr Gatte ist jetzt allein, Gräfin... vielleicht wollen Sie ihm doch Gesellschaft leisten!«

»Nein, ich schließe mich lieber Ihnen beiden an!«

Die Gräfin ließ sich ohne Unhöflichkeiten nicht abweisen, und so mußte Beata wohl oder übel Haltung bewahren, eine Kutschenfahrt lang, die nicht enden wollte. Endlich konnte sie sich in ihrem Zimmer auf das Bett werfen. Bis Antoinette nach oben kam, die inzwischen die Pflichten der Gastgeberin hatte übernehmen müssen, hatte Beata sich soweit beruhigt, daß sie ihren Tränenausbruch einer Nervenüberreizung zuschrieb und nicht weiter darüber reden mochte.

Kurz bevor der erste Schnee fiel, zogen die kaiserlichen Soldaten endlich ab, und mochte auch manches Mädchen traurig sein wie Beata, ging doch ein Aufatmen durch Deinharting und das ganze bayrische Land. Endlich durfte man sich wieder frei fühlen.

Die Ernte war gut gewesen, Scheuern und Vorratskeller waren gefüllt. Nun kamen die Musen zu ihrem Recht. In den Bauernstuben und auf dem Schloß wurde gesungen, gewerkelt und musiziert. Die Menschen bemühten sich nach Kräften, das, was draußen in der bösen Welt vor sich ging, zu vergessen.

Anselm von Deinharting mochte die Augen nicht vor der Zukunft Bayerns verschließen. Begierig auf jede Nachricht, ritt er täglich zur Post, als es kälter wurde, nahm er den Schlitten. Es dauerte lange, bis ein politisches Ereignis bis nach Deinharting drang. So erfuhr man erst im November, daß der französische General Napoleon Bonaparte sein Abenteuer, Ägypten zu erobern, aufgegeben hatte und auf eigene Faust nach Frankreich zurückgekehrt war. Einen Monat später hatte sein Schwager Murat den Rat der Fünfhundert in Saint-Claud von seinen Grenadieren zum Fenster hinauswerfen lassen. Drei Konsuln, Napoleon, Sieyès und Roger-Ducos, übernahmen unter dem Vorsitz von Napoleon ihre Funktion. Sieyès arbeitete eine entsprechende Konsularverfassung aus, Napoleon wurde »Erster

Konsul« und damit der mächtigste Mann im Staat, ja der einzig mächtige.

Diese Vorgänge wurden unter den Herren von Deinharting – der junge Anselm und Emanuel waren um die Weihnachtszeit zu einem Besuch nach Hause gekommen, und Pfarrer Reiter und Friedrich König waren häufige Gäste – heiß diskutiert.

Emanuel, optimistisch wie immer, verkündete, daß der Krieg bald aus sei, da der selbsternannte Herrscher Frankreichs nun bestimmt darangehen würde, die inneren Verhältnisse seines Landes zu ordnen, anstatt eine Revolution, die im Grunde ja keine mehr war, weiter in Europa ausbreiten zu wollen.

Sein Vater widersprach ihm. Er war davon überzeugt, daß Napoleon, gerade um das Volk von den inneren Schwierigkeiten abzulenken, nach äußeren Erfolgen streben würde und daß er, mit einem so geschickten Handstreich an die Macht gekommen, diese auch weiter würde ausbreiten wollen.

Der Hofmarksherr sollte mit dieser Ansicht recht behalten. Zwar machte Napoleon noch Dezember 1799 ein Friedensangebot an den König von England und Kaiser Franz von Österreich, aber die Bedingungen, die er stellte, waren so unannehmbar, daß seine wahre Absicht klar war.

Pfarrer Reiter vertrat seine alte These, daß im irdischen Jammertal eben nichts zu verbessern sei. Rotte man alte Übel aus, so entständen eben neue. Er bezeichnete es als typisch, daß ein Meer von Blut und Tränen nichts weiter bewirkt hätte, als einen König durch einen Alleinherrscher zu ersetzen.

Auch Friedrich König behauptete, daß die Völker keineswegs reif dazu seien, sich selbst zu regieren. Das Beispiel Amerikas, das der junge Anselm ihm vorhielt, stellte er als die große Ausnahme hin und erklärte, in England behielte, trotz Pitt und Fox mit ihren Parteien, doch immer noch der König das letzte Wort.

Der junge Anselm war durch die Entwicklung der Dinge ganz zerschmettert. Er, der die Französische Revolution während seiner Studienjahre in Frankreich aus nächster Nähe miterlebt hatte, konnte es einfach nicht fassen, daß die Ansätze einer wenn auch schon verwässerten Demokratie mit einem Handstreich hinweggewischt werden konnten. Er fand nicht mehr die Überzeugung, seine Ansichten so leidenschaftlich wie früher zu vertreten, und mochte auch nicht an den Gesellschaftsspielen, Scharaden und Maskierungen teilnehmen, mit denen die Damen und die Kinder sich die Zeit vertrieben.

Antoinette ließ nicht locker. »Aber seien Sie doch nicht so, Anselm«, bettelte sie, »wir wollen den *Bauern als Edelmann* von Molière aufführen...«

»Diesen reaktionären Autor?!«

»Dann eben *Die Hochzeit des Figaro!* Ihr Vater kann den Grafen darstellen, Emanuel den Cherubino, Doktor König den Doktor Bartolo, dann bleibt für Sie der Figaro!«

»Dazu habe ich weder Talent noch Lust!«

»Was das Talent betrifft, so nehmen wir es nicht so genau, niemand von uns ist Künstler. Es soll ja nur ein Spaß sein.«

»Es ist keine Zeit für Späße!«

Sie sah ihn an, leisen Spott, doch auch Verständnis in den blauen Augen. »Glauben Sie wirklich, Anselm, Sie können das Rad der Geschichte zurückdrehen, indem Sie schmollen?«

»Was wissen Sie schon von der Weltgeschichte!«

»Nicht sehr viel weniger als Sie. Sie vergessen, daß der Dorfwirt Geschäftsmann ist, sich über das Gegenwärtige orientieren und auf das Zukünftige gefaßt sein muß, und Afra ist seine Tochter und meine Freundin.«

»Sie sprechen mit Afra über Politik? Ich glaube nicht, daß dem Hofmarksherrn das recht wäre.«

»Sicher nicht, auch nicht Tante Elisabeth. Sie sind vom alten Schlag. Aber Sie, Anselm, Sie müßten es doch verstehen. Sie wollen doch eine neue Welt. Wie stellen Sie sich die vor? Sollen immer noch wir Mädchen mit Scheuklappen vor den Augen erzogen werden?«

»Darüber habe ich nie nachgedacht«, sagte er in wegwerfendem Ton.

»Sie halten es also für unwichtig? Das finde ich recht gedankenlos. Eine neue Gesellschaft kann nur entstehen, wenn die Frauen an der Seite der Männer stehen und sich nicht hinter ihrem Rücken verbergen... Und wenn sie ihre Kinder zu freien Menschen erziehen. Es wird keinen Fortschritt geben, solange Sie und Ihresgleichen das nicht begreifen.« Antoinettes Augen flammten.

Er war erstaunt, so hatte er sie noch nie erlebt. »Antoinette, was ist mit Ihnen? Sie ereifern sich ja geradezu!«

»Weil ich nicht begreife, wie Sie, ein so kluger Mann, am Wesentlichen vorbeisehen können. Jede Revolution muß scheitern, solange ihr uns Frauen nicht auf eurer Seite habt!«

»Während der Französischen Revolution waren sie ja dabei!«

»Ja, doch kaum hatten sich die Verhältnisse konsolidiert, da brauchte man sie nicht mehr und hat sie an ihre Kochtöpfe zurückgeschickt!«

»Eine sehr eigenwillige Auslegung.«

»Nun denn: wieviel Frauen saßen im Rat der Fünfhundert? Keine!«

»Sie haben seltsame Ideen!«

»Über die Sie einmal nachdenken sollten. Frauen hätten sich durch Murats Grenadiere nicht hinauswerfen, sondern sich töten lassen, und ihr Tod wäre ein Fanal für das ganze französische Volk gewesen, sich gegen diesen Napoleon und seine Clique zu erheben, wie es gegen den König und Adel aufgestanden ist.«

»Nun, Napoleon stammt immerhin aus dem Volk, er ist Soldat...«

»Und er ist arm! Um so mehr wird er sich am französischen Volk bereichern. Warten Sie nur ab! Sie werden es erleben!«

An diese Worte mußte der junge Anselm denken, als er, längst wieder in München, erfuhr, daß Napoleon am 7. Februar um ein Uhr mittags in die Tuilerien eingezogen war.

Jetzt aber war die Familie noch auf Schloß Deinharting und genoß die winterliche Waffenruhe. Der junge Anselm ließ sich, da Antoinette nicht lockerließ, zur Teilnahme an der Theateraufführung gewinnen, die so gut ausfiel, daß man sich entschloß, sie vor geladenem Publikum zu wiederholen.

Am letzten Tag des Jahres 1799 wurde *Die Hochzeit des Figaro*, Lustspiel von Beaumarchais, im großen Barocksaal von Schloß Deinharting aufgeführt. Alle Münchner Freunde, Verwandte und die Nachbarn waren zugegen. Elisabeth spielte sehr anmutig die Gräfin, die um die Liebe ihres Mannes kämpft. Antoinette war eine bezaubernde Zofe Susanne, Auguste stellte Bärbchen, eine Gärtnerstochter, dar, und Thomas mit unfreiwilliger Komik den Gärtner. Beata, die sich erst in allerletzter Minute hatte überreden lassen, mitzuspielen – endlich war ein sehr artiges Billet d'amour von Ferdinand von Tobler eingetroffen –, mimte Marceline, die Beschließerin. Pfarrer Reiter hatte die kleine Rolle des Richters übernommen.

Alle hatten Freude am Spiel, und der Beifall war groß. Nur flüchtig und schattenhaft überkam Antoinette die Erinnerung an jene andere festliche Silvesternacht, als man die aufgeputzte Lucille, die ungeladen auf dem Ball erschienen war, schmachvoll aus dem Hause gewiesen hatte. Sie war nicht die einzige, die daran dachte.

Graf Breetzen, der frenetisch Beifall spendete, rief seiner Frau zu: »War diese kleine Comtesse nicht zauberhaft? Eine richtige Künstlerin!«

»Nun ja«, erwiderte die blasse Isolde, »das kann man auch anders sehen.«

»Wie meinst du das?« fragte er erstaunt.

»Eine wirkliche Dame spielt nicht so. Ich fürchte, sie schlägt ihrer Mutter nach.«

Am nächsten Morgen fuhren die Gäste nach einem späten Frühstück, das im wiederhergerichteten Ballsaal eingenommen wurde, dick eingemummt, mit Peitschenknall und Glöckchengebimmel durch die Lindenallee davon. Die Zurückgebliebenen winkten ihnen noch lange nach. Die Erwachsenen fühlten sich erschöpft – bis in die frühen Morgenstunden hinein war getanzt worden –, die Kinder waren überdreht. Man beschloß, sich wieder hinzulegen.

Antoinette steckte Auguste und Thomas in ihre Betten. Sie selbst wollte aufbleiben, um das Aufräumen der Gästezimmer und des großen Saales, der nun wieder geschlossen wurde, zu beaufsichtigen und damit den Bediensteten ein gutes Beispiel zu geben, denn auch sie hatten bis zum Morgen aufbleiben, Erfrischungen servieren und nachher die Kerzen löschen müssen. Später brachte sie Elisabeth ein Kännchen Kaffee ans Bett, mochte aber nicht bleiben und ihr Gesellschaft leisten, obwohl sie die Vorgänge der vergangenen Nacht gern noch einmal durchgesprochen hätte, denn es war Zeit, nach Auguste und Thomas zu sehen.

Antoinette lief in ihr Zimmer und fand das Bett des Jungen leer. Noch glaubte sie nichts anderes, als daß Thomas zu Auguste geschlüpft wäre, obwohl es ihm verboten war. Doch auch Augustes Bett war verlassen, während Beata im gleichen Zimmer tief und fest schlief, sogar ein wenig schnarchte. Mit offenem Mund, das Haar in zwei dicke Zöpfe geflochten, sah sie sehr jung aus. Leise schloß Antoinette die Tür hinter sich und überlegte. Elisabeth mochte sie nicht beunruhigen. Sie entschloß sich, die Kinder auf eigene Faust zu suchen, lief treppab, treppauf durch das Schloß und fragte jeden, der ihr begegnete, nach ihnen. Aber niemand hatte Thomas und Auguste gesehen. Auch in der Küche waren sie nicht gewesen.

Antoinettes Besorgnis wuchs. Das ganze Schloß konnte sie unmöglich allein durchsuchen. Es gab so viele Schlupfwinkel auf dem Dachboden, der mit seinen Kisten und Truhen, ausrangierten Möbeln und verstaubten Kleiderpuppen eine Welt für sich darstellte. Auch die Kellergewölbe dehnten sich weit hin. Um jeden Winkel zu durchstöbern, hätte es einer ganzen Suchmannschaft bedurft, aber Antoinette wollte vorerst noch niemanden alarmieren. Einem plötzlichen Einfall folgend, eilte sie in ihr Zimmer zurück und durchsuchte die Sachen des Jungen. Sein kleiner Lammfellmantel fehlte, genau wie die dazugehörige Mütze.

Ohne sich länger zu besinnen, schlüpfte Antoinette in einen warmen Umhang. Noch einmal lief sie die steinernen Treppen hinunter, blickte sich im Flur vor der Haustür um, denn noch hielt sie es für möglich, daß die Mäntel der Kinder zwischen den Waffen, Totenschildern und Geweihen an den Wänden hingen. Da auch diese Hoffnung trog, begab sie sich in den kalten Wintertag hinaus. Der Himmel über Deinharting war von einem klaren Blaugrau, und der Schnee funkelte unter den Strahlen der sich schon neigenden Sonne. Die Luft war eisig, aber unbewegt.

Nach wenigen Schritten begannen Antoinettes Ohren zu frieren. Aber sie mochte nicht zurückgehen und sich eine Mütze holen, sondern behalf sich damit, das seidene Tuch, mit dem sie den tiefen Ausschnitt ihres Kleides verhüllte, herauszuziehen und es sich um den Kopf zu binden. Immer wieder sagte sie sich, daß ihre tiefe Beunruhigung unberechtigt sei. Wenn die Kinder ohne Begleitung das Haus verlassen hatten, konnten sie nicht weit gekommen sein, und sie kannten die Umgebung des Schlosses viel zu gut, um sich zu verirren. Selbst wenn sie einem Marodeur in die Hände fielen – Afra hatte erzählt, daß sich einer in der Umgebung von Deinharting herumtreiben sollte –, so würde er den beiden Kleinen doch gewiß nichts tun.

Aber Antoinettes Angst wuchs mit den länger werdenden Schatten. Die Lindenallee lag verlassen, auch im Schloßgarten waren die Kinder nicht. Panik ergriff Antoinette, das Gefühl, alles falsch gemacht zu haben – sie hätte doch gleich den Hofmarksherrn, die jungen Männer, Helene Striegel verständigen und zu einer gemeinsamen Suchaktion auffordern sollen. Aber dafür schien es jetzt zu spät. Sie biß die Zähne zusammen, die vor Kälte und Nervosität klapperten, zwang sich, vernünftig zu denken, und entschied sich, das ganze Schloß in einem weiten Bogen zu umgehen. Wenn sie die Fußspuren der Kinder auf diese Weise nicht fand, konnten sie nur die Straße zum Dorf oder den Weg zum Dragonerhaus benutzt haben. Der Schnee lag nur wenige Zentimeter hoch.

Sie blickte so angestrengt in das funkelnde Weiß, daß ihre Augen schmerzten, ohne daß sie die kleinste Fährte sah. So entschloß sie sich, die Richtung zum Dragonerhaus einzuschlagen. Wenn die Kinder die Lindenallee hinuntergelaufen waren, hatten sie sicher nur Afra besuchen wollen, die am Theaterspiel und Ball nicht hatte teilnehmen dürfen und, zu stolz, um zuzuschauen, zu Hause geblieben war.

Ganz undamenhaft, mit langen Schritten, bei denen ihr Rock sie behinderte, eilte Antoinette vorwärts, und gerade, als von der Sonne nur noch ein glühender Rand am Horizont geblieben war und sie schon überlegte, ob es nicht doch gescheiter wäre, zum Schloß zurückzukehren und Männer und Hunde zu holen, lösten sich zwei kleine Gestalten vom Hintergrund des verschneiten Waldausläufers, der zum Dragonerhaus reichte. Sie näherten sich rasch. »Thomas!« schrie Antoinette: »Auguste!«

Sie hörte das wütende Bellen eines Hundes und versuchte, noch schneller zu laufen. Die Kinder rannten ihr, gefolgt von Parbleu, entgegen; der Hund lief immer wieder ein Stückchen zurück, als wollte er etwas verbellen. Als Antoinette und die Kinder sich trafen, warfen sich beide gleichzeitig in ihre Arme, und sie drückte sie schützend an ihre Brust. Parbleu drehte sich um sich selbst, hörte auf zu kläffen und sprang an ihr hoch.

»Nicht so wild, Parbleu«, mahnte Antoinette, halb lachend, halb weinend vor Erleichterung, »sonst purzeln wir noch alle in den Schnee!« Sie nahm Auguste und Thomas bei den Händen. »Jetzt aber rasch nach Hause, ehe man uns vermißt.« Die Lust zu schelten war ihr vergangen. »Was ist euch nur eingefallen, allein und ohne jemanden zu verständigen das Schloß zu verlassen?« fragte sie in zärtlichem Ton.

»Mir war langweilig im Bett«, berichtete Auguste, »und Beata schnarchte so laut, da konnte ich nicht schlafen...«

»Ja, und dann ist sie zu mir gekommen und hat gesagt, wir sollten nachsehen, ob wir noch Christrosen finden«, ergänzte Thomas.

»Und vor Papas Tür fanden wir Parbleu«, fuhr Auguste fort, »und wir dachten, ein Spaziergang würde ihm guttun, weil Papa heute doch nicht ausgeritten ist, und da haben wir ihn mitgenommen.«

»Erst wollte er nicht, aber dann hat er sich doch herbeigelassen...«

Auguste ließ den Jungen nicht aussprechen. »... und das war gut so, denn sonst hätte die böse Dame Thomas bestimmt geschnappt!«

Unwillkürlich verhielt Antoinette den Schritt. »Was erzählt ihr da?!«

»Eine böse Dame«, sagte Thomas, »in einem Schlitten...«

»Fantasiert ihr da nicht?« fragte Antoinette erschrocken.

»Aber nein, Tonette, gewiß nicht... sie saß in einem prächtigen Schlitten, der war mit zwei Pferden bespannt... ein Herr war auch dabei und ein Kutscher auf dem Bock...«

»Wie sah sie denn aus?« fragte Antoinette. Die Kinder sahen einander an.

»Weiß nicht«, sagte Thomas.

»Sie war verschleiert«, erklärte Auguste.

»Und woher wißt ihr, daß sie böse war?«

»Sie wollte Thomas in den Schlitten ziehen!«

»Zuerst«, erklärte Thomas, »tat sie ganz freundlich, und wir sind näher gekommen. Der Schlitten stand beim Dragonerhaus, und ich dachte, der Kutscher hätte sich verirrt...«

»... denn da führt ja gar keine Straße vorbei«, ergänzte Auguste.

»Aber ganz nahe sind wir nicht hingegangen«, fuhr Thomas fort, »obwohl sie sehr lieb zu uns sprach. ›Ihr seid doch sicher die Kinder vom Schloß?‹ fragte sie.«

»Sie sprach französisch, und sie kannte sogar unsere Namen!«

»Wir dachten, sie würde uns vielleicht kennen, und wir hätten vergessen, wer sie ist. Deshalb blieben wir auch stehen, als sie aus dem Schlitten stieg und auf uns zukam. Zuerst fragte sie ganz süß, ob ich nicht ein Stückchen mit ihr fahren wollte, sie wollte mir etwas Schönes zeigen...«

»Aber Thomas wollte nicht und schüttelte nur den Kopf, da nahm sie ihn bei der Hand...«

»... erst ganz sanft, aber plötzlich packte sie fest zu und zerrte mich zum Schlitten. Ich habe getreten und gebissen und gekratzt... das war doch nicht schlimm, Tonette? Ich wollte nicht in den Schlitten!«

»Schon recht, Thomas, und dann?«

»Dann habe ich geschrien...«

»... und dann hat Parbleu die Dame gebissen...«

»Vor Schreck hat sie mich losgelassen, und wir sind davongerannt!«

»Und Christrosen waren auch keine mehr da!«

Antoinette wußte nicht, was sie von dieser Geschichte halten sollte. Ganz sicher war die verschleierte Dame Lucille gewesen, denn eine Fremde hätte wohl kaum Interesse daran gehabt, sich des Jungens zu bemächtigen. Sicher war sie nicht mit der Absicht nach Deinharting gekommen, Thomas zu entführen, denn sie hatte nicht damit rechnen können, ihm zu begegnen. Oder hatte sie geglaubt, sie und Thomas lebten immer noch dort? Wahrscheinlich war es der Zufall gewesen, der sie auf die Idee gebracht hatte, Thomas mitzunehmen. Aber was mochte sie überhaupt nach Deinharting und zum Dragonerhaus getrieben haben? Sehnsucht? Rachsucht? Sentimentalität? Hatte sie vielleicht mit ihr sprechen wollen? Oder den Hofmarksherrn wiedersehen? Antoinette sagte: »Da seht ihr, was dabei herauskommen kann, wenn ihr solche Sachen macht. Lauft nie mehr allein fort, hört ihr? Nie wieder!«

Die Kinder waren gern bereit, das zu versprechen. Sie waren wirklich erschrocken, und erst als sie in den Fenstern des Schlosses das goldene Licht der Kerzen leuchten sahen, fühlten sie sich wieder geborgen. Eng schmiegten sie sich an Antoinette.

»Du bist so lieb!« schmeichelte Thomas.

Und Auguste bettelte: »Verrat uns nicht!«

Das wollte Antoinette nicht versprechen, denn ihr schien die Verantwortung zu groß, um sie allein zu tragen. Sie nutzte die erste sich bietende Gelegenheit, um den Hofmarksherrn einzuweihen. Bald nach dem Abendessen – Elisabeth und Beata hatten sich früh zurückgezogen – fand sie ihn im Billardzimmer, wo er, ein Glas Rotwein auf dem Sims des Kamins, in dem ein kräftiges Feuer loderte, mit sich selbst eine Partie spielte.

»Komm nur herein«, sagte er freundlich, »willst du mir zuschaun? Du bist wohl auch noch nicht müde!«

Jetzt erst wurde ihr bewußt, daß sie lange kaum Schlaf gehabt hatte. »Doch, sehr sogar«, sagte sie offen, »aber ich muß mit Ihnen sprechen, Monsieur!«

»Hat das nicht bis morgen Zeit?« fragte er, keineswegs gewillt, sich den geruhsamen Abend durch schlechte Nachrichten oder Probleme verderben zu lassen.

»Gewiß, es eilt nicht«, gab sie zu, »aber wir sind so selten allein.«

Er richtete sich auf und rieb die Spitze seines Billardstockes nachdenklich mit Kreide ein. »Es handelt sich also um etwas, das unter uns bleiben soll?«

»Das zu entscheiden, möchte ich Ihnen überlassen, Monsieur!«

»Nun, ich merke schon, du bist wieder einmal hartnäckig.« Er sah sie an, und obwohl er nichts Gutes erwartete, freute er sich doch an ihrem Anblick; ihr schmaler Körper war elastisch gespannt, der Blick ihrer blauen Augen ernst und offen auf ihn gerichtet, und die rötlichen Töne in ihrem braunen Haar flammten im Schein des Feuers. »Setzen wir uns also!« Sanft faßte er sie am Arm und führte sie zu den schweren Eichensesseln vor dem Kamin.

Antoinette nahm Platz, und ohne den Blick von ihm zu lassen, erzählte sie, sachlich und klar, was die Kinder ihr berichtet hatten. Ohne Zwischenfragen zu stellen, hörte er ihr zu, während er sein Weinglas holte und sich ihr gegenüber niederließ. Als sie geendet hatte, fragte er langsam: »Du meinst also … eure Mutter?«

»Eine andere Erklärung scheint mir undenkbar.«

»Es sei denn, die Kinder haben sich die Sache nur eingebildet und das Interesse der verschleierten Dame falsch ausgelegt.«

»Auch Parbleu war ganz außer sich.«

Der Hund, der nahe am Feuer geschlafen hatte, hob den Kopf und öffnete aufmerksam die dunklen Knopfaugen. Anselm von Deinharting legte ihm die Hand auf den Kopf. »Schon gut, Alter, warst sehr brav!« Zufrieden senkte Parbleu die Nase wieder auf die Pfoten und wedelte mit dem Schwanz.

»Ich hoffe«, sagte Antoinette, »daß sie nur zufällig in unsere Gegend gekommen ist und die Kinder ihr zufällig in den Weg gelaufen sind! Falls sie Thomas aufgelauert hat...«

»Unmöglich! Wir wüßten es, wenn sie in Deinharting ein Zimmer genommen hätte!«

»Auch wenn sie sich in Taufbeuren einquartiert hätte?«

»Ich werde mich umhören, wenn es dich beruhigt. Aber mach dir nicht zuviel Sorgen. Unsichtbar machen kann sie sich nicht.«

»Sie braucht ihn ja gar nicht selbst zu holen. Jetzt hat sie ihn gesehen und weiß, wie gut er geraten ist. Für ein paar Goldstücke findet sie leicht einen Abenteurer, der ihn uns raubt.«

Er hielt die Hand vor den Mund, um sie mit seinem Schmunzeln nicht zu verletzen. »Ich wußte gar nicht, Tonette, daß du so viel Fantasie hast!«

»Ich bin besorgt, das ist alles. In meinen schlimmsten Träumen habe ich mir nicht vorgestellt, daß sie je wieder auftauchen würde, und dennoch hat sie es gewagt!«

»Findest du nicht auch, Antoinette, daß du mir endlich erzählen solltest, was damals geschehen ist? Warum deine Mutter so plötzlich, ohne auch nur ihren Schmuck mitzunehmen, verschwunden ist?«

Antoinette schüttelte stumm den Kopf, dabei spürte sie ein heftiges Verlangen, ihm die Wahrheit zu sagen: daß Lucille nicht ihre Mutter war, nicht die Marquise de Beaujeux, sondern eine Abenteurerin. Aber sie konnte es um Thomas' willen nicht, der, wenn der Hofmarksherr von seiner niedrigen Abkunft erfuhr, wohl noch weniger gegolten hätte. Ihr waren die besorgten Blicke, mit denen Anselm von Deinharting zuweilen seinen jüngsten Sproß beobachtete, nicht entgangen.

»Nun gut«, sagte er, »dann will ich dir sagen, wie ich die Situation sehe. Thomas ist ständig unter Aufsicht. Eine Möglichkeit, ihn noch wirkungsvoller zu schützen, sehe ich nicht. Ohnehin könnte eure Mutter ja am hellen Tag hierherkommen und die Herausgabe ihres Sohnes fordern.«

»Aber sie hat sich doch nie um ihn gekümmert!«

»Sie wird angeben, daß ihre Lebensumstände das bisher nicht erlaubt haben, und das ist sogar gut denkbar.« Er nahm einen Schluck Wein.

Mit Antoinettes Ruhe war es vorbei; sie sprang auf. »Sie würden ihn ihr also geben?«

»Was könnte ich anderes tun?«

»Sie hinauswerfen, ihr den Jungen verweigern!«

»Dazu habe ich kein Recht!«

»Recht hin, Recht her, Sie dürfen es nicht zulassen, daß Lucille Thomas bekommt! Sie ist ja gar nicht imstande, ein Kind zu erziehen!«

»Zu dieser These bist du der schlagende Gegenbeweis!«

»Sie können lächeln, wenn es um Thomas' Schicksal geht!« sagte sie tief verletzt. »Sie irren sich, mich hat Lucille nicht erzogen, sondern ich war in guten Händen, bevor wir Frankreich verlassen mußten, und das Schicksal hat das Seine dazu getan. Glauben Sie mir, ich kenne Lucille besser als jeder andere Mensch. Sie darf Thomas nicht bekommen.«

»Ihr beide, du und Lucille, hattet doch ein so besonders gutes Verhältnis zueinander.«

»Ich habe sie sehr lieb gehabt«, gab Antoinette zu.

»Warum sollte Thomas sie nicht auch liebgewinnen?«

»Sie verstehen nichts, gar nichts!«

»Weil du nicht bereit bist, mir die Wahrheit zu sagen. Du verbirgst mir etwas sehr Bedeutsames, das weiß ich seit der Flucht eurer Mutter.«

»Warum können Sie mir nicht einfach glauben, wenn ich Ihnen sage, daß Lucille Thomas nicht bekommen darf? Sie würde ihn verderben!«

»Tonette, ich bitte dich, nun reg dich doch nicht so auf. Es ist ja gar nicht sicher, ob sie ihn je verlangen wird. Das sind doch alles nur Vermutungen.«

»Aber sie hat ja schon versucht, ihn zu entführen!«

»Wahrscheinlich nur aus einer Laune heraus. Wenn sie ihn wirklich haben wollte, würde sie zu mir kommen, und – ich kann nichts anderes sagen – ich sehe keine Möglichkeit, ihr Thomas dann zu verweigern.«

»Ich werde ihr meinen Schmuck geben!«

»Du scheinst vergessen zu haben, daß dieser Schmuck ihr ohnehin gehört.«

»Nein, das stimmt nicht. Der Schmuck gehört mir. Ich hatte ihn ihr nur geliehen.«

»Es wäre schwer für dich, das zu beweisen.«

»Ach, mir liegt ja gar nichts an dem Schmuck! Es geht mir nur um Thomas!« Hochaufgerichtet stand sie vor ihm. »Wenn Lucille Thomas holt, gehe ich mit!«

Nach einem langen Schweigen sagte er: »Das würde mir leid tun, Antoinette, mir und meiner Frau und sicher auch allen anderen im Haus. Du bedeutest uns viel. Aber ich kann dich verstehen. Du gehörst nicht zu uns, sondern zu deiner Mutter und deinem Bruder.«

Bei seinen Worten preßte Antoinette die Hände auf die Brust. Sie hatte geglaubt, daß nichts mehr sie wirklich erschüttern könnte. So kam der Schmerz, der ihr ins Herz schnitt, ganz überraschend. »Und Thomas«, fragte sie tonlos, »gehört er nicht auch zu Ihnen?« Ehe er darauf eine Antwort fand, hatte sie das Billardzimmer verlassen.

In den nächsten Tagen und Wochen hütete Antoinette den kleinen Thomas wie ihren Augapfel. Im Januar kam sehr viel Schnee vom Himmel, und als die Sonne endlich wieder durch die Wolkendecke brach, wollten Auguste und Thomas auf dem Schloßberg Schlitten fahren. Aber da niemand Zeit hatte, sie zu beaufsichtigen, verbot Antoinette es ihnen.

Elisabeth hörte der Auseinandersetzung zu, die feinen Augenbrauen hochgezogen. »Ich wollte mich nicht einmischen«, sagte sie, als die Kinder sich schmollend zurückgezogen hatten, »aber findest du nicht, daß du ein wenig übertreibst? Was kann ihnen beim Rodeln schon passieren?«

Nach kurzem Zögern erzählte Antoinette ihr den Zwischenfall mit der verschleierten Dame. »Dann kann ich deine Angst verstehen«, erklärte Elisabeth, »laß die Kinder aber trotzdem hinaus. Peter soll auf sie aufpassen.«

»Ich werde Thomas gleich anziehen!« rief Antoinette erleichtert. Sie eilte aus dem Erkerzimmer, während Elisabeth läutete und ihre Anweisungen gab.

Später, als die Kinder aus dem Haus waren und Antoinette sich schon wieder damit beschäftigte, eines der Kleider der Hofmarksherrin nach der neuesten Mode umzuschneidern, nahm Elisabeth das Thema wieder auf. »Warum erfahre ich das jetzt erst?«

»Ich wollte Sie nicht beunruhigen, *ma tante!*«

»Sehr rücksichtsvoll von dir, aber ich möchte doch wissen, was in meiner Familie vor sich geht.«

»Wir gehören nicht zur Familie«, brach es aus Antoinette heraus, »und der Hofmarksherr hat gesagt...« Sie stockte.

»Was?« drängte Elisabeth.

»Daß meine...« Antoinette verbesserte sich, denn sie wollte von Lucille nicht als ihrer Mutter sprechen. »...daß die Marquise ihn gar nicht zu entführen braucht, sondern ihn jederzeit einfach abholen kann! Und dann muß ich mit ihr gehen!«

»Niemals werde ich das zulassen«, erklärte Elisabeth mit Festigkeit.

»Aber der Hofmarksherr sagt, sie hat das Recht...«

»Das wollen wir doch erst einmal sehen!« Elisabeths blasses Gesicht hatte Farbe bekommen.

»Aber was könnten wir tun?«

»Die Herausgabe verweigern. Ich gebe Thomas nicht her, und ich lasse dich nicht fort. Auf keinen Fall.«

Antoinette war von Elisabeths Entschlossenheit beeindruckt. »Aber der Hofmarksherr sagt, es wäre gar nichts zu machen.«

»Männer!« Elisabeth warf den Kopf in den Nacken. »Mag sein, daß sie nach den Gesetzen im Recht ist, aber was sind schon Gesetze? Männer haben sie gemacht! Thomas gehört zu uns, genau wie du. Wenn sie ihn haben will, soll sie doch klagen. Als Fremde wird sie sich schwertun.«

»Ja, das ist wahr«, stimmte Antoinette unendlich erleichtert zu.

»Wozu hat Anselm die Rechte studiert? Er muß uns helfen. Wenn es hart auf hart kommt, prozessieren wir jahrelang... bis Thomas erwachsen ist. Dann soll er sich selbst entscheiden.«

»Oh, *ma tante!*« Antoinette, die neben Elisabeth auf dem Boden gekniet hatte, um eine Rüsche an ihren Rock zu heften, ergriff ihre Hand und küßte sie. »Ich weiß nicht, wie ich Ihnen danken soll!«

Elisabeth zog das Mädchen hoch und nahm sie in die Arme. »Ich hab' dich doch lieb und will dich nicht verlieren.«

»Aber Thomas... ich dachte immer...«

»Daß ich ihn ablehne?«

»Ja.«

»Er ist mir... ein wenig unbehaglich, ja, das gebe ich zu. Weil er mich zu sehr an seine Mutter erinnert, dabei ähnelt er ihr gar nicht, nicht wahr? Aber es ist etwas Fremdes an ihm.«

»Mir ist er gar nicht fremd!«

»Etwas Ungebändigtes, Wildes. Und doch, wenn ich mir jetzt vorstelle, ich müßte ihn hergeben... ich würde ihn vermissen. Der Gedanke, daß er bei... verzeih mir, Tonette... dieser Frau aufwachsen sollte, ist mir unerträglich.«

»Mir auch, *ma tante!*«

Elisabeth küßte Antoinette auf die Wange. »Dann wollen wir gut auf ihn aufpassen, und, wenn es sein muß, um ihn kämpfen.«

Nur spärlich drangen die Nachrichten aus der großen Welt nach Deinharting. Anselm und Emanuel schrieben kaum, und Montgelas, der Freund aus früheren Tagen, der den Hofmarksherrn sonst mit Stellungnahmen zur hohen Politik bedacht hatte, fand keine Zeit mehr zu einer Korrespondenz, seit seine hohen Ämter ihm erlaubten zu handeln. Die engste Verbindung bestand nach wie vor zu den Hollbergs, die regelmäßig von sich hören ließen. Es war Tante Sophie, die ausführlicher als der junge Anselm selbst von seinem Auftreten in der Münchner Gesellschaft berichtete. Der Graf widmete sich allgemeineren Themen. Während er zu Beginn der Herrschaft Max Josefs diesem auf höfisch übertriebene Weise gehuldigt hatte, zeigte er allmählich ein wachsendes Mißvergnügen.

Nicht nur er war unzufrieden mit den durchgreifenden Maßnahmen der Regierung, sondern auch seine Standesgenossen, so daß sich der Kurfürst zu einer Stellungnahme veranlaßt sah. Diese Mahnung, an den Ausschuß der Landstände gerichtet, gelangte Ende Februar in

Anselm von Deinhartings Hände, und er las sie Friedrich König vor, wie üblich bei einem starken Mokka in dessen Labor.

»Zur Zeit, wo den Staaten große und gefährliche Erschütterungen drohen, müssen Staatsgebrechen schnell und mit Entschlossenheit geheilt werden. Neuerungen Einhalt zu tun, welche aus reinen, allgemein als gültig anerkannten Grundsätzen fließen, welche das unaufhaltsame Fortschreiten des menschlichen Verstandes und das Bedürfnis der Zeit jeder achtsamen Regierung abnötigen, liegt in unseren Kräften so wenig als es in unseren Kräften liegt, einen Strom aufzuhalten. Wer eine Regierung hindert, schreiende Ungerechtigkeit abzustellen, wer Mißbräuche beibehalten oder mehren will, der ist ein wahrhaft revolutionärer Mensch...« Anselm von Deinharting ließ das Blatt sinken. »Was halten Sie davon, Frédéric?«

»Revolutionär als Schimpfwort, das ist gut!« Friedrich König lachte.

»Finden Sie es spaßhaft?«

»Im Gegenteil. Dieser Kurfürst hat Mut. Während er rings von Feinden umgeben ist, legt er sich mit seinen Landeskindern an. Ich wollte, unser Friedrich Wilhelm hätte nur halb so viel Energie!«

»Immerhin soll er die Günstlings- und Mätressenwirtschaft seines Vorgängers sofort ausgeräumt haben.«

»Ja, das hat er. Aber das ändert nichts daran, daß er ein pedantischer und unentschlossener Mann ist. Ich fürchte, er wird den innen- und außenpolitischen Schwierigkeiten unserer Zeit nicht gewachsen sein.«

»Ob Max Josef es schafft?«

»Nun, wenn Sie mich fragen... ich denke, Napoleon wird die Herrscher Europas von ihren Thronen fegen. Er ist ein zu allem entschlossener Usurpator, und er hat ein Heer hinter sich, das zumindest glauben kann, für die eigene Sache zu kämpfen.«

»Ich sehe die Lage nicht ganz so skeptisch«, bekannt der Hofmarksherr, »immerhin hat General Wrede Napoleons Ney geschlagen, Mannheim zurückgewonnen und den Rückzug der Österreicher aufgehalten, und das mit einer Truppe, die er aus Urlaubern, Rekruten, Invaliden und Deserteuren gebildet hat.«

»Ich bezweifle gar nicht, daß es außer Napoleon noch andere militärische Begabungen in Europa gibt, aber mit welcher Idee können sie ihre Soldaten begeistern?«

»Wenn die bayrischen Truppen erst einmal aufgestellt sind, werden sie für die Verteidigung ihrer Heimat kämpfen.«

»Werden sie das wirklich? Wird man sie nicht den Österreichern unterstellen?«

Anselm von Deinharting seufzte. »Sie sind nicht sehr ermutigend, Frédéric!«

»Ach, geben Sie doch zu, daß Sie das gleiche denken wie ich! Warum sollen wir uns etwas vormachen. Ist es nicht weit besser, der Wahrheit ins Auge zu sehen?«

»Wenn sie nur ein wenig angenehmer wäre.« Anselm von Deinharting erhob sich, und Parbleu, der ihn aus klugen Augen beobachtet hatte, stand ebenfalls auf, dehnte und reckte sich. »Trotz allem«, sagte der Hofmarksherr, »hat mir unsere kleine Aussprache wieder einmal wohlgetan.«

Jedesmal, wenn Marei, die Magd des Posthalters, Anselm von Deinharting einen Brief Ferdinand von Toblers an seine Tochter aushändigte, empfand er Ärger darüber, daß der junge Mann, den er doch so deutlich hatte fühlen lassen, daß er unerwünscht war, weiter um Beata warb. Die männlich-kecke Handschrift schien ihm herausfordernd, und oft war er in Versuchung, das Siegel zu erbrechen und den Inhalt des Schreibens zu lesen, über den er auf andere Weise nichts erfuhr. Aber er beherrschte sich, denn er war sicher, daß der Österreicher nichts niederschrieb, was nicht selbst der kleinlichsten Kritik standgehalten hätte. Am liebsten hätte er hin und wieder Briefe verschwinden lassen, aber er wollte seiner Tochter offen in die Augen sehen können.

Es war ein Tag Ende April, als er wieder einmal einen Brief aus Österreich entgegennehmen mußte. Es hieß, daß die französische Hauptarmee unter Moreau sich nach Deutschland gewendet hatte, so daß zu befürchten war, Bayern würde zum Schlachtfeld werden. Von innerer Unruhe getrieben, war Anselm von Deinharting nach seinem allmorgendlichen Besuch bei Friedrich König zum Gasthof zurückgekehrt, in der Hoffnung, Neuigkeiten zu erfahren.

Der dicke Schwaiger lehnte, die Arme untergeschlagen, in der Tür, nahm aber sogleich Haltung an, als der Hofmarksherr heranritt. »Gut, daß Ihr noch einmal kommt, Herr!« rief er. »Es ist noch Post fürs Schloß gekommen! Wollt Ihr nicht absitzen?«

»Jetzt nicht!« Anselm von Deinharting warf einen Blick auf die Kirchturmuhr. »Es geht auf Mittag zu!«

Der Wirt und Posthalter verschwand im Haus und kam gleich darauf mit zwei Briefen zurück. »Dies hier«, sagte er und überreichte dem Hofmarksherrn ein Schreiben der Gräfin Hollberg, »kam mit der Extrapost aus München und dieser aus dem Süden.«

Anselm von Deinharting runzelte beim Anblick von Ferdinand von Toblers selbstbewußter Schrift unwillkürlich die Stirn.

»Es ist gut, wenn man in solchen Zeiten Beziehungen zum Ausland hat«, sagte der Wirt anzüglich.

Anselm von Deinharting blickte ihn an. »Zum Feind, will Er wohl sagen?«

Der Wirt machte sofort einen Rückzieher. »Was Ihr wohl denkt, Herr! Sind die Österreicher denn nicht unsere Beschützer? Das gnädige Fräulein kann sich glücklich schätzen!«

Anselm von Deinharting konnte nicht umhin, ihm eins auszuwischen. »Und wie steht es mit Seiner Tochter? Es wird Zeit, daß Er sie unter die Haube bringt.«

»Ich tue, was in meinen Kräften steht, aber das Fräulein hat Rosinen im Kopf, wie Ihr wohl wißt!«

»Es wäre schade, wenn sie eine alte Jungfer würde, auf dem Schloß kann sie nicht ewig bleiben.« Anselm von Deinharting hob die Peitsche zum Gruß und ritt davon, erleichtert, weil er seinen Ärger hatte abreagieren können, aber gleichzeitig beschämt, sich an einem so geringen Mann wie dem Wirt ausgelassen zu haben.

Erst nach der Mittagsmahlzeit übergab er Beata ihren Brief. »Dies ist für dich.«

»Danke, Papa!« Sofort sprang sie auf und lief in ihr Zimmer, um das Schreiben allein zu lesen und ihr Geheimnis mit niemanden teilen zu müssen.

»Von Tobler?« fragte Elisabeth. Anselm von Deinharting nickte.

Die Familie verlief sich, und das Ehepaar wechselte in das untere Erkerzimmer hinüber, um den Kaffee zu nehmen. Obwohl es draußen schon recht warm war, hatte Baptist vorsorglich ein kräftiges Feuer im Kamin angelegt. Anselm von Deinharting holte wie gewohnt die Flasche mit Obstler und ein Glas aus dem Schrank und schenkte sich ein. »Ich hatte gehofft, die Sache würde im Sande verlaufen.«

Elisabeth hatte Platz genommen. »Ja, ich weiß. Aber man kann nicht gegen das Schicksal ankämpfen... oder kann man das?«

Er dachte nach. »Nein, ich glaube nicht.«

»Wie man sich auch bemüht, man wird immer wieder in eine bestimmte Richtung getrieben, als führe man in einem leichten Boot über einen reißenden Strom.«

Er sah sie erstaunt an. »Ich hätte nie gedacht, daß du das so empfindest.«

»Mehr und mehr. Es kommt mir vor, als wäre unsere Sicherheit hier in Deinharting sehr... trügerisch.«

Die wäre das Stichwort gewesen, mit ihr über die Bedrohung durch den Beginn des neuen Feldzugs zu sprechen. Aber er wußte, daß der Krieg ein Thema war, das sie haßte, und wollte sie nicht noch mehr beunruhigen. »Da fällt mir ein«, sagte er, »ich habe noch einen anderen Brief. Von der guten Sophie. Vielleicht enthält er Erfreuliches.« Er zog das Schreiben aus der Tasche und öffnete es; überflog die Begrüßungsfloskeln und las dann laut: »Anselm ist ein lieber Junge, und wie Anton erfuhr, ist man im Amt sehr zufrieden mit ihm. Bei den jungen Damen ist er ungemein beliebt, wie Ihr Euch sicher denken könnt. Aber er macht ihnen gar keine Avancen, überhaupt ist er nicht sehr fürs Gesellschaftliche und nimmt auch an den üblichen Diskussionen der Herren nicht gern teil. Anton hat ihn im Verdacht, daß er seine Ansichten nicht äußern mag, weil sie zu radikal seien. Doch Ihr braucht Euch deswegen keine Sorgen zu machen, denn daß er schweigt, beweist ja, daß er klug ist. Nur ist er ein wenig düster und hat, scheint es, kein rechtes Talent, sich Freunde zu schaffen...«

»Das bekümmert mich«, sagte Elisabeth.

»Du darfst dich nicht zuviel um ihn sorgen, Elisabeth! Er ist ein erwachsener Mensch und muß selbst mit seinem Leben fertig werden.« Anselm von Deinharting las weiter. »Im übrigen wächst allenthalben die bekannte Unzufriedenheit, so daß er mit seinen Ansichten nicht ganz allein steht...« Anselm von Deinharting ließ einige Zeilen aus, in denen Sophie sich, wenn auch verblümt, über die unpopulären Reformen Max Josefs ausließ, weil Elisabeth von Politik nichts hören wollte. »Hier!« rief er. »Da habe ich etwas für dich! Hör zu: ›Im Redoutensaal hatten wir ein prachtvolles Oratorium von Haydn. Gewiß habt Ihr schon davon gehört. Es nennt sich *Die Schöpfung*. Achtzig Stimmen für Chöre und drei Hauptstimmen, darunter die drei Erzengel – Raphael Baß, Uriel Tenor und Gabriel Sopran. Gern, Schack und die Beck sangen göttlich. Merck und Pajeul waren als Adam und Eva unübertrefflich. Für mich war es ein besonderes Erlebnis, da ich die Arien und Duette teilweise kannte und selbst singe.‹« Anselm ließ das Blatt sinken, lachte und sagte: »O Gott!«

Elisabeth lächelte. »Das muß sehr schön gewesen sein.«

»Möchtest du wieder einmal in die Stadt?«

»Nein, aber vielleicht kann die Gute mir den Klavierauszug besorgen.«

»Das werde ich sofort...« Er kam nicht dazu, den Satz zu beenden. Beata kam hereingestürmt. »Er kommt!« rief sie. »Denken Sie sich... er kommt!« Ihre Augen leuchteten, die Wangen glühten, eine Strähne hatte sich aus ihrer Frisur gelöst und wehte in die Stirn.

Elisabeth verzichtete darauf, sie wegen ihres ungestümen Auftritts zurechtzuweisen. »Komm, setz dich zu uns«, sagte sie freundlich und schenkte aus dem silbernen Kännchen Kaffee in die von Baptist schon für Beata hingestellte dritte Tasse.

»Er will mit Ihnen sprechen, Papa!« verkündete Beata.

»Das Vergnügen kann er haben«, sagte Anselm von Deinharting.

»Papa, nun tun Sie doch nicht so, Sie wissen doch genau, worum es geht!« Beata schmiegte sich an ihren Vater. »Versprechen Sie mir, daß Sie lieb zu ihm sind?«

»Das werde ich ganz sicher nicht.«

»Oh, Papa!«

»Lieb«, verbesserte Elisabeth, »ist wohl nicht das richtige Wort. Dein Vater wird sich anhören, was der junge Mann zu sagen hat, und dann in Ruhe seine Entscheidung treffen.«

Beata wandte sich Elisabeth zu. »Wenn er nicht einwilligt, bringe ich mich um!« drohte sie erregt.

»Ich hätte nicht geglaubt, daß du noch so unreif bist«, erklärte Elisabeth kühl.

»Aber ich bringe mich wirklich um! Ich kann nicht ohne ihn leben!« Beata blickte verzweifelt von einem zum anderen und rang dabei die etwas zu kräftigen, aber sehr gepflegten Hände.

»Du erreichst nichts, wenn du uns unter Druck setzt«, sagte Anselm von Deinharting, »wir sind für dich verantwortlich und müssen herausfinden, was das beste für dich ist!«

»Aber Ferdinand ist der Beste, Liebste, Wunderbarste... ach, warum verstehen Sie mich nur nicht!« Beata stürzte ebenso heftig aus dem Zimmer, wie sie gekommen war.

»Das arme Kind«, sagte Elisabeth und rührte in ihrer Kaffeetasse, »wenn sie wüßte, wie die Ehe ist, würde sie wohl nicht so drängen.«

»Wer weiß«, erwiderte er, »vielleicht macht es sie glücklich. Sie scheint eine leidenschaftliche Natur zu sein. Immerhin ist sie Carolines Tochter.«

»Sie ist sehr unvernünftig.«

»Da bin ich ganz deiner Meinung.«

Elisabeth sah zu ihm auf. »Ich will dich nicht beeinflussen, sie ist ja nicht meine Tochter. Aber ich fürchte, du kannst gar nicht anders, als nachgeben. Wer weiß, was sonst geschieht. Sie ist fähig, sich etwas anzutun.«

»Nein, das glaube ich nicht.«

»Ganz davon abgesehen«, fuhr Elisabeth beharrlich fort, »wenn du einmal deine Abneigung gegen die Österreicher beiseite läßt, mußt du doch zugeben, daß er eine sehr passende Partie ist. Er gehört, wie Beata, zum Landadel, ist durchaus kein Bruder Leichtfuß...«

»Du trittst für ihn ein?«

»Ja, Anselm. Hätte Beata sich in einen Unwürdigen verliebt, wäre ich die letzte, diese Verbindung gutzuheißen, aber so... gib doch zu, es hätte schlimmer kommen können.«

»Wir haben Krieg, und der Junge ist Soldat! Er kann Beata keinerlei Sicherheit bieten!«

»Doch, Anselm. Die Sicherheit seines Elternhauses.«

»Die hat sie auch bei uns.«

»Sie ist neunzehn Jahre! Höchste Zeit, daß sie unter die Haube kommt. Worauf wartest du noch?«

»Es gibt in Bayern genügend junge Männer...«

»Das ist wahr, aber sie hat sehr wenig Umgang...«

»Hätte sie auf uns gehört und eine Saison in München verlegt...«

»Aber das hat sie nicht, Anselm! Ich meine, wir sollten uns in das Unvermeidliche fügen! Die Hauptsache ist doch, dieser junge Mann ist gut katholisch, aus angesehener Familie, hängt keinen umstürzlerischen Ideen nach...«

»Ja, er ist kaisertreu, aber das sind wir nicht.«

»Anselm, bitte, jetzt sei einmal ehrlich dir selbst gegenüber: würdest du nicht gegen jeden jungen Mann Einwände haben, der dir eine deiner Töchter fortnehmen will?«

Er schwieg eine Weile, dann sagte er: »Du magst recht haben. Es ist für einen Vater schwer, die Tochter vom zärtlichen und gefügigen Kind zur Frau erwachen zu sehen, sich vorzustellen...« Er stockte.

»Ich verstehe dich gut, Anselm«, sagte sie, »aber es bleibt uns keine Wahl. Wir müssen nachgeben, wenn wir sie nicht ganz verlieren wollen.«

Schon einen Tag nachdem sein Brief angekommen war, erschien Leutnant Ferdinand von Tobler. Er war die Nacht durchgeritten, aber das war ihm nicht anzumerken. Er hatte sich im Gasthof »Zur Post« frisch gemacht, und so trat er in tadellos weißer, gepflegter Paradeuniform mit schimmernd polierten Knöpfen, in glänzend gewichsten Stiefeln und mit keck gezwirbeltem Schnurrbart auf.

Anselm von Deinharting hatte gerade ausreiten wollen, als Baptist den Gast meldete, unwillig begab er sich in sein Schicksal und empfing ihn im Richterzimmer. Parbleu beschnupperte seine Stiefel und erklärte mit einem Schwanzwedeln seine Sympathie. Anselm von Deinharting kostete es Überwindung, all die Fragen nach Einkommen und Lebensumständen zu stellen, die sich aus der Situation ergaben, sehr viel lieber hätte er Ferdinand von Tobler ohne weiteres vor die Tür gesetzt. Aber der junge Mann konnte durchaus befriedigende Auskünfte geben, so daß Anselm von Deinharting keine Handhabe blieb, seine Werbung abzulehnen.

»Sie werden verstehen, es ist mir nicht recht, meine Tochter in Kriegszeiten einem Soldaten zu geben.«

»Machen Sie sich keine Sorgen«, erwiderte Ferdinand von Tobler, »wenn ich weiß, daß Beata auf mich wartet, kann mir nichts geschehen.«

»Sind Sie so sicher?«

»Vollkommen, Herr von Deinharting.«

»Beata ist ein schwieriges Geschöpf, sie hat ihren eigenen Kopf...«

»Ich liebe sie so, wie sie ist.«

»Ich kann Ihnen diese Verbindung also nicht ausreden?«

»Das haben schon meine Eltern vergeblich versucht.«

Anselm von Deinharting schöpfte Hoffnung. »Ihre Eltern sind also gegen diese Ehe?«

»Sie waren es, bis ich sie überzeugt habe.«

Der Hofmarksherr seufzte schwer. »Dann bleibt mir wohl nichts übrig, als meine Zustimmung zu geben.«

»Danke... Papa!«

»Trinken Sie einen Obstler mit mir, mein Junge!« Anselm von Deinharting stellte Flasche und Gläser auf den kleinen Tisch vor dem prunkvollen, mit rotem Damast überspannten Ruhebett.

»Beata wird unruhig sein.«

»Das schadet ihr nicht. Nehmen Sie einen Rat von mir, Junge:

Lassen Sie sich von den Weibern nicht herumkommandieren, sonst ziehen Sie sehr bald den kürzeren.«

Ferdinand von Tobler lächelte. »Wenn Sie mir ein offenes Wort erlauben, Papa... ich hatte immer den Eindruck, daß Sie Ihrer Gattin jeden Wunsch von den Augen ablesen.«

Anselm von Deinharting blickte auf. »So? Hatten Sie? Schon möglich. Aber das bedeutet nicht, daß ich es in meiner Ehe richtig gemacht habe. Nehmen Sie mich lieber nicht zum Beispiel.« Er stieß mit Ferdinand von Tobler an, goß den Inhalt seines Glases hinunter, und sein zukünftiger Schwiegersohn tat es ihm gleich, ohne mit der Wimper zu zucken. »Alles in allem«, mußte Anselm von Deinharting zugeben, »sind Sie ein ganz passabler Mensch.«

Ferdinand von Tobler lachte: »Danke, Papa!«

Der Hofmarksherr betätigte den Glockenzug und bat den eintretenden Baptist, Beata zu holen. Da Elisabeth das Mädchen nur mit Mühe davon abgehalten hatte, an der Tür zu lauschen, erschien sie in Sekundenschnelle. Sie trug ein einfaches Hauskleid und war flüchtig frisiert, dennoch war sie schön wie eine eben erblühte Rose. Ohne Ferdinand von Tobler anzusehen – sie fürchtete, ihre Gefühle vorzeitig zu verraten – wandte sie sich ihrem Vater zu.

»Herr von Tobler hat um deine Hand angehalten, Beata...«

»Ja...?« fragte sie atemlos.

»...und was blieb mir anderes übrig, als zuzustimmen!«

»Oh, Papa!« Sie flog ihrem Vater um den Hals und küßte ihn. Er schob sie sanft von sich. »Dieser Kuß war wohl nicht für mich bestimmt!«

Zögernd, gehemmt von dem Bewußtsein, der Erfüllung ihrer Wünsche plötzlich so nahe zu sein, standen Beata und Ferdinand von Tobler einander gegenüber. Dann faßte er sie um die Taille, zog sie an sich und küßte sie fest auf den Mund. Als er sie losließ, war sie über und über errötet. Sie sahen sich wie verzaubert in die Augen.

»Wir müssen es meiner Frau sagen«, bestimmte Anselm von Deinharting, »gehen wir hinauf.«

Elisabeth saß im oberen Erkerzimmer und stickte an ihrem Gobelin, während Antoinette auf einem Schemel zu ihren Füßen hockte und mit Näharbeiten beschäftigt war. Beide Frauen begriffen sofort, was es bedeutete, als der Hofmarksherr Beata und Ferdinand von Tobler hereinführte.

»Ich freue mich für dich!« Elisabeth hauchte erst Beata, dann Ferdinand von Tobler einen Kuß auf die Wange.

»Wie müssen Sie glücklich sein!« Antoinette küßte Beata herzhaft und reichte dem jungen Mann die Hand.

»Wir werden sofort die Einladungen für die offizielle Verlobung schreiben«, erklärte Elisabeth, und sie fügte hinzu: »Dürfen wir auch Ihre Eltern erwarten?«

»Und schieben wir die Hochzeit nicht zu lange auf!« fuhr Beata dazwischen. »Wir heiraten, so bald es schicklich ist!«

»Ja«, stimmte Ferdinand von Tobler zu, »ja! Aber...«

»Das ist wundervoll!« Beata klatschte in die Hände.

»Die Hochzeit«, sagte er, »sollte im Herbst stattfinden...«

»Einverstanden!« rief Beata. »Nicht wahr, Papa?«

»Wenn ihr es so eilig habt!«

»Ich kann es kaum noch erwarten«, gestand Beata.

»Kindskopf«, sagte Elisabeth.

Ferdinand von Tobler sah sie zärtlich an. »Aber den Termin für die offizielle Verlobung können wir leider jetzt noch nicht festlegen«, gab er zu bedenken, »ich muß noch heute zu meinem Regiment zurück.«

»Heute schon?« Beata war tief enttäuscht.

»Ja, leider. Ich habe nur einen kurzen Urlaub... um die Wahrheit zu sagen, habe ich überhaupt keinen Urlaub, sondern mich ohne offizielle Erlaubnis nach Rücksprache mit meinen Kameraden vom Regiment entfernt. Ich muß also zurück, ehe es auffällt.«

»Das nenne ich kühn«, sagte Anselm von Deinharting.

»Es lag mir am Herzen, diese Sache ins reine zu bringen«, sagte Ferdinand von Tobler einfach.

»Ihr kommt nicht nach Deinharting zurück?« fragte Beata.

»Ich weiß es nicht. Ein kleiner Leutnant wird nicht in die Pläne der obersten Heeresleitung eingeweiht.« Nach einem kleinen Zögern fügte er hinzu: »Mein Regiment liegt zur Zeit bei Rosenheim.«

Beata war blaß geworden. »Ihr marschiert doch nicht ins Feld?«

Er faßte ihre Hand. »Ich weiß es nicht, und auch wenn es so wäre... du brauchst dir keine Sorgen zu machen. Ich habe es schon deinem Papa gesagt... wenn ich weiß, daß du auf mich wartest, kann mir gar nichts passieren!«

»Dir darf nichts passieren, hörst du?« Tränen stiegen in ihre hellen Augen. »Ich werde für dich beten.«

»Das kann gewiß nicht schaden!« Er nahm sie in die Arme und küßte sie noch einmal.

An diesem Tag verzichtete Anselm von Deinharting auf seinen Ausritt. Er ließ es sich nicht nehmen, seinem Schwiegersohn wenigstens ein festliches Frühstück auftischen zu lassen; Margarethe Meyr zeigte sich dieser plötzlichen Anforderung voll gewachsen. Dazu ließ Anselm von Deinharting seinen besten Wein auffahren und opferte den letzten Champagner.

Beata, die sich während der Vorbereitungen zum Essen umgezogen hatte und jetzt ein hellblaues, unter dem Busen gegürtetes Seidenkleid trug, das ihre glatte Haut und den Ansatz ihrer festen Brüste zur Geltung brachte, war eine strahlendschöne Braut. Antoinette hatte ihr das üppige Haar zu einer kunstvollen Frisur à la Hollandaise hochgesteckt. Schmuck trug sie nicht, denn der war wie der Antoinettes und Elisabeths unter den Beeten des Schloßgartens vergraben.

Auguste und Thomas durften ihren Unterricht abbrechen, auch Afra wurde zu Tisch geladen, und das kleine improvisierte Fest gestaltete sich sehr heiter. Die Schatten der Zukunft schienen für wenige Stunden gebannt. Doch nur zu bald mußte Ferdinand von Tobler aufbrechen; er war ein wenig benommen vom Wein und von seinem Glück. Beata begleitete ihn in den Schloßhof hinunter. »Wir hatten so wenig Zeit füreinander!« klagte sie.

»Was macht das!« entgegnete er lächelnd. »Wir haben ja das ganze Leben vor uns!« Das waren die letzten Worte, die er zu ihr sprechen sollte. Bis zum Schloßtor lief sie ihm nach, doch dann gab er, um ihr den Abschied nicht noch schwerer zu machen, seinem Pferd die Sporen. Sie winkte ihm lange nach, aber er blickte nicht zurück.

In den nächsten Wochen waren alle Hände damit beschäftigt, Beatas Aussteuer zu nähen; Bettlaken und duftige Hemdchen wurden gesäumt und verschlungene Initialen in jedes Wäschestück gestickt. Elisabeth hätte diese Arbeit gern bis nach der offiziellen Verlobung zurückgestellt, aber Beata hatte darauf bestanden, gleich damit zu beginnen, und in der Hoffnung, daß es sie ablenken würde, hatte Elisabeth nachgegeben. Aber während dieser friedlichen Beschäftigung lauschten alle in die große Welt hinaus, voller Angst, daß Ferdinand von Tobler nicht heil und gesund wiederkommen würde. Als endlich die Nachricht nach Deinharting drang, daß die Österreicher unter Kray Anfang Mai bei Messkirch in einer gewaltigen Schlacht geschlagen worden waren, wuchs diese Sorge. Ein bayrisches Korps unter Wrede hatte tapfer eingegriffen, aber auch nichts retten können.

Während die Damen sonst fröhlich zu plaudern pflegten, versiegte jetzt jedes Gespräch. Kein Scherz, kein Lachen wollte mehr aufkommen. Die Stimmung war düster, und sogar die muntere Auguste wurde still. Thomas mochte gar nicht mehr bei den Damen sein. Wenn er seine Schulaufgaben gemacht hatte, bat er Peter, mit ihm auszureiten, und der Knecht tat ihm den Gefallen, wenn seine Arbeit es zuließ.

Eines Tages, als sie mit der Meute auf dem Weg zum Gut waren, gewahrten sie einen Trupp Soldaten, der sich auf der Landstraße Deinharting näherte. Thomas brachte sein Pferd zum Stehen und blickte angestrengt hinüber. Die Soldaten trotteten dahin, manche stützten sich gegenseitig, und einer trug einen blutgetränkten Verband um den Kopf. Sie bildeten keinerlei Marschformation mehr, und ihre einst weißen Uniformen waren grau und zerfetzt.

»Das nennt man einen ungeordneten Rückzug«, erklärte Peter.

»Die haben hier nichts zu suchen«, sagte Thomas, »aber trotzdem können sie einem leid tun, nicht wahr?«

»Sie wären sicher auch lieber zu Hause geblieben«, bestätigte Peter.

Thomas dachte nach. »Ich glaube, ich muß zum Schloß zurück. Ich muß es den Damen erzählen.«

»Damit würde ich mich nicht so beeilen. Schlechte Nachrichten können warten.«

»Aber vielleicht kommt Beatas Leutnant nun auch bald.«

»Ja, vielleicht«, sagte der Knecht, wenig überzeugt, »aber laß uns weiterreiten. Am besten halten wir den Mund. Die Damen sorgen sich schon genug, möchte ich wetten. Das gnädige Fräulein wird erst beruhigt sein, wenn der Herr Leutnant lebendig vor ihr steht.«

So kam es, daß Thomas nicht, wie ursprünglich vorgehabt, mit seinem Bericht in das obere Erkerzimmer eilte, sondern erst am Abend Antoinette unter vier Augen von seinem Erlebnis erzählte. Sie strich ihm über die schwarzen Locken. »Es war gut, daß du geschwiegen hast! Gott möge Beata schützen!«

»Warum betest du für Beata und nicht für Herrn von Tobler?«

»Sie ist mir allein wichtig.«

Wenn Beata nicht nähte, lag sie in der Schloßkapelle auf den Knien und beschwor Gott, ihr den Mann, den sie liebte, zurückzugeben.

Elisabeth machte sich Sorgen um sie. »Du darfst nicht so beten!«

»Ich muß es! Was könnte ich sonst für ihn tun?!«

»Du verlangst von Gott, ihn dir zu erhalten.«

»Ja, natürlich tue ich das. Ich habe keinen anderen Wunsch.«

»Aber das ist die falsche Art, Beata. Weißt du denn nicht, was der wichtigste Satz im Vaterunser ist? Auch ich habe das erst unter Schmerzen lernen müssen: ›Dein Wille geschehe ...‹«

»Warum sollte Gott mich vernichten wollen?«

»Ganz sicher weiß er am besten, was für dich gut ist. Du mußt dich seiner Gnade anheimgeben.«

»Das tue ich ja.«

»Wirklich, Beata? Ich fürchte aber, du willst Gott deinen Willen aufzwingen.«

»Haben Sie denn noch nie so verzweifelt um etwas gebetet?«

»Doch, Beata, damals, als mein kleiner Maximilian im Fieber lag. Aber du weißt, daß Gott mich nicht erhört hat. Ich habe lernen müssen, mich in seinen Willen zu fügen.«

Beata warf den Kopf in den Nacken. »Das werde ich niemals. Wenn Gott mir das antut, wenn er mir Ferdinand nimmt, dann habe ich das letzte Mal zu ihm gebetet. Dann will ich nichts mehr von ihm wissen.«

Elisabeth seufzte. »Du versuchst Gott zu erpressen, scheint mir. Aber damit erreichst du nichts.«

»Womit denn? Können Sie mir sagen, wie ich Ferdinand schützen kann? Können Sie das? Nicht wahr, Sie wissen es nicht. Also ersparen Sie mir Ihre weisen Ratschläge.«

Elisabeth sprach mit Pfarrer Reiter über Beata. Aber der alte Mann sagte nur: »Meine liebe Elisabeth, ich verstehe Ihre Sorge. Aber wer weiß schon, wie man mit Gott redet. Denken Sie an Jakob, der mit dem Engel rang und auch dann nicht aufgab, als er ihm die Hüfte verrenkte: ›Ich lasse dich nicht, du segnest mich denn ...‹ Wahrscheinlich würde Beata ihre rechte Hand dafür geben, wenn sie den jungen Mann dafür gesund wiederbekommen könnte.«

»Sie wird in eine schwere Krise geraten, wenn sich ihre Gebete nicht erfüllen.«

»Das ist eine Erfahrung, die wir ihr nicht ersparen können. Solange man jung und ungestüm ist, glaubt man, an Gott Forderungen stellen zu dürfen. Erst wenn man erwachsen geworden ist, lernt man, sich in seinen Willen zu fügen. Denken Sie daran, wie schwer es Ihnen gefallen ist, Elisabeth.«

»Eben deshalb möchte ich Beata besser auf einen Schicksalsschlag vorbereiten.«

»Vielleicht wird das ja gar nicht nötig sein und der junge Mann bleibt ihr erhalten.«

Obwohl Elisabeth selbst nicht wußte, was der Pfarrer Beata hätte sagen können, war sie doch ein wenig enttäuscht von ihm, denn sie hatte den Verdacht, daß er sich lieber mit seinen Büchern beschäftigte, als sich um das schwierige Mädchen zu bemühen.

Als sie sich bei ihm darüber beklagte, sagte Anselm von Deinharting: »Da magst du recht haben, aber er ist mir lieber als jene geistlichen Herren, die sich unentwegt mit Ermahnungen und guten Lehren ins Privatleben ihrer Schäfchen mischen. Es gibt Dinge, die der Mensch mit sich allein ausfechten muß, Situationen, in denen einem niemand helfen noch raten kann. Das weiß unser guter Pfarrer Reiter. Seien wir froh darüber.«

Eine Abordnung der Bauern wandte sich an den Hofmarksherrn. Sie führte Klage über das Treiben der Marodeure. Vielfach waren Hühner und Gänse gestohlen und ein Mädchen war beim Reisigsammeln im Gemeindewald überfallen worden. Eine alte Bäuerin, die tagsüber allein auf ihrem Einödhof war, hatten wilde Gesellen geschlagen und gequält, um Geld von ihr zu erpressen; als die Kerle einsehen mußten, daß nichts zu holen war, hatten sie die Räucherkammer geplündert.

Anselm von Deinharting rief seine Jäger zusammen, bewaffnete auch einige Gutsleute und begann mit dieser Truppe die Wälder um Deinharting zu durchkämmen. Sie fanden zwar zahlreiche Spuren, die auf die Anwesenheit von Fremden hinwiesen – Brandstellen und Hühnerknochen, Lager in leeren Jagdhütten –, stießen aber auf keinen Menschen. Anscheinend hatten sich die Marodeure, versprengte Nachzügler der Kaiserlichen, schon wieder davongemacht. Anselm von Deinharting war froh darüber, denn er hatte den Tod des Wilderers am Moosenkopf noch nicht verwunden und wollte weiteres Blutvergießen vermeiden.

Als er zum Schloß zurückritt, begleitet von Parbleu, für den die Suche ein einziges Vergnügen gewesen war, war es schon heller Tag. Die Kühe standen auf den Weiden, und die Leute arbeiteten auf den

Feldern. Ein leichter Dunst lag über dem Land, der einen schönen Tag versprach. Die Linden leuchteten in ihrem hellen Frühlingsgrün, sie dufteten betäubend süß, und in ihren Zweigen sangen die Vögel.

Anselm von Deinharting ließ die Zügel hängen und seine brave Bruna im Schritt gehen; zwar freute er sich auf ein heißes Bad, auf Luitgard und ein kräftiges Frühstück, aber er wollte Roß und Hund nicht noch mehr ermüden. Er sann vor sich hin und bemerkte das Gefährt, das sich vor ihm auf das Schloß zubewegte, erst, als er den Fuß des Hügels schon erreicht hatte. Um besser sehen zu können, kniff er die Augen leicht zusammen und hob sich im Sattel. Er war keine Kutsche, sondern ein großer Bauernwagen. Er glaubte, daß er ein Fuhrwerk des Gutes vor sich hätte, beschleunigte aber unwillkürlich doch das Tempo.

So erreichte er die Ställe, als der Karren gerade hielt. Aber er hatte keine Säcke mit Korn, keine runden Käse und geschlachteten Schweine, wie er erwartet hatte, geladen, sondern verkrümmte, stöhnende, blutende Männer, die auf einer dünnen, durchnäßten Strohschicht lagen. Vorn auf dem Fuhrwerk saß Felix von Lingen; er trug den rechten Arm in einer zerfetzten Schlinge und hatte mit der linken Hand kutschiert. Seine blonden Locken waren schweißverklebt, die Wangen hohl und die blauen Augen tief umschattet.

Parbleu roch das vergossene Blut und begann in maßloser Erregung zu bellen. Peter war schon zur Stelle und wollte den verwundeten Soldaten aus dem Wagen helfen.

»Nichts da!« sagte Anselm von Deinharting scharf. »Diese Leute gehören nicht aufs Schloß...«

»Aber Herr von Deinharting...« Die Stimme des jungen Leutnants zitterte, er war offensichtlich den Tränen nahe.

»Sie können bleiben«, entschied der Hofmarksherr mit Betonung, »kommen Sie herunter...«

»Aber die anderen...« Felix von Lingen machte eine klägliche Geste. »...wir waren so lange unterwegs...«

»Peter wird sie im Dorf unterbringen.« Anselm von Deinharting musterte die Verwundeten. »Ferdinand von Tobler?«

»Nein! Aber der Trautmannsdorf... er liegt im Sterben...«

»Um so weniger will ich ihn auf dem Schloß haben. Peter wird ihn zum Dragonerhaus bringen, dort kann sich Doktor König um ihn kümmern. Hast du gehört, Peter? Fahr zuerst zum Dragonerhaus und lade den Herrn Major dort ab.«

»Jawohl, Herr!«

Peter half Felix von Lingen vom Wagen. Als der junge Mann auf dem Schloßhof stand, trugen seine Beine ihn kaum. Er schwankte. Anselm von Deinharting stieg ab und gab seinem Pferd einen leichten Klaps auf die Hinterhand; mochte es noch eine Weile gesattelt bleiben und von sich aus seinen Platz im Stall finden, die Menschen gingen vor. Er wollte Felix von Lingen stützen, aber als er ihn berührte, sackte der junge Mann zusammen, so daß er es für das beste hielt, ihn sich wie einen Sack über die Schulter zu werfen. Das Fuhrwerk mit den anderen Verwundeten rumpelte schon zum Tor hinaus.

Margarethe Meyr und ihre Gehilfinnen hatten den Zwischenfall mit erschrockenen Augen und offenen Mündern beobachtet. Jetzt gaben sie dem Hofmarksherrn den Weg frei. Er befahl im Vorbeigehen: »Spring hoch, Luitgard, und bezieh sein Bett... und du, Anna, bringst mir einen Topf mit heißem Wasser!«

Die Mädchen überholten ihn wieselflink auf der Treppe und waren schon dabei, das Bett des Leutnants zu beziehen, als er eintrat. Es dauerte nicht lange, dann konnte er den Verwundeten hinlegen. Luitgard und Anna zogen ihm die Stiefel, dann errötend und mit unterdrücktem Kichern die Hose aus. Anselm von Deinharting nahm den Arm des Leutnants aus der Schlinge und befreite ihn behutsam aus der zerfetzten Jacke. Felix von Lingen stöhnte, ohne die Augen zu öffnen.

Ohne zu wissen, ob er ihn hörte, sprach Anselm von Deinharting beruhigend auf den Verwundeten ein, im gleichen Ton, wie er auch zu einem verletzten oder kranken Tier geredet hätte. »Ist ja schon gut, Junge, jetzt bist du in Sicherheit. Wir pflegen dich schon gesund... wirst sehen, es dauert nicht lange.«

Es stellte sich heraus, daß Felix von Lingen aus der Schlacht nur eine glatte Durchschußwunde am Oberarm davongetragen hatte, der Knochen war unbeschädigt. Aber er hatte sie nicht pflegen und nur behelfsmäßig verbinden können, so daß sie schmutzig und vereitert war.

»Arnika«, verlangte Anselm von Deinharting, ohne aufzusehen, »saubere Tücher... Verbandszeug...« Er drückte die Doppelwunde zusammen, bis der Eiter auf beiden Seiten herausfloß, und wiederholte das so lange, bis nur noch Blut kam. Dann wusch er die Wunde aus, zuerst mit dem abgekochten Wasser, dann mit Arnika.

»So ein zarter Mensch«, sagte Luitgard, die ihm zur Hand ging.

»Ja, robust ist er nicht gerade, deshalb spricht es besonders für ihn, daß er nicht einfach auf und davon gelaufen ist, sondern sich trotz des Schocks noch um seine Kameraden bemüht hat.« Anselm von Deinharting verband die Wunde nur leicht, um dem sich möglicherweise neu bildenden Eiter einen Abfluß zu lassen.

»Darf ich etwas fragen, Herr?«

»Raus damit!«

»Warum haben Sie die Verwundeten vom Hof gewiesen? Haben die armen Burschen Sie denn nicht gedauert?«

»Doch, Luitgard, das haben sie...«

»Wir hätten doch leicht die Gästezimmer öffnen können...«

Der Hofmarksherr richtete sich auf. »... und sie pflegen, nicht wahr?« Er zwinkerte dem Mädchen zu. »Ich weiß, daß es ein besonderes Vergnügen für jede Frau ist, wenn ein starker Mann ihr ausgeliefert ist... und das wäre eine gute Schar starker Männer gewesen! Verzeiht mir, wenn ich euch um dieses Vergnügen gebracht habe!«

»Oh, das ist nicht wahr!« protestierte Luitgard.

»Wir wollten gewiß nicht...«, rief Anna errötend.

»Doch, das wolltet ihr, ich kenne euch! Aber ich will mein Haus nicht in ein Hospital verwandelt sehen und miterleben, wie ihr um die fremden Soldaten herumscharwenzelt. Ich mußte sie aufnehmen, als sie mit einem Quartierschein kamen, jetzt, da sie auf der Flucht sind, trage ich keine Verantwortung mehr für sie.«

»Aber es sind doch auch Menschen«, sagte Luitgard.

»Denkst du, das wüßte ich nicht? Das müßtest du mir sagen?« Er legte zwei Finger unter Luitgards Kinn und sah ihr mit liebevollem Spott in die Augen. »Was meinst du, warum ich diesen hier versorgt habe? Die anderen sind im Dorf genausogut untergebracht, und dem Major kann nur der Doktor helfen, wenn ihm überhaupt noch zu helfen ist.«

»Verzeihen Sie, Herr«, sagte Luitgard, »ich weiß nicht, was mir eingefallen ist.«

»Fang du nur nicht auch noch an wie meine Frau, Dirn«, sagte er scherzend, »eine heilige Elisabeth im Haus genügt mir!«

Die Damen und die Kinder hatten noch geschlafen, als die verwundeten Soldaten im Schloß eingetroffen waren. So hatten sie das Ereignis selbst nicht miterlebt, erfuhren aber sehr bald davon. Nur Beata wußte auch zu Mittag noch nichts, weil jeder sich scheute, mit ihr darüber zu sprechen. Sie merkte auch nicht, daß die Atmosphäre verändert war und eine gewisse Spannung in der Luft lag, denn sie achtete kaum darauf, was um sie herum vorging, und war ganz in ihre eigenen Träume, Hoffnungen und Ängste versponnen.

Die Unterhaltung bei Tisch, wie immer in französischer Sprache geführt, floß nicht so leicht dahin wie gewöhnlich, sondern kam öfters ins Stocken, weil das Thema, an das alle dachten, der Etikette wegen ausgeklammert bleiben mußte.

Es war Auguste, die den Bann brach; sie raffte ihr ganzes Französisch zusammen und fragte in eine der lange Pausen hinein: »*Est-il très malade, monsieur de Lingen?* Muß er sterben?«

Elisbeth rügte sie sofort, denn es war den Kindern verboten, ungefragt zu reden. Aber Beata war aufmerksam geworden. »Herr von Lingen ist krank?« fragte sie. »Seit wann? Und wieso wißt ihr davon?«

»Bitte, beruhige dich, Beata«, mahnte der Hofmarksherr.

Sie ließ die Gabel sinken und blickte von einem zum anderen. »Ihr verbergt mir etwas!«

»Durchaus nicht, Beata«, stellte Elisabeth richtig, »es hat sich bisher nur keine Gelegenheit ergeben, mit dir darüber zu sprechen.«

»Worüber?«

Antoinette blickte sie beschwörend an. »Felix von Lingen ist heute morgen bei uns eingetroffen. Er ist verwundet.«
»Und Ferdinand?!«
»War nicht bei ihm«, erwiderte Anselm von Deinharting.
Beata schob ihren Stuhl zurück. »Was heißt das? Haben Sie ihn denn nicht nach ihm gefragt?«
»Er war aufs äußerste erschöpft, Beata, ich konnte doch nicht...«
Beata sprang auf. »Sie konnten nicht!« Sie spie die Worte geradezu aus.
»Bitte, setz dich!« sagte Elisabeth.
»Ich denke gar nicht daran!« Beatas Blick flackerte und ihre Stimme wurde schrill. »Bildet ihr euch ein, ich könnte essen und trinken, solange ich nicht weiß...?!« Sie drehte sich um.
»Bleib hier!« donnerte ihr Vater.
»Beata, du wirst doch nicht!?« rief Elisabeth.
»Ihr werdet sehen, was ich tue!« Beata stürmte zur Tür.
Aber Antoinette war schneller gewesen; sie vertrat ihr mit ausgebreiteten Armen den Weg. »Beata, bitte!«
»Lassen Sie mich vorbei!«
»Beata, was Sie jetzt tun wollen, ist sinnlos und ungehörig!«
»Lassen Sie mich vorbei, habe ich gesagt!« Wütend stieß Beata die sehr viel zartere Antoinette beiseite, die Mühe hatte, ihr Gleichgewicht zu bewahren, und rannte aus dem Saal. Antoinette lief hinter ihr her. Hintereinander eilten sie die steinerne Treppe hinauf zu dem Zimmer, das seinerzeit die beiden Leutnants bewohnt hatten und in dem jetzt Felix von Lingen untergebracht war. Der Verwundete war aus seiner Ohnmacht erwacht, hatte einige Löffel Bouillon zu sich genommen und war dann in einen tiefen Schlaf gesunken. So lag er jetzt in den Kissen, ungewaschen, unrasiert, mit hohlem grauem Gesicht und schweißverklebtem Haar – nicht mehr der blondlockige, heitere junge Mann, den die Mädchen kannten. Doch Beata stürzte auf das Bett zu und rüttelte den Erschöpfen an den Schultern.
»Oh, Beata, wie können Sie nur!« rief Antoinette.
Felix von Lingen stöhnte und schlug die Augen auf; er sah Beata mit einem Blick an, der wie aus weiter Ferne kam.
»Wo ist Ferdinand?« rief Beata. Felix von Lingen gab einen Schmerzenslaut von sich. »Was ist mit Ferdinand?«
»Er ist tot!« Nur mit Mühe bewegte Felix von Lingen seine spröden Lippen.
»Nein!« schrie Beata. »Das ist nicht wahr! Das kann nicht wahr sein!«
»Tot«, wiederholte Felix von Lingen tonlos.
»Sie lügen! Wenn er tot ist... sagen Sie mir, wie ist er gestorben?«
Felix von Lingen erinnerte sich. Er sah das verzerrte Gesicht seines Kameraden vor sich, der beide Hände auf den von einem Bajonett zerfetzten Leib preßte, aus dem die Gedärme quollen. Bei diesem

Anblick war er ohnmächtig geworden, und man hatte ihn für tot liegengelassen. Auch jetzt schloß er mit einem tiefen Seufzer die Augen und sank zurück.

»Warum schweigen Sie!« schrie Beata. »Sie müssen mir sagen...«

»Er muß gar nichts!« erklärte Antoinette, die näher getreten war. »Siehst du denn nicht, daß er das Bewußtsein verloren hat?« Unwillkürlich war sie in die vertraute Anrede verfallen. »Willst du auch ihn töten?«

»Er lügt! Warum belügt er mich?!«

»Laß ihn in Frieden, Beata!« Sanft zog sie das junge Mädchen zurück.

Beata betrachtete mit schreckgeweiteten Augen ihre linke Hand, die voller Blut war. »Oder ist es wahr?« fragte sie fassungslos. »Antoinette, sag mir, daß es nicht wahr ist!«

Antoinette legte den Arm um sie. »Du mußt jetzt sehr tapfer sein, Liebes.« Sie führte sie zur Kommode. »Komm, wasch dir das ab... die Kinder würden sonst erschrecken.« Sie hielt Beatas Hand über die Schüssel und goß Wasser aus dem Krug darüber; es färbte sich hellrot.

»Das ist doch nicht möglich«, murmelte Beata, »er war so stark und gesund, so jung... und jetzt soll er tot sein?«

Antoinette trocknete ihr die Hände ab. »Das ist der Krieg, Beata.«

»Warum habe ich ihn nur ziehen lassen?!«

»Du hättest ihn nicht halten können, Beata. Er war Offizier, und es war seine Pflicht...«

»Was für eine Pflicht kann einem gebieten, sich töten zu lassen!«

»Die Pflicht des Soldaten, Beata. Es hat so sein sollen. Du tust unrecht, mit deinem Schicksal zu hadern. Der Krieg ist noch lange nicht zu Ende. Er wird noch Jahre dauern. Vielleicht dürfen wir Ferdinand glücklich schätzen, daß er es so schnell überstanden hat. Wer weiß, wieviel Leid noch auf die anderen Männer zukommt... auf uns alle.«

»Aber ich habe ihn doch so lieb!«

»Ja, Beata, ich weiß. Vielleicht war deine Liebe ihm ein Trost in seiner letzten Stunde.«

»Ein schöner Trost.« Beata lachte heiser auf. »Was hat er denn von meiner Liebe gehabt? Einen einzigen Tag, diesen letzten Tag. Ach, hätte ich doch... hätte ich mich doch in seine Arme geworfen, wäre ich so zärtlich zu ihm gewesen, wie ich wollte. Du warst es, die mir alles verdorben hat... du, mit deiner Aufpasserei, deinen ewigen Ermahnungen und guten Ratschlägen! Du hast es nicht zugelassen, daß ich ihn liebte! Und jetzt ist er tot!«

»Mit deiner Liebe hättest du ihm das Leben auch nicht retten können!«

»Aber wir hätten wenigstens eine schöne Zeit gehabt, wir hätten gelebt! Oh, wie oft wollte ich ihm durch das Haar streichen, wie oft wollte ich ihn küssen, wie oft... aber ich durfte nicht, ich mußte die Spröde spielen! Wozu!?«

Antoinette mußte zugeben, daß Beatas Vorwürfe nicht unberechtigt waren, aber es schien ihr nicht der Moment, das auszusprechen. »Du hast dir seine Achtung bewahrt, Beata, und deine Ehre. Ferdinand lebt nicht mehr, das ist ein großer Schmerz für dich, aber du wirst darüber hinwegkommen. Dein Leben liegt noch vor dir, gerade weil du dir nichts vergeben hast.«

»Und kannst du mir auch sagen, was ich mit meinem Leben anfangen soll? Ohne Ferdinand?«

»Es gibt noch andere Männer.«

»Das kannst nur du mir sagen ... du, die du nichts von der Liebe verstehst, die du kalt wie ein Fisch bist! Ach hätte ich nur nicht auf dich gehört! Das werde ich mir nie verzeihen!« Beata stürzte aus dem Zimmer.

Diesmal folgte Antoinette ihr nicht. Sie kümmerte sich um den ohnmächtigen Felix von Lingen, erneuerte seinen blutdurchtränkten Verband und brachte ihn mit Riechsalz ins Bewußtsein zurück. Als er endlich erwachte, blickte er verstört um sich. »Was ist geschehen?«

Antoinette schenkte ihm ein tröstliches Lächeln. »Sie sind in guter Hut, Felix, die Schlacht ist vorbei.«

Der Verwundete umklammerte ihr Handgelenk. »Und ich muß nie wieder hinaus?«

Antoinette überlegte, ob sie ihn mit einer barmherzigen Lüge beruhigen sollte, sagte dann aber doch: »Das kann ich nicht bestimmen, Felix! Vorläufig sind Sie jedenfalls krank, und es wird sicher lange dauern, bis Sie gesund sind.« Mit einem Seufzer der Erleichterung schloß der junge Mann die Augen, und es dauerte nicht lange, bis er wieder eingeschlafen war.

Felix von Lingen bekam hohes Fieber, alle im Schloß gingen auf Zehenspitzen. Antoinette und Afra hätten am liebsten jede Stunde nach ihm geschaut, aber Anselm von Deinharting untersagte den Mädchen mit Nachdruck das Betreten des Krankenzimmers. Elisabeth unterstützte ihn darin, fühlte sich aber von diesem Verbot selbst nicht betroffen. Sie kümmerte sich nicht nur um Felix von Lingen, sondern fuhr auch täglich, begleitet von Peter, ins Dorf, um die anderen Verwundeten zu pflegen und sie mit Leckerbissen zu verwöhnen.

Anselm von Deinharting sah es nicht gern, aber er verzichtete darauf, seine Besorgnis zu äußern, denn die Erfahrung hatte ihn gelehrt, daß Elisabeth doch nicht auf ihn hörte. Aber wenn sie von den gesundheitlichen Fortschritten der Verwundeten erzählte, schwieg er mit düsterem Gesicht.

»Du bist doch nicht etwa eifersüchtig?« neckte sie ihn einmal.

»Nein«, sagte er, »ich bin nur besorgt um dich.«

»Lächerlich! Wenn du wüßtest, wie dankbar mir diese armen Burschen sind!«

Anselm von Deinharting mochte dieses allzuoft besprochene Thema nicht noch einmal aufnehmen; er schwieg. Er wußte, daß in seiner Besorgnis keine Spur von Eifersucht war, denn sonst hätte er nicht gerade Luitgard die Pflege Felix von Lingens überlassen. Sie kannte sich, im Gegensatz zu Elisabeth, in der Welt aus, und er traute ihr zu, jeder Situation gewachsen zu sein.

Es dauerte nur eine knappe Woche, dann hörte die Wunde auf zu eitern, Felix von Lingens Fieber sank; immer noch sehr geschwächt, ließ er sich jetzt gern füttern und verwöhnen.

Wie durch ein Wunder kam auch Major Trautmannsdorf mit dem Leben davon, wenn er auch noch nicht ansprechbar war.

»Das verdankt er Ihnen, Frédéric!« sagte Elisabeth herzlich zu Friedrich König, der sie aus dem Krankenzimmer zur Kutsche begleitete; nie wäre sie auf den Gedanken gekommen, den Junggesellen in seiner Wohnung zu besuchen.

Er schüttelte lächelnd den Kopf. »Nein, Elisabeth, über meine ärztliche Kunst mache ich mir keine Illusionen!«

»Aber wenn Sie nicht gewesen wären... Sie haben ihm doch die Kugel herausgeholt und...«

»Ich bin kein sehr frommer Mann, Elisabeth, das wissen Sie. Aber wenn man mit Kranken zu tun hat, bekommt man ein Gefühl dafür, daß unser Leben nicht in menschliche Hände gegeben ist. Das ist auch der Grund, warum ich nicht praktizierender Arzt geworden bin. Trautmannsdorf war kein so früher Tod bestimmt, das ist alles.«

»Wenn Sie so denken, warum befassen Sie sich dann überhaupt mit diesen... diesen Impfstoffen?«

»Nun, ich glaube an den Fortschritt, und ich könnte mir vorstellen, daß Gott eine Vervollkommnung der ärztlichen Kunst bei der Gestaltung der menschlichen Schicksale mit einkalkuliert hat!«

»Das sind krause Gedanken«, behauptete Elisabeth, »aber ich danke Ihnen, Frédéric, ich danke Ihnen für alles, was Sie an Trautmannsdorf und den anderen Verwundeten tun und getan haben.«

»Es blieb mir kaum etwas anderes übrig. Glauben Sie mir, ich werde froh sein, wenn ich mich wieder meinen Meerschweinchen und Kaninchen widmen kann.«

Alle waren glücklich, als der Patient endlich wieder zu den Mahlzeiten aufstand, ein sehr durchscheinend gewordener Felix von Lingen, in dessen früher einmal so heiteren blauen Augen jetzt ein Hauch von Melancholie lag. Aber seine schmalen Wangen waren wieder glatt rasiert, die blonden Locken glänzten, und seine dunklen Wimpern waren so dicht und hübsch gebogen wie eh und je. Die Mädchen waren, soweit es die Schicklichkeit und Anselm von Deinhartings Gegenwart zuließen, liebenswürdig zu ihm. Nur Beata nicht. Früher hatte sie Felix von Lingen gut leiden können, jetzt war ihr sein Anblick fast unerträglich. Ohne zu wissen, warum sie ihn so haßte, machte sie ihn dafür verantwortlich, daß er noch lebte, während Ferdinand von Tobler tot war. Ihre verzweifelte Trauer legte sich wie ein schwerer Schatten auf das Leben der Deinhartinger.

Im Juni kam ein Brief vom jungen Anselm aus München. Sein Vater, der hoffte und zugleich fürchtete, er könnte private Mitteilungen enthalten, die nicht für das Ohr eines Außenstehenden bestimmt waren, öffnete ihn nicht in Gegenwart Friedrich Königs, sondern trug den Brief in seiner Rocktasche zum Schloß. Auch in Gegenwart Elisabeths wollte er ihn nicht lesen, bevor er nicht wußte, was darin stand. So konnte er ihn also erst nach dem Kaffee in der Abgeschiedenheit des Richterzimmers öffnen, in das er sich zurückgezogen hatte.

Endlich allein, nahm er einen kräftigen Schluck aus der Flasche – was er sich in Gegenwart Elisabeths oder seiner Kinder nie erlaubt hätte –, setzte sich an den mächtigen Renaissancesekretär und erbrach das Siegel. Der junge Anselm hatte die Zeilen hastig auf das Blatt geworfen, dieser Eindruck verstärkte Anselm von Deinhartings schlechtes Vorgefühl.

Über sich schrieb Anselm nur, daß es ihm gutgehe und er jetzt ein eigenes Zimmer im Tal gefunden habe – er teilte die Adresse mit –, in dem er sich wohler fühle als bei den Hollbergs, da er nun tun und lassen konnte, was er wollte. Sein Zimmer habe einen separaten Eingang, und die Wirtin sei eine fast taube alte Frau, die sich um die Angelegenheiten ihres Untermieters nicht kümmerte.

»Hier in München hat es große Aufregung gegeben«, schrieb er weiter, »wir erwarten täglich das Einrücken der Franzosen. Alle Truppen sind in ihren Garnisonen zusammengerufen worden. Die Bürgerschaft war entschlossen, mit ihrer Bürgerwehr zur Verteidigung anzutreten – obwohl dies für alle klaren Köpfe Wahnsinn schien! Durch kurfürstliches Manifest wurden alle wehrfähigen Männer in Bayern zur Landesverteidigung aufgerufen – du wirst verstehen, Papa, daß ich mich nicht dazu gemeldet habe! Zwei Tage lang hielten Herzog Wilhelm, Graf Törring, der Präsident der Landesverteidigung, und die Minister Kriegsrat. Soviel ich weiß, entschloß man sich, eine ehrenvolle Kapitulation zu versuchen. Dagegen trat die Zivilkommission für einen Abzug aller Soldaten ein. Du siehst, welch ein Durcheinander! Vergrößert wurde es noch durch Meldungen aus Pfaffenhofen und Innig am Ammersee, daß Franzosen gesichtet worden seien. Max Josef versicherte einer Abordnung der Bürgerschaft, daß er die Stadt nicht preisgeben werde, wenn es irgend zu vermeiden sei. Tags darauf floh er selbst mit seiner Gemahling nach Straubing! Was für ein Herrscher! Die kurfürstlichen Kinder waren schon vorher in Erding in Sicherheit gebracht worden! Das General-Hofkommissariat unter Herzog Wilhelm übernahm die Staatsgeschäfte.

Zwar mag den Kurfürsten entschuldigen, daß Caroline hochschwanger ist, es heißt auch, daß Graf Nogarola, der Stadtkommandant, ihn zu dieser Flucht gedrängt hat – und dennoch!

Am 31. Mai stellte sich heraus, daß die Meldung über den Anmarsch der Franzosen falsch war! Also kam unser guter Kurfürst mit seiner

Familie wieder nach München zurück. Welch eine Blamage! Nur schade, daß die wahrhaft demokratischen Kräfte in unserem Volk seine Abwesenheit nicht so haben nützen können, wie es notwenig gewesen wäre! Seine erste Tat nach seiner Rückkehr war, ein sogenanntes Landesverteidigungskorps aufzustellen. Ganze elftausend Mann sollen uns vor den Neufranken schützen. Zum Kommandeur wurde der unvermeidliche Herzog Wilhelm ernannt. Zu seiner Beratung ist der Wasserbaudirektor und Kartograph Riedel bestellt worden, ein militärisch ganz unerfahrener Mann! Da weiß man nicht mehr, ob man weinen oder lachen soll! Mit diesem Korps will Max Josef das linke Donauufer behaupten. Meine Verbindung zu Emanuel ist übrigens abgebrochen. Auch sein Bataillon scheint ausgerückt zu sein. Hoffentlich gibt er auf sich acht! Man hört, daß die Franzosen über Landsberg und Friedberg vorrücken – ich fürchte sie keineswegs und bin gewiß, daß ein großer Teil der Münchner sie als Befreier begrüßen wird!«

Anselm von Deinharting war tief beunruhigt – nicht einmal so sehr über die Nachricht, daß es für Emanuel mit dem Soldatenspielen nun ernst wurde, als über die Einstellung seines ältesten Sohnes. Was sollte der Satz bedeuten: »Nur schade, daß die wahrhaft demokratischen Kräfte die Abwesenheit des Kurfürsten nicht so haben nützen können, wie es notwendig gewesen wäre?« Und wie konnte der Sohn behaupten, die Münchner würden die Franzosen als Befreier begrüßen? Befreier wovon?

Am liebsten hätte der Hofmarksherr sein Pferd satteln lassen und wäre nach München geritten. Aber er unterdrückte diesen Impuls, denn er wußte, daß mit Ermahnungen und gutem Zureden den revolutionären Ansichten seines Sohnes nicht beizukommen war. Er war erwachsen, und er mußte seine eigene Verantwortung tragen. Wieder hob er das Blatt vor die Augen. »Ich bin jetzt häufig mit Utzschneider zusammen«, schrieb der junge Anselm in einem Postskriptum, »er ist ein wahrhaft großer Mann und hält sehr viel von Ihnen, Papa. Um ihn hat sich ein Kreis von Männern geschart, in dem ich mich wohl fühle.«

Anselm von Deinharting kannte Josef Utzschneider gut. Als junge Männer waren sie, wie auch Montgelas, Mitglieder des Illuminatenordens gewesen und hatten gehofft, die Verhältnisse in Bayern ändern zu können. Utzschneider war ein Idealist gewesen, aber ein Idealist mit klarem, kühlem Kopf und großem Verantwortungsgefühl. Während Anselm von Deinharting es dabei hatte bewenden lassen, sich von den Illuminaten zurückzuziehen, als er entdecken mußte, daß er und seine Freunde doch nur für dunkle Ziele ihrer Oberen mißbraucht wurden, hatte Utzschneider es damit nicht genug sein lassen. Er, der damals Sekretär der Herzogin Maria gewesen war, hatte Karl Theodor Einzelheiten über den Orden zugespielt und so die ganze Loge auffliegen lassen. Diese Tat hatte ihn ins Zwielicht gebracht. Es gab Männer, die sie als mutig, andere, die sie als verräterisch ansahen. Utzschneider hatte die gleichen Schwierigkeiten durchzustehen gehabt, wie alle anderen Illuminaten. Aber jetzt hatte er ein hohes Staatsamt, war Kommissar beim landwirtschaftlichen Schuldentilgungswerk und der Mauth- und Commerzdeputation und würde unter Montgelas womöglich eine noch größere Karriere machen. Utzschneider mußte inzwischen ein reifer Mann sein. Nein, es war unmöglich, daß er an Umsturz dachte. Sein Einfluß konnte den jungen Anselm nur zur Besinnung bringen.

Obwohl Anselm von Deinharting sich mit guten Gründen zu beruhigen suchte, blieb seine tiefe Sorge bestehen. Unmöglich konnte er seine Akten aufarbeiten, wie er ursprünglich vorgehabt hatte. Er entschloß sich auszureiten. Der kleine Thomas würde glücklich sein, ihn begleiten zu dürfen; schon viel zu lange hatte er ihm keine Gelegenheit dazu mehr gegeben.

Tatsächlich verkannte Anselm von Deinharting seinen alten Freund Utzschneider völlig. Er war der einzige aus dem aufgelösten Geheimorden der Illuminaten, der seinen alten Ideen treu geblieben war und ihre Verwirklichung, mit der gebotenen Vorsicht, weiterverfolgte. Was er anstrebte, war eine bayrische Republik. Um sich hatte er eine Gruppe Männer geschart, die meisten wesentlich jünger als er, die das gleiche Ziel anstrebten.

Für den jungen Anselm war die Zugehörigkeit zu dieser Gruppe zum Motor seines Lebens geworden. Die Arbeit im Katasteramt war langweilig, der Kontakt mit den Kollegen blieb oberflächlich. Auch dem gesellschaftlichen Leben in München konnte er keinen Reiz abgewinnen; als Junggeselle aus gutem Haus war das Interesse, das die Mütter und Väter heiratsfähiger Töchter an ihm nahmen, nur zu deutlich, und es störte ihn, daß ihn auch die jungen Damen unverhohlen als möglichen Ehekandidaten taxierten. Die Konversation pflegte sich, wenn die Herren unter sich waren, in der Hauptsache um den Hof zu drehen, und wenn auch oft ein kritisches Wort fiel, so war dem jungen Anselm das Thema allein schon verhaßt. Er lebte nur in den Stunden auf, wenn er in der Verschwiegenheit seines einfachen Zimmers Flugschriften ausarbeitete, und sehnte die Sonntage herbei, an denen die geheimen Zusammenkünfte der Gruppe stattfanden.

Schon wenn er an solchen Tagen die Wohnung verließ und auf Umwegen dem Versammlungsort – er wurde aus Sicherheitsgründen häufig gewechselt – zustrebte, während die Kirchenglocken läuteten und der Großteil auch der männlichen Bevölkerung in die Kirche eilte, begann er sich wichtig und stark zu fühlen. Dann war er nicht mehr ein kleines Rädchen in einem nüchternen Amt, sondern ein Mann, der das Schicksal des Vaterlandes in die eigenen Hände genommen hatte. Es war sehr viel Lust am Abenteuer bei diesen Umtrieben, das gestand er sich ein, aber er war jung genug, sich dessen nicht zu schämen. Obwohl er immer wieder stehenblieb, unauffällig über die Schulter zurückblickte und sich vergewisserte, nicht verfolgt zu werden, war er doch meist als erster am Ziel.

Am dritten Sonntag im Juni 1800, nicht lange nachdem Max Josef und seine Familie von ihrer unnötigen Flucht zurückgekehrt waren, trafen sich die Freunde im Hinterzimmer eines dörflichen Wirtshauses außerhalb der Stadt, nicht weit entfernt vom Karlstor. Das Zimmer hatte den Vorteil, daß es nicht vom Schankraum, sondern nur vom Hausgang zu erreichen war. Der junge Anselm hatte es ausgekundschaftet und für diesen Sonntag reservieren lassen. Dem Wirt hatte er erzählt, daß es sich um das Treffen einiger ehrsamer Herren handelte, die die Beförderung eines Kollegen im Amt feiern wollten.

Als er ankam, war das Versammlungszimmer noch leer; er stellte sich vor die Haustür, um die Eintreffenden zu erwarten. Es war ein warmer Tag, aber der Himmel bedeckt, und es sah nach Regen aus. Der junge Anselm stellte das befriedigt fest. So würde es die Münchner wohl kaum in Scharen aus der Stadt hinauslocken, und die Gefahr, gestört zu werden, wurde noch geringer.

Schon von weitem erkannte er Utzschneider, er kam allein, kräftig ausschreitend, die Hände auf dem Rücken; der junge Anselm hätte ihn, auch ohne sein Gesicht zu sehen, unter Hunderten erkannt. Utzschneider war untersetzt, die Beine wirkten zu kurz im Vergleich zu dem mächtigen Brustkasten und den weit ausladenden Schultern. Schon sein Körper strahlte die geballte Energie aus, die für ihn kennzeichnend war. Der junge Anselm dachte, daß Utzschneider, obwohl er Pferd und Wagen zu Hause gelassen hatte und bescheiden gekleidet war, niemals unauffällig aussehen konnte. Er, der stadtbekannte Mann, war der Gefährdetste unter den Verschwörern, aber es schien ihm nichts auszumachen.

Tief in Gedanken versunken kam er näher, hob erst wenige Schritte vor dem Wirtshaus den mächtigen Schädel, blinzelte leicht und strahlte dann über das ganze breitflächige Gesicht.

»Wieder einmal der erste, junger Freund?« Sein Händedruck war warm und fest. »Gut so, sehr gut. Pünktlichkeit ist die Voraussetzung für jedes erfolgreiche Unternehmen.«

Anselm führte den Älteren in das von ihm gewählte Zimmer.

»Gut so, sehr gut«, lobte Utzschneider wieder, »für dies eine Mal wird es gehen.«

»Was ist falsch daran?« fragte Anselm sofort.

»Der Wirt! Er ist ein mißtrauischer Mann und gut kurfürstlich gesinnt.«

»Das wußte ich nicht.«

»Konnten Sie auch nicht.« Utzschneider legte ihm kurz die Hand auf die Schulter. »Sie sind ja erst kurz in München, während ich mein ganzes Leben hier verbracht habe.«

»Ich hätte mich erkundigen sollen.«

»Das nächste Mal«, sagte Utzschneider, »aber jetzt gehen Sie besser hinaus, bis die anderen kommen. Sie wechseln mit dem nächsten ab, damit nicht immer nur Sie vor dem Haus stehen.« Lächelnd fügte er hinzu: »Ich kann Sie leider nicht ablösen, Sie wissen wohl warum.«

Wenige Minuten später näherte sich der dritte der Verschwörer von der Stadt her, und danach füllte sich das Hinterzimmer rasch. Die Herren nahmen Platz, bestellten Bier und eine kräftige Brotzeit und ließen die Magd wissen, daß sie in der nächsten Stunde nicht gestört sein wollten. Nur widerwillig ließ sie sich fortschicken.

»Wir melden uns selbst, wenn wir etwas brauchen«, erklärte Utzschneider und drückte ihr einen Silbergulden in die Hand, um sie bei guter Laune zu halten. Als sie gegangen war, sprach man noch eine Weile über Alltägliches. Auf ein Zeichen Utzschneiders stand Anselm auf, öffnete die Tür und blickte auf den Gang hinaus, um sich zu vergewissern, daß niemand lauschte.

»Sind wir vollzählig?« fragte Utzschneider.

Die Herren blickten sich gegenseitig an. »Grasmüller und Inzinger fehlen«, wurde festgestellt.

»Verständlich«, sagte Utzschneider ungerührt, »nun, da Max wieder da ist, müssen wir noch vorsichtiger sein. Im übrigen möchte ich nochmals betonen: wer sich, aus welchen Gründen auch immer, von dem Unternehmen zurückziehen will, kann es jederzeit tun. Er hat keinerlei Druck zu befürchten. Es versteht sich, daß wir auch weiterhin strengste Verschwiegenheit erwarten.«

Ein dicklicher junger Mann meldete sich mit erhobenem Zeigefinger, zaghaft wie ein Schuljunge. »Ich«, sagte er, »ich möchte nicht länger mittun. Meine Frau erwartet ein Kleines, und sie will immer wissen, wo ich hingehe...«

»Schon gut, Krainer, dann ist es besser, Sie scheiden aus. Auch für uns. Besorgte Ehefrauen und Bräute können zu einer Gefahr werden.«

Krainer war aufgestanden und legte eine Münze auf den Tisch. »Dann macht's gut«, sagte er, sich im Kreis seiner Gesinnungsgenossen umsehend, »in Gedanken bleibe ich bei euch!« Er wollte zur Tür. Aber Utzschneider stand auf und trat auf ihn zu, um sich persönlich zu verabschieden. Krainer stiegen die Tränen in die Augen, als er ihm die Hand drückte. »Ich gehe nicht gern«, sagte er mit erstickter Stimme und hastete hinaus.

Utzschneider sah sich um. »Wenn noch jemand Schwierigkeiten haben sollte...« Ein allgemeines Gemurmel entstand, dann wurden einzelne Rufe laut: »Nein!« – »Niemals!« – »Bei mir nicht!«

»Dann ist es gut!« Utzschneider blieb stehen, als er weitersprach. »Ich habe schon darauf hingewiesen, daß wir von nun an noch vorsichtiger sein müssen. Bisher sah es ja so aus, als wenn die Franzosen sich mit ihrer Hauptmacht Bayern zugewandt hätten. Wir konnten also auf baldige Befreiung hoffen. Inzwischen aber hat sich das als eine bewußte Irreführung herausgestellt. Napoleon ist mit der Hauptarmee über die Alpen gezogen. Ich habe heute die Nachricht bekommen, daß er die Österreicher auf dem Blachtfeldt entscheidend geschlagen hat. Er hat Italien also wieder zurückgewonnen und versucht nun, Österreich zu einem Frieden in seinem Sinne zu bewegen. Übrigens hat er seinen Sieg mit einem Tedeum im Mailänder Dom gefeiert.«

Rufe des Erstaunens wurden laut. »In einer Kirche?« – »Das kann doch nicht wahr sein!« – »Die Neufranken hatten dem christlichen Glauben doch völlig abgeschworen!«

»Es sieht so aus, als wollte Napoleon den Katholizismus wiedereinführen«, erklärte Utzschneider, »aber das kann uns nur recht sein. Wie ich unsere Bayern kenne, werden sie auf ihren Zufallskurfürsten zwar leichten Herzens verzichten, aber niemals auf ihren christlichen Glauben.«

»Ja, aber was nun?« fragte Anselm, und die anderen nahmen seine Frage auf.

»Wir müssen eine Delegation zu den Neufranken schicken!« rief jemand aus dem Hintergrund.

Er erntete Zustimmung. »Ja, ohne die Franzosen wird es uns nicht gelingen, die kurfürstlichen Herrschaften abzuschütteln!«

»Wenden wir uns doch an General Moreau!«

»Oder an Lecourbe!«

»Es ist schon richtig, daß wir die Hilfe der Neufranken brauchen werden«, meinte Utzschneider, »nur fürchte ich, daß weder Moreau noch Lecourbe kompetent sind, politische Entscheidungen zu treffen. Wir müssen eine Delegation direkt zu Napoleon schicken.«

»Nach Italien?«

»Nein. Solange er mit den Österreichern nicht im reinen ist, wird er kein Interesse für unser Anliegen haben. Warten wir, bis er sich Deutschland zuwendet.«

»Und bis dahin?«

»Müssen wir das Volk aufrütteln!« rief Anselm und zog seine Manuskriptbögen aus der Rocktasche. »Ich habe eine Flugschrift verfaßt: ›Wahrer Überblick über die Geschichte der bayrischen Nation oder das Erwachen der Nation nach einem Jahrtausend‹ – wie gefällt euch das?« Er bekam Beifall.

Nur ein hagerer junger Mann mit brennenden Augen rief: »Viel zu schwach! Hören Sie auf meinen Vorschlag: ›Dankesadresse an Max Josef den Vierten: Befreie uns durch deine Abwesenheit jetzt und in alle Ewigkeit von allem Übel!‹« Gelächter und Zurufe belohnten ihn.

»Dann könnte man doch gleich ein Vaterunser dichten«, meinte Anselm, »etwa so: Vater unser Bonaparte, der du bist im Himmel des Ruhmes...«

»Auch nicht schlecht«, meinte Utzschneider, »Sie, Deinharting, und auch Sie, Meyerhofer, kommen nach der Versammlung zu mir, damit wir Ihre Vorschläge noch einmal gründlich durchsprechen können.

Gewiß muß Aufklärungsarbeit betrieben werden, vor allem bei den einfachen Leuten. Wir müssen uns dabei so einfach wie möglich ausdrücken.«

»Und wie sollen die Flugschriften verteilt werden?«

»Man könnte sie«, meinte Utzschneider, »vor der Messe in den Kirchen verteilen. Das wäre verhältnismäßig ungefährlich, nur riskieren wir dabei, daß der Küster die Schriften vorzeitig bemerkt und einsammelt...«

»Am besten wird es gehen, wo viel Volk ist«, schlug Anselm vor, »auf dem Schrannenmarkt etwa. Ich würde das gern versuchen.«

»Nein, Sie nicht!« entschied Utzschneider energisch.

»Zweifeln Sie an meinem Mut?«

»Wenn Sie auf diesem Vorhaben bestehen, muß ich leider an Ihrem Verstand zweifeln. Oder schauen Sie nie in den Spiegel? Sie sind einen guten Kopf größer als alle hier Versammelten... von Ihrem markanten Gesicht einmal ganz abgesehen...«

»Ja, das Verteillen der Blätter muß von völlig unauffälligen Personen durchgeführt werden«, stimmte Mayerhofer ihm zu, »möglichst von solchen, die kein Amt bekleiden. Was kann einem Kaufmann oder Handwerker schon passieren, wenn er erwischt wird?«

»Er muß darauf verzichten, Hoflieferant zu werden«, entgegnete ein Spaßvogel auf diese nur rhetorisch gemeinte Frage. Er erntete herzhaftes Gelächter.

»Ich möchte es machen!« meldete sich ein aufgeschossener junger Mann, fast noch ein Junge, der eine Joppe trug, die an den Ärmeln zu kurz war.

»Das ist sehr tapfer«, lobte Utzschneider, »aber ich glaube, diese Frage brauchen wir erst zu entscheiden, wenn die Texte der Flugschriften fertig und vervielfacht sind. Zum Abschreiben allerdings werden wir jeden von Ihnen brauchen.«

»Selbstverständlich!« – »Das machen wir gern!« wurde ihm zugerufen. »Obwohl ich im Schönschreiben immer schwach war...«

»Aber läßt sich denn sonst nichts tun?« drängte Anselm. »Müßten wir nicht versuchen, auch die Stände auf unsere Seite zu bringen?«

»Ich kann Ihnen versichern, Deinharting«, sagte Utzschneider, »daß wir dort schon jetzt große Sympathien genießen...«

»Ja, wie weiß man das denn?«

»Mit der nötigen Vorsicht habe ich den einen oder anderen angesprochen.«

»Die Stände sollen also bleiben?« rief ein ungeschlachter Geselle.

»Wenn Sie das ablehnen, gehören Sie nicht zu uns, Gerber!« erklärte Utzschneider mit Entschiedenheit. »Wir wollen keine Revolution nach französischem Vorbild, kein Blutvergießen, sondern eine Republik, die der Landschaft als Ständevertretung die Funktionen zurückgibt, die sie einmal besessen hat, jedenfalls für eine Übergangszeit. Wir können es uns nicht erlauben, in dieser gefahrvollen Zeit unser Land unregierbar zu machen.«

»Wenn wir das Militär auf unsere Seite brächten«, meinte Anselm, »nicht die einfachen Soldaten, ich wette, die pfeifen sowieso auf den Kurfürsten.«

Meyerhofer lachte: »Etwa Herzog Wilhelm? Oder Christian von Zweibrücken?«

Anselm funkelte ihn an. »Natürlich nicht! Aber wer weiß, wie die Kommandeure Gaza und Nogarola denken? Oder der tapfere Wrede?«

»Die Gedanken von Berufsoffizieren reichen selten über die nächste Schlacht hinaus, Deinharting«, erklärte Utzschneider, »es ist ihnen auch kaum wichtig, für wen sie ihre Soldaten in den Tod schicken, solange Aussicht besteht, daß der Sieg ihnen Ruhm und Ehre bringt.«

»Aber es könnte doch auch Ausnahmen geben!«

»Das ist schon möglich«, gab Utzschneider freundlich zu, »aber bedenken Sie: wenn wir uns bei unserem Umsturz des Militärs bedienen, würde es die Macht erhalten und nicht, wie wir es wollen, das ganze Volk.«

Eine gute Stunde noch diskutierten sie eifrig weiter, bis ein Schlag gegen die Tür alle verstummen ließ. Von einer Sekunde zur anderen wurde ihnen in dieser angstvollen Stille klar, daß ihre hochfliegenden Pläne vorerst nichts als Träume waren und die Wirklichkeit ganz anders aussah. Anselm faßte sich als erster. Er sprang hoch und riß die Tür auf, gefaßt, sich Gendarmen gegenüber zu sehen.

Aber es war nur ein Mann in bäuerlicher Tracht, der fast kopfüber in den Raum gefallen wäre. »Ah, Sie san net...«, stammelte er, »entschuldigen S' schon, ich wollt' nur...« Den Hut an die Brust gedrückt, zog er sich dienernd zurück.

Alle lachten befreit. Nur Utzschneider sagte: »Es ist höchste Zeit, daß wir uns trennen! Der Mann kann ein Spitzel gewesen sein!«

Dieser Sommer wurde sehr heiß. Da das Frühjahr regnerisch gewesen war, versprach die Ernte gut zu werden. Schon Ende Juni konnte die zweite Mahd eingebracht werden. Nun, da keine Besatzung mehr in Deinharting lag, fanden die Bauern ihren Gleichmut wieder. Ohne sich darum zu kümmern, was in der großen Welt passierte, gingen sie von Sonnenaufgang bis zum Einbruch der Dämmerung ihrem Tagwerk nach, und auch die Kinder mußten mit zupacken.

Auf dem Schloß nahm das Leben seinen geregelten Gang. Aber keine sommerliche Fröhlichkeit wollte aufkommen. Beatas starre Düsternis überschattete auch die anderen. Anselm von Deinharting machte sich Sorgen um die Zukunft. Die Österreicher hatten mit den

Franzosen einen Waffenstillstand geschlossen, ohne Bayern mit einzubeziehen.

Nur Felix von Lingen war heiter. Er hatte sich rasch erholt und wurde fast wieder der leichtsinnige schöne Mann, der er einst gewesen; nur ein Hauch von Melancholie – oder war es Furcht? – wollte nicht ganz aus seinen blauen, mädchenhaft bewimperten Augen schwinden.

Als der Wirt ihm einen Beutel Geldstücke aushändigte, den der Condukteur für ihn aus Wien gebracht hatte – seine Eltern, überglücklich, daß er noch lebte, hatten so viel für ihn zusammengerafft, wie sie vermochten –, ließ er sich sofort einen Anzug nach der letzten Mode schneidern. Von da an zog er seine Uniform, die inzwischen gewaschen und geflickt war, nicht mehr an. Auf dem Markt in Taufbeuren erwarb er ein Pferd, eine schöne braune Stute, und war von da an viel unterwegs. Er ritt in den Abendstunden fort und kam erst beim Morgengrauen zurück.

Anselm und Elisbeth von Deinharting mißbilligten dieses Treiben, Beata beachtete es nicht, und Antoinette und Afra gab es Anlaß zu allerhand Spekulationen, in denen eine schöne Unbekannte die Hauptrolle spielte.

Eines Tages bat der dicke Schwaiger den Hofmarksherrn, einen Brief für Felix von Lingen mitzunehmen. Anselm von Deinharting steckte ihn ein und dachte erst wieder daran, als Elisabeth nach dem Mittagessen die Tafel aufhob – für den jungen Mann war es die erste Mahlzeit des Tages gewesen. Anselm von Deinharting nahm ihn beiseite. »Ich habe etwas für Sie!«

Felix von Lingen nahm ihm den Brief aus der Hand. »Von z'Haus'«, sagte er lächelnd und brach das Siegel auf; als er die ersten Zeilen las, erstarb sein Lächeln und er erbleichte.

Anselm von Deinharting fragte unwillkürlich: »Schlechte Nachrichten?«

»Man hat vom Regiment nach mir geforscht! Mein Papa meint, ich soll mich zurückmelden ...« Flehend sah er den Hofmarksherrn an.

Aber der konnte ihm auch nicht helfen. »Es wird Ihnen kaum etwas anderes übrigbleiben.«

»Wenn ich mich doch noch nicht gesund fühle!« Felix von Lingen griff sich an die Stirn. »Mir schwindelt so oft! Auch jetzt wieder!«

»Ihr Regimentsarzt muß entscheiden, ob Sie Dienst machen können.«

»Und wenn ich mich von Doktor König untersuchen ließe?«

»Das würde nichts nützen. Machen Sie sich doch nichts vor, Herr von Lingen. Ich verstehe, daß Sie nicht schon wieder in die Schlacht ziehen wollen. Aber das wird ja auch gar nicht nötig sein. Napoleon hat erst vor wenigen Tagen mit Ihrem Kaiser Franz Waffenstillstand geschlossen.«

»Wie lange der dauern wird!«

»Das kann niemand sagen. Aber eines ist sicher: wenn Sie sich nicht melden, wird man das als Desertation auffassen.«

Felix von Lingen seufzte tief, steckte den Brief ein, ohne ihn zu Ende zu lesen, und sagte: »Recht haben S' ja. Also heißt es Abschied nehmen!«

In der Frühe des nächsten Morgens kamen Antoinette, Afra und die Kinder vom Dragonerhaus her auf Schloß Deinharting zugeritten. Das war nichts Ungewöhnliches, denn in diesem heißen Sommer pflegten sie sich vor Schulbeginn, wenn Elisabeth und Beata noch in ihren Betten lagen, die Pferde satteln zu lassen und auszureiten. Sie genossen die rasche Bewegung, die ihnen Kühlung spendete, die reine, nach Gras und Kräutern duftende Luft und den Kontakt mit den Tieren. Gewöhnlich begegneten ihnen nur Bauern, Knechte und Mägde, die auf dem Weg zu ihren Feldern waren. Heute aber entdeckten sie, gerade als das Schloß vor ihnen aufstieg, eine weiße Gestalt auf einem braunen Pferd.

»Ein Kaiserlicher!« rief Thomas sofort. »Vielleicht ein Kurier?«

Aber dann erkannten sie, daß es Felix von Lingen war. »In Uniform!« stelle Antoinette fest. »Ich dachte, die würde er nie wieder anziehen.«

»Warum denn nicht?« fragte Thomas. »Er ist doch Soldat.«

»Stimmt. Aber ich hatte den Eindruck, daß ihm das Kämpfen wenig Spaß gemacht hat.«

»Kann einem das denn Spaß machen?« fragte Thomas wieder.

Gleichzeitig wollte Auguste wissen: »Muß einer, wenn er Soldat ist, immer Soldat bleiben?«

»Solange Krieg ist und sein Herrscher Soldaten braucht«, erwiderte Afra.

Da die kleine Reitergruppe und Felix von Lingen aufeinanderzutrabten, erreichten sie einander schnell und brachten ihre Pferde zum Stehen. »Wohin in aller Frühe, Herr von Lingen?« fragte Antoinette neckend. »Sonst pflegen Sie doch erst des Abends auszureiten!«

»Ich muß nach Wien zurück!«

Antoinette wurde sofort ernst. »Das tut uns leid!«

Er wandte sich an Afra. »Und Ihnen, gnädiges Fräulein?«

»Sie werden uns allen fehlen... wir konnten ein wenig Heiterkeit brauchen.«

»Und weil Sie so hübsch sind«, erklärte Auguste unbefangen, »jetzt ist gar kein junger Mann mehr auf dem Schloß.«

Thomas warf sich in die Brust. »Aber ich bin ja noch da!«

Felix von Lingen lächelte und sah dabei Afra an. »Kann ich Sie einen Augenblick sprechen, gnädiges Fräulein?«

»Dann dürfen wir uns wohl schon verabschieden, Herr von Lingen«, sagte Antoinette rasch und reichte ihm ihre schmale, feste Hand, »ich wünsche Ihnen alles Glück für die Zukunft und daß keine Kugel Sie mehr treffen möge!«

»Das wünsche ich mir wohl auch, Comtesse!«

Antoinette wartete, bis die Kinder Lebewohl gesagt hatten, und ritt dann mit ihnen weiter.

Felix von Lingen beugte sich vor, faßte Afras Wallach nahe der Trense und zog ihn neben sich. »Begleiten Sie mich, Afra?«

»Wohin?«

»Am liebsten bis nach Wien!« platzte er heraus.

»Sie sind von Sinnen!« Afra zurrte an den Zügeln und versuchte, die Nase des Wallachs wieder auf das Schloß zu richten.

»Nein, Afra, bitte, reiten Sie jetzt nicht davon... hören Sie mich erst an!«

»Wir bieten ein Schauspiel!« Tatsächlich hatten sich einige der arbeitenden Bauern aufgerichtet und starrten sie an.

»Das müßte nicht sein, wenn Sie mich nur in Ruhe anhören wollten! Bitte!« Der flehende Blick seiner schönen Augen war unwiderstehlich.

Afra überlegte, daß sie sich nichts damit vergab, ihm den Gefallen zu tun. »Die Kinder!« gab sie, immer noch zögernd, zu bedenken.

»Sind bei der Comtesse in bester Obhut! Bitte, Afra, ich habe Ihnen so viel zu sagen!«

Sie ließ nun die Zügel locker und nebeneinander ritten sie den Weg zum Dragonerhaus. »Aber ich muß den Unterricht pünktlich beginnen...«

»Den Unterricht!« wiederholte er. »Liegt Ihnen der wirklich am Herzen? Haben Sie denn immer noch nicht bemerkt, daß man Sie ausnutzt?«

Röte stieg in ihr bräunliches Gesicht, und sie funkelte ihn aus den dunklen Augen fast haßerfüllt an. »Ich bin nicht darauf angewiesen, Geld zu verdienen!«

»Aber das weiß ich ja, Afra, und die vom Schloß wissen es auch. Das ist ihnen gerade recht, daß sie Ihnen nichts zu bezahlen brauchen... ja, sie reden Ihnen ein, daß Sie noch dankbar dafür sein müßten, ihnen dienen zu dürfen...«

»So ist das doch gar nicht«, widersprach Afra.

»Ich habe Sie lange genug beobachtet!« Felix von Lingen sprach eindringlicher, als es sonst seine Art war. »Glauben Sie mir, Afra, Sie machen sich etwas vor! Sie reden sich ein, zur Familie zu gehören, nur weil Sie sich um die Kinder kümmern und am Mittagstisch sitzen dürfen... der Hofmarksherr mag Sie, aber das ist kein Wunder, jeder Mann, der Augen im Kopf hat, muß Sie mögen. Aber die Damen des Hauses werden Sie nie zu ihresgleichen zählen!«

Afra wollte es nicht zugeben, aber es war genau das, was sie selbst schon oft empfunden hatte, und trotzig streckte sie das Kinn vor. »Seien Sie unbesorgt, ich werde meinen Weg schon machen!«

»Warum lassen Sie mich Ihnen nicht dabei helfen?«

Sie warf ihm einen forschenden Blick zu. »Wollen Sie mich heiraten?«

»Glauben Sie mir, ich täte es, wenn es einen Sinn hätte! Aber was würde die Folge sein? Ich müßte den Dienst quittieren...«

»Liegt Ihnen denn wirklich soviel an Ihrem Dienst?«

Er lachte auf. »Nein! Sie haben recht! Aber es ist die einzige Art, auf die ich leben kann!«

Sie hatten den Ausläufer des Waldes erreicht, der das Dragonerhaus und die Lichtung, auf der es lag, umgab. Er sprang vom Pferd und reichte ihr die Hand. Anmutig ließ sie sich aus dem Damensattel gleiten, und er band beide Pferde an einen Baum.

»Ich müßte nicht nur meinen Dienst quittieren«, sagte er, »sondern ich würde ein Ausgestoßener sein, verstehen Sie das denn nicht, Afra?« Er griff nach der Hand.

»Nur zu gut«, sagte sie bitter, aber sie entzog ihm die Hand nicht.

»Sie glauben, Sie können den jungen Deinharting dazu bringen, Sie zu heiraten...«

»Wie können Sie es wagen?!« Sie entriß ihm ihre Hand und funkelte ihn wütend an.

Er lachte. »Wie schön Sie sind, wenn Sie zornig werden! Aber Afra, seien Sie doch nicht so naiv! Jeder im Schloß weiß, daß Sie sich um den jungen Herrn bemühen!«

Afra stampfte mit dem Fuß auf. »Das ist nicht wahr!«

»Streiten wir doch nicht!« Er legte seinen Arm um ihre Schultern. »Es ist ja auch ohne Belang, da Sie ihn doch nicht kriegen werden! Niemand von den jungen Herren, die im Schloß verkehren, wird Sie nehmen... ganz davon abgesehen, daß man Sie gar nicht einlädt, wenn Besuch da ist und Feste gefeiert werden.« Das war nur zu wahr, und Afra wußte darauf nichts zu sagen. »Kommen Sie mit mir nach Wien, Afra«, drängte er, »hier auf dem Land haben Sie doch keine Chance...«

»Und was hätte ich in Wien, Felix? Wenn Sie mich doch nicht heiraten können?«

»Ich würde Ihnen eine kleine Wohnung einrichten... ich habe Geld, Afra, viel Geld!« Er ließ sie los, ging mit großen Schritten über den weichen Waldboden zu den Pferden zurück und öffnete eine der Satteltaschen. Neugierig folgte sie ihm. Er faßte in die Satteltaschen und holte eine Hand voll funkelnder Goldstücke heraus. »Da! Sehen Sie! Und das ist noch nicht alles! Beide Tschen sind voll davon und...«

»Sie sind ein Spieler!« sagte sie aus einer plötzlichen Erkenntnis heraus.

»Ja, aber was ist schon dabei? Spielen wir nicht alle! Sie auch, Afra, Sie spielen ein hohes Spiel!«

»Das Geld wird Ihnen unter den Fingern zerrinnen, und dann...«

»Werde ich wieder gewinnen! Ach, Afra, setzen Sie doch nicht Ihr Lehrerinnengesicht auf! Wir könnten soviel Spaß zusammen haben!«

»Bis Sie meiner überdrüssig werden!«

»Ich bin ja nicht der einzige Mann auf der Welt! Vielleicht werden Sie nach mir einen besseren kennenlernen!«

»Ich bin keine Abenteurerin!«

»Wenn Sie das von sich behaupten, kennen Sie sich schlecht! Wir sind beide Abenteurer... beide auf der Jagd nach dem großen Glück! Aber man darf nicht einfach darauf warten, daß es einem in den Schoß fällt! Kommen Sie mit mir nach Wien! Ich werde Ihnen schöne Kleider kaufen, Schmuck... ich werde Sie unter Menschen bringen...«

Er nahm sie in die Arme und drückte seinen Mund auf den ihren. Afra spannte ihren Körper, instinktiv wollte sie Widerstand leisten, wie sie es bisher immer getan hatte. Aber dann wurde ihr klar, daß sie nichts damit gewinnen konnte, wenn sie ihn jetzt zurückstieß. Sie gab nach und öffnete ihm ihre Lippen.

Über ihnen sangen die Vögel, durch einen Spalt im Blätterdach fiel ein Streifen Sonnenlicht, und es duftete nach Pilzen. Die Einsamkeit des Waldes umgab sie, kein Mensch war weit und breit zu sehen. Es war ein verzauberter Platz und eine verzauberte Minute. Dennoch empfand sie nichts bei seinem Kuß, nicht die leiseste Erregung, aber auch keinen Widerwillen.

»Nun, war es so schlimm?« fragte er lächelnd.

»Nein«, erwiderte sie gelassen.

»Du kommst also mit?«

»Mein Vater würde mich totschlagen.«

»Dein Vater... pah! Der wird uns nicht finden! Bis er nach uns sucht, sind wir längst in Tirol.«

Sie schüttelte den Kopf. »Nein, so kann ich nicht fort... so mir nichts, dir nichts. Ich müßte ein paar Kleider mitnehmen und auch das bißchen Schmuck, das ich habe.«

»Das alles brauchst du bei mir nicht!«

»Mir bedeuten aber diese Dinge etwas. Ich kann nicht darauf verzichten.«

»Aber dann...«

»Ich könnte heute nachmittag nach Hause reiten«, sagte sie nachdenklich, »und meinen Leuten erklären, daß ich ein paar Tage im Schloß bleiben muß, das ist ja schon öfters vorgekommen...«

»Sehr gut!«

»Aber ich mag nicht lügen, ich weiß auch gar nicht, ob ich es könnte. Lieber mache ich mich heimlich davon.«

»Wann?«

»Wenn es dunkel ist. Ich muß einen Moment abpassen, in dem alle beschäftigt sind.«

»Gut. Ich werde dich erwarten. Hier.« Sie küßten sich noch einmal.

»Wenn ich bis Mitternacht nicht hier bin, komme ich nicht mehr.«

Er runzelte die Stirn. »Du bist dir also noch nicht sicher?«

»Nein, Felix«, erwiderte sie ruhig, »das bin ich nicht... du wirst meiner nie sicher sein!«

Inzwischen hatte Antoinette Thomas beim Umziehen beaufsichtigt und die Kinder in das Schulzimmer begleitet, wo sie ihnen, um sie zu beschäftigen, eine kleine Lektion in Französisch gab. Obwohl sie wußte, daß Elisabeth sie erwartete, wollte sie die Kinder nicht sich selbst überlassen, damit Afra keinen Ärger bekam. Aber allmählich wurde sie nervös und mußte sich zwingen, freundlich und geduldig zu bleiben.

Als Afra endlich eintrat – mit glühenden Wangen und funkelnden Augen – hätte sie sie gern gefragt, was es gegeben hatte. Aber in Anwesenheit der Kinder war eine Aussprache nicht möglich, außerdem drängte die Zeit. »Es... es hat etwas länger gedauert«, entschuldigte sich Afra, nach Worten ringend.

»Das habe ich gemerkt«, erwiderte Antoinette lächelnd und berührte, im Vorbeigehen, ihre Wangen leicht mit dem Handrücken.

Afra hielt diese Hand fest. »Lieb von dir, daß du dich der Kleinen angenommen hast.«

»Aber das war doch selbstverständlich!« Die Mädchen standen jetzt dicht beieinander. »Sprechen wir uns später?« fragte Antoinette.

Afra nickte nur. Sie wußte nicht, ob sie sich Antoinette anvertrauen sollte. Ihr Herz war übervoll, gern hätte sie alles erzählt und sich raten lassen; nach Lage der Dinge war Antoinette der einzige Mensch, der dafür in Frage kam. Doch je länger sie darüber nachdachte – und sie tat nichts anderes, während sie die Kinder unterrichtete –, desto sinnloser schien es ihr. Antoinette würde sie verstehen, dessen war sie sicher, sie würde es vielleicht sogar für richtig halten, daß sie mit Felix von Lingen nach Wien ging. Doch sie konnte nicht erwarten, daß Antoinette die Verantwortung auf sich nahm, ihr zuzureden, vielmehr würde sie sie warnen und auf die Gefahren dieses Unternehmens aufmerksam machen müssen. Die kannte sie selbst gut genug. Außerdem würde sie Antoinette keinen Gefallen damit tun, wenn sie sie zur Mitwisserin machte, ja vielleicht würde sie sogar – obwohl Afra das nicht glaubte – aus falscher Loyalität den Hofmarksherrn einweihen. Nein, es half nichts. Sich auszusprechen hätte Schwäche bedeutet, und sie mußte stark sein. Das Schicksal hatte sie vor eine Entscheidung gestellt, die nur sie selbst anging und die sie ganz allein treffen mußte.

Nach dem Mittagessen, wenn Thomas für ein Stündchen ins Bett gesteckt worden war und auch Elisabeth und der Hofmarksherr sich zurückgezogen hatten, war die einzige Gelegenheit, bei der Antoinette und Afra ungestört miteinander plaudern konnten – wenn es ihnen gelang, Auguste währenddessen zu beschäftigen.

»Treffen wir uns im Garten?« fragte Antoinette, als sie, Thomas an der Hand, das Speisezimmer verließ.

Afra hatte sich schon eine Ausrede zurechtgelegt. »Tut mir leid, ich muß nach Hause... ein paar Sachen in Ordnung bringen.«

Antoinette merkte wohl, daß sie ihr auswich; wäre die Begegnung mit Felix von Lingen harmlos gewesen, hätte sie sicher gern darüber gesprochen. »Tu nichts Unüberlegtes, Afra!« warnte sie eindringlich.

»Als wäre das meine Art.«

»Gewiß nicht, Afra, aber es gibt Situationen...«

Afra trug den Kopf, wenn möglich, noch höher als sonst. »Ich ahne nicht einmal, wovon du sprichst, Tonette!«

»Mir kannst du nichts vormachen, Afra, ich kenne dich zu lange und zu gut. Du weißt genau, worauf ich hinauswill.« Antoinette ließ Thomas los und nahm Afra schnell in die Arme. »Gott schütze dich, *chérie!*«

Afra machte sich hastig frei und eilte die Treppe hinunter; niemand sollte sehen, daß ihr die Tränen in den Augen standen. Tatsächlich war sie sich selbst noch nicht klar darüber, ob sie Felix von Lingen begleiten sollte. Sie liebte ihn nicht, aber das war vielleicht sogar besser so. Er war nicht der Mann, der ihr das Herz brechen konnte. Wenn er sie eines Tages verließ, würde dadurch nur ihre materielle Existenz gefährdet, nicht aber ihr Leben zerstört sein.

Auch behauptete er ja nicht, sie zu lieben, und das rechnete sie ihm hoch an, es gab ihr das Gefühl, sich auf ihn verlassen zu können. Er begehrte sie nur, und das schien ihr natürlich. Vielleicht machte es ihm auch Spaß, sie aus ihrem Aschenbrödeldasein zu erlösen. Denn genau das war das Leben, das sie führte. Obwohl sie gebildet genug war, die Kinder unterrichten zu können, war und blieb sie in den Augen der Schloßherrin ein besserer Dienstbote. Antoinette, die viel niedere Arbeiten verrichtete – sie pflegte Elisabeth anzukleiden und zu frisieren, sie nähte, half auch zuweilen in der Küche und im Garten – war und blieb dagegen eine Person von Stand und durfte sich der Herrschaft zugehörig fühlen.

Wenn sie Felix von Lingen nach Wien begleitete, würde ihre Zukunft ungewiß sein, daüber war sie sich klar. Gerade darin aber bestand die große Verlockung, denn in Deinharting, das war nur zu sicher, stand ihr das Schicksal einer alten Jungfer bevor. Es würde nicht mehr lange dauern, bis Auguste zu groß geworden war, um weiter von ihr unterrichtet zu werden, wahrscheinlich würde der Hofmarksherr dann einen Hauslehrer aufs Schloß holen. Was blieb ihr dann übrig? Selbst wenn Antoinette heiratete, konnte sie ihre Stellung doch nicht übernehmen, denn sie besaß nicht ihr Geschick und auch nicht die Sympathie Elisabeths. Sie würde froh sein müssen, wenn sie Beatas Kinder betreuen durfte, und das würde für sie die Hölle werden. Sich von der Hofmarksherrin demütigen zu lassen, tat weh, aber Elisabeths damenhafte Überlegenheit war so groß, daß man sie, ob man wollte oder nicht, respektieren mußte. Für Afra war sie ein Vorbild, das zu erreichen sie nicht einmal in ihren kühnsten Träumen hoffte. Beata aber war in ihren Augen nichts als ein verwöhntes, eingebildetes Ding, mit dem sie es, abgesehen von dem Unterschied der Geburt, jederzeit aufzunehmen bereit war. Sich ihr zu unterwerfen, ihre Launen ertragen zu müssen, würde unerträglich sein.

Diese Gedanken schossen Afra durch den Kopf, als sie in ihrem

Zimmer unter dem Dach saß, von dem sie einen weiten Ausblick über Kirche und Pfarrhaus hinweg auf das Schloß hatte, das sich, von Ulmen und Weiden abhob. Bis zu den Almen hoch in den Bergen, die endlich in grauen Fels übergingen, reichte die Sicht. Darüber dehnte sich ein blauer Sommerhimmel mit kleinen weißen Wolkentupfen. Als Kind hatte Afra hier stundenlang gesessen und sehnsüchtig zum Schloß hinübergeschaut, das ihr auch jetzt noch als Symbol eines schöneren Lebens erschien. Es tat ihr weh, die Heimat zu verlassen; und doch, je mehr sie darüber nachdachte, desto unausweichlicher schien es ihr. Es war nicht Leidenschaft, die sie dazu trieb, nicht die Verlockungen der Großstadt, die sie anzogen, sondern die Erkenntnis, daß ihr Leben in Deinharting ohne Hoffnung war.

Indessen sah sie ihre Garderobe durch, nähte hier einen Knopf an, dort eine Spitze oder Litze. Sie war sich klar, daß sie nur das Notwendigste mitnehmen durfte, denn eine Tasche konnte sie nicht auf ihr Pferd binden. So breitete sie ihren großen grauen Umhang auf dem Boden aus, legte ihre beiden besten Kleider darauf, ihren kleinen Hut mit der aufgeklappten runden Krempe, ein weißes Fichu, das sie zu dem Samtkleid tragen konnte, zwei Spitzentüchlein, einfache Unterwäsche, aus dünnem Zwirn selbstgestrickte Strümpfe und ihre sonntäglichen Lederstiefelchen; dann rollte sie alles sorgfältig zusammen und verschnürte den Packen. Aus dem Schrank holte sie das Kästchen, in dem sie ihren Schmuck aufbewahrte, ein goldenes Kreuzchen, das sie zur Kommunion bekommen hatte, die Ohrringe und die Brosche aus Granaten, an der ihre Mutter längst die Freude verloren hatte, und einen silbernen Ring mit einem kleinen blauen Stein, den sie als Kind gefunden hatte und von dem sie nicht wußte, ob er echt war. Sie schnitt ein Stück Samt aus einem abgetragenen Kleid und nähte ein Beutelchen daraus, in dem sie den Schmuck verwahrte.

Dann schob sie das Bett beiseite und stemmte eine gelockerte Bohle heraus. Hier versteckte sie seit Jahren das Geld, das sie ihrem Vater abbettelte. Es war nicht viel, aber die sieben schweren, kaum abgenutzten Taler erfreuten sie doch. Sie steckte sie zu dem Schmuck in dem kleinen Beutel, und während sie die Bohle wieder an ihren Platz rückte, fragte sie sich, wer wohl nach ihr in dieser Kammer hausen und das geheime Versteck ausfindig machen und benützen würde.

Über diesen Vorbereitungen war es Abend geworden, aber es wollte immer noch nicht dämmern. Lärm von der Straße her, Zurufe, das Scharren von Hufen und das Knallen einer Peitsche zeigten ihr an, daß eine Kutsche zur Abfahrt bereit war. Afra betrachtete sich prüfend im Spiegel und stellte mit Genugtuung fest, daß ihr Gesicht keine Erregung verriet; sein Ausdruck zeigte jene Entschlossenheit, die ihr eigentümlich war, die vollen Lippen waren zusammengepreßt, die Nasenflügel leicht gebläht und auf ihrer Stirn stand eine senkrechte kleine Falte. Ohne Gefahr, sich zu verraten, konnte sie sich unten sehen lassen, zumal sie noch das einfache geblümte Kleid trug, in das sie nach ihrem Heimkommen geschlüpft war.

Afra lief in die Küche hinunter. Dort fand sie die Mutter, die monatelang bettlägerig gewesen war, eine weit über ihre Jahre hinaus gealterte Frau, die, seit Afra denken konnte, an einer geheimnisvollen Krankheit litt. Inzwischen wußte Afra, daß es sich um ein Unterleibsleiden handeln mußte, da die Mutter so schamhaft darüber schwieg und keinen Arzt aufsuchen wollte. Jetzt saß sie auf einem Schemel, die Arme an den Leib gepreßt, die von dicken Krampfadern entstellten Beine in einer Schüssel mit heißem Wasser, eine abgezehrte Frau mit grauer Haut und stumpfem Haar. Afra empfand tiefes Mitleid, gemischt mit der Ungeduld ihrer gesunden Jugend. »Grüß dich, Mutter«, sagte sie in dem breiten Bayrisch, das sie jetzt nur noch ihr gegenüber benutzte.

Frau Schwaiger stöhnte. »Daß du dich auch mal wieder sehen läßt!«

»Was willst du? Ich komm' doch jeden Abend nach Hause. Kann ich etwas zu essen kriegen?«

»Nimm dir, was d' magst!«

Afra schnitt sich eine dicke Scheibe von dem hausgebackenen derben Roggenbrot ab, belegte es mit geräuchertem Speck und goß sich einen Becher Milch ein; während sie aß und trank, war sie sich bewußt, daß sie eine so kräftige, gesunde Mahlzeit wohl lange nicht mehr zu sich nehmen würde. Gern hätte sie einen Laib Brot und eine Speckseite mitgenommen, aber sie verzichtete darauf, weil es hätte auffallen können.

»Wie geht's dir denn immer, Mutter?« fragte sie mit vollem Mund.

»Wie soll's schon gehen! Schlimmer und schlimmer. Ich werd' froh sein, wenn ich meinen letzten Schnaufer getan habe!«

»Aber red' doch nicht so, Mutter! Du versündigst dich ja!«

»Der Herrgott wird schon ein Verständnis für mich haben. Er weiß ja, wie er mich leiden läßt!«

»Du solltest etwas für dich tun, Mutter! Warum läßt du dich nicht einmal von Doktor König untersuchen?«

»Von dem Preußen?! Nie und nimmer.«

»Er ist ein gelehrter Mann, und er hat dem Major die Kugel aus der Brust geholt.«

»Ja, weil es sein mußte, aber sonst kümmert er sich doch nicht um die Kranken.«

»Weil er neue Wege sucht, Mutter, er will nicht einfach im alten Trott weitermachen! Und schaden könnte er dir doch bestimmt nicht. Ich würde ihn für dich darum bitten, Mutter.«

Frau Schwaiger schüttelte müde den Kopf. »Mir kann kein Doktor helfen, Kind, und ein so junger schon gar nicht!«

»Woher willst du das wissen, wenn du es erst gar nicht versuchst?«

»Die Schwarzböckin hat's gesagt. Gegen meine Krankheit ist kein Kraut gewachsen.«

»Ach die! Die ist doch kein Doktor!«

»Aber sie weiß mehr als alle diese Herrn zusammen, dein Preuße inbegriffen. Was verstehen die Männer schon von uns Frauen! Nein, ich lasse keinen von denen an mich heran.«

Das Gespräch war in ähnlicher Form schon so oft geführt worden, daß Afra von vornherein keine Hoffnung gehabt hatte, die Mutter umzustimmen. Sie hatte nur Anteilnahme zeigen wollen. »Ich bin müd'«, sagte sie jetzt, leckte sich die Finger ab und trank den letzten Schluck aus ihrem Becher, »gehst du auch bald schlafen, Mutter?«

»Wenn dein Vater mich läßt.«

»Aber wenn du dich so schlechtfühlst...«

»Das tu ich doch immer. Aber wer nimmt schon Rücksicht auf mich? Dein Vater nicht und die Gäste schon gar nicht. Und was dich angeht, du tätest auch besser daran, mir zur Hand zu gehen, als im Schloß die feine Dame zu spielen, die...«

»Nicht schon wieder, Mutter! Du weißt, daß ich nicht für die Wirtschaft tauge!«

»Für was dann? Die Schloßkinder lehren, das soll schon was sein. Keinen Burschen schaust du an, weil du denkst, daß du was Besseres wärst. Als ich so alt war wie du, da ging ich schon mit deinem Vater...«

»Und das hat dir ja auch was gebracht!« sagte Afra bissig. »Ein schönes Leben, das du führst, und das soll ich mir gar zum Vorbild nehmen?«

»Wenn ich nicht so krank geworden wäre...«

»Ständest du auch vom frühen Morgen bis in die Nacht hinein in der Küche und hättest womöglich noch ein paar Bamperln am Rockzipfel! Nein, Mutter, so wie du wollt' und könnt' ich nicht leben.«

»Große Sprüche sind das, Dirndl. Wie das mit dir noch mal enden wird!«

»Mach dir nur meinetwegen keine Sorgen!« Afra beugte sich herab und küßte ihre Mutter auf die schlaffe Wange.

Zärtlichkeiten waren im Haus der Wirtsleute nicht an der Tagesordnung, und so blickte Frau Schwaiger erstaunt auf und fragte: »Was du nur hast, Dirndl?«

»Gar nichts, Mutter, ich wollt' dir nur zeigen... ich hab' dich lieb.«

»Das sind neumodische Sitten! Hast du die auch auf dem Schloß gelernt?«

»Kann schon sein.« Afra lachte, um sich nicht anmerken zu lassen, daß sie gerührt war. »Aber jetzt geh ich wieder! Mach du auch nicht mehr zu lange, ja, Mutter? Gute Nacht! Und wo ist der Vater?«

»Wo soll er schon sein. In der Gaststube.«

Afra lief hinaus. Wie schon so oft überlegte sie, wie es möglich sein konnte, daß sie das Fleisch und Blut dieser Frau war, die sich so völlig aufgegeben hatte. Es war schrecklich, sich das einzugestehen, aber es gab kaum einen Menschen, mit dem sie weniger verband als mit ihrer leiblichen Mutter. Sogar der Hochmut Elisabeths und der trotzige Anspruch auf Glück, den Beata nicht aufgeben wollte, waren ihr verständlicher.

Der dicke Schwaiger war allein mit der Magd in der niedrigen dunkelgetäfelten Gaststube. Die Kutsche war abgefertigt, und Anna sammelte die fettigen Teller und schweren Maßkrüge ein, um sie in die Küche zu bringen. Im Vorbeigehen warf sie Afra einen bösen Blick zu, denn auch sie war der Meinung, daß die Wirtstochter ins Haus gehörte, ganz davon abgesehen, daß die Magd ein Alter erreicht hatte, wo jedes hübsche junge Mädchen ihr ein Dorn im Auge war.

»Guten Abend, Vater«, grüßte Afra und machte sich daran, die Brotreste in einen Korb zu sammeln; sie würden morgen an das Vieh verfüttert werden.

»Nun sag schon, was du willst!« Der Wirt hatte sich, die Beine weit ausgestreckt, auf einem der hölzernen Stühle mit den geschnitzten Lehnen niedergelassen.

»Wie kommst drauf, daß ich was brauch'?«

»Wenn du schon mal zupackst!«

»Du hast selbst nicht gewollt, daß ich hier arbeite, solange die Kaiserlichen da waren!«

»Die sind doch längst fort.«

Afra stellte den Korb mit den Brotresten beiseite, stemmte die Hände auf die vielfach eingekerbte Tischplatte und sah ihrem Vater fest in Gesicht. »Sag's mir ganz ehrlich ... möchtest du denn, daß ich Kellnerin wäre? Oder in der Küche stände?«

»Arbeit schändet nicht ...«

»Das weiß ich selbst! Aber ... möchtest du es?«

Sie zwang ihn, sie gründlich zu betrachten, ihre glatte bräunliche Haut, die dadurch, daß sie sie nur mit Buttermilch wusch und sorgsam vor der Einwirkung der Sonne hütete, einen elfenbeinfarbenen Ton angenommen hatte, ihre straffe Gestalt mit der schlanken Taille und dem festen Busen, das dichte, glänzende, kunstvoll frisierte Haar. »Gefallen tust du mir schon, Madl«, gab er zu, »so wie du bist.«

»Und bist du nicht auch ein wenig stolz auf mich?«

»Hm, ja.« Der Wirt hatte sich zwar immer einen Sohn gewünscht, aber längst erkannt, daß diese Tochter, die sich aus einem Wildling in eine Dame verwandelt hatte, etwas Besonderes war.

»Warum verlangst du dann immer wieder von mir, daß ich den Hauspatschen machen soll? Du weißt doch, daß mir das nicht liegt.«

»Wir können uns den Platz nicht wählen, an den das Schicksal uns gestellt hat.«

»Das glaubst du doch selbst nicht, Vater! Hast du mir nicht, als ich klein war, erzählt – ich habe nichts davon vergessen – was für ein armer Junger du gewesen bist!? Satt wolltest du werden, Geld wolltest du haben, und du hast es geschafft.«

»Dazu braucht's nur Arbeit ...«

»O nein! Man muß wissen, was man will, Glück muß man haben und seine Chance nützen. Stimmt's, Vater?«

Der Wirt konnte nur mühsam seine Freude an der energischen Tochter verbergen. »Hast schon recht, Madl!« Er hielt sich die Hand vor den Mund, um sein Schmunzeln zu verbergen.

»Und buckeln können muß man auch! Du hast dein Leben lang gebuckelt vor den feinen Leuten, Vater, und ich habe auf dem Schloß gebuckelt ... aber eines Tages wird's damit vorbei sein!«

»Du bist genausoviel wert wie die da oben.«

»Das glaub' ich auch! Und ich werd' es ihnen beweisen!« Afra setzte sich auf sein Knie. »Ich brauche ein paar Taler, Vater!«

»Ein paar gleich?« Er ließ sich die ungewohnte Zärtlichkeit gern gefallen.

»Ja, Vater, drei schöne, schwere!«

»Was willst dir denn jetzt wieder kaufen?«

»Nichts, Vater! Ich möcht' die Taler nur haben.«

»Das ist leicht gesagt. Geld muß man sich verdienen.«

»Du wirst sie mir schon schenken«, sagte sie schmeichelnd.

»Nein, Madl. Du weißt, wenn du was brauchst, dann kriegst du es. Aber Geld so einfach hergeben, das ist nicht meine Art.«

»Du hast doch genug davon!«

»Von Geld kann man nie genug haben.«

Afra erhob sich mit einem Schwung; sie war enttäuscht. »Du raffst und feilschst und sparst, solange ich dich kenne. Was versprichst du dir davon, Vater? Du kannst das Geld doch nicht ins Grab nehmen!«

Der dicke Wirt wischte sich mit einem nicht mehr ganz sauberen Tuch den Schweiß von der Stirn. »Es ist ja nicht für mich, Madl! Wenn ich einen Sohn hätte ...« Er brach ab. »Du wirst es eines Tages brauchen können.«

»Vielleicht, Vater, vielleicht auch nicht. Aber jetzt brauche ich es gewiß. Drei Taler, Vater, das ist doch nicht die Welt.«

»Wozu?«

Afra biß sich auf die Lippen. »Wirst du auch gewiß nicht böse werden, wenn ich es dir verrate?«

»Es wird schon was recht Dummes sein.«

Afra setzte sich ihm gegenüber an den Tisch. »Auch ich habe gespart, Vater. Nicht viel, denn es kostet ja allerhand, mich auszustaffieren ...«

»Das kann man wohl sagen.«

»Aber ein bißchen habe ich doch zur Seite geschafft ... von dem, was du mir gegeben hast, und hin und wieder hat mir auch der Hofmarksherr was zugesteckt.«

»Ein nobler Herr.«

»Und all die Silbersückte, Kreuzer und Orts und Dicke habe ich mir, wenn ich genug beisammen hatte, in schöne Joachimstaler umgetauscht.«

»Wo hast du sie denn versteckt?«

»Ein kleines Geheimnis mußt du mir schon lassen! Heute habe ich sie gezählt. Es sind sieben Stück. Wenn du mir noch drei dazugibst, sind es zehn.«

Der Wirt freute sich über ihre Sparsamkeit, fragte aber doch: »Wozu brauchst du zehn Taler?«

»Sie gäben mir eine Sicherheit, und ich käme mir vor denen da oben nicht mehr so klein vor. Ich weiß, daß es sein muß, Vater, aber es fällt mir nicht leicht, Buckel zu machen.«

»Und mit zehn Talern fiele es dir leichter?«

»Soviel Geld hat Beata nicht, nicht einmal die gnädige Frau, sie müssen auch immer bitten, wenn sie was haben wollen.«

»Vielleicht wirst du eines Tages reicher sein als sie.«

Afra horchte auf. »Ist das dein Ernst?«

»Kann sein, Madl. Der Hofmarksherr ist ein nobler Herr, er kann und mag sein Geld nicht beisammen halten.«

»Das hat er auch nicht nötig. Er ist von Stand.« Afra seufzte. »Ich würde alles drum geben, von Stand zu sein.«

»Setz dir nur nicht zu viele Flausen in den Kopf, Madl«, sagte der Wirt besorgt, »wer zu hoch hinauswill, fällt auf die Nase.«

Sie rang sich ein Lächeln ab. »Ich werd' schon auf mich aufpassen, Vater! Aber jetzt gib mir, bitte, das Geld. Drei Taler sind doch nicht die Welt, und mir würden sie so viel bedeuten.«

»Na, dann wollen wir mal sehn!« Der Wirt öffnete die lederne Geldkatze, die er an einem Riemen unter dem Leib trug, und fingerte darin herum. »Da hast du!« Er warf eine Münze auf den Tisch.

Afra nahm sie auf und hielt sie gegen das Licht. »Die gefällt mir nicht, Vater, sie ist ja schon ganz abgegriffen. Man kann die Prägung kaum noch erkennen.«

Den Wirt freute das Spiel; er gab ihr eine andere. »Und was ist mit der? Die ist so gut wie neu!«

Afra betrachtete sie kritisch und wog sie in der Hand. »Die ist zu leicht. Wer weiß, welcher Münzmeister an der verdient hat.«

»Ich sehe, dir kann man's nicht recht machen!« schimpfte der Wirt in gespieltem Ärger und schüttete den Inhalt der Geldkatze auf den Tisch, daß die Münzen kollerten. »Da! Sieh selbst!«

Mit scharfen Augen und flinken Fingern suchte Afra drei Goldstücke aus. »Die gefallen mir!«

»Du sollst sie haben!«

»Danke, Vater!« Beinahe hätte Afra ihm in ihrem Überschwang einen Kuß gegeben, aber dann erinnerte sie sich, wie irritiert die Mutter vorhin darauf reagiert hatte, und so unterließ sie es lieber.

»Ich sehe, daß du auch da oben noch deinen gesunden Menschenverstand behalten hast!« Er klopfte sie auf das runde Hinterteil.

»Da habe ich ihn mir erst erworben!« behauptete sie. »Noch einmal Dank, Vater, und gute Nacht!« Froh über das Geld und erleichtert darüber, daß sie kaum hatte lügen müssen, steckte sie die Taler im Hinauslaufen in ihren Beutel. Draußen auf dem Hof klapperten ihre Schuhe auf dem Kopfsteinpflaster. Zu Hause trug sie, wie in ihrer Kindheit, hölzerne Pantinen an den bloßen Füßen, die davon Schwielen bekommen hatten. Während sie zum Brunnen ging, dachte sie, daß ein Paar elegante Pantöffelchen das erste sein würde, was sie sich von Felix von Lingen wünschen wollte.

Kräftig bewegte sie den Pumpenschwengel, bis sie zwei Eimer mit dem kalten, klaren Brunnenwasser gefüllt hatte. Aus purem Vergnügen steckte sie ihr Gesicht unter die Pumpe und trank, ohne darauf zu achten, daß ihr das Wasser über das Kinn und in den Ausschnitt ihres Kleides rann. Ab morgen, das wußte sie, würde sie immer fein sein müssen, und sie hatte die Erfahrung gemacht, daß dies recht anstrengend sein konnte und man dabei auf manches Vergnügen verzichten mußte.

In ihrer Kammer wusch sie sich von Kopf bis Fuß, kalt, wie sie es gewohnt war. Ihr schwarzes, störrisches Haar bürstete sie, bis es sich aufstecken ließ. Dann schlüpfte sie in ihr Reitkleid, schwarze Hosen, die von einem bodenlangen schwarzen Rock verdeckt wurden, und eine streng taillierte Jacke. Dieses Kostüm hatte sie sich nach englischen Modevorlagen, von Antoinette beraten, erst vor kurzem schneidern lassen. Auf der Flucht nach Wien sollte es ihr gute Dienste leisten. Jetzt brauchte sie nur noch zu warten, bis es dunkel wurde. Die Zeit wurde ihr nicht lang, denn Erinnerungen, Hoffnungeen und Befürchtungen gingen ihr durch den Kopf. Sie erwog, einen Abschiedsbrief zu schreiben, unterließ es dann aber doch. Wenn sie erst fort war, mochte sich jeder seinen Teil denken. Es war nicht zu befürchten, daß irgend jemand annehmen könnte, sie sei das Opfer eines Unfalls geworden.

Es ging schon auf elf Uhr, als sie endlich hoffen konnte, ungesehen das Dorf zu verlassen. Die Sonne war rotglühend hinter den Bergen verschwunden, und der Mond war noch nicht aufgegangen. Afra setzte ihren kleinen schwarzen Hut mit dem Schleier auf, steckte ihn sorgfältig fest, zog die Handschuhe an und nahm ihr Bündel auf. Gerade als sie das Zimmer verlassen wollte, hörte sie von der Straße her Hufgetrappel und die Zurufe eines Kutschers. Sie eilte zum Fenster, öffnete es, streckte den Kopf weit hinaus und sah, daß ein vierspänniger Wagen vorgefahren war, ungewöhnlich bei dieser Tageszeit, aber in den Sommernächten wurde es nie ganz finster. Jetzt galt es zu überlegen. Die Ankömmlinge würden Leben in die Wirtschaft bringen. Es war nicht anzunehmen, daß sie in der Nacht noch weiterfuhren, aber es würde eine Weile dauern, bis die Pferde versorgt waren.

Vielleicht blieb ihr trotzdem Zeit genug, zum Wald hinter dem Dragonerhaus zu reiten. Genausogut aber konnte es auch sein, daß die Gäste anspruchsvoll waren, eine warme Mahlzeit verlangten und die Pferde trockengerieben werden mußten. Sie konnte nicht in den Stall und ihr Pferd satteln, solange sie Gefahr lief, dem Knecht, Anna oder gar dem Vater zu begegnen. Man würde sie fragen, und sie haßte es, lügen zu müssen. Es gab nur eins: sie mußte auf ihr Reittier verzichten und versuchen, sich ungesehen aus dem Haus zu schleichen. Mit klopfendem Herzen wartete Afra, aus dem Fenster gelehnt, bis die Fremden im Haus verschwunden, die Pferde ausgespannt und der Wagen in die Remise geschafft worden war. Dann schloß sie das Fenster, löschte die Kerze und öffnete die Tür zum Treppenhaus.

Die Stimmen klangen gedämpft herauf. Das bedeutete, daß die Gäste, wie sie vermutet hatte, sich in die Wirtsstube begeben hatten, um noch etwas zu sich zu nehmen. Anna kam die Treppe herauf, und Afra zog die Tür bis auf einen Spalt rasch wieder zu. Sie wußte, die Magd richtete jetzt das Zimmer für die Fremden. Nun kam es darauf an, den richtigen Zeitpunkt abzupassen. Durch den Türspalt beobachtete sie, wie Anna in einem der Gastzimmer verschwand, wartete keine Sekunde länger und huschte die Treppe hinunter.

Die Tür der Wirtsstube stand offen. Afra überlegte, ob sie lieber den Hinterausgang nehmen sollte. Aber im Hof konnte der Knecht noch mit einem der Pferde beschäftigt sein – würde er, wenn er sie fortgehen sah, sofort ihren Vater verständigen? Afra war dessen nicht sicher, konnte es aber nicht ausschließen. Mit fest zusammengepreßten Lippen lugte sie in die Stube. Ihr Vater ging gerade mit mehreren Bierkrügen auf einen der Tische zu. Er hatte ihr den Rücken zugewandt, während die Gäste – Afra sah einen hageren älteren Herrn und eine vornehme Dame – ihm entgegenblickten. Im Gang war es dunkel, und die Fremden würden kaum auf die Vorgänge im Haus achten. Afra wagte es, zur Haustür zu huschen, die noch nicht verschlossen war.

Als sie auf der Straße stand, schlug ihr das Herz fast schmerzhaft gegen die Rippen. Sie mußte um Atem ringen, obwohl ihre Flucht noch gar nicht begonnen hatte. Sie sah die Straße hinab. In den Häusern brannte kaum noch Licht, aber es war immer noch nicht dunkel genug, um ungesehen zu entkommen. Afra entschloß sich dazu, den Umweg über die Lindenallee, die zum Schloß führte, zu machen. Am gefährlichsten war der Moment, als sie den Platz zwischen Gastwirtschaft und Pfarrhaus überquerte. Danach war sie schon fast in Sicherheit. Vor dem Schloßberg bog sie in den Weg zum Dragonerhaus ein. Der Mond war jetzt aufgegangen und stand, eine strahlendweiße Scheibe, am Himmel. Stern für Stern war in funkelnder Klarheit zu sehen. Es duftete nach Gras und Kräutern.

Afra ging mit weit ausgreifenden Schritten vorwärts. Sie war froh, daß sie ihr Reitkleid trug, das sie beim Gehen nicht behinderte. Am

Waldrand stand ein Rudel Rehe äsend im Mondlicht. Afra blieb nicht stehen, um das Schauspiel zu genießen, sondern eilte weiter. Die Rehe hoben die Köpfe, spitzten die Ohren und brachen in den Wald. Die Kirchenuhr schlug ab, Afra erschrak, aber es war noch nicht die volle Stunde. Dennoch begann sie zu laufen. Im Wald war es sehr dunkel. Das dünne Mondlicht, das die großen alten Bäume hie und da durchließen, verstärkte noch den Eindruck der Finsternis.

Afra hörte das Schnauben eines Pferdes. »Felix!« rief sie und wiederholte: »Felix! Bist du da?«

Er trat ihr, ein Schatten zwischen den Bäumen, entgegen. »Wo sollte ich denn sonst sein? Ich hatte doch versprochen, auf dich zu warten!«

»Gott sei Dank!« Sie ließ ihr Kleiderbündel fallen und warf sich in seine Arme.

Er preßte sie fest an sich. »So kenne ich dich ja gar nicht!« Seine Hände tasteten über ihre Brust.

»Nicht, bitte nicht!« Sie schob ihn von sich. »Nicht hier!«

»Spürst du denn nicht, daß dies eine Nacht ist, wie für die Liebe gemacht?«

»Erst müssen wir fort sein, Felix, weit weg von hier!« Ihre Stimme war ein atemloses Flüstern. »Sie sind noch auf bei mir zu Hause... späte Gäste... ich konnte mein Pferd nicht holen...«

»Aber das macht doch nichts! Meine Cara wird uns beide tragen!« Er wollte sie wieder an sich ziehen.

Sie wich vor ihm zurück. »Nie kommt jemand so spät noch in mein Zimmer, aber gerade heute könnte es geschehen! Sie könnten mich brauchen, meiner Mutter könnte es schlechtergehen... und wenn mein Vater merkt, daß ich fort bin, alarmiert er bestimmt das ganze Dorf.«

»Du machst's dramatisch!« Obwohl sie sein Gesicht nicht sehen konnte, spürte sie, daß er lächelte.

»Wenn es dir schon nicht um mich geht, dann denk an dich selbst!« flehte sie. »Was, glaubst du, würden sie mit dir machen? Deine Kameraden sind weit, und ich kenne niemand im Dorf, der es einem Kaiserlichen nicht gern heimzahlen würde!«

Das war ein Argument, das ihn ernüchterte. »Also komm schon!« sagte er.

»Erst binde meine Kleider hinten auf!« Sie gab ihm den Packen und beobachtete, wie er sich damit zu schaffen machte. »Ja, so ist's recht! Jetzt steig auf!« Dann reichte er ihr die Hand, und sie schwang sich geschickt zu ihm hinauf. »So darf ich dich wenigstens in den Armen halten!« sagte er und küßte sie zärtlich auf den Nacken.

»Bis zum Morgengrauen müssen wir über die Grenze sein!«

»Das schaffen wir schon, mein Liebling, mach' dir nicht so viele Sorgen! Jetzt hast du ja mich, der dich beschützen wird!«

»Schutz«, sagte sie, »habe ich nie gebraucht!«

Er zuckte zusammen, und sie spürte es. »Weil du keine Dame bist!«

Ihr wurde bewußt, daß sie sich falsch verhalten hatte, sie drehte sich um, während sie schon anritten, und küßte ihn auf den Mund.

»Noch nicht! Aber ich kann es werden!«

Das Dragonerhaus lag dunkel, als Afra und Felix von Lingen vorüberritten, so sahen sie nicht, daß Friedrich König am offenen Fenster stand und vorm Zubettgehen noch einmal auf die Lichtung hinausschaute. Er stutzte, als er die beiden jungen Menschen im hellen Mondlicht vorbeitraben sah, machte aber keine Anstalten, sie anzuhalten. Der Gedanke, ins Dorf zu reiten und Afras Vater zu alarmieren, kam ihm gar nicht. Die beiden schienen sich entschlossen zu haben, ihr Leben zu ändern, und es war für ihn eine Selbstverständlichkeit, ihnen ihren Willen zu lassen. Er blickte ihnen nach, von einer seltenen wehmutsvollen Rührung erfaßt, bis sie an der Biegung des Weges seinen Blicken entschwanden, zwei winzige Gestalten, allein in der stillen Weite des nächtlichen Landes. Ihn fröstelte, und er schloß das Fenster. Wäre er ein frommer Mann gewesen, hätte er für Afra gebetet. So aber dachte er, daß er ihr keinen größeren Dienst erweisen konnte, als zu schweigen.

Das tat er auch, als am nächsten Morgen Afras Verschwinden entdeckt wurde und eine beträchtliche Aufregung nicht nur in der Gastwirtschaft und im Schloß, sondern auch im Dorf verursachte. Die verschiedensten Gerüchte kamen auf, aber nur Antoinette brachte ihr Fortgehen mit dem Abschied Felix von Lingens in Verbindung, doch sie äußerte ihre Gedanken nicht. Den Kindern sagte man, Afra hätte ganz plötzlich fortgemußt, um eine schwer erkrankte Tante zu pflegen. Beata, die immer noch vor Schmerz wie versteinert war, brachte selbst für die sensationelle Neuigkeit kein Interesse auf.

Am Abend saß Elisabeth mit ihrem Mann, Friedrich König und Antoinette bei einem Krug Wein in der Geißblattlaube hinter dem Schloß. »Sie ist eine Verlorene«, behauptete sie, »und wir sind schuld daran! Wir hätten sie nicht aus ihrem Milieu herausreißen sollen.«

»Ich muß wohl schon dankbar sein, daß du nicht mir allein die Schuld gibst«, sagte Anselm von Deinharting; sein markantes Gesicht wirkte verzerrt im zuckenden Schein des Windlichts.

»Nein, das bist du nicht! Ich hätte dem Wahnsinn Einhalt gebieten müssen.«

»Wollte es nicht auch ihr Vater?« fragte Friedrich König.

»Am meisten wohl sie selbst«, erinnerte Antoinette.

»Vielleicht sollten wir dann weniger von Schuld als von Schicksal sprechen«, meinte Friedrich König.

»Ich habe immer gefühlt, daß sie trotz ihre Strebens nach Höheren im Innersten eine verkommene Person war!« erklärte Elisabeth.

»Nein, das ist sie nicht!« Es kam selten genug vor, daß Antoinette der Hofmarksherrin widersprach, aber jetzt tat sie es mit Nachdruck. »Sie ist ein hochanständiges Mädchen!«

Elisabeth hob die schmalen Augenbrauen. »Das sagst du von einer Person, die sich bei Nacht und Nebel davonschleicht?«

»Ja, dabei bleibe ich!« Antoinette erhob sich. »Und wenn Sie schlecht von Afra sprechen wollen, dann, bitte, nicht in meiner Gegenwart! Gute Nacht!« Sie verabschiedete sich mit einer leichten Verbeugung und ging ins Schloß zurück.

»Du hast sie gekränkt«, sagte der Hofmarksherr.

»Ich habe nie verstanden, was sie an dieser Person von geringer Herkunft gefunden hat!«

»Ich schon«, sagte Friedrich König.

»Afra ist ein Mensch mit einem ganz besonderen Charakter, sie hat einen eisernen Willen und einen gewaltigen Ehrgeiz. Ich habe sie immer ein wenig bewundert«, gestand Anselm von Deinharting.

»Oh, ihr würdet nicht so von ihr sprechen, wenn sie häßlich wäre!« rief Elisabeth. »Aber wäre sie es nur, vielleicht gäbe es dann doch noch eine Rettung für sie!«

»Ich könnte mir vorstellen, daß sie trotz der scheinbar unüberwindlichen Schwierigkeiten ihren Weg machen wird«, wagte Friedrich König zu behaupten, »vielleicht kann sie irgendeinen älteren Herrn dazu bringen, sie zu heiraten!«

»Wie abscheulich!« Elisabeth war nahe daran, ihrer Empörung noch heftiger Luft zu machen, als ihr bewußt wurde, daß sie das geringste Recht hatte, sich über ein derartiges Verfahren aufzuregen; sie hatte ja auch ohne Liebe geheiratet – sich verkauft, wie sie sich selbst eingestand.

»Auf alle Fälle«, sagte Anselm von Deinharting, »hat Afra in einer großen Stadt, wo sie immerhin als Bürgerstochter auftreten kann, mehr Chancen als hier in Deinharting.«

»Wohin kann sie sich nur gewandt haben?« fragte Elisabeth.

»Wahrscheinlich nach Wien! München ist zu klein und zu nahe, das trifft noch mehr auf Taufbeuren zu ... also Wien, denke ich! Was meinen Sie, Frédéric?«

»Ich schließe mich Ihrer Ansicht an.« Danach wandte sich das Gespräch anderen Dingen zu.

In diesem heißen Sommer war das Wetter schon im Juni drückend geworden. Alle litten unter der Hitze. Die Stimmung auf Schloß Deinharting war gereizt, und der Hofmarksherr nutzte jede Gelegenheit, mit oder ohne Thomas auszureiten.

Beata trug ihren Kummer um den Verlust ihres Verlobten wie eine Anklage gegen das Schicksal und die Menschen, die sie liebten. Seit Elisabeth verboten hatte, sie auf ihrem Zimmer zu bedienen, erschien sie zu den Mahlzeiten bei Tisch. Aber ihr maskenhaft starres Gesicht und ihre Wortlosigkeit machten alles noch schlimmer. Felix von Lingen mit seiner heiteren, wenn auch längst nicht mehr ganz echten Unbekümmertheit fehlte allen, selbst dem Hausherrn. Zwischen Elisabeth und Antoinette herrschte seit dem Streit wegen Afra eine gewisse Spannung, die sich nicht leicht lösen ließ, da Antoinette die Betreuung der Kinder übernommen hatte und die Hofmarksherrin nicht wie sonst verwöhnen konnte.

Elisabeth, die sich nun wieder mit Henriette Striegel behelfen mußte, vermißte die Gegenwart des jungen Mädchens sehr. Sie fühlte auch, daß sie in ihrer Ablehnung Afras zu weit gegangen war, brachte es aber nicht über sich, um Entschuldigung zu bitten. Antoinette war ihr längst nicht mehr böse, denn sie hatte gelernt, die Menschen so zu nehmen, wie sie waren. Aber Traurigkeit hatte sie überfallen, die nichts mit Elisabeths harten Worten zu tun hatte. Sie sehnte sich nach Afra, dem einzigen Menschen, mit dem sie sich verstanden und mit dem sie offen hatte reden können. Auch machte sie sich Sorgen um das Schicksal der Freundin.

Anselm von Deinharting machte sich mehr denn je Gedanken wegen der politischen Lage. Schon im Mai waren alle wehrfähigen Männer zur Landesverteidigung aufgerufen worden. Die Franzosen rückten durch den Ammergau über Landsberg und Friedberg vor; kriegerische Verwicklungen waren nicht länger zu vermeiden.

Emanuel hatte sein Leutnantspatent erhalten. Sein Regiment war mit anderen als bayrisches Subsidienkorps dem kaiserlichen Befehlshaber Kray unterstellt worden. Anselm von Deinharting fürchtete um seinen Sohn.

Eines Abends saß er mit Elisabeth nach dem Essen zusammen im unteren Erkerzimmer. Die Luft war schwer, und in der Ferne zuckten schon die ersten Blitze. Noch war kein Donner zu hören, aber Mensch und Vieh spürten, daß ein Gewitter bevorstand. Parbleu war so unruhig, daß sein Herr ihn endlich aus dem Raum wies. Es war zu heiß, um zu musizieren, zu heiß, die Spielkarten anzufassen, und Anselm von Deinharting hatte sogar auf seinen geliebten Obstler verzichtet, um sich nicht noch mehr zu erhitzen. »Wenn es doch nur schon vorüber wäre!« seufzte Elisabeth.

Er lehnte sich an das dunkle Marmor des Kamins und sah sie an. Sie wirkte sehr anmutig in einem Kleid aus weißem Musselin, ihr blondes Haar schimmerte im matten Licht, das durch das Fenster fiel, und kein Hauch von Feuchtigkeit zeigte sich auf ihrer hellen Haut; nur die bläulichen Schatten unter den grauen Augen verrieten, daß sie litt. »Ja, es ist schlimm«, bestätigte er. Mit Sehnsucht dachte er an das lauwarme Bad, das er sich später, wenn das Unwetter erst vorüber wäre, gönnen würde.

In diesem Augenblick kam Thomas, gleichzeitig mit Parbleu, über den Hund stolpernd in das Zimmer gestürzt. »Er ist da!« schrie er.

»Nicht so laut!« sagte Anselm von Deinharting abwehrend.

Gleichzeitig fragte Elisabeth: »Solltest du nicht schon längst im Bett sein?«

Die Begeisterung des Jungen war nicht zu dämpfen. »Aber er ist wieder da!« wiederholte er. »Wir haben ihn vom Fenster aus gesehen, Tonette ist gleich hinunter... Monsieur Emanuel ist zurück!«

»Das kann nicht sein!« rief der Hofmarksherr, eher erschrocken als erleichtert, denn er konnte sich nichts anderes vorstellen, als daß Emanuel desertiert wäre.

»Kommen Sie! Kommen Sie! Sehen Sie selbst!« schon war Thomas wieder aus dem Zimmer gestürmt.

»Bleib!« rief Elisabeth ihm nach. Aber er hörte nicht.

Der Hund stand, zitternd vor Erregung, die Ohren gespitzt, den Blick der glänzenden Augen auf seinen Herrn gerichtet, nahe der Tür, sichtlich hin- und hergerissen zwischen dem Wunsch, Thomas zu folgen und gehorsam zu sein.

Anselm von Deinharting legte seiner Frau leicht die Hand auf die Schulter. »Wahrscheinlich ist es ein Irrtum, aber ich glaube, ich sollte doch nach dem Rechten sehen!« Da gerade jetzt wieder ein Blitz zuckte und der erste Donnerschlag dröhnte, fügte er hinzu: »Hab keine Angst, Schloß Deinharting hat schon mehr als ein Gewitter überstanden.« Sobald er aus dem Zimmer war, verließ ihn die Ruhe. Er lief, fast so schnell wie eben Thomas, die steinernen Stufen hinunter, hinter dem bellenden Parbleu her, der von der Erregung angesteckt war. Da er wußte, daß der Blick von Antoinettes Zimmer zu den Ställen ging, verließ er das Schloß nicht durch das Hauptportal, sondern benutzte die Hintertreppe zum Souterrain und durchquerte die Küche. Sie war leer, aber die Tür zum Hof stand offen. Schon von weitem hatte er das Anschlagen der Meute gehört. Als er ins Freie trat, sah er, daß Thomas sich nicht geirrt hatte: es war Emanuel, der heimgekommen war.

Doch war er nicht desertiert, wie er befürchtet hatte – ein Gedanke, dessen er sich jetzt schämte –, sondern er war offensichtlich verwundet. Anscheinend war es Antoinette und Luitgard gemeinsam gelungen, ihm vom Pferd zu helfen. Die kleine Gruppe bot ein malerisches Bild: der verwundete Krieger zwischen den beiden schönen und so verschiedenen Mädchen, dahinter das Pferd, das ihn heimgebracht hatte, ein magerer schmutziger Klepper. Antoinettes freier Arm umklammerte den vor Bewunderung hingerissenen Thomas, und Parbleu sprang begrüßend an Emanuel hoch.

Emanuel war grau im Gesicht, es war ihm anzusehen, daß er starke Schmerzen litt, aber er war bemerkenswert gefaßt. »Eine große Schlacht, Vater«, sagte er, »bei Höchstädt... die Neufranken haben gesiegt! Aber wir haben getan, was wir konnten.«

»Das glaub' ich dir, Junge.«

»Die Kaiserlichen sind über den Inn zurückgeflüchtet... Kray hat das bayrische Subsidienkorps mitgenommen...«

Für Sekunden wurde der Schloßhof von einem Blitz taghell erleuchtet, gleich darauf krachte ein Donnerschlag.

»Du mußt ins Haus«, entschied Anselm von Deinharting, »sofort! Kannst du laufen?«

»Mein rechtes Bein!« Emanuel wies auf seine zerfetzte Hose und den schmutzigen Verband; auch seine Brust und sein Kopf waren bandagiert.

»Ich werde dich tragen!« erbot sich sein Vater und wollte ihn aus den Armen der Mädchen nehmen.

Emanuel wehrte sich. »Nein, nein, ich kann selbst... wenn Sie mich nur stützen!«

Jetzt kam auch Auguste, in einen Umhang gehüllt, aus dem Schloß; sie hielt sich aber beim Anblick des so sehr veränderten Bruders scheu zurück.

»Er hat in einer Schlacht gekämpft!« rief Thomas ihr zu. »Denk dir nur! Er ist schwer verletzt!« Dann kam ihm ein Einfall. »Ich werde den Doktor holen!« Schon rannte er zum Stall.

»Thomas!« rief Antoinette hinter ihm her. »Bei dem Gewitter! Bist du verrückt?!«

»Ich fürchte mich nicht!« erklärte der Kleine stolz.

»Trotzdem... ich hole den Doktor! Luitgard! Sehen Sie zu, daß kochendes Wasser zur Verfügung ist! Du kannst auch etwas tun, Thomas... Auguste wird dir dabei helfen, nicht wahr, Gustel, das wirst du doch? Schirrt das Pferd ab und versorgt es mit Wasser und Hafer! Es ist zwar ein ziemlich häßliches Vieh, aber es hat euren Bruder heimgebracht!«

Während Emanuel, gestützt von seinem Vater und gefolgt von Luitgard, auf das Haus zuhumpelte, lief Antoinette zum Stall und mühte sich, die Tür zu öffnen. Thomas half ihr, soweit es seine Kräfte zuließen, den schweren Balken zu entfernen. Als es ihnen gelungen war, führte Auguste das erschöpfte Tier hinein, während Antoinette ihr eigenes Pferd sattelte. Im Stall herrschte große Unruhe. Der ungewohnte Lärm, das Anschlagen der Meute und dazu das Gewitter hatten die Tiere erregt; sie schnaubten, scharrten und schlugen mit den Hufen an die hölzernen Trennwände der Boxen. Auguste und Thomas sprachen freundlich auf das fremde Pferd ein, während sie es von Sattel und Trense befreiten.

»Seid nur vorsichtig!« mahnte Antoinette. »Die anderen sind recht wild, sie haben Angst... geht nur nicht an sie heran!«

Gerade als sie ihre Stute ins Freie führte, blitzte es wieder hell auf, und ein gewaltiger Donnerschlag folgte. Das Tier stieg auf die Hinterhand und hätte Antoinette, wäre sie nicht darauf gefaßt gewesen, aus dem Sattel geworfen. So aber zwang sie ihm ihren Willen auf, tätschelte seinen Hals und brachte es in Trab. Aber es zitterte und stellte die Haare hoch. Blitz auf Blitz zuckte über den Himmel, die Donnerschläge kamen jetzt rasch. Antoinette machte sich Sorgen wegen der

Kinder und fragte sich, ob es recht gewesen war, sie mit der Sorge um Emanuels Pferd zu betreuen. Aber seit Peter geheiratet hatte, schlief er nur noch bei besonderen Gelegenheiten nachts im Stall, was ihm nicht zu verdenken war. Niemand vom Hauspersonal war fähig, mit einem Pferd umzugehen. Es aber bei diesem Gewitter sich selbst zu überlassen wäre unmöglich gewesen. Sie hätte es versorgen können, aber als sie Emanuel gehalten hatte, spürte sie, wie erschöpft er war. Nichts war dringlicher, als so rasch wie möglich einen Arzt zu holen.

Obwohl Dr. König nicht praktizierte, konnte sie doch nur ihn zu Hilfe holen, denn Dr. Lorenz, der Hausarzt der Deinhartings, wohnte in Taufbeuren. Sie war schon auf halbem Weg zum Dragonerhaus, als der Himmel aufbrach und wahre Wasserfluten ausschüttete. Antoinette war im Nu durchnäßt. Jetzt mußte sie sich noch mehr auf ihre Stute konzentrieren, die sich mühte, in dem strömenden Regen und auf dem verschlammten Weg voranzukommen. Trotz ihrer Eile mußte sie das Tier im Schritt gehen lassen, denn die Wassermassen nahmen ihr die Sicht.

Im Schloß hatte Luitgard rasch Emanuels Bett gemacht, während Anselm von Deinharting ihm die Jacke ausgezogen und ihn auf seines Sohnes Bett untersucht hatte; die Brüder pflegten, wenn sie zu Hause waren, immer noch in ihrem alten Jungenzimmer zu schlafen. Jetzt trat Luitgard herzu, um dem Hausherrn zur Hand zu gehen. Die Verletzungen am Kopf und an der Brust sahen harmlos aus; es waren Streifschüsse, die schon zu verheilen begannen.

»Die Comtesse hätte bei dem Unwetter nicht fort müssen«, sagte Luitgard, »der Hofmarksherr ist so geschickt wie jeder Arzt!«

Anselm von Deinharting blickte lächelnd auf. »Meinst du, Dirn? Nun, ich hab' ja auch Übung!«

Elisabeth trat leise ein. »Emanuel!« rief sie. »Also doch!«

Luitgard richtete sich auf und wich, die Flasche mit Arnika in der Hand, ein paar Schritte zurück. Elisabeth beachtete sie gar nicht. »Willkommen zu Hause, Emanuel!« Sie strich ihm das verklebte Haar aus der Stirn. »Laß mich weitermachen, Anselm!«

»Ganz wie du willst.«

»Wir müssen die Hose aufschneiden.«

Auguste und Thomas kamen die Treppe heraufgestürmt. Schon von weitem hörte man ihre aufgeregten Stimmen. Als sie in das Zimmer kamen, verstummten sie und drückten sich bei der Tür herum, um nicht aufzufallen. Aber es nützte ihnen nichts. Elisabeth musterte sie. »Ihr seid ja triefnaß! Was habt ihr getrieben?«

»Wir haben bloß das Pferd versorgt«, sagte Thomas.

»Ihr hättet im Stall bleiben sollen, bis das Wetter vorbei ist.«

»Die Pferde waren so wild«, erklärte Auguste.

»Luitgard!« Elisabeth sah das Mädchen an, als hätte sie ihre Anwesenheit erst in diesem Augenblick entdeckt. »Steck die Kinder ins Bett! Kümmere dich zuerst um Thomas, Auguste kann sich selbst ausziehen.«

»Das kann ich auch!« rief Thomas, in seinem Stolz verletzt.

»Du wirst dir trotzdem helfen lassen, dann geht es schneller. Und du, Gustel, beeil dich, daß du aus deinem Zeug herauskommst. Ein Kranker im Haus genügt.«

Luitgard stellte die Arnikaflasche auf den Nachttisch und schob die Kinder hinaus.

»Gute Nacht, Papa! Gute Nacht, Mama!« rief Auguste.

»Gute Nacht, Monsieur! Gute Nacht, Madame! Gute Nacht, Monsieur Emanuel!«

»Gute Besserung, Emanuel!«

»Na, kommen Sie schon!« drängte Luitgard. »Ich erzähle Ihnen auch eine Geschichte!«

Anselm von Deinharting schloß die Tür hinter ihnen. Er blieb allein mit Elisabeth und seinem verwundeten Sohn. Es hatte aufgehört, zu blitzen und zu donnern. Vor den Fenstern rauschte der Regen nieder. »Es ist gut, daß du wieder daheim bist, Emanuel!« sagte Anselm von Deinharting.

Elisabeth schenkte dem jungen Mann ein zärtliches Lächeln. »Du hast Fieber, nicht wahr?«

»Ich weiß nicht.«

Sie nahm die Schere und schnitt sein zerfetztes Hosenbein bis zur Hüfte auf, das gleiche tat sie mit der langen Unterhose. Dann wickelte sie behutsam den Stoffetzen ab, der um sein Schienbein gebunden war. Das letzte Ende klebte, und als sie es abriß, konnte er ein Stöhnen nicht unterdrücken. Eine tiefe klaffende Wunde wurde sichtbar, schmutzig, vereitert, mit entzündeten Rändern. Elisabeth erblaßte und schloß unwillkürlich die Augen.

»Soll ich . . .?« erbot sich ihr Mann.

»Laß nur! Ich schaffe das schon!« Mit zusammengebissenen Zähnen träufelte sie Arnika auf einen kleinen Ballen Scharpie. Aber kaum hatte sie den Wundrand auch nur berührt, als Emanuel so schmerzhaft aufschrie, daß sie zurückzuckte. Ratsuchend blickte sie Anselm von Deinharting an.

»Wir sollten das lassen«, entschied er, »Antoinette holt einen Arzt!«

»Wen denn?«

»Ich weiß es nicht. Aber die Wunde ist so lange unversorgt geblieben, daß es auf ein paar Stunden mehr nun auch nicht ankommt.«

»Aber was sollen wir tun?«

»Wir ziehen ihn aus, waschen ihn, so gut es geht, und legen ihn in sein eigenes Bett. Ist es dir recht so, Emanuel?«

Der junge Mann nickte. »Bitte.«

»Dann läute bitte nach Baptist, Elisabeth. Er soll Wasser bringen.«

»Aber es wird kein warmes dasein.«

»Doch. Ich hatte vor, später noch zu baden.«

»Deshalb ist Luitgard aufgeblieben?«

»Ja, ich hatte sie gebeten, sich um das Feuer zu kümmern.« Wieder einmal fragte Anselm von Deinharting sich, ob ihr seine Beziehungen zu der Magd gleichgültig waren oder ob sie tatsächlich nichts ahnte.

»Sie ist doch seit aller Frühe auf den Beinen«, sagte Elisabeth nur, »sie muß sehr müde sein.«

Er schüttelte den Kopf. »Luitgard ist ein gesundes, junges Ding, ihr macht das nichts aus.«

Damit war das Thema erledigt. Baptist schleppte mit beleidigter Miene, denn es gehörte nicht zu seinen üblichen Pflichten, Wasser herbei und wurde mit dem Auftrag in die Küche geschickt, sich um das Feuer zu kümmern, bis Luitgard ihn ablösen würde. Elisabeth tupfte Emanuel behutsam ab, soweit die Verbände und seine Wunde am Schienbein es erlaubten, aber sie überließ es ihrem Mann, ihm die Unterhose auszuziehen und den Unterleib zu waschen. Es war auch der Vater, der ihm ein frisches Hemd überzog und ihn umbettete. Elisabeth drehte sich währenddessen zum Fenster um. Anselm von Deinharting deckte den Verwundeten so zu, daß sein verletztes Bein frei blieb.

Der Regen hatte immer noch nicht an Heftigkeit nachgelassen. »Wenn Antoinette nur nichts zustößt!« sagte Elisabeth.

»Sie wird's schon schaffen!« tröstete er sie.

»Hast du Hunger, Emanuel?«

»Nein, danke.«

»Ich werde trotzdem einen der Dienstboten... in der Küche ist gewiß Brühe...«

»Nein, laß das, Elisabeth!« Mit gedämpfter Stimme fügte er hinzu: »Erst wenn der Arzt da war... es könnte ihm übel werden.« Laut sagte er: »Ich weiß, was du jetzt brauchst, Junge! Einen Schnaps!«

»Das gräßliche Zeug«, wehrte Emanuel schwach ab, »nein!«

»Ich werde mir jedenfalls jetzt einen genehmigen, und du wirst mit mir trinken!«

»Aber wenn er doch nicht will!« wandte Elisabeth ein.

»Es wird ihm guttun!« Er zog an der Klingelschnur. »Mal sehen, wen wir noch aufschrecken können!«

Es war Babette; sie hatte schon von Emanuels Heimkehr erfahren und war auf Befehle gefaßt gewesen. Adrett und eifrig erschien sie in der Tür, fragte nach den Wünschen der Herrschaften und stellte sich auf die Zehenspitzen, um einen Blick auf den verwundeten Krieger zu werfen, was ihr aber nicht gelang. Flink kam sie mit der Schnapsflasche und zwei Bechern zurück, die ihr, zu ihrer Enttäuschung, gleich bei ihrem Eintritt von dem Hofmarksherrn abgenommen wurden.

»Geh noch nicht zu Bett«, mahnte Elisabeth, »die Comtesse ist unterwegs, und der Herr Doktor wird kommen. Es ist möglich, daß wir dich noch brauchen.«

Zuerst goß sich Anselm von Deinharting selbst ein und leerte den Becher mit einem Zug, dann füllte er den anderen für Emanuel. »Hilf mir, ihn aufzurichten«, bat er.

»Lauwarme Wickel wären besser für ihn als Schnaps«, sagte Elisabeth tadelnd.

Er wurde ungeduldig. »Tu, was ich dir sage!« Er setzte sich zu Emanuel auf das Bett, legte den linken Arm um seine Schultern und versuchte, ihm mit der rechten Hand den Schnaps einzuflößen. »Es wird mir schon schlecht, wenn ich das Zeug nur rieche!« behauptete sein Sohn.

»Immer noch?« spottete Anselm von Deinharting. »Ich dachte, du wärst inzwischen ein Mann geworden.«

»Ich habe schon Schnaps getrunken, wenn du das meinst... aber nur, wenn es sein mußte!«

»Um deinen Kameraden zu imponieren, was? Aber jetzt ist es viel wichtiger! Halt dir von mir aus die Nase zu, aber trink!«

Emanuel nippte an dem Becher, aber sein Vater ließ nicht locker, bis er ihn geleert hatte. Dann bettete er ihn wieder in die Kissen. »Besser jetzt?« fragte er nach einer Weile.

»Ja, Vater!«

»Dann trinken wir gleich den nächsten!«

»Aber warum, Anselm, warum?« fragte Elisabeth.

Anselm von Deinharting hatte schon eingeschenkt. »Die Untersuchung wird schmerzhaft sein... je mehr er trinkt, desto weniger wird er spüren.

Dann begann das Warten. Anselm von Deinharting hatte seinem Sohn bereits den fünften Obstler eingeflößt, als daußern im Treppenhaus Stimmen laut wurden. Es regnete immer noch stark.

Er riß die Tür auf und sah Antoinette, gefolgt von Friedrich König, die steinernen Stufen heraufkommen. Sie hatte sich trockene Kleidungsstücke von Barbara ausgeliehen, aber sie sah trotzdem nicht wie eine Bäuerin aus. Nur ihr durchnäßtes braunrotes Haar, das sich jetzt zu krausen begann, verriet, daß sie durch den Regen geritten war. Für den Rückweg zum Schloß hatten sie einen Wagen benutzt. Friedrich König hatte sich nur eben die Zeit genommen, einen guten Rock überzuziehen; er trug eine Tasche mit ärztlichen Instrumenten in der Hand.

»Die Comtesse behauptet, daß es bei Euch brennt!« rief er, als er des Hausherrn ansichtig wurde.

»Das kann man wohl sagen! Schön, daß Sie sofort gekommen sind, Frédéric!«

»War doch selbstverständlich!«

Antoinette trat in das Zimmer, während die Männer sich noch die Hände schüttelten. Als sie den starken Geruch des Schnapses spürte, krauste sie die Nase. »Wie geht es Ihnen, Emanuel?«

Emanuels Gesicht hatte sich gerötet, seine Augen glänzten glasig. »Schon viel, viel besser!«

»Das freut mich für Sie!«

»Ich habe ihn unter Alkohol gesetzt«, erklärte Anselm von Deinharting dem Doktor, »etwas Besserers fiel mir nicht ein. Er hat eine schlimme Beinverletzung.«

»Die werde ich mir mal ansehen!« Friedrich König verbeugte sich vor Elisabeth. »Liebe verehrte gnädige Frau, ich glaube, es ist besser, Sie lassen mich jetzt mit dem Kranken allein... das gleiche gilt für Sie, Comtesse!«

»Vielleicht brauchen Sie meine Hilfe?« fragte Elisabeth.

Er blickte ihr in die Augen. »Nein, was jetzt kommt, ist Männersache.«

Elisabeth lächelte Emanuel ermutigend zu und verließ dann, gefolgt von Antoinette, die ihr die Tür aufhielt, den Raum.

Friedrich König setzte sich auf die Bettkante und betrachtete Emanuels freiliegende Wunde. »Was haben wir denn da?«

»Eine Kugel«, erklärte Emanuel schwerfällig, seiner Zunge nicht mehr ganz mächtig, »sie hat mein Bein durchschlagen.«

»Das sollte nicht schlimm sein.«

»Sagen Sie mir, Doktor König, sagen Sie ehrlich... werde ich wieder gehen können?«

»Warum denn nicht?«

»Ich meine, kann ich wieder Dienst tun?«

»Ist dir das so wichtig?« fragte Anselm von Deinharting erstaunt.

»Wichtiger als alles andere. Wo soll ich denn sonst hin?«

»Nun, hier in Deinharting ist für dich immer...«

Friedrich König brachte den Vater mit einem Blick und Kopfschütteln zum Schweigen. »Ein Gelenk ist nicht verletzt, also besteht keine Ursache zu der Annahme, daß Sie nicht bald wieder stramm marschieren könnten.«

Es klopfte an die Tür. »Ja?« fragte Anselm von Deinharting.

Antoinette steckte schüchtern den Kopf herein. »Ich habe nur heißes Wasser gebracht.«

»Das ist gut!« Friedrich König stand auf. »Schütten Sie es, bitte, in die Schüssel. Entgegen der verbreiteten Ansicht bin ich der Überzeugung, daß Schmutz die Vereiterung von Wunden fördert, wenn nicht gar auslöst.« Er wusch sich sorgfältig die Hände.

»Wollen Sie mich denn nicht untersuchen?« fragte Emanuel.

»Doch, gleich.« Mit einem Blick schickte er Antoinette, die ihm ein sauberes Handtuch gereicht hatte, wieder aus dem Zimmer. »Schieben Sie mir einen Stuhl ans Bett, ja?«

Anselm von Deinharting, der am Fußende gestanden hatte, tat es, und Friedrich König setzte sich. Er betrachtete die Wunde, bevor er die Wundränder ein wenig auseinanderzog. Ein spitzer Knochen wurde sichtbar. Emanuel schrie auf. »Ja, das tut verdammt weh, ich weiß, aber ich kann es nicht ändern. Machen Sie ihm einen Knebel, Anselm! Vielleicht geht es besser, wenn er darauf beißen kann. Wir wollen doch die Damen nicht erschrecken.«

Anselm von Deinharting rollte Verbandszeug zu einer Kugel und steckte es seinem Sohn in den Mund.

»Öffnen Sie meine Tasche«, bat Friedrich König, »und ... warten Sie mal ... holen Sie mir das Ding da heraus!« Er griff nach der Zange, die Anselm von Deinharting ihm reichte.

»Wozu?« fragte der Hofmarksherr. »Steckt die Kugel?«

»Nein, aber mir scheint, sie hat ein Stück Knochen abgesplittert. Das müssen wir herausholen.« Er fuhr mit zwei Fingern in die Wunde. Von Emanuel kam kein Laut.

»Er ist ohnmächtig geworden«, sagte Anselm von Deinharting.

»Um so besser für ihn ... und für uns! Sehen Sie, da ist der Splitter.« Zwischen Daumen und Zeigefinger hielt er den spitzen Knochen. »Er haftet mit einem Ende noch am Schienbein. Ich muß ihn abknipsen.« Er fuhr mit der Zange in die Wunde, kniff sie zu und holte einen gut fünf Zentimeter langen Splitter heraus. »Das wär's!« Er reichte den blutigen Knochensplitter Anselm von Deinharting. »Ein hübsches Andenken an seine erste Schlacht ... es war doch seine erste?«

»Die Schlacht von Höchstädt!«

»Na, fein. Er kann es sich in Gold fassen lassen und seiner Liebsten schenken.«

»Sie halten nicht viel von Kriegen!« Es klang eher wie eine Feststellung als eine Frage.

»Gar nichts.«

»Aber müssen die Völker nicht ihre überschüssige Kraft loswerden!«

»Sie könnten sie für sehr viel Besseres verwenden. Davon einmal abgesehen: wem nützt dieser Krieg? Die Neufranken wollen den anderen Völkern ihre Lebensform bringen. So weit, so gut. Das wäre mit dem Vorbild eines gesellschaftlichen Systems, in dem die Menschen frei atmen durften, wirkungsvoller zuwege zu bringen gewesen. Aber inzwischen ist ja auch das vorbei. Napoleon beherrscht Frankreich wie ehedem die Bourbonen. Sogar die Religion hat er wiedereingeführt. Das linke Rheinufer ist fest in französischer Hand. Was wollen sie also noch?«

»Ich denke ganz wie Sie, Friedrich«, sagte Anselm von Deinharting, »aber das entbindet aus nicht von dem Recht und der Pflicht, uns zu verteidigen!«

»Ist es für euch Bayern so wichtig, ob ihr von einem Usurpator, einem Kaiser oder einem Kurfürsten beherrscht werdet?«

»Wir wollen unsere Eigenständigkeit bewahren ... wir selbst bleiben.«

»Als Hilfstruppen des Kaisers von Österreich?« fragte Friedrich König skeptisch und goß Arnika auf die offene Wunde. »Ich hoffe nur, daß euch das gelingt.« Er drückte die Wundränder zusammen.

»Wir können selten mehr tun als hoffen«, sagte der Hofmarksherr.

Emanuels Wunde heilte überraschend schnell. Friedrich König brauchte nicht ein zweites Mal geholt zu werden. Es war Elisabeth, die ihn pflegte und seine Wunden täglich neu verband. Er humpelte schon durchs Schloß, als Major Trautmannsdorf, dem eine Kugel den linken Lungenflügel verletzt hatte, immer noch bettlägerig war.

Elisabeth hatte es seit jeher als ihre Christenpflicht angesehen, sich der Kranken und Schwachen in der Hofmark anzunehmen. Aber ihre Besuche bei den zahnlosen Greisen und greinenden Säuglingen hatten sie stets eine Überwindung gekostet, deren sie sich schämte. Ihre Nächstenliebe nahm schon Anstoß an dem Stallgeruch, der unweigerlich jedes oberbayrische Bauernhaus durchzog, und die Ausdünstungen der Darniederliegenden brachten sie oft einer Ohnmacht nahe. Das Lächeln, mit dem sie sie ermutigen wollte, mißlang, und es war ihr unmöglich, einen natürlichen Ton zu diesen Menschen zu finden, die räumlich so nahe, gesellschaftlich so unendlich weit von ihr entfernt waren. In jeder Beichte beschuldigte sie sich ihrer Lieblosigkeit, und Pfarrer Reiter hatte Mühe, sie mit gütigen Worten zu beruhigen.

Die Pflege der verwundeten Soldaten dagegen hatte ihr vom ersten Tag an viel Freude bereitet. Diese jungen Leute waren ja nicht krank, sie siechten nicht an einem der vielen unerkannten und unheilbaren Leiden dahin, und es bestand Hoffnung, daß sie genasen. Von all diesen Schützlingen waren ihr zuletzt nur noch Emanuel, dessen sie sich mit Hingabe annahm, und der kaiserliche Major im Dragonerhaus geblieben. Um sie zu betreuen, brauchte sie nicht in eines der Bauernhäuser hinabzusteigen, weder auf dem Schloß noch im Dragonerhaus gab es den verhaßten Stallgeruch. Elisabeth fühlte sich in ihrer Tätigkeit als barmherzige Samariterin glücklich, weil sie eine Pflicht freudig erfüllen durfte.

Es war ein heißer Nachmittag im Juli, als sie wieder einmal zum Dragonerhaus hinüberfuhr. Sie hatte den Einspänner genommen und kutschierte selbst, denn auf das Drängen des Vogts hin hatte ihr Mann den Stallknecht zur Hilfe beim Einbringen der Ernte auf das Gut abgestellt. Sie trug eines ihrer weißen Musselinkleider, unter der Taille gegürtet, mit winzigen Puffärmeln und tiefem Ausschnitt. Längst hatte sie sich angewöhnt, auf jede Korsage zu verzichten. Dazu hatte sie ellbogenlange weiße Handschuhe angezogen und sich einen breitkrempigen Strohhut aufgesetzt, der zwar nicht der Mode entsprach, ihren zarten Teint aber wirkungsvoll gegen die Strahlen der Sonne schützte. Fröhlich fuhr sie ihres Weges und nahm die ehrerbietigen Grüße des Landvolks als einen ihr zustehenden Tribut entgegen.

Vor dem Dragonerhaus brachte sie das Pferd mit einem energischen »Brrr« zum Stehen und kurbelte die Bremse fest.

Barbara hatte sie gehört und kam aus dem Haus gelaufen; sie war sehr mager, aber ihr Leib schon erschlafft. »Gegrüßt sei Jesus Christus...«, sagte sie demütig.

»In Ewigkeit Amen!« erwiderte Elisabeth. »Wie geht es deinen Kindern?«

»Das Kleine will nicht recht gedeihen.«

»Ich seh' es mir später an. Willst du mir nicht beim Aussteigen helfen?«

Aber Barbara machte keine Anstalten dazu. »Der Herr Doktor ist nicht da«, sagte sie statt dessen.

»Das macht nichts! Ich werde nach dem Patienten schauen!«

»Der Herr Doktor ist nach Taufbeuren gefahren und kommt nicht vor Abend zurück.«

»Um so mehr wird sich der Herr Major über meinen Besuch freuen.«

»Ich habe vorhin nach ihm gesehen...« Barbara zögerte, als wollte sie etwas hinzufügen.

Elisabeth achtete nicht darauf. »Wie geht es ihm denn?«

»Wenn Sie mich fragen«, platzte Barbara heraus, »ich finde, es wird die höchste Zeit, daß er wieder dahin fährt, woher er gekommen ist!«

Elisabeth runzelte die Stirn. »Das zu beurteilen steht dir wohl nicht zu!«

»Ich wollt' ja nur sagen, gnädige Frau...« Barbara geriet ins Stammeln.

»Daß du die Kaiserlichen nicht magst!« ergänzte Elisabeth. »Aber spar dir, bitte, dieses Lied, das habe ich schon zu oft gehört!« Ohne länger auf Barbaras Hilfe zu warten, sprang sie leichtfüßig zu Boden, hob einen Krug mit Saft aus durchpassierten Preiselbeeren aus dem Wagen und betrat das Haus. Als sie die Schwelle überschritten hatte, blieb sie kurz stehen, denn sie mußte die von der Sonne geblendeten Augen erst an die Dunkelheit des alten Hausgangs gewöhnen. Hier drinnen war es angenehm kühl. Rasch schritt sie die Treppe mit den ausgetretenen hölzernen Stufen hinauf und klopfte an die Tür des Krankenzimmer. »Nur immer hereinspaziert!« rief es von drinnen.

Elisabeth trat lächelnd ein. »Sie klingen ja so munter, Major!«

»Ich kann es fast selbst nicht glauben, nach all den vielen schlimmen Monaten fühle ich mich heute zum ersten Mal wieder richtig wohl!«

»Wie mich das freut!« Elisabeth kam näher und blickte fast liebevoll auf ihn nieder.

Der Major Trautmannsdorf war ein hochgewachsener, breitschultriger Mann, dessen männliches, etwas derbes Gesicht durch die Krankheit verfeinert worden war. Seine Haut, die lange Zeit keinen Sonnenstrahl abbekommen hatte, war weiß, die glattrasierten Wangen waren hohl und die glänzenden dunklen Augen lagen tief in den Höhlen. Seinen buschigen schwarzen Schnurrbart hatte er, seit es ihm wieder besserging, mit Sorgfalt zu pflegen begonnen. Jetzt streckte er die Hand nach ihr aus. »Sie sind mein Engel, gnädige Frau!« Er sprach mit der weichen, singenden Stimme des geborenen Wieners. »Wären Sie nicht gewesen, ich wäre gestorben, ganz gewiß!«

»Aber das stimmt gar nicht, wie oft soll ich es Ihnen noch sagen!« widersprach Elisabeth, überließ ihm dann aber doch ihre Hand. »Der Doktor war es, der Ihnen die Kugel aus der Brust geholt hat... und unser Herrgott im Himmel, der Ihnen noch eine gute Spanne Lebenszeit zugedacht hat!«

»Und mir deshalb seinen schönsten Engel schickt!« schmeichelte der Major und begann sanft und geschickt ihren Handschuh auszuziehen.

»Aber das dürfen Sie nicht!« Elisabeth versuchte, ihm ihre Hand zu entwinden.

Er gab sofort nach. »Ist es denn Sünde, wenn ich Ihr zartes Händchen sehen will?«

»Natürlich nicht, aber ich will meine Handschuhe selbst ausziehen... und lassen Sie mich doch erst den Krug abstellen!«

Er sah ihr bewundernd zu, wie sie in dem kleinen Raum, in dem sie sich ganz zu Hause fühlte, hantierte, und nahm dankend den Becher mit Saft, den sie ihm eingeschenkt hatte, entgegen. »Wollen Sie mir einen Gefallen tun, gnädige Frau?«

»Wenn ich kann!«

»Trauen Sie mir denn zu, daß ich etwas Unmögliches von Ihnen verlange?«

»Ich weiß es nicht«, erwiderte sie mit unbewußter Koketterie.

»Nehmen Sie den Hut ab, bitte!«

»Oh, den habe ich mir recht mühsam festgesteckt!«

»Dann werden Sie ihn mir zuliebe recht mühsam losstecken.«

»Aber warum? Er stört doch gar nicht!«

»Ich möchte Ihr wunderschönes Haar sehen, Elisabeth! Soll ich Ihnen etwas gestehen? In ganz Wien gibt es keine Frau mit einem solchen Haar, ja, ich habe in meinem ganzen Leben noch keine gekannt!«

»Jetzt übertreiben Sie aber...«

»Nein, bei meiner Ehre nicht! Ich kann es beschwören!«

Elisabeth zögerte, dann gab sie nach. »Wenn Ihnen soviel daran liegt.« Mit hochgehobenen Armen nestelte sie an ihrem Hut, und wenn sie sich nicht bewußt gewesen wäre, daß sie dabei einen reizenden Anblick bot, die Augen des Majors hätten es ihr verraten. Als sie den Hut abnahm, hatte sich eine der weichen Strähnen gelöst und fiel ihr über die Schulter. »Oh, wie ungeschickt«, schalt sie, »aber das ist Ihre Schuld, Major, hätten Sie nicht...« Sie bemühte sich, ihr Haar zu bändigen.

»Bitte, lassen Sie es so, ich flehe Sie an, Sie sollten es immer offen tragen, es steht Ihnen prachtvoll!«

»Nein, nein, ich muß...«

»Ist das denn so wichtig, Elisabeth, ob Sie es jetzt aufstecken oder später? Wollen Sie denn gar nicht nach meiner Wunde sehen? Der Verband ist so unangenehm bei dieser Hitze. Bitte!«

Elisabeth fühlte sich an ihre Pflicht erinnert. »Verzeihen Sie, daran habe ich gar nicht gedacht!«

»Ich weiß, ich habe Sie verwirrt!« gab er lächelnd zu und zog sich das Hemd über die Brust.

Die sonst so schamhafte Elisabeth fand das gar nicht peinlich, denn er war ja ein Kranker. Unbefangen setzte sie sich auf die Bettkante und machte sich daran, den breiten Verband abzuwickeln. »Ich bin gespannt, wie die Wunde heute aussieht...«

»Das dürfen Sie sein, Elisabeth, Sie waren lange nicht mehr bei mir! Ich habe die Tage gezählt!«

»Ich wäre gekommen, wenn Sie meiner bedurft hätten, aber ich weiß Sie ja in den besten Händen!«

»Es gibt keine besseren Hände als die Ihren!« Er nahm ihre Rechte und bedeckte erst die Fingerspitzen, dann die Handflächen und die zarte Haut am Gelenk mit kleinen Küssen.

»Bitte, nicht, ich kann so nicht arbeiten... Ihr Bart kitzelt!« Elisabeth entzog ihm ihre Hand, errötend, weil das sonderbar erregende Gefühl, das seine Küsse verursachten, nicht unangenehm gewesen war; sein Schnurrbart war weich und sträubte sich.

Sie wickelte den Rest des Verbandes ab und hielt mitten in der Bewegung überrascht inne. Die Wunde in seiner Brust war zugeheilt. Dort, wo bei ihrem letzten Besuch noch ein verschorftes Loch gewesen war, wölbte sich jetzt eine harte rote Narbe. Unwillkürlich berührte sie sie mit dem Finger. »Sie sind ja gesund, Major!« rief sie. »Sie brauchen gar keinen Verband mehr!«

»Sie haben recht, Elisabeth!« gab er lachend zu. »Was ich jetzt brauche, sind Sie!« Er riß sie in seine Arme und bedeckte ihr Gesicht, ihren Hals, ihren Nacken mit Küssen, die nun gar nicht mehr zart, sondern wild und gierig waren. Sie war auf diesen Überfall nicht gefaßt gewesen, aber als sie begriff, was er wollte, wehrte sie sich nach Kräften. Noch glaubte sie, mit ihm fertig werden zu können und rief nicht um Hilfe, weil sie nicht in einer so unwürdigen Situation gefunden werden wollte.

»Lassen Sie mich los«, flehte sie, »wie können Sie so etwas tun... habe ich das um Sie verdient!«

»Aber zier dich doch nicht, Liebste! Ich weiß, daß du dir das schon seit langem ersehnt hast!«

»Nein! Nein! Das ist nicht wahr!« Sie keuchte und wand sich in seinem erbarmungslosen Griff, aber das schien ihn nur noch mehr zu reizen. Er schob ihr Kleid hinauf, und als seine Hände ihre Schenkel berührten, schrie sie auf. Aber er drückte ihr die eine Hand erbarmungslos auf den Mund, während er mit der anderen ihre Hose, ein zartes Gebilde aus Seide und Spitzen, zerriß. Immer noch kämpfte sie gegen ihn an, trommelte mit beiden Fäusten auf ihn ein und versuchte, ihn in die Hand zu beißen. Dabei fühlte sie mit schamvollem Entsetzen, daß ihre Erregung bis in den Unterleib ausstrahlte. Er drang in sie ein, und sie empfand keinen Schmerz. Ihr Körper hatte aufgehört, ihrem Herzen, ihrem Verstand, ihrer Erziehung und ihren Grundsätzen zu gehorchen.

Es dauerte nur Sekunden. Schwer keuchend lag er auf ihr. Ihr Mund war jetzt frei, aber sie dachte nicht mehr daran zu schreien. Sie befand sich in einem solchen Zustand der Bestürzung, wie sie ihn noch nie erlebt hatte. Sekundenlang fühlte sie sich, aller Vernunft zum Trotz, wie erlöst.

»Na also«, murmelte er zufrieden, »wußte ich es doch.«

Plötzlich wurde er ihr unerträglich. Sie versuchte, ihn von sich zu stoßen, aber er rührte sich nicht. Der starke männliche Geruch, der aus seinen geöffneten Poren drang, verursachte ihr fast Übelkeit. »Lassen Sie mich endlich los!« verlangte sie mit zitternder Stimme.

Er hob den Kopf von ihrer Schulter und blickte ihr mit satter Zufriedenheit in die Augen. »Wenn du ein wenig wartest, kannst du es noch einmal haben... und besser!«

Sie schlug ihm ins Gesicht. Jetzt rollte er sich zur Seite. »Die schöne, sanfte Elisabeth... wer hätte gedacht, daß sie solch eine Wildkatze ist!«

Jetzt erst gelang es ihr, die zerfetzte Hose abzustreifen, bei deren Anblick ihr ihr Elend erst ganz zum Bewußtsein kam. Sie war nahe daran, in Tränen auszubrechen, aber sie wollte dem Mann, der sie so furchtbar gedemütigt hatte, diesen Triumph nicht gönnen. Sie rollte die Hose zu einem kleinen Bündel zusammen, steckte sich das Haar, die Fensterscheibe als Spiegel benutzend, unter den Hut. Er lag auf dem Rücken, die Hände unter dem Kopf verschränkt, und beobachtete sie genauso bewundernd wie vorhin, als sie gekommen war.

»Ich rate Ihnen, Deinharting noch heute zu verlassen!« sagte sie mit zornbebender Stimme, als sie die letzte Nadel aus dem Mund nahm.

»Soll das heißen, Sie wollen sich Ihrem Herrn Gemahl anvertrauen?«

»Und warum nicht?«

»Das wissen Sie sehr gut, Elisabeth. Außerdem... wollen Sie sich den Spaß verderben? Der Krieg wird dauern... und Sie werden noch mehr als einmal Gelegenheit haben, einen Krieger gesund zu pflegen!«

»Sie gemeiner Kerl!« Zum ersten Mal in ihrem Leben bedauerte sie, daß es ihr an Worten fehlte, einen Menschen zu beschimpfen. Bisher hatte sie einer Verärgerung stets auf maßvolle Weise Ausdruck geben können; doch jetzt war sie wutentbrannt.

»Schade, daß ich es bisher versäumt hatte, Sie gegen mich aufzubringen! Sie sind ja noch schöner, wenn Sie sich aufregen.«

Ohne zu überlegen, was sie tat, nahm sie den Krug vom Nachttisch und goß ihm den roten Preiselbeersaft mitten in das lachende Gesicht. Sofort begriff sie, daß dies eine kindische Reaktion auf das gewesen war, was er ihr zugefügt hatte. Aber sie hatte ihrem Zorn irgendwie Luft machen müssen. Danach hatte sie nur noch den einen Wunsch, in guter Haltung ins Schloß zurückzukehren. Daß dies nicht ungesehen geschehen konnte, wußte sie. Dennoch berührte es sie unangenehm, daß Barbara am Wagen auf sie wartete.

»Gnädige Frau«, bat die Magd. »Sie wollten doch nach meinem Kleinen schauen!«

Nach nichts stand Elisabeth jetzt weniger der Sinn. Am liebsten hätte sie abgelehnt, aber das hätte Barbara stutzig machen können. Auch regte sich ihr Gewissen, weil sie in absehbarer Zeit nicht wieder hierherzukommen beabsichtigte. »Ja, richtig«, sagte sie, »wo ist es?«

»Bei mir zu Hause«, Barbara ging voran und ermahnte im Vorübergehen Sepp und Lisei, die im Schatten der Obstbäume spielten, schön brav zu sein.

Der untere Teil des Hauses, früher einmal für die alten Bauern im Ausgedinge erbaut, war nicht bewohnbar. Hier befand sich nur ein großer Raum, in dem Barbara auch heute noch ihre Wäsche und die des Doktors wusch. Früher, als auf dem Hof noch Stallwirtschaft betrieben worden war, hatte man hier geschlachtet.

Die beiden Frauen stiegen die geschnitzte Holztreppe an der Außenwand hinauf, und Barbara öffnete der Hofmarksherrin die Tür zur Küche. Feuchte Hitze und der Geruch von Kohl und durchnäßten Windeln schlug Elisabeth entgegen. Im Herd brannte Feuer, denn Barbara hatte gekocht; auf der Platte dampfte ein Kessel mit Wasser. Das Fensterchen war verschlossen. Hier lag in einer einfachen Wiege, dick eingehüllt, Barbaras jüngstes Kind, ein Junge. Die Frauen beugten sich über die Wiege, und Barbara zog das dicke Federbett zurück. Das Gesicht des Kindes war mit einem häßlichen Ausschlag bedeckt, der sich auch auf den spärlich behaarten Schädel ausgedehnt hatte.

»Diese Krätze hat er überall«, erklärte die junge Mutter besorgt, »der Herr Doktor sagt, ich soll ihn an die frische Luft stellen, aber ich glaube, er versteht nichts von kleinen Kindern, und ein richtiger Doktor ist er ja wohl auch nicht.«

Elisabeth richtete sich rasch auf, denn der Anblick des kranken Kindes bereitete ihr Übelkeit. »Ich würde doch tun, was der Doktor sagt, Bärbel. Hier drinnen muß es ja bei dieser Hitze krank werden.«

»Aber daußen wird es sich erkälten!«

Es war Elisabeth gleichgültig, was aus diesem kümmerlichen Würmchen wurde, das für Barbara nur eine Belastung bedeutete. Es war getauft und würde, wenn es dieses Leben nicht aushielt, in den Himmel kommen. Ein glücklicheres Schicksal war für ein Gesindekind kaum denkbar. Dennoch sagte sie: »Du mußt eben einen Platz im Schatten suchen, wo es nicht windet... und achte darauf, daß das Kleine nicht friert und nicht schwitzt, dann wird es schon gutgehen!« Als sie die Treppe hinabstieg, dachte sie, daß dieses armselige Wesen wahrscheinlich ihren Ruf gerettet hatte. Wäre Barbara nicht so von

Sorge erfüllt gewesen, hätte sie den mitgenommenen Zustand ihres Kleides bemerken müssen.

Aus München kamen bedenkliche Neuigkeiten: Österreich hatte hinter Bayerns Rücken mit den Franzosen bei Parsdorf einen Waffenstillstand geschlossen. Die Demarkationslinie verlief von Splügen über Chur, den Vorarlberg entlang bis an die Lechquelle, dann über Reitte, Walchensee, Gmünd, Ebersberg, Hohenlinden, Vilsburg, weiter die Donau aufwärts bis Kelheim, vorbei an Altmühl und Rednitz, den Main entlang bis zum Rhein.

Der französische Befehlshaber Moreau hatte mit seinen Truppen München besetzt und – war mit offenen Armen empfangen worden. Er selbst tat alles, um Bayern aus den Feinseligkeiten herauszuhalten. Die bayrischen Damen freuten sich über die charmanten französischen Kavaliere, und Graf Preysing beherbergte auf eigene Kosten den französischen General Lecourbe in seinem Palais.

Die Münchner Bevölkerung sah in den Franzosen keine Besatzungsmacht, sondern die Befreier aus der Umklammerung Österreichs. Die führenden Köpfe in der Landschaft – Preysing, Morwitzky, Heymann und Salabert – versuchten, Max Josef zu einem Bündnis mit den Franzosen zu bewegen. Aber der Kurfürst und sein Minister Montgelas waren zwar erbittert über das Verhalten ihrer Bundesgenossen Österreich und Rußland, fühlten sich aber doch England zu sehr verpflichtet, um auszubrechen. Die englischen Obersten Wood und Hoppe hinwiederum rieten den Österreichern, sich bis nach Linz zurückzuziehen und dort eine Verteidigungslinie zu bilden: Bayern sollte sich selbst überlassen bleiben.

Max Josef, der seine Familie vorsorglich nach Amberg evakuiert hatte, war ihr diesmal erst im letzten Moment vor dem Einmarsch der Franzosen gefolgt. Dennoch wuchs die Unzufriedenheit der Bevölkerung. Es gab starke Kräfte in München, die ihn, nach französischem Vorbild, absetzen und alle Macht in die Hände des Volkes legen wollten. Aus jedem von Anselms Briefen sprach dieser revolutionäre Geist, der seinen Vater, der darin nur Hochverrat sehen konnte, stark beunruhigte. Utzschneider wandte sich mit diesem Anliegen sogar an Moreau, der es jedoch ablehnte, einen Umsturzversuch zu unterstützen.

Am 20. Juli 1800 schloß Österreich bei Hohenlinden einen Waffenstillstand mit Frankreich, und zwar wieder ohne Bayern miteinzubeziehen oder auch nur vorsorglich zu benachrichtigen: die Festungen Philippsburg, Ingolstadt und Ulm wurden den Franzosen überlassen.

Anton Graf Hollberg schrieb aus München: »Als Max von diesem erneuten Verrat erfuhr, reagierte er, begreiflicherweise, tief erschüttert. Es heißt – aber dies nur ganz im Vertrauen –, daß er in Tränen ausgebrochen sein soll. Aus sicherer Quelle weiß ich, daß Preysing in seiner Eigenschaft als Präsident der Landschaft nach Amberg gefahren ist, um ihm die Forderung der Stände zu überbringen: Max soll Bayern offiziell unter den Schutz Moreaus stellen und Cetto nach Paris schicken, damit er sich um eine Einigung mit dem General Buonaparte bemüht. Anderenfalls wird die Landschaft ihre Zahlungen einstellen.

Ich könnte mir vorstellen, daß Max Josef und Montgelas recht froh sind, zu dieser Politik gezwungen zu werden. Übrigens hat Montgelas die Gesamtoberleitung der Finanzen übernommen...«

Soweit war Anselm von Deinharting in der Lektüre dieses denkwürdigen Schreibens gekommen, als Baptist das Richterzimmer betrat und ihm den Forstgehilfen Feinhuber meldete. Der Hofmarksherr ließ ihn hereinkommen, ließ es sich allerdings nicht nehmen, die letzten Zeilen zu überfliegen, die aber nur noch belanglose private Nachrichten enthielten. »Nun, was gibt's?« fragte er endlich.

Feinhuber trat unruhig von einem Fuß auf den anderen, was Parbleu, der ihn beschnuppern wollte, so irritierte, daß er sich knurrend zurückzog. »Das alte Lied«, sagte der Forstgehilfe, »es wird gewildert.«

»Ihr wißt doch, wie ich darüber denke!« erwiderte Anselm von Deinharting ungeduldig. »Im meinen Wäldern ist Wild genug für alle!« Er runzelte die Augenbrauen. »Oder stellen die Burschen seit neuestem Fallen, in denen sich die Tiere quälen müssen?«

»Das nicht!«

»Na seht Ihr!« Anselm von Deinharting wandte sich seinem Sekretär zu und drehte Feinhuber dabei ostentativ den Rücken.

Aber der Mann ließ sich nicht einschüchtern; das von Wind und Wetter gegerbte Gesicht unbewegt, die blassen Augen auf ein unsichtbares Ziel gerichtet, behauptete er: »Aber das sind keine Hiesigen, Herr!«

»Woher wollt Ihr das wissen?«

»Wenn die Hiesigen am Werk sind, verschwindet das Wild mit Fell und Knochen... die da schneiden sich nur die besten Stücke heraus und lassen den Kadaver liegen.«

Langsam, immer noch unwillig, drehte Anselm von Deinharting sich wieder zu ihm um. »Ich verstehe, daß Euch das ärgert.«

»Beim Unterhuber ist in den Hühnerstall eingebrochen worden. Die Bauern sind beunruhigt.«

»Dann müssen wir also etwas tun!« Anselm von Deinhartings Stimmung schlug um; er haßte kleinliche Beschwerden, aber die Aussicht auf ein halb jägerisches, halb kriegerisches Unternehmen belebte ihn. »Was meint Ihr, was für Volk das ist?«

»Soldaten. Kaiserliche oder bayrische. Vielleicht auch Franzosen. In diesen Zeiten weiß man nie. Sie schießen jedenfalls mit Patronen.«

»Habt Ihr feststellen können, wo sie hauptsächlich ihr Unwesen treiben?«

»Hoch oben... dem Moosenkopf zu. Aber sie dringen auch, wie gesagt, bis zum Dorf vor.«

»Dann müssen wir die Wälder durchkämmen, von Nord nach West.

Wir beginnen entlang der Straße nach München und arbeiten uns in die Berge hoch. Dazu reichen aber Eure Leute nicht, wir müssen die Bauern miteinbeziehen. Es ist ja auch ihre Sache. Natürlich werden sie die eigenen Schießprügel nicht herzeigen wollen, also müssen wir sie bewaffnen. Ich habe zwölf Gewehre. Das muß reichen.«

»Und wann?«

»Heute nacht. Bei Anbruch der Morgendämmerung müssen sich alle verteilt haben. Ich übernehme mit den Bauern den rechten Flügel, Ihr mit Euren Leuten den linken, wenn es recht ist.«

»Sehr wohl, Herr«, sagte Feinhuber ausdruckslos.

»Oder habt Ihr andere Vorschläge?«

»Wir könnten die Meute einsetzen.«

»Aber die Hunde sind nicht auf den Mann dressiert. Sie würden weder beim Suchen helfen noch die Eindringlinge stellen.«

»Das wissen die doch nicht.«

»Hm.« Anselm von Deinharting strich sich mit der Hand über das kräftige Kinn und spürte, daß es schon wieder von Bartstoppeln bedeckt war. »Ihr meint also ... nur um Verwirrung zu stiften?«

»Ja, Herr. Die fürchten sich vielleicht nicht vor Menschen, aber Hunde sind für sie unberechenbar.«

»Na schön. Wenn sie uns die Halunken nur nicht verbellen.«

Beim Mittagessen war Elisabeth sichtlich nervös, aber est als sie mit ihrem Mann und Emanuel im Erkerzimmer den Kaffee nahm – Beata kapselte sich immer noch ab, und Antoinette beschäftigte die Kinder –, äußerte sie, was sie bedrückte.

»Ist es wahr, daß du heute nacht in den Wald willst, Anselm?«

»Wer hat dir das gesagt?«

»Also doch!« rief sie und schlug die Hände vor das Gesicht.

»Aber was hast du denn?« fragte er erstaunt.

»Du solltest das nicht tun, Anselm ... bitte nicht!« In ihren grauen Augen glänzten Tränen. Er hatte sie noch nie so erlebt. »Kein Grund, sich Sorgen zu machen.«

»Das sagst du so dahin! Aber ich mache mir Sorgen! Ich ... ich habe einfach ein schlechtes Gefühl bei der Sache.«

»Weil Papa auf die Jagd geht?« fragte Emanuel verständnislos.

»Darum handelt es sich nicht«, erklärte sein Vater, »Feinhuber glaubt, daß sich Deserteure in den Wäldern versteckt halten ...«

»Deserteure!« wiederholte Elisabeth. »Gefährliche, zu allem entschlossene Strauchdiebe!«

»Vergiß nicht, sie sind vielleicht zu zweien oder dreien und wir sind mehr als zwanzig. Ich werde auch einige Bauern bewaffnen.« Anselm von Deinharting konnte sich nicht enthalten, seinem Sohne eine Lehre zu erteilen. »Wenn ich sie allerdings so behandelt hätte, wie du es wolltest... wenn ich sie hätte fronen und scharwerken lassen, könnte ich das heute kaum wagen.«

»Ich halte des dennoch für gefährlich«, behauptete Emanuel, nicht aus Überzeugung, sondern nur, um seinen Standpunkt zu verteidigen.

»Nein. Von meinen Bauern droht mir keine Gefahr, und aus Unachtsamkeit wird sich auch kein Schuß lösen. Alle können mit der Waffe umgehen.«

Elisabeth legte ihm mit einer an ihr ganz ungewohnt spontanen Geste die Hand auf den Arm. »Bitte, Anselm, bleib zu Hause! Laß Feinhuber die Leute anführen.«

»Unmöglich. Ich bin der Hofmarksherr, und es gehört zu meinen Pflichten...«

»Ich könnte Sie vertreten, Papa«, erbot sich Emanuel, »wenn Elisabeth sich so sorgt...«

»Nein. Solange du noch am Stock gehst, sind solche Abenteuer nichts für dich.«

Elisabeth wagte nicht, mehr zu sagen, aber bittere Tränen fielen in ihren Kaffee. Sie, die es liebte, auszuschlafen, im Bett zu frühstücken und sich Zeit zum Aufstehen – für das »Lever«, wie man damals sagte – zu nehmen, schrak in dieser Nacht hoch, als es noch stockdunkel war. Sie glaubte, ihren Mann aufbrechen zu hören, obwohl die alten Mauern so dick und die Türen so fest waren, daß kein Laut von einem Zimmer in das andere dringen konnte. Aber sie stellte sich vor, wie er seinen Kopf in die Schüssel mit kaltem Wasser tauchte, sich die Achselhöhlen spülte und beim ungewissen Licht einer Kerze in die Hose stieg, die Baptist ihm hinhielt. Am liebsten wäre sie aufgestanden und zu ihm geeilt, um ihn noch einmal anzuflehen, an der Jagd auf die Wilderer nicht teilzunehmen.

Wie diese fast unerträgliche Angst über sie gekommen war, hätte sie nicht zu sagen vermocht. Durch das, was im Dragonerhaus geschehen war, fühlte sie sich schuldig und erwartete die Strafe Gottes. Schlaflos, mit geballten Fäusten und heftig klopfendem Herzen lag sie in ihren Kissen und haderte mit sich selbst. Sie verstand nicht mehr, wie sie ihrem Mann gegenüber so kalt und abweisend hatte sein können, da er sie doch stets mit Verständnis und Liebe behandelt hatte. Von einem Fremden, der sie demütigte und für den sie nichts empfand, hatte sie sich erregen lassen. Ihr war, als müßte sie an ihrer Scham zugrunde gehen.

Bei Sonnenaufgang ertrug sie es nicht mehr. Sie stand auf, verzichtete darauf, nach Henriette Striegel zu läuten und zog sich mit bebenden Händen an: das schwarze Kleid, das sie sich für die Beerdigung des kleinen Maximilian hatte schneidern und später der Mode entsprechend, umarbeiten lassen, aber niemals getragen hatte. Heute, zum ersten Mal, dachte sie bei seinem Anblick nicht an ihr verstorbenes Kind. Achtlos steckte sie sich das Haar hoch und eilte zu den Ställen.

Peter war eben gekommen und hatte begonnen, auszumisten. Sie bat ihn, den Einspänner für sie zu richten. Sogleich erbot er sich, sie zu fahren, denn er hatte das Versprechen, das er dem Hofmarksherrn gegeben, nicht vergessen. Sie lehnte ab, fühlte sich aber, als sie seinen besorgten Blick sah, entgegen ihrer sonstigen Art gemüßigt, eine Erklärung abzugeben. »Ich will zu Hochwürden!«

Noch lag ein leichter Dunst über dem Land, und erst, als sie die Kirche erreichte, wurde die rote Sonnenkugel sichtbar. Das Läuten der Glocken verriet, daß der Pfarrer soeben den Leib Gottes austeilte. Elisabeth kniete sich in die letzte Bank, schlug die Hände vor das Gesicht und versuchte, sich zu sammeln. Sie spürte nicht die scheuen Blicke, die die Kirchgänger, vorwiegend Frauen und ältere Männer, ihr beim Verlassen des Gotteshauses zuwarfen.

Erst als Pfarrer Reiter sie ansprach, schrak sie auf. »Ich möchte beichten«, sagte sie verstört.

»Dann kommen Sie, meine Tochter!« Er küßte die Enden seiner Stola, bevor er sie umlegte, und schritt vor ihr zum Beichtstuhl.

Elisabeth schlug den Vorhang zurück und kniete in der winzigen dunklen Zelle nieder. Durch das engmaschige Gitter konnte sie das blasse, gütige Gesicht des Pfarrers mehr ahnen als sehen. »Ich armer, sündiger Mensch bekenne in Demut und Reue meine Sünden...«, begann sie, aber nachdem sie die Formel gesprochen hatte, geriet sie ins Stocken.

»Du hast etwas auf dem Herzen«, half ihr der Pfarrer, nachdem er eine Weile geduldig gewartet hatte.

Sie entschloß sich, den Stier bei den Hörnern zu packen. »Ich bin... vergewaltigt worden!« stieß sie hervor.

»Aber das ist... nicht deine Schuld«, brachte der Pfarrer hervor und konnte nicht verbergen, wie entsetzt er über dieses Verbrechen an seinem Schützling war, dessen ablehnende Haltung der körperlichen Liebe gegenüber er nur zu genau kannte.

»Mein Mann hat mich gewarnt... so viele Male...«, stammelte sie, »aber ich habe nicht auf ihn gehört. Ich... ich hielt es für meine Christenpflicht, mich um die Verwundeten zu kümmern. Ich... ich hatte nicht geglaubt...« Sie verstummte.

»Auch darin sehe ich keine Schuld«, entschied der Pfarrer, »du bist ein guter und reiner Mensch und hattest keine Vorstellung von der bösen Kraft der männlichen Begierde!«

»Nein, das hatte ich nicht, denn sonst... ich glaube, ich habe den Major durch mein Benehmen gereizt... jetzt erst, nachträglich, kommt es mir so vor... Oh, Hochwürden, und mein Mann ist immer so gut zu mir gewesen, so zärtlich und verständnisvoll... nie hat er mich gedrängt, obwohl er doch das Recht gehabt hätte! Ich wußte nicht, daß Männer so brutal sein können!«

»Gerade dieses Unwissen spricht dich frei! Es ist ein Verbrechen an dir begangen worden, meine Tochter. Die Sünde hat der Mann auf sich geladen, nicht du. Ich hoffe, er wird zur Einsicht seines schändlichen Tuns und zur Reue finden.«

»Wenn Sie nur wüßten, wie er mich verspottet hat!«

»Ich verstehe, daß dies ein entsetzliches Erlebnis für dich war. Du mußt jetzt versuchen, dein Schicksal in Demut zu tragen und nicht mit Gott zu hadern. Er wird wissen, warum er dir diese Prüfung gesandt hat.« Der Pfarrer empfand einen leichten Schwindel; das geschah ihm in letzter Zeit häufig, und er wußte auch, woran es lag. Er vertrug es nicht mehr, mit leerem Magen am Altar zu stehen, aber das ließ sich nicht ändern. Nie hätte er es über sich gebracht, das strikte Gebot der Kirche, die Messe nüchtern zu zelebrieren, zu brechen. So war er denn von Elisabeths Beichte betroffen, konnte aber das Verlangen nach einer heißen Tasse Kaffee und einem Stück Brot mit Speck nicht ganz unterdrücken. Doch Elisabeth war noch nicht zu Ende; das, was sie wirklich quälte, hatte sie noch nicht gestanden, und es kostete sie ungeheure Überwindung, sich selbst bloßzustellen und gleichzeitig das schöne Bild zu zerstören, das der alte Herr sich von ihr gemacht hatte. »Ich habe Lust empfunden«, flüsterte sie und lauschte angespannt auf die Reaktion des Pfarrers.

Ein schweres Poltern ließ sie hochfahren. »O Gott, was ist?« Die verschwommene helle Scheibe des Gesichts hinter dem Gitter war verschwunden. Elisabeth stürzte rückwärts aus der kleinen Zelle, verfing sich dabei fast in dem schweren Vorhang und öffnete die Tür zu dem Mittelraum, der für den Pfarrer bestimmt war. Obwohl sie das Bild, das sich ihr bot, fast erwartet hatte, entsetzte es sie doch. Pfarrer Reiter war von der kleinen hölzernen Bank, die es ihm erlaubte, nach beiden Seiten hin die Beichte abzunehmen, herabgesunken und lag verkrümmt auf dem Boden. Sein Gesicht war fast so weiß wie sein Haar, die Augen waren geschlossen und die Lippen bläulich verfärbt.

Im ersten Augenblick dachte sie, er sei tot. Als es ihr gelang, seinen Puls zu ertasten, atmete sie erleichtert auf. Sie dachte daran, Hilfe zu holen, brachte es dann aber doch nicht über sich, ihn so liegen zu lassen, also griff sie mit beiden Armen unter seinen Rücken und versuchte ihn aufzuheben, was ihr zu ihrer eigenen Überraschung ohne viel Mühe gelang. Der alte Mann war so leicht, als bestände er nur noch aus Haut und Knochen. Elisabeth legte ihn auf die vordere Kirchenbank und faltete ihren Umhang zusammen, den sie ihm unter den Kopf legte. Da sie weder Riechsalz noch Eau de Cologne in ihrem Pompadour fand, feuchtete sie ihr Taschentuch im Weihwasserkessel an, um ihm damit Stirn und Schläfen zu kühlen. Es dauerte eine Weile, bis ihre Bemühungen Erfolg hatten und sein Gesicht wieder ein wenig Farbe annahm.

Er murmelte etwas Unverständliches, öffnete die Augen und richtete sich mühsam auf. Sekundenlang blickten sich Pfarrer und Beichtkind an, als wollten sie sich bis in den Grund ihrer Seelen sehen – er, diese neue Elisabeth erforschend, die ihm bisher völlig unbekannt geblieben war, sie in angstvoller Spannung auf sein Urteil wartend. Er erholte sich schnell. Als er sie aufforderte, in ihrer Beichte fortzufahren, kniete Elisabeth auf dem Steinboden nieder. »Ich bereue, daß ich Böses getan und Gutes unterlassen habe. Erbarme dich meiner, o Herr!«

Der Priester erteilte ihr die Lossprechung: »Gott, der barmherzige Vater, hat durch den Tod und die Auferstehung seines Sohnes die Welt mit sich versöhnt und den Heiligen Geist gesandt zur Vergebung der Sünden. Durch den Dienst der Kirche schenke er dir Verzeihung und Frieden. So spreche ich dich los von deinen Sünden. Im Namen des Vaters und des Sohnes und des Heiligen Geistes.« Er schlug das Kreuzzeichen über sie. »Du mußt es – an deinem Mann gutmachen!«

»Das kann ich nicht!« Sie preßte die Handflächen gegeneinander. »Ich kann mich ihm doch nicht hingeben, nachdem ich... Das wäre Betrug!«

»Du mußt es ihm sagen.«

»Unmöglich!«

Der Pfarrer schwieg lange, dann sagte er: »Nun, ich spreche dich trotzdem frei. Du bist eine fromme Seele. Bete, und Gott wird dir den rechten Weg zeigen.« Wieder schlug er das Kreuzzeichen über sie. Dann, um es ihr leichter zu machen, änderte er den Ton. »Darf ich Sie bitten, gnädige Frau, mir Ihren Arm zu reichen und mich zu meinem Häuschen zu begleiten, damit ich nicht noch einmal hinschlage?« Er erhob sich schwerfällig. »Ja, ich hatte schon lange befürchtet, daß mir einmal so etwas passieren würde. Man wird eben alt, daran läßt sich nichts ändern. Sie würden mir eine große Freude machen, wenn Sie mit mir frühstücken würden. Viel kann ich Ihnen zwar nicht bieten, aber ich hoffe, Sie leisten mir trotzdem Gesellschaft!«

Als Elisabeth eine gute Stunde später in den Schloßhof einfuhr, drängte eine Gruppe Männer, die Gewehre geschultert, in das Haus. Sie erschrak. Ihr schien von diesen kräftigen, schweigenden Gestalten, die trotz der aufkommenden Hitze alle in dunklen Joppen steckten, etwas Bedrohliches auszugehen. Sie brachte das Pferd zum Stehen, ohne die Bremse anzuziehen – es würde seinen Weg zum nahen Stall allein finden – und sprang vom Bock. »Was ist geschehen?« rief sie.

Drei Männer drehten sich gemächlich zu ihr um, während die anderen weitergingen, aber nur einer antwortete: »Wir ham's derwischt!«

»Und was ist mit meinem Mann?« Darauf bekam sie keine Antwort, denn die Männer verstanden die Frage nicht. »Wo ist der Hofmarksherr?«

Mit einer Kopfbewegung wies einer zum Schloß. »Da!«

»Laßt mich durch!«

Die Bauern machten der gnädigen Frau Platz, indem einer auf die

Schulter des vor ihm stehenden Mannes schlug, der sich unwillig umdrehte, dann aber Elisabeth erkannte und zur Seite wich. So gelang es ihr, bis in die Jägerstube vorzudringeen. Dort standen Anselm von Deinharting und Feinhuber. Der Hofmarksherr nahm ein Gewehr nach dem anderen entgegen, leerte die Patronen, stellte es dann zurück in den Schrank und schüttelte den Bauern die Hand. »Ich dank dir auch, Unterhuber, daß du mitgemacht hast!«

»Wir danken Ihnen, Herr!«

Feinhuber reichte dem Mann ein bis zum Rand gefülltes Schnapsglas, das er mit einem Zug heruntergoß, dann kam der nächste an die Reihe. Das Ganze war eine sehr männliche Zeremonie, bei der eine Frau, wie Elisabeth rasch begriff, nichts zu suchen hatte. Nun, da sie sich davon überzeugt hatte, daß ihrem Mann nichts zugestoßen war, begann ihre Verkrampfung sich zu lösen.

Im Speisesaal traf sie auf Emanuel. Der junge Mann hatte sein untätiges Leben, genau wie vor seiner Soldatenzeit, wiederaufgenommen; sein verwundetes Bein diente ihm als willkommener Vorwand. Nur wenn er Gelegenheit hatte, Antoinette nachzustellen, entwickelte er ein wenig Feuer. Elisabeth setzte sich zu ihm und goß sich noch eine Tasse Kaffee ein – der, den die Pfarrersköchin ihr aufgetischt hatte, verdiente den Namen nicht – und plauderte mit ihm. »Dein Vater ist wieder zurück«, erzählte sie, »wohlbehalten, Gott sei Dank. Jetzt läßt er den Bauern Schnaps ausschenken.«

»Er verwöhnt das Volk, bis es zu nichts mehr taugt!«

»Ich hoffe, das läßt du ihn nicht hören. Ich möchte keinen Streit.«

»Und die Comtesse nutzt er aus, daß es eine Schande ist. Wie kann er ihr befehlen, die Kinder zu unterrichten? Sie ist doch kein Dienstbote.«

»Thomas ist immerhin ihr Bruder.«

»Aber sie ist keine Lehrerin!«

»Ich weiß ja, Emanuel. Es ist ja auch nur vorübergehend. Schon im August kommt Theo Mayr ins Haus.«

»Der Sohn des Vogtes?«

»Ja. Er ist dann mit dem Gymnasium fertig und muß sich Geld für sein Studium verdienen.«

»Der Federfuchser!« sagte Emanuel verächtlich.

»Es heißt, er hat einen guten Kopf.«

»Aber sagen Sie doch selbst, Elisabeth, wie kann man in solchen Zeiten ans Studieren denken!? Wenn er ein Mann wäre, gäb's für ihn nur den Dienst mit der Waffe.«

Diese Worte hatte Anselm von Deinharting, der jetzt herein kam, gerade noch gehört. »Man kann seinem Vaterland auf mancherlei Art dienen!« hielt er seinem Sohn entgegen.

Aber Emanuel ging nicht darauf ein. »Haben Sie Glück gehabt, Papa?« fragte er eifrig.

»Ja, wir haben die Burschen gestellt. Es waren drei. Bayrische

Deserteure, eine regelrechte kleine Bande.« Er nahm Platz und öffnete den Deckel der Kaffeekanne. »Läßt du mir frischen Kaffee aufbrühen, Elisabeth? Und ein paar Eier mit Speck könnte ich auch brauchen. Ich bin am Morgen nüchtern losgezogen.«

Während Elisabeth läutete und die Wünsche des Hausherrn an Babette weitergab, fragte Emanuel: »Ist es zu einem Schußwechsel gekommen, Papa?«

»Zum Glück nicht. Als die Kerle sich umzingelt sahen, haben sie ihre Waffen weggeworfen.«

»Und dann? Was haben Sie mit ihnen gemacht?«

»Ich habe sie dem Vogt in Dienst gegeben.«

»Was?« Emanuel sprang so heftig auf, daß sein Stuhl umfiel. »Aber das können Sie nicht machen, Papa! Die Männer sind auf den Kurfürsten vereidigt!«

»Das weiß ich, und ich werde sie auch dazu bringen, ihre Pflicht zu erfüllen. Aber nicht jetzt. Die Ernte steht vor der Tür, und der Vogt ist knapp an Knechten. Erst werden sie helfen, die Ernte einzubringen.«

»Aber diese Männer sind Deserteure! Sie sind Verbrecher! Sie müssen bestraft werden!«

»Ich bestrafe sie, indem ich sie für den Schaden, den sie angerichtet haben, arbeiten lasse. Ihr Kommandeur kann sie später bestrafen, wie er will. Das ist seine Sache. Aber wahrscheinlich wird er froh sein, wenn sie sich wieder melden.«

Schwer setzte sich Emanuel wieder in seinen Sessel. »Ich verstehe Sie nicht, Papa!«

»Aber ich verstehe diese Männer. Die Kaiserlichen haben sie mit nach Österreich genommen. Unsere Soldaten haben nicht mehr gewußt, was sie da sollten. Könntest du es ihnen erklären?«

»Den Vormarsch der Neufranken zum Stehen bringen!«

»In Österreich? Du verlangst also von ihnen, daß sie ihr Vaterland preisgeben und statt dessen für die Kaiserlichen kämpfen?«

»Zusammen mit den Österreichern können sie die Neufranken später wieder aus Bayern hinausdrücken.«

»Später? Wann?« Darauf wußte Emanuel keine Antwort.

Babette brachte eine Pfanne herein, die so heiß war, daß der Speck immer noch brutzelte. Wäre Anselm von Deinharting allein gewesen, hätte er das Eiergericht gegessen, wie es auf den Tisch kam, so aber häufte er es sich auf den Teller, brach ein Stück von einer dicken Scheibe Roggenbrot ab und aß, während er weitererzählte. »Die drei sind bestimmt nicht die einzigen, die sich davongemacht haben. Sie wollten sich nicht länger von den Kaiserlichen beschimpfen lassen. Als ›Bettelsoldaten‹ haben sie sie verspottet.« Er griff zur Tasse, die ihm Babette mit frischem Kaffee gefüllt hatte.

»Trotzdem war es nicht recht von Ihnen, Papa«, beharrte Emanuel, »das würden Sie einsehen, wenn Sie je Soldat gewesen wären!«

Anselm von Deinharting wischte sich den Mund ab und blickte

seinen Sohn an. »Ich tue, was ich für richtig halte. Zum Glück bin ich dir keine Rechenschaft schuldig. Die Soldaten bleiben auf dem Hof, bis sich die Situation geklärt hat.«

»Sie sind vereidigt und müssen dort kämpfen, wo man sie hingestellt hat!«

Anselm von Deinharting überlegte, ob er Emanuel von den grundlegenden Änderungen in der bayrischen Politik erzählen sollte, hielt es dann aber doch nicht für richtig, denn er traute ihm nicht zu, daß er den Mund halten würde. »Emanuel, ich will mich nicht mit dir streiten«, sagte er, »aber ich schlage eine Wette vor. Der Zeitpunkt wird kommen, wo selbst du einsehen wirst, daß ich so und nicht anders handeln mußte. Kann ich dich dann noch immer nicht überzeugen, soll es mir zehn Goldstücke wert sein. Einverstanden?« Er streckte Emanuel die Hand hin.

»Top!« rief der junge Mann und schlug ein. »So leicht möchte ich mein Geld immer verdienen!«

Anfang August trat Theo Mayr, der Sohn des Vogtes, seinen Dienst als Hauslehrer auf Schloß Deinharting an. Zwar waren die Kinder während der heißesten Zeit vom Unterricht befreit, aber sie mußten doch beschäftigt und beaufsichtigt werden, und so hatte man den jungen Mann gleich nach seiner Rückkehr aus München auf das Schloß geholt. Die unterrichtsfreien Wochen boten auch eine gute Gelegenheit für Auguste und Thomas, sich an den neuen Lehrer zu gewöhnen.

Besonnen, klug und stets um Gerechtigkeit bemüht, gelang es ihm rasch, die Achtung der Kinder zu gewinnen. Thomas bestaunte den jungen Mann, weil er so viel wußte, Auguste begann ihn anzuhimmeln, weil weit und breit kein anderer Schwarm für sie zu finden war, abgesehen von Friedrich König, der in ihren Augen mit seinen mehr als dreißig Jahren schon ein alter Mann war. Dazu kam, daß Theo Mayr gut aussah mit seinem hellblonden Haar, den braunen Augen und dem kantigen Schädel. Er war mager und hochaufgeschossen, und seine Länge wurde noch dadurch betont, daß die Hosenbeine und Ärmel seiner Joppe zu kurz waren. Sobald er sich ein wenig eingewöhnt hatte, schenkte ihm Anselm von Deinharting einen seiner abgelegten Anzüge, der ihm dafür zu weit weit war.

Wenn Theo Mayr mit den Kindern allein war, wußte er viel zu erzählen und erklären, im Beisein der Erwachsenen schwieg er, antwortete nur auf Fragen, und dann auch möglichst kurz. Anselm von Deinharting nahm an, daß der junge Mann revolutionäre Ansichten hegte, die er jedoch nicht zu verteidigen wagte. Dazu kam, daß Theo Mayr keine Manieren hatte; er wußte nicht, wie er grüßen, sich verabschieden und wie er jemanden anreden sollte. Bei Tisch beobachtete er immer erst, wie die anderen aßen, bevor er es ihnen nachzumachen suchte. Anselm von Deinharting gab ihm immer die größten

Portionen, was seine Verlegenheit noch steigerte, aber da er ausgehungert war, vertilgte er stets alles bis zum letzten Bissen.

Zwischen Emanuel und Theo Mayr entstand sofort eine natürliche Feindschaft, die sich aber nicht auswirkte, da sie sich aus dem Wege gingen. Für Beata war er Luft, Antoinette war freundlich und behandelte ihn wie einen Gleichgestellten, was ihn aber zunächst verwirrte.

Durch Theo Mayrs Einzug ins Schloß hatte Antoinette jetzt wieder mehr Zeit, sich um Elisabeth zu kümmern, und sie tat es mit größter Liebenswürdigkeit. Längst hatte sie ihr das harte Urteil über Afra verziehen, denn sie begriff wohl, daß die Hofmarksherrin ihrer Herkunft, Erziehung und Lebensweise gemäß nicht anders denken konnte. Dennoch wollte sich das alte vertraute Verhältnis nicht wieder einstellen. Antoinette fand nicht heraus, woran es lag. Es war das schwere Geheimnis, das Elisabeth mit sich herum trug und das sie mit keinem Menschen, außer mit ihrem Beichtvater, teilen konnte.

»Bon jour, ma tante!« grüßte Antoinette eines Morgens, fröhlich wie immer, als sie das Frühstückstablett auf dem Tischchen neben Elisabeths Bett absetzte – eine kleine Mahlzeit aus knusprigem Gepäck, frischer gelber Landbutter, goldgelbem Honig, Kaffee, Kakao, Sahne und gestoßenem Rohrzucker, die die beiden Frauen wieder gemeinsam einzunehmen pflegten.

Antoinette war schon gewaschen, frisiert und angezogen, hatte Thomas und Auguste beim Frühstück beaufsichtigt und sie dann Theo Mayr übergeben, während Elisabeth in ihren Kissen lag. Mit aufrichtiger Bewunderung sagte Antoinette: »Sie werden immer schöner, *ma tante!*«

Zu ihrer Überraschung erwiderte Elisabeth ärgerlich: »Du sagst das, als hätte ich mich verändert!«

Nachdenklich blickte Antoinette sie an: »Ja, das haben Sie auch, *ma tante!* Sie sind voller geworden, rosiger, runder ...«

»Das macht nur diese Hitze!«

»Mag sein. Jedenfalls steht es Ihnen gut!« Antoinette rührte in dem Kännchen, bevor sie den Kakao einschenkte und Elisabeth die Tasse reichte und bestrich zwei der knusprigen Gebäckstücke für Elisabeth, bevor sie sich selbst bediente.

Elisabeth aß schweigsam. Antoinettes so harmlos gemeinten Worte hatten einen schrecklichen Verdacht in ihr bestätigt. Sie hatte schon geglaubt, leichte Veränderungen an ihrem Körper bemerkt zu haben, aber bisher hatte sie es als Einbildung abgetan, eine Angst, die ihr das schuldbeladene Gewissen einjagen wollte. Aber wenn Antoinette es auch schon sah!

»Ich bin froh, daß ich mich nicht mehr ständig um die Kinder kümmern muß«, plauderte Antoinette vergnügt, »ich habe unser kleines Frühstück sehr vermißt. Wie gefällt ihnen eigentlich Monsieur Mayr?«

Elisabeth war so in ihre Gedanken versponnen, daß Antoinette die Frage wiederholten mußte. »Theo? Ich weiß nicht recht ...«

»Es stört Sie gewiß, daß er so ungeschickt auftritt. Aber wo soll er es denn gelernt haben? Wissen Sie, daß seine Münchner Gönner ihn mit den Bediensteten haben speisen lassen? Auch die Gräfin Hollberg! Wenn er erst eine Weile hier ist, wird er es schon lernen. Haben Sie bemerkt, wie er uns alles abzugucken sucht? Afra hat ja auch...« Antoinette verstummte erschrocken.

Die plötzliche Stille riß Elisabeth aus ihren Gedanken. »Was hattest du sagen wollenl?«

»Etwas über Afra... aber das wollen Sie sicher nicht gern hören!«

»Sprich nur!«

»Afra hat ja auch gute Manieren gelernt, und wenn ich die Kinder weiter in Französisch und Etikette unterrichte...«

»Wie es ihr wohl gehen mag?« fragte Elisabeth versonnen.

»Hoffentlich gut!«

»Du hast keine Nachricht von ihr? Ich dachte, dir würde sie schreiben.«

»Die Umstände sind wohl nicht danach.«

»Ja, da magst du recht haben. Weißt du, was ich mich heute frage? Ob ich nicht auch schuld daran bin, daß es so mit ihr gekommen ist. Wäre ich freundlicher gewesen, anerkennender, dann hätte sie hoffen können...« Elisabeth stockte.

»Was hätte sie denn hier auf Deinharting erhoffen können? Selbst wenn Sie wie eine Mutter zur ihr gewesen wären, eine Ehe hätten Sie ihr doch nicht vermitteln können. Machen Sie sich keine Vorwürfe, *ma tante!* Es gibt schicksalmäßige Verstrickungen, Dinge, die geschehen müssen, ob man will oder nicht.«

»Da magst du wohl recht haben!« Elisabeth hatte aufgehört zu essen. »Aber das entbindet uns nicht von der Verantwortung.«

Antoinette lächelte. »Wenn es Sie wirklich bedrückt, dann beichten Sie es doch! Der gute Pfarrer Reiter würde wenig zu tun haben, wenn wir solche Schuldgefühle nicht alle hin und wieder hätten. Ich zum Beispiel werfe mir vor, daß ich meine Pflichten als Beatas Anstandsdame zu ernstgenommen habe. Aber damals wußte ich es nicht besser.«

»Arme Beata.«

»Ich glaube, sie kommt allmählich darüber hinweg.«

»Ist das wohl möglich?«

»Es könnte nicht anders sein. Sie ist viel zu jung und gesund, um nicht vergessen zu können. Ich glaube, wenn man ihr jetzt vorschlüge, den Winter in München zu verbringen... dort soll es ja von attraktiven Männern wimmeln...«

»Von Franzosen! Ein Franzose würde meinem Mann bestimmt nicht recht sein.«

»Ich denke«, entgegnete Antoinette, »der Hofmarksherr würde inzwischen jeden ernsthaften Bewerber um Beatas Hand akzeptieren.«

Wenige Tage später bat Beata den Vater um ein Gespräch; sie nutzte die Gelegenheit, als Elisabeth die Mittagstafel aufgehoben hatte.

Anselm von Deinharting, der keine Lust verspürte, sich abermals weibliche Klagen und Vorwürfe anzuhören, reagierte abwehrend. »Du hast dir keinen sehr günstigen Augenblick ausgesucht...«

»Es dauert nur ein paar Minuten«, beharrte das Mädchen, »bis Baptist den Kaffee serviert, wird alles gesagt sein.«

»Also komm!« Über die Schulter hinweg blickte er zu Elisabeth hin. »Ich bin gleich wieder bei euch!« Er überquerte den steinernen Treppenabsatz und öffnete seiner Tochter die Tür zum Richterzimmer. »Möchtest du einen Likör?« fragte er und war sich dabei dessen bewußt, daß er nur einen Anlaß zum Trinken suchte. Beata schüttelte mit fest zusammengepreßten Lippen den Kopf. »Du wirst aber mir wohl erlauben...« Ohne ihre Antwort abzuwarten, nahm er eine Flasche Obstler und ein Glas aus dem Schrank, füllte es, leerte es in einem Zug und schenkte sich gleich noch einmal ein. Dabei betrachtete er seine Tochter. Liebe und Leid hatten aus dem molligen, fast etwas derben Mädchen eine Schönheit gemacht; sie war schlank geworden, ihr Gesicht schmal, und das dichte weizenblonde Haar und ihre glatte, rosige Haut zeugten davon, daß der Kummer ihrer Gesundheit nichts hatte anhaben können.

Sie wartete nicht ab, bis er sie aufforderte zu sprechen. »Ich habe eine Bitte, Papa! Darf ich den Winter in München verbringen?«

»Aber natürlich«, erwiderte er erleichtert, »dem steht nichts im Wege. Ich hatte schon gefürchtet, du wolltest ins Kloster gehen.«

»Sie dürfen nicht glauben, daß ich Ferdinand vergessen habe«, verteidigte sie sich, »ich werde nie wieder einen Mann so lieben wie ihn. Aber deshalb will ich doch keine alte Jungfer werden.«

»Ein sehr vernünftiger Standpunkt, und dann, glaube mir: Liebe ist nicht unbedingt die beste Grundlage für eine gute Ehe.«

»Ich darf also fahren?« fragte sie und gab deutlich zu erkennen, daß sie keine Lust hatte, dieses Thema mit ihm zu erörtern.

»Wann willst du fort?«

»Sobald meine Garderobe gerichtet ist.«

»Dann werden wir Elisabeth bitten, dich zu begleiten!« Er leerte, sehr erleichtert, das zweite Glas, und lächelte ihr ermutigend zu. »Und im übrigen: denke immer daran, daß du ein vermögendes Mädchen bist. Man wird sich um dich reißen.«

»Nur des Geldes wegen?« fragte sie bitter.

»Jetzt verstehst du mich absichtlich falsch«, erwiderte er gelassen, »aber darin liegt ja wohl eine gewisse Absicht.«

Beata fiel es schwer zuzugeben, daß die Trauer um ihren Geliebten die natürlichen Wünsche einer Frau nicht hatten töten können. Aber die anderen zeigten sich bei diesem Umschwung durchaus nicht erstaunt und machten es ihr leicht, indem sie ihn als selbstverständlich hinnahmen. Antoinette, Henriette Striegel und die Schneiderin aus

Taufbeuren machten sich voll Eifer daran, ihre Toiletten auf den neuesten Stand der Mode zu bringen, und unversehens fand Beata Freude an dem Blättern in Modejournalen und Wühlen in alten und neuen Stoffen.

Auch Elisabeths Garderobe mußte erneuert werden, aber das Ankleiden bereitete ihr Unbehagen. Sie konnte es nicht mehr verdrängen, daß sie ein Kind erwartete und hatte begonnen, ein Korsett zu tragen. Trotzdem mußten ihre Kleider weiter gemacht werden.

»Ich fürchte, ich habe zugenommen«, bekannte sie.

»Das ist für eine Dame Ihres Alters doch ganz normal«, sagte die Schneiderin freundlich, »ich kenne keine, die sich so gut wie Sie gehalten hat.«

Elisabeth von Deinharting war jetzt neunundzwanzig Jahre alt.

In der Morgenfrühe eines kühlen Tages Anfang September ging die Reise los. Antoinette kränkte es nicht, weil diesmal niemand daran dachte, sie zum Mitreisen aufzufordern. Sie war fest entschlossen, unverheiratet zu bleiben und wollte ihr Leben der Sorge um den kleinen Thomas widmen. Aber es tat ihr doch gut, daß Anselm von Deinharting nach der Abreise der Damen seine Freude darüber ausdrückte, daß sie daheim geblieben war. »Ich wüßte nicht, was wir ohne dich anfangen sollten, Tonette«, sagte er herzlich.

»Sie werden es lernen müssen, Papa«, behauptete Emanuel, »eines Tages wird gewiß ein junger Mann kommen und sie Ihnen wegschnappen.«

»Das kann nur am Nimmerleinstag geschehen«, sagte Antoinette lächelnd.

»Wann ist denn der?« fragte Thomas mit großen Augen.

Sie gab ihm einen kleinen Nasenstüber. »Nie!« –

So waren die Zurückgebliebenen recht vergnügt, während die schwere alte Reisekutsche nach München rollte. Elisabeth freute sich über jeden Stoß und jedes Holpern, denn sie konnte die Hoffnung nicht aufgeben, die doch Sünde war: daß sie das werdende Leben noch verlieren könnte. Sie, die Fromme, hatte schon mit dem Gedanken gespielt, die Schwarzböckin, eine erfahrene Hebamme und Kräuterfrau, um Hilfe zu bitten. Aber sie hatte es dann doch nicht über sich gebracht, die Todsünde, einem ungeborenen Kind den Weg in das Leben zu verwehren, auf sich zu nehmen.

Dabei hatte Elisabeth gar keine Angst, das Kind zur Welt zu bringen. Auch die panische Furcht, daß sie es, wie den kleinen Maximilian, zu sehr lieben und wieder verlieren könnte, quälten sie nicht mehr. Sie war ganz sicher, daß dieses Kind, das da in ihr wuchs, ihr nicht viel bedeuten konnte. Dennoch zitterte sie davor, wie ihr Mann es aufnehmen würde, und geriet in Panik bei der Vorstellung, daß er sie verstoßen könnte. Nicht die Schande war es, die sie fürchtete, auch nicht der Verlust ihrer gesellschaftlichen Stellung, sondern die Trennung von Anselm von Deinharting, der, wie sie zu spät erkannte, ihrer Liebe wert war.

So verlief die Fahrt nach München recht schweigsam. Elisabeth war tief in ihre verzweifelten Gedanken verstrickt, und Beata in ihre Hoffnungen; zum erstenmal spürte sie, daß sie Ferdinand von Tobler würde vergessen können.

Bevor sie nach München einfuhren, war die Sonne untergegangen, und sie mußten haltmachen, um die Lampen anzuzünden. Sie beratschlagten, ob sie im »Gasthof zum weißen Roß« in Bogenhausen übernachten sollten, beschlossen dann aber doch weiterzufahren. Der schlechten Beleuchtung wegen ließ der Kutscher die Pferde jetzt im Schritt gehen, das letzte Stück Weges erschien den beiden Frauen unendlich lang. Dann war es geschafft. Sie rollten in den Hof des gräflich-Hollbergschen Stadthauses ein. Der Gestank des Dunghaufens schlug ihnen entgegen, livrierte Diener mit Pechfackeln eilten herbei. Man hatte sie erwartet.

Als sie die Kutsche verlassen wollte, erlitt Elisabeth einen Ohnmachtsanfall. Es war ein Glück, daß der Kutscher, der ihr beim Aussteigen hatte behilflich sein wollen, zur Stelle war. Er fing sie auf, so daß sie nicht zu Boden schlug. Dennoch war die Aufregung groß.

Als Elisabeth erwachte, lag sie auf dem Bett des Gästezimmers. Die Schwägerin hatte ihr die Korsage aufgeschnürt und hielt ihr ein Fläschchen mit Kampfergeist unter die Nase. Unwillkürlich zögerte Elisabeth, die Augen aufzuschlagen und versuchte, sich zurechtzufinden. Aber sie konnte nicht verhindern, daß ihre Lider flatterten.

»Kommen Sie zu sich, Elisabeth«, drängte Sophie und klopfte sie leicht auf die Wangen, »es ist ja nichts geschehen!«

Elisabeth atmete tief auf und öffnete endlich die Augen; das stark gepuderte und runde Gesicht mit den wimpernlosen Augen war dicht vor ihr. »Es tut mir unendlich leid, Ihnen Scherereien gemacht zu haben.«

»Aber, aber, nicht der Rede wert! Sie können sich nicht vorstellen, wie sehr ich mich für Sie freue, daß es nun doch endlich soweit ist. Obwohl Anselm und Sie eigentlich nicht mehr jung genug sind, um noch einmal mit Kindergeschrei anzufangen.«

Elisabeth, die ihre Ohnmacht auf die anstrengende Reise hatte schieben wollen, sah ein, daß der erfahrenen Frau gegenüber Leugnen nichts half. »Es war eine ziemliche Überraschung«, gestand sie mit schmalen Lippen.

»Und wie hat mein Bruder sie aufgenommen?«

»Er weiß es noch nicht. Ich wollte ihn nicht beunruhigen.«

»Das war anzunehmen, sonst hätte er Ihnen diese Reise gewiß verboten. Fürchten Sie denn nicht, das Kind zu verlieren?«

»Nein. Ich habe mich während der ganzen Schwangerschaft sehr wohl gefühlt. Und dann: ich mußte Beata ja begleiten.«

»Das hätten Sie der Comtesse überlassen können.«

Elisabeth zwang sich zu einem Lächeln. »Ich habe es wohl nicht recht bedacht, seien Sie mir nicht böse, Sophie! Freuen Sie sich denn gar nicht, mich bei sich zu haben?«

»Aber ja doch, Kindchen. Am besten bleiben Sie hier, bis es soweit ist. Wir haben gute Ärzte in München...«

Für Sekunden fand Elisabeth diesen Vorschlag sehr verlockend, aber dann schüttelte sie den Kopf: »Ich kann meinen Mann nicht so lange allein lassen.«

»Er kann gerade so gut hierherkommen. Im Winter hat er draußen ja doch nichts zu tun.«

Aber bei dem bloßen Gedanken, die unausweichliche Auseinandersetzung könnte unter den neugierigen Augen und gespitzten Ohren ihrer Schwägerin stattfinden, stieg Elisabeth das Blut ins Gesicht. »Es ist sehr lieb von Ihnen, Sophie! Aber wenn ich mich erholt habe und Beata sich eingelebt hat, fahre ich nach Deinharting zurück!«

»Aber diesmal mindestens in drei Etappen!«

Noch am gleichen Abend setzte Sophie Gräfin Hollberg sich hin und meldete ihrem Bruder mit spitzer Feder, daß Frau und Tochter glücklich in München eingetroffen waren. »Du kannst Dir denken, wie sehr es mich freut, daß bei Elisabeth nun doch wieder etwas Kleines unterwegs ist. Ich gratuliere Dir von Herzen! Was soll es denn werden, ein Junge oder ein Mädchen? Ich hoffe für Dich, daß es ein Mädchen wird, denn um einen Jungen zu erziehen, bist Du wohl inzwischen zu alt geworden. Überhaupt meine ich – entschuldige, bitte, lieber Bruder –, daß dieses Glück reichlich spät eingetroffen ist. Nun, wie Gott will.«

Der Hofmarksherr empfing den Brief wenige Tage später. Seit Deinharting wieder frei von den Kaiserlichen war, hatte er die alte Gewohnheit, sich an einem morgendlichen Maß Bier in der Posthalterei zu erfrischen, wiederaufgenommen. Danach pflegte er Friedrich König aufzusuchen.

So kam es, daß er allein war, als er das Schreiben seiner Schwester las, und er war froh darüber, denn es gelang ihm nicht, sein Mienenspiel zu beherrschen. Fassungslos starrte er auf die verhängnisvollen Zeilen. Er konnte nicht glauben, was er las. Elisabeth, seine schöne, kühle Elisabeth, sollte schwanger sein! Unmöglich! Das mußte Sophie sich in ihrer bekannten Bosheit ausgedacht haben, um ihn zu kränken – aber wieso konnte sie dann glauben, ihn damit zu verletzen, da doch weder sie noch irgendein anderer Mensch wußte, wie es wirklich um seine Ehe stand?

Anselm von Deinharting mußte den Impuls unterdrücken, sich auf sein Pferd zu schwingen und, so wie er war, nach München zu galoppieren. Aber rechtzeitig besann er sich. Sein Auftauchen in der

Hauptstadt, unangemeldet und so kurz nach der Ankunft von Frau und Tochter hätte Anlaß zu Gerüchten gegeben. In seiner Erschütterung war ihm eines doch ganz klar: ein Skandal mußte auf jeden Fall vermieden werden. Noch war er Elisabeths Mann, und nie hatte sie eines Schutzes mehr bedurft als in dieser Situation.

So sehr er sich um Beherrschung bemühte, war ihm doch, als er den Gasthof verließ, anzumerken, daß etwas geschehen war. So erdreistete sich der Wirt zu der Frage: »Schlechte Nachrichten, gnädiger Herr?«

»Kann man in diesen Zeiten anderes erwarten?« gab er kurz zurück und bestieg sein Pferd, dessen Zügel der Wirt eilig losband. Diesmal ritt er nicht zum Dragonerhaus, denn er war nicht in der Stimmung, mit irgendeinem Menschen zu sprechen. Parbleu, der eilfertig die gewohnte Richtung eingeschlagen hatte, merkte zu spät, daß Pferd und Reiter ihm nicht folgten, stutzte, und sauste ihnen nach.

Erst gegen Mittag hatte sich der Hofmarksherr ein wenig beruhigt, und schrieb ein paar freundliche Zeilen an Elisabeth, in denen er Sophies Mitteilung mit keinem Wort erwähnte. Er riet ihr, die Tage in München zu genießen und so lange zu bleiben, wie es ihr Freude machte. »Obwohl ich Dich sehr vermisse, meine Liebe, denn Du weißt, Du bedeutest mir viel und ich werde, was auch geschieht, immer für Dich da sein«, schloß er.

Er ahnte, wie bange seiner Frau zumute sein mußte, falls Sophie die Wahrheit geschrieben hatte, und versuchte, sie durch seine Botschaft zu ermutigen. – Doch dieser Brief deprimierte Elisabeth, anstatt sie zu trösten. Er steigerte ihr Schuldbewußtsein und das Gefühl, unverstanden zu sein.

Während Beata sich mit fast leidenschaftlicher Gier in das gesellschaftliche Leben stürzte, das sie bald in seinen Wirbel zog, blieb Elisabeth unbeteiligte Beobachterin. Sie war immer noch schön – vielleicht sogar schöner denn je –, aber ihre frühere kühle Zurückhaltung Männern gegenüber war jetzt zu kalter Ablehnung erstarrt. So wagte keiner, sich ihr zu nähern und man behandelte sie mit höflichem Respekt, so daß sie sich wie eine Matrone vorkam. Sophies übertriebene Besorgnis um ihre Gesundheit erschien ihr wie Hohn. So sehr sie sich auch vor der Aussprache mit ihrem Mann fürchtete, wurde ihr doch das Leben in München von Tag zu Tag unerträglicher, und sie war froh, als sie, ohne unhöflich zu sein, die Vorbereitungen zu ihrer Abreise treffen konnte. Sie wußte, daß Beata, die mit einem Schlag erwachsen schien, sie nicht vermissen würde.

Am Morgen des 20. September 1800 brach sie auf, begleitet von vielen guten Wünschen und Ermahnungen Sophies. Es war jener denkwürdige Tag, an dem der Waffenstillstand von Hohenlinden zwischen Frankreich und Österreich um fünfundvierzig Tage verlängert wurde.

Sophies Ratschlägen folgend ging die Reise diesmal nur im Schritt voran – Elisabeth war jetzt im fünften Monat, sie konnte nicht mehr hoffen, das unerwünschte Kind zu verlieren, wollte es auch gar nicht mehr, denn entgegen aller Vernunft und Furcht war ihr mütterlicher Instinkt erwacht –, so daß sie erst nach drei Tagen, gegen Mittag, auf Schloß Deinharting eintraf. Nur Peter war auf dem Schloßhof, er begrüßte sie und half Huber die Pferde ausspannen; die Familie saß bei Tisch, und so gelang es Elisabeth, fast ungesehen ins Haus zu kommen. Erleichtert darüber wollte sie sich erst frisch machen, ihre Gedanken sammeln, wenn möglich etwas ruhen, bevor sie ihrem Mann gegenübertrat.

Aber die Nachricht von ihrer Rückkehr hatte sich sogleich herumgesprochen, Antoinette und Auguste wollten zu ihr eilen, doch Anselm von Deinharting verbot es ihnen mit einem Machtwort. »Ich bin es, der sie als erster begrüßen wird! Ihr anderen bleibt gefälligst sitzen und eßt in Ruhe euren Nachtisch. Ich werde euch rufen lassen, wenn ihr erwünscht seid.«

Als er an ihre Tür klopfte, wurde ihm bewußt, wie lange es her war, seit er ihr Boudoir betreten hatte; sie hatte ihn gezwungen wie ein Fremder neben ihr herzuleben. Ohne ein Herein abzuwarten, stieß er die Tür auf. Elisabeth war nicht allein. Henriette Striegel, die die Damen nach München begleitet hatte, war dabei, ihre Koffer auszupacken. »Willkommen daheim!« sagte er.

Beide Frauen, die schöne junge und die alte verbrauchte, wandten ihm den Kopf zu. Elisabeth biß sich auf die Lippen, und Henriette Striegel versank in einem tiefen Knicks.

»Laß Sie uns bitte allein«, befahl der Hofmarksherr.

Nicht ohne einen fragenden Blick auf ihre Herrin, die kurz nickte, verließ die Zofe das Boudoir.

Elisabeth stand als Silhouette gegen das einfallende Licht an einem der Fenster, und es war nicht zu übersehen, daß Sophie die Wahrheit geschrieben hatte. Obwohl Anselm von Deinharting davon überzeugt gewesen war, gab es ihm doch einen Schock. Vergebens suchte er nach Worten, während Elisabeth, wie um ihre Schande zu verbergen oder ihr Kind zu schützen, die Arme um den schwer gewordenen Leib schlang.

»Es ist also wahr?« fragte er endlich mit brüchiger Stimme.

»Du hast es gewußt?« fragte sie überrascht.

»Sophie schrieb es.«

»Das hätte ich mir denken können!«

Er trat einen Schritt auf sie zu. »Wer, Elisabeth, wer war es?«

Sie wich vor ihm zurück. »Ich habe es nicht gewollt, glaub' mir...«

»Wer?«

»Der Major!«

»Trautmannsdorf?!«

»Ja.«

»Aber... wie ist es möglich... wie konnte er...«

»Ich war so dumm, Anselm, so überheblich! Alle deine Warnungen habe ich in den Wind geschlagen! Ich wußte ja nichts von der männlichen Natur!« brach es aus ihr heraus. »Er ... hat mir Gewalt angetan!«

Die Ader auf seiner Schläfe schwoll an. »Das wird mir der Schuft büßen!«

»Es war ja meine Schuld, Anselm«, flehte sie, »ich selbst habe mich in diese Situation gebracht!« Leise fügte sie hinzu: »Zürnst du mir sehr?«

Er sah sie lange an. »Dir? Nein, Liebes, Du bist ja nur das Opfer deiner übergroßen Nächstenliebe. Warum, verdammt noch mal, hat der Pfarrer dich nicht zurückgehalten?!«

»Ihm darfst du keinen Vorwurf machen! Er ist genauso weltfremd wie ich ... es war.« Sie legte ihm in einer Geste zaghaften Vertrauens die Hand auf den Arm. »Anselm, was soll nun geschehen? Was soll aus mir und dem Kind werden?«

»Du bleibst bei mir, und wir werden es zusammen aufziehen!« Er wechselte den Ton. »Oder liebst du etwa diesen Menschen?«

»Nein, Anselm, nein, gewiß nicht. Er ... er ist mir verhaßt. Es wäre mir furchtbar, ihm je im Leben wiederzubegegnen.«

»Hab' keine Angst, das wirst du nicht!«

Sie warf sich in seine Arme und umklammerte ihn. Er konnte sich nicht erinnern, daß sie das je zuvor getan hatte, und es rührte ihn. Er bettete ihren Kopf an seine Brust und streichelte sie sanft. Dabei sprach er besänftigend auf sie ein, wie er es auch bei einem kranken Tier getan hätte. »Sei ruhig, mein Liebes, du darfst dich jetzt nicht aufregen, es wird alles wieder gut, du wirst schon sehen ... ich bin ja bei dir, nichts wird dir geschehen ...«

Sie hob ihr tränenüberströmtes Gesicht zu ihm auf. »Du bist so gut zu mir, Anselm ... und wie schlecht ich dir deine Liebe gelohnt habe!«

»Liebe verlangt keinen Lohn.«

»Anselm, sei ehrlich ... nach alledem ... willst du mich denn überhaupt noch haben?«

»Hör auf, dir Gedanken zu machen. Ich sagte dir doch: es wird alles gut. Ich muß jetzt für ein paar Tage verreisen, und wenn ich zurück bin, sieht schon alles anders aus.«

»Anselm, wo willst du hin?« Sie ließ ihn nicht los.

Er küßte sie auf die Stirn. »Das ist Männersache, mein Liebling!« Er befreite sich sanft von ihr und ging zur Tür.

»Anselm!« Mit ein paar Schritten war sie bei ihm. »Du willst ihn doch nicht etwa fordern!?«

»Fürchtest du für ihn?«

»Nein, nein, für dich, Anselm! Er ist jünger als du ... und Soldat!«

Er nahm sie in die Arme. »Du darfst dich in deinem Zustand nicht aufregen, das ist jetzt das Allerwichtigste. Es wird mir nichts passieren, verlaß dich darauf. Aber was sein muß, muß sein.«

Anselm von Deinharting schickte Peter, der ihn begleiten sollte, mit ein paar Zeilen zum Vogt, um einen Ersatz für die Pferde anzufordern. Er selbst ritt zu Friedrich König und bat ihn, ihm zu sekundieren.

Der junge Wissenschaftler war von diesem Entschluß nicht überzeugt. »Sie wollen den Major tatsächlich fordern?« fragte er. »Was für ein atavistischer Zug, er paßt so gar nicht zu Ihnen.«

»Es geht um meine Ehre!«

»Ach was, Unsinn. Ihre Ehre kann Ihnen doch kein Strolch nehmen, Sie können sie nur verlieren, indem Sie sich unehrenhaft verhalten.«

»Nun denn... es geht um meine Frau! Ich hatte nicht darüber sprechen wollen, aber Sie zwingen mich dazu...«

Friedrich König war bestürzt. »Er hat ihr nachgestellt?«

»Er hat ihr Gewalt angetan.«

»Abscheulich.«

»Verstehen Sie jetzt, daß ich sie rächen muß?«

Friedrich König war blaß geworden, blieb aber beherrscht. »Ich verstehe Ihren Impuls, Anselm, aber ich meine, Sie sollten es sich noch einmal überlegen. Was geschehen ist, läßt sich nicht auslöschen, auch nicht dadurch, daß sie dem Kerl eine Kugel in den Leib jagen.«

»Für uns beide ist nicht genug Raum auf dieser Erde!«

»Was für große Worte! Anselm, ich erkenne Sie ja nicht wieder!«

»Elisabeth erwartet ein Kind von ihm, und ich bin sicher, sie wird erst wieder ruhig schlafen können, wenn sie weiß, daß er nicht mehr lebt.«

Umständlich, um Zeit zu gewinnen, zündete Friedrich König sich eine Pfeife an. »Sind Sie da ganz sicher?« fragte er, vorsichtig jedes Wort abwägend. »Wäre es nicht doch möglich, daß sie... nun, eine gewisse Sympathie für ihn empfindet?«

»Für den Schuft, der ihr das angetan hat?«

»Sie wissen, wie sehr ich Elisabeth verehre, Anselm! Aber Frauen sind unberechenbare Wesen.«

»Sie hat mir versichert, daß sie ihn haßt, und ich glaube ihr.«

»Auch der Haß ist ein tiefes Gefühl. Es ist besser zu hassen als gar nichts zu empfinden, vor allem für eine Frau. Wir Männer haben ja zum Glück unsere Gedanken und können eher auf Empfindungen verzichten.«

Anselm von Deinharting konnte seine Erregung nicht länger meistern; er sprang auf. »Ich muß diesen Kerl stellen, Frédéric, verstehen Sie denn nicht?! Ich könnte sonst nicht mehr in den Spiegel sehen. Und was kann ich denn anderes tun als ihn fordern? Sie nennen es atavistisch, nun gut, aber auf dem Rechtsweg ist diesem Vieh nicht beizukommen, nicht einmal dann, wenn er kein kaiserlicher Offizier wäre.«

»Ich an Ihrer Stelle«, sagte Friedrich König und griff nach dem Pfeifenkopf, »ich würde die Sache auf sich beruhen lassen. Das Leben des Mannes ist ohnehin keinen Pfifferling wert. Trotz des Waffenstillstands ist dieser Krieg noch lange nicht zu Ende. Österreich ist England zu sehr verpflichtet, es kann keinen Frieden schließen, und Napoleon ist offensichtlich darauf aus, ganz Europa an sich zu reißen. Trautmannsdorf aber gehört genau zu den Draufgängern, die sich mitten in die feindlichen Kugeln stürzen. Er hat es schon einmal getan und wird es wieder tun.«

»Sie wollen mich also nicht begleiten? Nun gut, ich werde auch in Wien einen Sekundanten finden...«

»Das habe ich nicht gesagt, Anselm! Wenn ich Sie nicht von Ihrem unsinnigen Vorhaben abhalten kann, werde ich Sie selbstverständlich begleiten!«

Die Männer drückten einander kurz die Hände. »Halten Sie sich bereit!« bat Anselm von Deinharting. »Erwarten Sie mich beim Morgengrauen!«

Den Rest des Tages verbrachte der Hofmarksherr damit, seine Papiere zu ordnen und ein Testament abzufassen, in dem er sich zu Thomas und zu Elisabeths ungeborenem Kind bekannte. Er putzte die beiden schönen Duellpistolen, die er von seinem Großvater geerbt hatte, prüfte den Degen auf seine Schärfe und betraute Emanuel damit, ihn in seiner Abwesenheit zu vertreten. Niemand außer Elisabeth ahnte, was er vorhatte, aber die Stimmung, die über dem Schloß lag, war gedrückt, und Anselm von Deinhartings Versuche, die Seinen zu ermuntern, hatten so wenig Erfolg, daß er sie endlich unterließ. Parbleu, der schon eingesperrt worden war, weil er die weite Reise nicht mitmachen konnte, heulte Stunde um Stunde.

In der Nacht nahm der Hofmarksherr Abschied von Luitgard, so leidenschaftlich und zärtlich, als wäre es das letzte Mal, daß er sie in den Armen hielt. Er war sich keineswegs sicher, gesund zurückzukehren. Auch sie spürte, daß etwas Besonderes an diesem plötzlichen Aufbruch war, aber sie wagte nicht, ihn danach zu fragen.

Bevor sie ihn verließ, hängte sie ihm das kleine goldene Kreuz, das er ihr einmal aus München mitgebracht hatte, um den Hals. Er wollte es ihr verwehren. »Aber es gehört dir, Dirn... es soll dich an mich erinnern!«

Sie küßte es, bevor sie die Kette zuhakte. »Es wird Sie schützen, Herr!«

Als der Morgen anbrach, hatte er kaum geschlafen, aber fühlte sich nicht müde. Peter hatte die Pferde schon im Schein der Laterne gesattelt. Baptist, der seinem Herrn beim Anziehen geholfen hatte, band den Mantelsack mit dem Kasten, in dem die schweren Pistolen lagen, darauf. Die Männer waren schon aufgesessen, als Elisabeth aus dem Schloß stürzte, mit nackten Füßen, in einem weiten Negligé, wie sie sich sonst nie vor ihrem Mann oder den Bediensteten hätte sehen lassen. »Gib auf dich acht, Anselm!« flehte sie. »Du bist das Teuerste, was ich auf der Welt besitze!«

Er beugte sich herab und küßte sie. »Du darfst dich nicht unnötig ängstigen, Liebste! Ich werde schneller zurück sein, als du denkst!«

Sie hielt sein Pferd am Zügel – nicht Bruna, sondern ein weniger wertvolles Tier – und umklammerte seine Hand. »Du mußt mich jetzt reiten lassen!« bat er.

»Nein, nein! Bleib hier! Laß uns doch einfach vergessen... was geschehen ist, bedeutet nichts!«

»Für mich schon! Sei lieb und geh ins Haus! Du wirst dich noch erkälten!« Er nahm die Zügel und trieb sein Pferd an, so daß sie ihn wohl oder übel freigeben mußte. Aber sie lief noch bis zum Schloßtor neben ihm her, erst als die Pferde den Hügel hinabschritten, blieb sie zurück. Ihm wurde bewußt, daß ihr Verhalten ihm gegenüber sich seit ihrer Schwangerschaft verändert hatte, aber er verstand zu wenig von Frauen, um eine Erklärung dafür zu finden.

Fünf Tage ritten sie durch das herbstliche Land, von früh bis spät, bei Wind und Regen und im Sonnenschein. Um rascher vorwärts zu kommen, wechselten sie häufig die Pferde. Gesprochen wurde unterwegs kaum und abends fielen die Männer todmüde in die Betten der primitiven Gasthöfe, in denen sie Unterkunft fanden.

Am Abend des fünften Tages erreichten sie endlich Wien. Das Kärntner Tor war noch geöffnet, und sie ritten ohne Aufenthalt in die enge Wiener Innenstadt. Die Abendsonne vergoldete die grauen Sandsteintürme des Stephansdoms und verschönte die ganze Stadt mit ihrem zauberischen Licht. Peter, der noch nicht einmal in München gewesen war, staunte mit offenem Mund. Ein zwei- oder gar dreistökkiger Palast reihte sich an den anderen.

Aber auch Anselm von Deinharting und Friedrich König waren, gegen ihren Willen, beeindruckt. Das flanierende Publikum schien sehr viel eleganter und städtischer als in München, die Damen waren üppig geputzt, die Herren wirkten stutzerhaft, und bunte Uniformen belebten das Bild. Alle Menschen schienen ohne Ziel dahinzuschlendern, durchaus nicht geschäftig, sondern wohl nur um zu sehen und gesehen zu werden.

Die Deinhartinger ritten über die Spiegelgasse zum Graben und staunten erst recht über die Auslagen der Geschäfte, die eins neben dem anderen lagen und kostbare Stoffe, allerlei Putz, Stickereien und Lederwaren feilboten, auch Kupferstiche und Silhouetten waren zum Verkauf ausgestellt.

Anselm von Deinharting nahm sich vor, nach einem glücklichen Ausgang seines Vorhabens, hier für seine Lieben einzukaufen. Nahe der Peterskirche warteten die zinnoberrot uniformierten Sänftenträger auf Kunden und vertrieben sich die Zeit, indem sie sich mit dem Lampenputzer unterhielten.

»Die werden wir fragen!« entschied Anselm von Deinharting, verhielt sein Pferd, warf einem der Männer eine Münze zu und erkundigte sich nach dem Grafen Trautmannsdorf.

»Wollen S' zum Herrn Major?« fragte der Mann zurück, und als Anselm von Deinharting es bestätigte, fügte er hinzu: »Ja, das ist ein lustiger Herr, lebt in Saus und Braus, seit der alte Herr Graf gestorben ist, und hat Freunderln g'nug...«

»Wo kann ich ihn finden?«

»In der Singerstraße... gleich da vorne!« Der Mann wies in die Richtung. »Das Palais ist nicht zu verfehlen, wenn S' das Trautmannsdorfsche Wappen kennen... 's zeigt a Viecherl mit gespaltener Zungen!«

Anselm von Deinharting bedankte sich, und sie ritten weiter. Das Stadtschloß der Trautmannsdorf war nicht nur an dem in die schwere eichene Tür geschnitzten, sondern allenthalben in Sandstein gehauenem Wappentier zu erkennen – einem pantherartigen Phantasietier –, sondern es hob sich auch durch seine Lage von den anderen, ebenfalls sehr prächtigen Häusern der Singerstraße ab. Da Grund und Boden in der Wiener Innenstadt knapp und deshalb teuer war, hatte sich die Gepflogenheit entwickelt, die Häuser dicht aneinander zu bauen. Aber das Trautmannsdorfsche Palais stand für sich allein da; zu den beiden Nachbarhäusern links und rechts war ein großzügiger Abstand eingehalten worden, der von hohen, mit Sandsteinkugeln geschmückten Mauern umfaßt war; ob dahinter ein Garten oder nur ein Hof lag, war von der Straße aus nicht zu sehen. Zum Portal führte eine in einem flachen Rund angelegte Treppe.

»Das ist es also«, sagte Anselm von Deinharting, zu dem drei Stock hohen, imposant wirkenden Gebäude aufblickend, »hier werden Sie morgen früh meine Forderung überbringen, Frédéric!«

»So ohne weiteres?« wandte Friedrich König ein. »Wollen Sie nicht erst selbst mit dem Mann sprechen?«

»Wozu?«

»Sie können ihn doch nicht allein auf das Wort Ihrer Gattin hin verdammen!«

»Wollen Sie damit sagen, daß Elisabeth lügt?!«

»Nein. Sie ist der aufrichtigste Mensch, den ich kenne. Aber sind Sie ganz sicher, Anselm, daß Sie sie nicht in die Enge getrieben haben? Jeder von uns ist fähig, in einer verzweifelten Situation von der Wahrheit abzuweichen, besonders wenn es darum geht, das Leben eines anderen zu schützen.«

»Nicht Elisabeth.«

»Sie werden es wissen, wenn Sie mit dem Major gesprochen haben.«

Schweigend starrte Anselm von Deinharting zur Fassade des Schlosses hinauf, es war ihm anzusehen, wie es in seinem mächtigen Schädel arbeitete. »Nun gut«, sagte er endlich, »wenn Sie es für richtig halten, Frédéric...« Er sprang aus dem Sattel und band sein Pferd an einen der in die Mauer eingelassenen Ringe.

»Sie wollen gleich jetzt...?«

»Und warum nicht? Ich will es hinter mich bringen. Kommen Sie mit, Frédéric, oder bleiben Sie draußen? Du, Peter, wartest hier bei den Pferden auf uns. Später werden wir uns nach einem Quartier umsehen!« Schon zog er an dem eisernen Glockenstrang.

Friedrich König trat hinter ihn, als die Tür geöffnet wurde. Ein Diener in der Livree einer Zeit, die wohl nur hier in Wien noch nicht überwunden war, erschien auf der Schwelle; er trug weiße Strümpfe, Lackschuhe, unter den Knien gebundene rote Samthosen, eine mit Silberknöpfen verzierte Jacke, ein Spitzenjabot und eine gepuderte Perücke.

»Melden Sie den Hofmarksherrn von Deinharting!«

Der Diener musterte die Fremden prüfend, erkannte mit geschultem Blick, daß er, trotz ihrer verstaubten Kleidung, Herren von Stand vor sich hatte, und entschloß sich, sie einzulassen. Sie wurden in eine große, mit Gobelins geschmückte und mit schweren alten Möbeln ausgestattete Halle geführt, die sehr düster wirkte, weil sie nur von dem abendlichen Licht erhellt wurde, das durch ein halbkreisförmiges Fenster über der Haustür einfiel.

»Attendez, s'il vous plaît!« bat der Diener und verschwand.

Stehend warteten Anselm von Deinharting und Friedrich König; der Hofmarksherr voll mühsam gebändigter Ungeduld, der Doktor in einem Gefühl der Beklommenheit. Es dauerte nicht lange, dann erschien der Diener wieder, hielt die hohe, altersdunkle Tür auf und bat die Ankömmlinge mit einer Verbeugung einzutreten.

Der Rauum, in den sie jetzt kamen, wirkte weit anheimelnder als die Eingangshalle. Drei hohe Fenster spendeten reichlich Licht und gaben, zwischen schweren roten Portieren, den Blick auf das herbstlich bunte Laub des Gartens frei. Auf dem Boden lagen orientalische Teppiche, an den Wänden standen Bücherschränke, in einem offenen Kamin aus italienischem Marmor loderte ein Feuer, niedrige türkische Tische und bequeme Sessel waren überall verteilt. Obwohl jedes einzelne Möbelstück gut erhalten und gepflegt war, verriet eine gewisse zwanglose Unordnung, daß es sich um das Haus eines Junggesellen handelte. Der Major von Trautmannsdorf war, wie sich später herausstellen sollte, nur ein Jahr verheiratet gewesen und hatte dieses Experiment nicht mehr wiederholt. Jedenfalls war seine junge Frau bei der Geburt ihres ersten Kindes, das nicht lebensfähig zur Welt kam, gestorben.

Jetzt hing er mehr als er saß in einem Sessel, das linke Bein über der Lehne, in der rechten Hand ein Glas. In seiner Gesellschaft waren zwei andere Herren, einer in sehr elegantem Zivil, den einen Arm in einer Binde, der andere in der grasgrünen Chevauleger-Uniform mit den roten Aufschlägen. Eine Kristallkaraffe stand zwischen ihnen, und die drei Herren schienen schon tüchtig gebechert zu haben. Ein jüngerer Diener stand im Hintergrund des Raumes. Die Luft war erfüllt von dünnen, bläulichen Rauchschaden, der Herr in Zivil rauchte aus einer ellenlangen Pfeife.

Dies war der Eindruck, den Anselm von Deinharting und Friedrich König im Augenblick ihres Eintretens gewannen; es blieb ihnen keine Zeit zur weiteren Umschau.

Major Trautmannsdorf fixierte Anselm von Deinharting mit arroganter Miene und fragte: »Sollte ich Sie kennen?«

»Ich bin der Hofmarksherr von Deinharting!«

»Aha, ja, natürlich!« Major von Trautmannsdorf wandte sich an seine Freunde. »Ein bayrischer Landedelmann... was man da hinten so unter Adel versteht.« Er tat, als würde er Friedrich König jetzt erst bemerken. »Sie auch, Doktor? Nun, willkommen in Wien! Ich nehme an, Sie wollen einen Eindruck davon gewinnen, wie der zivilisierte Teil der Menschheit lebt...«

»Sie sollten nicht scherzen!« sagte Friedrich König warnend und bereute es, Anselm von Deinharting zu diesem Besuch veranlaßt zu haben.

»Ich nehme doch an, die Herren haben Humor!« gab Major Trautmannsdorf zurück. »Oder sollte es auch daran fehlen? Machen Sie es sich doch bequem! Jean, schenken Sie den Herren ein!«

Anselm von Deinharting trat in drohender Haltung einen Schritt näher auf den Major zu. »Graf, Sie wissen sehr genau, warum wir gekommen sind!«

»Ah, wirklich?« Major Trautmannsdorf tat blasiert. »Müßte ich es?«

»Sie haben meine Frau beleidigt!«

Jetzt endlich nahm Major Trautmannsdorf sein Bein von der Lehne und richtete sich auf. »Hat sie Ihnen das erzählt? Sieh an, sieh an, die schöne Elisabeth hat also geplaudert. Wer hätte das gedacht.«

»Mein Sekundant wird Ihnen morgen früh meine Forderung überbringen!« Anselm von Deinharting verbeugte sich knapp.

»Warten Sie!« rief der Major. »Hat sie Ihnen auch erzählt, wieviel Spaß es ihr gemacht hat? Nein? Dacht' ich es mir doch, daß sie das verschwiegen hat!«

Anselm von Deinharting, der sich schon zum Gehen gewandt hatte, fuhr herum und zog seinen Degen aus der Scheide. »Nehmen Sie das zurück!«

Der Major lachte ihm ins Gesicht. »Ich denke nicht daran!«

»Dann steche ich Sie ab!«

»Anselm, bitte!« Friedrich König wollte dem Freund in den Arm fallen, aber ein Ellbogenstoß schleuderte ihn beiseite.

»Sie wollen Ihren Spaß haben... nun denn!« Der Major sprang auf und packte den Knauf des Degens, den der Offizier der Chevauleger ihm reichte. »Machen Sie Platz, meine Herren!«

Kaum hatte er die Ausgangsposition eingenommen, als Anselm von Deinharting ihn mit einer geschickten Parade attackierte. Der Major fing sie mit einer Riposte auf. Anselm von Deinharting bedrängte ihn mit einer Quintparade, der der andere mit einer Contreriposte begegnete. Es war eindeutig, daß der Major sich darauf beschränken wollte, die Angriffe abzuwehren. Dann aber erhielt er eine Quart über den rechten Arm, daß sein Degen zu Boden fiel, wehrlos stand er seinem Gegner gegenüber, aus dessen Augen blanker Haß sprach.

Der Major wurde blaß, nahm unwillkürlich den Kopf zurück. Die Zuschauer hielten den Atem an; kein Ton wurde laut.

Anselm von Deinharting bückte sich, spießte die Spitze seines Degens in den Knauf des anderen und reichte ihm die Waffe zurück.

Der Kampf begann abermals. Der Major war fast zwanzig Jahre jünger als der Hofmarksherr und sehr viel wendiger. Er wußte jetzt, daß es um sein Leben ging, und spannte alle seine Kräfte an. Aber die lange Zeit der Rekonvaleszenz hatte ihn geschwächt und der reichlich genossene Wein machte ihn unsicher. Paraden und Riposten wechselten in rascher Reihenfolge, dann, mit einem blitzschnellen Quartfilo, fegte Anselm von Deinharting dem Major den Degen aus der Hand und – während er noch durch die Luft sauste – stieß ihm den Degen in die Brust.

Der Major brach auf der Stelle zusammen. Anselm von Deinharting zog seinen blutigen Degen zurück und steckte ihn in die Scheide. Die zuschauenden Herren starrten sprachlos den zu Boden gestürzten Offizier und dann einander an.

»Lassen Sie mich!« rief Friedrich König. »Ich bin Arzt!« Er kniete sich neben den Major, prüfte den Pulsschlag, hob die Augenlider und öffnete den weißen Uniformrock. »Er ist tot«, sagte er dann fast ungläubig, »mitten ins Herz getroffen!« Wieder entstand ein betroffenen Schweigen.

»Fliehen Sie!« rief dann der Offizier der Chevauleger. »Schnell!«

Grüßend ging Anselm von Deinharting zur Tür, Friedrich König folgte ihm. Sie verließen das Schloß, schwangen sich auf ihre Pferde und ritten den Weg zurück, den sie gekommen waren. Sie konnten es selbst kaum fassen, aber das tödliche Zwischenspiel hatte nur wenige Minuten gedauert. Die Sonne stand immer noch am abendlichen Himmel, als sie das Kärntnertor erreichten. Ungehindert passierten sie es und preschten davon. –

»Ich glaube, ich hätte auf Sie hören sollen, Frédéric«, sagte Anselm von Deinharting, als sie sich endlich, fern der Landstraße, eine Rast gönnten, »dieser Tod war im Grunde sinnlos, er ändert nichts.«

»Trautmannsdorf ist schnell gestorben. Wer weiß, was ihm erspart geblieben ist. Er hätte diesen Krieg gewiß nicht überlebt.«

Anselm von Deinharting schritt ruhelos auf und ab. »Soll ich Ihnen etwas verraten? Einen Augenblick hatte ich das Gefühl, daß er es darauf angelegt hatte, durch meine Hand zu sterben.«

»Schon möglich. Wer weiß denn, was in einem anderen Menschen vor sich geht. Ich habe ihn ziemlich lange gekannt, das wissen Sie ja. Aber so wie heute hatte ich ihn noch nie erlebt.«

Da sie die befahrenen Straßen meiden mußten und vorsichtshalber weitab von der Grenzstation nach Bayern einritten, dauerte die Rückreise länger als geplant. Alle drei waren unrasiert, schmutzig und erschöpft, als sie Deinharting endlich erreichten. Der Hofmarksherr trennte sich nahe dem Dragonerhaus von seinen Begleitern und setzte das letzte Stück Weg allein fort.

Elisabeth, Parbleu und die Kinder begrüßten ihn wie einen vom Tode Auferstandenen. Er gab sich gelassen, bat um ein heißes Bad, legte sich in sein Bett und schlief, obwohl er bei Tag angekommen war, sofort ein und vierundzwanzig Stunden durch. Als er sich danach, ganz der Alte, wieder bei seiner Familie blicken ließ, überwand Elisabeth ihre Zurückhaltung, die im Grunde nicht Hochmut, sondern Schüchternheit war, und setzte ihm mit Fragen zu. Aber er wehrte ab. »Es ist alles vorbei«, sagte er nur, »du brauchst dir keine Sorgen mehr zu machen.«

Aber er hatte sich geirrt. Nach kurzer Zeit erschien ein kaiserlicher Offizier, begleitet von einem Korporal und einem gemeinen Soldaten, auf Schloß Deinharting und legte ein amtlich gesiegeltes Schreiben vor, nach dem der Hofmarksherr zu verhaften und einem Militärgericht zu überstellen sei.

Anselm von Deinharting dachte an Flucht. Es wäre ihm auch sicher gelungen zu entkommen, wenn er eine Waffe zur Hand gehabt hätte. Aber als die Männer erschienen, saß er gerade mit Elisabeth, Antoinette und Emanuel im unteren Erkerzimmer beim Kaffee. Er konnte seiner Familie kein Schauspiel bieten und sein Leben nicht gefährden, so bat er nur, ein paar Sachen zusammenpacken zu dürfen, was ihm gewährt wurde. Der Korporal und der Soldat gingen mit ihm in das Schlafzimmer, wo er Baptist die nötigen Anweisungen geben wollte, während der Offizier, nicht älter als Emanuel, das Gewehr im Anschlag nahe der Tür stehen blieb.

Elisabeth, die nichts von alledem verstand, fand endlich die Sprache wieder. »Was fällt Ihnen ein!?« rief sie. »Mein Mann ist Hofmarksherr! Er untersteht nur dem Kurfürsten von Bayern! Sie können ihn doch nicht einfach fortschleppen!«

»Er hat einen Untertan Seiner Kaiserlichen Majestät erstochen!«

»Niemals! Mein Mann ist kein Mörder! Das muß ein Irrtum sein!«

»Es war ein Duell, gnädige Frau.«

Elisabeth erblaßte und preßte die Hände auf das Herz. Dem jungen Offizier tat die schöne, verzweifelte Frau leid, die zudem noch in gesegneten Umständen war. »Beunruhigen Sie sich nicht zu sehr, gnädige Frau«, sagte er tröstend, »man wird Ihren Gatten ja nicht an die Wand stellen, sondern ihm Gelegenheit geben, sich vor einem Militärgericht zu verteidigen. Wir sind keine Barbaren, sondern eine zivilisierte Nation.«

»Wenn er einen Mann im Duell getötet hat, dann bestimmt aus gutem Grund!«

»Ich habe auf den Gang der Dinge gar keinen Einfluß, gnädige Frau«, sagte der Offizier bedauernd, »meine Aufgabe ist es lediglich, Ihren Gatten abzuholen!«

»Bitte, Elisabeth!« Emanuel legte ihr den Arm um die Schultern. »Sehen Sie denn nicht, daß es keinen Sinn hat, mit diesem Mann zu diskutieren?«

»Aber sie können doch deinen Vater nicht einfach mitnehmen!«

»Leider doch!«

Antoinette wollte zur Tür. Der Offizier vertrat ihr den Weg. »Wo wollen Sie hin?«

»Hundeleine und Halsband holen.« Sie sah ihm fest in die Augen. »Oder wollen Sie dem Hofmarksherrn erlauben, seinen Hund mitzunehmen?«

Der Offizier wurde verlegen und trat zur Seite. Antoinette eilte mit Halsband und Leine Anselm von Deinharting nach und legte Parbleu fest. »Mein umsichtiges kleines Mädchen!« sagte er lächelnd und legte ihr die Hand unter das Kinn. »Du wirst dich um Elisabeth kümmern, nicht wahr?«

»Ich werde alles tun, was in meinen Kräften steht!«

»Das weiß ich. Und falls Emanuel zum Militär zurück muß, läßt du Anselm aus München kommen, ja? So tüchtig du bist, ein Mann gehört ins Schloß, besonders in diesen Zeiten.«

»Werden Sie lange fort bleiben?«

»Wer weiß.«

»Keine konspirativen Gespräche, wenn ich bitten darf«, warf der Korporal ein.

Antoinette wandte sich ihm mit blitzenden Augen zu. »Sie werden Herrn von Deinharting doch wohl Gelegenheit geben, seine Angelegenheiten zu ordnen?!«

»Das hätte er tun sollen, bevor er sich in ein Duell mit einem kaiserlichen Offizier einließ.«

»Was wissen denn Sie!« fuhr Antoinette ihn an. »Vielleicht war's der kaiserliche Offizier, der ihn zu dem Duell herausgefordert hat!«

»Darf ich fragen, wer Sie sind?«

Antoinette öffnete schon den Mund, um ihm zu antworten, als Anselm von Deinharting ihr mit beschwörendem Druck die Hand auf die Schulter legte. »Wollen Sie etwa meine Tochter gleich mit verhaften?« fragte er. »Nur weil sie sich für mich einsetzt?«

Antoinette begriff, daß er fürchtete, ihr französischer Name könnte bei den Österreichern Verdacht erwecken; sie stellte sich auf die Zehenspitzen und küßte ihn auf die Wange. »Leben Sie wohl, Papa! Geben Sie auf sich acht und machen Sie sich um uns keine Sorgen!«

Alle, außer Thomas und Auguste, die gerade mit ihrem Lehrer zu einem naturkundlichen Ausflug unterwegs waren, begleiteten Anselm von Deinharting und seine Häscher auf den Hof hinunter und sahen zu, wie er in einem klapprigen Wägelchen fortgebracht wurde.

Elisabeth weinte verzweifelt, während Antoinette und Emanuel nicht geneigt waren, die Sache tragisch zu nehmen.

»Ein Duell«, sagte Emanuel, »das ist doch kein Verbrechen!« Er wurde stutzig. »Mit wem hat er sich überhaupt duelliert? Und warum?«

Aber darauf wollte Elisabeth ihm keine Antwort geben, sie weinte nur noch heftiger. Als er weiter in sie drang, machte Antoinette ihm über ihren Kopf hinweg ein Zeichen und er verstummte.

Auguste und Thomas nahmen die Neuigkeit als Sensation auf. Da sie ihn bewunderten, waren sie außerstande, sich vorzustellen, daß er etwas Böses getan haben könnte; in ihren Augen wurde er zum Helden. Aber auch durch ihre neugierigen Fragen und ihr munteres Geplauder konnten sie die Stimmung im Schloß nicht heben. Parbleu jaulte und zerrte an der Leine. Elisabeth hatte sich in ihr Schlafzimmer zurückgezogen und die Vorhänge zuziehen lassen. Sie weinte ununterbrochen.

Antoinette, die versuchte, sie mit allen nur möglichen Argumenten zu trösten und zu ermutigen, konnte nichts erreichen. Da Elisabeth sich sogar weigerte, Nahrung zu sich zu nehmen, bat Antoinette endlich Friedrich König zu kommen. Sie fing ihn am Schloßtor ab, führte ihn in die Jägerstube und unterrichtete ihn über alles, was geschehen war.

»Das hat wohl so kommen müssen«, sagte er, »Sie glauben nicht, wie ich mich bemüht habe, den Hofmarksherrn von diesem unseligen Duell abzuhalten.«

Antoinette fragte nicht, worum es gegangen war und wen er getötet hatte; sie hatte sich die Dinge inzwischen längst zusammengereimt. »Ach«, sagte sie, »ich mache mir nicht so sehr Sorgen um ihn, er wird sein Schicksal schon meistern. Aber Elisabeth ist in einem schrecklichen Zustand.«

»Und was soll ich dabei tun?« Er lächelte auf sie herab. »Wenn ich auch Mediziner bin, mit schwangeren Frauen habe ich nun wirklich keine Erfahrung.«

Sie begegnete freimütig seinem Blick. »Daß eine Frau in ihrem Zustand essen und trinken muß, um sich und ihr Kind am Leben zu halten, werden Sie wohl wissen!«

»Und tut sie das nicht?«

»Sie trinkt sehr viel, ganze Kannen voll Lindenblütentee, aber sie weigert sich, feste Nahrung zu sich zu nehmen.«

»Nun, dann werden wir nach ihr sehen, aber ich glaube, sie ist eher ein Fall für die Schwarzböckin.«

Hintereinander stiegen sie die Treppe hinauf, und Antoinette klopfte leicht an Elisabeths Schlafzimmertür, bevor sie sie öffnete. »Sie bekommen Besuch, *ma tante!*«

»Nein, nicht!« Elisabeths Stimme klang tränenerstickt. »Du weißt, daß ich niemanden sehen will!«

»Es ist ein guter Freund ... Doktor Frédéric König!« Antoinette zog die Vorhänge auf, und das helle Licht eines klaren Herbsttages fiel in das Zimmer. Elisabeth schrie auf. »Antoinette, wie kannst du! Ich habe doch gesagt, daß ...«

»Aber, *ma tante,* man muß Sie doch sehen können!«

»Nein, ich will nicht!« Elisabeth warf sich herum und verbarg ihr Gesicht in den Kissen.

Friedrich König zog sich einen Sessel ans Bett und fühlte ihren Puls. »Wann werden Sie endlich erwachsen, Elisabeth?« fragte er freundlich. »Sie können doch nicht glauben, daß Sie die Dinge ungeschehen machen, indem Sie sich verstecken?«

»Das glaube ich ja gar nicht«, behauptete sie erstickt.

»Warum tun Sie es dann?«

»Ach, Frédéric, Sie wissen nicht, wie unglücklich ich bin.«

»Ich glaube doch, Elisabeth, Sie haben allen Grund, sich Vorwürfe zu machen ...«

Sie wandte ihm ihr tränenüberströmtes, verquollenes Gesicht zu und sah ihn fassungslos an. »Vorwürfe?«

»Ja, Elisabeth. Es hilft alles nichts, Sie müssen der Wahrheit ins Gesicht sehen.«

»Welcher Wahrheit?«

»Daß Sie schuld sind am Tod des Majors ... und daran, daß man Ihren Gatten verhaftet hat.«

»Aber ich ... Sie glauben doch nicht etwa, daß ich das gewollt habe?«

»Sie haben es verursacht, Elisabeth. Oder mußten Sie nicht wissen, daß er einen Mann töten würde, der Sie so verletzt hat?«

»Aber was hätte ich denn tun können?!«

»Schweigen, Elisabeth. Was geschehen ist, war eine Sache zwischen Ihnen und dem Major. Ich will gar nicht wissen ...«

»Sie sind unverschämt!« rief sie außer sich.

Er ließ sich nicht unterbrechen. »... was geschehen ist und wie es dazu kam. Das ging einzig Sie und Major Trautmannsdorf an. Warum mußten Sie Ihren Gatten mit hineinziehen?«

»Weil er mein Gatte ist!«

»Nun, wenn Sie glauben, das, was Sie getan haben, verantworten zu können, dann brauchen Sie sich erst recht nicht zu verstecken.«

»Ich will ganz einfach allein sein!«

Er stand auf. »Wie egoistisch Sie doch sind!«

»Das ist nicht wahr!«

»Aber ja doch! Sie denken weder an Ihr Kind noch an Ihre Mitmenschen, die sich in Sorge um Sie verzehren. Sie haben nicht das Recht, sich Ihrem Leid hinzugeben und alles andere darüber zu vernachlässigen. Gerade jetzt, da Ihr Gatte fort ist, müssen Sie sich um Ihre Kinder kümmern. Oder wollen Sie, daß sie ganz verwaisen?!« Er wandte sich an Antoinette, die am Fenster stehen geblieben war und vorzugeben versuchte, nicht zuzuhören. »Helfen Sie jetzt der gnädigen Frau, sich zu waschen und anzuziehen. Ich werde die Köchin veranlassen, ein leichtes Frühstück heraufzuschicken.« Er küßte Elisabeth, die ihr Gesicht wieder abgewandt hatte, die Hand und sagte, sich verabschiedend: »Und im übrigen brauchen Sie nicht zu befürchten, daß Ihr ungeborenes Kind durch das Fasten Schaden genommen hat. Im Gegensatz zu der gängigen Meinung bin ich der Auffassung, daß zuviel Essen sehr viel schädlicher ist als Enthaltsamkeit!«

»Nie hätte ich gedacht, daß Sie so grausam sein könnten!« sagte sie mit brechender Stimme.

»Ja, ebent!« Er fiel, was immer seltener geschah, in sein Berlinerisch zurück. »Es wird Zeit, daß Sie endlich Menschenkenntnis erwerben, Elisabeth! Auch das gehört zum Erwachsenwerden!« Er ging, und obwohl sie noch eine Weile weiter schluchzte, hatte sie die Härte, die sie von ihm am wenigsten erwartet hatte, zur Besinnung gebracht. Sie weigerte sich nicht länger, ihr Schicksal anzunehmen.

Anfang Oktober kündigte Napoleon den Waffenstillstandsvertrag mit Österreich. Die Nachricht löste in München Bestürzung aus. Die französischen Offiziere begaben sich umgehend zu ihren Truppen zurück, und manche Münchnerin vergoß heiße Tränen.

Beata blieb von diesem Aufruhr unberührt. Ihr war stets bewußt gewesen, daß die französischen Kavaliere zwar zum Tanzen und Plaudern taugten, nicht aber für die Ehe, denn es war nicht die Gründung einer Familie, die sie anstrebten, sondern das Kriegsglück. Außerdem hatte Beata sich nicht so leicht wie die meisten anderen Damen von Adel darüber hinwegsetzen können, daß diese Franzosen, obwohl sie tadellose Manieren hatten, doch nicht von Stand waren, sondern aus dem Volk kamen und ihren Aufstieg nur ihrer Tapferkeit, Unbedenklichkeit und Tollkühnheit verdankten. Keinen Augenblick vergaß sie, daß sie diese Saison nicht zu ihrem Vergnügen mitmachte, sondern um einen Gatten zu finden. Sie war jetzt zwanzig Jahre alt und wurde schon hin und wieder von dem Gefühl gepackt, den Anschluß verpaßt zu haben.

Dennoch blieb sie wählerisch. Junge Beamte in unterem Rang und einem sicheren, wenn auch nicht bedeutenden Einkommen, die sich von der Ära Montgelas eine steile Karriere erhofften, gab es zur Genüge. Aber obwohl sie die eigene Empfindlichkeit ärgerte, konnte Beata sich mit der kühlen Berechnung nicht abfinden, mit der diese Herren nicht nur ihr, sondern auch anderen jungen Mädchen mit Vermögen den Hof machten. Ihr Bruder Anselm, der des öfteren von Tante Sophie zu ihrer Begleitung kommandiert wurde und diese Pflicht mit Anstand, wenn auch lustlos erfüllte, ließ keine Illusionen über diese Bewerber bei ihr aufkommen. Seine Art, sie treffend mit ihren kleinen Eigenheiten, Fehlern und Mittelmäßigkeiten zu charakterisieren, wirkte vernichtend.

Es gab nur einen einzigen Verehrer, den sie als Ehemann in Betracht zog, einen Baron von Salzern, einen höheren Staatsbeamten und besonderen Schützling von Montgelas. Der Baron war Witwer, hatte bis zum Tode seiner Frau ein großes Haus geführt, und seine Kinder, zwei und drei Jahre alt, waren allerliebste Geschöpfe. Tante Sophie machte sich zu seiner Fürsprecherin, und auch der Onkel wußte nur Gutes von ihm zu berichten. In Anselms Augen war er ein alter Mann.

Was Beata aber an ihm störte, waren nicht so sehr seine Jahre – er hatte die dreißig überschritten –, als die Tatsache, daß er sie mit der gleichen überlegenen Nachsicht behandelte wie etwa ihr Vater oder ihr Bruder. Sie spürte, daß seine Bewunderung ehrlich war, und die liebenswerte Art, wie er sie umwarb, tat ihr wohl. Aber es blieb doch das Gefühl, von der Abhängigkeit des Elternhauses in eine andere zu geraten.

Beata hatte zwar keine rechte Ahnung, wie sie ihr zukünftiges Leben gestalten sollte; aber sie wollte Herrin in ihrem Haus sein und nicht ihr Leben lang gegängelt und bevormundet werden. Doch wenn sie sich gegen die wohlgemeinte Fürsorge des Barons wehrte, so brachte es ihn nur dazu, sie noch mehr wie ein großes Kind zu behandeln, das sie in seinen Augen wohl auch war.

Eines schönen Morgens hatten sie sich zu einem Ausritt in die Isarauen verabredet. Es war ein strahlend klarer Herbsttag, und Beata hatte ihr eng geschnittenes Kostüm aus schwarzem englischen Tuch angezogen, das sie besonders schlank machte. Aber schon im Augenblick, als sie das Haus verließ, merkte sie, daß der blaue Himmel trog. Ein eisig kalter Ostwind fegte durch die Straßen. Sie wollte Anselm, der sie begleitete, darum bitten, ihr einen Umhang zu holen, aber sie kam nicht mehr dazu.

Baron Salzern hatte sich vom Pferd geschwungen und beugte sich über ihre Hand. »Gnädiges Fräulein, pünktlich wie immer...« Er trat einen Schritt zurück. »...und was für ein bezaubernder Anblick!« Dann wurde er ernst. »Aber sind Sie nicht ein wenig zu leicht angezogen?«

Jetzt war Beata nicht mehr bereit, das zuzugeben. »Durchaus nicht«, behauptete sie und errötete vor Ärger.

»Ich denke doch. Draußen vor der Stadt ist es ja noch kälter.«

»Das macht mir nichts aus«, beharrte Beata.

Der Baron gab nicht nach. »Bitte, tun Sie mir den Gefallen und lassen Sie sich einen Umhang holen!«

»Soll ich?« fragte Anselm, schon auf dem Sprung.

Beata gingen die Nerven durch. »Müssen Sie mich denn immer schulmeistern, Baron?!« rief sie. »Wenn ich mich erkälte, ist das doch meine Sache!«

Lächelnd, mit dem überlegenen Lächeln, das sie haßte, sah er ihr in die Augen. »Aber, gnädiges Fräulein, seien Sie doch nicht so unvernünftig! Was sagen Sie dazu, Herr von Deinharting?«

Aber Anselm von Deinharting hielt sich wohlweislich heraus.

Beata stampfte mit dem Fuß auf und wurde noch zorniger, obwohl ihr bewußt war, wie albern das wirken mußte. »Hören Sie endlich auf, mich wie ein Kind zu behandeln«, rief sie.

»Aber das tue ich doch gar nicht«, erklärte der Baron unverändert gelassen, »ich fühle mich nur für Sie verantwortlich!«

»Dazu haben Sie kein Recht!«

»Wenn Sie unbedingt krank werden wollen...«

»Ja, vielleicht will ich das!« Beata schwang sich in den Sattel.

Baron von Salzern blieb nichts anderes übrig, als ebenfalls aufzusitzen. Anselm folgte ihnen. Während des Ausritts gab Beata sich übertrieben heiter, obwohl sie sich gar nicht wohl fühlte, denn der Ostwind durchkältete sie bis auf die Knochen.

Zu ihrem großen Ärger war sie am nächsten Tag krank. Sie hatte sich nicht etwa eine Lungenentzündung geholt, das wäre wenigstens dramatisch gewesen, sondern nur eine heftige Erkältung, die ihr für die nächsten Wochen jede Teilnahme an irgendeiner Unterhaltung verwehrte; mit tropfender Nase und geröteten Augen konnte sie sich nirgends blicken lassen.

Baron von Salzern schickte ihr einige teilnehmende Worte und eine hübsche Schachtel mit Lakritzekonfekt; sie warf das Geschenk an die Wand. Tante Sophie betrachtete sie kopfschüttelnd und gab den Auftrag, das Zuckerwerk wieder einzusammeln. »Wie kann man nur so unbeherrscht sein!« tadelte sie.

»Wenn Sie wüßten, wie elend ich mich fühle!«

»Das glaube ich dir schon. Aber vorgestern warst du ja noch gesund, und trotzdem hast du dem Baron eine Szene gemacht. In Anwesenheit deines Bruders und der Bediensteten. So etwas tut man nicht.«

»Dieser Mensch geht mir auf die Nerven.«

»Du wirst keine bessere Partie finden.«

»Dann nehme ich eben eine schlechtere... Tante Sophie, seien Sie mir nicht böse, aber ich kann diesen Menschen nicht heiraten.«

»Wirklich nicht?«

»Nein. Wenn ich zehn Jahre jünger wäre, würde ich seine Bevormundung sicher selbstverständlich finden, und zehn Jahre später wäre sie mir wohl gleichgültig, aber jetzt... nein, ich ertrag' es nicht.«

»Das ist schade«, sagte Tante Sophie nachdenklich, »aber dann wäre es wohl besser, dem Baron einen Wink zu geben, daß er sich nicht länger um dich zu bemühen braucht. Er sucht eine Mutter für seine Kinder.«

»Die wünsche ich ihm von ganzem Herzen... aber mich soll er gefälligst in Ruhe lassen!«

»Wie du willst!« Tante Sophie war etwas enttäuscht, daß es nicht gelungen war, Beata unter die Haube zu bringen, aber keineswegs mutlos. Beata war gesund, schön, hatte Vermögen – ihre Großmutter mütterlicherseits hatte ihr ein Landgut in Niederbayern und ein Stadthaus im Münchener Tal vermacht –, Tante Sophie hielt es für ausgeschlossen, daß sich kein geeigneter Gatte für sie finden würde, und sie ging noch einmal, jedes Für und Wider erwägend, alle in Frage kommenden Kandidaten im Geiste durch.

Noch war Beata nicht wieder ganz genesen, als sich ein junger Mann im Hollbergschen Stadthaus meldete, der Maler Ignatz von Müllern, jüngster Sohn einer Jugendfreundin der Gräfin. Er hatte seine Studien beendet, war den ganzen Sommer lang durch Italien gewandert und kam jetzt nach München, um Mäzene zu finden. Seine Mutter vertraute ihn der Gräfin Hollberg an, damit sie ihn in die Gesellschaft einführte. Voll Begeisterung und Tatendrang stürzte Tante Sophie sich in diese neue Aufgabe, indem sie zuerst einmal damit begann, Ignatz von Müllern nach allen Regeln der Kunst auszufragen. Er war ein schöner Junge mit sonnenbraun getönter Haut und weichem, leicht gelocktem dunkelbraunem Haar, das er schulterlang trug. Seine blassen Lippen waren schön geschwungen. In Tante Sophie weckte er sofort mütterliche – und nicht nur mütterliche – Gefühle.

Es stellte sich heraus, daß er gehofft hatte, bei ihr wohnen zu können, und der Gräfin tat es leid, ihn enttäuschen zu müssen. »Ich habe eine Nichte zu Besuch, und es wäre unschicklich, euch beide unter einem Dach leben zu lassen. Aber wir werden schon eine andere Unterkunft für Sie finden.«

»Ich bin nicht anspruchsvoll«, beteuerte er.

»Das ist gut so«, sagte sie lächelnd, »Ihre liebe Mutter hat den Fehler gemacht, allzu viele Kinder in die Welt zu setzen...«

»Wir sind neun zu Hause.«

»Da kommt wohl auf den einzelnen recht wenig Vermögen.«

»Auf mich gar nichts. Meine Eltern haben mich während meiner Studien unterstützt, mehr darf ich nicht erwarten. Vor allem die Mädchen müssen versorgt werden.«

»Wenn es so ist, Ignatz, dann muß ich mich wohl nach einer guten Partie für Sie umsehen.«

»Nein, heiraten möchte ich nicht, noch nicht. Ein Künstler muß frei sein.«

»Ich würde sagen, ein Künstler muß erst einmal das tägliche Brot haben! Aber machen Sie sich keine Sorgen, wir werden schon Auftraggeber für Sie finden.«

»Wenn ich Ihnen einmal meine Arbeiten zeigen darf?« erbot er sich eilig, holte eine große Mappe aus der Garderobe und legte sie auf den ovalen Tisch des Salons.

In diesem Augenblick trat Beata ein. Sie war zwar noch verschnupft, aber als sie erfahren hatte, daß Besuch im Haus war, hatten Neugier und Langeweile gesiegt. Sie hatte sich, so gut es gehen wollte, zurecht gemacht und war hinuntergegangen. Tante Sophie machte sie bekannt. »Ignatz von Müllern... Beata von Deinharting, meine Nichte, von der ich Ihnen schon erzählt habe, Ignatz!«

Er sah sie, wie es seine Art war, mit weit offenen Augen an. Unter diesem Blick wurde Beata verlegen. »Sie dürfen mich nicht so anschauen... ich bin erkältet!«

»Sie sind sehr schön«, sagte er, und aus seinem Mund klang es nicht wie ein Kompliment, sondern eine sachliche Feststellung.

»Machen Sie die junge Dame nicht eitel«, warnte die Gräfin mit einer Spur von Eifersucht, über sie sie sich selbst ärgerte.

»Darf ich Sie einmal malen?« fragte Ignatz von Müllern, Beata immer noch nicht aus den Augen lassend.

»Brauchen Sie nicht zahlungsfähige Kunden, Ignatz?« antwortete die Gräfin an Beatas Stelle. »Junge Damen pflegen ihr Geld nicht in Bildern, sondern in Roben anzulegen.«

»Ein Künstler arbeitet nicht nur fürs schnöde Geld. Es würde mir eine Ehre und ein Vergnügen sein, das gnädige Fräulein malen zu dürfen.«

»Vielleicht«, sagte Beata, »wenn ich erst wieder besser aussehe.«

»Jetzt zeigen Sie erst einmal, was Sie bisher geschaffen haben«, drängte die Gräfin. Alle drei beugten sie sich über die geöffnete Mappe und betrachteten die Skizzen von der Italienreise, zu denen Ignatz von Müllern kurze Erklärungen gab. Dabei berührte der junge Mann mehrmals, ganz unbeabsichtigt, Beatas Arm und Schulter, und verwirrt spürte sie, wie sie ein merkwürdiges Prickeln überfiel. Sie wußte nicht, wie ihr geschah.

Natürlich ließ Ignatz von Müllern sich nicht mit Ferdinand von Tobler vergleichen – Beata versuchte es dennoch. Ferdinand von Tobler war ein ernsthafter, verläßlicher Mann gewesen, während Ignatz von Müllern ein fröhlicher Junge war, und an diesem Abend weinte Beata ihrem Verlobten nach. Es sollte das letzte Mal sein. Als Anselm Wochen später zufällig seinen Namen nannte, wurde es Beata bewußt, daß sie gar nicht mehr an ihn gedacht hatte. Ignatz von Müllern war zum Mittelpunkt ihres Lebens geworden. Er kam fast täglich ins Haus – nicht ihretwegen, darüber war Beata sich ganz klar, sondern weil er hier einen billigen Mittagstisch fand. Tante Sophie, im allgemeinen durchaus nicht großzügig, war von seinem Charme so eingenommen, daß sie stets bereit war, ihn reichlich zu bewirten. Er brachte Leben und Heiterkeit in das Heim der alten Leute, dem die Kinder längst entwachsen waren.

Was wußte er nicht alles von der weiten Welt zu erzählen! Selbst Graf Hollberg, der zynische alte Höfling, und sogar Anselm, der ganz in seine revolutionären Umtriebe verstrickt war, hörten ihm gern zu, besonders fesselte er natürlich die Damen.

Immer stärker wurde Beatas Wunsch, daß er sich ihr zuwenden möge. Aber er tat es nicht. Zwar zückte er geschwind sein Skizzenbuch, wenn sie sich das Haar einmal anders frisiert oder ein neues Spitzentuch umgeschlungen hatte, doch sie wußte sehr genau, daß seine Bewunderung nur ihrer Schönheit galt. Er schätzte sie nicht anders ein als einen farbenprächtigen Sonnenuntergang, eine aufblühende Hyazinthe oder einen malerischen alten Mann in Lumpen.

Nie verabredete er sich mit ihr, oder dachte daran sie auszuführen. Die Hollbergs hatten eine Loge im Cuvilliéstheater, und wenn sie ihn aufforderten, sie zu begleiten, kam er mit – während der ganzen Vorstellung im Hintergrund, die Figuren auf der Bühne und Zuschauer im Parkett skizzierend. Für Beata war es schon ein Sieg, daß sie ihn dahin brachte, ihr seine neuesten Versuche zur Beurteilung vorzulegen. Sie war klug genug, nicht alles begeistert zu loben, wie sie es gern getan hätte, oder eine schwächere Zeichnung kritisch zu zerlegen, was sie auch gelegentlich reizte, sondern sie fand stets den richtigen Ton sachlicher Bewunderung. So begann er, sie für eine Künstlerin zu halten.

Auf den Bällen tanzte er nicht, sondern stand, ein Glas Champagner neben sich, in einer der Fensternischen, bemüht, die Tanzenden zu zeichnen, was, wie er Beata erklärte, sehr viel schwerer war, als ein Gesicht festzuhalten; es gehörte großes Können dazu, schnelle Bewegungen auf dem Papier festzuhalten. Obwohl Beata viel darum gegeben hätte, auch einmal mit ihm zu tanzen, verzichtete sie doch darauf, huschte in den Pausen zu ihm hin und ließ sich zeigen, was er gezeichnet hatte. Ihre Tanzkarte war stets vollgeschrieben, aber manchmal entschuldigte sie sich bei einem ihrer Partner und schützte Müdigkeit vor, um Ignatz zuzusehen. Es machte sie glücklich, wenn er sie bat, weiter zu tanzen. »Ohne Sie ist das Bild nicht vollständig, Beata!«

Dann tanzte sie nur für ihn, fand Spaß daran, selbst mit dem trockensten Schreibtischmenschen zu kokettieren, nur weil sie wußte, daß er ihr dabei zusah.

Tante Sophie war gar nicht zufrieden. »Die Strichelei ist ja gut und schön, Ignatz«, meinte sie, »aber sie täten besser daran, sich um die anwesenden Damen zu bemühen und in ein vernünftiges Gespräch mit den Herren zu kommen – dann würden Sie nämlich mehr verkaufen.«

»Aber man darf doch nicht immer nur ans Verkaufen denken, Tante«, widersprach Beata, »viel wichtiger ist doch, daß ein Künstler sich entwickelt!«

»Sehen Sie, Beata versteht mich!« behauptete Ignatz von Müllern daraufhin. Tante Sophie gab sich keine Mühe, ihren Seufzer zu unterdrücken.

Beatas ganzes Sinnen und Trachten drehte sich jetzt um den jungen Maler. Was sonst in der Welt geschah, drang kaum in ihr Bewußtsein. Selbst die Nachricht, daß bei Hohenlinden, kaum zwanzig Kilometer von der Hauptstadt entfernt, Anfang Dezember eine Waldschlacht stattgefunden hatte, in der Erzherzog Johann und die Österreicher vernichtend geschlagen worden waren – eine Nachricht, die aus vielerlei Gründen in München Sensation machte – berührte sie nicht. Aber sie dankte Gott täglich, daß Ignatz von Müllern Künstler war und nach menschlichem Ermessen nie etwas mit dem rauhen Kriegshandwerk zu tun haben würde.

In Deinharting knüpfte man neue Hoffnung an dieses Geschehnis; nur ein entscheidender Sieg der Neufranken konnte ja die Befreiung des Hofmarksherrn bringen. Selbst Emanuel räumte das, wenn auch ungern, ein. Die beiden desertierten bayrischen Soldaten, die sich immer noch auf dem Gutshof aufhielten, waren ihm ein Dorn im Auge. Am liebsten hätte er sie fortgeschickt, aber er wagte es doch nicht, einen ausdrücklichen Befehl seines Vaters zu mißachten, wußte auch nicht, wo sie sich mit ihrer Truppe hätten vereinen können.

Anselm von Deinharting erfuhr nichts von der Schlacht bei Hohenlinden. Er war von einem österreichischen Militärgericht zu fünf Jahren Haft verurteilt und auf die Feste Hohensalzburg gebracht worden. Da er Edelmann war, behandelte man ihn mit Achtung. Er war keinerlei Schikanen ausgesetzt und erhielt die gleiche Verpflegung wie die Offiziere. Zum Glück hatte er daran gedacht, Geld einzustekken, so daß er sich einen Burschen leisten konnte, einen jungen Soldaten, der sich gern etwas dazuverdiente. Sein Kerker war trocken und sauber, wenn auch nicht komfortabel, und tagsüber durfte er sich, falls nicht gerade militärische Übungen stattfanden, auf dem weiten Gelände der Festung frei bewegen. Er benutzte die Gelegenheit, um sich gesund zu erhalten, und so konnte man ihn, die Hände auf den Rücken, bei Wind und Wetter rund um die Festungsmauern wandern sehen.

Als bedrückend an seiner Lage empfand er nur, daß er gänzlich von der Außenwelt abgeschnitten war. Er machte sich Sorgen um Elisabeth und die Kinder, um Beata und Anselm und schrieb ihnen immer wieder lange Briefe mit Mahnungen und guten Ratschlägen, auf die er nur ungeduldige Antworten erhielt, als wenn er dem normalen Leben schon so weit entfremdet sei, daß er das Recht verloren hätte, aus der Ferne an ihm teilzunehmen. Das Schlimmste war, daß alle Briefe durch die Zensur gingen und jede Bemerkung, die Zeitgeschehen, Politik oder militärische Ereignisse betraf, gestrichen wurde, so daß er gegen das immer stärkere Gefühl ankämpfen mußte, gleichsam in einem luftleeren Raum zu leben.

Auch verstand er oft die Welt nicht mehr. So kam es ihm höchst sonderbar vor, daß Beata so ausführlich über Malerei schrieb – lauter Weisheiten, die sie von Ignatz von Müllern aufgeschnappt hatte und die wiederzugeben ihr Vergnügen machte. Anselm von Deinharting erinnerte sich dabei an Elisabeths vergebliche Versuche, sie ans Klavier zu bringen. Er hatte sie nie für eine künstlerische Natur gehalten und fürchtete nun, daß dies jäh erwachte Interesse ein erstes Zeichen altjüngferlicher Verschrobenheit sein könnte. Auf die Idee, daß ein

Mann dahintersteckte, kam er gar nicht. So schrieb er ihr denn vorsichtig warnend zurück, daß es für ein junges Mädchen nicht gut sei, die Nase allzu tief in die Bücher zu stecken, da sie sich dadurch die Augen verderben könnte, und daß sie lieber tanzen, ausreiten und sich ihres Lebens freuen sollte. Im übrigen hätten Männer es nicht gern, wenn Mädchen sich allzu sehr in Schöngeisterei gefielen und leicht dadurch abgeschreckt würden.

Beata las den Brief mit Erbitterung und zerriß ihn sofort. Als Tante Sophie sie fragte, was der Vater denn Neues zu berichten gehabt hätte, erwiderte sie: »Nichts von Bedeutung.«

Die Gräfin Hollberg sah das Netz, in dem Beata sich verfing. Aber sie dachte, daß ihre Nichte sich einen brotlosen Künstler leisten konnte. Auch schien ihr Beata eine gute Partie für den Sohn ihrer Jugendfreundin, den man vielleicht zu seinem Glück zwingen mußte. Notfalls war sie entschlossen, das zu tun. Sie achtete sehr darauf, daß Beata sich ihm gegenüber nicht bloßstellte oder ihn so bedrängte, daß er kopfscheu wurde. Unmerklich, mit dem Geschick der erfahrenen Frau, dirigierte sie die Beziehungen der jungen Leute nach ihren Plänen.

Am Heiligen Abend war Ignatz von Müllern bei den Hollbergs eingeladen. Er kam etwas verfrüht, und als seine Ankunft gemeldet wurde, wollte der Graf hinunter, um ihn zu empfangen. Aber seine Gattin hielt ihn zurück. »Nein, du nicht«, sagte sie, »ich werde Beata schicken.«

»Und wenn sie noch nicht fertig angekleidet ist?«

»Soll er nur warten. Aber du wirst sehen, daß sie ihre Toilette in Sekundenschnelle beendigt haben wird.«

Tante Sophie hatte recht. Beata konnte gar nicht eilig genug hinunterkommen. Ungeduldig schob sie die junge Zofe beiseite, und es kümmerte sie nicht, daß ihre Frisur noch einige Bürstenstriche hätte gebrauchen können.

Ignatz von Müllern wartete in der Bibliothek, in deren offenem Kamin zur Feier des Tages ein kleines Feuer brannte. In einem der Leuchter waren Kerzen entzündet, und auf einem silbernen Tablett standen eine Flasche mit Likör, Gläser und jene kleinen süßen Kuchen, die die Hollbergs ihren Gästen anzubieten pflegten. Vorbereitungen zum Weihnachtsfest, das im Ballsaal, dem einzigen wirklich großen Raum des Hauses stattfinden sollte, waren hier nicht getroffen. »Willkommen zum Fest!« sagte sie eintretend.

Überrascht lächelte er sie an; sie war sehr schön in dem gedämpften Licht des Feuers und der Kerzen. Ihr Kleid aus blauer Seide war so tief dekolletiert, daß es einen beträchtlichen Teil ihrer glatten, jungen Haut freigab, und die Taille, die aus modischen Gründen nach oben verschoben war, brachte ihren hübschen Busen voll zur Geltung. Schmuck trug Beata nicht, denn er war der unsicheren Zeit wegen vergraben worden. Gerade daß ihr Haar ein wenig zerzaust war, gab ihrer Erscheinung etwas Ungezwungenes, Natürliches.

Er sah sie bewundernd an. »Am liebsten würde ich gleich mein Skizzenbuch zücken!«

»Doch nicht heute, Ignatz! Können Sie nicht ausnahmsweise einmal wie andere Menschen sein? Sich entspannen und die Kunst Kunst sein lassen?«

»Es fällt mir schwer, wenn ich ein so bezauberndes Modell vor mir sehe«, gestand er.

Sie verbiß sich die Frage, ob sie ihm denn nicht mehr bedeute, aus Angst, eine Antwort zu bekommen, die ihr nicht gefiel. Statt dessen sagte sie: »Ich bin froh, daß Sie früher gekommen sind als die anderen, so können wir noch ein wenig miteinander plaudern!« Sie schenkte zwei Gläser ein und reichte ihm eines. »Etwas macht mich sehr traurig...«

»Aber nicht doch!«

»Ich hatte vorgehabt, Ihnen einen langen Wollschal zu stricken, der Sie bei Ihrer Arbeit im Freien gewärmt hätte, aber die Tante hat es mir verboten, und so habe ich jetzt gar kein Geschenk für Sie!«

»Aber ich habe Ihnen etwas mitgebracht!«

»Ja, wirklich! Lassen Sie sehen!«

»Nicht jetzt! Sie müssen bis zur Bescherung warten.«

»Aber Ignatz, so grausam können Sie doch nicht sein! Wenn die anderen dabei sind, darf ich mich nicht so freuen, wie ich möchte. Sie wissen, wie streng die Tante ist.«

»Nein, nein, sonst stehe ich später mit leeren Händen da!«

»Sie brauchen es mir ja jetzt noch nicht zu geben, nur zu zeigen, damit ich mich schon darauf freuen kann! Bitte, bitte!«

Er gab nach. »Es ist sicher falsch, aber ich kann Ihnen nun einmal nicht widerstehen!« Er bückte sich und ergriff eine Skizzenmappe, die er neben einem der Bücherschränke abgestellt hatte.

Beata war froh, daß er sie nicht ansah, denn sie hatte Mühe, ihre Enttäuschung zu verbergen; gegen alle Vernunft hatte sie gehofft, daß er ihr ein kleines Schmuckstück schenken würde.

Er schnürte seine Mappe umständlich auf und holte ein Aquarell heraus, das er nach einer seiner Skizzen im Ballsaal angefertigt hatte; es zeigte Beata in einer sehr anmutigen Bewegung.

Sie trat neben ihn und rief: »Wie keck! Sehe ich wirklich so aus? Oder sehen nur Sie mich so?«

»So sind Sie, Beata!«

Später wußte sie selbst nicht, woher sie den Mut genommen hatte, aber das ungewohnte lange ersehnte Alleinsein mit ihm, die Intimität des kleinen Raumes, das knisternde Feuer, die festliche Erwartung, ihre Verliebtheit, alles das verführte sie zu einem raschen Kuß auf seinen schön geschwungenen Mund. »Danke, Ignatz«, sagte sie strahlend, »das ist das schönste Geschenk, das ich je bekommen habe.«

Die Mappe entglitt seinen Händen, und die Skizzen flatterten zu Boden, als er sie in die Arme nahm. Er war zu sehr Mann, um diesem schönen Mädchen, das ihm so nahe war, zu widerstehen. Er küßte sie mit zärtlicher Leidenschaft, und sie, die schon so lange auf einen solchen Kuß gewartete hatte, legte den Kopf in den Nacken, schloß hingegeben die Augen und öffnete ihm die Lippen. Sie fühlte, wie ihre Knie weich wurden, ihr schien, daß der Boden unter ihr schwankte.

»Oh, Ignatz!« seufzte sie, als er ihren Mund endlich freigab.

Er, der es gewohnt war, zu tändeln – mit Mädchen allerdings, die anderen Schichten angehörten –, war überrascht, ja, fast ein wenig erschreckt von ihrer Glut. Er suchte nach einem leichten Wort, das die Situation entspannen und die Dinge wieder richtigstellen sollte. Aber er kam nicht dazu, es auszusprechen, denn die Tür, die Beata, der Schicklichkeit halber, nur angelehnt hatte, wurde aufgestoßen. Tante Sophie, die Hände zusammenschlagend, trat ein. »Oh, Kinder!« rief sie. »Was für eine Überraschung!«

Ignatz, der Beatas Taille immer noch umfaßt hielt, ließ sie los, als habe er sich verbrannt. Aber es war zu spät. Die Situation war eindeutig gewesen.

»Ich gratuliere, Ihr Lieben!« Tante Sophie drückte ihre schmalen Lippen erst auf Beatas, dann auf Ignatz von Müllerns Wange. »Sie Schlingel!« sagte sie und gab ihm einen leichten Schlag mit dem Fächer. »Hätten Sie nicht zuerst mit mir oder meinem Gatten sprechen sollen? Weiß wenigstens der Bruder dieser jungen Dame davon?«

»Nein, ich...«, stammelte Ignatz von Müllern und versuchte in seiner Verlegenheit, die Skizzen wieder einzusammeln.

»Ah, ich weiß schon! Sie dachten, der direkte Weg ist der beste! Nun, es ist auch meine Schuld, ich hätte besser auf Sie beide aufpassen sollen... so eine Überraschung, noch dazu am Heiligen Abend! Wie wird sich Ihre Mutter freuen, Ignatz! Ich darf Ihnen verraten, daß es seit langem ihr geheimer Wunsch war, daß Sie ein gutes und schönes Mädchen finden würden! Und das ist sie ja, unsere Beata!«

Als Graf Hollberg die Bibliothek betrat, rief seine Frau: »Denk dir nur, Anton, die Kinder haben sich verlobt! Eine solche Überraschung! Du mußt ein paar Flaschen Champagner aus dem Keller holen lassen, damit wir anstoßen können!«

Der junge Anselm wurde gemeldet, danach trafen die Töchter, Schwiegersöhne und Enkelkinder der Hollbergs ein, erfuhren die große Neuigkeit und durften gratulieren. Strahlend vor Glück ließ Beata sich feiern, und niemand achtete darauf, daß Ignatz von Müllern beinahe verstört wirkte. Alle fanden es nur natürlich, daß es ihn verwirrte, mit einem Mal im Mittelpunkt der großen Familie zu stehen. In Wahrheit begriff der junge Mann nicht, wie ihm geschehen war. Er hatte nie vorgehabt, sich mit Beata zu verloben, aber er mußte erkennen, daß jetzt nicht der Augenblick war, zu protestieren. So ließ er denn die Feier über sich ergehen, fest entschlossen, die erste Gelegenheit zu nützen, um sich aus dieser ungewollten Bindung zu lösen. Aber es bot sich ihm keine Gelegenheit. Beata und er waren ein schönes Paar, und alle hielten es für abgemacht, daß sie bald heiraten würden.

Die jungen Leute blieben jetzt genau so wenig allein wie vor der Verlobung, aber Beata erhob nun einen Besitzanspruch auf ihn und machte eifrig Pläne für die Zukunft. Mit Ignatz und der Gräfin fuhr sie ins Tal, um das Haus zu besichtigen, das ihr gehörte, ein gut erhaltenes zweistöckiges Bürgerhaus mit einer Schreinerwerkstatt im Erdgeschoß. Sie kündigten der Familie im ersten Stock und baten sie, spätestens bis zum nächsten Herbst auszuziehen. Sie hatten es eilig mit dem Heiraten, wenn auch die Tante und der Bruder meinten, daß das erst nach der Freilassung des Vaters geschehen dürfte. Die Wohnung war hell und luftig, die Mansarde konnte zum Atelier ausgebaut werden.

Ignatz von Müllern gefiel das Haus, er gewöhnte sich allmählich an die Vorstellung, hier mit Beata zu leben. Diese Heirat, das begriff er nun, würde ihn aller Geldsorgen entheben. Von dem Landgut in Niederbayern, das sie mit dem Schlitten besuchten, würden die Nahrungsmittel für das tägliche Leben kommen, und aus der Schreinerwerkstatt das nötige Kleingeld. Dennoch wagte er einmal, als er mit der Gräfin allein war, eine Andeutung darüber, daß er ungewollt in diese Verlobung hineingeraten war.

»Aber seien Sie doch nicht so undankbar«, erhielt er zur Antwort, »eine bessere Partie wäre für Sie gar nicht denkbar. Wir wollen doch einmal ehrlich sein... was haben Sie denn schon zu bieten?«

»Es ist nur so«, sagte er gequält, »daß ich eigentlich überhaupt noch nicht heiraten wollte.«

»Das hätten Sie sich vorher überlegen müssen!«

»Aber man kann mich doch nicht wegen eines einzigen Kusses...«

Die Gräfin wurde ärgerlich. »Sie wollen die Verlobung lösen? Ich kann Sie nicht daran hindern, Ignatz, aber ich müßte – so leid mir auch Ihre liebe Mutter täte – meine Hand von Ihnen abziehen.«

»Daß ich die Verlobung lösen will, habe ich ja gar nicht gesagt.«

»Um so besser. Sie täten Beata damit nämlich ein großes Unrecht an, und ihr Bruder wäre gezwungen Sie zu fordern. Also überlegen Sie sich gut, was Sie tun.«

»Das weiß ich eben nicht genau«, mußte er zugeben, »ich hatte gehofft, Sie würden mir helfen.«

»Das habe ich ja schon getan, nicht wahr? Warum, glauben Sie, habe ich diese Verlobung zustande gebracht? Um Ihretwillen, Ignatz. Ich wette, mein Bruder wird durchaus nicht erfreut sein, einen mittellosen jungen Künstler zum Schwiegersohn zu bekommen. Sie legen sich mit dieser Heirat ins gemachte Bett und können sorglos Ihrer Kunst leben. Was wollen Sie mehr?«

Darauf wußte Ignatz von Müllern keine Antwort. Es wäre ihm auch gar nicht mehr leicht gefallen, sich von Beata zu trennen, selbst wenn sich ihm ein Ausweg geboten hätte. Er wäre kein Mann und kein

Künstler gewesen, wenn ihre leidenschaftliche Anbetung seiner Person und ihr nie nachlassendes Interesse für seine Arbeit ihm nicht wohl getan hätten. Beata ahnte nichts von seinen Zweifeln und hätte sie auch nicht gelten lassen. Sie wollte glücklich sein.

Auf Schloß Deinharting löste die Nachricht von Beatas Verlobung eher Erstaunen als Freude aus. Ein Künstler schien weder zu Beata noch in die Familie zu passen. Und glücklich war sie? Wie sonderbar, da sie doch den anderen so geliebt hatte. Man gratulierte mit Zurückhaltung, aber immerhin gab diese Verlobung Gesprächsstoff.

Am 17. März setzten bei Elisabeth die Wehen ein. Obwohl sie versuchte, sich nichts anmerken zu lassen, um die Kinder nicht zu beunruhigen, ließ Antoinette sofort anspannen, um die Schwarzböckin zu holen. Kurz vor Mitternacht kam der kleine Nachkömmling auf die Welt, ein kräftiges Mädchen mit einem dicken schwarzen Haarschopf und tiefblauen Augen, die später Elisabeths klares Grau annehmen sollten.

Gleich am nächsten Tag trug Antoinette die Kleine als Patin in der Schloßkapelle zur Taufe; wie es damals üblich war, erhielt sie eine ganze Reihe schöner Namen, sie sollte nach dem Tag ihrer Geburt Christine gerufen werden. Die Kinder bestaunten das kleine Wesen. Weder Auguste noch Thomas hatten Elisabeth so nahe gestanden, daß sie sich jetzt zurückgesetzt gefühlt hätten. Sie nahmen Christine vorbehaltlos als Schwester auf.

Elisabeth konnte es nicht fassen, ein kräftiges Kind so mühelos auf die Welt gebracht zu haben. Christines Hilflosigkeit erfüllte sie mit Zärtlichkeit, ihr Temperament erschreckte sie. Für die Kleine gab es vorerst nur drei Beschäftigungen: sie schlief, trank oder schrie so andauernd und durchdringend, daß Elisabeth die Hebamme noch einmal kommen und das Kind untersuchen ließ.

Aber die Schwarzböckin fand alles in Ordnung. »Es schreit, weil es lebt«, sagte sie.

»Wenn ich sie hochnehme, hört sie damit auf.«

»Ja, und nachher schreit sie nur um so kräftiger.«

»Das stimmt!«

»Lassen Sie sie schreien, das ist gesund!«

Auch Friedrich König, der sich Christine auf Elisabeths Wunsch hin ansah, bestätigte, daß sie gesund war. »Ausgezeichnete Lungen!« meinte er anerkennend. Bald hatte man sich im Schloß an Christines Gebrüll gewöhnt. Sie wurde nur ruhig, wenn man sich mit ihr beschäftigte.

Auf Parbleu hatte Christines Schreien eine ganz besondere Wirkung. Seit der Hofmarksherr fort war, war er unruhig gewesen und hatte, die Nase auf dem Boden, nach ihm gesucht, war bei jedem einreitenden Pferd, jeder Kutsche und jedem Schlitten in den Hof gestürmt, in der Erwartung, seinen Herrn begrüßen zu dürfen. Wenn er schlief, überfielen ihn Alpträume, in denen er in hohen Tönen jaulte, so daß man ihn wecken und beruhigen mußte.

Christines Geschrei faßte er anscheinend als Signal auf. Sobald sie damit begann, begehrte er kratzend Einlaß in Elisabeths Schlafzimmer und legte sich neben die Wiege. Wenn jemand sich der Kleinen näherte, stand er mißtrauisch auf. Er schien sich als Beschützer des Kindes zu fühlen, und seine bösen Träume wurden seltener, nachdem er eine neue Aufgabe gefunden hatte.

Auch Anselm von Deinharting erhielt die Nachricht von Beatas Verlobung. Er wunderte sich, daß ihn die Neuigkeit nur wenig berührte. Er kam sich seiner Familie schon entfremdet vor, und sein Herz schien ihm leer und ausgebrannt. Zwar hätte er sich für Beata einen solideren Heiratkandidaten gewünscht, aber die Sache schien ihm nicht wichtig genug, um dagegen zu protestieren, wie er es unter normalen Umständen gewiß getan hätte. Auch wurde ihm seine Machtlosigkeit voll bewußt. Wie immer er auch reagierte, als Gefangener hatte er keinen Einfluß mehr auf das Tun und Lassen der Seinen. So rang er sich denn eine Gratulation ab, die er selbst als steif und viel zu wenig herzlich empfand, aber er konnte beim besten Willen keine wärmeren Worte finden.

Er war aufs Äußerste überrascht, als sein Wärter, nachdem er ihn schon für die Nacht eingeschlossen hatte, noch einmal zurückkam, um ihm einen Besuch zu melden. Anselm von Deinharting, der sich auf seiner Pritsche ausgestreckt hatte – der einzige hölzerne Stuhl war sehr unbequem –, fuhr hoch. »Besuch? Er scherzt wohl!«

Der Wärter schüttelte den Kopf. »'s ist eine Dame.«

»Meine Frau?«

»Das wohl nicht. Die Dame hat Protektion von den ganz großen Herren.« Er blieb in der Tür stehen und gab Anselm von Deinharting, den er wegen seiner Großzügigkeit schätzte, Gelegenheit, seine Kleidung zu ordnen und sich mit dem Kamm durch das noch immer dichte braune Haar zu fahren. Der Gefangene strich sich prüfend mit der Hand über das Kinn. »Rasieren sollte ich mich auch!«

»Soviel Geduld wird die Dame nicht haben!« Der Wärter trat in den dunklen Gang zurück. »Sie können jetzt kommen, gnädige Frau!«

Da die Kammer, in der Anselm von Deinharting hauste, nur durch den matten Schein eines schwachen Ofenfeuers erhellt wurde, erkannte er die unerwartete Besucherin nicht sogleich. Aber ihre ein wenig heisere Stimme rief erregende Erinnerungen in ihm wach: Eine schlanke Frau, deren Haar unter einer Pelzkappe von einem geradezu dramatischen Schwarz war; die Augen unter den dichten gebogenen Wimpern wirkten wie abgrundtiefe Brunnen in dem schmalen Gesicht. Seltsam schüchtern blieb sie an der Tür stehen. »Lucille!« rief er überwältigt.

»Freust du dich?« fragte sie unsicher mit einem zitternden Lächeln.

»Was für eine Frage!?« rief er.

Sie drückte dem Wärter ein Geldstück in die Hand. »Schließen Sie uns ein! Ich werde klopfen, wenn ich gehen will«, befahl sie in einem recht gebrochenen Deutsch. Der Mann zog sich zurück.

»Aber woher wußtest du...?« fragte Anselm von Deinharting, »und wie kommst du hierher?«

Lucille streifte den Muff ab und reichte ihm beide Hände. »Genügt es dir nicht, daß ich bei dir bin?« Seit sie mit ihm allein war, bediente sie sich wieder ihrer Muttersprache.

»Aber ich verstehe nicht...«

»Ich lebe in Salzburg, Anselm, schon seit einiger Zeit. Was ist daran so ungewöhnlich? Und daß ein großer, stattlicher Hofmarksherr hier gefangengehalten wird, konnte wohl kaum ein Geheimnis bleiben. Sag, weshalb hast du dich duelliert?«

»Das ist doch jetzt ganz unwichtig! Warum hast du Deinharting verlassen? Ohne jedes Wort?«

»Ohne jedes Wort?« wiederholte sie und ihre schwarzen Augen schienen plötzlich durch ihn hindurchzusehen. Er ahnte nicht, daß sie an jenen Abschiedsbrief dachte, in dem sie ihm ihre geringe Herkunft und Schuld bekannt und den sie schon tausendmal bereut hatte. Erleichtert begriff sie, daß Antoinette ihn vernichtet haben mußte. Sie fand in die Gegenwart zurück. »Ist das denn von Belang?« Mit einer anmutigen und ganz selbstverständlichen Bewegung schmiegte sie sich an seine Brust. »Wir haben uns wieder... alles andere...!«

Noch zögernd küßte er sie, aber ihre Leidenschaft entzündete ihn sofort. Seine Hände glitten unter den schwarzen, weichen Pelz, den sie trug, ihr Körper bog sich ihm entgegen. Noch einmal löste sie sich von ihm, und es war, als würde sein Leben wieder leer. Aber sie breitete nur ihren Mantel über die Pritsche und zog sich dann, während er sie ansah und jede Einzelheit ihres Körpers wieder entdeckte, ohne Scham vor ihm aus. Dann lag sie auf dem schwarzen Fell. »Komm!« bat sie heiser. »Worauf wartest du?«

»Der Wärter....«

»Du meinst, er könnte spionieren? Laß ihm den Spaß. Was geht uns der Wärter an!«

So schnell wie noch nie streifte er seine Kleidung ab und war bei ihr. Sie nahmen einander mit jener glühenden Leidenschaft, wie er sie nie im Leben für eine andere Frau empfunden hatte, und liebten sich bis zur völligen Erschöpfung. Endlich fanden sie Ruhe, einer in den Armen des anderen. Sie schlief ein, mit offenem Mund, schnarchte sogar ganz leise. Ihr Körper roch nach Schweiß, und wie schon früher entdeckte er, daß sie im Grunde nicht schön war mit der gelblichen Haut, dem schmallippigen Mund, dem spitzen Kinn und den Pockennarben an der Schläfe. Dennoch war sie eine Frau, die ihm Himmel und Hölle bereiten konnte. Er begriff nicht mehr, wie er ohne sie gelebt hatte. Sicher hatte sie auch hier in Salzburg einen Geliebten – oder mehrere? –, aber er empfand nicht die mindeste Eifersucht bei dieser Vorstellung. Er war sicher, daß er für sie der einzige Mann auf der Welt war, der zählte.

Mit einem kleinen Ruck wachte sie auf. »Ich muß gehen!«

»Schon?«

Sie küßte ihn sanft. »Ja, Geliebter! Aber ich komme wieder!« In der Wasserschüssel, die er auf den Ofen gestellt hatte, wusch sie sich, trocknete sich mit seinem Handtuch ab, zog sich mit behenden Griffen an und ordnete ihr schwarzes Haar. Dann schlüpfte sie in ihren Pelz. »Bleib liegen! Ich werde zusehn, daß der Wärter die Tür nur einen ganz kleinen Spalt öffnet.« Sie küßte ihn noch einmal.

»Wann kommst du wieder?«

»Bald!« Sie klopfte an die Tür, und der Wärter war so bald bereit sie hinauszulassen, daß man annehmen konnte, er habe durch das Guckloch geschaut; mit Sicherheit hatte er gelauscht.

Anselm von Deinharting blieb allein zurück. Frierend hüllte er sich in seinen Mantel, der sich nicht mit Lucilles Pelz vergleichen ließ, und entschloß sich, noch einige Scheite auf das Feuer zu legen. Aber auch als es aufprasselte, wurde ihm nicht wärmer. Nur kurz war es Lucille gelungen, sein Leben zu erhellen. Kaum hatte sie ihn verlassen, da senkte sich der graue Schatten der Melancholie wieder über seine Seele.

Am nächsten Morgen schien ihm Lucilles Besuch traumhaft, und da Träume sich selten wiederholen, konnte Anselm von Deinharting sich kaum vorstellen, daß sie je wieder in seiner spartanisch eingerichteten Kammer auftauchen würde. Er redete sich ein, daß diese einmalige Begegnung ihm genügen mußte und eine Wiederholung nicht wieder einen solchen Höhepunkt bringen konnte. Vergebens. Von Beginn des nächsten Abends an war er nur noch gespannte Erwartung. Er versuchte, seinen Wächter und den jungen Diener auszufragen, aber der Diener wußte gar nichts, und der Wärter ließ sich außer geheimnisvollen Andeutungen nichts entlocken.

In der Nacht schlief er schlecht, und am Tag mußte er sich zwingen, seinen Rundgang über die Festungsmauern aufzunehmen; es zog ihn immer wieder zum Haupteingang zurück, und wenn er sich mit größter Willensanstrengung von ihm entfernte, beschleunigte er seinen Schritt, ja, endlich lief er fast, um sie nur ja nicht zu versäumen. Doch es dauerte Tage, und er hatte die Hoffnung fast aufgegeben, bis Lucille wiederkam, in ihren schwarzen, bodenlangen Pelz gehüllt, diesmal mit einem verdeckten Korb, in dem sie allerlei Delikatessen mitbrachte; sogar eine kleine Flasche Obstler hatte sie nicht vergessen. Doch er machte sich über die lang entbehrten Köstlichkeiten erst her, nachdem er sie leidenschaftlich geliebt hatte, mit einer Inbrunst, als müßte er sich ihrer Gegenwart erst körperlich versichern, ehe er an sie glauben konnte.

Von da an besuchte sie ihn immer wieder, doch nicht regelmäßig, so daß er sich ihrer niemals sicher sein konnte. Er wagte nicht, sie zu fragen, was sie davon abhielt, täglich zu ihm zu kommen, denn er dachte sich, daß sie Verpflichtungen einem anderen Mann gegenüber hätte. Ihre Besuche stellten die Lichtblicke in seinem öden Gefangenendasein dar, das ihm nach dem Abschied von ihr nur noch düsterer und monotoner erschien. Einmal, als sie sich geliebt hatten, stützte sie sich auf ihren Ellbogen und blickte ihm forschend ins Gesicht. »Du bist nicht glücklich hier«, stellte sie ruhig fest.

»Wie könnte ich!«

»Auch nicht, wenn ich bei dir bin?«

»Mir fehlt die Freiheit.«

Sie fuhr mit dem Zeigefinger die Umrisse seiner Lippen nach. »Die Freiheit ist dir also mehr wert als meine Liebe?«

»Deine Fragestellung ist falsch.«

»Das verstehe ich nicht.«

»Freiheit und Liebe lassen sich nicht vergleichen... wirklich lieben kann nur ein freier Mann.«

»Ich bin froh, daß ich dich hier habe, wo du mir nicht weglaufen kannst«, gestand sie lächelnd.

»Daran tust du unrecht. Wie glücklich könnten wir beide in Deinharting sein!«

Sie dachte lange über diese Behauptung nach, dann fragte sie zögernd: »Könnten wir? Könnten wir wirklich?« Sie fuhr ihm durch das braune Gelock auf seiner Brust. »Unter den Augen deiner gelieben Frau?«

»Du solltest nicht über meine Gefühle spotten.«

»Und du solltest nicht von einem Leben ohne mich träumen.«

»Das tu ich auch gar nicht.« Er legte den Arm um ihre schmale Schulter und zog sie an sich. »Was ich mir erträume, ist etwas ganz anderes... ein Leben in Freiheit mit dir.«

»Das kann es wohl nicht geben. Erinnerst du dich, wie ich dich damals, als ich noch im Dragonerhaus lebte, gedrängt habe, dich von deiner Frau zu trennen? Du konntest und wolltest es nicht.«

»Damals lagen die Dinge auch anders.«

»Wirklich?« Sie richtete sich auf, um ihm ins Gesicht zu sehen.

»Ja. Ich kann dir das nur schwer erklären, aber ich fühle mich Elisabeth gegenüber nicht mehr verpflichtet.«

»Hast du dich ihretwegen duelliert?«

»Ja«, gab er zu.

Um einen spöttischen Kommentar zu unterdrücken, preßte sie die Lippen zusammen und ließ sich wieder an seine Brust sinken; sie begriff, daß er in diesem Punkt empfindlich war und wollte nichts verderben. »Du wärst jetzt also ernsthaft bereit, deine Ehe annullieren zu lassen?« fragte sie, als sie sich wieder gefaßt hatte.

»Ja.«

»Aber dann...«, sie sah ihm ganz nah in die Augen. »...dann steht unserem Glück ja nichts mehr im Wege!«

»Nur, daß ich nicht Herr meiner Entschlüsse bin!«

»Daß du gefangen bist, meinst du? Aber das bedeutet doch nichts! Ich kann dich hier herausholen, genau so wie ich dich besuchen kann! Oder glaubst du mir etwa nicht?«

»Doch«, sagte er, »dir traue ich alles zu!«

Sie lachte. »Das klingt ein bißchen merkwürdig!« Sie setzte sich auf, nahm die Weinflasche, die neben der Pritsche auf dem Boden stand und führte sie zum Mund; dabei legte sie den Kopf in den Nacken, und ihm war, als könnte er die rote Flüssigkeit durch ihre zarte Kehle rinnen sehen.

»Du könntest mich befreien?« vergewisserte er sich.

Sie wischte den Hals der Flasche ab, bevor sie sie ihm reichte. »Wenn du mich recht schön bittest.«

Er rollte sich auf die Seite, um zu trinken. »Aber es würde nichts nützen. Sie würden mich wieder holen.«

»Nicht, wenn du erst einmal über die Grenze bist. Die Kaiserlichen haben Bayern längst verlassen.«

Jetzt erst wurde die ersehnte Freiheit für ihn zu greifbarer Wirklichkeit; jäh setzte er sich auf. »Ist das wahr?«

»Aber ja.«

Er packte sie bei den Schultern. »Was weißt du noch?«

»Nichts. Du weißt, ich interessiere mich nicht für Politik.« Sie runzelte die Stirn. »Oder doch, Frankreich und Österreich haben wieder einmal einen Waffenstillstand beschlossen. Kann das sein? Um Weihnachten herum. Nachdem Erzherzog Johann und seine Österreicher bei Hohenlinden geschlagen worden sind. Das weißt du doch?«

»Nein, auch nicht. Und was ist mit Bayern?«

Sie zuckte die schmalen Schultern. »Keine Ahnung. Die Österreicher stehen jedenfalls nicht mehr dort. Du kannst also heim.«

Er legte ihr die Hand unter das Kinn. »Du würdest das für mich tun? Du würdest mir hier heraushelfen?«

»Wenn du versprichst, mich zu holen! Denk daran, daß ich dir einen Sohn geboren habe!«

»Das habe ich keinen Augenblick vergessen!«

Sie schlang die Arme um seinen Hals und schmiegte sich eng an seine Brust. »Wir gehören zusammen, Anselm«, flüsterte sie mit ihrer heiseren Stimme, »du darfst dich nicht länger dagegen sträuben!«

Er hatte nicht geglaubt, sie in dieser Nacht noch einmal lieben zu können, aber die greifbare Nähe der Freiheit ließ ihn wieder jung und stark werden, wie in seinen besten Jahren.

»Wie glücklich werden wir zusammen sein«, stöhnte sie, »oh, wie glücklich!«

Als der Rausch vorüber war, fragte er sie: »Wirst du auch keine Schwierigkeiten meinetwegen haben?«

Sie lächelte zu ihm auf. »Du unterschätzt dich! Was bedeutet den Österreichern in diesen Zeiten schon ein gefangener Hofmarksherr? Sie werden keinen Gedanken an dich verschwenden!« –

Tatsächlich gelang die Flucht so mühelos, wie Lucille es versprochen hatte. Drei Tage später fand er die Tür des Kerkers nach Mitternacht offen. Er hatte sein Bündel gepackt und schlich sich ins Freie. Die tintenschwarzen Mondschatten ausnutzend, schlich er zu jener Stelle der Festungsmauer, die Lucille ihm bezeichnet hatte. Er wartete, bis der wachhabende Soldat, sein Gewehr geschultert, in Richtung Haupttor abmarschierte. Dann schwang er sich über die Brüstung und kletterte an dem baumelnden Strick in den Wald vor der Stadt hinab, sprang die letzten Meter hinunter und bahnte sich seinen Weg. Die Schneeflocken, die ihm ein starker Nordwestwind ins Gesicht blies, kümmerten ihn nicht; wenn sie auf seinen Lippen zergingen, meinte er, den Geschmack der Freiheit zu spüren.

In einem vom Stadttor nicht einzusehenden Winkel stand ein Pferd angepflockt; es zitterte vor Kälte, obwohl sein Rücken mit einer dicken Decke geschützt war. Anselm von Deinharting nahm sie ab, legte sie sich um die Schultern und schnallte seinen Mantelsack hinten auf. Dann schwang er sich in den Sattel und ritt, immer den Mondschatten nutzend, in Richtung Bayern davon. Es war gut, daß er sich im Grenzgebiet auskannte und schon das eine oder andere Mal, einem Stück Wild folgend, auf der Jagd nach Österreich hinübergewechselt war. Er hielt auf die Berge zu und erreichte, unbehindert, in der Frühe des nächsten Morgens seine Hofmark. Er hätte nicht zu sagen gewußt, was ihn glücklicher machte, das Gefühl wieder frei oder wieder daheim zu sein.

Auf Deinharting verursachte die unerwartete Rückkehr des Hofmarksherrn eine kleine Sensation. Knechte, Mägde, die Bediensteten und Angehörigen der Familie liefen zusammen, um ihn zu empfangen. Elisabeth begrüßte ihn mit zitternder Freude. Nur Emanuel, der sich schon in seine Rolle als Hausherr eingelebt hatte, fühlte sich irritiert.

Anselm von Deinharting erschienen alle auf seltsame Weise vertraut und gleichzeitig fremd. In der Zeit der Verbannung hatte er jedem einzelnen Eigenschaften hinzugefügt, die nicht der Wirklichkeit entsprachen und die er jetzt wieder korrigieren mußte. Das Bild, das er sich von Thomas gemacht hatte, entsprach am wenigsten der Wirklichkeit. In Lucilles Armen hatte er davon geträumt, mit ihr und seinem jüngsten Sohn eine echte Familie zu bilden. Aber den wahren Thomas empfand er, wie auch schon früher, als Herausforderung. Der klare Blick seiner schwarzen Augen, seine gerade Haltung und große Ernsthaftigkeit, alles das schien dazu angetan, sein eigenes Leben in Frage zu stellen. Noch war er, daran bestand kein Zweifel, das Idol des Jungen, aber ohne es sich einzugestehen, fürchtete er, von seinem

Piedestal heruntergestoßen zu werden, wenn Thomas erst erkannte, wie er wirklich war. Jetzt ließ der Junge es sich nicht nehmen, sein Pony zu besteigen und mit »Monsieur« in die letzten Winkel der Hofmark zu reiten, um nach dem Rechten zu sehen und alle wissen zu lassen, daß der Herr wieder da war.

Parbleu schloß sich ihnen nicht an. Er hatte Anselm von Deinharting zwar freudig begrüßt, sich dann aber doch entschlossen, seiner neuen Aufgabe treu zu bleiben und Christine zu bewachen. Die Kleine war inzwischen abgestillt und aus Elisabeths Schlafzimmer verbannt worden. Um so wichtiger schien es Parbleu, sie zu beschützen. Der Hofmarksherr fragte nicht nach ihr, und Elisabeth wagte nicht, ihn zu ihr zu führen.

Luitgard aus dem Wege zu gehen, die ihn mit glänzenden Augen begrüßte und sich ihm am liebsten gleich in die Arme geworfen hätte, war so leicht, daß er sich dessen schämte. Er brauchte nur Baptist mit der Aufgabe zu betreuen, ihm das heiße Wasser für sein Bad heraufzubringen, und schon mußte sie verstehen. Er wußte, daß er sie verletzte, und er fühlte sich dabei nicht wohl – sie hatte ihm über schwere Zeit hinweggeholfen, er verdankte ihr viel –, aber jetzt, da Lucille zu ihm zurückgefunden hatte, konnte keine andere Frau in seinem Leben eine Rolle spielen.

Sobald er sich wieder zu Hause fühlte, begann er Briefe zu schreiben – an Anselm, dem er gut gemeinte, sehr vorsichtig formulierte Ratschläge gab, an Beata, die er aufforderte, wieder nach Hause zu kommen und ihm ihren Verlobten vorzustellen, an seinen Schwager, dem er seine Flucht – nicht ganz der Wahrheit gemäßt – schilderte und den er nach den neuesten Ergebnissen fragte, und an Montgelas, von dem er sich allerdings keine Antwort erhoffte.

Aber Montgelas schrieb. Er beglückwünschte Anselm von Deinharting zu seiner Heimkehr und ließ ihn auf sehr verklausulierte Art wissen, daß Max Josef Befehl gegeben hatte, die Reste der bayrischen Truppen mit denen des Herzog Wilhelm in der Oberpfalz zu vereinen. Am 17. Januar hatte er Moreau mitteilen können, daß die bayrischen Regimenter nun von den österreichischen völlig getrennt seien. Daran hatten auch die Proteste Erzherzog Johanns nichts ändern können und das Angebot der Engländer durch Drake, neue Hilfsgelder zu schikken. Montgelas hatte die Engländer auf die Möglichkeit eines neuen Sonderfriedens zwischen Frankreich und Österreich hingewiesen, denn schon seit Ende November verhandelte Napoleons Bruder Joseph in Lunéville mit Kobenzl, dem neuen Berater des österreichischen Kaisers Franz, der schon im vergangenen Herbst, wenigstens pro forma, den Minister Thugut abgesetzt hatte.

Anselm von Deinharting begriff, daß Bayern im Begriff stand, sich aus der österreichischen Umklammerung zu lösen und nahm an, daß es Neutralität anstrebte – aber konnte in kriegerischen Zeiten wie diesen, in denen ganz Europa in Aufruhr war, irgend ein Land sich erlauben, neutral zu bleiben?

Emanuel fühlte sich, seit der Vater wieder zu Hause war, nicht mehr wohl auf Deinharting, und da seine Wunde verheilt war und er nur noch kaum merklich hinkte, faßte er den Entschluß, sich zu seinem Regiment zurückzumelden. Der Hofmarksherr konnte die beiden Deserteure, die sich als brave Burschen erwiesen hatten, überreden, ihn zu begleiten, indem er ihnen versicherte, daß ein Einsatz unter österreichischem Oberbefehl nicht mehr in Frage käme. Kaum waren sie fort, als die Nachricht vom Frieden in Lunéville nach Deinharting drang. Dieser Frieden war eine krasse Besiegelung der österreichischen Niederlage auf Kosten der deutschen Länder. Frankreich erhielt das gesamte linke Rheinufer – die enteigneten Fürsten sollten, wie auch der Großherzog von Toskana und der Herzog von Modena, durch Ländereien auf dem rechten Rheinufer entschädigt werden. Wie das geschehen sollte, wurde nicht ausdrücklich gesagt, aber Anselm von Deinharting wußte, daß das nur auf Kosten der Kirche geschehen konnte, in deren Hände mehr als vierzig Prozent bayrischen Grund und Bodens lagen.

Österreich trat den Breisgau, Belgien und die Lombardei an Frankreich ab und erhielt Venedig bis zum Etsch, Istrien und Dalmatien. Es war kaum zu glauben, daß eine solche Abmachung getroffen werden konnte, aber sie wurde es doch; Preußen, schlecht gerüstet, und Rußland, das noch nicht erkannte, daß auch seine Interessen auf dem Spiel standen, stimmten zu.

Für Bayern brachte dieser seltsame Friedensschluß zuerst eine Erleichterung. Am 12. März 1801 zogen die Franzosen aus München ab, und noch am Abend des gleichen Tages rückte Herzog Wilhelm mit seinem Stab, als Vertreter des Kurfürsten, ein.

Der größte Teil der Münchner Bevölkerung war erleichtert. Waren die Franzosen als Besatzer auch leicht zu ertragen gewesen und hatte man recht freundschaftlich mit ihnen verkehrt, so war es eben doch ein besseres Gefühl, wieder unter sich zu sein und sich frei fühlen zu dürfen. Nur die Gruppe jener Revolutionäre, die gehofft hatten, den ungeliebten Kurfürsten durch die Franzosen loszuwerden, und eine bayrische Republik schaffen zu können, reagierten verstört. Der junge Anselm von Deinharting konnte es nicht fassen, daß alles zu Ende sein sollte. Herzog Wilhelm in München, das bedeutete, daß es nicht mehr lange dauern würde, bis auch die kurfürstliche Familie, die sich während der Besatzung in Amberg und Bayreuth aufgehalten hatte, wieder einziehen würde.

Alle Vorsichtsmaßnahmen außer acht lassend, suchte der junge Anselm seinen Mentor daheim auf. Der Anführer der Revolutionäre wohnte gut bürgerlich im eigenen Haus, einem zweistöckigen Bau, weiß gekalkt mit grünen Fensterläden, in der Neuhauser Straße, gleich hinter dem Karlstor. Utzschneider, der gehobene Beamte, frühstückte noch gemächlich seinen Milchkaffee mit frischen Semmeln, als der junge Anselm ihm gemeldet wurde und empfing ihn recht ungnädig, mit einem Blick auf die Uhr. »Sie sollten doch um diese Zeit längst in Ihrem Amt sein!«

»Mein Amt!« rief Anselm. »Was kann mir das jetzt noch nützen!«

»Nun, zumindet verschafft es Ihnen das tägliche Brot!«

»Wie lange noch!? Wenn Max zurückkommt, fliegt alles auf!«

»Warten wir das erst einmal ab.« Utzschneider bot Anselm mit einer Handbewegung einen Platz an.

Aber der junge Mann blieb stehen. »Wie können Sie nur so ruhig sein! Glauben Sie denn, daß wir unentdeckt geblieben sind? Sie haben doch offizielle Verhandlungen mit den Neufranken geführt...«

»Allerdings!« Utzschneider tauchte ein Stück Semmel in seinen Kaffee. »Aber ohne Ergebnis!«

»Kommt es darauf an? Man wird es dem Kurfürsten mit Gewißheit hinterbringen, man wird uns unserer Ämter entheben...«

»Da bin ich gar nicht so sicher«, fiel Utzschneider ihm ins Wort, »ich glaube nicht, daß Max es sich überhaupt erlauben kann, zuzugeben, daß Menschen in seinem Staat sein Gottesgnadentum anzweifeln.«

»Er wird uns vielleicht sogar in den Kerker werfen lassen!«

»Dann«, sagte Utzschneider mit einem ruhigen Lächeln, »leiden wir doch immerhin für eine gute Sache.«

»Sie dürfen sich nicht über mich lustig machen!« rief Anselm verzweifelt. »Sagen Sie mir lieber: was soll ich tun?«

»Vorerst einmal nichts. Da es uns nicht gelungen ist, den Hof und seine Schranzen los zu werden, als Gelegenheit dazu war, können wir jetzt nicht mehr tun.« Er lächelte sarkastisch. »Oder was schlagen Sie vor? Ein Attentat? Das würde gar nichts nützen. Man würde den jungen Ludwig zum Kurfürsten machen, und Herzog Wilhelm und Montgelas würden für ihn weiter regieren... wie gehabt.«

»Wie können Sie so ruhig sein?« fragte Anselm. »Begreifen Sie denn nicht den Ernst der Situation?«

»Nein, wahrhaftig nicht. Es gehen große Dinge in der Welt vor, da ist es doch nicht wichtig, wenn unsere kleine Sache scheitert.«

»Aber für mich bedeutet es das Ende! Selbst wenn man mich nicht entläßt, nicht einkerkert... an eine Karriere in diesem Land ist für mich doch nicht mehr zu denken!«

»Mein lieber junger Freund, das hätten Sie sich früher überlegen müssen. Wenn Sie in diesem Staatsgebilde Karriere machen wollten, dann hätten Sie sich anpassen und liebedienern müssen, anstatt die Regierung stürzen zu wollen.«

»Ich hoffe, es würde glücken!«

»Und Sie wären dann einer der großen Männer unserer jungen bayrischen Republik geworden? Nein, bitte, lassen Sie Ihren Degen, wo er ist. Ich mache Ihnen ja gar keinen Vorwurf aus dieser Haltung, im Gegenteil, ein bißchen Eigennutz macht den Idealismus ja erst menschlich.« Utzschneider widmete sich wieder seinem Frühstück.

Anselm ließ sich schwer auf einen der zierlichen, mit grünem Samt bezogenen Stühle fallen. »Aber so raten Sie mir doch ... was soll, was kann ich denn jetzt tun?«

»Fahren Sie nach Hause, arbeiten Sie sich in die Geschäfte der väterlichen Hofmark ein ...«

»Was soll das? Die Spatzen pfeifen es von den Dächern, daß die Leibeigenen frei sein und die Lehnbauern ihren Grund zurückbekommen sollen. Dann werden die Pächter bald auch nicht mehr zahlen. Was bleibt uns dann noch von unserer Hofmark!?«

»Sicher doch auch einiger Grund und Boden ...«

»Soll ich etwa Bauer werden?«

»Das wäre nicht das Schlechteste!« Utzschneider tupfte sich mit dem Mundtuch Reste von Milchkaffee aus dem Bart. »Bayerns größter Reichtum liegt immer noch in seinem Grund und Boden. Seine Kultivierung und verständige Bearbeitung ist eine schöne Aufgabe.«

»Die liegt mir nicht.«

»Es gibt eine Menge anderer Möglichkeiten. Denken Sie an Senefelder! Sie kennen ihn nicht. Aloys Senefelder hat vor ein paar Jahren die Lithographie erfunden, ein hochinteressantes Flachdruckverfahren, das für künstlerische Graphik und gewerbliche Reproduktion geeignet ist ...«

»Wozu erzählen Sie mir das?«

»Weil ich mich selbst schon vor die Frage gestellt habe, ob ich mich nicht mit Senefelder zusammentun soll.«

»Aber ich verstehe von diesen Dingen nichts!«

»Dann müssen Sie eben lernen! Oder, wenn Sie an Lithographie nicht interessiert sind, befassen Sie sich mit Augenoptik. In der Herstellung von Brillengläsern auf wissenschaftlicher Basis ist man im letzten Jahrhundert ein gutes Stück weitergekommen! Passen Sie auf, bald wird nicht nur der Geck eine Brille tragen, sondern jeder zweite Mensch erkennen, daß er, um klar zu sehen, Augengläser braucht! Ja, werfen Sie sich auf die Augenoptik, junger Mann, werden Sie Unternehmer! Zuerst aber einmal: lernen Sie, lernen Sie! Wenn Sie der Überzeugung sind, daß Sie im Amt nicht weiterkommen, bleibt Ihnen nur diese eine Möglichkeit!«

»In meinem Alter?«

»Lächerlich, Sie sind noch jung. Sehen Sie mich an: Ich habe mindestens doppelt soviel Jahre auf dem Buckel wie Sie, und ich schwöre Ihnen, ich werde mich nicht scheuen, etwas Neues anzufangen!« –

Dieses Gespräch hatte dem jungen Anselm wenig Trost gebracht, im Gegenteil, er fühlte sich danach noch verwirrter als vorher. Wenige Tage später zog Max Josef mit seiner Familie in München ein, und das Volk säumte die Straßen und jubelte ihm begeistert zu.

Der junge Anselm, der das Ereignis von einem Fenster des Hollbergschen Stadthauses miterlebte, war verbittert. »Wenn Sie mir nur erklären wollten, Onkel, was diese Leute so begeistert!«

»Max Josef ist ihr angestammter Herrscher!«

»Erzählen Sie mir das nicht! Sie wissen doch genau, daß er Bayern nur einer Kette glücklicher Zufälle verdankt!«

»Caroline ist immer noch sehr schön«, behauptete Beata, sich weit aus dem Fenster lehnend.

»Und sie hat ihm schon den zweiten Sohn geboren«, erinnerte Tante Sophie.

»Die ganze kurfürstliche Familie«, erklärte Ignatz von Müllern, der, den Zeichenblock auf den Knien, auf dem Fensterbrett hockte, »hat unbedingt etwas Malerisches!«

»Ich werde es nie verstehen!« beharrte Anselm.

»Mein lieber Neffe, hast du schon einmal darüber nachgedacht, wovon München lebt? Von seinem jeweiligen Kurfürsten und vom Hof. Von ihm leben die Konditoren und Bäcker, die Fleischer, Köche, Schuster, die Schneider und Musikanten, um nur einige wenige zu nennen, denn zur Erhaltung der Schlösser werden ja noch weit mehr Leute gebraucht, Maler, Tischler und Stukkateure, Glaser, Kerzengießer. So kann man ohne zu übertreiben sagen, halb München lebt direkt vom Hof und seinen Bedürfnissen, und die andere Hälte von denen, die vom Hof leben!«

»Sie übertreiben, Onkel!«

»Nicht im mindesten. Ich erinnere mich noch gut, wie Maxens Vorgänger, unser in vieler Beziehung unvergeßlicher Karl Theodor, Gott hab' ihn selig, sich wieder einmal über seine Münchner erzürnte und, um sie zu strafen, den Hof für einige Jahre in sein geliebtes Mannheim verlegte. Das war eine schlimme Zeit für uns alle, sie brachte die härtesten Köpfe dazu, sich zu beugen und Karl Theodor anzuflehen, wieder zurückzukommen.«

»Besser hätten sie daran getan, die Gelegenheit zu nützen und ihn abzusetzen!«

Graf Hollberg seufzte. »Du sprichst wie ein junger Feuerkopf! Aber ich will diese Sprache nicht hören. Ich bin ein wahrhaft liberaler Mann, aber Worte des Hochverrats kann ich in meinem Haus nicht dulden.«

»Freuen wir uns doch einfach mit den lieben Münchnern, daß sie ihren Kurfürsten wiederhaben«, meinte Ignatz von Müllern vermittelnd, »wer könnte es ihnen verargen?« Mit zusammengebissenen Zähnen wandte sich der junge Anselm vom Fenster ab.

»Übrigens, Anselm, ich fahre übermorgen nach Hause«, erzählte Beata, ohne ihren Blick von dem festlichen Schauspiel zu wenden, »der Vater hat es mir befohlen. Willst du mich nicht begleiten?«

»Und Herr von Müllern?«

»Wartet, bis es wärmer geworden ist und folgt mir dann auf einer Fußreise nach Deinharting.«

Beata hatte ihre Aufforderung an den Bruder nicht ernst gemeint, jedenfalls nicht damit gerechnet, daß er sie annehmen würde, sie hatte ihn nur ablenken wollen. Aber er sagte: »Doch, das ist eine gute Idee. Ich komme mit.«

»Und kannst du denn so einfach deinem Amt fernbleiben?« fragte Graf Hollberg.

Ohne ihn anzusehen, erwiderte Anselm· »Es gibt niemanden, der mich daran hindern könnte.«

Auf Schloß Deinharting wurden die Geschwister voller Herzlichkeit aufgenommen. Als der erste Sturm der Begrüßung vorüber war, wurde Beata von Elisabeth, Antoinette und Auguste in Beschlag genommen, die alles über ihren neuen Verlobten wissen und ihr die kleine Christine zeigen wollten.

Anselm von Deinharting blieb allein mit seinen beiden Söhnen auf dem Hof zurück, während Peter die Pferde versorgte und die Kutsche in die Remise brachte.

»Sie sehen gut aus, Vater«, sagte der junge Anselm, »ich freue mich, daß Ihnen die Flucht geglückt ist.«

»Ja, es tut wohl, wieder frei zu sein. Trinken wir einen Schluck zusammen? Oder möchtest du dich erst frisch machen?«

»Mir ist schon nach einem Schluck zumute.«

Anselm von Deinharting sah Thomas an. »Geh du zu den Frauen!«

Nebeneinander gingen sie zum Hauptportal und achteten nicht darauf, daß Thomas ihnen mit brennenden Augen nachsah. Durch den steinernen Flur traten sie in die Jägerstube.

»Wie lange kannst du bleiben?« fragte der Vater; er holte Flasche und Gläser aus dem Schrank.

»Ich gehe nicht mehr zurück ins Amt.«

Anselm von Deinharting hielt in der Bewegung inne. »Du willst also bleiben?« fragte er.

»Nein.«

Anselm von Deinharting füllte zwei Gläser mit dem klaren, reinen Obstschnaps. »Meinst du nicht, du solltest mir erzählen, was geschehen ist?«

»Ich habe alles so satt!«

»Das passiert jedem von uns öfter als einmal im Leben.« Anselm von Deinharting reichte seinem Sohn ein Glas. »Das ist aber doch kein Grund, alles hinzuwerfen.«

»Wenn Sie miterlebt hätten, wie die Münchner Max Josef begrüßt haben! Einen Mann, der sich während der letzten Monate fern der Hauptstadt in Sicherheit gebracht hat!«

»Hätte er sich besser gefangennehmen lassen sollen!?« Anselm von Deinharting leerte sein Glas und füllte es sich gleich ein zweites Mal.

»Mit Ihnen kann man über diese Dinge nicht diskutieren, ich weiß es. Sie wollen nicht einsehen, daß diese angeblich von Gott bestimmten Herrscher so unnütz sind wie ein Kropf.«

Anselm von Deinharting stellte die Flasche auf den langen gotischen Tisch und drehte das Glas zwischen seinen kräftigen Fingern. »Wenn du ein einfacher Mann aus dem Volk wärst, ein Bauernsohn, vielleicht sogar das Kind eines Leibeigenen, könnte ich deinen Standpunkt verstehen, Anselm. Ich bin nicht so beschränkt, wie du glaubst. Aber wir Hofmarksherren verdanken unsere Existenz den Fürsten. Was wären wir ohne sie? Möglicherweise säßen wir noch als Schmiede in Sendling, hätten ständig den Geruch von verbranntem Horn in der Nase, müßten hohe Steuern zahlen und du, mein Sohn, würdest schon längst den schweren Hammer schwingen... ja, wenn es so wäre, würde ich dein Unbehagen verstehen.«

»Das ganze System ist ungerecht, um das zu erkennen, braucht man nicht selbst davon betroffen zu sein.«

»Damit hast du sicher recht! Aber trink doch, ich dachte, dir wäre nach einem Schluck zumute gewesen!«

Der Sohn nippte an seinem Glas. »Die Frage ist«, fuhr sein Vater fort, »und unser guter Pfarrer verneint sie, ob es überhaupt Gerechtigkeit auf dieser Welt geben kann.«

»Das ist keine Entschuldigung! Man muß mit allen Kräften kämpfen, Gerechtigkeit so weit wie möglich zu verwirklichen!«

»Und das hast du getan?« fragte Anselm von Deinharting mit plötzlicher Hellsicht.

»Ja«, gab der junge Anselm zu, erleichtert, endlich die volle Wahrheit sagen zu dürfen, »wir haben es versucht. Während Max Josef fern war. Es hätte gelingen können.«

»Und wie?«

»Wir haben Verbindung mit den Franzosen aufgenommen.«

»Das war Hochverrat.«

»Ja, und tausendmal ja, ich weiß es. Und deshalb muß ich fort, verstehen Sie endlich?!«

»Weiß Max Josef davon?«

»Er wird es erfahren, so viel ist sicher. Selbst Utzschneider meint...« Der junge Anselm stockte mitten im Satz und biß sich auf die Lippen.

»Also Utzschneider steckt dahinter«, sagte Anselm von Deinharting nachdenklich, »mein guter alter Freund Utzschneider, immer noch voller Ideen und Pläne. Eigentlich ist er zu beneiden.« Der junge Anselm, den diese Gedanken nicht interessierten, hörte kaum zu. »Und was gedenkt Utzschneider zu tun?« fragte der Vater ihn.

»Er will bleiben und abwarten, er ist ganz ruhig, hat tausend Pläne für den Fall, daß er seines Amtes enthoben wird...«

Anselm von Deinharting nickte. »Ja, er ist ein bedeutender Kopf.«

»Und das bin ich eben nicht!« rief der junge Anselm. »Ich habe nichts gelernt als mein bißchen Jura, und ich kann nicht länger in einer Welt leben, in der ich nicht die Luft zum Atmen habe!«

»Was willst du also tun?«

»Auswandern! Nach Amerika! In die Neue Welt, der es gelungen ist, die Demokratie zu verwirklichen!«

Anselm von Deinharting wunderte sich, daß er so ruhig blieb; denn diese Eröffnung war ein Schlag, den er hatte kommen sehen und deshalb parieren konnte. »Aber drüben«, sagte er, »wirst du mit deinem bißchen Jura, wie du es nennst, auch nicht weit kommen.«

»In einer freien Gesellschaft werde ich jede Arbeit annehmen, die sich mir bietet!«

»Anselm, du bist jetzt erregt...«

»Nein, Vater, ich habe mir alles gut überlegt, schon seit langem. Es ist der einzige Ausweg, der mir bleibt. Was habe ich hier denn noch zu erwarten, wenn Max von unseren Umtrieben erfährt?«

»Das ist ja noch nicht sicher.« Anselm von Deinharting griff zur Flasche und schenkte sich ein drittes Mal ein. »Ich kann mir auch nicht vorstellen, daß du dabei eine so bedeutende Rolle gespielt hast...«

»Wir sind bespitztelt worden, das räumt sogar Utzschneider ein. Ich wette, daß eine vollständige Liste unserer Namen vorliegt...«

»Das heißt aber doch nicht, daß man zu Strafmaßnahmen greifen wird.«

»Nein, vielleicht nicht. Vielleicht haben Sie darin sogar recht. Aber man wird mich nicht hochkommen lassen. Meine Karriere wird in der verstaubten Kammer des Katasteramtes enden, in der sie begonnen hat. Vater! Können Sie mir das wirklich wünschen!?«

»Ich werde mit Montgelas sprechen. Du weißt, er ist ein Freund aus alten Zeiten...«

»Ja, sie sind alle Ihre Freude... Utzschneider... Montgelas...«

»Ich verstehe, offen gesagt, nicht, warum dich das so verbittert. Ich werde mit Montgelas sprechen und ihm deine Situation klarlegen. Ich bin sicher, er wird Verständnis für dich haben. Auch wir, vergiß das nicht, haben in vergangenen Tagen von einer anderen, besseren Welt geträumt...«

»Aber ich will das nicht! Ich will nicht um Gnade winseln wie ein Hund, der seinen Herrn gebissen hat und die Peitsche fürchtet! Ich will fort... weit fort!«

»Auch in der Neuen Welt wirst du immer nur den alten Adam finden, Anselm... wirst bleiben, der du bist!«

»So raten Sie mir also, mich zu erschießen?«

»Unsinn!«

»Auch daran habe ich schon gedacht, Vater, und wenn Sie mich nicht ziehen lassen, werde ich es tun!«

»Du bist mein ältester Sohn und der Erbe der Hofmark, Anselm...«

»...von der bald nichts mehr übrig sein wird als das Gut und das Schloß!«

»Und das stört dich? Ich dachte, du wärst so sehr für Gerechtigkeit... nur nicht, wenn es dich selbst betrifft, scheint mir.«

Jetzt leerte auch der junge Anselm sein Glas. »Ich mag nicht weiter mit Ihnen reden, Vater! Es führt zu nichts. Ich bin entschlossen, auszuwandern. Alles, was ich von Ihnen brauche, ist das Geld für die Überfahrt.«

Eine lange Pause entstand, in der der Hofmarksherr das Für und Wider bedachte, wobei er mit großen Schritten auf und ab ging. »Du sollst es bekommen«, sagte er endlich, vor seinem Sohn stehen bleibend, »wenn du auf Titel und Besitz verzichtest. Aber überleg es dir noch. Du verschleuderst ein Erbe, für das dein Ahn Leben und Gesundheit gewagt hat.«

Der junge Anselm beharrte auf seinem Vorhaben, und das Wissen, daß er Deinharting für immer verlassen wollte, bedrückte die Schloßbewohner. Selbst Beata plauderte nicht mehr so munter über ihren Verlobten und ihre Zukunftspläne wie zuvor. Der Hofmarksherr zeigte eine so finstere Miene, daß in seiner Anwesenheit kein frohes Wort laut wurde. Die kleine Christine, angesteckt von der Nervosität ihrer Mutter, schrie mehr denn je.

Einmal traf Antoinette den jungen Anselm allein an, wie er eine Partie Billard mit sich selbst spielte. Ein heftiger Frühlingsregen schlug gegen die Fensterscheiben, und im Kamin loderte ein helles Feuer. Eine Weile beobachtete Antoinette ihn schweigend. Dann sagte sie: »Wie sehr werden Sie das alles in der Fremde vermissen!«

Er richtete sich auf und sah sie an. »Meinen Sie?«

»Sie wissen nicht, wie es ist, ohne Heimat zu leben.«

»War ich nicht in den ganzen letzten Jahren fern von Deinharting?«

»Aber es war da, immer bereit, Sie aufzunehmen, Sie lebten in dieser Gewißheit! Wenn Sie erst in der Neuen Welt sind...«

Er fiel ihr ins Wort. »...wird das um so besser für mich sein! Dann laufe ich nicht mehr Gefahr, mich nach Hause zu flüchten!«

»Oh, Anselm!« Voller Anteilnahme sah sie ihn aus ihren blauen Augen an. »Sie machen einen großen Fehler, glauben Sie mir. Ich weiß, wovon ich rede.«

»Weil Sie Emigrantin sind? Aber zwischen uns ist ein Unterschied. Sie mußten fliehen, ich gehe freiwillig.«

»Wirklich freiwillig? Wollen Sie nicht durch Ihre Auswanderung nur Schwierigkeiten ausweichen?«

Damit kam sie der Wahrheit so nahe, daß es ihn verletzte. »Sie haben kein Recht, sich in meine Angelegenheiten zu mischen!« sagte er grob.

»Ich habe von Ihrer Familie sehr viel Gutes erfahren, Anselm!«

entgegnete sie ruhig. »So kann es mich nicht unberührt lassen, daß Sie sie unglücklich machen. Spüren Sie denn nicht, wie Ihr Vater leidet?!«

»Er hat Söhne genug!«

»Sie sind sein Ältester, und keiner hat seinem Herzen so nahe gestanden.«

Während des Gesprächs hatte er weitergespielt, immer wieder eine der weißen Kugeln über den grünen Filz gestoßen, so daß sie die anderen beiden berührte. Jetzt legte er den Stock aus der Hand und nahm sein Weinglas vom Rand des Billardtisches. »Ich bin kein Unmensch, Antoinette, ich weiß, was Sie mir sagen könnten. Glauben Sie nur ja nicht, daß mir der Abschied leicht fällt oder es mir nichts ausmacht, Vater Schmerz zu bereiten... aber ich habe lange darüber nachgedacht: mir bleibt keine andere Wahl. In diesem Land habe ich keine Zukunft. Ich kann und will mein Leben nicht meiner Familie oder gesellschaftlichen Konventionen opfern.« Er leerte das Glas und stellte es so achtlos ab, daß es über das Billardtuch rollte. »Es ist mir hier zu eng, ich muß fort!« Überraschend wurde seine Stimme weich und drängend. »Tonette, wollen Sie mich nicht begleiten?«

»Ich?!« Sie war so verblüfft, daß sie sich, wie ein Kind, mit dem Zeigefinger auf die Brust tippte.

»Sie haben hier so wenig Zukunft wie ich.«

»Was sollte ich wohl in Amerika?«

»Ein neues Leben anfangen! Mit mir!« Er faßte ihre Hände. »Ich weiß, ich war nie sehr liebenswürdig zu Ihnen, und Sie mußten den Eindruck gewinnen, daß Sie mir gleichgültig wären... aber das simmt nicht. Sie haben mich sehr beeindruckt, schon von unserer ersten Begegnung an. Erinnern Sie sich? Sie pflückten Beeren im Wald...«

Sie blieb ernst. »Mit Afra, ja...«

»Sie waren noch ein Kind, und ich, noch ganz unter dem Einfluß der Französischen Revolution, hielt Ihnen Ihre Herkunft vor!«

»Sie zeigten mir Ihre Verachtung!«

»Und wie Sie mich gemaßregelt haben! Ich kam mir wie ein dummer Junge vor. Danach konnte ich Ihnen lange nicht mehr in die Augen sehen.« Er zog sie an sich. »Erst heute, Tonette, weiß ich, daß ich dich liebe... dich immer geliebt habe!«

Sie hielt still in seiner Umarmung. »Du möchtest ein Stück Heimat mit dir nehmen, Anselm, ist es nicht so?«

»Nein! Ich will, daß du meine Frau wirst! Wir könnten noch hier heiraten und drüben fangen wir dann ein neues Leben an! Tonette, sag nicht, daß du mich nicht lieben könntest!«

Sanft befreite sie sich aus seinem Griff und blickte ihn lange prüfend an. Er glich so sehr seinem Vater, wie er in jungen Jahren gewesen sein mußte: der gleiche mächtige Kopf, die große Nase, das dichte braune Haar und die hohe Gestalt, und obwohl sie spürte, daß er im Kern anders war, zerrissener, nicht in sich selbst ruhend, hatte sie ihn sehr gern und gestand ihm, daß sie ihn lieben lernen könnte.

»Sag ja, bitte!« drängte er. »Was hast du hier verloren? Sie nutzen dich doch nur aus... alle! Elisabeth, die Kinder, mein Vater! Sie werden dich zu einer alten Jungfer machen!«

Jetzt lächelte sie doch. »Das wäre wohl nicht das Schlimmste!«

Er glaubte seinen Ohren nicht zu trauen. »Was sagst du da?«

»Du hast ganz richtig gehört! Sieh dich nur um, dann wirst du zugeben müssen, daß ein Mann durchaus nicht immer, genauer gesagt, höchst selten das große Glück in das Leben einer Frau bringt. Ich jedenfalls fürchte mich nicht vor einem Dasein ohne Leidenschaft, Eifersucht, Tränen, Untreue und Verrat... vor einem friedlichen Leben, in dem ich für andere da bin.«

»Aber ich bin nicht wie mein Vater! Ich würde dich niemals betrügen, Tonette, du hättest keinen Grund zu Eifersucht und Tränen«, beteuerte er, »ich würde immer für dich da sein! Zusammen würden wir den amerikanischen Kontinent erobern. Stell dir nur vor... diese Weite, diese Möglichkeiten... und dort regiert das Volk sich selbst! Sie wählen ihre Regierung... und wählen Sie wieder ab, wenn sie nicht mit ihr zufrieden sind. Sie sind frei, Tonette... und auch wir werden frei sein!«

Antoinette war nicht unempfänglich für diese Verlockung, ein paar Herzschläge lang war sie nahe daran, zuzustimmen. Aber dann wich sie zurück und schüttelte den Kopf. »Es geht nicht, Anselm.«

»Nenn mir einen einzigen Grund!«

»Allein wird es leichter für dich sein, eine Frau könnte dich nur belasten.«

»Ja, eine Dame vielleicht...« Er verbesserte sich. »Nicht, daß du keine Dame wärst, Tonette, du bist und bleibst eine Comtesse. Aber ich habe dich seit Jahren beobachtet. Du weißt dir in jeder Situation zu helfen. Du könntest dir auch allein einen Platz in der Neuen Welt erobern... ja, dir trau ich's zu!«

»Danke«, sagte sie mit einem Seufzer.

»Also nenn mir den wirklichen Grund, wenn es einen gibt.«

»Thomas.« Anselms Gesicht verriet, daß er die Existenz des Jungen ganz vergessen hatte. »Ich kann ihn nicht allein lassen.«

Er hatte sich rasch gefaßt. »Wir nehmen ihn mit!«

»Nein, Anselm. Ganz davon abgesehen, daß es sehr schwierig sein würde, denn er ist ja weder dein noch mein Sohn... du hast ihn nie gemocht.«

»Das kannst du nicht sagen. Ich gebe zu, ich habe mich wenig um ihn gekümmert...«

»Du hast ihn abgelehnt!«

»Wie kommst du darauf?« Anselm versuchte, sich den Jungen vorzustellen, den durchdringenden Blick seiner schwarzen Augen, die gewöhnlich fest zusammengepreßten Lippen, das entschlossene Kinn. »Ich... ich halte ihn für ein schwieriges Kind.«

»Er wächst in schwierigen Verhältnissen auf. Nein, Anselm, ich will ihn gar nicht vor dir in Schutz nehmen und um Verständnis für ihn werben. Wozu auch. Da du uns verläßt, ist es ja gleichgültig, wie du über ihn denkst. Möglicherweise bist du sogar, ohne es zu wissen, eifersüchtig auf ihn. Aber ich hab ihn lieb und werde bei ihm bleiben. Bitte, Anselm, kein Wort mehr... es ist sinnlos.« Sie wandte sich rasch ab und eilte hinaus.

Anfang April nahm der junge Anselm Abschied, und es war dem Hofmarksherrn, als verlöre er mit ihm ein Stück seiner selbst. Tagelang schloß er sich ein und verweigerte jede Nahrung. Selbst sein Obstschnaps, bei dem er Zuflucht suchte, wollte ihm nicht schmecken, er brachte ihm kein Vergessen, sondern nur vernichtende Klarheit. Sein ganzes bisheriges Leben, so schien ihm, war vertane Zeit und ohne Sinn gewesen. Der einzige Verdienst, den er sich zugute halten konnte, bestand darin, daß er seinen Kindern das Ererbte erhalten hatte, und da sein Ältester es so achtlos weggab, wurde er vor sich selbst zum Versager.

Elisabeth und die Kinder gingen auf Zehenspitzen. Sie verstanden seinen Schmerz, wenn sie ihn auch nicht voll teilten. Der junge Anselm war ein zu seltener Gast auf Schloß Deinharting gewesen. Alle waren ihm herzlich zugetan, aber er hatte eigentlich nie zu ihrem Leben gehört. So waren sie stärker betroffen von dem Kummer Anselm von Deinhartings als von dem Fortgang seines Sohnes. Als er endlich wieder nach einem heißen Bad verlangte, atmete sie auf. Von da an nahm er wieder, äußerlich ganz der Alte, an den Mahlzeiten teil. Aber alle, selbst Auguste und der kleine Thomas, wagten in seiner Gegenwart kein Lächeln und streiften ihn mit besorgten Blicken.

Noch hatte er Elisabeth nichts von seiner Wiederbegegnung mit Lucille und dem Wunsch nach Annullierung seiner Ehe erzählt. Sie war so sanft, teilnahmsvoll und ergeben, daß es ihm fast unmöglich schien, das erste Wort zu sprechen. Elisabeth hinwiederum hatte sich fest vorgenommen, ihr Leben zu ändern und eine wirkliche Ehe zu führen. Aber sie war schüchtern und wußte nicht, wie sie ihre Gefühle und ihren guten Willen zeigen sollte. Die spürbare Spannung zwischen den Eheleuten lastete auf der ganzen Familie.

Als man sich eines Tages, wie gewohnt, nach dem Essen aus dem Speisesaal ins Erkerzimmer begab, drang Christines Geschrei von oben herunter. Die Mauern des Schlosses waren dick, und die schweren Türen schlossen fest, und es konnte schon als Beweis für die guten Lungen der Kleinen dienen, daß es ihr gelang, mit ihrem Gebrüll diese Wände zu durchdringen.

Anselm von Deinharting machte eine ärgerliche Bemerkung, und erschrocken entschuldigte Elisabeth sich für ihr Kind. Aber Antoinette packte die Gelegenheit beim Schopf. »Sie haben sich Ihre Tochter noch nicht einmal angesehen, Monsieur«, erklärte sie, und als er zornig auffahren wolle, blickte sie ihm fest, fast beschwörend in die Augen.

Er senkte den Blick. »Stimmt«, gab er zu, »es ist so vieles geschehen, daß ich versäumt habe...«

»Dann tun Sie es jetzt!« verlangte Antoinette mit Nachdruck.

Er hatte nicht die mindeste Lust, dieses Kind, dessen Erzeuger er nicht war, zu besichtigen. Elisabeth kam ihm zu Hilfe. »Man kann von einem Mann doch nicht erwarten, daß er sich für kleine Kinder interessiert!«

Beata sagte ahnungslos: »Die Kleine ist süß! Sie sollten Sie sich wirklich einmal ansehen, Papa!«

Anselm von Deinharting begriff, daß er es tun mußte, wollte er Elisabeth nicht bloßstellen. »Nun ja«, meinte er, »bis zum Kaffee bleibt ja wohl noch genügend Zeit!« Er drehte sich um und begann die Treppe hinaufzusteigen. Elisabeth folgte ihm.

Antoinette hielt Beata zurück. »Wollten wir nicht in den Modejournalen nach einem Reisekostüm für Sie suchen?« Bereitwillig ging die junge Braut auf diesen Vorschlag ein.

Als Anselm von Deinharting das Schlafzimmer betrat, das er nicht gesehen hatte, seit seine Frau es bewohnte, wurde ihm bewußt, wie sehr sie den Raum verändert hatte; er wirkte sehr kühl, war ganz in Weiß, Blau und Silber gehalten, und über die Zimmerdecke, die in einer prächtigen Stukkaturarbeit das Liebesspiel eines Cupidos zeigte, hatte sie ein seidenes Tuch spannen lassen.

Elisabeth errötete. »Ich... ich werde das wohl entfernen lassen«, stammelte sie, »es ist zu schade um das hübsche Bild.«

Er verstand nicht, was sie ihm damit sagen wollte, hörte auch gar nicht zu, sondern beugte sich zu Parbleu, der ihm schwanzwedelnd entgegengekommen war. »Also hier steckst du!« sagte er. »Du hast dir einen neuen Herrn gesucht, wie ich sehe. Übelnehmen kann ich es dir nicht, ich habe dich nicht sehr gut behandelt. Aber wenigstens begrüßen hättest du mich können!« Sanft tätschelte er den Kopf des Hundes und wollte nicht zugeben, daß ihn dieser Verrat schmerzte; er wußte, wie sehr Parbleu sich um seine Zuneigung bemüht und daß er sich nur von ihm abgewandt hatte, weil er sich enttäuscht sah. Aufmerksam und weiter heftig mit dem Schwanz wedelnd sah das Tier zu, wie der große Mann das winzige Bündel aus der Wiege nahm. Christine hörte von einer Sekunde zur anderen auf zu schreien. Sie hatte inzwischen das schwarze Haarbüschel verloren, und auf ihrem Köpfchen wuchs erster blonder Flaum. Aus großen grauen Augen blickte sie ihn an.

»Du bist also Christine«, sagte er, »eine sehr ansprechende junge Dame! Aber mußt du immer so brüllen?!«

»Frédéric meint, sie tut es zum Vergnügen.«

»Eine seltsame Art, sich die Zeit zu vertreiben! Einen solchen Schreihals wie dich haben wir noch nie in der Familie gehabt!«

»Wenn sie dich stört«, sagte Elisabeth, »ich meine, wenn du es verlangst, können wir sie fortgeben.«
»Wohin?« fragte er überrascht.
»Wir werden schon jemanden finden, der sie in Pflege nimmt, wenn wir dafür bezahlen.«
»Nein, das wollen wir ihr doch nicht antun.« Er nahm Christines Händchen, das seinen Zeigefinger umklammerte, führte es an die Lippen und drückte einen Kuß darauf; wie immer, wenn er mit einem Kind oder jungen Tier in Berührung kam, empfand er ein zärtliches Mitleid, dessen er sich schämte.
»Du... du kannst es ertragen?« fragte Elisabeth. »Wirst du nicht immer an... an ihn denken müssen?«
»Und du?«
»Ich bin froh, daß er tot ist!«
Er legte Christine in die Wiege zurück, wunderbarerweise blieb sie ganz still. »Elisabeth...« Er sah sich in dem sehr weiblichen Zimmer auf der Suche nach einer Schnapsflasche um, begriff, daß er hier keine finden würde und räusperte sich. »Elisabeth, unsere Ehe war kein großer Erfolg, nicht wahr?«
Sie legte den Kopf zurück und blickte ihn flehend an. »Wir... wir könnten es noch einmal versuchen!«
»Nein. Das Leben ist nicht so, leider. Es ist nicht wie ein alter Strumpf, den man auftrennen kann und wieder neu stricken.«
»Es war meine Schuld, Anselm«, bekannte sie, »ich habe alles falsch gemacht. Verzeih mir, bitte!« Zaghaft legte sie ihm die Hand auf den Arm. »Ich werde mich ändern... ich habe mich schon geändert.«
»Ich hätte dich niemals heiraten dürfen. Ich war meiner Liebe so sicher, so sicher, dich gewinnen zu können, daß ich deine Gefühle gar nicht beachtet habe. Welch männlicher Unverstand.«
»Also dann... wenn wir es beide einsehen...«
»Ich liebe dich, Elisabeth, ich liebe dich immer noch, aber nicht mehr als Frau, sondern wie eine meiner Töchter. Und darauf läßt sich keine Ehe aufbauen.«
Es drängte sie, sich in seine Arme zu werfen, aber sie konnte nicht über ihren eigenen Schatten springen. Verzweifelt wünschte sie, er möchte sie an sich reißen, sie bedrängen, sie endlich nehmen.
Aber er ahnte nicht, was in ihr vorging. »Du sollst in Zukunft deinen Frieden haben, du mit dem Kind. Ich denke, ihr könntet, da Beata ja in München wohnen will, auf ihr Landgut nach Niederbayern ziehen.«
»Du willst mich verstoßen?« fragte sie fassungslos.
»Natürlich nicht. Ich werde dir immer der gute Freund bleiben, der ich gewesen bin. Es soll dir an nichts fehlen. Aber ich bin ein gesunder Mann und noch nicht alt genug, mich ins Zölibat zu schicken.«
Plötzlich begriff sie. »Du bist Lucille begegnet!«
»Ja«, sagte er, »und wir haben beschlossen, zusammenzubleiben. Das ist ja auch nur natürlich. Thomas ist unser beider Sohn.« Fragend

fügte er hinzu. »Ich nehme an, du hast das gewußt?« Sie konnte nur nicken. »Und für ihn ist es ja auch besser, wenn er endlich zu seiner Mutter kommt. Du warst ... nun ja ... ziemlich unduldsam mit ihm, nicht wahr?« Obwohl sie sich anstrengte, brachte sie kein Wort über die Lippen. »Ich nehme dir das nicht übel«, sagte er, »wahrscheinlich hat er dich zu sehr an Lucille erinnert und«, fügte er mit einem bitteren Lächeln hinzu, »an die Sünde, der er sein Leben verdankt. Nein, ich verstehe das alles, aber es kann nicht länger so weitergehen. Wir werden diese Ehe, die ja in Wahrheit nie eine war, annullieren lassen. Ich nehme nicht an, daß du Einwände hast?« Stumm schüttelte sie den Kopf. »Ich habe es gewußt. Du wirst sehen, es wird auch für dich eine Erleichterung sein.«

Ihm war seltsam zumute. Er hätte erleichtert sein müssen, daß alles so glattgegangen war, aber gerade das bereitete ihm Unbehagen. Hinter all den Worten, die ihm so leicht über die Lippen gegangen waren und so überzeugend klangen, daß Elisabeth nichts darauf zu erwidern gewußt hatte, schien sich eine andere Wahrheit zu verbergen, die er nicht fassen konnte.

Sie war von ihm zurückgewichen, zitternd starrte sie ihn aus ihren klaren grauen Augen an, deren Pupillen sich so geweitet hatten, daß sie schwarz schienen; jeder Tropfen Blut war aus ihrem Gesicht gewichen. »Nimm es nicht so schwer«, sagte er, und auch das klang ihm falsch in den Ohren, »wenn du erst wieder frei bist, hast du doch die Chance, einen anderen Mann zu finden ... eine so schöne Frau wie du!« Er hätte dieser Szene gern ein Ende gemacht und wußte doch nicht wie. Nach alldem konnte er sie doch jetzt nicht einfach auffordern, mit ihm Kaffee zu trinken.

Elisabeth schluckte schwer und befeuchtete die Lippen. »Wann?« brachte sie mühsam hervor.

»Nicht von heute auf morgen. Die Annullierung dauert bestimmt geraume Zeit, und bis nach Beatas Hochzeit bleibst du unbedingt hier. Wir wollen doch keinen Eklat.«

Babette klopfte an die offene Tür. »Der Kaffee ist serviert!«

Erleichtert bot er ihr den Arm. »Nein«, sagte sie, »geh du allein ... entschuldige mich!«

Einem Impuls folgend hätte er sie beinahe tröstend in die Arme genommen, denn sie tat ihm unendlich leid. Aber sie hatte ihn so oft zurückgestoßen, daß er es nicht noch einmal erleben wollte.

»Wie du willst«, meinte er deshalb nur, »ich werde dir den Kaffee heraufschicken lassen. Aber für dich besteht kein Grund zur Verzweiflung, ganz gewiß nicht.«

Elisabeth blieb allein zurück. Sie ließ sich auf die Bettkante sinken und starrte ins Nichts.

Pfarrer Reiter war nicht überrascht, als Anselm von Deinharting ihm sein Anliegen vortrug, die Ehe mit Elisabeth annullieren zu lassen. »Führen Sie an, daß sie mich nur unter dem Druck ihrer Mutter geheiratet hat«, erklärte der Hofmarksherr, »ihr Vater war tot, die Familie arm, zwei ältere Schwestern unverheiratet... Sie verstehen!«

Das Gespräch fand im Richterzimmer statt. Anselm von Deinharting hatte ein Glas Obstler vor sich, der Pfarrer einen Likör, und zwischen beiden, auf dem niedrigen Tisch, standen Tassen und eine Kanne mit stark gesüßtem türkischem Kaffee.

»Ist das wirklich nötig, mein Sohn?« fragte Pfarrer Reiter betrübt.

»Ich habe die Sache lange bedacht, und es scheint mir das beste so. Elisabeth ist einverstanden. Der Antrag auf Annullierung wird formell natürlich von ihr ausgehen.«

»Täuschen Sie sich nicht, die Trennung wird schmerzlich werden, besonders für die Kinder.«

»Ich werde Auguste vor die Wahl stellen. Sie kann Elisabeth begleiten oder bei mir bleiben, ganz wie sie will. Aber da Elisabeth nur ihre Stiefmutter ist, hoffe ich, sie wird sich für Deinharting entscheiden.«

»Nur ihre Stiefmutter! Das ist ein hartes Wort. Wieviel Liebe und Geduld hat Elisabeth für die Erziehung Gustels aufgebracht.«

»Für Thomas um so weniger.«

»Das werfen Sie ihr vor? Der Junge hätte nicht aufs Schloß gehört, auch wenn er Ihr Sohn ist. Seine Geburt war ein Ärgernis, und mußte es in den Augen jeder anständigen Frau sein.«

Anselm fühlte Zorn in sich aufsteigen, es gelang ihm jedoch, sich zu beherrschen. »Zu spät, darüber zu streiten«, sagte er; behutsam, um den Kaffeesatz nicht aufzurühren, goß er sich und seinem Gast ein.

Pfarrer Reiter seufzte. »Sie haben recht, mein Sohn.«

»Es ist nicht die Schuld des Jungen, daß er als Bastard zur Welt gekommen ist. Nach der Annullierung der Ehe werde ich ihn für ehelich erklären.«

»Sie wollen doch nicht...?« Das weiße, von Fältchen und Runzeln durchzogene Kindergesicht des Pfarrers wirkte verstört, seine blauen Augen waren weit aufgerissen.

Anselm von Deinharting lächelte ein wenig. »Sie haben es erraten, Hochwürden! Ich werde die Marquise de Beaujeux heiraten!«

»Nein!« Mit einer Bewegung heftigen Schreckens stieß der Pfarrer gegen das Tischchen, so daß Tassen und Gläser zu tanzen begannen.

»Es gibt niemand, der mich daran hindern könnte.«

»Unter diesen Umständen...« Der Pfarrer stand auf. »Ich kann das Gesuch auf Annullierung Ihrer Ehe nicht einreichen.«

»Ich verlange es aber von Ihnen! Ich habe ein Recht darauf. Wenn Sie sich weigern, werde ich mich bei Ihrem Bischof beschweren... Es gibt ärmere und einsamere Flecken in Bayern als Deinharting.«

Pfarrer Reiter hatte sich aufgerichtet. »Sie dürfen diese Frau nicht heiraten!«

»Und warum nicht?«

Alles in dem Geistlichen drängte ihn, Anselm von Deinharting die Wahrheit zu sagen: daß Lucille keine Marquise, sondern eine Abenteurerin war, eine Mörderin, die Elisabeth nach dem Leben getrachtet hatte. Aber da er diese Geheimnisse im Beichtstuhl erfahren hatte, durfte er nicht sprechen. Verzweifelt biß er sich auf die Lippen.

»Nennen Sie mir einen einzigen triftigen Grund!« forderte Anselm von Deinharting ihn auf. »Daß sie eine Französin ist? Was besagt das schon. Daß sie ein Kind von mir hat? Jedem Bauern ist es erlaubt, nach dem Tode seiner Frau die Magd zu heiraten, die ihm Kinder geboren hat.«

»Diese Heirat«, sagte Pfarrer Reiter schwer atmend und preßte unwillkürlich die Hand auf sein mühsam pochendes Herz, »wäre ein Ärgernis für die ganze Hofmark...«

»Soll sie es sein! Kennen Sie denn nicht die Pläne der Regierung? Man wird in absehbarer Zeit den Pächtern, Lehnsbauern und Leibeigenen ihr Land gegen eine geringe Entschädigung zurückgeben. Dann wird es keine Hofmark mehr geben. Ich werde nichts sein als ein Gutsbesitzer mit einem Schloß und dem Einkommen aus einer Pflegschaft... einer Pflegschaft, auf die, wie man mir in München deutlich genug gesagt hat, mein Sohn schon nicht mehr rechnen kann.«

»Ja, ja, die großen Herren zu München!« Das gütige Gesicht des alten Pfarrers nahm einen Ausdruck von Ergebenheit an. »Sie machen, was sie wollen. Sie schicken Leute aus, die das Kirchensilber einsammeln... das Kirchensilber!«

»Max Josef braucht Geld.«

»Wir haben ja nicht viel, nur ein paar Leuchter, aber sie sind doch schön, von künstlerischem Wert. Darf man diese Arbeit denn so mir nichts, dir nichts zerstören, indem man das edle Metall einschmilzt?«

»Sie können es verhindern, Hochwürden. Verstecken Sie Ihre Schätze. Graben Sie sie ein.«

»Und wenn einer der Bauern es meldet?«

»Nein, Hochwürden, das brauchen Sie nicht zu fürchten, einen solchen Verrat traue ich keinem Deinhartinger zu.«

»Die Zeiten sind schlimm, sehr schlimm.« Der Pfarrer setzte sich wieder. »Manchmal frage ich, warum Gott sie mich noch erleben läßt.«

»Die Klöster sollen aufgehoben werden.«

»Ja, ja, ich weiß. Wesenbronn kommt demnächst an die Reihe. Man wird die armen Mönche mit einer geringen Pension auseinanderjagen. Und all die unermeßlichen Werte, die dabei zerstört werden.«

Anselm von Deinharting blickte den alten Mann prüfend an. »Sie sagen das recht gelassen.«

»Mein Herz«, erklärte der Pfarrer fast entschuldigend, »und dann... kann es nicht sein, daß mit der Säkularisierung nur der Wille unseres Herrn erfüllt wird? Er hat seine Apostel arm in die Welt geschickt. Ich habe mich oft gefragt, wie sich die Macht und der Reichtum unserer heiligen Kirche mit Gottes Geboten verträgt.«

Das Kloster Wesenbronn war eines der ersten in Bayern, das unter den Hammer kam. Ein Auktionator aus München, ein grober, ungebildeter Mann, nahm die Sache in die Hand, und es war wie ein Hohn, daß zu diesem traurigen Schauspiel die Sonne strahlend von einem makellos blauen Himmel lachte.

Ein Häufchen Neugieriger hatte sich auf dem Hof des Klosters versammelt, ernste Interessenten waren kaum darunter, denn wenn auch zum Klostergrund gute Erde und sorgfältig bestellte Felder gehörten, mit denen manche Bauern gern ihr Land erweitert hätten, so fehlte es doch an Geld. Andererseits waren Arbeitskräfte rar und würden, je länger die Kriegswirren dauerten, noch mehr fehlen. Es schien sinnlos, Boden zu erwerben, den man nachher dann doch nicht beackern konnte.

Anselm von Deinharting hatte es auf das Stück Klostergrund abgesehen, das wie eine Zunge in sein Gut einschnitt; der Vogt würde zwar keine Freude daran haben, das wußte er, denn er hatte kaum genug Leute, das vorhandene Land zu bestellen, aber er wollte sich die Gelegenheit nicht entgehen lassen, seinen Besitz abzurunden. Außer ihm war noch der dicke Schwaiger gekommen, die Schürze um den Bauch, aber da das Kloster eine gute halbe Stunde Ritt vom Wirthaus entfernt lag, mußte er wohl etwas im Schilde führen. Viele alte Männer standen herum und ein paar schwarzgekleidete Weiber, die sich lamentierend aneinanderdrängten. Zwei Juden, wohl aus dem Altwaren- und Kunsthandel, bärtig und im dunklen Kaftan, hielten sich abseits und gaben sich gelassen, was sie wohl auch waren, denn alle Gegenstände aus Edelmetall waren schon zum Einschmelzen fortgebracht worden, und an Kirchenkunst würde bald so viel auf dem Markt sein, daß selbst die schönste Heiligenfigur an Wert verlor. Von den Patres und Fratres war keiner mehr zu sehen; sie hatten schon tags zuvor ihr Bündel geschnürt und waren fortgezogen.

Die Versteigerung begann damit, daß kräftige Burschen, die der Auktionator aus München mitgebracht hatte – ein Deinhartinger hätte sich für diese Arbeit weder für Geld noch gute Worte hergegeben – waschkorbweise Bücher auf den Hof schleppten, dicke, in Schweinsleder gebundene Folianten, deren ausgetrocknete Seiten bei der rohen Behandlung schon zu zerfallen begannen. Sie wurden partienweise ausgerufen, billig genug, hundert Bücher, handgeschrieben, für einen Gulden. Aber niemand wollte sie haben …

Anselm von Deinharting tat es in der Seele weh, er nahm das eine oder andere der Bücher ehrfurchtsvoll prüfend in die Hand, aber sie waren in lateinischer Sprache verfaßt und überstiegen sein Wissen. Auch die Juden blätterten in den Folianten, doch ihre Gesichter blieben unbewegt; sie machten kein Angebot.

So ließ man denn die Stapel altehrwürdiger, durch Hunderte von

Jahren gesammelten Bücher achtlos im Klosterhof liegen, wo sie bei Wind und Wetter verdarben, um schließlich an eine Pappdeckelfabrik verkauft zu werden. – Erst Jahre später versuchte der Freiherr von Aretin, dieser Verschleuderung wertvollen Kulturgutes ein Ende zu machen. Mit zwei Helfern fuhr er von Kloster zu Kloster, sammelte ein, was noch zu retten war und ließ es nach München bringen.

Anselm von Deinharting, ein aufgeklärter Mann, der bisher der Säkularisation des Kirchengutes grundsätzlich nicht ablehnend gegenübergestanden hatte, wurde an jenem Morgen von dem Gefühl übermannt, in einem Alptraum befangen zu sein. Das, was er miterlebte, schien ihm heller Wahnsinn. Gemälde, Kruzifixe, Betschemel, Stolen, herrlich bestickte Meßgewänder wurden angeboten – was die Juden nicht ersteigerten, flog achtlos zur Seite. Als das Kloster, ein mächtiger, in sich geschlossener Barockbau, auf diese Weise geplündert worden war, rissen die rohen Burschen die Tür zur Kapelle auf und wollten dort ihr Werk fortsetzen, ohne sich um das Aufschluchzen der Weiber und die Flüche der Bauern zu kümmern. In diesem Augenblick konnte Anselm von Deinharting es nicht mehr ertragen. Er stürzte sich auf die Burschen und riß sie zurück. Zwar waren sie wesentlich jünger als er, aber die Wut verdoppelte seine Kräfte. »Halt, nicht weiter!« brüllte er, und aus seinen Augen flammte solcher Zorn, daß sie es nicht wagten, sich zur Wehr zu setzen.

Doch der Auktionator ließ sich nicht beeindrucken. »Was fällt Ihnen ein! Gehen Sie beiseite!«

»Ich bin der Hofmarksherr von Deinharting, und ich dulde nicht, daß diese Kirche geplündert wird!« donnerte er.

Der Auktionator blickte auf ein zerknittertes Schriftstück, das er in Händen hielt. »Die Kirche hat nicht zur Hofmark gehört, sondern war immer im Besitz des aufzuhebenden Klosters!«

»Sie ist eine Wallfahrtskirche und gehört dem Volk!«

Die Bauern, durch das Auftreten des Hofmarksherrn ermutigt, sammelten sich um ihn und bildeten vor dem Kirchentor eine Mauer. Der Auktionator wurde unsicher. »Ich bin Beamter und tue hier bloß meine Pflicht.«

»Das, was hier geschieht, kann nicht im Sinne des Kurfürsten sein!«

»Ich habe meine Befehle!«

»Wissen Sie, daß sich in dieser Kirche eine wundertätige Muttergottes befindet?«

»Und sowas sagen Sie, ein gebildeter Herr? Diese Dummheiten sollen dem Volk ausgetrieben werden! Ein Stück Holz kann keine Wunder tun. Lächerlich.«

»Die Leute glauben daran und sie lieben ihr Gnadenbild!«

Der Auktionator strich sich mit der Hand über das unrasierte Kinn. »Jetzt will ich Ihnen etwas sagen... von mir aus behalten Sie die Madonna. Nehmen Sie sie, so wie sie ist, und bringen Sie sie nach Deinharting!« Er trat auf das Kirchentor zu.

Da die Bauern beiseite wichen, gab auch Anselm von Deinharting den Weg frei. Der Auktionator trat in die Kirche, in der es, im Gegensatz zum hellen Sonnenschein draußen, sehr dämmrig war; durch bunt verglaste Fenster fiel das Licht in grünen, gelben und blauen Kringeln auf den gefliesten Boden. Die wundertätige Muttergottes, ein Bildwerk mit dunklem Gesicht, großen, mild blickenden Augen und einem zart lächelnden Mund, stand auf einem Nebenaltar. Sie hielt ein gekröntes Jesuskind auf dem Arm und war reich gekleidet.

»Der Plunder muß herunter«, entschied der Auktionator, »dann könnt ihr sie haben.« Grinsend wandte er sich an einen der Juden. »Oder bietet ihr darauf?« Der Mann schüttelte den Kopf.

»Der Plunder, wie Ihr das Kleid der Muttergottes zu nennen beliebt, bleibt!« widersprach Anselm von Deinharting. »Ich werde es bezahlen.«

»Zehn Joachimsthaler«, verlangte der Auktionator dreist für das Gewand, an dem nichts wertvoll war, außer ein paar Goldfäden und Perlen und der kunstvollen Handarbeit.

Anselm von Deinharting kämpfte mit sich. Er hatte kaum Bargeld genug, auf das Stück Land zu bieten, das er haben wollte. Aber die Vorstellung, daß die Madonna entehrt und entkleidet nach Deinharting gebracht werden sollte, war ihm unerträglich.

Der Wirt kam ihm zu Hilfe. »Zehn Joachimsthaler für den Plunder?« schrie er. »Für das Geld könnt ihr ihn behalten. Was glaubt ihr denn, wie lange unsere Frauen brauchen, um sie neu einzukleiden? Einen halben Taler darf das Gewand kosten und keinen Kreuzer mehr. Sonst macht damit, was ihr wollt!«

Der Auktionator sah sich um und sah in lauter verschlossene Gesichter; die Frauen hatten aufgehört zu weinen, und ihre Augen blickten böse.

»Wer bietet mehr?« er wandte sich an Anselm von Deinharting. »Wolltet Ihr nicht mehr bieten, Herr?«

»Ein halber Taler ist genug.«

»Ihr seid ein starrsinniges Volk. Also gut... aber auf die Hand.«

Anselm von Deinharting zahlte und sagte zu den Bauern: »Ihr müßt eine Trage für das Bildwerk machen. Wir können die Mutter Gottes doch nicht auf den Armen oder einem Bauernwagen nach Deinharting bringen.«

Die Männer machten sich sofort ans Werk; zerbrochenes Holz lag genug im Klosterhof herum. »Das wird das Volk Euch danken«, raunte der Wirt.

»Glaubt Ihr? Ich weiß es nicht. Jedenfalls hab ich es nicht deshalb getan. Hört Ihr, ich ertrage das hier nicht länger. Würdet Ihr für mich bieten? Aber mehr als zehn Gulden hab' ich nicht.«

»Das wird reichen. Wer kann es sich schon erlauben, Land zu kaufen?«

Anselm von Deinharting gab dem Wirt seinen Geldbeutel und ritt dann im Schritt, der kleinen Prozession mit der lächelnden Mutter Gottes voran, nach Deinharting.

Der dicke Schwaiger behielt recht. Da niemand außer ihm bot, und dem Auktionator an dem Stück Land nichts gelegen war, bekam er es sogar für die Hälfte des Geldes. Er spielte sogar mit dem Gedanken, ehrlich abzurechnen, denn er wußte wohl, wie knapp der Hofmarksherr, der seinen Ältesten hatte auszahlen müssen, bei Kasse war. Aber dann verwarf er die Idee aus Prinzip, denn er war überzeugt, daß jeder auf der Welt selbst zusehen mußte, wie er an Geld kam und es zusammenhielt. Für sich selbst erstand er das Schloß Karpfing, einen hübschen Rokokobau, inmitten eines Parks gelegen und rundum von gutem Land umgeben, das dem Kloster als Erbe einer Dame zugefallen war, die sich nach einem munteren Lebenswandel im Alter der Kirche zugewandt hatte.

Alles, was keinen Interessenten fand, Klostergebäude, Landwirtschaft und Wälder, verfiel dem Staat Bayern.

Eines frühen Morgens Ende Mai arbeitete Antoinette im Schloßgarten. Sie hatte es sich zur Aufgabe gemacht, dieses schöne Stück Erde vor der Verwahrlosung zu retten, denn es gab niemanden, der dafür verantwortlich war. Der Vogt schickte hin und wieder einen Knecht, um nach dem Rechten zu sehen, aber immer dann, wenn der Garten einer pflegenden Hand bedurfte, waren auch die Felder zu bestellen, und so kam es, daß das Unkraut alles überwuchert hätte, wenn Antoinette nicht gewesen wäre, denn aus der Kindheit war ihr die gar nicht standesgemäßt Freude an körperlicher Betätigung und Bewegung im Freien geblieben.

So hockte sie vor dem Rosenbeet, barfuß, in einem einfachen Kittel, ein verblichenes Tuch um das Haar geschlungen, und beschnitt die wilden Triebe, als ein junger Mann über die Mauer lugte. »Gott zum Gruß, Dirn!« rief er mit fröhlicher Stimme.

Antoinette richtete sich auf, und noch ehe sie sein Ränzel und das Skizzenbuch sah, wußte sie, daß sie Ignatz von Müllern, Beatas Verlobten, vor sich hatte, im gleichen Augenblick aber spürte sie ein nie gekanntes Gefühl, ein spontanes, rückhaltloses Hingezogensein. Errötend und verwirrt, wie es sonst durchaus nicht ihre Art war, stand sie da, und wußte kein Wort zu sagen.

»Ist das Schloß Deinharting?« fragte Ignatz von Müllern. Antoinette nickte. »Dann bin ich richtig!«

Mit äußerster Willenskraft war es Antoinette gelungen, ihre Beherrschung wiederzugewinnen. »Es ist noch zu früh für einen Besuch«, bemerkte sie.

»Was sagen Sie da?! Ich dachte, auf dem Land stehen die Leute früh auf... sie arbeiten ja auch längst auf den Feldern.«

Antoinette mußte lächeln und empfand es als Befreiung. »Aber dies hier ist kein Bauerngut«, erklärte sie.

»Ich bin die ganze Nacht gewandert, der Mond schien so schön und jetzt...«

»Jetzt haben Sie Hunger, nicht wahr? Kommen Sie mit in die Küche, ich werde Ihnen etwas richten.«

»Das wäre sehr liebenswürdig von Ihnen!«

Antoinette legte ihr Arbeitsgerät in den Korb für das Unkraut und trat in den Hof hinaus. Das Schloß lag noch im Schlaf, selbst Peter war noch nicht im Stall bei den Pferden. Aus den Zwingern, in denen die Meute eingesperrt war, kamen einzelne, verschlafene Laute.

»Sie haben Glück, daß ich schon wach bin«, stellte sie fest.

»Ja, Glück muß der Mensch haben!« erwiderte er vergnügt.

Antoinette stellte ihren Korb neben die Pumpe, in der Hoffnung, daß jemand ihn später forträumen würde, ihr selbst würde wohl kaum die Zeit dazu bleiben. »Kommen Sie mit!«

Da er sie für eine Magd hielt, hatte er sie deutsch angesprochen. »Jetzt sagte er: »Du sprichst so komisch.«

Sie wußte, daß er damit ihren immer noch vorhandenen französischen Akzent meinte, hatte aber keine Lust, ihn aufzuklären. Statt dessen behauptete sie: »Ich habe spät sprechen gelernt, Herr, wahrscheinlich rührt es daher.«

»Klingt reizend. Ich habe so etwas noch nie gehört!« Es sah ihr tief in die Augen. »Du bist überhaupt ein reizendes Kind.«

Antoinette empfand weder seinen Blick, noch die Berührung unangenehm, dennoch erkannte sie, daß es Zeit war, dem Spiel ein Ende zu machen. »Ich glaube, ich muß das gnädige Fräulein vor Ihnen warnen«, sagte sie.

»Wie meinen Sie das?«

»Das ist nicht schwer zu verstehen. Sie sind doch der Verlobte des gnädigen Fräuleins!« – Das war eine Feststellung, und doch schwang eine Frage darin; noch klammerte Antoinette sich an ein Fünkchen Hoffnung, daß er es nicht wäre.

Aber er fragte erstaunt: »Woher wissen Sie das?«

»Wir erwarten seit Tagen Ihre Ankunft!«

Jetzt war es an ihm, verlegen zu werden; der Gedanke, daß seine Existenz im Schloß ausführlich durchgesprochen worden war, behagte ihm gar nicht. »Du bist eine neugierige und naseweise kleine Person!«

»Aber nein«, konterte sie lächelnd, »ich habe hier gewisse Rechte.«

»Ich glaube, ich werde mit dem gnädigen Fräulein über dich sprechen müssen.«

Antoinette konnte der Versuchung nicht widerstehen, ihn noch ein wenig zu necken. »Oh, bitte nicht«, flehte sie, scheinbar zerknirscht, »das wäre gar nicht nett von Ihnen.«

»Das gnädige Fräulein kann wohl recht streng sein?«
»Im Gegenteil: sie ist sehr gütig!«
Antoinette hatte ihn in die riesige Küche geführt. »Sie möchten sicher einen Kaffee«, sagte sie, »aber den werde ich Ihnen nicht kochen. Es ist besser, Sie ruhen sich noch ein wenig aus, bis die gnädige Frau aufsteht.«
»Und wenn ich nun auf dem Kaffee bestehe?«
»Als Gast müssen Sie mit dem vorliebnehmen, was Sie vorgesetzt bekommen!« Antoinette holte einen Krug aus der Speisekammer und goß kalte, sahnige Milch in einen der einfachen Becher aus Keramik, die das Personal benutzte; das Porzellan wurde im Speisesaal aufbewahrt. »Da, bitte, trinken Sie!« Sie reichte ihm den Becher, vergewisserte sich, daß im Herd noch Glut war und legte ein paar Scheite nach. »Eine warme Suppe wird Ihnen guttun!« Sie schöpfte Brühe aus dem gewaltigen Topf in ein kleineres Gefäß, stach mit der Gabel in ein großes Stück Rindfleisch, schnitt eine Scheibe ab, zerkleinerte sie auf einem Holzbrett und tat es in die Suppe.
»So eine Milch habe ich noch nie getrunken«, gestand der junge Mann.
»Das glaube ich Ihnen, die kriegt man in der Stadt auch nicht!« Antoinette holte eines der von Margarethe Meyr gebackenen Brote aus der Kammer, schnitt eine Scheibe ab und bestrich sie fingerdick mit Butter. »Und so eine Butter auch nicht! Warten Sie, ich streue Ihnen noch ein bißchen Schnittlauch darauf!« Mit geschickten Fingern zupfte sie einige Stengel Schnittlauch ab, die in einem Glas Wasser auf dem Fensterbrett getanden hatten. »So, das wäre für den ersten Hunger! Mich werden Sie jetzt für ein paar Minuten entschuldigen!«
Er hielt sie am Kittel zurück. »Warum? Wo willst du hin?«
Sie gab ihm einen Klaps auf die Finger. »Das werden Sie schon sehen!« Sie eilte hinaus, um auf der Wiese hinter dem Schloß Sauerampfer zu pflücken; es war ihr nicht so sehr darum zu tun, Ignatz von Müllern mit einer besonders guten Suppe zu stärken, als Ordnung in ihre Gefühle und Gedanken zu bringen. Sie wußte nicht, wie ihr geschehen war, und hatte es nie für möglich gehalten, aber diesem jungen Mann, den sie nur aus Beatas Erzählungen und erst wenige Minuten kannte, war ihr ganzes Herz entgegengeflogen. Sie brauchte alle Kraft, um sich klarzumachen, daß zwischen ihr und Ignatz von Müllern nie mehr sein durfte als Freundschaft. Er gehörte zu Beata, wie Thomas zu ihr. Sie fand sich damit ab, aber sie spürte, daß sie sich selbst fremd geworden war. Wenn ein anderes Mädchen ihr solch einen Sturm der Gefühle gebeichtet hätte, sie würde mitleidig darüber gelächelt haben. Was war schon an wallenden Locken, einem heiteren, schwellenden Mund und nachdenklichen braunen Augen! Tief atmete sie die reine, nach Gras und Kräutern duftende Luft ein, und allmählich gelang es ihr, sich zu beruhigen.
Als sie in die Küche zurückkam, hatte der junge Mann sein Schnitt-

lauchbutterbrot fast aufgegessen. Antoinette lächelte ihm zu – schwesterlich, wie sie selbst glaubte –, hackte den Sauerampfer, den sie draußen unter der Pumpe gewaschen hatte, mit flinken Fingern klein, zog die Suppe vom Feuer und gab das frische Grün hinein.

Er hatte sich an den Tisch gesetzt, beobachtete sie bei der Arbeit und freute sich an der Anmut ihrer Bewegungen. »Eine Magd wie dich«, sagte er, »könnten wir wohl brauchen! Möchtest du das gnädige Fräulein nicht in ihr neues Heim begleiten?«

»Ich gehöre nach Deinharting«, erwiderte sie, goß die Suppe in eine hölzerne Schüssel, tat einen guten Löffel voll frischer Sahne hinein und stellte sie vor ihn auf den Tisch.

»Du weißt nicht, wie schön es in München ist!« Er nahm einen Löffel voll und sagte erstaunt: »Das schmeckt ja wunderbar!«

»Lassen Sie sich Zeit beim Essen, ich mache inzwischen Ihr Bett. Wir werden Sie über dem Stall einquartieren, ich hoffe, es macht Ihnen nichts aus?« Man hatte sich zu dieser Lösung entschlossen, weil es unschicklich gewesen wäre, wenn der Maler mit seiner Braut unter dem gleichen Dach gewohnt hätte, man aber nicht annahm, daß er auf längere Zeit ein Zimmer im Gasthof bezahlen konnte.

»Nicht das Geringste!« erwiderte er vergnügt. »Ich habe auch schon im Heu geschlafen!«

»Dann ist es ja gut!« Sie lief ins Haus und kam wenig später mit einem Stoß frischer Wäsche zurück. »Ich werde Sie holen«, versprach sie und verschwand.

Inzwischen war Peter gekommen und hatte, zu ihrer Erleichterung, die Stalltür geöffnet. Sie rief ihm einen Gruß zu und kletterte die Leiter hinauf. Eine der beiden Kammern war unter Beatas Anleitung gründlich geputzt worden und man hatte sogar ein Bett, einen Schrank und eine Kommode hineingestellt. Antoinette zog das weiße, frisch duftende Laken über die Matratze. Sie arbeitete rasch, und dennoch stand sie noch über das Bett gebeugt und schüttelte die Kissen auf, als Ignatz von Müllern die Kammer betrat. Er bewunderte ihr kleines rundes Hinterteil, das sich deutlich unter dem verwaschenen Kittel abhob und hätte am liebsten sein Skizzenbuch gezückt.

Antoinette richtete sich auf und sah sich ihm gegenüber; ein Laut der Überraschung kam über ihre Lippen. »Ich hatte Sie doch gebeten, zu warten!«

»Ich war eben neugierig!«

»Tut mir leid für Sie! Jetzt müssen Sie noch einmal hinunter und sich warmes Wasser holen.«

»Sie haben keine Zeit mehr für mich?«

»Nein, ich muß mich um die Kinder kümmern.«

»Um was für Kinder?«

»Das werden Sie bald erfahren, aber jetzt, bitte, lassen Sie mich durch!«

Er fand sie ungemein reizvoll mit den braunroten Locken, die unter dem Kopftuch hervorquollen und den blauen Augen, die so klar und unerschrocken blickten. Am liebsten hätte er sie in die Arme genommen, wie er es auf seinen Reisen häufig mit den Mägden in Gastwirtschaften oder Bauernhäusern getan hatte, und nur selten hatte eine sich gewehrt. Aber er begriff, daß er dies mit einer Person, die zum Haushalt seiner Braut gehörte, nicht tun konnte, und verwünschte wieder einmal die Bindung, die er eingegangen war. Sie so ohne weiteres gehen zu lassen, konnte er sich jedoch nicht überwinden. »Ich würde dich sehr gern zeichnen, Dirn!« Er faßte sie bei der Hand.

Sie entriß sie ihm sofort und legte sie auf den Rücken. »Halten Sie mich nicht länger auf, ich habe Pflichten!«

Er seufzte in komischer Verzweiflung. Also gehörte sie doch nicht zu den Mädchen, die man ohne weiteres aufs Bett werfen konnte.

Antoinette erriet seine Gedanken und mußte lächeln. »Sie sind recht schlimm, mein Herr! Ich glaube, man sollte das gnädige Fräulein vor Ihnen warnen!« Sie schlüpfte an ihm vorbei und die Leiter hinunter. »Kümmen Sie sich um Ihr Wasser! Sie wollen Ihrer Braut doch nicht schmutzig gegenübertreten!« Er folgte ihr, aber als er den Hof betrat war sie schon im Schloß verschwunden.

Erst Stunden später, als Beata ihn freudig begrüßt und ihrem Vater vorgestellt hatte, sah er sie wieder. Beata hatte ihn in das obere Erkerzimmer geführt, wo Elisabeth an einem Gobelin arbeitete und Antoinette ihr mit einer Flickarbeit Gesellschaft leistete.

»Mein Bräutigam!« verkündete Beata stolz. »Meine Mutter... eigentlich meine Stiefmutter... und Antoinette Comtesse de Beaujeux!«

Ignatz von Müllern war, wie jeder Mann, von Elisabeths blonder kühler Schönheit beeindruckt und beugte sich verwirrt über ihre Hand – verwirrt jedoch Antoinettes wegen, in der er auf den ersten Blick das Mädchen vom Morgen erkannte. Jetzt trug sie ein einfaches, aber modisch geschnittenes Hauskleid und das Haar locker frisiert. Und er begriff nicht mehr, wie er je hatte verkennen können, daß sie eine Dame war.

Ohne sich ihre Befangenheit anmerken zu lassen, reichte sie ihm die Hand. »Ich freue mich sehr, Sie kennenzulernen, Herr von Müllern... das gnädige Fräulein hat mir viel von Ihnen erzählt!« Sie sprach jetzt, wie die anderen auch, französisch, ihre Muttersprache, die ihr immer noch leichter und eleganter über die Lippen kam.

»Oh, seid doch nicht so steif!« rief Beata. »Seit wann bin ich denn für Sie das gnädige Fräulein, Tonette? Und Sie, Ignatz, dürfen die Comtesse ruhig beim Vornamen nennen! Sie ist eine Ziehschwester von mir... so kann man doch wohl sagen, Mama? Und wie ich meinen Vater kenne, wird sie uns von nun an auf Schritt und Tritt begleiten.«

»Das möchte ich nicht«, sagte Antoinette abwehrend.

»Glauben Sie nur nicht, daß wir Wert darauf legen, aber Sie werden es müssen!«

»Dein Ton gefällt mir nicht Beata«, sagte Elisabeth tadelnd.

Das junge Mädchen fuhr auf. »Was ist daran auszusetzen?«

»Alles. Ich verstehe ja, daß du über den Besuch deines Verlobten glücklich bist, dennoch ist das kein Grund, so stürmisch und unbeherrscht zu sein.«

Mit hochrotem Kopf zog Beata den jungen Mann aus dem Zimmer. »Kümmern Sie sich nicht um Mama«, sagte sie böse, »sie ist kalt wie ein Fisch.«

»Sie ist aber sehr schön.«

»Ja, Sie sehen immer alles nur mit den Augen des Malers!«

»Ärgern Sie sich nicht, Beata, erzählen Sie mir von der Comtesse.«

»Ach, sie ist langweilig und eigentlich fast noch ein Kind. Kommen Sie! Nutzen wir die Zeit, wo wir unbeaufsichtigt sind!« –

Drinnen im Erkerzimmer sagte Elisabeth: »Du solltest ihnen nachgehen, Tonette!«

»Bitte nicht, *ma tante!*«

»Ich weiß, es ist eine undankbare Aufgabe, aber jemand muß sie übernehmen, Beata...«

»Es ist mir wirklich sehr zuwider!« bekannte Antoinette. »Bitte, *ma tante,* könnten Sie sich nicht selbst um Beata kümmern?«

»Ich?« fragte Elisabeth verblüfft, die gar nicht auf diesen Gedanken gekommen war. »Nein, ich bin zu alt, um mit den jungen Leuten Schritt zu halten.«

»Dann werden die beiden sich Ihnen eben anpassen müssen. Eine Anstandsdame braucht doch nicht jung zu sein.«

»Aber das wäre sehr unbehaglich für mich.«

»Ich weiß, *ma tante,* aber für mich... wäre es unerträglich.«

»Weil du selbst noch keinen Verehrer hast?«

»Nein, das ist es nicht, aber ich habe schon einmal den Störenfried spielen müssen, und ich weiß, daß es diesmal noch schlimmer werden würde. Im übrigen... Beata ist erwachsen, und daran, daß diese Heirat zustande kommt, ist nicht zu zweifeln. Warum überläßt man sie nicht sich selbst?«

»Unmöglich!«

»Ich jedenfalls will nicht wieder den Aufpasser spielen.«

»Und wenn ich dich sehr darum bitte?«

Antoinette zögerte, dann schüttelte sie den Kopf. »Ich habe Ihnen noch nie einen Wunsch abgeschlagen, *ma tante,* aber diesmal muß ich es tun!« Mit Überwindung fügte sie hinzu: »Es könnte sonst ein Unglück geben!«

Elisabeth blickte betroffen auf. »Er gefällt dir also?«

»Sehr!«

»Nie hätte ich geglaubt, daß gerade du so schnell Feuer fangen könntest!«

»Ich auch nicht«, bekannte Antoinette, »aber ich denke, es wäre nicht gut, diesen Flammen Nahrung zu geben.«

»Gewiß nicht!« Seufzend steckte Elisabeth die Nadel in ihre Handarbeit. »Der Himmel scheint uns keine Prüfung zu ersparen.« Sie küßte Antoinette leicht auf die Wange – eine seltene Zärtlichkeit dieser sonst so kühlen Frau. »Ich danke dir!«

»Dazu besteht kein Grund.«

»Doch! Oder hast du nicht wenigstens einen Augenblick lang daran gedacht, Beata ihren Bewerber abspenstig zu machen?«

»Ich könnte ihr das nicht antun.«

»Eben dafür danke ich dir. Vielleicht tröstet es dich ein wenig, Tonette: Verzicht kann manchmal ein größeres Glück bedeuten als Erfüllung!«

Anselm von Deinharting staunte, als die Magd des Posthalters ihm eines Morgens einen Brief an Antoinette aushändigte; es war das erste Mal, daß das junge Mädchen Post erhielt.

»Woher?« fragte er mißtrauisch und betrachtete das versiegelte Schreiben von allen Seiten.

»Aus Innsbruck«, erklärte Anna, welche die Hände in die Hüften gestemmt, den Hofmarksherrn nicht aus den Augen ließ.

»Wen könnte die Comtesse denn in Innsbruck kennen?«

»Er kann auch aus Wien kommen oder von noch weiter weg, wo die Wilden wohnen! Sie ist doch selbst eine Auswärtige!«

»Sie ist Französin, du Dumme!«

»Wo ist da der Unterschied?« fragte Anna unbelehrbar.

Anselm von Deinharting steckte den Brief ein, der ihn beunruhigte. Er vermutete, daß Lucille, der die Trennung von Elisabeth nicht schnell genug ging, sich jetzt hinter Antoinette steckte. Zwar wohnte sie in Salzburg, aber das besagte nichts, sie konnte ja inzwischen nach Innsbruck gereist sein.

Er sprach, den Brief in der Hand wiegend, mit Friedrich König darüber. »Ob ich ihn öffnen soll?«

»Das würde ich nicht tun«, riet der Freund, »Antoinette war Ihnen gegenüber immer loyal und das sollten Sie auch sein.«

»Sie haben recht, Frédéric. Man tut sich etwas zugute auf seine Ehrenhaftigkeit, dabei kann man so leicht in Versuchung kommen.« Entschlossen steckte er den Brief ein und übergab ihn später, vor dem Mittagessen, Antoinette.

Er blieb vor ihr stehen, während sie das Schreiben, ebenfalls überrascht, hin und her wendete. Sie hob den Kopf und blickte ihn zweifelnd an. »Er ist nicht von Lucille«, erklärte sie, »ich kenne die Schrift nicht.«

»Ich dachte nicht ... wie kommst du darauf!« verteidigte er sich, gab das Leugnen dann aber auf. »Ich habe deine Mama in Salzburg getroffen!«

»Und wie geht es ihr?« fragte Antoinette höflich.

»Glänzend.«

»Das freut mich.« Sie riß das Schreiben auf und überflog die ersten Zeilen. »Es ist Afra«, sagte sie, »sie hat die Adresse anscheinend von fremder Hand schreiben lassen, um von ihrem Vater unentdeckt zu bleiben.«

»Ach so.« Der Hofmarksherr verlor sofort das Interesse.

Antoinette hätte dafür sorgen müssen, daß Thomas und Auguste sich nach der Schulstunde die Hände wuschen, aber ausnahmsweise versäumte sie diese Pflicht. Statt dessen zog sie sich in einen jener stillen Winkel zurück, an denen das Schloß reich war, und verschlang das Schreiben, das in Afras immer noch ein wenig holprigem Französisch abgefaßt war.

»Es hat mir sehr leid getan«, hieß es da, »daß ich mich nicht von Dir verabschieden konnte, aber es mußte alles geschwind und heimlich gehen. Vielleicht fürchtete ich auch, Du würdest meinen Schritt mißbilligen, wie ich jetzt mit ganzer Seele hoffe, daß Du mich verstehst, wie Du mich immer verstanden hast. Nein, ich bin nicht ins Unglück geraten, weil ich Dir schreibe, mir geht es besser als Du Dir vorstellen kannst. Denke Dir, ich wohne in dem Palais Posadowsky am Graben. Du kannst mir dahin schreiben. Aber das kommt nur davon, weil die Wiener Innenstadt so eng ist, daß die Schloßbesitzer in der Regel nur das Erdgeschoß und den ersten Stock bewohnen und alles andere vermieten. So wohne ich im zweiten Stock, was immer noch als sehr schick gilt. Felix hat mich – Du wirst Dir gedacht haben, daß er es war, mit dem ich geflohen bin – dort untergebracht. Ich lebe mit einer Baronin von Schönerer zusammen, die als meine Tante gilt. Sie ist eine Person von Diskretion, über die man sich allerdings einige Geschichten erzählt. Zuerst hat sie versucht, an mir herumzunörgeln, aber ich habe sie wissen lassen, eine wie gute Erziehung ich im Schloß genossen habe. Ich war ein bißchen hart mit ihr, weil Felix doch für mich zahlt. Seitdem kuscht sie, aber vertraut sind wir nicht miteinander. Trotzdem gefällt es mir in Wien. Wir haben ein Hausmädchen und einen Diener, und ich habe sogar eine eigene Zofe. Felix ist ein lieber Junge und kauft mir, was ich will. Es behagt mir zwar nicht, wie er sein Geld verdient – Du wirst schon wissen, wie –, einmal sind wir reich und dann wieder in der Klemme – aber ich habe mir einiges zurückgelegt, so daß mir nicht viel geschehen kann. Wir führen ein sehr fröhliches Leben, besuchen Bälle und Bankette, machen Ausritte in den Prater, und sind selten allein. Felix ist sehr beliebt bei den Kameraden, sie alle haben bis zu ihrer Verehelichung oder auch noch länger, Freundinnen; natürlich keine Damen der Gesellschaft, sondern Mädchen aus dem Volk. Sie sind hübsch, lustig und vergnügt, aber sobald eine aus dem Zimmer geht, wird über sie hergezogen, was mir nicht gefällt. Auch kommen sie mir recht dumm vor, und sie haben natürlich auch nur sehr wenig gelernt – sie können nicht einmal Französisch, nur ein paar Phrasen. An ihre Zukunft denken sie überhaupt nicht, was mir sehr sonderbar vorkommt. Sie scheinen ganz zufrieden damit, später vom schönen Leben Abschied zu nehmen und einen Arbeiter oder Handwerker zu heiraten. Ich halte beide Augen offen. Eines Tages werde ich meine Chance haben und sie mit beiden Händen ergreifen – auch wenn es nicht Felix ist, der sie mir bietet. Er ist ein guter Junge, aber ein leichtes Blut. Die feschen Wienerinnen sind hinter ihm her, wie Du Dir denken kannst, aber ich halte ihn fest an der Kandare. Noch hat er nur Augen für mich. Du brauchst Dir keine Sorgen um mich zu machen. Und wie geht es ihn Deinharting? Was macht der Hofmarksherr...«

Hier mußte Antoinette ihre Lektüre unterbrechen, denn der Gong zum Essen ertönte. Es fiel ihr nicht schwer, denn sie glaubte, alles Wichtige erfahren zu haben. Sie konnte nicht ahnen, daß das Leben ihrer Freundin eine entscheidene Wendung nehmen sollte.

Mitternacht war vorbei, als Afra und Felix von Lingen nach Hause kamen, so leise wie möglich, um die Baronin nicht zu stören, wobei sie aber nicht verhindern konnten, im Dunkeln immer wieder an ein Möbelstück zu stoßen. Endlich gelang es Afra, eine Kerze zu entzünden.

Die Wohnung der Baronin Schönerer im Palais Posadowsky war gediegen, wenn auch recht überladen eingerichtet, vollgestopft mit Sesseln, Sofas, Tischchen und Kommoden aus der Rokokozeit, die nicht recht zu den riesigen, mit Schmuck überladenen Schränken des Barock passen wollten. Aber da die Baronin die Hauptmieterin war und Afra nur als Besucherin galt, hatte das junge Mädchen nichts daran ändern können und auch nicht wollen, denn sie verglich die Einrichtung nicht mit der geschmackvollen Ausstattung des Deinhartinger Schlosses, wo die Möbel verschiedener Stilarten einander behutsam angepaßt worden waren, sondern mit ihrer kargen Kammer im Gasthof. Wenn sie daran zurückdachte – und sie tat es oft, besonders in Stunden der Niedergeschlagenheit, um sich ihren Aufstieg zu verdeutlichen –, mußte sie ihr neues Heim geradezu elegant nennen. Auch ihre Freundinnen – jene Wiener Madln, von denen sie Antoinette geschrieben hatte – beneideten sie um die luxuriöse Wohnung, wenn sie sie auch, hinter ihrem Rücken, was Afra genau wußte, eine Abenteurerin nannten, mit der es gewiß ein schlechtes Ende nehmen würde.

Afra trat vor den hohen Spiegel. Sie, die in ihrem neuen Leben reichlich Zeit hatte, sich zu pflegen, war schön geworden. Obwohl sie anders war als die anderen Mädchen oder vielleicht gerade deshalb – ihr fehlte das Sanfte, Schmeichlerische, Kätzchenhafte, sie war ernst und herb geblieben – zog sie stets das Interesse der Herren auf sich.

Auch dieser Abend, den sie mit Felix von Lingen und seiner Clique im berüchtigten »Krowotendörfl«, wie der Spittelberg zu jener Zeit genannt wurde, durchzecht hatte, war für sie ein voller Erfolg gewesen. Dazu hatte gewiß beigetragen, daß sie sich nicht wie die anderen Mädchen dazu hatte bewegen lassen, »nur so zum Spaß«, die Volkstracht, einen kurzen bunten Rock und ein enges schwarzes Mieder anzulegen, sondern darauf bestanden hatte, als modisch gekleidete Dame von Stand aufzutreten.

Felix von Lingens hübsches Gesicht tauchte hinter ihr im Spiegel auf, und sie spürte den Druck seiner Lippen auf ihren bloßen Schultern. »Du warst wieder amal wunderbar«, sagte er in seinem weichen Wienerisch, »mit dir habe ich mir die Richtige eingehandelt.«

Sie wandte sich ihm zu. »Glaubst du gar, du hast mich gekauft?«

»Natürlich nicht! Sei doch nicht so empfindlich.«

»Das pflegen Frauen in meiner Situation meist zu sein.«

»Ich bitte dich! Fang nicht wieder davon an.« Eine ärgerliche Falte stand über seiner Nasenwurzel. »Du weißt, daß ich dich nicht heiraten kann.«

»Damit, mein lieber Bub, habe ich mich längst abgefunden, du solltest aber wenigstens auf meine Gefühle Rücksicht nehmen.« Sie musterte sich noch einmal im Spiegel. »Du hast übrigens recht gehabt, die Farbe ist gewagt, aber für den heutigen Abend wie geschaffen.« Ihr sehr freizügiges Seidenkleid war von einem leuchtenden Rot. Die langen goldenen Gehänge aus den Ohren nehmend, fragte sie: »Willst du dich nicht ausziehen?«

»Es tut mir unendlich leid, Liebling...« Seine langbewimperten Lider flatterten und um seinen Mund spielte ein charmantes Lächeln. Sie verstand sofort. »Du willst noch einmal fort?«

»Ja, Liebling, es muß sein. Ich bin verabredet.«

»Du hast getrunken.«

»Was soll's schon!«

»Zum Spielen braucht man einen klaren Kopf.«

»Wer sagt dir denn, daß ich spielen will?«

»Ich kenne dich inzwischen ziemlich gut.«

»Noch lange nicht gut genug! Nein, es ist nichts mit Spielen heute nacht. Ich will einfach noch ein wenig mit den Kameraden beisammenbleiben und gemütlich weitersaufen... ohne Weiber.«

»Ich hatte nicht den Eindruck, daß ihr euch unseretwegen Zwang angetan hättet«, sagte sie, ließ das rote Seidenkleid zu Boden gleiten und stand jetzt fast nackt, nur mit einem Hemdchen und langen dünnen Strümpfen bekleidet, vor ihm. »Ach, Felix!« Sie streckte die glatten, wohlgerundeten Arme nach ihm aus. »Ich hatte mich so auf unser Alleinsein gefreut!« – Das entsprach nicht der Wahrheit, denn die körperliche Liebe war ihr zwar nicht unangenehm, doch durchaus nicht zu einer Leidenschaft oder einem Bedürfnis geworden; sich im anzubieten war ein letzter Versuch, ihn zu halten.

»Du bist schön!« sagte er, streichelte ihren Körper und fühlte, wie sie erschauerte. »Vielleicht sollte ich wirklich...« Dann stieß er sie grob von sich, so daß sie strauchelte und nur mit Mühe das Gleichgewicht behielt. »Nein, meine Süße... heute ist Herrenabend.« Er ließ sie stehen und eilte hinaus.

Sie empfand die Demütigung, ließ es sich jedoch nicht anmerken. »Komm bald!« rief sie ihm nach. »Ich hab' Sehnsucht nach dir!« Statt einer Antwort hörte sie die Wohnungstür ins Schloß fallen. Tränen traten ihr in die Augen, denen sie jedoch nicht freien Lauf ließ. Mit zusammengepreßten Lippen zog sie sich aus, hängte ihr Kleid auf und legte die Strümpfe sorgfältig über einen Sessel – erst morgen, bei Tageslicht, würde sie feststellen können, ob alles noch heil und sauber war. Nachdem sie die Kerzen bis auf eine gelöscht hatte, kletterte sie in das Himmelbett.

Eben noch, beim Heimkommen war sie sehr müde gewesen, jetzt hielt sie die Sorge wach. Von ganzem Herzen wünschte sie, daß sie hätte beten können. Aber sie wagte es nicht, denn sie war sich wohl bewußt, daß sie in Sünde lebte. Sie hatte sich von Gott abgewandt, also konnte sie ihn jetzt auch nicht um Hilfe bitten.

Dieser Zustand bedrückte sie. Sie wußte zwar, daß alle Menschen immer wieder gegen Gottes Gebote verstießen. Aber wenn sie nur beichteten, war alles wieder in Ordnung. So hatte es auch ihr Vater gehalten. Er war nie davor zurückgeschreckt, jeden, mit dem er Geschäfte machte, übers Ohr zu hauen. Aber danach war er brav zu Pfarrer Reiter gegangen, hatte Reue bekundet und fest versprochen, sich zu bessern – vielleicht hatte er sich das sogar jedesmal wieder ehrlich vorgenommen. Aber sie konnte nicht mit gutem Gewissen versprechen, sich von Felix von Lingen zu trennen. Wohin hätte sie sich denn wenden können? Nach Deinharting zurück? Daran war nicht zu denken. Der Vater würde sie verprügeln und als Magd in der Wirtschaft arbeiten lassen. Im Schloß würde man sie gewiß nicht wiederaufnehmen, und sie wäre zum Spott und zur Schande des Dorfes geworden.

Hier in Wien zu bleiben und auf anständige Weise den Lebensunterhalt zu verdienen, war auch nicht möglich. Um als Kindermädchen unterzukommen, fehlten ihr die Empfehlungen, zum Nähen waren ihre Hände nicht geschickt genug, und daß sie für fremde Leute die Fußböden schrubbte, das konnte sogar Gott nicht von ihr verlangen. Nein, sie hatte gar keine Wahl, sie mußte eine Zeitlang ohne ihn fertig werden. Eines Tages würde dieser Abschnitt ihres Lebens zu Ende gehen, so oder so, und dann war immer noch Zeit, zu beichten und zu beten. Inständig hoffte Afra, daß es nicht mehr lange dauern würde, und war sich dabei gar nicht bewußt, daß dies schon ein Gebet war. Lange lag sie so in sorgenvollem Grübeln, dann fielen ihr die Augen zu und sie schlummerte ein.

Afra erwachte davon, daß sie wachgerüttelt wurde, hatte das Gefühl, nur wenige Minuten geschlafen zu haben, und schrie erschrocken auf. Eine Hand legte sich auf ihren Mund. »Sie still, dumme Pute!«

Erst jetzt erkannte sie Felix von Lingen. In dem flackernden Licht der fast herabgebrannten Kerze war sein Gesicht rot und verzerrt, die blauen Augen, die gewöhnlich so unschuldsvoll blickten, wirkten fast schwarz. »Gib mir dein Geld!« forderte er. »Wo ist es?!« Er gab ihren Mund frei.

»Aber ich habe nichts!« log sie – in Wirklichkeit hatte sie die Taler, die sie aus Deinharting mitgenommen hatte, nicht angerührt und gut versteckt.

»Lüg nicht!« Er sprach leise, um die Baronin nicht zu wecken, aber sein Flüstern klang bösartig. »Jede Frau schafft sich Geld zur Seite!«

»Wovon? Du gibst mir ja kaum genug für die notwendigen Ausgaben!«

Als Antwort schlug er sie links und rechts ins Gesicht. »Unverschämte Kanaille!«

Noch nie zuvor hatte sie ihn so außer sich erlebt, noch nie hatte er sie geschlagen. Sie war entsetzt, aber es gelang ihr, die Fassung zu bewahren. »Du kannst mich totschlagen«, sagte sie kühn, »aber Geld wirst du bei mir nicht finden.«

»Dann gib mir deinen Schmuck!«

»Oh, Felix, bitte nicht! Ich hab' ihn von zu Hause und...«

»Das Gelump kannst du behalten! Ich will nur, was ich dir geschenkt habe, denn das gehört mir!«

Afra stieß sich nicht an der Unlogik seines Argumentes, sondern sagte kalt: »Dann nimm ihn dir. Die Ohrringe liegen vor dem Spiegel, das andere in der Schublade darunter.«

Felix von Lingen ließ die Ohrringe sofort in der Tasche seines Anzugs verschwinden, riß die Schublade auf, holte eine schwere goldene Kette und einen mit Edelsteinen besetzten Armreif heraus und betrachtete die Schmucksachen im Licht des Kerzenstummels. »Das wird genügen«, murmelte er.

»Wofür?«

»Um meine Verluste wettzumachen!«

»Um Gottes willen, Felix!« Sie richtete sich im Bett auf und versuchte, ihn festzuhalten. »Gib auf! Es geht mir nicht um den Schmuck, den kannst du behalten. Wir versetzen ihn morgen oder verkaufen ihn, dann haben wir fürs erste Geld und...«

»Was verstehst du denn schon!« Jetzt schrie er ohne jede Rücksicht und stürzte aus dem Zimmer.

Etwas später erschien die Baronin Schönerer, einen Kerzenleuchter in der Hand, in der Zimmertür, in Schlafhaube und Nachthemd, ein großes Tuch um die Schultern gelegt. »Ich habe ein Geräusch gehört«, sagte sie mißbilligend.

»Das tut mir leid.« Afra zwang sich zu einem Lächeln. »Ich bin auch geweckt worden.«

»War es Herr von Lingen, der die Tür zugeschlagen hat?«

»Entschuldigen Sie, bitte. Er war sehr erregt.«

»Worüber?«

Afra hielt es nicht für angebracht, ihre Vermieterin die Wahrheit auch nur ahnen zu lassen. »Wir hatten eine Auseinandersetzung«, sagte sie ausweichend.

»Mitten in der Nacht?«

»Ich kann nicht mehr tun als mich entschuldigen.«

Mit bösem Blick und verkniffenem Mund zog die Baronin sich zurück. Afra hörte sie draußen noch weiterschimpfen, aber es war ihr gleichgültig.

Vom Graben herauf drangen die Geräusche des erwachenden Tages. Afra sprang aus dem Bett und zog die schweren Portieren zurück. Jenseits der Straße gewahrte sie einen seltsamen Trupp Männer, alle waren mit grobem Leinen bekleidet und hatten lange Strohbesen in den Händen, mit denen sie das Pflaster kehrten. Erst bei näherem Hinsehen erkannte Afra, daß sie zu zweit aneinandergekettet waren. Ein Polizist begleitete sie und ließ, um sie anzutreiben, sein biegsames Haselstöckchen durch die Luft sausen. Es waren Strafgefangene, und daß sie sie gerade an diesem Morgen zum ersten Mal sah, nahm Afra als böses Zeichen.

Gewöhnlich schlief sie bis in den Tag hinein, aber heute war sie so erregt, daß sie sich entschied, in die Küche zu gehen und Kaffee zu kochen. Ihre Dienstboten wohnten jenseits der Stadtmauern, wo die Quartiere billig waren, und kamen erst später.

Afra hüllte sich in ihren eleganten Morgenrock und begab sich in die Küche, die sie mit der Baronin teilte. Das Bereiten des Kaffees und Zerstoßen des Zuckers nahm einige Zeit in Anspruch. Sie schlürfte langsam, am Fenster ihres Schlafzimmers sitzend. Danach wusch sie sich von Kopf bis Fuß mit Buttermilch, die sie mit lauem Wasser abspülte, und zog sich mit großer Sorgfalt an. Sie war längst fertig und Felix immer noch nicht zurück.

Ihr fiel ein, sich das rote Seidenkleid vorzunehmen, das sie am Abend zuvor getragen hatte, und entdeckte einige Rotweinflekken. Sie hätte später ihre Zofe beauftragen können, sie zu entfernen, übernahm es aber lieber selbst, denn ihre Garderobe war das Beste, was sie besaß, und es gehörte viel Sorgfalt dazu, den zarten Stoff mit warmem Wasser und Schwefelsäure zu bearbeiten.

Danach setzte Afra sich in das kleine, überladene Wohnzimmer und wußte nichts mehr mit sich anzufangen. Sie wagte nicht, sich Spekulationen hinzugeben, die der Grundlagen entbehrten, und bemühte sich, an gar nichts zu denken, was sie endlich entspannte.

Als Felix von Lingen erschien, sprang sie auf. Er war sehr blaß, die blonden Locken hatte der Schweiß verklebt, aber er lächelte und seine blauen Augen zeigten wieder den heiteren Unschuldsblick. »Du hast gewonnen!« sagte er.

»Du hast dein Geld zurück?« Sie flog ihm in die Arme.

»Nein, nein, ich habe alles verspielt. Aber mein Pech ist dein Glück. Wir können heiraten.«

Sie löste sich von ihm. »Das verstehe ich nicht.«

»Das ist doch höchst einfach. Ich habe einen Schuldschein unterschrieben, den ich niemals einlösen kann. Folglich muß ich mich erschießen. Da ich also nichts mehr zu verlieren habe, kann ich dich ebensogut heiraten. Du wolltest doch immer eine Dame von Stand werden.« Das alles erklärte er in fast heiterem Ton.

Afra war vor Erregung blaß geworden. Ihre Nasenflügel blähten sich. »Ist das wahr? Willst du mich wirklich heiraten? Oder soll das ein Scherz sein?«

»Ich will!«

»Dann brauchst du dich nicht zu erschießen. Wenn du mich heiratest, werde ich meinen Vater bitten, die Schuld zu begleichen. Er hat Geld. Ich weiß es.«

»Fünftausend Taler?« fragte er zweifelnd.

»Fünftausend?!« wiederholte sie entsetzt. »Du muß wahnsinnig geworden sein!« Rasch gefaßt fügte sie hinzu: »Aber mein Vater bringt das in Ordnung, wenn ich ihm den Trauschein zeige. Wann mußt du zahlen?«

»In drei Tagen.«

»Und an wen?«

»Kasimir Polinsky.«

»Mit diesem üblen Subjekt hast du dich eingelassen? Ich werde zu ihm hingehen und ihn um Aufschub bitten. Sei unbesorgt, ich werde es erreichen, und wenn ich mich ihm hingeben müßte.«

Sein müdes Lächeln vertiefte sich. »Das würde dir nichts ausmachen, wie?«

Sie fühlte sich durchschaut und sagte rasch: »Für dich, Liebling, wäre mir kein Opfer zu groß! Triff du also die Vorbereitungen zur Hochzeit, und ich spreche mit Polinsky! Die Baronin kann Trauzeugin sein und einer deiner Regimentskameraden.« Schon wollte sie aus dem Zimmer.

Er hielt sie fest. »Afra, selbst wenn dein Vater meine Schulden bezahlt... wovon soll ich leben? Wenn ich dich heirate, muß ich meinen Abschied nehmen, das weißt du.«

»Du wirst leben und irgendwie wird es weitergehen. Ist das nicht die Hauptsache? Eine Kugel durch den Kopf jagen kannst du dir immer noch. Erst einmal laß uns kämpfen!« –

Es geschah, wie Afra wollte. Polinsky, dem sie glaubhaft machen konnte, daß er sein Geld bekommen würde, räumte eine Frist von einem Monat ein. Afra und Felix von Lingen wurden im Stephansdom getraut. Es war eine schlichte Zeremonie, und an dem kleinen Festessen, zu dem Felix von Lingen Kameraden einlud, nahm Afra schon nicht mehr teil; sie hatte es eilig, nach Deinharting zu kommen. Aber so hastig ihr Aufbruch auch erfolgte, gab sie der Zofe doch Anweisung, ihre gesamte Garderobe zusammenzupacken, während sie die Matratze aufschnitt und ihren Beutel mit Gold herausholte. Sie schlüpfte in das gleiche Kostüm, in dem sie nach Wien gekommen war, damals allerdings mit wesentlich leichterem Gepäck.

Als sie zum Kärntner Tor hinausritt, empfand sie ein ungeheures Hochgefühl. Sie war jetzt Baronin Lingen. Den Titel konnte ihr niemand nehmen. Vielleicht würde ihr Vater den Preis für zu hoch halten, würde ihn nicht zahlen können oder wollen. Dann würde sie auf Felix verzichten müssen, aber die Baronin Lingen blieb sie. Doch sie traute ihrem Vater durchaus zu, die Spielschulden ihres Mannes auf einen Bruchteil der ursprünglichen Forderung herunterzuhandeln, da er ja nicht verpflichtet war, überhaupt etwas zu zahlen. Er war der einzige Mann, der diesem Polinsky gewachsen war. Ihr Vater würde stolz auf sie sein.

Afras Heimkehr als Baronin Lingen machte in Deinharting Sensation; tagelang war von nichts anderem die Rede.

Anselm von Deinharting, der die Wirtstochter immer gern gehabt hatte, freute sich aufrichtig, und Beata, der nur der Titel etwas galt, war bereit, sie anzuerkennen. Selbst Elisabeth hatte beschlossen, sich über die zweifelhaften Umstände dieser Heirat hinwegzusetzen und Afra zu empfangen; sie hatte viel von ihrer Selbstgerechtigkeit und ihrem Hochmut abgelegt.

So konnte Antoinette denn der Freundin versichern, daß ihr Besuch im Schloß erwünscht sei, und am Sonntag nach ihrer Rückkunft erschien Afra – zwar nicht in dem aufwendigsten ihrer Gewänder, sondern in einem betont schlichten Kleid, dessen Schnitt aber alles, was die Deinhartinger Damen trugen, übertraf.

Als man sie bewunderte, wehrte sie bescheiden ab: »Die Wiener Schneiderinnen haben halt mehr Schick als die aus Taufbeuren.«

Ignatz von Müllern holte sofort seinen Zeichenblock, um dieses energische Gesicht mit der breiten Stirn unter dem dichten schwarzen Haar, dem festen Mund und den blitzenden Augen zu skizzieren. Man plauderte freundschaftlich miteinander, und für Afra wa es die schönste Stunde ihres Lebens: endlich durfte sie sich mit den Schloßbewohnern gleichberechtigt fühlen. Felix, erzählte sie, habe aus Liebe zu ihr den Dienst quittiert, ihr Vater sei schon auf dem Weg nach Wien, um mit seinen Eltern über die Zukunft zu sprechen. Wahrscheinlich würden sie nach Schloß Karpfing ziehen und das dazugehörende Landgut selbst bewirtschaften, das sei jedenfalls ihr Plan, denn das bloße Nichtstun sei ihr verhaßt. Das war eine hübsche Geschichte, und sie erntete Sympathie und Bewunderung.

Anselm von Deinharting lud sie ein, im Schloß zu wohnen, bis in Karpfing alles fertig eingerichtet sei. Aber sie war sich der Gefahr wohl bewußt, sich bei einem Daueraufenthalt entweder durch betonte Damenhaftigkeit unbeliebt zu machen oder wieder in die Rolle einer Dienenden hinabzugleiten; sie lehnte daher höflich ab. »Ich bin sehr froh, daß ich wieder einmal eine Weile bei meinen Eltern leben darf«, erklärte sie in bester Haltung, »ich habe oft Sehnsucht nach ihnen gehabt.« Ihr Abgang war ein Erfolg.

Die Hochzeit von Beata und Ignatz von Müllern fand im Herbst statt, als das letzte Heu eingefahren und das bekränzte Vieh von den Almen getrieben worden war. Schon am Abend zuvor trafen alle Freunde und Verwandten in Deinharting ein: der Graf und die Gräfin Hollberg mit ihren Töchtern, Schwiegersöhnen und Enkelkindern, der Baron von Amertingen und Graf Kaltenbach mit ihren Familien. Emanuel war auf Urlaub heimgekehrt. Seit langem hatte es im Schloß nicht mehr so von Menschen gewimmelt, der große Saal war geöffnet worden, und Margarethe Meyr wäre mit der Verpflegung all dieser Gäste nicht fertiggeworden, wenn ihr nicht drei Mägde vom Gut zugeteilt worden wären. Einige der Knechte hatte man in die graugelben Livreen gesteckt, zwei andere hatten den gewandteren Peter im Stall abgelöst, so daß er jetzt im Schloß Dienst tun konnte.

Afra war mit ihrem Mann eingeladen worden, und sie absolvierte ihr erstes Auftreten in der Gesellschaft bemerkenswert ruhig und gefaßt, während Felix von Lingen an ihrer Seite wie ein zwar hübscher, aber blasser Schatten wirkte.

Beata glühte vor Stolz und Glück und trat ganz als Besitzerin des jungen Malers auf, so als spürte sie nicht, wie sehr sich sein Interesse Antoinette zugewandt hatte. Je weniger Gelegenheit er gehabt hatte, mit ihr zusammenzusein, desto stärker hatte es ihn zu ihr hingezogen. Aber Beata war klug genug gewesen, jede Eifersuchtsszene zu vermeiden und ihm nicht den mindesten Anlaß zu einem Streit zu geben, denn sie wußte, daß er sein Versprechen am liebsten zurückgenommen hätte. Doch sie wollte ihn haben, um jeden Preis; sie war entschlossen, seine Frau zu werden. So lastete über dem Fest eine Spannung, die sich in hektischer Fröhlichkeit entlud.

Auch Auguste, die ein elegantes Kleid aus rosa Seide bekommen hatte und morgen die Schleppe der Braut tragen sollte, war freudig erregt; zum ersten Mal fand sie Beachtung bei den jungen Herren. Nur Thomas stand abseits und beobachtete mit brennenden Augen die fröhlichen Menschen, die ihn umgaben. Für die Gäste war er ein Niemand, Auguste, sonst immer seine Beschützerin, hatte heute kein Auge für ihn, und Antoinette war so damit beschäftigt, die Dienstboten zu dirigieren, daß sie sich nicht um ihn kümmern konnte.

Nur Elisabeth fiel es auf, wie er da abseits in einer Ecke stand, die Hände auf dem Rücken und das dunkle Gesicht von Einsamkeit verdüstert. Sie ging zu ihm hin und beugte sich zu ihm herab: »Sei nicht traurig, Thomas! Bald wird alles anders für dich werden...« Mit großen, verständnislosen Augen sah er zu ihr auf.

»Deine Mutter kommt nach Schloß Deinharting!«

»Mutter?!« wiederholte er dies für ihn ganz ungewohnte Wort. »Ich brauche keine Mutter!« Heftig fügte er hinzu: »Ich möchte bloß, daß Sie mich liebhaben!«

»Aber ich hab' dich ja lieb!« Als sie es sagte, spürte sie, daß es die Wahrheit war; sie liebte diesen wilden und aufrichtigen kleinen Burschen, an dem sie immer nur herumgenörgelt hatte; er war ein Teil ihres Lebens gewesen. In einer Aufwallung von Zärtlichkeit nahm sie ihn in die Arme: »Ich habe dich sehr lieb, Thomas, ich habe es nur selbst nicht gemerkt.«

»Aber warum weinen Sie dann, Madame?« fragte er völlig verwirrt.

»Weil ich fort muß!« Sie fuhr sich mit dem Handrücken über die Augen. »Aber sag es niemandem, hörst du! Niemandem!« Sie ließ Thomas stehen, um sich frisch zu machen, und überließ ihn seinen aufgerührten Gedanken. –

Für den Abend waren Musiker aus Taufbeuren engagiert worden. Sie spielten auf der Galerie des großen Saales zum Tanz auf. Hunderte von Kerzen beleuchteten das festliche Bild.

Antoinette hatte mit Absicht ein schlichtes graues Kleid aus Tuch gewählt, wie es wohl eine Gouvernante getragen hätte. Sie wollte nicht auffallen. Aber auch das einfache Kleid war nicht imstande, den aparten Reiz zu mindern, der gar nicht so sehr von ihrer äußeren Schönheit als ihrer Persönlichkeit ausging. Bewußt hielt sie sich im Hintergrund und achtete darauf, daß die Knechte, die sich in den engen Livreen unbehaglich fühlten, keinen Fehler beim Servieren machten. Aber Ignatz von Müllern fand sie doch und eilte zu ihr, als Beata, der heiß geworden war, für wenige Minuten den Saal verlassen hatte. Sie ließ keinen Tanz aus, während er auch an diesem Abend nicht darauf verzichtet hatte, in sein Heft zu skizzieren. Jetzt hatte er es aus der Hand gelegt und verbeugte sich vor Antoinette. »Darf ich Sie zum Tanz bitten?«

Ihre Augen wurden noch größer. »Ich dachte, Sie tanzen nicht!«

»Mit Ihnen möchte ich es versuchen.«

»Nein«, erklärte sie mit Entschiedenheit, »das ist keine gute Idee!«

»Warum nicht?«

»Sie sollten mir keine Frage stellen, auf die Sie selbst die Antwort sehr genau wissen.«

»Seit ich auf Schloß Deinharting bin, weichen Sie mir aus.« Sie fand, daß es sich auch darauf erübrigte etwas zu sagen und sah ihn nur an. »Ich liebe Sie, Antoinette!« brach es aus ihm heraus.

»Sie sind gebunden.«

»Aber noch nicht verheirateet. Noch ist es nicht zu spät, Antoinette. Lassen Sie uns fliehen. Thomas nehmen wir mit. Sie wissen, wie sehr ich ihn mag. Sagen Sie nicht, daß Sie Verpflichtungen haben. Seien Sie so kühn wie ich, machen Sie sich von allem frei. Es geht um unser Leben, unser Glück, unsere Zukunft!« Die Worte sprudelten aus ihm heraus.

Sie schüttelte nur stumm den Kopf. Er faßte ihre Hand. »Sie lieben mich doch auch... geben Sie es zu, daß Sie mich lieben!«

»Darum geht es ja gar nicht.«

»Um was dann? Haben Sie Angst, mit mir zu verhungern? Die Jahre der Not werden rasch vorübergehen. Eines Tages werde ich reich und berühmt sein, dessen bin ich sicher. Antoinette, haben Sie doch Vertrauen zu mir!«

»Ich habe keine Angst zu darben, und im übrigen bin ich selbst nicht mittellos. Aber ich kann Beata den Mann nicht nehmen und Unglück in eine Familie bringen, die mich und meinen kleinen Bruder bei sich aufgenommen hat. Sie dürfen mich nicht länger drängen.«

»Mein Liebling«, sagte er mit gebrochener Stimme.

Als sie ihn so niedergeschlagen vor sich stehen sah, streckte sie den Arm aus und berührte mit der Hand seine Wangen. »Ich bin sehr froh, daß Sie es mir gesagt haben, Ignatz. Sie haben mich glücklich gemacht, und ich werde immer glücklich sein, wenn ich an Sie denke.«

Plötzlich tauchte Beata neben ihnen auf. »Was geht hier vor?« fragte sie mit beherrschter Stimme, aber es war ihr anzusehen, daß sie dem Zusammenbruch nahe war.

»Wir haben nur Abschied genommen«, erklärte Antoinette ruhig, »morgen wird im Trubel vielleicht keine Gelegenheit mehr dazu sein. Ich möchte auch Ihnen jetzt schon Lebewohl sagen, Beata.« Sie küßte die andere, die steif und verkrampft blieb, zärtlich auf beide Wangen. »Ich wünsche Ihnen beiden Gottes Segen!«

Damit wandte sie sich ab und verließ den Ballsaal. In ihr war eine große Traurigkeit, die nichts von Niedergeschlagenheit und Verzweiflung hatte, sondern sogar sehr verwandt war mit Glück. Sie hatte vorgehabt, bis zuletzt zu bleiben und dafür zu sorgen, daß die Kerzen gelöscht, der Saal aufgeräumt und für den nächsten Tag bereitet wurde. Aber sie brachte es nicht über sich. Sie wollte mit ihrem großen, schönen und schmerzhaften Gefühl allein sein. So stieg sie die Treppe empor, trat auf den Söller hinaus und blickte lange hinauf zu dem klaren Sternenhimmel, während die Musik verweht zu ihr heraufdrang. Erst als es sie fröstelte, ging sie ins Schloß zurück und ging auf ihr Zimmer. Leise zog sie sich in der Dunkelheit aus.

Sie schrak aus ihren Träumen, als sie Thomas' leise Stimme hörte. »Ist es denn schon aus?« fragte er.

Sie setzte sich zu ihm auf die Bettkante. »Tut mir leid, daß ich dich geweckt habe.«

»Ich habe noch gar nicht geschlafen.«

»Du brauchst nicht so aufgeregt zu sein.« Sie strich ihm durch die Locken. »Es ist ja nicht deine Hochzeit.«

»Tonette, ist es wahr... daß meine Mutter kommt?«

»Was für ein Unsinn. Natürlich nicht.«

»Eigentlich hätte ich gar nicht darüber sprechen dürfen, aber ich konnte es nicht für mich behalten.«

»Sicher hast du das nur geträumt.«

»Die gnädige Frau hat es mir gesagt. Sie geht, und meine Mutter kommt.«

»Das sind nur Träume. Hast du solche Sehnsucht nach deiner Mutter?«

»Nein. Ich kenne sie ja gar nicht, und ich hab' auch nicht geträumt. Sie hat es mir gesagt.«

Antoinette stutzte, dachte nach und entschied: »Ich werde sie selbst fragen!« Sie nahm ihren Morgenrock und eilte zur Tür.

»Aber verrate mich nicht...«, rief Thomas ihr nach.

»Sei unbesorgt. Du weißt, daß ich dich nie in Schwierigkeiten bringen würde!«

Antoinette fand auch ohne Kerze den Weg zu Elisabeths Schlafzimmer. Sie klopfte an und als niemand sie hereinrief, öffnete sie die Tür. Elisabeth war noch nicht da. Die blauen Vorhänge waren zugezogen und an den Wänden flackerte der Widerschein eines kleinen Feuers. Das Mädchen nahm einen Scheit und legte ihn in die Flammen, entzündete eine der Kerzen und sah sich um. Ihr Herz zog sich zusammen, als sie die große, schon fast vollständig gepackte Koffertruhe entdeckte. In diesem Augenblick trat Elisabeth ein; sie zögerte überrascht auf der Schwelle.

»So ist es also wahr!« sagte Antoinette.

»Ja.« Elisabeth legte ihr die Hand auf die Schulter. »Nach der Hochzeit verlasse ich Deinharting.«

»Das dürfen Sie nicht tun.«

»Ich muß.«

»Wer könnte Sie dazu zwingen?«

»Unsere Ehe wird annulliert.«

»Lucilles wegen?«

»Ich selbst habe große Fehler gemacht.«

»Aber trotzdem erfolgt die Annullierung Lucilles wegen, nicht wahr? Der Hofmarksherr will sie ins Schloß holen! Aber das werde ich nicht zulassen.«

»Du darfst dich da nicht einmischen, Tonette. Ich weiß, du meinst es gut, aber es geht dich nichts an.«

Antoinette ließ sich nicht unsicher machen. »Ja, wollen Sie denn selber fort, *ma tante?* Wollen Sie uns verlassen? Soll Christine ohne Vater aufwachsen? Und Auguste ohne Mutter?«

Als Elisabeth nicht antwortete, sondern sich nur müde in einen der Sessel sinken ließ, fragte Antoinette: »Wo lebt sie jetzt? Wo hat er sie getroffen?«

»In Salzburg.«

»Und sie ist immer noch dort?«

»Ich glaube schon... wenn er sie nicht irgendwo in der Nähe einquartiert hat.«

»Das möchte ich bezweifeln. Da er sie ja zu seiner Frau machen will... Lucille als Hofmarksherrin, welch ein Gedanke!... wird er den alten Skandal nicht wiederauffrischen wollen. Jedenfalls reite ich nach Salzburg. Dort werde ich ihre Spur finden.«

»Aber Tonette! Du kannst doch nicht einfach...«

»Und ob ich kann! Beim ersten Hahnenschrei reite ich los...« Sie zögerte. »Allerdings brauch ich ein wenig Geld.«

Elisabeth reichte ihr einen Schlüssel und deutete auf eine lederne Schatulle. »Nimm dir, soviel du willst!« Bitter fügte sie hinzu: »Der Hofmarksherr hat mich großzügig abgefunden!«

Antoinette empfand es als Befreiung, als sie vom Schloß fort und in den dunstigen Herbstmorgen hinausritt. Sie fragte sich selbst, woran es lag, daß die abgeernteten Felder, die vergilbten Wiesen und die Scharen von krächzenden Krähen und Raben es nicht vermochten, sie melancholisch zu stimmen. Es war die körperliche Bewegung, die ihr guttat, das Bewußtsein, etwas für die Menschen tun zu können, die sie liebte und eine unendliche Erleichterung darüber, wenigstens Ignatz von Müllerns Hochzeit nicht miterleben zu müssen. Während sie so in den sich aufhellenden Tag hinein ritt, schien ihre große Liebe, die gestern noch so schmerzlich gebrannt, schon an Bedeutung zu verlieren.

Um schneller voranzukommen, hatte sie einen Herrensattel auflegen lassen. Sie trug einen von Emanuels alten Anzügen, hatte sich die Brust geschnürt und das Haar kurzerhand abgeschnitten, so daß sie gut und gern als braungelockter Jüngling durchgehen konnte. So verkleidet wollte sie den Gefahren entgehen, die einem alleinreisenden Mädchen in diesen Zeiten drohen mochten.

Antoinette ritt zügig voran, wechselte in einer Posthalterei ihr Pferd und überschritt, das Tier am Zügel führend, bei Nacht ungesehen die Grenze zum Kaiserreich. In einem Gasthof auf österreichischem Boden bat sie um Essen, Trinken und Hafer für den Gaul, später legte sie sich im Stall nieder, um so einer lärmenden Männergesellschaft in der Wirtsstube zu entgehen.

Am Vormittag des nächsten Tages ritt sie in die enge, von der mächtigen Hohen Feste überwachten Stadt ein. Sie brauchte nicht lange um Auskunft zu fragen. Einer der Sänftenträger, die in der Nähe des Doms auf Kundschaft warteten, gab ihr Bescheid.

Lucille, die sich auch hier als Marquise de Beaujeux ausgab, wohnte in einem kleinen Haus, das sich nahe dem südlichen Tor dicht an die Stadtmauer drängte. Eine schlampig gekleidete Magd öffnete Antoinette. »Die Marquise empfängt nicht!« sagte sie mürrisch und wollte ihr die Tür vor der Nase zuschlagen.

»Mich wird sie empfangen!« erklärte Antoinette mit Nachdruck. »Mein Name ist de Beaujeux.« Die Magd starrte sie mit offenem Mund an. »Du hast ganz richtig gehört«, bestätigte Antoinette, schob sie beiseite und trat ein, »ich bin mit der Dame verwandt.«

»Habe nie gedacht, daß die Verwandtschaft hätte«, murmelte die Magd und schlurfte davon.

Neugierig sah Antoinette sich im Vorraum, einer düsteren Diele mit niedriger Decke und kleinen Fenstern, um; Gardinen und schwere Vorhänge, die durchaus nicht zu dem bürgerlichen Zuschnitt des Raumes passen wollten, dämpften noch das wenige Licht. Der prachtvolle barocke Schrank, der an die Decke stieß, war entschieden zu mächtig für das Zimmer. So blieb nur noch Platz für ein Tischchen, auf dem eine silberne Schale, ein silberner Leuchter und eine Glocke standen, und ein mit dunkelrotem Brokat bespanntes Sofa mit zarten, geschwungenen Beinen.

Da ihre Sitzfläche von dem langen Ritt brannte, vertrieb Antoinette sich die Zeit damit, soweit es der enge Raum zuließ, auf und ab zu gehen. So kam es, daß sie der Tür gerade den Rücken kehrte, als Lucille eintrat. Erst beim Klang ihrer Stimme fuhr sie herum. »Sie wünschen?« fragte Lucille in französischer Sprache.

Obwohl die Beleuchtung schlecht war, bemerkte Antoinette mit scharfem Blick, daß sich tiefe Linien von Lucilles Nase zum Mund und auf der Stirn eingekerbt hatten. Ihre schwarzen Augen unter den dichten, dunklen Wimpern waren immer noch schön, wenn auch umschattet, und das einstmals so prachtvolle Haar schien dünner geworden zu sein. Es war seltsam, daß diese Frau immer noch die Kraft hatte, die Männer zu entflammen.

»Nun reden Sie schon!« drängte Lucille ungeduldig; sie war anscheinend gerade erst aufgestanden, trug eine Art Hausmantel nach orientalischer Art, schwarz mit leuchtend bunten Blumen, und hatte das Haar so lässig aufgesteckt, daß ihr einige Strähnen in den Nacken fielen.

»Lucille! Ja, erkennst du mich denn nicht wieder?«

»Ah, du bist es, Antoinette! Bist du es wirklich?« Lucille zog das Mädchen zu einem der Fenster, um es besser betrachten zu können. »Du bist sehr schön geworden«, stellte sie freudlos fest, »aber warum trägst du das Haar so kurz?«

Antoinette hatte keine Lust, auf diese Frage zu antworten. »Lucille«, sagte sie, »ist es wahr, daß du den Hofmarksherrn heiraten willst?«

»Müßte ich dich vorher um Erlaubnis fragen?«

»Lucille, das kannst du nicht tun, ich flehe dich an! Du darfst nicht das Glück einer Familie zerstören, die mir und deinem Sohn ein Heim gegeben hat.«

»Das werdet ihr ja behalten«, gab Lucille ungerührt zurück.
»Nein, wenn du erst auf Schloß Deinharting bist, wird nichts mehr so sein wie früher.«
»Hast wohl selbst ein Auge auf den Hofmarksherrn geworfen?« fragte Lucille grob.
»Es geht mir um Elisabeth!«
»Oh, was die betrifft, die Annullierung der Ehe war seine Idee.«
»Weil du ihn verrückt gemacht hast!«
Lucille ließ sich auf das Sofa sinken und gähnte ungeniert. »Hör zu, warum sollen wir uns streiten? Der Hofmarksherr und ich werden heiraten. Das ist beschlossene Sache. Wenn es dir nicht paßt, kannst du ja mit deiner geliebten Elisabeth ins Exil gehen.«
»Du machst es dir sehr leicht.«
»Nein, mein Leben ist nie leicht gewesen. Oder glaubst du, es macht Spaß, sich ständig demütigen zu lassen, nur um den Mann, der zahlt, nicht zu verlieren? Ich will endlich in Sicherheit leben wie andere Frauen... und ich werde es.«
»Das verstehe ich ja...«
»Und ich will auch endlich meinen Sohn!«
Antoinette kniete sich vor sie hin. »Ich bringe dir Thomas, ich verspreche es dir, und ich bleibe bei dir. Es soll alles ganz wie früher sein. Du wirst keine Not mehr leiden und dich auch nicht mehr demütigen müssen. Wir haben ja noch die Juwelen.« Sie ergriff Lucilles magere Hand. »Laß uns alle zusammen nach Wien gehen, wie wir es einmal vorgehabt haben.«
»Meine gute Kleine!« Gegen ihren Willen war Lucille gerührt. »Das hast du dir sehr schön gedacht.« Sie machte eine Pause, und Antoinette glaubte schon, sie umgestimmt zu haben. Doch dann erklärte Lucille mit Entschiedenheit: »Aber es ist unmöglich.«
»Warum, Lucille, warum? Wir sind doch früher so gut miteinander ausgekommen.«
»Da warst du ein Kind, aber nun bist du eine Rivalin... noch dazu eine, mit der ich nicht mehr konkurrieren kann. Ich bin nicht mehr jung, meine Kleine, aber auch noch nicht alt genug, um zu verzichten.«
»Das sollst du doch auch nicht, ich würde mich verkleiden, als Junge...«
»Nein, nein. Wenn du dich öfters im Spiegel sähest, wüßtest du, daß es unmöglich ist. Laß uns nicht mehr darüber sprechen. Wie geht es Thomas? Aber ich werde ihn ja bald sehen.«
»Das wirst du nicht, Lucille. Ich habe damals den Brief, den du dem Hofmarksherrn in deiner Verzweiflung und Verwirrung geschrieben hast, verbrannt. Du solltest mir dankbar dafür sein, wenn ich es auch nicht deinetwegen getan habe. Ich wollte es Thomas ersparen, als lediger Sohn einer Bediensteten aufwachsen zu müssen.«

»Das habe ich mir gedacht.« Lucille richtete sich auf. »Aber er liebt mich. Ich weiß, daß der Hofmarksherr mich liebt. Ich werde ihm alles sagen.«

»Warum hast du das nicht schon früher getan? Weil er es nicht ertragen würde, du weißt es so gut wie ich. Vielleicht könnte er dir verzeihen, aber zur Hofmarksherrin würde er dich niemals machen. Gesteh ihm nur, daß du ein Mädchen aus dem Volk und eine Mörderin bist.«

Antoinette schwieg, um Lucille Gelegenheit zu geben, sich ihre Worte einzuprägen. »Aber ich würde es dir nicht raten.« Lucille hatte die Hand zur Faust geballt und biß sich in die Knöchel. »Vielleicht überlegst du dir jetzt, wie du mich beiseiteschaffen kannst, um die leidige Mitwisserin loszuwerden!« fuhr Antoinette fort. »Aber auch das würde nichts nützen. Es gibt zu viele Menschen auf der Welt, die die echte Marquise de Beaujeux gekannt haben. Früher oder später wird es herauskommen, und dann wird er dich verstoßen, wie jetzt Elisabeth... und leichteren Herzens, verlaß dich drauf.«

»Aber was soll ich denn tun?« Verzweifelt sah Lucille auf.

»Ich bin bereit, mit dir und Thomas nach Wien zu gehen.«

Lucille blickte Antoinette lange an. »Nein. Zwischen uns steht zuviel. Wir könnten es nicht vergessen.«

»Dann schreib ihm, daß du es dir anders überlegt hast... Deinharting sei zu einsam für dich und da jetzt ein anderer Mann um deine Hand anhielte, hättest du dich entschlossen, diesen Antrag vorzuziehen. Damit vergibst du dir nichts.« Lucille klopfte unschlüssig mit der Faust gegen die Zähne. »Ich kann es für dich, wenn du willst«, drängte Antoinette, »soll ich?«

Lucille nickte stumm. Antoinette läutete der Magd. »Bring mir eine Feder, Tinte und Papier...«

»Sowas haben wir nicht!«

»Dann geh und kauf es!«

Beim Anblick des Guldens, den Antoinette ihr zuwarf, hellte sich das Gesicht der Magd auf. »Jetzt gleich?«

»Auf der Stelle.«

So wie sie war, in Pantoffeln und ohne eine Umschlagtuch zu holen, verließ die Magd das Haus. Antoinette setzte sich neben Lucille und legte ihr den Arm um die Schultern. »Es tut mir leid für dich, aber ich konnte es nicht zulassen. Wollte er dich abholen?«

»Nein, er kann sich ja immer noch nicht ins Österreichische wagen.« Mit Überwindung erklärte sie: »Wir wollten uns in Teisendorf treffen... im Wirtshaus zum ›Goldenen Kranz‹.« Sie schlug die Hände vor die Augen und brach in Tränen aus.

Antoinette war, als drehte sich ihr das Herz um. Sie schloß den zuckenden Körper in die Arme und streichelte ihn sanft, während sie selbst gegen die Tränen kämpfte, die in ihr aufsteigen wollten. Worte konnten hier nicht helfen.

Als Antoinette am nächsten Morgen vor dem Wirtshaus »Zum Goldenen Kranz« abstieg, sah sie die gute alte, ausgebeulte Deinhartinger Reisekutsche im Hof stehen. Das brüchige Leder war gewichst worden und das Metall geputzt, bis er glänzte.

Der Hofmarksherr saß in der Gaststube vor einem Krug Bier. »Wie kommst du hierher?« fragte er auffahrend.

Antoinette mochte sich nicht mit Erklärungen aufhalten. »Ich bringe Ihnen eine Nachricht von Lucille!« Sie zog das Schreiben aus der Tasche.

»Du?«

»Ich war in Salzburg!« Sie gab ihm das Schreiben, drehte sich um und ließ ihn allein, denn sie wollte ihn nicht beobachten, wenn er diesen Schlag erhielt. Währenddessen kümmerte sie sich darum, ob ihr Pferd auch gut versorgt war.

Es dauerte eine ganze Weile, bis er ihr nachkam. »Das hast du arrangiert!« Sein Gesicht war gerötet, und die blaue Ader an der Schläfe klopfte.

Antoinette hielt seinem Zorn unerschrocken stand. »Vielleicht hat das Gespräch mit mir den Ausschlag gegeben«, bekannte sie.

»Wie kannst du es wagen, dich in meine Angelegenheiten...«

»Sind auch die meinen!« fiel Antoinette ihm ins Wort. »Und im übrigen... Lucille ist noch in Salzburg. Ich kann Ihnen genau beschreiben, wo sie wohnt. Wenn Sie wollen, können Sie sich als romantischer Held zu ihr schleichen und um sie kämpfen...«

Anselm von Deinhartings Gesicht nahm wieder seine gesunde braune Farbe an. »Nein«, sagte er und erkannte zu seiner Überraschung, daß er über die Wende, die das Schicksal genommen hatte, fast erleichtert war.

»Ich bin sehr froh darüber! Lucille hätte nicht nach Schloß Deinharting gepaßt, glauben Sie mir. Sie hat es wohl selbst empfunden.«

»Du magst recht haben«, gab er zu.

»Fahren wir jetzt zurück?« fragte Antoinette; sie war ungeduldig, weil sie daran dachte, daß die Kinder allein waren. »Oder müssen die Pferde noch ruhen?«

»Wir sind schon gestern abend gekommen.« Nachdenklich strich er sich über das Kinn. »Ich denke, du läßt Huber anspannen und fährst mit der Kutsche nach Deinharting...«

»Und Sie?« fragte Antoinette.

»Ich reite zu Elisabeth... und Christine!«

Für Sekunden zog er Antoinette an seine breite Brust, ohne sich darum zu kümmern, daß ein vorbeischlurfender Knecht diese Umarmung eines Jünglings recht sonderbar finden mochte.